왕세자의 살인법 1

1

왕세자의
살인법

서아람 장편소설

스윙테일

차례

1
기억을 읽는 소녀

"아이참, 아버지. 그게 아니라니까요. 여기를 이렇게!"

연노랑 저고리에 다홍치마를 곱게 차려입은 계집아이가 손가락에 오색빛깔 실을 걸고 실뜨기 시범을 보였다. 그 앞에서는 지체 높아 보이는 반백의 남자가 붉고 푸른 실을 마치 뉴(杻)*를 연상시키는 모양으로 손목에 감은 채 쩔쩔매고 있었다.

"이놈아, 늙은 애비는 눈이 어두워서 보이지 않는데도."

붓과 종이 앞에서는 마법 같은 재주를 발휘하는 손도 평생 잡아본 적 없는 실 앞에서는 속수무책이었다. 남자는 딸에게 타박을 들으면서도 허허 웃기만 했다. 그들의 옆에서는 늙수그레한 유모가 배냇머리도 다 안 빠진 아기를 포대기로 업고 걸어 다니며 재우고 있었다. 서린과 아린, 예조판서 윤승현 대감이 눈에 넣어도 안 아플 만큼 애지중지하는 두 딸이었다.

---

*　조선 시대 죄인에게 사용하던 수갑

"대감마님. 손님이 찾아오셨습니다."

부녀의 단란한 시간을 방해하는 게 미안한 듯 조심스럽게 나타난 사람은 호리호리한 체구의 소년이었다. 문지기가 되기엔 어린 나이였지만, 그 태도는 누구보다 의젓하고 진지했다.

"손님이라고? 그게 누구냐? 할 말이 있으면 예조로 오지 않고 왜 사가(私家)에."

"황해도에서부터 왔는데 여비가 떨어져 오늘 밤 묵을 곳이 없다고 합니다. 급한 대로 대감을 뵙고 나서 친지가 있는 사대문 밖으로 간다고 했습니다만."

"황해도라고?"

황해도라는 지명을 듣자마자 안색이 변한 윤대감이 허둥지둥 몸을 일으켰다.

"큰 실수를 할 뻔하였구나. 무휘야, 어서 안으로 들게 해라. 행랑어멈에게 일러 요깃거리도 내어주라 하고. 서린이도 데려가서 놀고 있거라."

"싫어! 아버지랑 같이 놀 거야!"

무휘라 불린 문지기는 떼쓰기 시작한 서린을 능숙하게 달래며 뒤뜰로 데리고 갔다. 유모도 잠든 아린을 업은 채 안채를 향해 종종걸음 쳤다.

잠시 후, 예조판서의 격에 걸맞은 옷차림을 한 윤대감이 사랑채에 나타났다.

"대감마님."

윤대감을 보자마자 바닥에 엎드려 머리를 조아린 이들은 초라한 행색을 한 노부부였다. 남자의 빛바랜 도포는 손때가 반들반들하게 묻어 닳아 있었고, 여자의 낡은 쓰개치마는 윤대감이 깔고 앉은 연녹색 비단 방석에 비하면 누더기에 가까웠다. 그러나 그들을 맞는 윤대감의 태도는 더없이 정중했다.

"김진사와 그 처인가? 예는 그만 갖추시게나."

"황송합니다."

"먼 곳에서 오느라 고생 많았네. 듣자 하니 곧바로 길을 떠날 예정이라던데, 방 한 칸을 내어줄 테니 오늘은 푹 쉬고 내일 가도록 하게."

"아이고, 아닙니다. 저희같이 보잘것없는 것들이 대감 댁에서 묵다니요."

"내 말 듣게나. 열녀의 가족을 홀대했다는 소문이 나기라도 하면, 예(禮)를 관장하는 부서의 책임자인 내가 고개를 들 수 있겠나."

김진사 부부는 황송해 어쩔 줄 몰랐다. 윤대감은 무휘가 내온 차를 점잖게 한 모금 마시며 본격적인 대화를 시작했다.

"알다시피 열녀문을 정려받은 집안은 세금과 부역 면제, 관직 등용의 혜택을 받네. 실록과 지방지에도 이름이 올라가, 대대손손 가문과 그 지방의 명예가 되지. 그러다 보니 요즘 가짜 열녀, 효부를 내세우는 경우가 있어 치밀하게 살펴보지 않을 수 없네."

"잘 알고 있습죠. 허나 저희 새아가 얘기를 들으시면 진정한 열녀라고 탄복하시게 될 겁니다. 시집온 지 한 달 만에 불의의 사고로 남편을 떠나보내고, 삼일상이 끝나는 날부터 식음을 전폐하다가 스스로 굶어 죽은 아이입니다."

"스스로 굶어 죽었다고?"

윤대감은 소스라치게 놀랐다. 남편을 잃은 여자가 은장도로 자결

9

하거나 목을 매는 경우는 종종 봤지만, 스스로 굶어 죽다니 인간의
의지로는 될 일이 아니었다.

"예, 저희는 개가를 권했지만 들은 척도 하지 않고 신방 문을 걸어
잠근 채 물 한 모금 쌀 한 톨 입에 대지 않다가 열흘 만에 제 남편을
따라가 버렸습니다. 이걸 한번 보시지요."

김진사는 가져온 보따리를 끌러 안에 있던 것을 주섬주섬 펼쳐놓
았다. 윤대감의 경상(經床)*에 올라온 것은 다름 아닌 화려한 붉은색
의 혼례복 치마였다. 그걸 본 윤대감은 어리둥절한 표정이 되었다.

"이게 뭔가?"

봉황과 원앙이 수놓아진 앞면을 뒤집자, 치마의 뒷면을 빽빽하게
채우고 있는 정갈한 붓글씨가 드러났다. 섬세하고 유려한 여자의 필
체였는데, 황급히 쓰거나 아니면 경황이 없는 와중에 쓴 듯 군데군데
글씨가 날아가거나 흘려 쓴 것이 눈에 띄었다.

하늘 아래 해가 두 개 있을 수 없듯 아녀자에게 낭군이 두 분 계실 수
없습니다. 낭군이 차디찬 땅바닥에 누워 계신데 진귀한 금은보화인들
눈에 들어오겠습니까. 임을 향한 그리움이 날마다 깊어져 고칠 수 없
는 병이 되었으니, 만리 길 너머 황천에서라도 함께하고자 합니다.

"유서입니다. 저희 부부가 어떻게라도 새아가를 살려보려고 미음
을 끓여 신방 앞으로 가지고 가서 애걸했더니, 문을 빼꼼 열어 이 치

---

*　조선 시대 사람들이 사용하던 낮은 책상

마만 던져주고서 도로 안으로 들어가 버렸습니다. 그리고 그로부터 사흘 뒤에 운명을 달리해버렸습니다."

김진사는 제 살을 어루만지는 것처럼 애틋한 표정으로 치맛자락을 매만졌고, 그 옆에서는 그의 처가 눈물을 주룩주룩 흘리고 있었다. 그 애절한 사연에 윤대감도 감동받았다.

"참으로 절개가 굳은 열녀가 아닐 수 없군. 내 주상 전하께 친히 말씀드려 반드시 열녀문이 세워지도록 하고, 마을 전체에 포상을 할 수 있도록 주선해보겠네."

"감사합니다, 대감마님. 며늘아기도 하늘에서 기뻐할 겁니다."

김진사 부부가 다시 한번 윤대감에게 머리를 조아리며 절을 올리는 순간이었다. 어떻게든 아버지 곁에 있으려고 호시탐탐 기회를 노리던 서린이, 무휘가 한눈파는 틈을 타, 벌컥 문을 열고 사랑방으로 뛰어 들어왔다. 그녀는 쪼르르 달려와 윤대감의 무릎에 냉큼 앉으려고 하다가, 휘황한 빛깔의 혼례복을 보고 홀린 듯 두 손을 내밀었다.

"아버지, 이게 뭐예요?"

"어허, 함부로 만지면 안 된다."

그러나 서린의 왼손 끝은 이미 치맛자락에 닿은 후였다. 바로 그 때였다. 머리를 정으로 쪼는 듯한 무시무시한 두통이 밀려와 숨이 턱 막혔다. 서린은 비틀거리면서 치맛자락을 잡은 손을 놓았다. 눈앞에 앉아 있던 김진사 부부와 그 배경인 사랑방이 누가 구기기라도 한 것처럼 일그러져 사라졌다. 느닷없이 백일몽에 빠진 것처럼 현실과는 전혀 다른 영상이 나타났다.

'아버님, 어머님. 제발 살려주세요. 물 한 모금만 주세요. 이러다가

정말 죽을 것 같아요.'

서린이 보고 있는 것은 작고 초라한 어느 기와집의 골방이었다. 그녀는 그 방 안에 직접 갇혀 있기라도 한 것처럼 그곳에서 나는 퀴퀴한 곰팡내까지 생생하게 맡을 수 있었다.

골방 문은 굳게 잠겨 있었고, 가늘고 여린 손이 문고리를 매달리듯 잡고 있었다. 서린은 손의 주인이 누군지 그 얼굴을 볼 수는 없지만, 그녀가 밖을 향해 애원하는 목소리는 들을 수 있었다. 그녀의 목소리는 금방이라도 바스라질 것처럼 힘이 하나도 없었다.

'그 치마에 내가 불러주는 대로 적거라. 다 쓰고 나면 물을 주마.'

바깥에서 얼음장처럼 차가운 남자의 목소리가 들려왔다. 그 말을 들은 여자가 몸을 돌리자, 서린이 보는 구도 또한 변하면서 골방 한 구석에 놓인 벼루와 먹과 붓, 그리고 피처럼 새빨간 혼례복 치마가 눈에 들어왔다. 여자는 허겁지겁 달려들어 붓을 들고 남자가 쓸 말을 불러주기를 기다렸다.

'하늘 아래 해가 두 개 있을 수 없듯이……'

남자가 한 톨의 감정도 섞이지 않은 음성으로 읊어주는 동안, 여자는 떨리는 손목을 다른 쪽 손으로 간신히 부여잡으면서 그대로 적어 내려갔다. 중간중간 여자의 눈에서 눈물이 떨어져 먹물을 번지게 했다. 여자는 글을 다 적자마자 다시 문으로 달려가 문짝을 두드렸다. 서린의 시야에 굳게 닫힌 문의 모습이 가득 들어찼다.

'다, 다 적었어요! 이제 물을!'

여자가 울부짖듯이 소리치자, 기다리고 있었다는 듯 밖에서 걸쇠를 푸는 소리가 들리고 문이 빼꼼 열렸다. 여자는 당장에라도 뛰쳐나갈 것처럼 몸을 내밀었지만, 문은 한 뼘 정도만 열리고 더는 열리지 않았다. 그리고 그 사이로 손 하나가 불쑥 들어와 여자가 안고 있던 혼례복 치마를 낚아채 갔다.

　서린은 남자의 얼굴은 보지 못했지만 그 손은 똑똑히 볼 수 있었다. 쪼글쪼글 주름이 지고 검버섯이 피었으며, 엄지손가락 위에 검은 반점이 있었다. 혼례복 치마 끝자락이 문틈을 빠져나가자마자 문은 매정하게 닫혀버렸다. 그리고 아까보다 훨씬 더 냉담하고, 경멸과 비웃음마저 느껴지는 남자의 음성이 문밖에서 울려 퍼졌다.

　'남편 잡아먹은 년이 물은 마셔서 뭣 하겠느냐. 어서 따라가 황천길 시중이나 들어주거라.'

　바깥에서 걸쇠를 걸어 잠그는 소리가 났고, 여자는 쓰러지듯 주저앉았다. 그와 함께 서린의 시야도 아래로 푹 꺼지면서 걷잡을 수 없이 흔들렸다. 그제야 서린은 자신이 여자의 몸에 들어간 것처럼 세상을 보고 있다는 사실을 깨달았다. 여자는 지친 듯 눈을 감아버렸고, 그러자 서린의 시야도 불을 끈 듯 컴컴해졌다. 아무것도 보이지도 들리지도 않았다.

　잠시 후, 서린은 다시 사랑방에서 눈을 떴다. 그녀가 눈을 뜨자마자 걱정에 가득한 윤대감의 얼굴이 눈동자를 밀고 들어왔다.

　"서린아! 괜찮으냐? 갑자기 왜 그러는 것이냐?"

　서린이 두 손으로 머리를 감싸 쥐면서 괴로워하다가, 갑자기 멍해졌다가, 얕은 신음과 함께 눈을 뜨는 것을 보고 윤대감은 어디가 아픈 것으로 생각했다. 그러나 서린은 아버지의 말조차 귀에 들어오지 않았다. 아직도 환상에서 깨어나지 못한 것처럼 천천히 주위를 둘러보던 그녀의 시선이, 슬금슬금 눈치를 보며 윤대감 앞에 엎드려 있는 김진사 부부에게 가 닿았다.

"아기씨, 괜찮으십니까?"

공손하게 땅을 짚은 채 묻는 김진사의 손. 그 손은 주름과 검버섯 투성이였고, 엄지에는 검은 반점이 얼룩처럼 찍혀 있었다. 그것을 본 서린은 자기도 모르게 벌어진 입을 다물지 못했다.

"어린 아기씨, 괜찮으십니까?"

김진사는 서린이 넋 나간 사람처럼 자신의 손을 빤히 쳐다보는 것을 눈치채고 조심스럽게 물었다. 그의 목소리는 서린이 영상 속에서 들은 바로 그 잔혹한 목소리였다. 서린은 아버지의 옷깃을 잡고 매달리면서 금방이라도 울음을 터뜨릴 것 같은 표정으로 말했다.

"아버지, 이 사람들은 정말 나쁜 사람들이에요. 젊은 여자를 방에 가둬놓고 물을 주지 않아서 죽게 만들었어요."

"서린아, 그게 무슨 소리냐?"

윤대감은 뜬금없는 말에 어리둥절해하면서 물었다. 그는 서린이 갑작스러운 병증을 겪고 나서 그 충격으로 헛소리를 한다고 생각했다.

"이 치마에 글을 쓰면 물을 주겠다고 거짓말을 했어요. 하늘 아래 해가 두 개 있을 수 없다는 글이오."

그 말에 윤대감의 얼굴에서 하얗게 핏기가 가셨다. 서린의 나이 이제 겨우 열 살, 한글은 작년에 모두 깨쳤지만 한자는 아직 《천자문》을 읽기 시작한 수준이었다. 그녀가 방금 전 사랑방에 들어와 두 통으로 몸부림을 치기까지 그 짧은 시간 동안 치마에 있는 글을 전부 눈으로 봤다고 해도, 그게 무슨 내용인지 알 도리는 없었다.

"네가 어떻게 그것을 안단 말이냐?"

윤대감은 찬물 한 바가지를 맞은 것처럼 등골이 서늘해졌다. 그때 그의 눈에, 귀신에 홀린 것처럼 이쪽을 바라보며 부들부들 떨고 있는 김진사 부부의 모습이 들어왔다. 당장이라도 어딘가 도망갈 곳을 찾는 듯한 그들의 표정을 보면서 윤대감은 멈칫했다. 그는 그 표정을 알고 있었다. 그것은 거짓말이 들통 난 거짓말쟁이의 표정, 죄상이 밝혀진 죄인의 표정이었다.

윤대감은 아직 반신반의했다. 그러나 김진사를 지그시 응시하는 그의 눈초리는 아까와는 다르게 확연히 싸늘해져 있었다.

"방금 이 아이가 한 말이 사실인가?"

"처, 천부당만부당한 말씀입니다요! 대감마님! 저희가 어찌 감히!"

김진사는 개구리처럼 제자리에서 펄쩍 뛰어오르면서 두 손을 휘저었다. 윤대감이 뭔가 더 추궁해보려고 하는 찰나, 서린이 갑자기 맹인처럼 허공을 손으로 더듬으면서 그를 찾았다.

"아버지, 앞이 안 보여요. 앞이…….'

"서린아! 정신 차려라, 서린아!"

별안간 천지가 빙글빙글 돌면서 서린을 어지럽게 만들었고, 그녀는 식은땀을 흘리면서 윤대감의 무릎 위로 쓰러졌다. 아까는 머리만 아팠지만, 지금은 온몸을 두들겨 맞은 것처럼 발끝까지 욱신거렸다. 불이 붙은 것처럼 뜨겁게 열이 올라 정신이 혼미해졌다.

"아버지……, 내가 뭘 본 거예요?"

그 말을 마지막으로 서린의 의식이 꺼졌다. 그리고 끝을 알 수 없는 암흑 속으로 떨어졌다.

2

노승의 예언

"그래서, 뭘 알아냈느냐?"

열흘 전 서린이 쓰러졌던 사랑채. 그곳에서 윤대감은 검은 도포를 입은 젊은 남자와 마주 보고 앉아 있었다. 김진사 부부의 사정을 살펴보라는 밀명을 받고 황해도에 다녀온 예조 감찰관이었다.

"김진사의 아들이 불의의 사고로 죽었다는 말은 거짓말이었습니다."

감찰관의 대답에도 윤대감은 놀라지 않았다. 그날, 따님도 편찮으신데 폐를 끼칠 수 없다는 핑계를 대며 부랴부랴 떠나는 김진사 부부의 뒷모습을 볼 때부터 막연히 예감한 일이었다.

"사람들 말로는 원래부터 자리보전만 하던 폐병 환자였다고 합니다. 찢어지게 가난한 반가의 딸을 돈으로 사 오다시피 해서, 합방도 없이 혹독한 시집살이만 시켰다고 합니다. 매 맞고 쫓겨난 며느리가 울면서 버선 발로 돌아다니는 걸 목격한 이들도 있었습니다."

"며느리에 대한 정이라고는 눈곱만큼도 없었군. 아들이 죽은 후로는 어찌 되었다더냐?"

"합방도 안 한 부부 사이에 무슨 정이 있었겠습니까. 친정에서 딸을 도로 데려가겠다고 찾아왔었던 모양입니다. 하지만 김진사 부부가 어쩌나 심하게 무안을 주고 쫓아냈는지 마을 사람들이 다 민망할 정도였다고 합니다. 며느리가 굶어 죽은 것은 집 안에서 일어난 일이라 그 경위를 명확히 아는 사람이 없었습니다. 다만⋯⋯."

"다만?"

감찰관이 의미심장하게 말끝을 늘이자 윤대감이 그것을 얼른 가로채면서 대답을 재촉했다.

"대감마님께서 꼭 집 안을 살펴보라고 하셔서, 제가 떠돌이 행상으로 가장하고 김진사 부부의 집에 하룻밤을 묵었습니다. 엽전 한 꾸러미를 다 받고 내준 방이 불도 때지 않는 골방이었습니다. 아무래도 거기가 며느리가 죽었다는 방이 아닌가 싶었습니다."

감찰관은 거기까지만 말하고 입을 다물었다. 그곳에서 목격한 뭔가가 그의 마음에 응어리처럼 맺혀 기억하는 것만으로도 힘든 듯 보였다. 윤대감은 머뭇거리는 감찰관을 독촉했다.

"방에 뭐가 있더냐?"

"손톱자국이 있었습니다."

"손톱자국?"

"예, 골방의 다른 곳은 벽지를 새로 바르지 않았는데, 문짝과 문 주변에만 벽지를 새로 발라놓았기에 벌어진 부분을 살짝 들추어보았습니다. 그랬더니⋯⋯."

감찰관은 말을 잇지 못하고 고개를 떨구었다. 낡은 벽지에 절규하듯 찍힌 열 줄의 검붉은 손톱자국. 그것은 제발 열어달라고 문을 두드리고 또 두드리다가, 결국 기력이 다해 숨을 거두고 만 여인의 소리 없는 비명이었다. 윤대감은 지그시 눈을 감으면서 탄식하듯이 중얼거렸다.

"며느리를 팔아 열녀문을 사려는 자들이 결국은 생명까지 해치는구나."

"어떻게 할까요?"

"우선 형조에 알리고, 황해도 목사에게도 서신을 보내거라. 금수만도 못한 그 부부를 한양으로 압송해 와 심문할 수 있도록. 며느리를 골방에 가둬놓고 굶겨 죽인 게 확실하다면, 그들 또한 참형에 처해야 마땅하지 않겠느냐."

"예, 분부대로 하겠습니다."

감찰관이 물러간 후에도 윤대감은 한동안 깊은 상념에 잠겨 있었다. 아득한 그의 시선은 건너편에 있는 안채를 향하고 있었다. 열흘째 의식을 찾지 못한 서린이 누워 있는 곳이었다.

"정말 귀신이라도 씌었단 말이냐."

서린의 온몸은 고열로 불덩이 같았고, 매일 이불을 세 채씩 갈아주어야 할 정도로 땀을 흘리는데 물 한 모금 삼키지 못하니 날이 갈수록 체구는 반쪽이 되어갔다. 용하다는 의원은 다 다녀갔지만 누구도 원인을 찾지 못했다. 엊그제 행랑어멈이 최후의 수단이라며 무당을 데려온다고 했을 때, 윤대감은 너무도 낙담한 나머지 말릴 기운조차 없었다.

'아기씨는 무병이 들었습니다. 몸져눕기 전 이상한 것들을 보고 들으셨다고 하였지요? 바로 신몽이고 신접입니다. 이제 아기씨는 신내림을 받아야만 살 수 있는 몸입니다.'

방울과 쌀주머니를 요란하게 흔들며 서린의 머리맡을 뱅뱅 돌던 무당이 그렇게 단언했을 때, 윤대감이 받은 충격은 이루 말할 수 없었다.

'조속히 내림굿을 하지 않으면 귀신이 아기씨를 데려갈 것입니다. 말씀드리기 송구합니다만, 앞으로 사흘도 버티지 못할 겁니다.'

윤대감은 발을 딛고 선 땅이 갑자기 푹 꺼지는 것 같았다. 아홉 살 터울의 늦둥이를 가질 만큼 금실 좋던 아내 채씨 부인이 출산 과정에서 피를 너무 많이 쏟은 탓에 시름시름 앓다 결국 세상을 떠난 게 고작 반년 전이었다. 이제 겨우 슬픔을 극복하고 세 식구가 도란도란 살게 되었는데, 이번에는 서린을 잃을지도 모른다니.

윤대감은 자리를 떨치고 일어나 안채로 향했다. 내일이면 무당이 말한 사흘째였다. 방문을 열고 들어간 윤대감은 서린의 머리맡에 앉아, 제비꽃처럼 보랏빛으로 물든 채 가는 숨을 쉬고 있는 딸의 얼굴을 하염없이 바라보았다.

"아비는 어찌하면 좋단 말이냐."

양갓집 규수가 무당이 되다니 하늘이 무너져도 안 될 말이었다. 그러나 고작 체면 때문에 목숨보다 사랑하는 딸의 목숨을 희생시킬 수도 없었다. 윤대감은 우두커니 앉은 채 밤늦게까지 고민했다. 밥상을 들고 왔던 행랑어멈도 그의 침울한 낯빛을 보고는 조용히 물러갔다.

"사람 취급 못 받는 무녀로 사는 것, 아예 살지 못하는 것."

두 가지 선택지를 두고 고민하는 동안 어느덧 날이 밝기 시작했다. 윤대감은 창호지 사이로 새어 들어오는 어스름한 새벽빛을 바라보면서 깊은 한숨을 내쉬었다. 두 눈을 굳게 닫은 채 얕은 숨을 몰아

쉬고 있는 딸의 손을 잡으면서, 그는 그 어린것을 처음 품에 안았을 때 얼마나 경이롭고 벅찬 심정이었는지를 떠올렸다. 처음부터 해답은 정해져 있었는지도 몰랐다. 딸의 귀중한 목숨과 바꿀 수 있는 것은 이 지상에 아무것도 없었다.

"아가야, 사람은 운명과 싸워서 이길 수 없는 거란다."

윤대감은 서린의 이마에 올려둔 물수건을 새것으로 갈아주면서 딸의 귓가에 체념 어린 말투로 속삭였다. 귀신 들린 여자라고 돌을 던지면 대신 돌을 맞아줄 것이고, 그래야 한다면 관직도 내려놓을 각오가 되어 있었다. 그러나 끝내 포기하기 어려운 한 가지, 딸이 천생연분을 만나 행복한 가정을 꾸리는 걸 볼 수 없으리라는 생각은 참으로 가슴 무너지는 것이었다.

"휴우……."

윤대감이 곰방대에 불을 붙이면서 심란한 얼굴로 딸의 방을 나오는데, 앞마당에서 누군가가 정중하게 허리를 숙이며 인사했다. 갈색 장삼을 입은 노승(老僧)이었다. 무휘가 문을 열어준 모양이었다.

"이 댁 아기씨가 편찮으시다는 소문을 듣고 왔습니다. 아직 차도가 없으신지요?"

집안에 병자가 생기니 온갖 어중이떠중이들이 돈을 노리고 달려온다고, 윤대감은 미간을 찡그리며 속으로 투덜거렸다. 민간과 왕실을 가리지 않고 부녀자 중에는 여전히 불자가 많았지만, 고지식한 유학자인 윤대감은 부처를 믿지 않았다. 무뚝뚝하게 고개를 저어 보이고 돌아서려는 순간이었다.

"내림굿은 하실 필요 없습니다. 이 집 아기씨는 귀신에 씐 게 아니니까요."

툭 던지듯 무심한 스님의 한마디에 윤대감의 발걸음이 우뚝 멈췄다. 그가 고개를 번쩍 쳐들며 등을 돌리자, 오른손에 쥔 염주를 느긋하게 돌리고 있는 승려가 보였다.

"얘길 한 적도 없는데 어떻게……."

"아기씨는 특별한 능력을 타고났습니다. 물건에 남겨진 죽은 이의 기억을 되살릴 수 있는 능력이지요."

어디서도 듣도 보도 못한 소리였다. 윤대감에게는 신내림과 별다를 바 없는 해괴망측한 궤변으로 들렸다. 승려는 오만상을 찌푸리는 윤대감을 보면서 입가에 슬그머니 미소를 머금었다.

"제 말을 믿지 않으시는군요. 갖고 계신 곰방대를 잠시 빌려도 되겠습니까?"

"갑자기 이건 왜……?"

"잠깐이면 됩니다."

뭐 닳진 않겠지. 윤대감이 마뜩잖아하며 건네준 곰방대를, 승려는 지그시 눈을 감은 채 한 번 가볍게 쓰다듬었다. 그리고 주시하고 있는 윤대감에게 곰방대를 되돌려주며 태연하게 말했다.

"아기씨의 이마에 얹은 물수건을 갈아주고 오셨군요. 곁에 앉아 지켜보시면서 몇 번이나 한숨을 쉬고 또 쉬셨습니다."

"……."

맞는 말이었지만, 윤대감을 놀라게 하진 못했다. 아픈 자식 앞에서 그렇게 하지 않을 부모가 어디 있겠는가. 승복 입은 사기꾼에게 속지 말자고 마음을 다잡는데, 승려가 덧붙이는 말이 윤대감의 귓가를 파고들었다.

"그리고 이렇게 말씀하셨습니다. 아가야, 사람은 운명과 싸워서 이길 수는 없는 거란다."

윤대감의 안색이 싹 변하면서 입이 스르르 벌어졌다. 그가 서린의 귓가에 대고 속삭인 말. 승려가 창호지에 귀를 대고 엿들었다 한들 들렸을 리 없었다. 윤대감은 놀란 나머지 저도 모르게 말을 더듬었다.

"호, 혹시 스님도 서린이와 같은 능력을……?"

승려는 빙긋 웃으면서 고개를 끄덕였다. 부처님처럼 인자한 그 미소에 윤대감은 정신이 번쩍 들었다. 이러고 있을 때가 아니었다. 드디어 딸에게 닥친 일을 설명해줄 수 있는 사람을 찾아냈으니 최대한 많은 것을 알아내야 했다.

"무휘야, 어딨느냐! 여기 찻상을 내오거라!"

윤대감은 스님이 떠나기라도 할까 봐 안절부절못하며 다급히 사랑방으로 들었다. 열흘 전 김진사 부부가 들었던, 어제 감찰관이 다녀갔던 바로 그곳이었다. 스님은 윤대감이 내준 연녹색 비단 방석을 깔고 앉는 대신 슬쩍 어루만지더니, 더욱 놀라운 말을 했다.

"아기씨가 가짜 열녀의 정체를 밝혀냈군요. 골방에 감금되어 죽은 과부라니, 어린 나이에 무서운 것을 보고 말았습니다. 나무아미타불 관세음보살."

윤대감은 다시 한번 두 눈을 크게 떴다. 그 일을 아는 건 김진사 부부와 윤대감, 서린, 감찰관뿐이었다. 승려가 정말 방석에 깃든 기억을 읽지 않은 이상 그 일을 파악할 방법은 없었다. 이제 완전히 승려의 말을 신뢰하게 된 윤대감은 질문을 퍼붓기 시작했다.

"왜 우리 애한테 이런 일이 일어난 겁니까?"

"왜 아기씨냐고 물으신다면, 그건 저도 모릅니다. 타고나는 것이니까요."

"지금까지는 한 번도 이상한 행동을 한 적이 없는데요."

"아직 나이가 어리니, 죽은 사람이 마지막으로 만졌던 물건을 접할 일이 없었을 겁니다. 죽은 사람의 사념이 가장 강하게 물건에 깃들지요. 저처럼 살아 있는 사람의 사념을 읽어내려면 몇 년의 연습을 거쳐야 합니다."

"몇 년이나 그 일을 했는데 왜 스님은 이렇게 멀쩡하신 겁니까? 내 딸은 단 한 번으로도 사경을 헤매면서 앓고 있는데."

"능력을 쓰는 것에 대한 대가는 사람마다 다른 방식으로 치릅니다. 제 경우는, 평생 쓰는 능력에 대해서 선불로 대가를 치른 셈이죠."

승려는 의미심장하게 말하더니, 염주를 쥐고 있지 않은 왼손의 장삼 소매를 슥 걷어 올렸다. 팔이 있어야 할 곳에 나무로 깎은 긴 막대가 달린 것을 보고 윤대감은 할 말을 잃어버렸다. 승려가 한 팔을 잃게 된 경위를 물어볼 엄두조차 안 났다. 승려는 담담한 표정으로 장삼 소매를 다시 덮고 말을 이어나갔다.

"아기씨의 경우 이번이 처음이어서 더욱 몸에서 받아들이는 충격이 클 겁니다. 그래도 앞으로 사나흘만 앓고 나면 일어나지 않을까 싶습니다."

서린이 살아날 거란 말에 윤대감은 안도의 한숨을 내쉬었다. 그러나 그것도 잠시, 또 다른 걱정거리가 몰려들었다.

"매번 이렇게 아플 수는 없지 않습니까. 저 능력을 없앨 수는 없습니까? 저는 제 딸이 평범하고 행복하게 살기를 바랍니다. 저런 능력은 필요 없어요!"

윤대감은 어느새 승려 앞에 바짝 다가앉아 애걸하고 있었다. 승려는 들릴 듯 말 듯 희미한 한숨을 내쉬더니, 돌연 힘을 주어 장삼의 소맷자락을 길게 찢어냈다. 그리고 그 옷자락을 윤대감에게 건네주면서 당부했다.

"이걸로 따님의 왼손을 묶어두십시오. 따님이 저와 같은 운명을 타고났다면 그 힘은 분명 그 손에 깃들어 있을 겁니다. 지금은 죽은 사람의 사념만 읽지만, 내버려두면 점차 산 사람의 사념까지 읽을 수 있게 될 테니 주의하셔야 합니다. 능력은 쓰지 않으면 않을수록 퇴화하니, 쓰지 않고 십 년을 버티면 완전히 없어질 겁니다."

"십 년……입니까."

윤대감은 까칠까칠한 진갈색 천을 받아 쥐면서 멍하니 중얼거렸다. 강산도 변한다는 긴 세월. 그동안 손에 이상한 천을 둘둘 감고 있어야 한다니, 혼담이 들어오면 뭐라고 해야 할지 벌써 그게 걱정이었다.

"그래도 이 댁 아기씨는 다행입니다. 손에 물 한 방울 묻히지 않고 귀히 자랄 테니까요. 천을 감고 있다고 해서 특별히 달라질 건 없을 겁니다."

승려의 능력은 물론 대단했다. 그러나 그의 능력으로는 과거의 기억만을 들여다볼 수 있을 뿐, 미래에 대해서는 다른 사람들과 똑같이 한 치 앞도 내다볼 수 없었다. 그렇기에 이 승려 또한, 윤대감과 서린의 앞날에 닥칠 폭풍우에 대해서는 전혀 알 수가 없었다.

3
냉궁에 사는 모자

"어머님, 아침 문안을 여쭈러 왔습니다."

왕궁 북쪽의 가장 으슥한 곳, 설화당(偰花堂)이라는 아름다운 이름을 가진 별궁에서 소년의 또렷한 음성이 울려 퍼졌다. 말이 별궁이지 아무도 찾아오지 않는, 한겨울에도 불을 때지 않는 냉궁이었다. 범성군(范成君) 이범은 이곳에서 생모인 희빈 박씨와 단둘이 살았다. 시중드는 사람이라고는 늙은 내관 한 명과 상궁 두 명이 전부였다.

"마마는 밤새 눈을 붙이지 못하셨습니다. 지금 들어가셨다가는 영락없이 시달리실 것입니다. 나중에 다시 오시지요."

조내관이 조심스럽게 조언했다. 하지만 범은 열세 살이라는 나이가 믿기지 않을 만큼 어른스럽고 의젓한 태도로 대답했다.

"그러는 게 하루 이틀도 아니고. 기분이 좋을 때만 찾아오려다 어느 세월에 뵙겠느냐."

누구도 지켜보지 않는데, 매일 동이 트자마자 일어나 세수하고 의관을 정제한 후 문안 인사를 하러 오는 범이었다. 조내관은 체념의 한숨을 쉬며 물러났다.

"어머님, 괜찮으시다면 들어가겠습니다."

범이 문을 열고 들어가자, 낡은 원앙금침에 멍하니 앉아 있는 여자가 보였다. 가체(加髢)를 얹지 않은 머리는 풀어내려 산발하고, 추운 날씨에도 얇은 속적삼 한 장만 걸치고 있었다.

"어머님."

아들의 목소리를 가까이서 들은 박씨는 어깨를 움찔하면서 고개를 들었다. 한때 왕의 마음을 사로잡았던 고혹적인 미모의 흔적이 그 창백하고 여윈 얼굴에 아직도 남아 있었다. 이제 겨우 서른셋, 냉궁에 갇혀 시들어가기에는 지나치게 젊은 나이였다.

"범성군, 주상 전하를 모시고 온 건가요?"

당장이라도 왕을 맞이하러 나갈 것처럼 주위를 두리번거리는 어머니의 모습에, 범은 참담한 심정이었다. 왕이 오지 않았다는 걸 깨달은 박씨는 벌떡 자리에서 일어나더니, 어린 아들의 어깨를 잡고 매달리며 애원했다.

"범성군, 주상 전하를 오시게 해주세요. 용안을 뵙지 못한 지 너무 오래됐습니다."

"오지 않으실 겁니다. 어머님도 그만 기다리세요."

범이 그렇게 대답한 순간, 뺨에서 불꽃이 번쩍 일었다. 박씨가 난데없이 손바닥을 들어 아들의 얼굴을 후려친 것이다.

"무슨 당치 않은 소립니까! 내전에서 예까지 십 리가 된답니까, 백 리가 된답니까?"

범은 붉게 부어오르기 시작한 볼을 말없이 문지를 뿐 대답하지 않았다. 그러자 박씨는 돌연 가쁜 숨을 몰아쉬면서 아들을 와락 끌어안았다. 범은 무덤덤했다. 기억할 수 있는 어린 시절부터, 하루에도 수

십 번씩 어머니로부터 애정과 증오를 번갈아 받으면서 성장해왔다.

"미안해요, 범성군. 어미가 잠시 정신이 나갔나 봅니다. 이게 다 사악한 홍가년과 그 아들놈 때문이에요. 돌로 쳐 죽여도 시원찮을 것들."

"어머님, 말을 삼가십시오."

홍가년이란 것은 지금의 중전을 칭하는 말이었고, 그 아들놈이란 건 범성군에게는 이복동생인 세자를 의미했다. 박씨는 왕의 총애를 잃게 된 게 전부 그 둘의 탓이라고 여겼다.

"그럴 필요 없습니다. 연놈이 곧 죽을 테니까."

"그게 무슨 말씀이십니까?"

박씨가 중전과 세자를 저주하는 게 하루 이틀 있는 일은 아니었다. 하지만 오늘따라 형형하게 빛나는 박씨의 눈동자가 심상치 않았다. 그때, 문밖에서 우당탕탕 요란한 소리와 함께 조내관의 다급한 목소리가 울려 퍼졌다.

"뭐 하는 짓이오? 여기가 희빈 마마의 처소란 걸 모른단 말이오?"

"알고 있으니 온 것이다. 비켜라."

준엄하고 묵직한 남자의 목소리. 그 목소리의 주인공은 문을 드르륵 열어젖히면서 추상같은 호령을 내질렀다.

"박씨는 제 발로 나와서 오라를 받거라!"

흰색과 검은색을 교차해서 묶은 갓줄, 붉은색 도포, 그리고 허리에 찬 검. 남자의 옷차림을 본 범은 그가 의금부도사라는 사실을 알아차렸다. 의금부도사와 일대일로 대면하는 건 처음이었지만, 범은 기죽기는커녕 서릿발 같은 눈빛으로 위풍당당하게 맞섰다.

"뉘 안전인 줄 알고! 썩 물러나지 못할까!"

금부도사는 그 기세에 흠칫했지만 잠시뿐이었다. 위세를 부려봤자 자기보다 머리 두 개는 더 작은 어린애, 곧 형장의 이슬로 사라질 여자의 혈육이 아닌가. 두려워할 이유가 없었다.

"군 마마야말로 물러나십시오. 박씨는 중전 마마와 세자 저하를 독살하려 한 죄인입니다."

"독살이라고?"

"어젯밤 동궁전 상궁이 진상품으로 올라온 별미들을 기미하다 피를 토하고 죽었습니다. 주상 전하께서 밤새 궁녀들을 모아놓고 친국하신 결과, 설화당의 최상궁, 임상궁이 박씨의 사주를 받아 진상품 사이에 독이 든 곶감을 숨겨놓았다고 실토했습니다."

범성군은 무거운 쇳덩이로 머리를 얻어맞은 기분이었다. 그러고 보니 조내관과 함께 희빈의 처소를 지키고 있어야 할 두 상궁의 모습이 보이지 않았다.

"알겠으면 이제 비키십시오. 마마까지 다치십니다."

금부도사는 더 설명해주기도 귀찮은 듯 다짜고짜 방 안으로 밀고 들어왔다. 억센 손이 박씨의 어깨를 턱 붙잡자, 그녀는 숨넘어가게 비명을 지르며 몸부림쳤다. 독살범이든 아니든, 어머니가 외간 남자에게 붙들리는 모습을 보고 가만히 있을 아들은 없었다. 범은 금부도사의 팔을 쳐내려고 달려들었지만, 그가 태산같이 버티고 서 있는 바람에 반대로 제가 나가떨어졌다.

"윽!"

범은 뒤로 넘어지면서 문간에 뒤통수를 세게 찧었다. 뒷머리에 손을 갖다 대자, 손바닥에 붉은 꽃 같은 선혈이 묻어났다. 왕족의 몸을 상하게 했는데도, 금부도사는 황송해하기는커녕 힐끗 내려다보는 게 전부였다.

"그것 보십시오. 다치신다고 하지 않았습니까."

범이 비틀대며 일어나는 사이, 금부도사는 박씨의 손목에 오라를 걸어 끌고 나갔다. 박씨가 디딤돌을 밟자마자 의금부 관원들이 일제히 몰려들어 빽빽이 포위했다. 범은 눈을 부릅뜨고 금부도사를 노려보았다.

"네놈의 이름이 무엇이냐?"

"이의종입니다."

"금부도사 이의종, 내 똑똑히 기억할 것이다."

범의 독기 서린 말에 이의종은 가소롭다는 듯 코웃음만 쳤다. 박씨는 개처럼 비참한 모습으로 끌려가면서 구원을 요청하는 눈빛으로 범을 보았다. 그러나 무력한 존재인 그가 할 수 있는 일은 없었다. 관원들이 겹겹이 지키고 서 있어, 주상에게 달려갈 수도 없었다.

박씨의 소식이 들려온 건 그로부터 열흘 후였다. 방에 갇혀 답답한 하루하루를 보내던 범이 까무룩 잠들었다 깨어났을 때였다. 문 앞을 지키고 있는 조내관과 매일 식사를 날라다 주는 소주방 상궁이 수군대는 소리가 창호지를 뚫고 새어 들어왔다.

"그래, 오늘 미시(未時)*란 말이지……."

"군 마마가 절대 나오지 않게 해주십시오. 전하 눈에 띄면 좋지 않을 테니."

"가여운 군 마마."

———

* 십이시의 여덟 번째 시(詩)로 오후 한 시에서 세 시까지

무엇이 가엾다는 건지 듣지 않아도 알 수 있었다. 바로 오늘, 박씨가 사형을 당하는 것이다. 범은 조급해졌다. 어떻게 해서든 형 집행을 막아야 했다. 형을 참관하러 나온 왕이 그 자리에서 범의 얼굴을 본다면, 혹시 마음이 약해져 유배형으로 감해줄 수도 있지 않을까.

'이곳에서 나가야겠다.'

소처럼 온순해 보이는 외양과 달리 조내관은 뚝심이 있었다. 독살 모의에 동참했을지도 모른다는 의심을 받아 혹독한 문초를 당했지만, 꿋꿋이 견뎌내고 이틀 만에 돌아왔다. 그리고 범이 다른 사람과 접촉하지 못하게 엄격히 감시하라는 주상의 명을 충실히 이행했다. 밥도 문 앞에 서서 먹고, 용변은 요강으로 해결하고, 잠은 문고리와 손을 줄로 연결해놓고 앉아서 잤다.

'아무리 조내관이라도, 위급 상황이 되면 도움을 청하러 가겠지.'

방 안을 둘러보던 범의 시선이 한 군데서 멈췄다. 그곳에는 싸늘한 방 안을 데워주는 청동화로가 있었다. 잠시 생각에 잠겼던 범은 신고 있던 두꺼운 버선을 벗었다. 그리고 부젓가락으로 화로에서 작은 숯덩이 세 개를 꺼내 버선에 집어넣었다. 그리고 버선이 구멍 날 때까지 이마와 얼굴에 대고 꾹꾹 누르며 문질렀다. 손이 델 듯이 뜨거웠지만 이를 악물고 참아냈다.

'이것만으로는 부족해.'

땀이 삘삘 나고 얼굴이 달아오르며 체온이 올라갔지만, 그냥 고뿔로만 보이면 안 될 터였다. 범은 버선을 숨기고, 이번에는 목구멍 깊숙이 손가락을 집어넣고 힘껏 휘저었다.

"우욱!"

헛구역질이 연달아 나오면서 몸이 앞으로 휘청거렸다. 어제오늘

먹은 게 거의 없어 멀건 위액만 역류했다. 범은 그대로 이불 위로 엎어져 헐떡거렸다. 구토하는 소리를 들은 조내관이 소스라치게 놀라 범의 허락을 구하지도 않은 채 황급히 문을 열고 뛰어 들어왔다.

"군 마마! 어디 편찮으십니까?"

"몸이 좋지 않구나……. 콜록! 어의를 불러라, 어서…… 콜록!"

범은 가슴을 주먹으로 두드리면서 기침을 해댔다. 조내관은 핏기가 싹 가신 범의 얼굴과 실핏줄이 터져 벌게진 두 눈, 입가에 줄줄 흐르는 침을 보며 경악을 금치 못했다. 조내관의 손은 불덩이 같은 범의 이마에 닿자마자 화들짝 놀라며 다시 떨어져 나갔다.

"안 되겠습니다. 곧장 어의를 데려오겠습니다!"

조내관이 부랴부랴 내의원이 있는 방향으로 달려가자마자, 범은 민첩하게 자리를 박차고 일어났다. 그리고 열린 문을 쏜살같이 빠져나와 미리 계획한 대로 소주방을 향해 달려갔다.

소주방에서는 매일 해가 뜰 무렵 궁 밖에서 날라 온 신선한 식재료로 아침상을 차렸다. 소주방 상궁이 조금 전 범의 식사를 두고 갔으니, 지금쯤 빈 수레들이 궁 밖으로 나가고 있을 터였다.

"가자, 이놈아! 이랴!"

소를 몰면서 소주방 뒤에서 나오는 수레꾼을 보고, 범은 자신의 예상이 맞았다는 걸 알았다. 그는 망설임 없이 수레 뒤에 실린 밀짚더미 안으로 뛰어들었다. 밀짚의 푹신함이 수레의 흔들림을 감춰줄 수 있으리라 계산한 것이다. 시간이 얼마나 지났을까. 움직임이 잠시 멈추고 주변의 소음이 확 커졌다. 범은 수레가 궐문을 통과하고 있으리라 짐작했다.

"어이, 이서방. 투전판 벌이러 가나?"

"오늘은 더 재미난 구경거리가 있습죠, 나리. 처형하는 걸 보러 혜민국 앞에 갈 겁니다."

"도성 안에 사람이란 사람은 죄다 나오겠구먼."

궐 문지기와 수레꾼은 뭐가 그리 재밌는지 껄껄 웃어댔다. 범은 신물이 올라오는 걸 느꼈지만, 짚더미에 코를 묻은 채 필사적으로 참았다. 수레가 번화가를 지나 혜민국 앞에 다다를 때까지.

마침내 수레가 완전히 멈췄을 때, 범은 짚더미를 밀어젖히고 밖으로 훌쩍 뛰어내렸다. 수레꾼은 수레를 세워놓고 구경하러 갔는지 이미 보이지 않았다.

"시작한다!"

천둥 같은 북소리와 함께 희열에 찬 고함소리가 들렸다. 혜민국 앞 사거리는 구경꾼들로 발 디딜 틈 없이 북적거렸다. 범은 헤엄치듯 양팔로 인파를 헤치면서 힘겹게 앞으로 나아갔다. 발에 차이고, 옷고름이 잡아 뜯기고, 몇 번이나 넘어지면서 마침내 맨 앞으로 왔다.

사나운 콧김을 뿜는 황소 네 마리가 고삐에 매인 채 동서남북으로 흩어져 있었고, 그 가운데 하얀 수의(囚衣)를 입은 박씨가 누워 있었다. 그녀의 사지에 묶인 끈은 황소들의 몸통을 둘러맨 끈과 연결되어 있었다. 말로만 듣던 거열(車裂)이었다.

본래 왕족은 극형에 처하더라도 사사(賜死)*하는 게 일반적이었다. 아무리 악독한 짓을 했어도 그 몸에 직접 손을 대는 경우는 흔치 않았다. 그러나 비천한 혈통의 희빈 따위가 중전과 세자를 저주한 것

---

* 죄인을 대우하는 뜻으로 임금이 독약을 내려 자결하게 하는 일

도 모자라 독살하려 한 전례 또한 없었다. 마지막 품위를 지키도록 허락해주는 배려조차 베풀지 않았다는 건, 박씨를 향한 왕과 조선 왕실 전체의 분노가 얼마나 극심한지 알게 해주는 대목이었다.

왕의 모습은 보이지 않았다. 한때 사랑했던 여인의 마지막을 지켜볼 만큼의 관심도 그에게는 남아 있지 않았다.

"어머니……."

범이 뭐에 홀린 사람처럼 손을 뻗으며 앞으로 몸을 기울이는데, 뒤에서 두툼한 손이 불쑥 뻗어와 그의 두 눈을 가렸다.

"마마, 보시면 안 됩니다!"

나무껍질을 연상케 하는 해묵은 체취. 조내관이었다. 그는 과연 범을 잘 알았다. 어의를 데려왔을 때 범의 방이 비어 있자, 여기로 왔으리라 추측하고 곧바로 따라온 것이다.

"놓아라, 나는 똑똑히 지켜볼 것이다. 그리고 잊지 않을 것이다."

범성군은 악문 잇새로 말하면서 조내관의 손을 뿌리쳤다. 바로 그 순간, 징이 울리고 황소들을 묶은 고삐가 일제히 끊어졌다. 네 마리 황소가 무시무시한 기세로 서로 다른 방향으로 돌진하자, 박씨는 비명 한 번 지르지 못하고 네 갈래로 찢어졌다.

촤악!

흩뿌려진 핏물이 범과 조내관의 얼굴까지 튀었다. 조내관은 마른 울음을 흘리면서 범을 끌어안아 자신의 품에 묻었다. 그러나 범은 이미 모든 걸 그 눈에 담아버린 후였다. 범은 소리 지르거나 기절하지 않았다. 다만 그 순간, 그의 안에서 무엇인가 어머니와 함께 죽어버렸다. 그가 영원히 잃은 것은 타인을 사랑하고 사랑받는 능력, 흔히 마음이라고 부르는 것이었다.

4

형제

"오늘부터 범성군이 동궁전 별채에서 살게 되었습니다. 동궁과는 다섯 살 터울 형제지간이니 서로 아끼고 존중하면서 우애 좋게 지내도록 하세요."

폐빈 박씨가 죽은 지 사흘 후 범은 뜨끈뜨끈하게 불이 지펴진 동궁전에서 중전 홍씨를 마주 보고 앉아 있었다. 왕이 재혼으로 얻은 홍씨는 아들 하나 딸 하나를 둔 지금도 고작 스물여섯, 눈부시게 아름답고 생기 넘쳤다.

그뿐이 아니었다. 박씨가 그녀를 저주하는 굿판을 벌이다 발각됐을 때도 도리어 선처를 구할 만큼 홍씨는 성품까지 선했다. 냉궁에 쫓겨나 살던 박씨가 결국 비참한 최후를 맞이하자, 이번에는 그 아들인 범에게까지 구원의 손길을 뻗쳤다. 어린애에게 무슨 죄가 있겠냐는 것이었다.

"네, 어마마마!"

범의 옆에서는 여덟 살의 세자 헌이 싱글벙글 웃고 있었다. 하루 종일 같이 놀아줄 형이 생겼다는 게 그저 좋은 듯했다. 천성이 온화

34

하고 해맑아 남을 의심할 줄 모르는 게 중전의 판박이였다. 범은 그들을 향해 말없이 고개 숙여 인사한 후 물러났다.

별채로 향하는 길, 이번에도 범과 함께하게 된 조내관이 그의 뒤를 졸졸 따라오며 잔소리를 늘어놓았다.

"중전 마마와 세자 저하의 하해와 같은 은혜에 감사하셔야 합니다. 그분들이 거두어주시지 않았다면 군 마마는 꼼짝없이 출궁하셨을 겁니다."

"……"

"행여 원망하는 마음을 가지셔도 아니 됩니다. 군 마마의 어머님이 그렇게 되신 건 그분들 탓이 아닙니다. 어머님은 도리에 어긋나는 욕심으로 스스로를 해치신 것입니다."

"……아니다."

굳게 입을 닫고 있던 범성군이 처음으로 입을 열었다. 그의 낯빛은 서늘했고, 음성은 무서우리만큼 차분했다.

"어머님의 과오는, 이미 남이 된 사람에게 모든 희망을 걸었던 것, 그뿐이다."

"……마마."

'시해 시도'라고 부르기에도 민망할 만큼, 박씨가 저지른 짓은 어설프고 어리석었다. 입이 새털보다 가벼운 궁녀 둘을 매수해 투구꽃을 구해오게 하고, 그 가루를 곶감에 뿌려 진상품 사이에 섞어놓았다. 기미상궁이 기미를 할 것이고, 그러면 독이 들었다는 게 곧장 밝혀질 것이 명백한데도. 남편인 왕의 애정이 살아나길 갈구한 나머지, 박씨는 이성적인 판단도 하지 못할 정도로 미쳐버린 것이다.

"걱정 마라. 난 결코 어머님처럼 되지 않을 것이다. 어떤 약점도 잡히지 않을 것이다. 그 누구도 내 감정을, 내 생각을 알지 못할 것이다. 완벽하게 안전해지는 날까지, 그리 할 것이다."

범은 낮은 담 너머로 펼쳐진 궁궐 풍경을 물끄러미 바라보며 그렇게 말했다. 결심을 지키는 게 어려울 것 같지는 않았다. 그를 낳아준 여인의 몸뚱이가 갈래갈래 찢겨나가는 걸 본 후부터, 모든 감각과 감정이 깎여나간 것처럼 묘하게 둔해졌다. 세상이 총천연색 아닌 흑백으로 보이는 것과 비슷했다. 참으로 기이한 일이었다. 분명 세상에서 가장 사랑하던 어머니였는데, 없어진다는 것은 상상도 하지 못했었는데, 왜 이리도 아무렇지 않은 것일까. 범에게 남은 거라곤 그저 살아남아야겠다는 생존 본능뿐이었다.

"형님! 경상 감사가 안경이라는 물건을 바쳤다 합니다. 구경하러 가시지요!"

아침부터 밤까지 조잘조잘 수다 떠는 헌이 범은 귀찮고 시끄럽기만 했다. 노는 것만 좋아하는 헌은 스승이 셋이나 붙었는데 아직《동몽선습》도 못 뗐다. 사서삼경을 끝낸 범의 눈에는 질투할 가치도 없는 멍청한 꼬마에 불과했다. 그래도 티 안 내고 묵묵히 헌의 응석을 받아주었기에, 어느새 우애 좋은 형제지간으로 소문이 나게 되었다. 그렇게 삼 년이란 세월이 흘렀다.

"꼭 같이 가셔야 합니다. 꼭이오!"

"저는 읽어야 할 서책이 있습니다. 주상 전하께서 부르시지도 않았고요."

헌의 열한 살 탄일 전날, 범은 고집을 부리는 세자를 향해 점잖게 대답했다. 헌은 탄일 기념으로 왕과 함께 사냥에 나설 예정이었다. 세자에게 잘 보이려는 이들이 앞다투어 구경하러 올 텐데, 그런 자리에 범이 나가는 건 씹어 먹을 안주가 되어주는 것이나 다름없었다.

"안 됩니다. 형님이 가지 않으시면 저도 가지 않을 것입니다!"

"저하."

범은 얕은 한숨을 내쉬었다. 헌의 고집을 꺾지 못할 거라는 건 처음부터 알고 있었다. 헌은 원하는 거라면 뭐든지 할 수 있고, 가질 수 있는 세자의 신분이었으니까. 그에 비하면 범은 아무것도 아니었다. 헌이 눈부신 태양이라면, 범은 그윽한 달도 아닌 그냥 뿌연 먼지였다.

"아바마마께서 생일 선물로 새 말을 주신다고 하셨습니다. 청나라에서 직접 공수한 한혈마(汗血馬)*라고 들었습니다. 형님께서도 타보셔도 됩니다."

헌은 범의 동행을 기정사실로 혼자 단정 짓고는 선심 쓰듯 웃으며 말했다. 그러나 범은 당장 사냥터에 입고 나갈 옷이 걱정이었다. 헌을 위해서는 상의원**이 경쟁하듯 특별히 지은 새 철릭***이 몇 벌이나 준비되어 있지만, 범에게는 흔한 도포뿐이었다. 헌에게 얘기하면 그깟 철릭이야 손쉽게 내주겠지만, 범은 구걸하고 싶지 않았다.

다음 날, 범은 조내관이 내탕고****에서 찾아온 낡고 해진 철릭을

---

*   피땀을 흘릴 정도로 빨리 달리는 명마라는 뜻의 아라비아산 말
**   조선 시대 임금의 의복과 궁내의 일용품, 보물 따위의 관리를 맡아보던 관아
***   전쟁이나 사냥을 나갈 때 입는 융복
**** 왕실의 창고

걸치고 방문을 나섰다. 동궁전 앞마당에는 이미 수십 명이 모여 있었다. 그중 범에게 눈길이라도 주는 이는 한 명도 없었다. 반면 늘씬한 황금빛 말을 탄 왕과 늠름한 밤색 말을 탄 헌이 함께 나타나자 모두 일제히 머리를 조아리며 요란한 찬사를 퍼부었다.

"전하."

범은 왕을 향해 깍듯이 허리 굽혀 인사했다. 그러나 왕은 마지못해 고개를 끄덕일 뿐이었다. 설화당에 살 때는 매년 얼굴을 보기도 힘들었던 아버지가, 동궁전으로 오고 나서는 사흘에 한 번은 만나는 사이가 되었다. 그러나 범이 왕을 독대하는 일은 없었다. 왕에게 있어 범의 존재는 지우고 싶은 과거의 오점인 모양이었다.

"주상 전하, 세자 저하 납시오!"

우렁찬 구령과 함께 기나긴 행렬이 출발했다. 범이 예상했던 것처럼, 오늘 사냥은 시작부터 치욕의 연속이었다. 헌은 무려 열두 명의 가마꾼이 지고 가는 초호화 가마인 연(輦)을 타고 편안하게 움직였지만, 범은 단둘이 메고 가는 새끼 가마를 타야만 했다. 엎친 데 덮친 격으로 그 가마조차 온전하지가 않았다.

"군 마마, 가마 모서리가 부서진 것 같습니다. 일단 내리셔야겠습니다."

가마는 산기슭에서 멈춰 섰다. 휘장을 걷고 가마에서 내린 범은 덮개가 부서지고 접합 부분의 나무못이 뾰족뾰족하게 튀어나온 모서리를 보며 할 말을 잃었다. 그는 끝이 부러진 나무못 하나를 뽑아 만지작거리다가, 한숨을 쉬면서 가마꾼들의 뒤를 따라 걷기 시작했다. 맨 앞에 선 가마꾼이 말을 관리하는 마장(馬場) 일꾼과 소곤대는 소리가 바람을 타고 범의 귀에까지 들어왔다.

"누구지? 세자 저하의 친구라기엔 나이가 들어 보이는데."

"자네 처음 보나? 범성군 마마일세."

"범성군? 그런 이름의 군이 있었나?"

"왜, 그 있잖나. 삼 년 전 처형당한."

"아, 그럼 거지 핏줄이라는 게……."

그 대화를 듣는 동안에도 범은 눈썹 한 올 꿈틀하지 않았다. 박씨가 이름뿐이나마 희빈 품계를 갖고 살아 있을 때는 감히 입에 담지 못했던 그녀의 출신. 그 얘기가 이젠 공공연히 궁인들의 입에 오르내린다는 걸 그도 잘 알고 있었다.

박씨는 양친이 누군지도 모르는 굴다리 밑에서 구걸하던 거지 소녀였다. 여덟 살이던 그녀가 부랑자들한테 맞고 있는 걸 지나가던 대감 댁 마님이 가엾게 여겨 거둬주었는데, 그 댁 외동딸이 바로 첫 번째 중전이 된 김씨였다. 박씨는 김씨가 입궁할 때 나인이 되어 따라 들어왔고, 매력을 꽃처럼 뿜어내던 열일곱에 왕의 눈에 띄어 승은을 입었다.

자매처럼 의좋게 자라난 박씨에게 왕의 연심을 빼앗긴 중전 김씨는 시름에 빠졌다. 김씨가 여러 차례 유산하며 끝내 후사를 보지 못하는 동안 박씨가 단번에 회임해 범을 낳은 것도 김씨의 근심을 더했다. 박씨가 종일품을 거쳐 정일품 희빈이 되는 동안 김씨가 조기폐경을 맞고 앓아누웠고, 범이 세 살 되던 해 끝내 세상을 떠났다.

그 후 새 중전이 들어올 때까지, 박씨는 왕의 총애를 독차지하며 내명부를 쥐락펴락했다. 그동안 왕을 빼앗기지 않으려고 자기보다 젊고 예쁜 궁녀들에게 부린 패악질은 일일이 다 말할 수 없을 정도였다. 박씨의 죽음이 김씨의 저주이자 당연한 업보라는 식으로 궁인들이 입방아 찧는 걸 범은 숱하게 엿들었다.

슬프거나 화나진 않았다. 부정할 수 없는 사실이었으니까. 수치스럽지도 않았다. 지켜야 할 품격이란 건 처음부터 없었으니까. 하지만 범은 저도 모르게 양팔을 몸통에 바짝 붙인 채 걷고 있었다. 덧대어 기운 철릭의 팔꿈치 부분을 내보이고 싶지 않았던 것이다.

"형님, 왜 이리 늦으셨습니까? 기다렸습니다!"

가죽신과 바짓단이 진흙투성이가 되도록 힘들게 걸어서 산 중턱에 있는 사냥터에 올라갔을 때, 헌이 범을 향해 쪼르르 달려왔다. 헌의 뒤에는 아까 본 밤색 말이 지친 기색도 없이 서 있었다. 헌은 범의 도포 자락을 잡고 말이 있는 곳까지 끌고 가면서 신나게 방방 뛰었다.

"가까이 가서 보십시오! 형님이 여태 보신 말 중에 가장 근사하지 않습니까? 이 안장도 백상어 가죽이라고 합니다."

헌의 독촉에 못 이긴 범은 말을 향해 다가갔다. 그의 손에는 아직도 방금 전 가마에서 뽑아낸 나무못이 쥐어져 있었다. 범은 힐끗 안장을 내려다보면서 무심하게 말했다.

"멋진 안장이군요."

처음부터 그런 의도를 갖고 다가갔던 건 아니었다. 그런데 다음 순간, 보이지 않는 누군가가 잡고 이끄는 것처럼 범의 손이 스르르 움직였다. 범은 다분히 충동적으로, 하지만 정확한 손길로 작은 못을 좌목* 아래에 일직선으로 끼워놓았다. 지금 당장은 아무렇지 않지만,

---

* 안장에서 사람의 엉덩이가 닿는 부분

만일 세자가 안장 위에 올라탄다면 그 무게로 인해 못의 뾰족한 부분이 안장의 갈라진 부분을 뚫고 말의 피부에까지 가서 닿을 것이다.

"동궁! 이렇게 시간을 끌다가는 사슴을 다 놓치겠구나!"

"예, 아바마마!"

헌은 왕의 부름에 활기차게 대답하면서 말고삐를 잡았다. 젊은 무관 하나가 달려와 세자의 발치에 납작하게 엎드렸다. 헌은 경쾌하고 가뿐한 움직임으로 무관의 등을 디디고서 말 등에 가볍게 올라탔다. 심지어 범을 향해 보란 듯이 손을 흔들어 보이기까지 했다.

헌이 말 위에서 허리를 곧추세우고 자세를 잡는 모습을, 범은 잔뜩 긴장한 채 지켜보았다. 몇 초 동안은 아무 일도 일어나지 않았다.

'그럼 그렇지, 이렇게 쉬울 리가 없지.'

머릿속으로 그리는 대로 척척 이뤄지기만 한다면 세상에 어려운 일이 없을 것이다. 범이 실망 반, 안도감 반으로 발걸음을 떼려는 순간이었다.

"히이이이잉!"

말이 미친 듯이 울부짖으며 허공으로 솟구쳐 올랐다. 그러고는 한바탕 거칠게 몸부림을 치더니, 사냥터 바깥쪽을 향해 미친 듯이 돌진하기 시작했다. 말 위에 앉아 있던 헌은 고삐를 잡은 채로 공중에서 춤을 추다가 사정없이 바닥에 패대기쳐졌다.

"세자 저하!"

"동궁!"

신료들과 왕의 경악한 목소리가 사냥터를 뒤흔들었다. 본능적인 행동인지, 아니면 단순히 뭐라도 붙잡고 싶었던 심정이었는지 헌은 말이 질주하는 중에도 고삐를 손에서 놓지 않았다. 그로 인해 헌의 작은 몸은 자갈이 잔뜩 박힌 흙길에 데굴데굴 구르면서 끌려갔다.

"저하! 고삐를 놓으셔야 합니다! 놓으십시오!"

그러나 커다란 바윗돌에 머리를 쾅 부딪친 후에야 헌은 고삐를 놓았고, 말은 여전히 괴성을 지르면서 어딘가를 향해 일방적으로 달려가 버렸다. 동궁전 내관들이 일제히 달려가 헌의 몸을 부여잡았다. 그 중 한 명이 헌의 코앞에 귀를 가져다 대더니 절망에 차 부르짖었다.

"숨을 쉬지 않으십니다!"

"안 된다! 어서 어의를 불러와라! 어의를!"

범은 아무런 감정도 담기지 않은 얼굴로 그 아수라장을 묵묵히 지켜보고 있었다. 무슨 생각으로 안장 속에 나무못을 끼워 넣었는지는 그도 알지 못했다. 헌이 죽게 되리라고도 생각하지 못했다. 그저 가볍게 골탕을 먹이고 싶었는지도 모른다. 그러나 헌의 머리에서 동백꽃처럼 붉은 피가 흐르고, 강아지처럼 까맣고 반짝이던 두 눈동자에서 초점이 사라지는 모습을 보는 순간, 메말랐던 심장에서 변화가 일어났다. 기절했던 물고기가 물을 만나 깨어나듯, 심장이 부르르 크게 떨면서 요동친 것이다.

'죽었다……. 세자가……죽었어!'

전율의 정체는 두려움도 공포도 슬픔도 아니었다. 그건 각성에서 오는 쾌감이었다. 한없이 무력한 줄만 알았던 자신의 사소한 행동이, 다른 사람의 운명을 송두리째 바꾸어놓을 수도 있다는 벼락같은 깨달음. 어쩌면 그건 목석 인간이 되어버린 범이 느낄 수 있는 유일한 감정인지도 몰랐다.

5
왕따 궁녀

화창한 봄날, 옥색 저고리에 남색 치마를 입은 아기나인이 동궁전 앞을 지나고 있었다. 돌돌 만 머리를 뒤로 올려붙이고 선홍색 댕기를 나풀거리는 모습이 앙증맞았다. 제 발보다 큰 신을 신었는지, 한 걸음 뗄 때마다 발을 길게 끄는 모습은 조금 우스꽝스럽기도 했다. 놋그릇이 층층이 쌓인 쟁반을 힘겹게 들고 가던 아기나인은 돌연 균형을 잃고 휘청거렸다.

"으앗!"

아기나인은 새된 소리를 지르면서 바닥에 엎어졌고, 그 바람에 그릇이 모두 떨어져 흩어졌다. 뒤를 돌아본 아기나인은 바닥에 박힌 부싯돌을 발견하고 눈이 동그래졌다. 난데없이 웬 부싯돌이란 말인가. 그때 저만치 놓인 평상 뒤에서 킥킥대는 소리가 들려왔다. 아기나인보다 훨씬 나이 많은 소주방 나인들이었다. 아기나인은 그들이 부싯돌을 갖다 놓았음을 깨달았다.

"왜 날 넘어뜨렸어요?"

"우리는 그런 적 없는데? 너 머리가 살짝 이상한가 보구나."

시치미를 뚝 떼고 나선 사람은, 소주방 나인들 사이에서 우두머리 노릇을 하는 채옥이라는 나인이었다. 채옥이 손가락을 머리 옆에서 빙글빙글 돌리는 시늉을 하자, 다른 나인들은 까르르 웃어댔다. 시비는 거기서 끝나지 않았다. 아기나인이 흙 묻은 음식을 주워 모으는 걸 본 채옥이 눈을 가늘게 떴다.

"너 그걸 어떻게 하려고?"

"어떻게 하다니요, 다시 소주방으로 가지고 가서 버려야죠."

"버린다고? 그 귀한 음식을? 낭비가 너무 심한 거 아냐?"

"그러면요?"

"당연히 흙만 털어내고 먹어야지. 네 맘대로 버리면 안 돼."

"흙 묻은 음식을 어떻게 먹어요."

"아니야, 먹을 수 있다니까. 어디 한번 해볼래? 자, 아 해봐."

아기나인은 흙 묻은 규아상*을 입가에 슥 가져다 대는 채옥의 손을 피해 고개를 내저었다. 그러나 채옥은 아기나인의 어깨를 우악스럽게 잡고 집요하게 규아상을 입속에 집어넣으려 했다. 그때 누군가 뒤에서 채옥의 엉덩이를 발로 냅다 걷어차 넘어뜨렸다.

"그렇게 맛있을 것 같으면 너나 먹어, 이 못된 계집애야!"

카랑카랑하게 소리치며 나타난 사람은 윤승현 대감의 맏딸 윤서린이었다. 스무 살의 처녀로 성장한 그녀는 눈에 확 띄게 화려하진 않아도, 보는 사람을 은근히 빨아들이는 듯한 외모를 갖고 있었다. 깨끗하고 고운 살결과 아버지를 닮아 시원스레 뻗은 눈매, 오똑하고

---

* 궁중에서 만들던 만두의 한 종류

강인해 보이는 콧날과 결연하게 꼭 다문 도톰한 입술까지. 가녀리면서도 품위 있고 당당해 보였다.

"아린아, 괜찮니?"

"언니!"

아기나인 아린은 구원자를 만난 것처럼 반갑게 부르면서 서린의 뒤로 달려가 숨었다. 서린은 어미 닭이 병아리에게 하듯 치맛자락을 펼쳐 동생을 감싸주었다. 채옥은 그 모습을 못마땅하게 쳐다보며 비아냥거렸다.

"정의의 사도 납셨네. 애가 하도 일을 못해서 좀 가르쳐주려고 그런 건데 뭐가 문제야?"

"가르쳐주는 거 좋아하네. 너희들은 우리가 궁에 온 첫날부터 못 잡아먹어서 안달이잖아. 옷을 가위로 찢어놓질 않나, 음식에 소금을 타질 않나, 걸핏하면 등 뒤에서 때리고 밀어서 넘어뜨리고. 도대체 뭐가 문제야?"

서린과 아린이 정든 집을 떠나 견습나인으로 입궁한 지 어느덧 보름째였다. 상대적으로 일이 편하고 대우가 좋다는 동궁전 소주방에 배속되어 다행이라고 여긴 것도 잠시였다. 원래 궁녀들이 텃세가 심한 건지, 아니면 명문가 규수들이 몰락한 꼴이 통쾌해서 놀려주고 싶은 건지, 자매는 단 하루도 짓궂은 장난에 골탕 먹지 않고 지나가는 법이 없었다.

"뭐가 문제냐고? 반역자의 자식인 너희가 양민 출신인 우리와 같은 취급을 받는 게 문제지."

"뭐라고?"

"국법대로라면 너희는 관노비가 됐어야지. 아니면 반역자 아버지

를 따라 유배를 가든가. 어디 파렴치하게 다른 곳도 아니고 동궁전에
와서 나인 노릇을 하려 들어?"

한 달 전, 서린과 아린 자매의 아버지인 윤대감은 반역 혐의로 추
포됐다. 왕정 질서를 바로잡겠다는 망상에 빠진 하급 무관 일당이 중
궁전을 공격하는 사건이 발생했는데, 어처구니없게도 윤대감이 그
배후로 지목당한 것이다. 사살된 무관들의 시신에서 발견된 연판장
에 윤대감의 호가 적혀 있었던 게 화근이었다.

윤대감은 그동안 우의정으로 국정을 성실히 수행해온 것이 정상
참작되어 참형 대신 제주도 유배형에 처해졌다. 그리고 서린 자매는
그들의 돌아가신 어머니와 친분이 있던 중전 홍씨의 배려로 궁녀로
입궐하게 되었다. 목숨을 건진 건 다행이지만, 서린은 포승줄에 묶여
끌려가던 아버지의 뒷모습을 떠올리면 지금도 속에서 뜨거운 것이
왈칵 복받쳐 올랐다.

"우리 아버지는 역모하지 않았어!"

"모든 반역자가 그렇게 말하지."

"이게 정말!"

참다못한 서린이 채옥을 향해 손을 들어올리고, 채옥은 그런 서린
의 머리끄덩이를 잡아챌 준비를 마쳤을 때였다. 수라를 짓는 장소인
퇴선간의 문이 벌컥 열렸다. 그리고 그 안에서 진녹색 저고리에 진청
색 치마를 입고 가체를 올린 여인이 걸어 나왔다.

"이게 웬 소란들이냐, 방정맞게."

"상궁 마마님!"

"너희 자매가 동궁전에 온 날부터 한시도 조용할 날이 없구나."

소주방을 통솔하는 문상궁은 궁에서만 이십오 년을 보낸 사람답

게 젊은 나이에도 엄숙한 권위가 있었다. 그녀가 말없이 미간에 주름을 잡자, 아린은 그것만으로도 겁을 먹고 목소리가 기어들어 갔다.

"그게 아니라 서린 언니는 저를 도와주려고……."

"시끄럽다. 음식 쏟은 게 뭐 그리 잘한 일이라고 입을 놀린단 말이냐? 그리고 윤나인, 손에 두른 그 흉측한 천 쪼가리는 풀어놓으라고 내가 몇 번이나 일렀을 텐데."

문상궁은 서린의 왼손에 묶여 있는 진갈색 천을 못마땅한 시선으로 쳐다보았다. 얼마나 낡았는지 끝단이 다 해져 너덜거리는 천은 아닌 게 아니라 매우 보기 흉했다. 그러나 서린은 아린과 달리 기죽지 않았다.

"이걸 묶고 있다고 해서 일을 못 하는 건 아니지 않습니까."

"궁인으로서 품위가 떨어져 보이니까 풀라고 하는 것이다. 아니면 최소한 그걸 묶고 있어야 하는 이유를 제대로 대라고 하지 않았느냐. 정말 태질이라도 당해야 입을 열겠느냐."

"싫습니다. 말하지 않을 것입니다. 견습나인도, 아니 반역자의 딸도 인간입니다. 말하고 싶지 않을 때는 침묵할 권리가 있습니다. 아무리 강요하셔도 제 입을 여실 수는 없을 겁니다."

문상궁은 입을 떡 벌렸다. 서린이 하는 말의 내용 때문이 아니라 말투 때문이었다. 그것은 공손하고 나긋나긋해야 할 궁녀의 말투가 아니라 오만하고 지기 싫어하는 대갓집 규수의 말투였다. 아무래도 이 아이는 제대로 한번 버릇을 고쳐놓아야겠다고, 마음먹은 문상궁이 입술을 꽉 깨물면서 앞으로 나서려던 참이었다.

"그건 그 아이의 말이 맞구나."

뒤에서 불쑥 튀어나온 남자의 음성이 두 여자의 언쟁을 가로막았다. 고인 물처럼 차분하면서도 선명한 울림이 있는 인상적인 목소리였다. 문상궁은 지나가던 내관이나 별감이 쓸데없는 참견을 한다고 생각했다.

"누군지 몰라도 내명부 일에 간섭하지……."

홱 돌아보며 차갑게 쏘아붙이던 문상궁은 말을 멈추고 굳어져버렸다. 감색 곤룡포로 훤칠한 몸을 감싼 준수한 미청년이 입가에 보일 듯 말 듯 미소를 머금은 채 그 자리에 서 있었다.

"세자 저하!"

문상궁은 재빨리 한 걸음 물러나며 공손하게 허리를 숙였다. 세자 뒤에는 늙은 내관을 비롯해 차양을 든 수행 행렬이 늘어서 있었다. 세자는 궁녀들 사이에 일어난 다툼을 살피기 위해 그 많은 사람들을 멈춰 세운 것이다.

"지나던 길에 언성이 높아지기에 와보았네. 문상궁, 저 아이의 왼손에 묶여 있는 천이 그렇게 눈에 거슬리는가?"

"저하, 그것이……."

"저 아이 말대로 일하는 데 방해되지 않는다면 그냥 내버려둠이 어떠한가? 손에 흉터가 있어 감추고 싶은 걸지도 모르는데."

세자가 서린의 입장을 옹호하고 나서자 문상궁은 감히 반박할 수 없었다. 부드러운 말로 단번에 상황을 제압한 세자는 서린과 아린을 향해 몸을 돌렸다. 자매는 마치 자기들끼리 힘을 합쳐 온 세상에 대항하기라도 하려는 것처럼 서로의 손을 꼭 붙잡고 있었다.

"세, 세자 저하……."

"그래, 내가 세자다."

세자는 감히 올려다보지도 못할 만큼 높으신 분의 등장에 바들바들 떠는 아린을 향해 하얗고 섬세한 손을 뻗었다. 그리고 살며시 머리를 쓰다듬어주었다. 그는 그 옆을 지키고 서 있는 서린에게도 말을 걸었다.

"새로 들어온 나인이라고? 동궁전 생활은 견딜 만하느냐?"

서린은 섣불리 입을 열지 못했다. 세자 저하의 은덕으로 잘 지내고 있다, 상궁과 동료 나인들도 잘해준다. 그렇게 말하는 게 마땅한 도리라는 건 알고 있었다. 하지만 거짓말하고 싶지 않았다. 입술을 잘근잘근 깨물며 뜸만 들이는 서린을 보고 세자는 의미심장한 표정이 되었다.

"그래, 힘들겠지. 반역자의 자식으로 산다는 게 어떤 건지는 나도 잘 알고 있다."

세자로 태어나지 않은 세자, 폐빈 박씨의 아들인 범의 말에 주변이 일순간 숙연해졌다. 눈을 내리깐 채 침묵을 지키던 서린은 그 말을 듣고서 깨달았다. 세자가 자신의 정체를 처음부터 알아보았다는 사실을. 윤승현의 혐의를 생각하면 그 딸들도 냉대할 법한데, 세자는 비난이 아닌 연민으로 그들을 대하는 듯했다.

"언제든 고충이 생기면 찾아와 이야기하거라. 내가 다스리는 동궁전에서 신분이나 출신을 문제로 부당한 대우를 받는 일은 없어야 할 것이다."

그 자리에 있는 모두가 들을 수 있도록 큰 목소리로 말하고 난 후 세자는 서연(書筵)*이 열리는 장소인 화륜각을 향해 발걸음을 옮겼

---

* 왕세자에게 경서를 강론하던 자리

다. 세자의 충직한 심복 조내관을 필두로 기나긴 행렬이 그 뒤를 따랐다. 그가 완전히 멀어질 때까지 궁녀들은 머리를 조아리고 허리를 숙인 채 꼼짝하지 않았다. 이윽고 말소리가 들리지 않을 만큼 안전해졌다고 판단하자 나인 한 명이 탄식하듯 말했다.

"저렇게 멋진 분이 이 세상에 또 있을까!"

"말씀도 참 조리 있게 잘하셔. 인품은 말할 것도 없고. 희대의 성군이 되실 거야."

"그뿐이야? 학식과 무예도 뛰어나시지, 풍채는 신선이 울고 갈 정도잖아. 저런 분을 부군으로 두시다니 세자빈 마마는 복도 많으셔."

앞다투어 세자를 찬양하는 나인들을 보고 문상궁은 혀를 찼다.

"주책 그만 떨고 들어가서 일하거라. 소주방 기강이 갈수록 엉망이 되어가는구나."

"마마님도 그리 생각하지 않으세요? 우리 세자 저하가 최고라고."

채옥이 헤실헤실 웃으며 말하자 문상궁은 정색하면서 호통 쳤다.

"어디 함부로 우리 저하라고 들먹이느냐. 저하께서는 이 나라 백성 전체의 자랑이고 희망이시다. 네깟 것들이 감히 이렇다 저렇다 평가할 수 없는 분이란 말이다. 입 다물고 얼른 들어가!"

나인들은 못다 한 말들을 소리 낮춰 재잘거리며 소주방과 퇴선간으로 나누어 흩어졌다.

그동안 서린과 아린은 세자가 사라진 방향을 물끄러미 바라보며 서 있었다. 세자가 그들에게 남기고 간 인상이 그만큼 깊었던 것이다. 아버지가 잡혀간 그날부터 지금까지, 그 누구도 자매에게 그렇게 따스한 말을 해준 적이 없었다. 어쩌면 저렇게 선해 보일 수 있을까. 멍해져 있는 서린을 깨운 건 문상궁의 추상같은 목소리였다.

"윤나인, 저하께서 저리 말씀하시니 네 손에 대해서는 앞으로 다시는 얘기하지 않겠다."

"감사합니다, 상궁 마마님."

"허나 견습나인 주제에 상궁에게 버르장머리 없이 군 것에 대해서는 벌을 받아야 할 것이다."

문상궁은 거대한 물독이 줄줄이 놓여 있는 뒷마당을 턱짓으로 가리키며 천연덕스럽게 말했다.

"오늘 밤까지 우물에서 물을 퍼다 저 독들을 가득 채워놓거라."

"네?"

서린은 눈앞이 깜깜해졌다. 저 독들을 다 채우려면 퇴선간에서 우물까지 족히 서른 번은 왔다 갔다 해야 할 것이다. 심지어 가까운 거리도 아니었다. 창백하게 질린 서린의 얼굴을 보고 문상궁은 그럴 줄 알았다는 표정을 지었다.

"역시 못 하겠느냐? 손은 그리 묶고 있어도 일은 잘할 수 있다 하지 않았느냐?"

"아닙니다. 할 수 있습니다."

서린은 오기에 받쳐 대꾸했다. 부잣집 딸이라 아무것도 못한다고 욕먹는 것도 지겨웠다. 문상궁은 입가에 가벼운 조소를 머금은 채 자리를 떠났다. 둘만 덩그러니 남겨지자 아린이 언니의 손을 잡아당기며 걱정했다.

"언니, 어떡하려고 그래."

서린은 말없이 동생의 어깨를 당겨 자신에게 기대게 했다. 동생에게 약한 모습을 보일 수는 없었다. 하지만 오늘 밤 일을 생각하면 막막한 건 그녀도 마찬가지였다.

6

의좋은 자매

"내 인생도 참 바람 잘 날 없구나."

서린은 바가지에 담긴 우물물을 항아리에 부으며 땅이 꺼지게 한숨을 쉬었다. 도와주겠다는 아린을 뿌리치고 혼자 일하기 시작한 지 얼마 되지도 않았는데, 벌써 허리는 끊어질 듯 팔은 빠질 듯 당기고 아팠다. 채워야 할 독은 네 개인데 아직 반도 채우지 못했다. 서린이 무거운 항아리를 머리에 이고 비틀대며 일어날 때였다.

"이리 주십시오, 아씨."

시야가 조금 어두워지는가 싶더니 머리를 누르던 항아리의 무게가 거짓말처럼 사라졌다. 고개를 번쩍 든 서린은 앞에 버티고 서 있는 사람을 보고 안색이 환하게 밝아졌다.

"무휘야!"

서린과 함께 공기놀이하던 소년 무휘는 이제 남자다운 느낌이 물씬 풍기는 완연한 청년으로 변해 있었다. 그는 물항아리 무게쯤은 아무것도 아닌 듯 한 손으로 가볍게 들어올렸다.

"이것만 옮기면 되는 겁니까?"

"아니, 큰 물독 네 개를 다 채워야 해."

"그럼 수레를 쓰는 편이 낫겠군요."

무휘는 우물가 근처를 한 바퀴 돌더니 누군가 놓고 간 빈 수레를 찾아왔다. 그리고 항아리 여섯 개에 물을 가득 채워 수레에 실었다. 무휘가 수레 손잡이를 양손으로 끌면서 앞으로 나아가는 동안 서린은 뒤에서 밀면서 조금이나마 힘을 보탰다.

"무휘야, 이렇게 번번이 도와주러 오지 않아도 돼. 네 일도 힘들 텐데."

무명 적삼에 옥색 쾌자를 입고 초립을 쓴 무휘의 차림새는 그가 궁궐 가마꾼으로 일하고 있음을 보여주었다. 자유롭고 안락하게 살 기회가 얼마든지 있었음에도 무휘는 박봉의 가마꾼이 되기를 선택했다. 그 이유는 오직 하나, 딸들을 돌봐달라는 윤대감의 부탁 때문이었다.

"저야 뭐 밥 먹고 가마만 메면 되는데 힘들 게 뭐가 있겠습니까. 가마꾼들끼리는 출신 따위는 따지지 않아서 지내기도 꽤 편합니다."

"그렇구나. 그건 좋겠다."

진심으로 부러워하는 듯한 서린의 말에 무휘는 그녀가 오늘도 고달픈 하루를 보냈다는 걸 눈치챘다. 서린이 안쓰럽고 그녀를 괴롭히는 이들에게 화가 났지만 감정을 겉으로 드러내는 성격이 아니었기에 덤덤한 말투로 물었다.

"오늘은 또 무슨 트집을 잡혀서 벌 받고 계신 겁니까?"

"뭐긴 뭐겠어, 이거 때문이지."

서린은 무휘의 눈앞에 진갈색 천으로 묶여 있는 왼손을 들어 보이면서 쓸쓸하게 웃었다. 서린이 입궁하는 날부터 봉인을 두고 문상궁과 신경전을 벌여온 것은 무휘도 익히 알고 있었다.

"상궁 마마께 솔직히 말씀드리면 어떨까요?"

"뭐라고 말씀드려? 손이 물건에 닿으면 죽은 사람의 기억이 보인다고? 아서라, 미친 여자 취급받고 쫓겨나지나 않으면 다행이지."

서린은 사실대로 말했을 때 문상궁이 어떤 표정을 지을지 상상하며 씁쓸하게 웃었다. 어릴 때부터 아버지에게 귀에 못이 박이도록 들었다. 십 년 동안 봉인을 풀면 안 된다, 봉인의 비밀에 대해 누구에게도 말하면 안 된다고. 그 십 년을 채우려면 아직도 석 달이 남아 있었다.

"그 능력이라는 놈은, 언제나 아씨를 고달프게 하는군요."

무휘는 서린이 겪어온 고초의 세월을 누구보다 잘 알고 있었다. 귀신이 들렸다느니 신병이 났다느니 악질적인 소문에 시달리고, 나병 환자로 오해받아 혜민국에 불려가기도 하고, 열다섯 살부터 들어오기 시작한 혼담이 무려 여덟 번이나 깨지면서 서린과 윤대감에게 깊은 마음의 상처를 남겼다. 하지만 늘 그랬듯, 서린은 무휘가 생각하는 것보다 강한 사람이었다.

"글쎄, 난 가끔 그런 생각도 들어. 어쩌면 이 능력이, 아버지가 말한 것처럼 무섭고 끔찍하기만 한 건 아닐지도 모른다는. 반대일 수도 있지 않을까?"

"반대라고요?"

"응, 어쩌면 이 능력을 아주 좋은 일에 쓸 수 있을지도 몰라. 옛날에 그랬던 것처럼 누군가의 억울함을 풀어준다거나, 아니면 누군가를 구한다거나."

서린의 두 눈동자가 생기를 머금고서 은은하게 반짝였다. 그녀는 생사를 가르는 고비를 넘긴 후에도 가짜 열녀의 혼례복 치마를 만져 보았던 일을 후회하지 않았다. 어둠에 묻힐 뻔했던 한 여인의 억울한 죽음이 그로 인해 만천하에 드러날 수 있었기 때문이다. 하지만 무휘는 그런 서린을 향해 단호히 고개를 저어 보였다.

"아무리 그래도 능력을 쓰는 건 안 됩니다. 아씨의 명(命)을 담보로 잡힐 수는 없어요."

"역시 그렇겠지."

잠시 들떴던 서린의 기분은 금세 다시 가라앉았다. 쓰지도 못할 능력이라면 도대체 왜 주어진 것일까. 정말 아버지 말대로 떨쳐내야 할 저주인 걸까. 곰곰이 생각에 잠긴 서린을 향해 무휘가 말했다.

"앞으로 석 달은 천을 잘 감고 있어야 할 텐데, 누가 억지로 풀려고 하진 않을지 저는 그것도 걱정입니다."

"그 문제라면 이미 해결됐어. 세자 저하께서 내 편을 들어주셨거든."

"세자 저하라고요? 직접 뵌신 겁니까?"

"응, 어쩌다 보니 그렇게 됐어."

퇴선간에 도착해 무휘와 함께 물항아리를 내리면서 서린은 세자로부터 도움 받은 이야기를 했다. 무휘는 흥미롭다는 표정으로 들었다. 가마꾼들은 오랜 시간 가마를 메고 돌아다니면서 저희끼리 왕족에 대한 온갖 지저분한 뒷얘기를 하는 것으로 그 지루함과 피로를 풀었다. 그런데 어떻게 된 일인지, 세자에 대해서는 누구 하나 험담하는 걸 들은 적이 없었다.

"저하에 대한 칭찬이 나라에 자자하더군요. 굶주린 백성을 구휼하러 민가에 가시면, 가마에서 내려 손수 쌀을 퍼주고 덕담을 해주신다고요. 전 좀 과장된 소문이 아닌가 싶었습니다만."

"아니야, 충분히 그러고도 남을 분이셔. 그야말로 성인군자라는 느낌이야."

"그렇습니까. 그런 분이 다스리시는 동궁전에 들어가시다니 아씨에게는 다행입니다."

무휘는 그렇게 완벽한 사람이 존재한다는 걸 믿기 힘들었지만, 그가 서린에게 잘해준다니 그걸로 됐다 싶었다. 그가 혼자 수레를 끌고 한 번 더 우물가에 다녀오자 영영 채워지지 않을 것 같던 거대한 물독 네 개가 입구까지 가득 채워졌다. 어느새 땀이 송알송알 맺힌 무휘의 이마를 보며 서린은 미안해서 어쩔 줄 몰랐다. 어떻게라도 보답하고 싶은 심정이었다.

"잠깐 시간 있어? 밤참 먹고 가지 않을래?"

"밤참이오?"

서린은 어리둥절한 표정을 짓고 있는 무휘를 퇴선간 안으로 데려갔다. 그곳에는 무휘가 우물가에 다녀오는 동안 서린이 재빨리 차려놓은 다과상이 있었다. 수라상에 올리고 남은 것이긴 했지만, 식혜, 약식, 두텁떡, 과일까지 제법 구색을 갖췄다. 좋아할 줄 알았던 무휘가 아무 반응을 보이지 않자 서린은 조심스레 눈치를 살폈다.

"왜? 식어서 맛없을 거 같아?"

감정을 표현하는 데 서툰 무휘는 말로 옮기지 못했다. 이러면 안 될 것 같아 황송하면서도 서린이 자신을 생각해준 게 고맙고 기쁜 복잡한 마음을. 무휘는 세 사람이 앉으면 딱 맞을 것 같은 아궁이 옆 공간을 바라보며 옅은 미소를 머금었다.

"아기씨 생각나서요. 단거 좋아하시는데, 같이 먹으면 어떨까요?"

서린으로서는 거절할 이유가 없었다.

아린은 언니가 부르자마자 득달같이 달려 나왔다. 야식에 대한 기
대감에 군침을 흘리며 퇴선간으로 들어서던 아린은 무휘가 앉아 있
는 걸 보자마자 두 눈이 휘둥그레지며 펄쩍 뛰어올랐다.

"무휘다, 무휘야!"

"아기씨!"

아린이 후다닥 달려가 무휘의 품에 덥석 안기는 광경을 서린은 흐
뭇하게 지켜보았다. 무휘는 서린 못지않게 아린을 예뻐했다. 걸핏하
면 안아주고 업어주고 목마 태워주는 무휘 때문에 아린의 발이 땅에
닿을 틈이 없다고 유모가 농담 삼아 얘기할 정도였다. 무휘는 조그만
입안 가득 약식을 쑤셔 넣고 우물거리는 아린을 보고 웃으면서 식혜
를 따른 잔을 내밀었다.

"천천히 드십시오. 그러다 체하겠습니다."

무휘는 대추 한 알을 먹었을 뿐 다른 음식에는 손대지 않았다. 아
린이 먹는 걸 보고만 있어도 배가 불렀으니까. 서린도 마찬가지였다.
그들은 서로 마주 보며 웃음기 어린 눈빛을 주고받았다. 아린이 다과
상에 차려진 음식들을 게 눈 감추듯 깨끗하게 먹어치웠을 때, 무휘는
뒤늦게 생각난 듯 품 안에서 작은 꾸러미를 꺼냈다.

"안 그래도 아기씨 만나면 드리려고 했는데."

영문을 모른 채 꾸러미를 받아들었던 아린은 종이 포장을 들춰보
고는 절로 입이 벌어졌다. 꾸러미에서 나온 건 꽃신이었다. 분홍색
바탕에 앞코와 뒤코에는 연둣빛 비단이 대어져 있고, 양옆에는 화사
한 연꽃 자수가 수놓아져 있었다.

"우아, 너무 예뻐!"

"서린 아씨 부탁으로 구해온 겁니다. 곧 아기씨 탄일이시잖아요."

"언니가? 돈이 어디 있어서?"

아린은 의아한 눈길로 서린을 쳐다보았다. 서린은 멋쩍은 듯 괜히 머리를 매만지며 딴청을 피웠다. 그때 무휘가 헛기침하는 척 입을 가리면서 손끝으로 서린의 손을 가리켜 보였다. 그제야 아린은 서린의 약지에 끼워져 있던 은가락지가 사라진 걸 알아차렸다. 그건 보통 가락지가 아니었다. 어머니의 유품 중 궁으로 가지고 들어오는 걸 유일하게 허락받은 물건이었다.

"언니……."

"어머니가 살아 계셨어도 똑같이 하셨을 거야. 고마워할 것 없어."

아린의 눈망울이 촉촉하게 젖어 들어가는 걸 보고 서린도 가슴이 뭉클해졌지만, 애써 담담한 척 말했다. 무휘는 금방이라도 울음을 터뜨릴 것 같은 아린의 자그마한 어깨를 두드려주면서 다정하게 말했다.

"아씨는 어머니 같은 마음으로 아기씨를 돌봐주고 계신 겁니다. 늘 고마운 마음 잊지 마시고, 아씨 말 잘 듣고 힘들어도 꿋꿋이 버티십시오."

"응, 그렇게."

꽃신을 소중하게 가슴에 품은 아린을 돌려보낸 후 서린은 무휘와 함께 퇴선간을 나섰다. 왕족이나 내관이 아닌 남자는 궁 안에서 살수 없다는 법도에 따라 무휘는 밤이 되면 출궁해 도성 안에 마련해놓은 처소로 돌아가야 했다. 서린은 뺨을 간질이듯 스치는 청아한 밤바람 속에서 무휘와 나란히 걸었다.

"무휘야."

"네, 아씨."

"이제 나를 아씨라고 부르지 않아도 괜찮아. 넌 양민이고 난 이제 천민이니, 사실 네가 날 하대하는 게 맞는 거잖아. 어차피 네가 나보 다 나이도 많으니 말도 편하게……."

"안 될 말입니다. 정신 차리십시오, 아씨."

칼같이 단호하게 자르는 무휘의 말에 당황한 서린이 멈춰 섰다. 무휘는 서린의 눈을 정면으로 들여다보면서 한마디 한마디 힘주어 말했다.

"아씨는 이대로 나인 노릇이나 하고 계실 분이 아니십니다. 대감 마님의 억울함을 밝혀내고, 가문을 다시 일으켜 세우셔야죠."

"하지만……."

"기죽지 마십시오. 제 목숨이 붙어 있는 한 사력을 다해 아씨를 모 실 것입니다. 대감마님이 절 구해주신 그날부터 제 목숨은 대감마님 과 아씨의 것이니까요. 하대라니 당치 않습니다."

무휘는 어린 시절을 거의 기억하지 못했다. 윤대감 댁에 온 것이 열한 살, 다 잊을 만큼 어린 나이가 아니었는데도 아마 너무 비참한 기억이라 스스로 지워버린 것 같았다. 땅 끝에 가까운 남쪽 지방 어 느 마을에서 막일하는 아버지, 삯바느질하는 어머니, 몇 명인지 모를 형제자매와 입에 풀칠해가면서 살았던 것만 막연히 떠올랐다. 그 당 시엔 아명인 개똥이로 불렸다.

돌림병이 도는 남쪽 지방을 시찰하러 갔던 윤대감이 무휘를 발견 했을 때, 그는 길바닥에 널브러져 거품을 문 채 죽어가고 있었다. 굶주린 나머지 그만 독버섯을 먹은 것이다. 윤대감은 무휘를 데려와 방을 내주고 치료해주었다. 그 후에는 문지기 일을 맡겨 밥 먹여주고, 재워주고, 새경도 주고, 심지어 글공부까지 시켜주었다. 그 은혜는 무휘의 뼛속에까지 깊이 새겨져 있었다.

"아씨는 비범한 운명을 타고나신 분입니다. 지금의 이 고난을 반드시 이겨내실 겁니다. 전 그렇게 믿고 있습니다."

빨아들일 듯 강렬한 무휘의 눈빛이 서린의 가슴에 와서 박혔다. 그녀라고 해서 예전으로 돌아가고 싶은 마음이 없겠는가. 익숙지 않은 걸레질을 배우느라 무릎에 피멍 든 동생이 애처롭고, 머나먼 유배지에 홀로 있을 아버지가 그립지 않겠는가. 잘못된 게 있다면 바로잡고 싶었지만 주변에선 그녀에게 고집을 꺾고 현실을 받아들이라고 강요했다. 무휘 한 사람만 빼고서.

서린은 억눌렸던 투지가 다시 한번 숨 쉬기 시작하는 걸 느꼈다. 천 아래 가려진 왼손을 꾹 쥐면서 무휘를 향해 다짐하듯 말했다.

"알았어, 나 힘낼게. 언젠가 꼭 우리 집으로 돌아가자. 그때까지 집이 남아 있다면 좋겠는데."

"그럴 겁니다. 제가 문을 삼중으로 잠그고 열쇠를 가져와 버렸거든요."

눈에 익은 청동 열쇠를 꺼내어 보이며 장난스럽게 웃는 무휘를 보고, 서린도 따라서 웃음을 터뜨리고 말았다. 고요한 궁궐의 밤, 맑은 웃음소리가 공기를 타고 멀리 퍼져나갔다.

7
세자의 두 얼굴

"치국평천하 소위평천하재치기국자는 상로로이민흥효하며 상장 장이민흥제하며 상휼고이민불배하나니 시이로 군자유혈구지도야니 라."

세자와 그의 스승인 서연관들이 경사(經史)를 강론하는 서연 자 리. 범은 조각처럼 반듯한 자세로 앉아 눈을 감은 채《대학》의 한 구 절을 암송하고 있었다.

"뜻을 해석해보시겠습니까?"

"통치자가 노인을 받들어야 백성들이 효도하고, 통치자가 어른을 받들어야 백성들 또한 윗사람을 공경하며, 통치자가 어려운 이들을 가엽게 여길 줄 알아야 백성들도 이들로부터 등을 돌리지 않으니, 나 라를 제대로 다스림으로써 천하를 평화롭게 한다는 것입니다."

숨도 쉬지 않고 유창하게 읊어나가는 범을 지켜보던 대신들의 얼 굴에 감탄의 빛이 떠올랐다. 자리에 앉은 문관 둘이 소곤대는 소리가 범의 귀에까지 들려왔다.

"어느 모로 보나 완벽한 왕세자가 아니신가. 하늘에서 이 땅에 천하의 보물을 내려주셨네.”

“우리끼리 하는 얘기지만, 유헌대군께서 계속 동궁 자리에 앉아 계셨다면 저 정도 소양은 절대 갖추지 못했을 겁니다. 솔직히 그분은 그리 영민한 편은 아니지 않았습니까.”

입이 닳도록 세자를 칭찬하던 그들은 이번에는 화륜각 기둥에 걸린 족자로 관심을 옮겼다.

“저것도 저하의 솜씨라지? 참으로 신묘한 재주야.”

“그러게 말입니다. 어쩌면 저리도 감쪽같을까요. 새 종이만 아니었다면 전문가가 와도 구별하지 못할 것입니다.”

금색 비단 띠로 묶은 푸른 족자는 원나라의 명필 조맹부의 필체를 모사한 범의 작품이었다. 범은 누구 것이든 한 번 본 서체는 쉽게 따라 했다. 다만 개성을 담은 자기만의 서체는 개발하지 못했다. 그래서 범이 쓴 글들은 그때그때 필체가 달라져 누구 것인지 구분하기 어려웠다.

“오늘도 내가 동궁에게 많이 배워가는구나.”

서연이 성황리에 끝나자 가장 먼저 박수친 사람은 맨 앞에 앉아 있던 부왕이었다. 서연에 참석해 아들의 명석함을 확인하고 자랑스러워하는 건 그의 큰 낙이었다.

신하들을 물러가게 한 후, 왕은 범과 차 한 잔을 두고 마주 앉았다.

“동궁, 긴히 의논하고 싶은 것이 있는데.”

“말씀하십시오, 아바마마.”

“의금부도사 이의종 말인데. 이번에 우의정 윤승현의 역모를 밝혀내는 공로를 세웠으니 품계를 올려줄까 한다. 지난 십 년간 금부도사

직에 머물러 있었으나, 그간의 공로를 생각하면 종이품 동지사 정도
로 올려줘도 되지 않을까 싶은데. 혹 동궁이 내키지 않는다면……."

왕은 말끝을 흐리면서 슬그머니 범의 눈치를 살폈다. 군 시절이었
다고는 하지만 지금은 중전의 양아들이자 세자가 된 범의 뒤통수에
흉터를 만들어놓은 인물이 바로 이의종이었다. 그동안 승진하지 못
한 것도 세자를 추앙하는 관료들의 결사적인 반대가 있었기 때문이
다. 범은 길게 생각할 것도 없다는 듯 단호하게 말했다.

"동지사는 안 됩니다."

"역시 불편한 것이구나."

"십 년씩이나 조정을 위해 헌신한 관료에게 겨우 두 단계 승급이
라니 납득하기 어려운 인사입니다. 부사직으로 올려주심이 어떨까
합니다."

왕은 한동안 입을 벌린 채 아무 말도 못 했다. 자기가 잘못 들었나
생각했던 것이다.

"동궁, 진심이냐?"

"성사불설 수사불간 기왕불구, 완성된 일은 논하지 말고, 끝난 일
은 간언하지 않으며, 과거는 탓하지 말라 하였습니다. 이미 십 년 전
에 있었던 일이고, 당시 이의종은 국법을 받들어 집행했을 뿐 사사로
운 잘못을 저지르지도 않았습니다. 제가 그를 불편해할 이유도, 그가
저를 불편해할 하등의 이유도 없습니다."

"역시 내가 자식 복은 없어도 세자 복 하나는 타고났구나. 그렇게
말해줘서 정말 고맙다."

왕은 너털웃음을 터뜨렸고, 범은 온후한 미소로 답했다. 박씨는 그
토록 사로잡기 어려웠던 부왕의 마음인데, 이제는 범이 손가락 하나

만 들어올려도 왕을 움직일 수 있는 경지가 되었다. 이의종에 관해서라면 범은 정말로 신경 쓰지 않았다. 증오나 복수심 같은 감정이 범에게는 없었다. 좋아한다거나 싫어한다는 감정도, 희로애락도 마찬가지였다. 부왕과 중전, 세자빈을 비롯한 주변의 모든 인물을, 그리고 모든 사건을, 범은 오직 한 가지 기준으로 평가했다.

'내 생존에 도움이 되는가, 도움이 되지 않는가.'

이의종을 용서하는 일이 부왕의 신뢰를 두텁게 하고 자신의 위치를 더욱 공고하게 해준다면, 범은 얼마든지 할 수 있었다. 범의 의도대로 왕은 깊은 감명을 받은 채 화륜각을 떠났다. 그 뒤를 따라 나온 범은 왕이 완전히 보이지 않을 때까지 공손히 허리를 숙이고 있었다. 그리고 몸을 일으키면서 옷의 주름을 펴고 꼼꼼히 매무새를 가다듬었다. 범은 새것처럼 깨끗한 좋은 옷을 입는 데 집착이 심했을 뿐만 아니라 의관이 흐트러지는 것을 절대 용납하지 않았다.

"이제 좀 쉬시면 어떻겠습니까, 저하. 세 시간이나 강론을 벌이셨습니다."

"아니, 중궁전으로 가겠다."

범은 다른 수행원은 전부 물리치고 조내관만 거느린 채 중궁전으로 걸음을 옮겼다.

중전의 거처에 이르자 그곳 특유의 분위기가 감돌았다. 그건 뭐랄까. 시간이 흐르지 않고 고여 있는 느낌이었다. 범이 문 앞에 서자 입구를 지키는 지밀상궁이 엄숙한 목소리로 그의 등장을 알렸다.

"세자 저하 납시오!"

범은 제 방에 드나드는 것처럼 자연스럽게 안으로 들어갔다. 중전 홍씨는 다소곳이 앉아 바느질을 하고 있었다. 희고 얇은 천을 삼각 모양으로 겹쳐 꿰매는 일이었다. 범을 본 그녀는 요란하지 않게, 그러나 진심으로 반갑게 맞이했다.

"오셨습니까, 동궁."

"그간 격조했지요. 더 자주 찾아뵙지 못해 죄송합니다. 헌이에게도 미안하고."

범은 중전이 앉은 평상 뒤에 쳐진 가림막을 바라보았다. 그리고 누가 들어도 염려와 걱정이 담긴 목소리로 중전에게 물었다.

"차도가 있습니까?"

"그렇게 물어봐주는 사람도 동궁뿐입니다. 안타깝게도 여전히 잠만 자고 있네요. 만나보시겠습니까?"

범이 가만히 고개를 끄덕이자 중전은 바느질감을 내려놓았다. 입구에 서 있던 지밀상궁이 재빠르게 달려와 중전이 일어나는 것을 부축했다. 중전은 급격히 쇠약해지고 있었다. 사람들은 그녀가 금쪽같은 아들을 하루아침에 잃은 탓에 몰라보게 늙어버렸다고 말했다.

"이쪽으로 오십시오, 저하."

지밀상궁이 가림막을 걷어내자 중전은 그 안쪽으로 들어서며 범을 향해 손짓했다. 범이 이 경계를 넘어보는 것도 거의 반년 만이었다. 중전은 손님을 가림막 안까지 들이는 걸 극도로 꺼렸다. 어둑어둑한 공간에 범이 발을 들이는 것과 동시에 안에 있던 누군가 불쑥 나타나 그를 향해 흰 천조각을 내밀었다. 조금 전 중전이 꿰매고 있던 바로 그 물건이었다.

"이걸로 얼굴을 가리셔야 합니다."

감히 범에게 명령조로 말한 사람은 중궁전 전속 의녀 단금이었다.

전에도 여기 와본 적이 있는 범은 별다른 거부감 없이 천조각을 받아들였지만 조내관은 못마땅하다는 듯 한마디 했다.

"꼭 그래야 하는가? 이분은 세자 저하신데."

"유헌대군 마마의 몸은 스스로를 방어할 수 없는 상태입니다. 나쁜 병질이 침투하지 못하게 하려는 것이니, 외부인은 코와 입을 가려야만 안으로 들어갈 수 있습니다. 세자 저하가 아니라 주상 전하가 오셔도 마찬가집니다."

시체처럼 창백한 얼굴, 바늘처럼 길고 얇은 눈과 입술, 그리고 이 세상 사람이 아닌 듯한 분위기. 칼로 찔러도 칼끝도 안 들어갈 것 같은 단금의 분위기에 궁에서 산전수전 다 겪어본 조내관도 한 발짝 물러날 수밖에 없었다. 천조각으로 얼굴을 가린 범은 다섯 겹의 병풍을 통과해 더 깊은 안쪽으로 들어갔다.

바깥바람이 통하지 않는 작은 방. 온돌과 얼음을 동시에 이용해 늘 같은 온도를 유지하는 그곳에, 순수한 면으로 만든 침상이 깔려 있었다. 그리고 그 위에 헌이 누워 있었다. 스물한 살의 헌이 두 눈을 감고 쌕쌕 숨을 쉬면서. 그의 콧구멍에는 실처럼 가느다란 대롱이 한 줄기씩 꽂혀 있었다. 그 대롱은 하루 두 번, 단금만의 비법으로 끓인 미음을 흘려 넣는 통로였다.

"좋아 보입니다. 금방이라도 일어날 것처럼."

범은 마음에도 없는 말을 했다. 열한 살 탄일에 말에서 떨어진 헌은 머리를 다쳤다. 범이 그랬던 것보다 훨씬 심하게. 숨은 쉬고 있었지만, 깊이 잠든 채 깨어날 줄 몰랐다. 사람이라기보다 나무나 꽃에 가까웠다. 그냥 내버려두었다면 분명 죽었을 것이다. 왕은 실의에 빠졌고, 신료들은 조심스럽게 세자의 장례를 치를 준비를 했다.

그런데 중전 홍씨가 여기저기 수소문해 찾아낸 혜민국 의녀 단금이 판도를 뒤집어놓았다. 단금은 헌을 잠에서 깨우진 못했지만, 한 달 넘게 목숨을 붙여놓는 데 성공했다. 그녀의 말에 따르면, 잘 돌봐주기만 한다면 그대로 십 년도 넘게 살 수 있고, 도중에 깨어날 가능성도 있다고 했다. 헌이 죽지 않은 건 다행이었지만 궁은 그의 죽음보다 더한 혼란에 빠졌다.

헌의 동궁직을 유지해야 한다는 쪽과 그래서는 안 된다는 쪽. 궁궐 전체가 절반으로 갈라져 오랫동안 치열한 다툼을 벌였다. 처음에는 전자가 압도적으로 우세했지만 시간이 흐를수록 기세가 줄어들었다. 왕실의 후사를 잇는 건 철저히 현실적인 문제였다. 결국 왕의 또 다른 아들인 범성군이 중전의 호적에 아들로 입적되고 연이어 원자로 책봉되었다. 엄연한 적장자가 된 것이다. 원래 세자였던 헌은 유헌대군이라는 새로운 이름을 받고 대군이 되었다. 밀려난 것이다. 한때 범이 설화당에 갇혔던 것처럼 이곳 중궁전에 갇혀서 아주 천천히 죽어가는 신세였다.

"실제로 유헌대군 마마는 건강하십니다. 중전 마마가 밤낮없이 돌보시는 덕택이지요."

단금은 감정이 느껴지지 않는 무심한 말투로 말했다. 그녀가 세워놓은 까다로운 규칙들을 중전 홍씨는 지난 십 년간 하나도 빠짐없이 성실하게 지켜왔다. 외부인의 출입을 통제하고, 헌의 몸을 만지기 전에는 반드시 독한 술로 손을 씻었다. 욕창을 막기 위해 하루 네 번씩 자세를 바꿔주고, 팔다리의 힘이 사라지지 않도록 굽혔다 폈다 운동을 시켰다. 심지어 중궁전의 많은 궁녀들과 내관들을 제쳐놓고 스스로 아들의 대소변을 받아내기까지 했다.

"아무렴요. 헌이도 마마의 극진한 정성을 알고 곧 일어날 것입니다."

범은 미동도 하지 않는 동생을 향해 인자하게 웃어 보였다. 하지만 중궁전을 나와 얼굴을 가렸던 천을 벗는 것과 동시에 그 미소도 싹 지워버렸다. 반나절 내내 가짜 웃음을 짓고 있으려니 안면에 경련이 일 지경이었다. 범이 입을 오므렸다 벌렸다 하면서 근육의 긴장을 풀고 있을 때, 누군가 그를 향해 은밀하게 다가왔다. 조금 전 중궁전에서 봤던 지밀상궁이었다.

"들으신 대로 유헌대군 마마의 상태는 그대로입니다. 언제든 변화가 생기면 누구보다 세자 저하께 먼저 고하겠습니다. 부디 살펴 가십시오."

보고를 마친 지밀상궁은 범을 향해 깊숙이 고개를 숙인 후 다시 중궁전 쪽으로 줄달음질쳐 사라졌다. 범은 그녀를 매수한 적이 없었다. 다만 궐 밖에 사는 그녀의 부친이 깊은 병을 앓는다는 소식을 듣고 어의와 함께 넉넉한 치료비를 보내준 적이 있을 뿐이었다. 지밀상궁은 그때부터 범에게 충성하며, 어머니와 동생을 걱정하는 그를 위해 정보통 노릇을 하고 있었다.

동궁전으로 돌아가는 길, 범은 딱딱하게 굳어진 가면 같은 표정을 유지했다. 그에게는 그게 가장 자연스러웠다. 평범한 사람들의 표정과 분위기를 살펴가며 언제 어떤 표정을 지어야 할지 고민하고 연기하는 건 상당히 피곤한 일이었다. 시야 저편에 동궁전이 들어오기 시작할 무렵, 뒤를 따르던 조내관이 불현듯 질문을 던져왔다.

"저하, 여쭙고 싶은 게 있습니다. 만일 유헌대군 마마가 깨어나신 다면 어떻게 하실 겁니까?"

"내가 설화당에 살던 시절, 우연히 대비 마마를 뵌 적이 있었지. 그때 나한테 그러시더군."

범은 조내관의 대답에 곧바로 대답하는 대신 그렇게 말했다. 맥락에 맞지 않는 엉뚱한 얘기 같았지만, 사실 핵심은 그 뒤에 있었다.

"관직에도 나가지 못하는 대군이란 존재는 일종의 예비품 같은 거라고. 세자가 건강하다면 아무짝에도 쓸모가 없다고 말이야. 그 논리가 유헌대군에게도 똑같이 적용되지 않겠나?"

"저하."

파랗게 질리는 조내관의 낯빛에 범은 입꼬리를 끌어올리며 웃는 표정을 지어 보였다. 그리고 잠시 벗어두었던 온화하고 완벽한 세자의 가면을 다시 쓰면서 말했다.

"농담일세. 헌이 깨어난다면 당연히 두 팔 벌려 환영해야지. 하나뿐인 형제인데."

그러나 이십육 년을 곁에서 지켜봐온 조내관은 뼈저리게 잘 알고 있었다. 왕세자 이범은 농담을 안 하는, 아니 하고 싶어도 못 하는 사람이라는 것을.

8

첫 살인

"이번 회강례(會講禮)*에서도 우수한 성적을 받으셨다고요. 제 아버지도 저하께 가르칠 게 없으시다고 두 손 두 발 다 드셨다 하셨습니다."

"그렇소."

점심 식사가 끝난 후 범은 세자빈 연씨와 함께 동궁전 뒤뜰을 걷고 있었다. 아담한 체구에 달걀형 얼굴, 쌍꺼풀 없는 눈에 작지만 오목조목한 이목구비. 참한 미인으로 소문난 연씨였지만 범은 그녀에게 아무런 관심이 없었다. 동궁전에 놓여 있는 수많은 물건 중 하나로 보였다. 다만 부부 금실이 안 좋다는 말이 돌지 못하게 하려고 이틀에 한 번씩은 꼭 함께 산책했다.

"학문에 매진하시는 건 좋으나, 건강을 해치실까 저어됩니다. 오늘 야대(夜對)**는 쉬심이 어떠할까요?"

---

* 세자를 상대로 성적을 매기는 논술시험
** 세자가 스승을 침소에 모셔놓고 하는 야간 보충수업

조심스럽게 제안하는 연씨의 두 볼이 발그레한 사과 빛으로 물들었다. 야대를 쉬라는 말은, 자신의 침소로 건너와 줬으면 하는 바람을 완곡히 표현한 것이었다. 수줍음 많고 소심한 연씨로서는 어마어마한 각오를 하고 꺼낸 말이었다. 세자가 마지막으로 야대를 쉰 게 벌써 석 달 전이었으니 그럴 만도 했다. 그러나 범은 그 속뜻을 모르는 척했다.

"난 아무렇지도 않소."

범의 무덤덤한 대답에 연씨의 얼굴은 실망감과 수치심으로 아까보다 더 붉게 물들었다. 그녀는 산책로 끝에 다다르자마자 범에게 고개 숙여 인사하고는 허둥지둥 떠났다. 궁녀들과 함께 사라지는 아내의 뒷모습을 무심하게 쳐다보던 범이 저도 모르게 탄식하듯 중얼거렸다.

"아, 지루하다. 사는 게 정말 지겨워."

"저하, 방금 뭐라고 하셨습니까?"

서너 발짝 떨어진 곳에 서 있던 조내관이 자기한테 한 말인 줄 알고 물었다. 범은 그에게도 별다른 감흥이 없었다. 더 젊고 빠릿빠릿한 내관으로 바꾸지 않는 건, 남들이 떠드는 것처럼 어려서부터 키워 준 조내관에 대한 애틋한 정 때문이 아니라 자신의 취향과 습관을 가장 잘 알고 있어 편하기 때문이었다.

"다들 물러가거라. 조내관도."

조내관을 비롯해 그의 뒤에 서 있던 십여 명의 내관과 궁녀들은 당혹스러운 낯빛이 되었다. 아무리 혼자 있고 싶다고 한들, 왕족을 혼자 내버려두면 안 된다는 게 궁의 규칙이었으니까. 그랬다가 무슨 사고라도 터지면 그건 모두 아랫사람의 책임으로 돌아오게 되어 있었다.

"잠시 혼자 걸으면서 생각을 정리하고 싶구나. 멀리 가지 않을 터이니 걱정 말고."

범이 다년간 연습으로 터득한 '어질고 온화한' 어조로 덧붙이자 궁인들의 동요는 언제 그랬냐는 듯 가라앉았다. 세자에 대한 그들의 신뢰는 절대적이었다. 범은 그림자처럼 소리도 없이 물러나는 그들을 보며 돌연 짜증스러워졌다. 죽으라면 죽은 시늉도 할 수동적인 인간들. 쉽게 속아 넘어가는 단순한 존재들. 영 흥미롭지가 못했다.

드디어 혼자 남은 범은 뒤뜰 너머로 난 좁은 오솔길을 지나 인적 드문 숲으로 향했다. 궁인들이 많이 다니는 대로를 이용하지 않더라도 숲 한복판에 나 있는 지름길을 이용하면 금방 궁궐 구석의 편벽한 곳까지 갈 수 있었다. 다른 사람의 시선을 피해 가면서 그가 도착한 곳은 바로 설화당이었다. 여름에는 더위를, 겨울에는 추위를 무서워하며 미친 어머니와 함께 살았던 곳.

'여기도 오래 버티진 못하겠군.'

범은 좀먹은 처마와 귀퉁이가 날아간 기둥을 조용히 올려다보며 생각했다. 십 년 넘게 텅 비어 폐허가 된 설화당을 때때로 찾는 이유는 세상을 떠난 어머니에 대한 그리움 같은 것이 아니었다. 어머니가 죽은 방식은 마음에 들지 않았지만, 범은 그녀의 죽음으로 인해 이 감옥 같은 설화당을 벗어날 수 있었고, 나아가 세자가 될 수 있었으니까. 다만 그는 자신이 잃어버린 감정들, 삶에 생기를 더해주는 그 무언가를 되찾고 싶었다.

사람들이 좋아하는 인품이 어떤 건지 열심히 관찰하고 공부해 빈

틈없는 가면을 만들어내는 데는 성공했지만, 정작 범은 그 안에서 아무것도 느끼지 못했다. 가끔은 보릿자루처럼 가만히 누워 있는 헌보다 오히려 자신이 살아도 사는 게 아니라는 생각이 들기도 했다. 적어도 설화당에 살 때는 훨씬 생생한 기분을 느꼈다. 분노, 좌절감, 수치심, 절망, 슬픔, 억울함. 그리고 아주 드물게 기쁨과 행복도. 이제는 희미하게 흔적만 남아버린 감정들이었다.

'어떻게 하면 되찾을 수 있을까.'

범은 청명한 봄바람이 댓잎을 쏴아 흔들고 지나가는 걸 무감한 눈초리로 보면서 앞쪽으로 나왔다. 그곳에는 월영지라는 이름의 연못이 있었다. 둥근 못을 아담한 댓돌이 둘러싸고 물 위에는 수련이, 물 밖에는 꽃나무가 풍성하게 피어나 봄이면 그 전경이 매우 아름다웠다. 그러나 미친 여자 박씨가 물귀신이 되어 나타난다는 괴담 때문에 누구도 근처에 얼씬대지 않았다.

"저하, 저하!"

범이 하늘빛 담긴 못을 물끄러미 바라보며 상념에 잠겨 있을 때, 낭랑한 계집애의 목소리가 그를 깨웠다. 이 궁궐 안에서 그렇게 당돌하고 버릇없이 세자를 부르는 사람은 없었다. 누군가 싶어 고개를 돌린 범은 초롱초롱한 눈으로 그를 올려다보고 있는 아기나인을 발견했다. 범은 그 애가 일전에 퇴선간 앞에서 문상궁과 언쟁을 벌인 견습나인의 동생임을 알아보았다.

"너는 윤승현의 막내 여식이 아니냐? 이름이……."

"윤아린입니다, 저하."

"그렇구나. 헌데 이 외진 곳까지 어떻게 온 것이냐? 또 누가 못살게 굴어 쫓겨 온 것이냐?"

"그게 아니오라…….'

아린은 누가 볼세라 주위를 두리번거리더니, 조심스럽게 치맛단을 살짝 들어올렸다. 분홍색과 연두색이 알록달록하게 섞인 고운 꽃신이 오뚝한 코를 뽐내며 모습을 드러냈다.

"언니가 생일 선물로 준 꽃신인데, 누가 보면 빼앗아갈 것 같아서요. 혼자 맘껏 신어보고 싶어서 사람 없는 곳을 찾다 보니 예까지 왔습니다."

그런 싸구려 신발 누가 욕심낸다고. 범은 어처구니가 없었지만 아린은 진지했다. 하긴, 시샘 많은 궁녀들 사이에선 실제로 그런 일이 있는지도 몰랐다. 꽃신을 신어보려고 여기저기 찾아 헤맨 게 여전히 우습긴 했지만 범도 혼자 있을 공간을 찾아 여기까지 오지 않았던가.

"그럼 어디 한번 신고 돌아다녀 보거라."

범의 말이 떨어지기 무섭게, 아린은 양손으로 치맛자락을 쥔 채 풀밭을 신나게 뛰어다니기 시작했다. 그녀는 세자가 두렵지 않았다. 상냥하고 좋은 사람이라는 걸 이미 알고 있었으니까. 언니에게, 무휘에게 하는 것처럼 애교와 응석을 부려도 되는 것으로 은연중에 착각하고 있었다.

"여긴 풀 뽑는 사람도 없나 봅니다. 도대체 뭘 하던 곳일까요?"

"내가 옛날에 살았던 곳이다."

"그게 정말입니까?"

범의 태연한 대답에 아린의 두 눈이 휘둥그레졌다. 그녀는 머리부터 발끝까지 값비싼 의복과 장신구를 걸친 범과 금방이라도 귀신이 나올 듯한 설화당 건물을 번갈아 쳐다보며 한참을 얼떨떨해했다. 그러다 문득 생각난 듯 물었다.

"그러면 저하, 궁금한 게 있는데 여쭤보아도 됩니까?"

"말해보거라."

아직 궁중 예절이 익숙지 않은 아린은 한낱 나인 따위가 세자에게 먼저 질문을 던진다는 게 얼마나 무례한 일인지 전혀 모르는 듯했다. 지푸라기로 만든 인형들처럼 고분고분한 궁인들에게 질려 있던 범에게는 그런 모습이 꽤 신선하게 다가왔다. 그래서 한번 장단을 맞춰주기로 했다.

"저기 연못 한가운데 있는 섬은 왜 있는 것인가요? 누가 살기라도 하나요?"

아린은 월영지 한가운데에 관상용으로 조성해놓은 야트막한 모래 언덕과 단층 누각을 가리키며 진지하게 물었다. 다른 사람이 이 질문을 들었다면 분명히 피식 웃었을 것이다. 그러나 범은 달랐다. 그는 호기심이 생겼다. 이 멍청한 아이를 과연 어디까지 속일 수 있을 것인지.

"넌 모르는구나. 잘못을 저지른 궁인들을 저 가운데에 데려다놓고 하루 종일 벌을 세운다."

"그, 그게 정말인가요? 하루 종일요?"

아린은 자기도 모르게 벌어진 입으로 두 손을 가져다 대면서 놀라워했다. 어린 강아지처럼 아무도 의심할 줄 모르는 그 순진무구한 눈동자를 보면서 범은 그런 눈동자를 예전에도 본 적이 있음을 기억해 냈다. 저 옛날에 범을 졸졸 따라다니던 어린 헌의 눈이 딱 그러했다.

"못 믿겠으면 한번 자세히 보아라. 누각 아래 사람이 있는 게 보일 것이다."

"저는 물을 무서워합니다. 가까이 가는 건 싫어요."

손사래를 치면서 뒤로 물러나려고 하는 아린에게 범이 슬쩍 다가서면서 타이르듯 말했다.

"괜찮다, 내가 뒤에서 지켜보고 있을 터이니. 궁금하지 않으냐?"

"……."

호기심이 강하게 당긴 아린은 한참을 망설이다가 연못 수면을 에워싼 댓돌을 향해 다가갔다. 그리고 불안한 낯빛으로 꽃신 신은 발을 머뭇머뭇 댓돌 위로 내딛었다.

"잘 안 보입니다, 세자 저하."

"좀더 가까이서 보거라. 지금도 세 명이나 벌서고 있구나."

"세 명이나요?"

아린은 목을 길게 빼도 아무것도 보이지 않자 이번에는 까치발을 하고 시야를 조금이라도 더 확보하려고 애썼다. 범은 그녀의 어깨 너머 넘실거리는 푸른 물을 바라보았다. 월영지는 궁궐 안에 있는 네 개의 연못 중에서 제일 수심이 깊은 곳이었다. 물귀신 얘기가 괜히 나오는 게 아니었다.

'가까이 가서 보십시오! 형님이 여태 보신 말 중에 가장 근사하지 않습니까? 이 안장도 한번 만져보십시오. 백상어 가죽이라고 합니다.'

허공에서 위태롭게 흔들리는 아린의 어깨를 보는 순간, 범의 귓가에 십 년 전 들었던 헌의 음성이 환청과도 같이 스쳐갔다. 범의 손가락은 아직도 안장 속에 꽂아 넣었던 까칠까칠한 못의 감촉을 기억하고 있었다. 바로 어제 일처럼 모든 게 생생했다. 말 등에 올라타며 어깨춤을 추던 헌의 해맑은 웃음, 미친 듯이 뛰어오르던 말의 기괴한

울음소리, 허수아비처럼 맥없이 흔들리다 바닥으로 곤두박질치던 헌의 몸뚱이, 흙바닥을 적시던 붉은 핏물까지도.

하지만 그 무엇보다 선명하고 잊을 수 없는 기억은 그때 자신의 의식을 뒤흔들었던 감정이었다. 항상 막연하게만 느껴졌던 '힘'이라는 것이 자신의 손아귀에 어떤 실체로서 깃드는 느낌. 근 십 년간 느꼈던 것 중 유일하게 온전하고 명확했던 그것. 범은 살짝 잠긴 목소리로 아린의 뒤에서 속삭였다.

"물을 무서워하는 걸 보니, 수영을 못 하는 게로구나."

"네, 전혀 못 합니다."

"그럼 어설프게 살아날 일은 없겠구나."

범은 그 말과 함께 둥글고 자그마한 아린의 어깨를 향해 스르르 손을 뻗었다. 의식해서 한 일은 아니었다. 마치 악마에 홀린 사람처럼, 충동적으로 움직였을 뿐.

"앗!"

세게 밀 필요도 없었다. 아무것도 붙잡지 않고 아슬아슬하게 서 있던 아린은 미세한 압력에도 슥 밀려나며 균형을 잃었다. 그녀는 공기를 가르면서 몇 번 팔을 휘젓는가 싶더니 이내 외마디 비명을 지르며 물에 풍덩 빠졌다.

"어푸! 어푸!"

수영을 못 한다는 말은 사실이었다. 아린은 코와 입으로 밀려들어 오는 물을 뱉어내며 정신없이 발버둥을 쳤다. 살려달라고 외칠 수조차 없을 정도로 그녀의 상황은 급박했다. 범은 뒷짐을 진 채 무표정한 얼굴로 아린의 새까만 댕기머리가 수면 위로 올라왔다 내려갔다 하는 장면을 관찰하듯 지켜보았다. 얼마 지나지 않아 아린은 기운이 빠지기 시작했고 파닥거리던 몸짓이 점점 느려지더니 이윽고 더는 움직이지 않게 되었다.

'그래, 바로 이 느낌이야!'

물과 공기가 들어가 빵빵하게 부풀려진 옥색 저고리와 진남색 치마가 물 위에 둥둥 떠다니는 것을 바라보면서 범은 싸늘하게 식어 있던 가슴에 활기찬 불씨가 일어나는 것을 느꼈다. 다른 사람의 운명을 자신이 좌지우지할 수 있다는 짜릿함, 법과 도덕 따위는 무시하고 넘어갈 수 있는 자신의 영리함과 높은 지위에 대한 우월감.

'나는 어머니와는 달라. 아니, 그 누구와도 다르다.'

찾아오는 사람 하나 없는 외딴 연못에서 물에 빠져 죽은 아기나인. 목격자가 있을 리 없었고, 의심을 살 여지도 없었다. 연못의 경계는 허술했기에 사람들은 모두 그녀가 발을 헛디뎌 물에 빠졌다고 생각할 것이다.

'저 아이의 죽음으로 내가 피해 볼 일은 없어.'

범은 댓돌 바로 앞까지 흘러온 꽃신 한 짝을 두 손으로 건져냈다. 아린이 워낙 심하게 발버둥 치는 바람에 벗겨진 신발이었다. 범은 비릿한 냄새가 나는 물에 흥건하게 젖은 그 꽃신을 흐뭇하게 바라보다가 품속에 집어넣었다. 침소의 깊은 곳에 감추어두었다가, 견딜 수 없을 만큼 일상이 무료해질 때 한 번씩 꺼내어 보고 이 즐거운 기억을 되살려볼 작정이었다. 꽃신 한 짝과 함께 범은 월영지를 떠났고, 쇠락한 연못에는 연약한 아기나인의 시신만 한 장의 나뭇잎처럼 외로이 떠다니고 있었다.

9
청천벽력

"내 동생이 없어졌는데 같이 찾아봐 주지 않을래?"

늦은 오후. 저녁 수라 준비에 정신없는 소주방에 나타난 서린은 채소를 썰고 있는 채옥에게 조심스레 부탁했다. 자존심을 굽히고 도움을 청한 거였지만, 돌아온 건 따끔한 핀잔뿐이었다.

"일하기 싫어 농땡이 피우나 보지. 사방이 담으로 둘러쳐진 궐 안에서 어딜 가겠어? 밥때 되면 알아서 기어들어 올걸."

식충이 취급하는 다른 나인들 때문에 아린은 종종 으슥한 곳에 틀어박혀 울곤 했다. 언니가 속상해할까 봐 우는 모습도 마음껏 보이지 못했다. 지금도 그러고 있을까 봐 서린은 그게 걱정이었다.

"아린아! 아린아!"

소주방 밖으로 뛰어나온 서린은 동궁전 근처를 돌아다니며 열심히 아린을 찾았다. 오늘은 무휘도 일이 바쁜지 보이지 않았다. 구조도 잘 모르는 궐 안을 헤매는 사이 해가 저물어 사방이 어둑어둑해졌다. 서린은 창고에서 등롱을 찾아와 밤길을 밝히면서 나 홀로 수색을 계속했다.

뎅뎅―.

야금(夜禁)*을 알리는 종소리에 서린은 흠칫했다. 궁녀가 한밤중에 혼자 돌아다니다 들키면 경을 칠 게 뻔했다. 그렇다고 동생을 찾지 못했는데 혼자 돌아갈 수도 없었다. 갈팡질팡하던 서린은 소주방 문단속을 마치고 돌아가는 문상궁의 눈에 띄었다.

"윤나인, 귀가 먹었느냐? 저 종소리가 들리지 않느냐?"

"상궁 마마, 제 동생이 아직 돌아오지 않았습니다!"

"어디 몰래 숨어 놀다 깜박 잠이 든 게지. 아기나인들에겐 흔한 일이다."

"하지만……."

"정말 동생을 아낀다면 찍 소리 내지 말고 처소에 있거라. 입궁한 지 한 달도 안 된 아기나인이 멋대로 돌아다닌 걸 제조상궁께서 아시면 태질을 면치 못할 것이다."

아린의 그 여린 살결을 회초리가 매섭게 후려치는 상상만 해도 서린은 몸서리가 쳐졌다. 그녀는 당장 등롱을 끄고 처소로 돌아갔다. 이부자리를 깔았지만 누울 수는 없었다. 그녀는 문간에 앉아 모든 신경을 바깥에 집중한 채 동생을 기다렸다.

'이 녀석, 언니를 이렇게 걱정시키다니. 돌아오면 혼쭐내줄 테다.'

서린은 자꾸만 내려앉는 눈꺼풀을 깜박이며 속으로 중얼거렸다. 궁을 사방팔방 뒤지고 다니느라 체력 소모가 심했다. 물먹은 것처럼

---

* 　야간 통행금지

온몸이 축 늘어지면서 아득한 잠결이 파도처럼 그녀를 덮쳤다.

앉은 채로 선잠이 들었던 서린이 깨어난 건 동틀 무렵이었다. 서늘하고 푸르스름한 새벽빛이 창호지 문살 사이로 스며드는 가운데 밖에서 뭔가 부산스럽게 움직이는 기척이 느껴졌다.

"상궁 마마! 큰일 났습니다!"

"아침부터 이게 무슨 소란이냐?"

"동궁전 견습나인이 설화당 월영지에서……!"

숙직나인의 말은 거기서 끊겨졌지만, 그것만으로도 서린은 목덜미가 싸늘하게 식는 걸 느꼈다. 불길했다. 구겨진 치맛자락을 그대로 부여잡고 문밖으로 뛰쳐나왔다. 숙직나인의 귓속말을 듣고 있던 문상궁이 소스라치게 놀라는 게 보였다.

"윤나인."

문상궁은 전에는 한 번도 들은 적 없는 누그러진 말투로 서린을 불렀다. 서린은 두 귀를 막고 싶었다. 문상궁이 하려는 말이 무엇이든, 듣고 싶지 않았다. 그때 저편에서 한 떼의 사람들이 달려오는 요란한 발소리와 함께 지축이 흔들렸다.

"비켜요!"

얼굴이 파랗게 질린 내관들이 잿빛 거적을 씌운 들것을 들고 달려왔다. 들것은 비어 있지 않았다. 누군가의 몸이 거적에 덮인 채 실려 있었다. 거적 밖으로 삐져나온 두 발이 애처로울 정도로 자그마했다. 오른발에는 신이 신겨 있었지만, 왼발은 신이 벗겨져 버선만 남아 있었다.

"잠깐만요……!"

서린은 정신없이 달려들어 들것의 *끄트머리*를 붙잡았다. 내관들의 시선은 문상궁에게로 향했고, 그녀는 내버려두라는 듯 침울하게 고개를 끄덕였다. 내관들이 그 자리에 멈추어 서서 들것을 살짝 내리자 서린은 휘청휘청 그 앞으로 다가갔다. 들것에 실린 시신의 오른발에 신겨진 것은 홍련을 수놓은 분홍색과 연두색 비단 꽃신이었다. 서린은 사시나무처럼 떨리는 손으로 거적 모서리를 잡았다. 들것을 들고 온 내관 중 한 명이 연민 어린 얼굴로 만류했다.

"얘야, 보지 않는 게 좋을 거다. 한번 보면 잊기 힘들어."

그러나 서린은 이를 악문 채로 거적을 벗겨냈다. 그리고 밤새 돌아오기를 기다렸던 동생과 재회했다. 말간 얼굴과 앵두 같은 입술이 물에 흠뻑 젖어 보랏빛에 가까운 색깔로 변해 있었다. 서린은 더듬더듬 손을 뻗어 동생의 볼과 이마에 달라붙은 머리카락을 귀 뒤로 가지런히 쓸어 넘겨주었다. 자맥질하고 나온 것처럼 뚝뚝 흐르는 물방울이 서린의 손끝에도 스며들었다.

"먹보가 밥도 안 먹고……."

뱃속에서부터 무언가 뜨거운 게 치밀어 오르면서 목이 메었다. 동생이 긴 밤 동안 물에 젖은 채 찬바람을 맞았을 거라고 생각하자 안쓰럽고 가련해 미칠 것 같았다. 서린은 언니를 보고도 눈을 뜨지 못하는 동생을 그저 멍하니 붙잡고만 있었다. 천천히 다가온 문상궁이 서린의 어깨를 감싸듯이 안으며 타일렀다.

"그만 보내주거라. 저 아이의 시신은 제조상궁께서 보셔야 한다."

피어나지 못한 어린 나인의 죽음을 지켜보는 건 문상궁에게도 마음 아픈 일이었다. 그러나 서린은 문상궁의 말도 들리지 않는 듯 꼼짝하지 않았다. 문상궁이 살며시 손을 뻗어 서린의 손을 거적에서 떼어내자 내관들은 기다렸다는 듯 들것을 다시 옮기기 시작했다.

"아린아······."

무기력하게 떨어져 나온 서린의 손은 허공에서 배회했다. 그녀는 빠른 속도로 멀어지는 아린의 버선발을 바라보다가 힘없이 바닥에 주저앉았다. 품에는 축축하게 젖은 꽃신 한 짝을 끌어안고 있었다. 머리 위의 하늘이 아득해지고 발밑의 땅이 깊이 꺼지는 느낌과 함께 그저 이 모든 게 꿈이기를 간절히 빌었다.

다음 날, 서린은 문상궁에게 이끌려 제조상궁의 거처로 향했다. 서린이 제조상궁을 보는 것은 입궁 이후 처음이었다. 흑녹색 당의, 연자색 치마, 묵직한 가체. 수백 명의 궁녀를 총괄하는 제조상궁은 옷차림도 달랐을 뿐만 아니라 서 있는 자세에서부터 위엄이 느껴졌다.

"윤나인, 제조상궁 마마께 인사를 올리거라."

문상궁의 명령을 받은 서린은 텅 빈 표정으로 제조상궁을 향해 고개를 숙였다. 꼭두각시 인형이 실에 매달려 움직이는 것처럼 형식적인 몸짓이었다. 제조상궁은 서린을 평가하듯 머리부터 발끝까지 쭉 훑어본 다음 입을 열었다.

"네가 그 애 언니라고."

"네, 제 동생입니다."

서린의 목소리가 파르르 떨려 나왔다. 동생이라는 말을 입에 담는 것만으로도 가슴이 찔린 듯 아팠다. 제조상궁은 입술을 사려 무는 서린을 내려다보면서 위엄 있게 말을 이었다.

"궁 안에서는 왕족 외에는 누구도 죽어서는 안 된다. 궁녀가 병든 즉시 출궁해야 하는 것도 그 때문이다. 네 동생은 규율을 어긴 죄인이니, 원칙적으로는 시신도 거두어주지 않는 것이 맞다. 허나 세자빈 마마께서 자비를 베푸시어, 유해를 시구문(屍軀門)*으로 내보내 화장하고 절에서 불공을 올리도록 허락해주셨다."

"제조상궁 마마께 감사 인사 드리도록 해라. 너희 자매를 참으로 많이 배려해주셨으니."

문상궁이 재빠르게 덧붙였지만, 서린은 감복한 표정이 아니었다. 뭔가 석연찮은 듯 입을 일자로 다문 서린을 향해 제조상궁이 물었다.

"하고 싶은 말이 있느냐?"

"제 동생이 어떻게 죽었는지는 밝혀지지 않았습니까?"

동생의 시신을 맞닥뜨린 후 넋을 놓고 있던 서린이 처음으로 또렷하고 선명한 목소리를 냈다.

"어의가 검안하고 연못에 빠져 익사한 것으로 판단했는데, 거기서 무엇을 더 밝힌단 말이냐?"

"그게 이상하다는 겁니다. 제 동생은 물을 무서워해서 가까이 가지 않는 아이입니다. 그런데 어떻게 연못에 빠진 건지 저로서는 도저히 납득할 수 없습니다."

"누가 해코지라도 했다는 말이냐?"

"그런 것인지 아닌지 조사해봐야 알겠지요. 형조의 담당자를 불러 시신을 살펴보게 하고, 또 의금부 관원들을 동원해 사고를 목격한 사람이 있는지도 찾아봐야 할 것입니다."

"고작 궁녀 한 명 때문에 그렇게까지 할 수는 없는 일이다."

"왜 안 됩니까? 궁녀도 사람입니다! 주상 전하나 세자 저하와 똑같이 소중한 생명이라고요!"

서린이 결연하게 부르짖는 말에 두 상궁은 뜨거운 기름이 튀기라도 한 것처럼 동시에 어깨를 움찔했다. 제조상궁은 떼쓰는 철부지 보듯 서린을 물끄러미 바라보다가 무거운 입술을 뗐다.

"윤나인, 궁녀는 벼루의 먹 같은 존재이니라. 쓸수록 닳아 없어지는 게 당연하고, 다 쓰고 나면 버리고, 없어지면 다른 것을 갖다 쓰지 굳이 찾지는 않는 것이다."

너무도 당연한 듯 사람을 사물에 비유하는 제조상궁의 태도에 서린은 충격을 받았다. 동시에 자신이 처한 현실이 어떤 것인지 뼈저리게 실감했다. 궁녀는 마음대로 죽을 수도 없는, 죽은 후 까마귀밥이 되지 않는 것만으로도 감사해야 하는 하찮고 나약한 존재였다.

"주상 전하와 세자 저하의 이름을 들먹여 욕되게 한 것은 오늘만 못 들은 척해주겠다. 허나 다음에도 입단속을 하지 못하면, 그때는 뼈도 추리지 못할 줄 알아라."

냉엄하게 경고한 제조상궁은 치맛자락을 휘날리며 방을 나가버렸다. 서린과 단둘이 방에 남은 문상궁은 가슴을 쓸어내리며 서린을 흘겨보았다. 서린이 벌을 받을까 봐 문상궁도 내심 마음을 졸였던 것이다.

"그놈의 입은 언제나 주책이구나."

"죄송합니다."

서린은 순순히 사과했다. 고집 부려봤자 다른 이들을 난처하게 할 뿐이라는 걸 깨달았기 때문이다. 서린은 힘없는 목소리로 문상궁에게 간청했다.

"상궁 마마, 제 동생을 마지막으로 볼 수 있을까요?"

"이미 늦었다. 어젯밤 이미 시구문으로 내보냈느니라."

"벌써요?"

"죽은 궁녀의 흔적이 궐 안에 남아 있으면 부정을 타는 법. 아린이 가 입던 옷가지와 쓰던 물건들도 다른 나인들을 시켜 불태우게 할 것 이니 그리 알고 있거라."

동생의 유해를 불태우기 전에 조용히 작별 인사를 고하고, 제 손 으로 옷매무새도 다듬어 보내주고 싶었다. 저승에서 고운 모습으로 돌아가신 어머니를 만날 수 있도록. 그러나 가혹한 현실은 마지막 소 원조차 용납하지 않았다.

서린이 처소로 돌아왔을 때 그곳에서는 채옥을 비롯한 나인들이 아린의 물건을 정리하고 있었다.

"너무 섭섭하게 생각하지 마. 다 규율대로 하는 거니까."

늘 못된 말만 하던 채옥도 이번만큼은 서린에게 미안한 기색을 보 였다. 남의 손이 아린의 침구, 경대와 머리빗, 옷이 든 보따리 등을 하 나하나 밖으로 내가는 것을 지켜보고 있으려니, 서린은 누군가 자신 의 심장을 한 조각씩 베어가는 것 같은 느낌이 들었다.

그들이 모두 떠난 후 서린은 방구석에 개켜둔 자신의 침구 속에서 동생의 꽃신 한 짝을 꺼내어 품에 안았다. 빼앗길 것을 걱정해 거기 넣어둔 것은 아니었다. 그저, 물에 젖어 오들오들 떨면서 황천길을 걸어갈 동생이 가여워 신이라도 따뜻하게 덥혀주고 싶었을 뿐이다.

'언니가 해줄 수 있는 게 이것뿐이라서 미안해.'

서린은 외톨이가 된 꽃신 한 짝을 보듬어 안은 채 통한의 울음을 삼켰다. 무휘는 아린의 소식을 들었을까. 제주도에 있는 아버지에게 는 언제쯤 비보가 전해질까. 의지할 이 하나 없는 외로운 섬에서 막 내딸의 죽음을 알게 될 아버지를 생각하면 억장이 무너졌다. 서린은 언젠가 아버지에게, 동생이 어떻게 죽었는지 자세히 들려줘야 할 것 이다.

'역시 이대로 포기할 수는 없어.'

서린은 입술을 지그시 깨물면서 세차게 고개를 저었다. 하나뿐인 동생을 지키지 못한 것만으로도 가슴에 피멍이 맺혔는데, 그 죽음의 책임을 전부 동생에게 떠넘길 수는 없었다. 물을 무서워하는 아린이 연못에 가까이 가게 된 데는 분명 이유가 있을 것이다. 그것만 알아 내도 동생의 죽음을 받아들이기가 한결 쉬워질 것 같았다.

'너에게 정확히 무슨 일이 있었던 건지, 그것도 모른 채로 떠나보 낼 수는 없어.'

아무도 도와주지 않는다면 스스로 도울 수밖에. 서린은 왼손을 빈 틈없이 감고 있는 진갈색 천을 물끄러미 바라보다가, 이내 결심한 듯 매듭을 풀기 시작했다. 천이 한 겹씩 벗겨져나갈 때마다 그 안에 숨 겨진 우유처럼 하얀 살결이 모습을 드러냈다. 구 년 아홉 달 동안 목 욕할 때 외에는 왼손을 드러낸 적이 없었다. 그때도 다른 물건에 손 이 닿지 않도록 극도로 주의해왔다. 그런데 지금 그녀는 금기를 깨고 죽은 사람의 물건을 만지려 하고 있었다.

'아린이를 위해서, 딱 한 번만 하는 거야.'

서린은 긴장감 어린 심호흡을 한 후 아린의 꽃신에 손가락을 얹 었다.

10
아린의 마지막 기억

처음에는 아무 일도 일어나지 않았다. 뭔가 잘못된 건가 싶어서 손의 위치를 바꾸려는 순간, 정수리를 절반으로 쪼개는 듯한 격렬한 두통이 시작되었다. 곧이어 천장이 빙글빙글 돌아가는 듯한 착각이 들면서 약에 취한 것처럼 정신이 까마득해졌다.

'저는 물을 무서워합니다.'

'세 명이나요?'

암흑 속에서 가장 먼저 들려온 것은 아린의 목소리였다. 이제 현실에선 들을 수 없게 된 미치도록 그리운 소리. 서린의 가슴이 먹먹해지는데, 이번에는 유리가 서로 부딪칠 때 나는 소리가 들렸다. 어디선가 바람이 윙윙 불고 비릿한 물 냄새가 났다. 어릴 때 겪어보았던 것과는 사뭇 달랐다. 오랫동안 능력을 쓰지 않아 퇴화한 것인지 모든 게 흐릿하고 뒤죽박죽이었다.

'연못 한가운데 언덕 같은 게 있는데. 그 위에 있는 건 누각인가?'

서린은 정신을 똑바로 차리려고 애쓰면서 아린의 시점에서 보이는 장면들을 해석해나갔다. 아린은 누각을 자세히 보려고 한 것 같았다. 시야가 흔들리면서 누각이 가까워졌다가 멀어지기를 반복했다. 그러다 돌연 눈높이가 성큼 높아졌다. 그리고 발밑에 단단한 감촉이 느껴졌다.

'댓돌을 딛고 올라왔구나.'

아린이 그랬던 것처럼 서린의 시선도 잠시 아래를 내려다보았다. 나란히 선 두 개의 꽃신 코가 미세하게 떨리는 게 보였다. 그렇게 무서워하면서도 왜 굳이 댓돌에 올라갔던 걸까. 뭐가 세 명이라는 걸까. 서린은 사방을 자유롭게 둘러보고 싶었지만, 아린의 기억에 갇힌 상태에선 불가능한 일이기에 답답했다. 내렸던 시선이 다시 언덕의 누각을 향해 올라가는가 싶은 찰나.

'안 돼!'

누군가 뒤에서 등을 확 떠민 것처럼 시야가 요동치면서 앞으로 고꾸라졌다. 위아래, 다시 아래위로 정신없이 배회하는 시선에서 아린의 혼란과 공포가 고스란히 느껴져 서린은 가슴이 저렸다. 그다음에 서린을 덮친 것은 촉감이었다. 발끝부터 머리끝까지 빠르게 적시는 물의 차가움, 손목에 끈끈하게 엉기는 연잎 줄기의 단단함과 발목이 푹 빠지는 진흙의 말캉함까지.

"헉…… 헉…….”

서린은 코와 목구멍을 지나 폐까지 물이 밀려오는 느낌에 마구 숨을 헐떡였다. 얼굴이 물속에 잠기는 순간 아린이 두 눈을 질끈 감아 버린 듯 시야가 암전되었다. 수면 위로 떠올랐다가 다시 가라앉기를 반복하던 아린은 마지막으로 떠올랐을 때 반쯤 눈꺼풀을 열었다. 이미 살기를 포기한 듯 느리고 기운 없는 동작이었다. 서린은 이것이 아린이 세상에서 본 마지막 장면이라는 것을 직감했다. 그리고 사소한 것 하나라도 놓치지 않으려고 필사적으로 주의를 기울였다.

'누가 있어!'

그림자처럼 흐릿하게 엉겨 붙은 짙은 남색 인영이 댓돌 위에 서서 연못에 빠진 아린을 지켜보고 있었다. 아린, 아니 서린은 그 인영으로부터 뻗어 나온 손을 똑똑히 보았다. 상아로 깎은 것처럼 유독 하얗고 고운 손이었다. 그와 함께 의식에 아로새겨지는 유리 짤랑이는 소리. 그 소리를 끝으로 아린의 기억은 끊어졌다. 서린이 현실 세계에서 눈을 떴을 때, 그녀의 전신은 물에 빠졌다 건져진 것처럼 흠뻑 젖어 있었다. 식은땀이었다.

"그 사람, 그 사람이 아린이를 밀었어!"

서린은 손마디가 하얗게 드러나도록 있는 힘껏 꽃신을 움켜쥔 채 부들부들 떨면서 중얼거렸다. 동생은 사고를 당한 게 아니었다. 살해당한 거였다. 그것도 아주 교묘하고 은밀하며, 악의가 가득한 방식으로.

"무휘에게, 아니 상궁 마마께 알려야 해!"

서린이 두 손으로 바닥을 짚으면서 일어나려는 순간 가슴에 품고 있던 꽃신이 바닥에 툭 떨어졌다. 그것이 마치 신호탄이라도 되는 양 무시무시한 두통과 오한이 일시에 서린을 급습했고, 그녀는 무릎을 푹 꺾으면서 바닥에 코를 박고 쓰러졌다. 야속하게도 순식간에 멀어져버리는 의식 속에서 그녀는 귓가에 이명처럼 울리는 짤랑대는 소리를 듣고 있었다.

정신을 잃은 채 누워 있으면서 서린은 동생의 마지막 기억을 끝도 없이 반복해서 보았다. 그건 악몽이었다. 아니, 지옥이었다. 사랑하는 사람의 죽음을 몇십 번이고 되풀이해서 겪는 건. 차라리 내가 죽으면 좋겠다고 바라는 지경에 이르러서야, 서린은 서서히 의식을 되찾았다.

"윤나인, 정신이 들어?"

머리가 깨질 듯한 두통 속에서 채옥의 목소리가 들려왔다. 서린은 모래알이 들어간 것처럼 껄끄러운 눈을 느릿하게 감았다가 뜨기를 반복했다. 참을 수 없을 만큼 목이 말랐다. 체내에 수분이라고는 하나도 남지 않은 것 같은 느낌이었다. 서린은 바짝 말라붙은 입술을 떼었다.

"내가 얼마나 이러고 있었어?"

"이틀."

"그렇게 오래?"

정신이 번쩍 든 서린이 눈을 크게 떴다. 걱정스러운 얼굴로 내려다보는 채옥의 모습이 가물거리다가 서서히 명확해졌다. 채옥의 손에는 가지런히 접은 물수건이 쥐어져 있었다. 평소 앙숙지간인 것도 잊고 간호해준 건 고마웠지만 지금 서린에게는 감사 인사를 할 여유도 없었다.

'그자의 목소리를 듣고 그자의 얼굴을 봐야 해! 꽃신이 아니라 다른 물건을 만져보면 뭐가 더 나올지도 몰라!'

실낱같은 희망이지만 걸어볼 만했다. 아린이 입고 있던 옷, 머리를 묶었던 댕기, 신고 있던 버선, 아니면 아린의 몸 자체. 그중 어딘가에 그자의 모습을 훨씬 생생히 담은 기억이 숨어 있을지도 몰랐다. 서린은 두 손으로 바닥을 짚고 몸을 일으키면서 채옥을 향해 물었다.

"문상궁 마마는 어디 계셔?"

"그야 당연히 소주방에 계시겠지. 상궁 마마는 왜?"

서린이 억지로 일어나다가 무릎이 푹 꺾여 휘청거리는 걸 보고 놀란 채옥이 그녀를 붙잡았다.

"지금 일어나서 돌아다니면 안 돼! 몸이 정상이 아니라고!"

"이거 놔! 상궁 마마를 뵈어야 해! 방해하면 가만두지 않을 거야!"

서린은 방금까지 기절해 있던 사람이라고는 믿을 수 없을 만큼 맹렬한 기세로 채옥을 뿌리쳤다. 그 고집을 꺾을 수 없다는 걸 깨달은 채옥은 다급하게 서린을 따라 일어났다.

"그럼 나랑 같이 가. 상궁 마마께 가자고!"

서린은 채옥의 부축을 받으며 소주방을 향해 발걸음을 옮겼다. 물 먹은 솜처럼 축 늘어진 서린의 몸은 평소보다 훨씬 무거웠다.

소주방 입구에 다다랐을 때는 서린도 채옥도 온몸이 식은땀으로 흠뻑 젖어 있었다. 비틀거리며 나타난 서린을 본 문상궁이 놀란 기색을 드러냈다.

"윤나인? 아프다고 들었는데 돌아다녀도 괜찮은 것이냐?"

"상궁 마마, 드릴 말씀이 있습니다!"

"지금은 바쁘니 나중에 듣도록 하마."

"안 됩니다! 지금 들으셔야 합니다! 제 동생에 관한 이야기예요!"

문상궁은 새빨갛게 핏발 선 서린의 눈을 보면서 잠시 망설였다. 그러더니 짧게 한숨을 내쉬며 손에 든 대젓가락을 내려놓았다.

"알았다. 일단 조용한 곳으로 가자."

문상궁은 서린과 채옥에게 따라오라는 손짓을 했다. 세 궁녀는 아무도 없는 우물가로 자리를 옮겼다.

"자, 이제 얘기해보거라."

"아린이는 지금 어디 있습니까? 마지막으로 한 번만 더 만나게 해주세요. 그게 안 된다면 그 애가 남긴 물건만이라도 돌려주세요! 부탁드립니다!"

"안타깝지만 시신은 이미 화장이 끝났다. 유품도 마찬가지다."

문상궁은 귀찮으면서도 측은한 마음이 들었는지, 절망에 빠진 서린을 향해 조용한 말투로 달래듯 말했다.

"이제 끝났다, 윤나인. 궁의 법도대로, 삶의 이치대로 순응하는 게 옳은 것이다. 살면서 누구 하나 운명의 가혹한 장난을 겪어보지 않는 이는 없을 터. 너희 자매라고 해서 무어라 특별할 게 있단 말이냐. 그러니 너도 그만 운명을 받아들여라."

"하지만 제 동생은 발을 헛디뎌서 물에 빠진 것이 아닙니다. 누군가 그 애를 꼬여 물 가까이 가게 했습니다. 그리고 뒤에서 밀어버렸어요!"

서린은 문상궁이 자신의 말을 듣고 깜짝 놀랄 것이라고 예상했다. 그러나 문상궁은 눈썹조차 미동하지 않은 채 꼿꼿이 서 있기만 했다.

"상궁 마마! 방금 제가 한 말을 들으셨습니까?"

"그래, 들었다. 아무래도 네가 열이 덜 내린 모양이로구나."

서린을 바라보는 문상궁의 얼굴에는 놀라움 대신 안쓰러움이 배어 있었다. 동생의 죽음에 큰 충격을 받은 서린이 망상에 빠져 헛소리를 한다고 생각한 것이다. 문상궁이 자신의 말을 곧이듣지 않는다는 것을 알아차린 서린은 속이 바짝 탔다.

"아닙니다, 저는 멀쩡해요. 어서 의금부에 알려서 그날 제 동생과 함께 있었던 사람이 누군지 조사해봐야 합니다. 궁인이라면 지금도 궁에 있을 겁니다. 어서 잡아야 해요!"

절박한 나머지 서린의 목소리가 갈라져 나왔다. 그 말을 들은 문상궁은 손가락으로 턱 끝을 문지르면서 잠시 생각에 잠기는 듯했다.

"그러니까 네 말에 따르면 아린이 죽기 직전 다른 사람과 단둘이 있었단 말이지."

"네, 바로 그겁니다!"

"그러면 넌 그 사실을 어떻게 알게 된 것이냐?"

"……."

서린은 그만 말문이 턱 막혀버렸다. 아린이 살해당한 사실을 당장 알려야 한다는 마음이 앞서, 그걸 어떻게 설명해야 할지를 미처 생각지 못했다. 문상궁은 당황한 서린을 보면서 조곤조곤 따지고 들었다.

"죽은 네 동생이 얘기해줄 수는 없었을 것이고, 네 동생을 밀었다는 자가 털어놓았을 리도 없지 않으냐. 그런데 네 동생과 그자 사이에 있었던 일을, 제삼자인 네가 어찌 이리도 소상히 알 수 있단 말이냐? 직접 본 것도 아니면서."

"……."

"윤나인, 내 너의 처지는 몹시도 딱하게 생각한다. 허나 이런 말도 안 되는 소리를 들어주고 있기엔 할 일이 너무 많구나."

문상궁은 더 할 말이 없다는 듯 단호하게 등을 돌렸다. 그래도 서린은 포기하지 않았다. 그럴 수 없었다. 서린은 옆에서 지탱해주고 있던 채옥의 팔을 슬그머니 밀어내고 혼자 힘으로 섰다. 그리고 두 주먹을 꼭 쥔 채 문상궁의 등에 대고 말했다.

"저는 죽은 사람의 기억을 읽을 수 있습니다."

문상궁의 발걸음이 우뚝 멈췄다. 그녀는 비스듬히 돌아보면서 믿지 못하겠다는 듯 물었다.

"윤나인, 방금 뭐라 하였느냐?"

"죽은 사람이 갖고 있던 물건을 만지면, 그 안에 깃든 마지막 기억을 제 눈으로 보는 것처럼 볼 수 있다는 말입니다."

"……."

"왼손을 천으로 감고 다니는 것도 바로 그것 때문입니다. 능력을 봉인하기 위해서요. 아린이가 죽은 경위를 밝히기 위해 구 년 만에 처음으로 천을 풀었습니다. 그리고 그 아이가 누군가의 계략으로 연못에 빠지게 된 걸 알았어요!"

서린이 열렬히 말하는 도중에도 얇은 손가락이 옆구리를 쿡쿡 찔렀다. 채옥이 헛소리 그만하라고 눈치를 주는 것이었다. 일말의 기대를 걸어보았지만 문상궁의 반응도 다르지 않았다.

"나 원 참, 살다 보니 별소리를 다 듣는구나. 네가 맹랑하고 오만한 구석이 있기는 해도 거짓말을 하는 아이는 아니라고 여겼는데. 아무래도 내가 잘못 본 모양이다."

"죽은 동생을 두고 어찌 거짓을 고하겠습니까! 그랬다가는 제가 천벌을 받고 이 자리에서 고꾸라져 죽을 것입니다!"

목구멍을 쥐어짜듯 필사적으로 부르짖는 서린을, 문상궁은 한참이나 응시하고 있었다. 마치 그 속내를 꿰뚫어보려는 것처럼. 그러더니 돌연 이쪽으로 성큼성큼 걸어와서는 서린의 왼손을 턱 붙잡았다. 장삼 조각을 감지 않은 맨손이었다.

"그렇다면 어디 한번 시험해보자. 너에게 정말 그런 능력이 있는지."

"네?"

서린이 멈칫하는 사이, 문상궁은 품 안에서 나무로 만든 작은 향갑을 꺼냈다. 그러더니 그걸 서린의 왼손에 쥐여주면서 다그치듯 말했다.

"삼 년 전 돌아가신 나의 어머니께서 물려주신 물건이다. 자, 무엇이 보이느냐?"

"이런 식으로는 볼 수 없습니다. 죽은 지 오래된 사람은 사념의 힘이 약해져서……."

서린은 아버지를 통해 들었던 스님의 말을 띄엄띄엄 읊으며 설명하려고 했다. 그러나 문상궁은 처음부터 서린의 말을 들어줄 마음이 없었다. 그녀는 서린의 왼손을 놓으며 코웃음 쳤다.

"내 그럴 줄 알았다. 그런 허무맹랑한 일이 있을 리가 없지."

문상궁은 쌀쌀한 냉기만 남긴 채 다시 소주방을 향해 총총걸음으로 사라졌다. 서린은 그 뒷모습을 보며 지그시 입술을 깨물었다. 문상궁이 믿지 못하는 것도 무리가 아니었다. 그녀를 설득하지 못하는 자신의 무력함이 한탄스러울 뿐이었다. 축 늘어진 어깨에 채옥이 조심스레 손을 올리는 게 느껴졌다.

"윤나인, 이제 방으로 돌아가자. 좀더 쉬는 게 좋겠어."

"아니, 난 가지 않을 거야. 너 혼자 가."

서린은 완강하게 고개를 저었다. 문상궁의 말대로 죽은 아린은 아무것도 말할 수 없다. 그러니 대신 자신이 아린의 억울함을 목이 터지도록 외치고 다닐 작정이었다. 누군가 들어줄 때까지, 아린의 원(怨)이 풀리는 그날까지.

11
수호신의 탈을 쓴 악마

"상궁 마마! 제게 한 번만 더 기회를 주십시오!"

초승달이 떠오른 밤, 서린은 문상궁의 처소 앞에 무릎을 꿇고 앉아 있었다. 벌써 두 시진(時辰)*쨰였지만 굳게 닫힌 문은 열릴 줄을 몰랐다. 그때 뒤뜰에 우거진 댓잎이 흔들리면서 그 사이에서 기다란 그림자 하나가 홀연히 나타났다.

"그만 일어나십시오. 이러다 정말 병나십니다."

서린은 애타게 기다리던 그 사람을 보자마자 두 눈 가득 눈물이 고였다.

"무휘야, 아린이가⋯⋯!"

"알고 있습니다. 아기씨 가시는 길 바래다 드리고 오는 길입니다."

서린을 향해 고개 숙이는 무휘도 눈시울을 붉혔다. 제조상궁의 허가 없이는 외출할 수 없는 서린을 대신해, 아린의 유해를 화장하고

---

* 약 두 시간

절에 위패를 모시는 것까지 지켜보고 온 그였다. 그렇지만 아린의 갑작스러운 죽음을 아직도 받아들이지 못하는 건 그도 마찬가지였다.

"일단 아씨 몸부터 추스르셔야 합니다. 이리 오십시오."

무휘는 서린을 이끌고 뒤뜰로 갔다. 평평한 바윗돌에 서린을 앉혀 놓고 자신은 그 옆 흙바닥에 앉았다.

"입맛 없으시겠지만 이거라도 드세요."

서린은 무휘가 내민 주먹밥을 물끄러미 바라보았다. 깨끗한 기름종이에 싸서 온기를 잃지 않도록 품속에 고이 넣어온 그 주먹밥은 아마도 무휘의 새참이었을 것이다. 그 마음과 정성을 차마 거절할 수 없어, 서린은 기름종이를 벗겨내고 주먹밥을 한입 베어 물었다. 동생 일이 해결될 때까지는 밥도 안 넘어갈 줄 알았는데, 사람이라는 게 어찌나 간사한지 음식이 들어가자 허기졌던 위장이 요동쳤다.

"대체 상궁 마마와 무슨 얘길 하신 겁니까? 아씨가 실성하셨다는 소문이 궁 안에 파다합니다."

서린은 구구절절한 설명 대신, 바윗돌을 짚고 있던 왼손을 들어 보여주었다. 달빛처럼 새하얗고 매끄럽게 빛나는 맨손을 본 무휘의 두 눈이 휘둥그레졌다.

"봉인을 푸신 겁니까? 왜요?"

서린은 그동안 있었던 일을 무휘에게 들려주었다. 아린의 기억을 엿보았던 부분에 이르러서는 저도 모르게 두 팔로 몸을 감싸고 부르르 떨면서 힘겹게 말을 이었다.

"그 사람은 아린이가 물에 빠져서 허우적거리는 동안 손을 뻗은 채로 그 모습을 지켜보고 있었어. 도와줄 생각도 하지 않고. 마치 덫에 걸린 어린 짐승을 구경하는 것처럼."

서린은 그 냉혹함에 새삼 치가 떨렸다. 도대체 어떤 인간이 어린 여자애를 물에 빠뜨려놓고 그 장면을 유유자적하게 구경할 수 있단 말인가.

"그 사람에 대해서 기억나는 건 더 없으세요? 옷이라든가."

"푸른 계열이었던 것 같아. 남색 비슷한. 그런데 잘못 봤을 가능성도 있어. 눈을 제대로 못 떴거든. 그 유리 부딪히는 소리 같은 게 자꾸 났고. 아, 그 사람 손이 예뻤어."

"손이오?"

"응, 평생 험한 일이라고는 해본 적 없는 하얗고 고운 손이었어. 그거 하나는 또렷이 봤어."

그 말을 들은 무휘는 손끝으로 관자놀이를 툭툭 두드리며 잠시 생각에 잠겼다. 그리고 서린에게 들은 얘기를 바탕으로 범인의 정체를 막연하게나마 추론해나갔다.

"설화당은 외부인이 발을 들일 만한 곳은 아닙니다. 아린이도 별다른 거부감 없이 상대방과 대화했고요. 궁에 사는 지체 높은 사람일 수도 있어요. 상궁 마마도 건드릴 수 없는."

그렇게 결론 내리는 무휘의 표정이 어두웠다. 이곳 궁에서는 숨 쉬는 것만 빼고는 모든 게 신분에 따라 결정됐다. 만일 범인이 고관대작이나 왕족이라면 하찮은 견습나인과 가마꾼 둘이서 할 수 있는 건 사실상 없다고 봐야 했다. 그러나 서린은 기죽지 않고 야무지게 받아쳤다.

"그럼 나도 높은 분에게 얘기해야지."

"누구요? 제조상궁 마마요?"

"그보다 훨씬 높은 분. 세자 저하를 찾아갈 거야."

서린은 똑똑히 기억하고 있었다. 동궁전에서는 신분이나 출신을 이유로 차별받는 사람이 없게 하겠다는 범의 말을. 무휘는 걱정스러운 듯 뭔가 말하려다가 그만두었다. 한번 결심한 일은 무슨 일이 있어도 실천에 옮기고야 마는 서린의 성격을 잘 아는 까닭이었다.

그러나 세자가 무슨 저자 장사꾼도 아니고 아무 때나 쉽게 만날 수 있는 사람은 아니었다. 서린은 다시 한번 자존심을 꺾고 채옥에게 도움을 청하기로 했다. 또래 나인 중 가장 궁 생활을 오래 한 채옥에게는 종종 세자의 처소에 드나들 기회가 주어지고는 했다.

다음 날 아침, 서린은 경대 앞에 앉아서 머리를 빗으며 나갈 준비를 하는 채옥에게 조심스레 말을 걸었다.

"채옥아, 부탁이 하나 있는데 들어줄 수 있을까?"

"뭔데?"

"오늘 동궁전에 다과상 들여가는 거 말이야, 내가 대신 해보고 싶어서."

채옥이 한쪽 눈썹을 슬쩍 올리는 것을 보고 서린은 뜨끔했다. 채옥과는 걸핏하면 아웅다웅하던 사이였는데, 저 아쉬울 때만 구차한 소리를 한다고 욕먹어도 할 말이 없었다. 그러나 채옥은 뜻밖에도 선선히 승낙했다.

"그래, 바꿔줄게. 저하께 하소연하고 싶은 게 있는 모양인데, 그렇게 해야만 네 맘이 풀린다면 어쩌겠어."

"채옥아."

"우리 저하, 몰인정한 분이 아니셔. 네가 헛소리를 늘어놓아도 내치거나 꾸짖지 않고 끝까지 들어주실 거야. 하해와 같은 아량을 갖고 계시니까."

본래 다과상을 내가는 것은 하루 세 번, 이른 아침과 오후, 그리고 밤이었다. 그러나 소식하는 범은 아침 다과상을 받지 않았다. 서린은 당장 쳐들어가고 싶은 마음을 꾹 누르며 오후가 될 때까지 기다렸다. 다 체념한 척 고분고분 퇴선간 청소를 하면서 문상궁을 안심시키기도 했다. 채옥이 다른 나인들에게도 미리 말해놓은 덕분에 바꿔치기는 순조롭게 진행되었다.

"동궁마마, 다과상을 올리겠나이다."

내관이 문을 열어주자 서린은 다과상을 양손으로 받쳐 들고 사뿐사뿐 안으로 걸어 들어갔다. 세자 혼자 있을 줄 알았는데, 안에는 다른 사람이 있었다. 붉은 도포와 군청색 허리띠에 색색의 끈을 두르고 구슬을 늘어뜨린 관을 쓴 남자, 바로 금부도사였다. 서린이 들어섰을 때 범은 금부도사에게 온화한 어조로 말하고 있었다.

"내 누누이 말하지 않았소. 그대는 그저 국법을 공정하게 집행했을 뿐, 아무런 잘못도 하지 않았다고. 내 마음속에는 아무런 원망도 없소."

"하지만 소인은 저하의 옥체에 감히 손을 대었사옵니다! 죽어 마땅한 죄!"

금부도사 이의종은 제 머리를 바닥에 쾅 소리 나게 찧으면서 울부짖듯 말했다. 그는 이번 승진을 가장 적극적으로 지지해준 사람이 범이라는 말을 전해 듣고 달려온 길이었다. 이 궁 안에서 옳고 그름을 정하는 건 도덕이 아니라 힘이었다. 그 힘을 손에 쥔 자인 범이 베풀어주는 자비와 은혜에 의종은 그야말로 몸 둘 바를 몰랐다.

"일어나시오. 이 세상에 죽어 마땅한 죄라는 건 없소. 생명은 하나 하나가 모두 천지만큼 귀하고 소중한 것이오."

평상에서 일어나 의종이 엎드려 있는 곳까지 내려온 범은 그를 친히 일으켜 세웠다. 그 몸짓에 감동받은 건 의종뿐이 아니었다. 지켜보던 서린의 입에서도 절로 탄성이 터져 나왔다.

"역시 저하는 인의(仁義)를 아는 분이셔!"

서린이 내뱉은 탄성을 들은 범과 의종이 동시에 이쪽을 쳐다보았다. 한 번 본 게 고작이지만 범은 서린을 곧바로 알아보았다. 역사적인 첫 살인 피해자의 가족이었으니까.

"넌 윤승현의 맏딸이 아니냐? 견습 기간일 텐데, 어찌하여 네가 다 과상을 가지고 왔느냐?"

이번이 처음이자 마지막 기회라는 걸 직감한 서린은 범의 앞에 털썩 엎드리며 머리를 조아렸다.

"저하, 목숨 걸고 청하옵니다. 부디 제가 드리고자 하는 말을 들어주시옵소서!"

범은 가벼운 손짓으로 의종을 제지했다. 그리고 세상에 다시없을 것같이 다정한 목소리로 서린에게 말했다.

"윤승현의 막내딸이 변고를 당했다는 얘기는 들었다. 네 상심이 이루 말할 수 없겠구나. 양친과 이별하고 이젠 하나뿐인 동생까지 잃다니."

얼핏 듣기에는 위로해주는 것 같았지만 실은 일부러 부모를 들먹임으로써 그녀의 슬픔을 견딜 수 없을 지경으로 몰고 가는 것이었다. 범은 그런 식으로 타인의 감정을 교묘하게 갖고 노는 걸 즐겼다.

"네가 원한다면, 내 글월비자*에게 지시하여 윤승현에게 비보를 전하도록 해주마. 혹시 네 아비에게 전하고 싶은 말이 있느냐?"

범은 그 말이면 서린의 이성을 놓게 만들 수 있으리라 계산했다. 그녀는 통곡하기 시작할 것이고, 그러면 범은 연민을 보이는 척하면서 그 구질구질한 광경을 유유하게 구경할 생각이었다.

그러나 서린은 범이 예상했던 것과 같은 반응을 보이지 않았다. 대신 바닥에 붙이고 있던 이마를 슬며시 떼더니, 당돌한 눈빛으로 범을 올려다보면서 결의에 찬 어조로 말했다.

"아닙니다. 동생의 죽음에 얽힌 의문을 해결하고 나서 그 후에 제가 직접 바깥에 있는 식솔들에게 연락하겠습니다."

"의문이라니, 네 동생은 발을 헛디뎌 물에 빠져 죽은 것이 아니었더냐?"

"아닙니다. 누군가 그 애를 연못가로 유인해 일부러 빠뜨려 죽게 한 것입니다."

"뭐라고?"

그 순간 범이 보인 표정은 평범한 사람의 '놀라움'에 가장 근접한 것이었다. 대충 들어주는 척만 하고 돌려보내려 했는데, 갑자기 호기심이 확 당겼다. 자신의 손바닥 안에서 움직이는 줄 알았던 세상에, 예기치 못했던 변수가 생긴 것을 발견한 기분이라고나 할까.

"만일 그게 사실이라면, 넌 어떻게 알게 된 것이냐? 어림짐작으로 짚어본 것이냐?"

"그것이 아니오라······."

● 　 궁궐에서 심부름을 하며 궁 밖에 문안 편지를 배달하던 나인

서린은 고개를 쳐든 채로 잠시 멈칫거렸다. 자신의 능력에 대해 사실대로 말했다가는 어떤 결과를 초래하는지, 문상궁을 통해 이미 겪어보았다. 서린은 선의의 거짓말을 하기로 했다.

"실은 목격자가 있습니다."

"목격자라고?"

범은 보일 듯 말 듯 미간을 찌푸렸다. 그럴 리 없었다. 그날 설화당에는 그와 아기나인 둘뿐이었다.

"그렇다면 왜 그 사람은 앞으로 나서지 않는 것이냐? 눈으로 보았다면 살인자를 지목할 수도 있을 게 아니냐?"

"그게……."

서린은 잠시 멈칫거렸다. 말 한마디 잘못했다가 모든 걸 망쳐버리지 않기 위해 필사적으로 머리를 굴렸다.

"목격한 사람은 제 친구입니다. 누군지는 밝힐 수 없습니다. 범인을 직접 본 게 아니라 동생이 지르는 비명을 멀리서 들었다고 했습니다. 그때는 별것 아니라 생각하고 넘어갔다고 합니다."

범은 눈을 가느스름하게 뜨면서 서린의 말을 곱씹었다. 말이 되지 않았다. 월영지 주변은 거대한 노목과 울창한 잡풀, 높은 토담으로 둘러싸여 있어 소리가 그렇게 멀리까지 퍼져나가지 않았다. 단순히 비명을 들었다는 것만 가지고 누가 밀었다고 추정하는 것도 이상했다.

"제 친구가 누군지 밝힐 수 없다면, 그러면 조사할 수 없는 것인가요? 제 동생의 일은 이대로 묻히게 될까요?"

서린은 간절하게 물었다. 범의 입장에서는 당연히 이대로 무마해 버리는 게 편했다. 그러나 그러고 싶지 않았다.

'모처럼 흥미로운 일이 생겼는데, 이렇게 빨리 끝낼 수는 없지.'

범에게는 자신의 범행이 밝혀질지도 모른다는 두려움 따위는 없었다. 절대 그럴 리는 없었으니까. 서린과 그녀가 말하는 '친구'는 범에게 새로운 놀잇감이었다. 범은 오랜만에 의욕이 솟구치는 걸 느꼈다.

"윤나인, 저기 있는 금부도사가 보이느냐? 그에게 네 동생의 사건을 수사하라고 친히 명하겠다. 그러면 네 한이 조금은 풀리겠느냐?"

"저하!"

서린의 얼굴 가득 감격에 찬 미소가 번졌다. 그게 범은 또 그렇게 재밌을 수가 없었다. 희열이 작게나마 느껴졌다. 그것은 남들이 말하는 행복이나 기쁨과는 달랐다. 배설이나 성관계를 할 때와 비슷한, 말초신경에서 오는 원초적인 쾌감이었다.

"혹시 또 소원하는 바가 있느냐? 내 뭐든지 들어주마."

"아뢰옵기 황공하오나, 그 아이의 몸에 걸쳤던 물건을 전해 받고 싶습니다. 옷가지든 댕기든, 무엇이든 동생을 추억할 수 있는 것으로요. 간곡하게 청 드리옵니다."

"그게 뭐 어렵겠느냐. 걱정 말거라."

범은 자신의 반닫이 깊숙이 숨겨져 있는 분홍빛 꽃신 한 짝을 떠올리면서 대답했다.

"감사합니다! 소녀 저하께서 베풀어주신 은혜를 가슴 깊이 새기고 평생 잊지 않을 것입니다!"

몇 번이고 바닥에 고개를 조아리면서 절하는 서린을, 범은 의미심장한 미소를 띤 채 바라보았다. 악귀를 수호신이라 착각하는 저 순진무구한 먹잇감과 함께할 나날들을 기대하면서.

12
서린의 각오

"저하, 그만 돌아가심이 어떨지요."

"조금만 더 있겠네."

넓은 궁에서도 가장 외진 곳에 자리한 마구간. 칸막이마다 말이 쏟아낸 분뇨가 웅덩이를 이루고 파리가 떼 지어 몰려들었다. 조내관은 코를 찌르는 악취에 코를 막았지만 범은 아무렇지도 않았다. 범은 마구간 구경을 좋아했다. 어차피 그에겐 인간도 말과 하등 다를 게 없었다. 밥 먹고 배설하고 교미하고 번식하는, 오물과 비곗덩어리가 섞인 피 주머니일 뿐.

"널 보는 것도 오랜만이구나. 그간 잘 있었느냐."

범은 게걸스럽게 말구유의 물을 마시고 있는 밤색 말을 향해 말을 걸었다. 항상 그렇듯 가식적인 말투였지만, 다른 게 있다면 이 말에게는 호감 비슷한 걸 느낀다는 거였다.

"저하께서 저 말을 그리도 아끼시는 것이 저는 꺼림칙합니다."

범이 손을 뻗어 말갈기를 쓰다듬는 걸 본 조내관은 가만히 눈살을 찌푸렸다. 범이 제 애완동물처럼 귀여워하는 저 말은 바로 헌을 깨어날 수 없는 잠에 빠뜨린 바로 그 한혈마였다.

"내 거듭 이르지 않았는가. 말 못 하는 짐승은 죄가 없다고. 관리 못 한 사람의 잘못이지."

범은 깨끗이 빈 물통에 신선한 물을 채워주면서 말했다. 비록 미수로 끝나긴 했지만, 첫 살인 시도는 지금도 떠올릴 때마다 희미한 쾌감을 안겨주었다. 저 말을 보면 그 기억이 더 생생해졌고 무슨 생각을 하는지 알 수 없는 통방울 같은 말의 눈에서 묘한 동질감이 느껴져 좋았다.

문제의 한혈마가 천수를 누리고 있다는 사실은 이 년에 한 번씩 이뤄지는 마구간 총 점검에서 발각되어 왕의 귀에까지 들어갔다. 그러나 왕은 범에게 푹 빠져버린 후였고 무고한 생명을 해치는 건 헌도 원치 않을 거라는 호소에 쉽게 넘어갔다. 궁인들은 세자의 자애로움이 한낱 말에게도 미친다고 칭송했다.

달달 외워버린 책을 다시 읽는 것처럼 뻔히 파악할 수 있는 사람들. 범을 권태에 시달리게 하는 원인 중 하나였다. 그는 열흘 전 다과상을 들고 처소로 들이닥쳤던 견습나인을 떠올렸다. 그 애와 나눈 대화, 그 애가 보여준 반응. 예상을 벗어나 신선했다.

"저하, 여기 계시다는 얘길 듣고 왔습니다."

혹시 범을 방해할까 조심스레 나타난 사람은 이제 의금부도사에서 의금부부사가 된 이의종이었다. 범은 오랜 연습의 산물인, 호수처럼 잔잔한 미소를 입가에 머금으며 의종을 맞았다.

"그렇지 않아도 부르려던 참이었소. 월영지 사건에는 뭔가 진척이 있었소?"

"사찰에 오작인(作作人)*을 보냈지만 유해는 이미 화장한 뒤라 검시하지 못했습니다. 그래도 저하의 다른 분부는 받을 수 있었습니다."

의종은 자랑스러운 표정을 지으면서 황색 보자기로 싼 보퉁이를 범의 눈앞에 내밀었다.

"아기나인의 옷가집니다. 함께 태워버렸다고 거짓말하는 것을 닦달해서 받아왔지요. 승려들이 쓸 만한 물건은 슬쩍 빼돌려놓거든요."

범은 잘했다는 듯 고개를 끄덕였지만 속으로는 쓸데없는 짓을 했다고 생각했다. 전리품은 이미 갖고 있으니 더는 필요 없었다. 그렇다고 서린이 부탁한 대로 동생의 유품을 전달해줄 생각 또한 없었다. 범은 서린을 최악의 궁지로 몰아넣고 즐길 작정이었다.

"사건 당일 설화당 주변에 갔던 인물이 있는지, 그것은 알아냈소?"

"송구합니다만, 그 또한 별다른 수확은 없었습니다. 정원을 손질하고 청소하는 잡일꾼조차 그곳에는 드나들지 않는다고 합니다."

의종은 세자에 대한 충심을 입증하기 위해 지난 열흘간 발바닥에 땀나도록 뛰어다니며 탐문에 열중했다. 궁인들은 대부분 월영지라고 하면 물귀신 얘기부터 꺼냈다. 죽은 박씨가 찢어진 사지에서 피를 철철 흘리면서 나타나 주상과 비슷한 나이대의 남자만 보면 달라붙는다는 것이다. 세자가 종종 월영지 주변을 산책한다는 언급도 있긴 했다. 아닌 척해도 역시 낳아준 어머니가 그리운 게 아니겠냐면서 그리여리고 선하시다며 눈물을 글썽이는 궁녀까지 있었다.

'저하께서 그날 월영지에 가셨다면 당연히 말씀하셨겠지.'

---

* 법의관 역할을 수행하던 의금부 아전

그렇게 단정 지은 의종은 범에게 물어볼 생각조차 하지 않았다. 범은 그런 의중을 불 보듯 훤히 들여다보면서 역시 이놈도 시시한 잡놈에 불과하다고 생각했다. 명색이 의금부부사씩이나 됐으면 왕족이든 왕이든 의심스러운 건 질문하는 패기 정도는 보여야지. 범은 아무것도 보지 못했다고 시치미 떼는 그 순간의 짜릿함을 놓치게 된 것이 못내 아쉬웠다.

"원한 관계는? 평소 아기나인에게 앙심을 품은 사람은 없었소?"

"반가 출신이라 잘난 척한다고 못마땅해하는 나인들은 있었던 모양입니다만, 그 어린것에게 누가 앙심까지 품겠습니까. 유헌대군 쪽 사람이라면 혹시 모를까."

의종은 의미심장한 말투로 덧붙였다. 서린과 아린의 아버지인 윤승현 대감의 역모 사건, 그 목표물은 다름 아니라 중궁전에 누워 있는 대군 헌이었다. 역모를 꾸민 무관들은 제멋대로 범을 추종하면서 그의 왕위 계승을 위해 방해물을 없앤답시고 중궁전을 습격하려 했다. 비록 거사 직전 들통 나 무산되긴 했지만 잠시나마 헌의 목숨이 위태로워진 것도 사실이었다.

"쓸데없는 의심은 거두시오. 그 애들을 입궁시킨 사람이 바로 중전 마마시니."

"황송합니다."

의종은 뜨끔한 표정으로 범을 향해 황급히 고개를 조아렸다. 피 한 방울 섞이지 않았지만 양어머니인 중전에게 세자가 극진히 효도한다는 건 다들 알고 있는 사실이었다.

의종이 굽실거리며 물러간 후 범은 그가 바치고 간 옷 꾸러미를 손에 든 채 골똘히 생각에 잠겼다.

"저하, 윤나인을 불러올까요? 동생의 유품을 본다면 반가워할 겁니다."

"그럴……."

그럴 것 없다고 말하려던 범은 돌연 멈칫했다. 서린에게 유품을 전해줄 생각은 물론 없었지만 수사 결과를 들었을 때의 반응은 직접 확인하고 싶었기 때문이다. 범의 침묵을 승낙으로 해석한 조내관은 부리나케 동궁전을 향해 달려갔다. 그리고 잠시 후 서린과 함께 나타났다.

수라 준비를 거들다 불려온 서린은 앞치마도 벗지 못한 채 주춤주춤 마구간 안으로 들어왔다. 수십 개의 말구유가 즐비하게 늘어서 있고 그 안에서 사람 키보다 훨씬 큰 말들이 뜨거운 콧김을 뿜어내는 장관에 서린의 둥근 눈이 확 커졌다. 범은 얼빠진 촌뜨기 같은 서린의 모습을 관찰하면서 즐거움을 느꼈다.

"마구간엔 처음 와보는 게로구나."

"네, 저하께서 부르신다기에 당연히 처소에 계신 줄 알았습니다. 소대(召對)* 시간이니까요."

서린은 공손히 예를 갖추면서도 할 말은 다 했다. 범은 그녀의 그런 점이 퍽 마음에 들었다. 범은 희고 고운 손을 뻗어 한혈마의 부드러운 갈기를 쓰다듬으면서 서린에게 말했다.

"윤나인, 그거 아느냐? 말은 아주 오래전의 과거도 기억한다고 하

---

* 낮에 세자의 처소에서 이루어지는 보충수업

는구나. 마치 사람처럼."

"그렇습니까?"

서린은 세자가 대뜸 왜 그런 얘기를 하는지 영문을 알 수 없었다. 모르는 게 너무 많았다. 지금 눈앞에 있는 말이 어떤 말인지, 무슨 사연을 간직하고 있는지도 몰랐다. 범은 그런 그녀를 향해 넌지시 돌려 말했다.

"만일 이 녀석이 제가 보고 기억한 걸 말할 수 있다면 이 궁은 발칵 뒤집힐 것이다. 하지만 그런 일은 일어나지 않지. 혼자 알고 있는 것만으로는 아무 소용 없다. 내 말 알아듣겠느냐?"

"……목격자를 찾지 못한 것이군요."

"네 동생이 죽은 날 설화당에 갔던 궁인은 없는 것으로 밝혀졌다. 달리 네 동생을 해코지할 만한 사람도 찾지 못했고. 월영지에서 비명을 들었다는 네 친구가 앞으로 나서지 않는다면 나로서도 더는 해줄 수 있는 게 없구나."

범은 진심으로 안타까워하는 표정으로 말했다. 그는 서린이 말한 '친구'가 존재하지 않는다고 거의 확신하고 있었다. 아린이 죽을 때의 정황을 서린이 정확히 짚어냈을 때는 조금 동요했지만 시간이 지나고 차분히 생각해보니 우연히 맞힌 것이라 해도 별로 이상하지 않았다. 그런 범의 추론을 뒷받침하듯, 서린은 고개를 수그린 채 머뭇거리다가 조용히 대답했다.

"제 친구는 앞으로 나설 수 없는 상황입니다. 저하께서 이토록 살펴주셨는데 송구합니다. 이 은혜는 남은 평생 저하를 모시면서 갚아나가겠습니다."

"그래, 그럼 이제 포기하는 것이냐."

"그건 아닙니다."

"아니라고?"

뜻밖의 대답에 범의 눈썹이 슬쩍 올라갔다. 서린은 당당하게 고개를 들었다. 그리고 과감하게 범의 눈을 올려다보면서 한마디 한마디 힘주어 말했다.

"네, 다른 분들에게 더는 폐를 끼칠 수 없습니다. 그렇지만 포기할 수도 없습니다. 제 동생의 목숨에 관한 것이니까요."

"그러면 어떻게 하겠다는 것이냐?"

"저 혼자 찾아보겠습니다. 동생을 해친 사람이 누군지."

서린의 진지한 말투에는 굳은 결단과 의지가 담겨 있었다. 그냥 하는 소리가 아니라는 걸 알아차린 순간 범은 폭소가 터져 나오는 것을 간신히 참았다.

감정이 결핍된 범이 가장 이해하기 힘든 것 중 하나가 바로 웃음이었다. 사람들이 어떤 순간에 왜 웃는지, 아무리 주도면밀하게 관찰하고 공부해도 그것만큼은 완벽하게 파악하기 힘들었다. 그런데 지금 이 순간, 범은 웃긴다는 게 뭔지 온몸으로 깨달았다. 쥐꼬리만 한 힘도 없는 주제에 범인 앞에서 범인을 잡겠다고 하는 서린의 모습은 그야말로 웃음거리 그 자체였다. 범은 배를 잡고 쿡쿡거리고 싶은 충동을 간신히 억누르며 서린을 향해 몸을 숙였다.

"동생을 생각하는 너의 마음이 참으로 갸륵하구나. 혼자 범인을 찾겠다는 용기도 가상하고. 너의 그 간절함을 하늘에서도 결코 외면하지 않을 것이다."

"저하."

"언제든 내가 도와줄 일이 있으면 주저 없이 청하거라. 아기나인의 죽음에 조금이라도 석연치 않은 점이 있다면, 그게 무엇이든 명백히 밝혀지길 나 또한 원하는 바이니라."

"그렇다면, 저하께 한 가지 여쭙고 싶은 것이 있사옵니다만……."

범은 의례적으로 건넨 말이었지만, 서린은 기다렸다는 듯 반응했다. 이 또한 예상 밖이었다. 대체 무얼 묻고 싶은 건지 연신 달싹이는 서린의 입술과, 치맛자락을 쥐었다 놨다 하는 손가락을 범은 유심히 지켜보았다. 서린은 마침내 결심한 듯 물었다.

"그 일이 있던 날, 아린이 물에 빠지던 시각, 저하께서는 어디서 무얼 하고 계셨는지 여쭈어도 되겠사옵니까?"

범의 입술이 스르르 벌어졌다. 서린이 그런 의문을 품은 건 놀랍지 않았다. 하지만 겁도 없이 그걸 드러냈다는 건 범조차 놀라게 만들고도 남을 만한 일이었다. 왕이나 세자의 범죄를 암시하는 듯한 발언만으로도 국법상 역모죄로 처벌받을 수 있었다.

"날 의심하는 것이냐?"

"의심이 아니오라……."

서린은 서둘러 말했지만, 의심이 아니라 무엇인지는 덧붙이지 않았다. 사실 딱히 표현할 말이 없었다. 물론 아린의 일에 세자가 관심을 가져주고, 의금부부사에게 조사하라고 명해준 것은 고마운 일이었다.

서린도 지난 열흘간 나름대로 열심히 물어보고 다녔다. 지금의 세자는 원래 세자가 아니었고, 참수당한 후궁의 아들이며, 그 후궁이 살던 곳이 설화당이란 것도 뒤늦게 알게 되었다. 무휘는 설화당이 아무나 드나들 수 없는 곳이므로, 범인이 지체 높은 사람일 거라고 했다. 그리고 궁에서 왕과 대비, 중전 다음으로 지체 높은 사람이 세자였다. 바쁘게 돌아가는 서린의 머릿속이 훤히 들여다보이는 것 같아, 범은 슬그머니 흘러나오는 미소를 참았다.

"난 서고에서 책을 읽고 있었다. 《통감강목(通鑑綱目)》이라고, 명나라 책인데 아직 필사본이 없어 서고에서만 볼 수 있거든. 내가 갔던 걸 서고 출입명부에서 확인할 수 있을 거다."

한낱 견습나인인 서린이 직계 왕족만 드나들 수 있는 서고 출입명부를 볼 수 있을 리 없었다. 하지만 자신감과 여유가 넘쳐흐르는 범의 태도는 서린으로 하여금 더 말할 수 없게 했다.

"이것으로 충분한 대답이 되었느냐?"

"망극하옵니다."

서린은 범을 향해 허리 숙여 절했다. 무휘에게 부탁하면 서고 출입명부를 슬쩍 훔쳐볼 수 있을지도 모른다고 생각하면서. 범이 마음먹으면 명부에 몇 글자 덧붙이는 것쯤은 일도 아니었지만, 서린으로선 알 도리가 없었다. 그저 서고 출입명부도 공문서이니 누구도 함부로 손대지 못할 거라고 믿을 뿐. 무엄하다며 벌컥 화내는 대신 선선히 자신의 행적을 말해주는 세자의 태도가 서린의 의심을 상당히 누그러뜨린 것도 있었다.

"저하, 혹시 제 동생의 유품은……."

"미안하다. 그것도 손에 넣지 못했다. 사찰에서 시신과 함께 이미 태워버렸다고 하더구나. 미안하구나."

범은 아린의 옷이 담긴 꾸러미를 등 뒤에 감춘 채 천연덕스럽게 대답했다. 옆에 서 있던 조내관의 눈동자에 파문이 일었지만 서린은 알아차리지 못했다.

"저하 말씀대로 하늘이 외면하지 않을 것이라 믿습니다. 어떻게든 희망을 찾아봐야지요."

서린이 다시 한번 절을 올리고 물러갈 때까지 범은 등 뒤에 숨긴 꾸러미를 꺼내지 않았다. 조내관은 그런 범을 지켜보다가 서린이 완전히 사라진 후에야 비로소 입을 열었다.

"저하."

"쉿."

범은 손가락을 입술 끝에 가져다 대며 입 다물라는 시늉을 했다. 그때 입구에서 나타난 늙은 마구간지기가 마구간 구석으로 다급히 달려가는 게 보였다. 거기서는 배가 남산만 하게 부른 말이 이리저리 몸을 뒤틀며 부르르 떨고 있었다. 마구간 구석에 쌓인 볏단을 허겁지겁 안아 드는 마구간지기를 향해 범이 말을 걸었다.

"혹시 그 말이 해산하려는 것이냐?"

"예, 저하. 지금 막 양수가 터졌사옵니다. 곧 출혈이 있고 망아지가 나올 것이옵니다."

마구간지기는 흥건하게 물이 고인 바닥에 엎드린 암말을 보면서 긴장한 목소리로 대답했다. 그러자 범은 마구간지기를 향해 아린의 옷이 든 꾸러미를 내밀면서 인자하게 말했다.

"인간 아닌 말이라고 해도 해산의 고통이 얼마나 크겠느냐. 마르고 거친 볏짚보다는 더 부드러운 것을 깔아주는 것이 좋겠구나. 이걸 쓰도록 하여라."

"저하, 이것은……."

꾸러미를 풀어본 마구간지기는 보드라운 면으로 만든 속적삼과 나인들이 입는 옥색 저고리, 남색 치마를 보고 벌어진 입을 다물지 못했다.

"이리도 좋은 것을 한낱 짐승에게⋯⋯ 정말 받아도 되는 것이옵니까?"

"어차피 주인 없는 옷이다. 해산에 쓴 다음 깨끗이 불태우도록 하여라."

범은 황송해 몸 둘 바를 모르는 마구간지기를 두고 돌아섰다. 조내관은 무슨 말을 하고 싶은 듯 입을 벌렸지만 결국 다시 다물고 말았다. 철벅철벅. 아린의 옷가지가 말구유 바닥에 깔린 진흙과 분뇨에 섞여드는 소리가 들렸다. 그 옷가지에 무슨 의미가 있든지, 서린에게는 영영 전해지지 못할 터였다.

13
옥패 소리

"스물여덟."

"잘못했습니다!"

"스물아홉."

"잘못했습니다!"

문상궁이 차분한 음성으로 숫자를 셀 때마다 휙휙 바람 소리가 났다. 종아리를 걷어붙이고 나란히 선 서린과 채옥은 그때마다 박자에 맞춰 잘못을 빌었다. 동궁전 견습나인이 겁도 없이 세자를 귀찮게 한다는 소문이 퍼지자 문상궁이 그 근원을 수소문한 끝에 서린이 다과상을 들여간 사실을 뒤늦게 알아낸 것이다. 이미 지나간 일이지만 그냥 넘어갈 수는 없었다. 문상궁은 서른 번을 꽉꽉 채워 매질했고 두 나인의 하얀 종아리에는 불그죽죽한 자국이 남았다.

"채옥아, 미안해. 나 때문에 너까지."

"됐어. 이렇게 될 줄 몰랐던 것도 아니고."

채옥은 무심하게 대답하면서 나인 처소로 들어갔다. 궐에서 잔뼈가 굵은 그녀에게 회초리 서른 대쯤이야 아무것도 아니었지만 서린에게는 아니었다. 쓰라림을 견디기 힘들어 자꾸만 종아리를 문지르게 됐다. 그런 서린을 본 채옥은 혀를 끌끌 차더니 문갑에서 작은 상자를 꺼냈다.

"내가 여덟 살에 궁녀가 됐거든. 얼마나 실수를 많이 했겠어. 매는 밥 먹듯이 맞았는데, 그러다 보니 상처 치료하는 데도 도가 텄어. 이거 하나만 바르면 금방 멀쩡해져."

"그게 뭔데?"

상자 안에서 굴러 나온 죽통을 보면서 서린은 눈을 동그랗게 떴다. 채옥은 죽통을 열어 고약한 냄새가 진동하는 끈덕진 덩어리를 손가락으로 뜨면서 대답했다.

"돼지기름과 가마우지 똥을 섞어 만든 연고야. 엄청 귀한 건데, 발라줄까?"

구린내를 피해 도망가려는 서린과 억지로 잡고 약을 발라주려는 채옥 사이에 가벼운 실랑이가 벌어졌다. 그 바람에 채옥이 바닥에 두었던 상자가 움직이면서 저만치 밀려 나갔다.

쨍―.

같지는 않지만 비슷했다. 서린이 아린의 기억 속에서 들었던 그 유리 부딪치는 소리와. 서린은 저도 모르게 채옥의 팔을 턱 붙잡았다.

"채옥아, 잠깐만."

"왜? 도망가도 소용없거든!"

"그게 아니라, 방금 무슨 소리가 났는데. 저 상자 안에서."

"아, 이거."

채옥은 서슴없이 상자를 열어 안을 보여주었다. 그녀의 보물 상자 안에는 연고와 액막이 부적, 다 쓴 향갑, 그리고 겹쳐진 녹색 가락지

두 개가 놓여 있었다.

"나 여기 올 때 엄마가 주신 쌍가락지야. 시집갈 때 주려고 안 팔고 두셨다는데, 궁녀는 입궁하는 게 곧 시집가는 거니까."

채옥이 가락지를 어루만지며 애틋하게 말하는 것도 서린의 귀에는 잘 들리지 않았다. 심장이 빠르게 뛰기 시작했다. 동생을 죽인 범인을 찾겠다고 세자 앞에서 호언장담했지만 어디서부터 시작해야할지 감도 안 왔는데, 드디어 단서가 생긴 것이다.

'옥이구나. 이 소리가 옥이었어.'

옥에도 여러 종류가 있으니, 소리가 조금 다르게 들린 것은 그 때문일 것이다. 아무것도 모르던 범인에 대해 적어도 한 가지는 알게된 셈이었다. 서린은 기쁨에 벅찬 나머지 한때는 쥐와 고양이 같은 사이로 지냈던 채옥을 와락 껴안았다.

"고마워. 이 은혜 잊지 않을게."

"뭐가 은혜라는 거야?"

채옥은 영문을 몰라 어리둥절하면서도 싫진 않은 표정이었다.

처소를 박차고 달려 나간 서린은 그 길로 옥산정으로 향했다. 정전에서 후문으로 가는 길목 언저리에 있는 낡은 누각인 옥산정은 왕족이 사용하기엔 지나치게 누추하고, 그렇다고 버려두기엔 아까워서 주로 가마꾼들이 쉬거나 새참을 먹는 장소로 쓰이고 있었다. 그리고 서린과 무휘는 그곳을 또 다른 비밀스러운 용도로 활용했다.

뭔가 알아낸 것 같아. 옥에 대해 잘 아는 사람이 필요해.

누각에 올라간 서린은 주변에 아무도 없는 걸 확인한 후 그렇게 적어온 종이를 길게 접어 기둥 끄트머리에 묶었다. 받는 사람과 보내는 사람의 이름은 일부러 적지 않았다. 누군가에게 들키더라도 탈이 안 나기 위해서였다. 궁녀는 왕의 여자이기에, 왕 아닌 다른 남자와 대화하거나 서신을 주고받는 것은 원칙적으로 모두 금지였다. 그래서 서린과 무휘는 서로 만나야 할 일이 있을 때마다 이렇게 몰래 짧은 쪽지를 남겨두는 것으로 연락을 취했다.

일방적으로 일을 떠맡기는 것 같아 미안했지만 서린에게는 무휘 외에 달리 의지할 사람이 없었다. 게다가 서린은 무휘의 능력과 인맥을 믿었다. 유년 시절의 무휘는 성정이 다소 투박한 편이었지만 윤대감 댁 문지기 노릇을 오래 하면서 모난 구석을 감추는 법을 터득했다. 말도 논리정연하게 잘하고 일은 더욱 잘해서 어딜 가든 쉽게 제 편을 만드는 게, 번번이 적을 만들고 마는 서린보다 한 수 위였다. 그리고 이번에도 무휘는 기대를 저버리지 않았다.

"아씨, 분부대로 데려왔습니다."

쪽지를 남겨놓은 지 사흘 후 소주방 뒤뜰에서 장독을 닦고 있는 서린 앞에 무휘가 나타났다. 그는 혼자가 아니었다. 풀어헤친 더벅머리에 끈을 두르고 옷인지 누더긴지 모를 물건을 몸에 걸친 가무잡잡한 청년과 함께였다. 무휘 또래로 보이는 청년은 짝다리를 짚고 선채 서린을 힐끗 쳐다보더니 한쪽 손을 쓱 쳐들면서 인사했다.

"어이."

"이 자식이!"

청년의 껄렁껄렁한 태도에 발끈한 무휘가 찌릿한 눈초리로 호통을 쳤다. 그러자 청년은 마지못해 자세를 바로잡고는 고개를 꾸벅 숙였다.

"첨 뵙겠수다. 쇤네 도야라고 합죠."

"도야?"

"도야지의 줄임말입니다. 앉은 자리에서 밥을 네 그릇씩 해치우는 놈이라. 원래 저자에서 소매치기하던 놈인데, 금은보화부터 골동품까지 돈 되는 물건에 대해선 모르는 게 없다고요."

의아해하는 서린에게 무휘가 대신 설명해주었다. 서린은 몰랐지만, 도야는 궁 안팎에서 제법 유명한 놈이었다. 쥐도 새도 모르게 속곳까지 벗겨갈 수 있다는 그가 붙잡힌 건, 하필이면 중전 홍씨의 아버지, 그러니까 부원군의 주머니를 털어서였다. 중전 가문의 문장(紋章)이 새겨진 은장도를 장물아비에게 팔아치우려다 붙잡힌 도야는 단수(斷手), 그러니까 손목을 자르는 형에 처해질 뻔했다. 그런데 당시 헌의 회복을 위해 덕을 쌓으며 불공을 드리던 홍씨가 선처를 탄원하고 나섰고 다행히 사지 멀쩡한 몸으로 관노비가 되어 가마꾼 노릇을 하게 된 것이었다.

평생 빌어먹거나 훔쳐 먹고 사느라 왜소하고 삐쩍 곯은 몸이 되었다는 도야는 몸으로 부대끼는 거친 가마꾼들 사이에서 버티기 힘들어했다. 걸핏하면 넘어지고 주저앉는 도야를 묵묵히 일으켜주고 도와준 사람이 바로 무휘였다. 심지어 제가 쉬는 날에 도야 대신 가마를 메준 일도 몇 번 있었다. 도야가 소매치기 출신이긴 해도 본성이 악한 놈은 아니었기에, 이번에는 내 부탁을 좀 들어달라는 무휘의 요청에 군말 없이 여기까지 따라온 것이었다.

"어떤 사람에게서 옥 소리가 났어. 그 소리로 정체를 알아내는 게 가능할까?"

"옥이라굽쇼?"

서린의 물음에 도야는 턱을 슬슬 쓰다듬으며 생각에 잠기는 시늉을 했다. 그러더니 돌연 누런 이를 드러내며 씩 웃어 보였다.

"평범한 사람이라면 헛부렁 씨부리지 말라고 할 거구먼요. 허나 쇤네가 누굽니까. 척 보기만 해도 저 금붙이가 몇 돈이고 누가 세공했는지까지 알아내는 도야 나리라 이 말입죠."

"잔말 말고 대답이나 해."

길어지는 자기 자랑에 무휘가 따끔한 핀잔을 주자 도야는 멋쩍은 듯 뒷머리를 벅벅 긁었다. 그러고는 아까보다 조금 진지해진 표정으로 서린에게 말했다.

"일단 아씨가 들었다는 거시기 옥 소리를 잘 좀 알아먹게 얘기해 보쇼잉."

"탁하지 않고, 선명하고, 맑은 유리 소리 같았어. 옥이라고 생각 못 했던 건 그보다 훨씬 가벼운 느낌이었거든. 짤랑, 하고 이렇게. 높은 음으로."

"쨍그랑도 아니고, 챙도 아니고, 짤랑이란 말씀입죠. 높은음으로다가."

"응."

모르는 사람이 듣기엔 다 비슷한 소리를 늘어놓는 도야를 보며 무휘의 얼굴에는 의구심이 떠올랐다. 자기가 데려오긴 했지만 도야가 과연 도움이 될지 확신이 없었던 것이다. 도야는 손목을 빙글빙글 돌리면서 잠시 눈동자를 굴리더니 느닷없이 손가락을 딱 튕겼다.

"옥으로 만든 장신구면 여인네의 가락지, 목걸이, 귀고리 아니면 노리갠디. 그중 혼자 소리 내는 미친놈은 없습죠. 여러 개가 부딪쳐야 소리가 나는 것인디, 고렇다면 고것은 남정네가 혁대에 다는 옥패가 분명합죠."

"옥패?"

서린과 무휘가 약속이나 한 것처럼 입을 모아 묻자 도야는 고개를 끄덕이며 말을 이었다.

"옥에는 백옥, 청옥, 황옥, 수정옥, 비취옥 등등이 있는디, 짤랑 소리를 내는 거라면 그건 유리옥입죠. 문자 그대로 유리구슬과 똑같은 소리를 낸다 이 말씀입니다."

"유리옥!"

서린과 무휘의 목소리에 감탄하는 기색이 어렸다. 집안이 몰락하기 전 서린도 어머니에게 물려받은 장신구들을 많이 가지고 있었지만 유리옥이라는 게 있는 줄도 몰랐다. 도야가 이 분야의 전문가라는 말에도 신뢰가 가기 시작했다. 도야는 엄지와 검지를 맞붙여 구슬 모양을 만들어 보이면서 말했다.

"유리옥은 겁나 귀한 것이라 요따시만 한 거 하나 구하기가 하늘의 별 따기인디요. 그래서 어쩌다 나오는 건 죄다 궁궐 진상품으로 들어가게 돼 있습죠."

"그러면 누군가 그 유리옥으로 만든 옥패를 하고 있었다면……."

"허벌나게 지체 높고, 돈 많은 놈, 아니 그런 분이다 이거지라. 아니면 왕족이거나."

도야가 마지막에 덧붙인 말 때문일까. 세 사람을 둘러싼 공기가 돌연 무겁게 가라앉았다. 눈에 띄게 어두워진 서린의 낯빛을 살피며 무휘가 조심스럽게 말을 꺼냈다.

"시전(市廛)에 가볼까요? 그렇게 희귀한 물건이라면 틀림없이 기억하는 이가 있을 텐데요."

"아따, 진상해야 할 물건을 몰래 팔다가 걸리면 경을 치는디, 누가 술술 불어분당가. 느그들이 가서는 어림 반 푼어치도 없당게. 기껏해야 가마꾼 나부랭이하고, 쥐뿔도 없는 궁녀 아니여라."

"너 이 자식 아씨께 감히……!"

"아냐, 괜찮아. 사실인걸 뭐."

서린은 또다시 도야를 윽박지르려는 무휘를 말렸다. 그리고 도야를 차분하게 응시하면서 정중하고 나긋나긋한 어조로 말했다.

"도야라고 했지. 우리와 함께 시전에 가주지 않을래? 도와준다면 지금 당장은 어렵겠지만 나중에 반드시 사례할게."

서린의 부탁을 받은 도야는 잠시 얼빠진 표정이 되었다. 눈앞에 있는 상대방이 평범한 나인이 아니라 과거 우의정이었던 윤승현 대감의 여식이라는 건 이미 알고 있었다. 인간적으로도 어떤 부탁이든지 들어주고 싶은 마음이 절로 솟아났다. 하지만 죄인의 몸인 도야로서는 여전히 망설일 수밖에 없었다.

"사례가 문제가 아이고라, 잘못하면 문간에서 엉덩짝 걷어차인당께요."

"아니, 그렇게 되지 않을 거야."

거침없이 단언하는 서린의 모습에 도야뿐만 아니라 무휘도 놀랐다. 서린은 총기가 빛나는 두 눈으로 그들을 바라보면서 은근한 미소를 머금고 다시 한번 힘주어 말했다.

"내가 밖에 나갈 땐 궁녀의 모습이 아닐 테니까."

14
돈궤와 서까래

"시방 요거이 들키는 날에는 너 뒤지고 나 죽는 것이여."

"걱정 마라. 책임은 내가 다 질 테니까."

한양 저잣거리. 왼쪽과 오른쪽 가마채를 한쪽씩 짊어진 도야와 무휘가 가마를 메고 가면서 아웅다웅하고 있었다. 무휘는 도야를 무뚝뚝하게 대하는 듯했지만 실은 자기 쪽으로 무게중심이 실리도록 채의 위치를 능숙하게 조정하고 있었다. 체력이 약한 도야에 대한 배려였다.

"도착했습니다, 아씨."

무휘가 공손하게 알리면서 가마를 아래로 내려놓았다. 그러자 휘장이 걷히더니 안에 타고 있던 사람이 모습을 드러냈다. 무휘가 구해 준 물빛 비단 저고리에 개나리색 비단 치마, 연갈색 장옷을 갖춰 입은 서린이었다. 장옷 사이로 이목구비만 빼꼼 나왔지만, 그것만으로도 그녀의 미모를 보이기엔 충분했다. 흑진주처럼 반짝이는 두 눈, 빚은 듯 오뚝한 코, 앵두 빛으로 물든 입술도 그렇지만 무엇보다 감출 수 없는 귀티를 발하는 우윳빛 살결이 대번에 이목을 끌었다.

"오매, 허벌나게 반반해부러."

도야는 헤 벌어진 입을 다물지 못하고 탄복했다. 무휘는 아무 말 하지 않았지만 가슴 한구석이 저릿저릿했다. 달거리 때문에 반나절 만 쉰다는 핑계를 대고 도망 나온 궁녀. 그리고 그 궁녀를 교여(轎輿)* 에 숨겨 밖으로 빼돌린 두 가마꾼. 발각된다면 죽도록 매질을 당해도 할 말 없는 짓이었지만 서린의 이런 모습을 본 것만으로도 위험을 무 릅쓴 가치가 있었다.

가마가 내린 곳은 시전 한가운데 있는 잡화점이었다. 도야의 정보 에 따르면 '여우 같은 백발 구두쇠'가 운영하는 점포로, 규모나 수완 어느 면에서도 이곳을 따라갈 곳이 없다고 했다. 그 말인즉슨, 돈만 준다면 진상품으로 바쳐야 할 물건을 중간에 빼돌리는 것쯤은 능히 할 수 있다는 것이었다. 그런데 도야가 말했던 백발의 주인은 보이지 않고 서른 남짓 되어 보이는 젊은 주인이 삼베옷 차림으로 문간에 서 서 다른 사람과 실랑이를 벌이고 있었다.

"아니, 세상에 이런 법이 어딨습니까! 엄연한 선산(先山)인데 땅을 내놓으라뇨!"

"땅문서 없으면 땅 주인이 아닌 게지. 그쪽이야말로 고집부리지 말고 이장(移葬) 준비하시게."

매정하게 말하고 돌아서는 사람은 좁은 갓을 쓴 중년 상인이었다. 상인이 뒤뚱뒤뚱 팔자걸음으로 멀어지는 모습을 보면서 젊은 주인 은 기운이 쫙 빠지는 듯 기둥에 기대며 탄식했다.

---

* 사람 아닌 물건을 운반하는 가마

"어이구, 늙은이 똥고집 때문에 웬 날벼락이람. 꽁꽁 숨겨놓은 땅
문서를 어찌 찾으라고."

그러나 장사꾼은 장사꾼이었다. 무휘가 흐흠 가볍게 헛기침을 하
자 주인은 언제 그랬냐는 듯 벌떡 일어났다. 무휘와 도야가 비단 휘
장과 주렴으로 열심히 꾸며 옥교(屋轎)*처럼 만들어놓은 가마를 보
고 주인의 눈빛이 달라졌다.

"무슨 일로 오셨습니까?"

"한참판 댁 예씨 부인 소개로 왔소. 필요한 물건이 있어서."

예씨 부인은 서린 아버지의 친구인 한참판의 어린 첩으로, 옷맵시
를 가꾸는 데 돈을 아끼지 않는 것으로 평판이 나 있었다. 서린이 예
씨 부인과 한 패거리인 것처럼 행세하자 주인은 재빨리 한 걸음 뒤로
물러나며 안내하는 손짓을 해 보였다.

"들어오시지요."

서린은 무휘, 도야와 함께 점포 안으로 들어섰다. 장신구와 골동품
들이 윤이 나게 닦인 채 보기 좋게 진열된 한 켠에, 주인이 잠시 놓아
둔 듯한 굴건과 지팡이가 놓여 있었다.

"상중(喪中)인 줄 모르고 왔소. 미안하게 되었소."

"괜찮습니다. 점포를 물려받은 지도 석 달째라 이제 슬슬 장사를
시작하려던 참이었습니다. 찾으시는 물건이 뭡니까?"

서린이 유리옥으로 만든 옥패에 대해 설명하자 주인의 얼굴에 난
감해하는 기색이 떠올랐다.

---

* ·양반가의 아녀자가 타는 가마

"그런 물건은 구할 수 없습니다."

"값을 넉넉히 쳐줘도 말이오?"

"값의 문제가 아닙니다. 옥패에는 정해진 규격이 있습니다. 일품에서 삼품까지라면 청옥을, 사품에서 구품까지라면 백옥을 써야 하고, 위쪽에는 형(珩), 가운데에는 거(琚)와 우(瑀), 아래쪽에는 쌍황(雙璜), 쌍황 사이에는 충아(衝牙), 충아와 쌍황 사이에는 쌍적(雙滴), 형 위에는 금구(金龜)를 달아야 합니다."

"거시기 옥이 쪼까 많이 들어가분다 이 말이오."

촉새같이 끼어든 도야가 구수한 사투리로 통역 아닌 통역을 해주었다. 주인은 점포 한가운데 줄줄이 걸려 있는 하얗고 노랗고 푸른 옥패들을 바라보며 마저 설명했다.

"작은 유리옥을 한두 개 구할 수는 있어도 옥패를 만드는 건 어렵습니다. 일단 그만한 크기의 원석을 찾기 힘들고요. 세공과 착색도 고도의 기술이 필요하고. 제 능력으로는 무리입니다."

서린은 고개를 끄덕이며 알았다는 표시를 했다. 어차피 처음부터 옥패를 살 생각은 없었다. 그럴 만한 돈도 없고. 지금까지 나눈 대화는 그다음에 나올 질문을 위한 포석에 불과했다.

"이곳이 근방에서 가장 큰 잡화점이라고 들었는데, 혹시 장부를 볼 수 없겠소? 예전에 그런 물건을 취급한 적이 있는지 알고 싶은데."

"장부를 보여달라고요?"

서린의 느닷없는 부탁에 주인은 눈썹을 추켜올리며 강한 거부감을 드러냈다.

"제 아버님이 영업비밀이라며 철통같이 관리해온 장부입니다. 남에게 보여줄 순 없습니다."

원래 작전대로라면 서린이 여기서 주인을 매수해야 했다. 그러나 상상보다 훨씬 크고 번드르르한 잡화점을 본 순간 서린은 자신이 가진 보잘것없는 돈으로는 주인을 절대 움직일 수 없으리라는 걸 알아차렸다. 뭔가 다른 것, 절대 거절할 수 없는 제안을 해야 했다.

"아버님이 숨겨놓고 가신 땅문서를 내가 찾아준다면 어떻겠소?"

"뭐라고요?"

"아까 얘길 들었는데, 부친이 땅문서를 어디에 두었는지 알려주지 않고 돌아가셔서 곤란에 처해 있다고. 그 문제를 해결해주겠다는 말이오."

주인의 눈동자에 파문이 일었다. 사실 그가 처해 있는 위기는 중한 것이었다. 원칙적으로 모든 토지는 관아의 허가를 받아 거래해야 했다. 그러나 그 허가를 받기가 무척 까다로워서 아직도 사람들 간에는 땅문서만 주고받는 방식으로 거래하는 일이 빈번했다. 그런데 그 문서가 없으면 도로 아미타불이 되는 것이다. 주인은 혹하긴 했지만 바로 넘어가진 않았다.

"아가씨가 어떻게 해주신다는 겁니까?"

"방법은 알 필요 없지 않소. 부친이 돌아가신 장소로 날 데려가주기만 하면 되오. 그러면 나는 그대에게 땅문서의 위치를 알려주겠소. 대신 그대는 내게 장부를 보여줘야 하오. 어떻소?"

"아따, 뭘 우물쭈물하고 섰당가. 손해 볼 거 없는 장사 아니오. 선산이 홀라당 날아가부게 생겼는디, 찬밥 더운밥 가리고 앉아 있소?"

도야의 말이 맞았다. 서린의 정체가 무엇이든 땅문서를 찾아주면 은인이 되는 것이고, 찾지 못하면 그냥 쫓아내면 그만이니. 한동안 고민하던 주인은 이윽고 마음을 정했다. 서린과 무휘, 도야를 점포 바깥쪽에 딸린 어두침침한 골방으로 데려간 것이다.

"여기가 바로 아버지가 돌아가신 창고 방입니다. 여기서 곶감을 드시다가, 감꼭지가 목에 걸리는 바람에 숨을 못 쉬셔서⋯⋯."

도야가 풋 웃음을 터뜨리려는 것을 무휘가 잽싸게 옆구리를 찔러 막았다. 그러거나 말거나, 서린은 창고 안을 꼼꼼히 둘러보느라 바빴다.

"곶감은 이미 치웠을 것이고. 혹시 부친이 그날 손댔던 다른 물건이 이 안에 있소?"

"저도 모르겠습니다. 아버지는 장사할 때 외에는 외톨이로 지내길 고집하셨고, 전갈을 받을 때까진 돌아가신 것도 몰랐습니다. 떳떳하지 않은 거래에 자꾸 손대시는 걸 알아서 저도 별로 관여하고 싶지 않았고요. 불효자라고 욕해도 어쩔 수 없지요."

젊은 주인은 아직도 엉덩이 파인 자국이 남아 있는 골방 바닥의 볏단을 내려다보면서 한숨을 내쉬었다.

"시간을 드릴 테니 살펴보시고, 신접(神接)을 하든, 점을 치든 맘대로 하십시오."

주인이 방문을 닫고 나가자마자 도야는 손바닥을 싹싹 비비는 시늉을 하며 잔뜩 들떴다.

"자, 인자 뭣을 털면 되지라?"

"그러려고 온 게 아니야. 넌 잠시 나가 있어."

무휘는 도야의 어깨를 떠밀다시피 해서 억지로 내보냈다. 서린이 무엇을 하려고 하는지 그는 이미 눈치채고 있었다.

"아씨, 괜찮으시겠습니까?"

"피할 수 없는 일이야. 내가 가진 무기가 이것뿐이라면, 적극적으로 써먹어야지."

서린은 왼손에 감아두었던 갈색 천을 풀면서 초연하게 말했다. 이곳 장부에 유리옥패를 사간 사람의 이름이 적혀 있으리란 보장은 없지만 지금 시도할 수 있는 건 이것뿐이었다.

"잠시 혼자 있게 해줄래? 집중해야 해서."

서린은 무휘에게 망자의 기억을 읽는 장면을 보여주는 게 꺼려졌다. 그럴 때 자신의 모습이 어떤지 전혀 모르기 때문이었다. 정말 강신한 것처럼 눈을 까뒤집는다거나 거품을 문다거나 할까 봐 두려웠다.

"그럼, 밖에서 기다리겠습니다. 언제든 필요하면 불러주십시오."

무휘가 나간 후 서린은 다시 한번 창고 안을 찬찬히 살펴보았다. 잡화점 노인은 정말 곶감을 먹으려고 이곳에 들어왔을까? 왠지 그렇지 않을 것 같다는 느낌이 들었다.

'아버지가 그러셨지. 군자의 즐거움은 책을 읽는 것이고, 농사꾼의 즐거움은 수확하는 것이고, 장사꾼의 즐거움은……'

어두침침한 그림자 속을 샅샅이 훑어보던 서린의 눈길이 어딘가에서 우뚝 멈췄다. 겹겹이 쌓아놓은 멍석 더미 언저리에 뭉툭하게 튀어나온 부분이 있었다. 무심코 보면 그냥 지나갈 법했지만, 자세히 보면 부자연스러웠다. 그쪽으로 다가간 서린은 멍석을 오른손으로 조심스럽게 들어올렸다. 그러자 어린아이 하나는 들어갈 만한 크기의 나무 돈궤가 모습을 드러냈다.

서린의 예상대로였다. 구두쇠 노인은 골방에 틀어박혀 혼자 돈을 세며 곶감을 먹다가 죽은 것이다. 서린은 자물쇠가 꼭꼭 채워진 돈궤를 보고 속으로 혀를 쯧쯧 차면서 가만히 왼손을 들어올렸다. 겹겹이 나이테가 아로새겨진 나뭇결에 손끝이 닿는 순간 망자의 기억 속으로 들어가는 여행이 시작되었다.

'닷 냥, 열 냥, 스무 냥, 엥? 한 냥이 비잖아? 장쇠놈, 수금을 잘못했구먼. 새경에서 빼야지.'

온통 새까만 어둠 속에서 나무껍질처럼 메마르게 갈라지는 노인의 목소리가 들렸다. 그리고 주변이 가물거리면서 차츰차츰 밝아지기 시작했다. 시야가 몽롱하고 혼탁하긴 했지만 저번보다 훨씬 안정적이었다. 돈궤가 활짝 열린 채 놓여 있고, 자글자글 주름진 손이 묵직한 엽전 꾸러미를 세고 있는 장면이 보였다.

'쉰 냥 모으면 저수지 바로 옆에 있는 박서방네 논을 사야지. 고게 아주 고래실이란 말이야.'

노인이 흐뭇하게 말하는 도중, 갑자기 시선이 움직이면서 천장이 보였다. 노인이 고개를 들어 위를 본 것이다. 노인은 눈동자를 뒤룩뒤룩 굴리면서 나무 서까래가 엇갈려 걸쳐진 그 지점을 한참이나 바라보고 있었다. 그러다가 손이 움직이면서 돈궤 옆 접시에 놓인 곶감으로 향했다. 곶감 하나가 통째로 입속으로 들어오는 순간 서린은 마치 자신이 직접 맛본 것처럼 달콤하고 떫은맛을 혓바닥 전체로 느꼈다. 너무 맛있어서 얼른 또 먹고 싶을 정도였다. 서린의 마음을 읽기라도 한 듯 노인의 목이 꿈틀거리면서 곶감을 삼키려는 순간이었다.

'컥…… 컥……!'

단단한 것이 목구멍에 콱 걸리면서 숨이 막혔다. 아린의 죽음을 엿볼 때도 그랬지만 숨 쉴 수 없다는 건 정말 형언할 수 없을 만큼 끔찍한 기분이었다. 가슴 전체가 바윗돌로 누른 것처럼 답답해지고, 머리가 깨질 듯 아프고, 온몸의 세포가 요동치고 헐떡였다.

서린은 허공을 마구 휘젓던 노인의 손이 더듬더듬 돈궤를 붙잡는 걸 느꼈다. 극심한 고통을 견디지 못해 뭔가 붙잡을 게 필요한 건가 했는데, 그게 아니었다. 노인은 돈궤에 자물쇠를 채우고, 멍석으로 덮어놓은 후에야 비틀대며 쓰러졌다. 그럴 시간에 차라리 밖으로 기어나가기라도 해서 도움을 청했다면 살 수 있었을지도 모르는데. 탐욕만 앞서다 보니 생각이 미치지 못했다.

천장을 보고 누운 노인의 부릅뜬 눈은 오직 한 곳에 고정되어 있었다. 시야가 붉게 물들고, 기력이 빠진 듯 아주 느리게 깜박이더니, 곧 의식이 흐려지기 시작했다.

"아씨, 제 말이 들리십니까? 아씨!"

기절해 있던 서린을 깨운 건 무휘의 손길과 절실한 목소리였다. 서서히 정신을 차린 서린은 기억 속에서 노인이 그랬던 것처럼 자신이 차디찬 골방 바닥에 누워 있다는 걸 깨달았다. 다른 점이 있다면 그녀의 머리를 무휘의 무릎이 받쳐주고 있다는 것이었다.

"내가, 얼마나 오래 이러고 있었어?"

"한 시진 정도입니다."

"훨씬 짧아졌네, 좋아."

무휘의 부축을 받아 천천히 몸을 일으키려는데, 창고 방 문간에 주인과 도야가 서 있는 게 보였다. 궁으로 돌아갈 시간이 늦어진 탓에 도야는 안절부절못하고 있었고, 주인은 불만스러운 표정이었다.

"아가씨의 몸이 약한 건 안됐네만, 남의 점포에서 이러면 곤란해."

말은 그렇게 해도 내치지 않는 걸 보니, 주인은 최소한의 도리는 아는 사람이었다. 간신히 허리를 세우고 앉은 서린은 기억 속에서 보았던 천장 서까래를 손가락으로 가리키며 말했다.

"저길 뜯으시오. 저 뒤에 부친의 땅문서가 숨겨져 있으니."

"서까래 뒤에요?"

"만일 저 뒤에 아무것도 없다면 내 이 자리에서 죽어도 좋소. 그만큼 자신 있어서 하는 말이니, 어서 뜯어보시오."

하지만 주인은 믿음이 안 가는지 여전히 제자리에 서 있었다. 그 옆에서 도야는 바짝 몸이 달았다. 결국 도야는 주인의 허락도 없이 골방 안으로 쪼르르 달려 들어왔다. 그리고 다짜고짜 기둥을 타고 올라가 서린이 가리킨 서까래를 붙잡고 낑낑대며 뜯어내기 시작했다. 그걸 본 주인이 기겁해서 소리쳤다.

"이게 무슨 짓……!"

주인의 말이 채 끝나기도 전에 서까래와 그 뒤를 막고 있던 판자가 한꺼번에 떨어져 나왔다. 그와 동시에 수십 장의 집문서들이 우수수 비처럼 쏟아졌다. 서린은 빙그레 웃으면서 다시 입을 열었다.

"자, 이제 장부를 봐도 되겠소?"

15
유리옥의 주인

"참으로 아름답습니다. 그렇지 않습니까?"

청량한 바람결에 연분홍 꽃비가 나부끼는 봄날, 세자빈 연씨는 누각 아래서 들려오는 잔잔한 음률을 음미하며 행복에 겨운 미소를 지었다. 모든 것이 좋았다. 날은 화창했고, 악대 연주는 훌륭했으며, 곁에는 아직도 볼 때마다 그녀의 가슴을 설레게 하는 지아비가 있었다.

"저하도 좋으십니까?"

"그렇소."

범은 높낮이 없는 기계적인 말투로 대답했다. 연씨는 깎은 듯 준수한 범의 옆얼굴을 물끄러미 바라보았다. 알 수 없는 일이었다. 그녀에게 늘 정중하고 친절한 남편이었다. 서로 얼굴 붉힐 만한 일은 첫 만남부터 지금까지 단 한 번도 없었다. 남들은 저런 남편이 천지에 어디 있냐며 입이 닳도록 부러워했다. 그런데도 연씨는 남편이 자신을 과연 사랑하긴 하는지 의심스러웠다.

'실은 오랫동안 홀로 저하를 연모해왔습니다. 아녀자로서 이런 말을 입 밖으로 내는 게 얼마나 낯부끄러운지 모릅니다. 하지만 꼭 알려드리고 싶었습니다. 그저 간택되어서가 아니라 소첩의 의지로 여기까지 왔다는 걸……'

혼례날 밤, 연씨는 눈물까지 글썽이며 고백했다. 체면과 자존심을 구기면서 굳이 하지 않아도 될 이야기를 한 건, 범에게 하나뿐인 특별한 사람이 되고 싶어서였다. 단순히 관습과 정략으로 맺어진 게 아니라 진실로 서로를 믿고 아끼는 부부관계를 만들고 싶었다. 그런데 그 절실한 고백을 마친 후 돌아온 건, 흠잡을 데 없이 평화로운 미소였다.

'좋은 남편이 되겠소. 빈궁도 현모양처가 되어주시오.'

범은 매사에 그런 식이었다. 어떤 상황에서도 감정이 흐트러지거나 틀린 답을 내놓는 법이 없었다. 공자, 맹자보다 더 성인군자 같은 그 모습을, 연씨도 처음엔 경외했지만 시간이 갈수록 이질감을 느끼기 시작했다. 남편은 더운 피가 흐르는 인간 같아 보이지 않았다. 그보다는 이 나라에 사는 모두가 바라는 완벽한 세자 상을 구현해놓은 종이 인형에 가까웠다.

'빈궁이 고민하는 걸 내 모르는 바 아닙니다. 동궁은 남에게 쉽사리 마음을 드러내지 못하지요. 그게 다 어린 시절의 상처 때문입니다. 빈궁이 반려로서 이해하고 감싸주어야 합니다.'

장밋빛으로 물들어야 할 신혼에 시름시름 마음 앓이를 하던 연씨에게, 중전 홍씨는 그렇게 조언했다. 처음엔 연씨도 그렇게 믿었다. 끝없는 애정으로 보듬어주면 범의 상처도 치유되고 보통의 남편과 같아질 것이라고. 그러나 시간이 지나도 나아지는 건 없었다. 범과 대화할 때, 산책할 때, 드물게 함께 밤을 보낼 때마다 연씨의 가슴에는 자잘한 생채기들이 남았고 서서히 곪은 환부에서는 눈물 같은 고름이 흘러나와 화석처럼 굳어가고 있었다.

"저하께서는 단 한 번이라도 소첩을……."

딱딱하게 응어리진 한(恨)을 연씨가 힘겹게 뱉어내려는 찰나였다. 누각으로 올라오는 계단 쪽에서 추상같은 목소리가 들려와 그녀의 말을 끊어놓았다.

"이런 고약한 것을 보았나. 어디 견습나인 따위가 윗분들 계신 곳에 허락 없이 발을 들이려 하느냐! 그것도 저하와 빈궁 마마가 함께 계신 자리에. 소주방은 나인 교육을 어찌 시키는 게야!"

일부러 이쪽까지 다 들리게 쩌렁쩌렁 호통 치는 사람은 바로 연씨의 지밀(至密)을 맡고 있는 한상궁이었다. 한상궁은 원래 궁인 출신이 아니라 연씨의 유모로 그녀를 어릴 때부터 돌보다가 함께 입궁한 사람으로서 연씨에 대한 충성심이 남달랐다.

"고정하시게, 한상궁. 이 아이는 저하께서……."

한상궁과 함께 계단 앞을 지키던 조내관이 당혹스럽게 말하는 것도 들렸다. 악대가 연주를 멈추는 것과 동시에 범이 입술을 뗐다.

"조내관, 무슨 소란이냐?"

"저하, 제 동생 문제로 드릴 말씀이 있습니다! 아주 중요한 이야깁니다!"

조내관 대신 서린이 절박하게 외쳤다. 범의 청수한 이마에 가느다란 주름이 생기는 것을 보고, 연씨는 곧 어떤 상황이 벌어질지 알아차렸다. 그녀는 반사적으로 손을 뻗어 범의 옷자락을 살며시 잡았다. 하지만 범은 그 작은 몸짓에 눈길조차 안 준 채 뜬금없는 말을 꺼냈다.

"중전 마마의 무릎 병이 도지셨다고 들었소. 영험하다는 약초를 좀 구해놓았는데, 빈궁이 가져다드리면 어떻겠소?"

중전 홍씨의 무릎이 좋지 않은 건 사실이었다. 십 년간 아들의 머리맡에 무릎 꿇고 앉아 병수발을 든 탓이었다. 하지만 그게 하루 이틀도 아닌데, 굳이 지금 약초를 전해야만 할 이유는 없었다. 연씨도 알았다. 범이 저 윤서린이라는 견습나인과 단둘이 있으려고 한다는 것을.

"나중에……."

나중에 저하와 같이 가겠다고, 그렇게 말하려던 연씨는 문득 입술을 멈췄다. 안 보는 척하면서 이쪽을 열렬히 힐끔대는 궁인들의 시선이 느껴진 까닭이었다. 단 한 번도 여자에 대해 눈에 띄는 관심을 보인 적이 없던 범에게 총애하는 궁녀가 생겼다는 소문은 암암리에 널리 퍼져 있었다. 오해긴 했지만, 처음으로 연적을 맞닥뜨린 세자빈의 반응이 어떨지 초미의 관심사였다. 그걸 알아차린 연씨는 차마 아랫것들 앞에서 체통 떨어지게 질투를 드러낼 수가 없었다.

"중전 마마를 향한 저하의 효심, 소첩이 잘 전해드리고 오겠습니다."

범의 옷자락을 놓은 연씨는 기품 있게 절을 올리고 물러났다. 풍성한 치마폭을 접으며 사뿐사뿐 내려온 그녀는 계단 아래 엎드린 서린의 등을 지그시 노려보았다. 그리고 이내 옅은 분(粉) 향을 흩뿌리며 궁녀들을 이끌고 사라져버렸다.

잠시 후 조내관이 서린을 누각 위로 안내했다. 이제 누각에는 범과 서린, 그리고 범의 그림자와도 같은 조내관만 자리하고 있었다.

"중요한 이야기라는 게 무엇이냐?"

범은 쓸데없이 시간을 낭비하지 않았고 서린도 마찬가지였다. 기억을 읽었다고 말할 수는 없었기에, 서린은 저번에 꾸며냈던 '가짜 목격자'의 존재를 다시 한번 빌리기로 했다. 실은 그 목격자가 설화당에서 수상한 소리를 들었는데, 이런저런 물건에 정통한 지인에게 물어본 결과 그 정체가 유리옥임을 알아냈다고. 말이 안 되는 듯, 말이 되는 얘기를 꾸며냈다.

"유리옥이란 말이지."

범은 누각 난간을 손가락 끝으로 가볍게 두드리며 중얼거렸다. 저 작고 보잘것없는 나인은 정말이지 번번이 그를 놀라게 했다. 생모의 유품인 유리옥패를, 그는 어릴 때부터 소매 안쪽이나 허리춤 안쪽에 차고 다니곤 했다. 어머니를 기린다거나 하는 거창한 의미 따위는 없었다. 온갖 화려한 장신구를 들이밀며 귀찮게 하는 상의원을 피하기 좋은 핑계였을 뿐이다. 날씨가 풀리면서 입고 다니는 옷의 두께가 얇아지자 요새는 그나마도 풀어놓고 있었다.

'그런데 대체 어떻게 안 거지?'

의금부의 조사가 헛수고로 돌아간 후 서린은 별다른 움직임을 보이지 않았다. 애초에 목격자 따위는 없었던 것 아닐까. 동생의 죽음을 받아들일 수 없어 제멋대로 말을 꾸며내고, 소가 뒷걸음질하다 쥐 밟는 격으로 얼추 맞힌 게 아닐까. 범은 슬슬 그런 생각이 들던 참이었다. 그런데 오늘 들은 얘기는 너무도 뜻밖이었다.

'정말 옥패 소리를 들었다고? 얼굴도 보이지 않는 거리에서?'

세자의 복식은 그리 단순하지 않았다. 홑적삼과 속바지를 입고 겹

저고리와 겹바지를 입은 후 그 위에 두루마기와 쾌자를 걸치고 흑색 바탕에 금색 사조룡이 그려진 포를 걸쳤다. 옥패 소리가 낭랑하긴 하지만 겹겹의 옷 속에서 나는 걸 멀리 떨어진 사람이 들을 정도는 아니었다.

'거짓말인가? 그렇다면 옥패에 대해 어떻게 알았지?'

죽은 희빈 박씨에 대한 그 어떤 이야기도 금기였기에, 범이 그녀의 유품을 몸에 지니고 다닌다는 것도 아는 사람이 거의 없었다. 오랫동안 범의 수족처럼 지내온 조내관 정도밖에는. 범이 골똘히 생각에 잠겨 있는 동안 서린은 그를 찾아온 본론을 꺼내기 시작했다.

"진상품 목록에 올라 있어 흔히 취급하지 않는 물건이라 들었습니다. 수소문 끝에 유리옥을 가공해 팔았다는 상점을 찾아냈고 망인이 된 상인이 남겨놓은 장부를 살펴보았습니다."

서린은 품속에 숨겨놓았던 낡은 장부를 꺼내 높이 들어올렸다. 장부는 조내관을 거쳐 범의 손안에 들어왔다. 서린이 압화(壓花)*로 표시해놓은 곳을 펼쳐본 범의 눈이 가느스름해졌다. 지금으로부터 약 열세 해 전의 날짜와 함께 희빈 박씨와의 거래 내역이 적혀 있었다.

"상인의 아들에게 들었습니다. 워낙 귀하고 값비싼 물건이라 고귀하신 분들 사이에서 예물이나 선물로 주고받기도 한다고요. 그렇다면 혹시 돌아가신 마마께서 다른 분께……."

서린은 범의 안색을 살피며 조심스럽게 말을 이어나갔다. 자칫 세자의 생모를 모욕하거나 모함하는 것으로 보일까 봐 걱정스러웠다.

---

* 꽃이나 잎을 납작하게 눌러서 만든 장식품

그러나 범에게서는 그 어떤 표정 변화도 찾아볼 수 없었다. 그는 서린의 질문이 조금도 당혹스럽지 않은 듯 태연하고 담담한 투로 입을 열었다.

"네 얘기를 들으니 기억나는구나. 별궁에서 지내던 시절 내 생모께서 부왕께 드린다며 특이한 소리가 나는 옥패를 구입한 적이 있으셨다."

고리대금업자에게 빚까지 지면서 박씨가 그 옥패를 산 이유는 오직 하나, 왕의 환심을 사기 위해서였다. 그러나 그 무렵 이미 왕은 박씨의 이름조차 듣기 싫어했다. 희미하게 드리워진 쓸쓸함의 잔상을 가만히 음미하는 범을 향해 서린은 애원하듯 물었다.

"저하, 그렇다면 그 옥패는……?"

"한동안 생모께서 지니고 다니시다가, 그분이 돌아가시던 날부터 행방을 알 수 없게 됐다."

"……."

"죄인이 형을 당했을 때 흔히 생기는 일이지. 형을 집행하고 시신을 수습하는 이들이 돈이 될 만한 물건들을 가져가는 것이다. 자기 식솔에게 주기도 하고 장물아비에게 팔기도 하고."

실제로 희빈 박씨가 몸에 지니고 있던 옷가지나 신발, 비녀 등은 흔적도 없이 사라져버렸다. 조내관이 범에게 주기 위해 따로 빼놓았던 옥패만이 예외였다. 범이 차근차근 설명하는 동안 서린의 낯빛은 급격히 어두워졌다. 그녀는 낙담한 상태에서도 부지런히 머리를 굴렸다.

"그렇다면 당시 형 집행을 맡았던 사람들을 찾아 문초해볼 수는 없을까요?"

"그건 불가하다. 일일이 기록하는 게 아니라서."

범은 부드럽지만 단호하게 잘라 말했다. 서린과 노는 것은, 아니 서린을 갖고 노는 것은 꽤 재미난 일이었지만 그건 어디까지나 자신이 위험해지지 않는다는 전제하에서였다. 행여 문제의 옥패가 범에게 대물림되었다는 말이 서린의 귀에 들어가기라도 하면 곤란했다. 그래 봤자 견습나인 따위가 별 위협은 되지 못할 테지만, 범은 거울처럼 완벽하게 깨끗한 자신의 평판에 먼지 한 점이라도 묻는 걸 원치 않았다.

"너무 실망하지 말거라, 윤나인."

범은 깊숙이 고개를 떨어뜨리고 있는 서린을 향해 위로하듯 차분하게 말했다.

"아마도 주상 전하 다음으로, 이 궁 안에서 가장 많은 사람을 만나고 접촉하는 이가 나일 것이다. 거동할 때 특이한 옥 소리가 나는 사람이 있는지 유심히 살펴보겠다."

"감사합니다, 저하."

서린은 공손하게 대답하며 절했지만 눈가에 어린 실망감까지 지울 순 없었다. 그런 방식으로 과연 용의자를 찾을 수 있을지 의구심이 들었다. 궁에는 하루에도 수십 명이 새롭게 들어오고 나갈 뿐만 아니라 세자라고 해서 그들을 일일이 다 만나는 것도 아니었다. 그런 서린의 마음을 읽기라도 한 듯, 범의 말투가 더욱 다정해졌다.

"동생을 생각하는 너의 마음이 참으로 갸륵하구나. 조금이라도 널 도와주고 싶다."

범이 자꾸 서린에게 호의를 베푸는 건 그녀를 가엾게 여겨서는 물론 아니었다. 배부른 고양이가 생쥐를 바로 잡아먹지 않고 이리저리 돌아다니는 것을 지그시 지켜보며 즐기는, 그런 심리와 비슷했다. 범은 조금 떨어져 서 있는 조내관을 향해 살짝 몸을 틀었다. 조내관은 범과 서린의 대화를 전부 듣고 있으면서도 듣지 않는 듯 초연한 태도를 유지하고 있었다.

"조내관, 제조상궁에게 전하라. 견습나인 윤서린의 외출을 허하고 충분한 돈을 주어, 도성의 사찰에서 제(祭)를 올려 동생의 넋을 위로할 수 있게 하라고."

"분부대로 전하겠습니다."

조내관은 흔들림 없이 공손하게 고개를 숙여 명을 받들었다. 멍한 표정으로 범의 말을 듣던 서린의 눈에 왈칵 감격의 빛이 차올랐다. 궁에서 죽은 궁녀는 악귀 취급을 받아 제사는커녕 장례도 못 치르는 게 관습이었다. 그렇지 않아도 동생을 제대로 보내주지 못한 게 내내 맘에 걸리던 참인데, 세자의 배려로 그 한을 풀 수 있게 된 것이다. 감격에 젖은 서린은 수사가 막다른 골목에 다다른 것에 대한 실망감도 잠시 잊어버렸다.

"망극하옵니다, 저하!"

서린이 범을 향해 고개를 조아리는 순간 조내관의 눈빛이 미묘하게 흔들렸다. 우직한 소 같은 노인의 두 눈이 반사적으로 어딘가를 향했다. 시선이 가 닿은 곳은 자신이 모시는 주인의 허리춤이었다. 한 달 전까지만 해도 맑은 소리를 내는 옥패가 달려 있던 바로 그곳이었다.

16
작별 인사

"소유일체 중생지류 약난생 약태생 약습생 약화생 약유색 약무색 약유상 약무상⋯⋯."

땅거미가 뉘엿뉘엿 내리는 초저녁, 서린은 목탁 소리에 맞춰《금강경》을 읊는 노승의 목소리에 가만히 귀를 기울이고 있었다. 대웅전 문살 사이로 스며든 붉은 노을빛이 그녀의 옆얼굴까지 함께 물들였다. 동생의 첫 제사를 지내고 있다는 사실이 아직도 실감나지 않았다.

"사람이 조금만 더 있으면, 음식이 뭐라도 있으면 좋을 텐데."

서린은 한없이 초라한 제상을 보며 자기도 모르게 중얼거렸다. 그녀 곁에 서 있던 무휘가 말없이 시선을 떨구었다. 범은 서린에게 최대한의 호의를 베풀었지만, 그렇다고 해서 깐깐한 제조상궁까지 덩달아 후해진 건 결코 아니었다. 제조상궁이 혀끝이 닳도록 혀를 차면서 내어준 동전 몇 개로는 위패와 초 한 자루, 향 몇 개비를 사고 향로를 빌리는 게 고작이었다.

'가난한 사람은 저승길조차 가난하게 가야 하는구나.'

서린이 그렇게 생각하며 씁쓸해하는 순간이었다. 향내가 빠져나가도록 열어둔 문틈으로 가느다란 그림자 하나가 드리워졌다. 곧이어 검은 쓰개치마를 쓴 채옥이 문간에 모습을 드러냈다. 서린의 놀란 얼굴을 본 채옥은 조금 쑥스러운 듯 괜히 새침한 투로 말했다.

"상궁 마마께서 가보라고 하셔서."

문상궁의 마음 씀씀이는 채옥을 보내준 데서 끝나지 않았다. 향을 피우고 난 후 채옥은 메고 온 행랑에서 기름종이로 정성스럽게 싼 꾸러미들을 하나하나 꺼내놓았다. 두툼한 말린 옥돔과 큼직하게 빚은 꿩만두, 고소한 콩가루를 듬뿍 묻힌 인절미에 조청 바른 약과까지.

"고맙습니다, 정말."

서린은 위패 옆에 보기 좋게 음식을 늘어놓는 채옥을 바라보며 작은 목소리로 중얼거렸다. 상을 다 차리고 물러나려던 채옥이 문득 걸음을 멈췄다. 뒤쪽에서 흙냄새 같은 이상한 체취가 확 풍겼던 것이다. 반사적으로 문간을 돌아본 채옥은 눈살을 찌푸렸다.

"저 비렁뱅이가? 여기가 어디라고 함부로 들어와!"

서린과 무휘가 돌아보자 도야가 어슬렁거리며 대웅전 안으로 들어오는 게 보였다. 도야는 질겁한 채옥의 얼굴을 한번 쓱 쳐다보더니 심드렁하게 대꾸했다.

"뭐라냐, 느 대갈빡은 맷돌에 갈아논 백여시맹키로 생겼어야."

"뭐? 매, 맷돌!"

"이쁘장하면 뭐한당가. 사람은 맴을 곱게 써야 하는 것이여. 내맹키로."

도야는 걸쭉한 사투리와 어울리지 않게 젠체하며 말하더니, 당당하게 제상 앞으로 걸어갔다. 그러더니 엉덩이를 긁으려는 것처럼 허리춤에 손을 집어넣어 휘휘 내저었다. 보기만 해도 눈을 씻고 싶어지는 행동에 채옥과 서린이 질겁하는데, 도야의 손끝에 뭔가 스륵 딸려 올라왔다. 꾀죄죄한 엽전 한 꾸러미였다. 도야는 그런 제가 자랑스러워 못 견디겠다는 표정을 지으며 돈 꾸러미를 제상 위에 척 얹어놓았다. 여태 잠자코 있던 무휘가 눈꼬리를 살며시 올리며 물었다.

"너, 저거 어디서 났냐?"

"그란 것은 하나도 중허지 않다, 이 말이여. 거시기 노잣돈이 넉넉해야 돌아가신 분도……."

성큼성큼 앞으로 나아간 무휘는 도야가 말을 채 끝맺기도 전에 목덜미를 잡아챘다. 그리고 그대로 밖으로 질질 끌고 나갔다. 어안이 벙벙해져 있는 서린과 채옥의 귓가에, 두 남자가 티격태격하는 소리가 독경에 섞여 띄엄띄엄 들려왔다. 제 버릇 개 못 준다느니, 부정 탄다느니, 누가 돈에 이름표 붙여났냐, 그런 얘기들이었다.

"생정신자 수보리 여래 실지실견 시제중생 득여시무량복덕 하이고 시제중생 무부아상……."

다행히 노승은 바깥의 소란을 못 본 척 독경을 계속하고 있었다. 서린은 금방이라도 무너질 것 같은 마음을 다잡으며 앞으로 천천히 나아갔다. 그리고 품속에 고이 안고 있던 보자기를 제상 위에 가만히 내려놓았다. 보자기를 풀자 물기에 색이 번진 꽃신 한 짝이 고개를 내밀었다. 서린이 아린에게 마지막으로 준, 아린이 서린에게 마지막으로 남기고 간 선물.

날카로운 비수에 찔리는 듯한 통증이 밀려와, 서린은 저도 모르게 가슴을 부여잡았다. 하룻밤에 집안이 몰락하고 동생과 단둘이 입궐할 때 어떤 시련이 닥치더라도 견디리라고 결심했었다. 그런데 서린이 예상했던 그 '시련'에, 어린 동생을 먼저 보내는 건 포함되어 있지 않았다.

'아린아. 널 해친 사람, 언니가 반드시 잡을게. 그때까지 편히 쉬고 있어.'

코끝이 알알해지면서 눈시울이 촉촉하게 젖어들었다. 서린은 목구멍 끝까지 치민 울음을 간신히 도로 삼켜냈다. 죽을 만큼 분해도 슬퍼도 황망해도 울면 안 된다. 더 강해지고 똑똑해져야 한다. 그래야 살인범을 잡을 수 있다. 서린이 그렇게 되뇌면서 이를 악무는데, 문득 따스한 목소리가 귓가에 내려앉았다.

"참으실 필요 없습니다, 아씨."

서린이 흠칫하며 옆을 돌아보자 주먹을 꾹 쥔 채 꼿꼿이 서 있는 무휘가 보였다. 그의 두 뺨에는 굵은 눈물 두 줄기가 흘러내리고 있었다. 서린이 처음 보는 모습이었다. 그 뒤에서는 채옥이 뒤돌아선 채 눈물을 훔치고 있었고, 도야도 눈시울이 벌게진 채 킁킁거리고 있었다.

"괜찮습니다, 오늘만큼은. 마음껏 우십시오."

무휘의 그 말이 마지막 빗장을 풀었다. 서린은 그의 어깨에 고개를 묻은 채 하염없이 울기 시작했다. 숨겨둔 빚처럼 꾹꾹 억눌러놓았던 눈물은 끝도 없이 터져 나왔다. 이따금 등을 살며시 토닥여주는 무휘의 손길을 느끼며, 서린은 눈이 퉁퉁 붓고 목이 쉴 때까지 울었다. 독경을 끝낸 노승이 나가고 채옥과 도야가 떠날 때까지.

해시(亥時)*가 다 되어서야 서린은 제를 마치고 사찰을 나섰다. 밤샘하고 와도 좋다는 허락을 받긴 했지만, 그렇다고 정말 아침에 돌아갈 생각은 없었다. 다른 궁인들의 배려를 받은 만큼 스스로의 책임은 다하고 싶었다. 지금 가면 짧게나마 눈을 붙이고 소주방에 나가 아침 수라 차리는 걸 도울 수 있을 것이다. 궁궐에 물건을 납품하는 장사꾼들이 드나드는 쪽문 앞까지 서린을 바래다준 후 무휘는 곧장 돌아서지 못하고 머뭇거렸다.

"정말 혼자 가실 수 있겠습니까?"

"괜찮다니까. 너도 앞으로는 별일 없으면 동궁전 근처에 오지 마. 상궁 마마 말씀 들었잖아."

서린은 못내 걱정을 떨치지 못하는 무휘를 향해 퉁퉁 부은 눈으로 밝게 웃어 보였다. 그리고 얼른 가라는 듯 손사래를 치고는 총총걸음으로 문턱을 넘었다.

모두가 잠자리에 들었을 시각, 이따금 순찰을 도는 나졸의 발소리를 제외하면 온통 고요했다. 온종일 고되게 일한 사람들의 휴식을 방해할까 잔걸음을 재촉하던 서린은 저만치 지나가는 낯익은 인영에 눈을 크게 떴다.

"저하?"

서린과 같은 동궁전으로 가고 있는 사람은 다름 아닌 세자 범이었다. 항상 몰려다니는 수행원들은 보이지 않고, 오로지 조내관 한 사람만 그 곁을 지키고 있었다. 곧바로 서린을 알아본 범이 걸음을 멈추고 물었다.

"윤나인, 왜 벌써 돌아오느냐? 필요한 만큼 나갔다 오라 일렀거늘."

"아닙니다. 제를 지내고 올 수 있었던 것으로 충분합니다."

서린은 괜찮은 척하는 게 아니라 정말 괜찮았다. 아린에게 제대로 작별 인사를 할 수 있었던 것만으로도 기뻤다.

"어차피 제 동생은 위패 안에는 없으니까요. 제상을 차리고 싶은 것도 어쩌면 홀로 남겨진 저의 부질없는 소망인지 모르겠습니다."

일국의 세자 앞이라는 것도 잠시 잊은 채, 서린의 맘속에 있던 말들이 주절주절 흘러나왔다. 그러다 문득 그녀의 입술이 멎었다. 자신의 말이 오해를 사기 딱 좋다는 사실을 깨달은 까닭이었다.

"죄송합니다. 저하께서 해주신 일을 무시하려는 게 아니라⋯⋯."

"그래, 그 마음 나도 안다."

범은 그녀의 무례를 탓하지 않았다. 대신 자신이 걸어온 중궁전 쪽으로 시선을 돌리며 말했다.

"돌아오지 못할 사람을 기다리는 게 어떤 건지 말이다. 십 년째 누워만 있는 대군이 일어날 수만 있다면 나도 무슨 일이든 할 수 있을 것 같구나."

"아⋯⋯."

그제야 서린은 범이 이 늦은 시각에 돌아다니고 있는 이유를 알았다. 채옥으로부터 들은 적이 있었다. 의식 없는 중환자인 대군의 상태가 위중해질 때마다 세자 저하는 낮이고 밤이고 새벽이고 가리지 않고 달려가 중전 마마를 위로해드린다고.

새삼 감복하는 동시에 서린은 짙은 죄책감을 느꼈다. 하잘것없는 견습나인조차 귀하게 대해주는 보기 드문 인격자. 그런 세자의 호의에 꿍꿍이가 숨어 있는 것은 아닌가 하는 생각도 품었다는 것에. 지금도 서린은 세자를 온전히 믿지는 않았다. 그러나 조내관의 손에 들린 청사초롱의 은은한 불빛이 세자의 옆얼굴에 닿았을 때, 한 점 흠 없이 단정한 이목구비가 평소보다 더욱 맑은 빛을 발하는 것을 보고 서린은 잠시나마 미혹되지 않을 수 없었다.

"내가 솔직히 말했으니, 윤나인, 너도 마찬가지로 해주면 좋겠구나."

"네? 그게 무슨 말씀이시온지……."

"아기나인이 설화당에서 살해당하는 걸 봤다는 사람. 그런 사람이, 정말 있는 것이냐?"

범은 그렇게 물었지만, 답은 필요치 않았다. 순간적으로 헉 들이마시는 서린의 숨소리가 곧 대답이었다. 그녀가 범의 극진한 배려에 의구심을 품는 정도였다면, 범은 처음부터 그녀를 믿지 않았다. 목격자따위 있을 리 없으니. 범은 눈에 띄게 달아오른 서린의 뺨을 지그시바라보다가, 옆에 서 있던 조내관에게 물러가라는 손짓을 해 보였다. 조내관은 한마디 토도 달지 않고 기척 없이 사라졌다.

장막 같은 어둠이 주변을 감쌌을 때, 범은 질책이라기엔 지나치게 부드러운 어조로 다시 물었다.

"목격자가 없다면, 넌 당시 정황을 어떻게 알 수 있었던 것이냐? 되는 대로 꾸며낸 것이냐?"

"그건 아닙니다!"

"허면?"

범은 강압적이진 않았지만 그렇다고 호락호락하지도 않았다. 대충 얼버무리는 것으로 이 상황을 빠져나갈 수 없음을 알아차린 서린은 치맛자락을 떨치며 세자 앞에 털썩 무릎을 꿇었다.

"용서하십시오, 저하! 그날 아린이에게 있었던 일에 대해, 추호도 거짓을 고한 적은 없습니다! 하지만 그 일을 어떻게 알게 되었는지, 그것만큼은 말씀드릴 수 없습니다."

서린은 자신의 능력에 대해 말했을 때 어떤 결과가 돌아오는지 잘 알았다.

"뭘 그리 정색하느냐. 누가 보면 네가 무당 정도 되는 줄 알겠구나."

집에 숨어 지내던 시절, 세간의 수군거림에 가시처럼 박혀 있던 그 단어를 오랜만에 듣게 된 서린은 저도 모르게 움찔했다. 범은 이번에도 그 미세한 움직임을 단번에 알아차렸다.

범은 서린의 말을 마냥 헛소리로 치부할 수 없었다. 그 자리에 없었던 그녀가, 쉽게 상상하기 어려운 당시의 정황을 정확히 짚어내는 걸 제 눈으로 보았으니. 학식이 뛰어난 범은 귀신이나 미신을 믿는 걸 바보짓이라 여겼다. 하지만 성리학만으로 세상 만물이 설명되진 않고, 경전의 한계를 벗어난 곳에 인간이 범접할 수 없는 미지의 이치가 숨겨져 있단 것도 알았다.

'접신할 줄 안다면 신내림을 받았겠지. 궁녀가 됐으니 그건 아닐 테고, 뭔가 다른 방식으로 망자와 닿을 수 있는 건가.'

황당함을 느끼면서도 습관적으로 추론을 펼치고 있는 범을, 서린은 초조한 낯으로 지켜보았다. 비록 자세한 내용은 알지 못하지만, 그녀가 사람의 생사와 관련해 뭔가 특이한 일을 할 수 있다는 걸 세자는 이미 알아차린 듯했다. 짙은 낭패감이 서린을 내리눌렀다.

"저하, 부탁입니다. 지금 생각하고 계시는 그걸······ 궁 안의 다른
이에게는······."

"그래, 나도 안다. 궁인들은 남 얘길 허황하게 떠드는 것을 좋아하
니 말이다. 입 조심 해야지."

범은 여전히 무릎을 꿇고 있는 서린에게 일어나라는 손짓을 해 보
였다. 서린은 조심스럽게 몸을 일으키며 범의 눈치를 살폈다. 허무맹
랑한 얘기로 귀중한 시간을 낭비하게 했다고 불호령이 떨어지진 않
을까 해서였다. 그러나 범의 얼굴은 항상 그렇듯 평온하고 침착하기
만 했다.

"다음에 더 얘기할 기회가 있을 테니, 오늘은 그만 들어가 보거라.
바람이 차다."

"예, 저하."

서린은 깊이 고개 숙여 절을 올린 후 뒷걸음질로 물러났다. 견습
나인 주제에 감히 세자와 나란히 걸을 수는 없으니, 건물 옆으로 돌
아가 궁녀들의 처소로 가려는 것이었다. 범은 어둠 속에 묻혀가는 서
린의 옆모습을 곁눈질로 바라보면서 의미심장하게 중얼거렸다.

"사람들은······ 자기와 다른 것을 좋아하지 않는다. 어딜 가도 환
영해주지 않지."

쓸쓸한 말과 달리 그의 입술은 미세하게 각도가 올라가 있었다.
기이한 능력이라니, 저 하찮은 계집과 벌이는 놀이가 더욱 흥미로워
졌다. 어디까지 흥미로워질 수 있을지, 끝까지 한번 가보고 싶은 충
동이 들었다.

17

소생

"정말 이 방법밖에 없는 것이냐?"

중전 홍씨는 금방이라도 울음을 터뜨릴 것 같은 얼굴이었다. 대군의 병세는 하루가 다르게 위중해져갔다. 가느다란 관을 통해 받아들이던 음식물도 역류하는 일이 잦아졌고 매일 밤 가빠지는 호흡에 중궁전은 발칵 뒤집혔다. 왕과 중전, 대비와 세자 부부까지 모인 자리에서 의녀 단금은 단호하게 잘라 말했다.

"대군 마마를 처음 모시게 되었을 때 분명히 말씀드렸습니다. 연명치료에는 한계가 있다고."

홍씨도 기억하고 있었다. 헌을 처음으로 진찰한 후 단금은 그 어느 어의도 하지 않았던 신기한 얘기를 했다. 사람의 머릿속은 두부처럼 하얗고 물컹물컹한 물건으로 덮여 있는데, 헌의 경우 그 물건이 고장 나 제 기능을 하지 못한다는 것이었다. 머릿속을 열어보지 않는 한 얼마나 다친 건지 정확히 알 수 없는데, 시간이 지나면 자연 치유될 가능성도 없지 않다고 했다.

'제가 공부한 연구 자료에 보면, 삼 년, 오 년, 팔 년, 길게는 십 년

이 지난 후 깨어난 사람도 있다고 했습니다. 하지만 그보다 더 오래
버틴 사람의 사례는 듣지도 보지도 못했습니다.'

의녀로서 할 수 있는 건 숨을 억지로 붙여놓는 것뿐이다. 머리의
기능을 회복하고 의식을 되찾는 건 헌에게 달린 일이라고 했다. 십
년, 그게 헌에게 주어진 유예 기간이었다.

"두 달만 있으면 딱 십 년이 됩니다. 그때까지 기다리려고 했는데,
아무래도 대군 마마의 몸이 버티시질 못하는 것 같습니다. 이제 연명
조치를 중단해야 합니다."

"돌봐주는데도 버티지 못한다면, 돌봐주지 않으면 당연히 죽을 게
아니냐?"

부르짖으며 끼어든 사람은 대비였다. 왕실의 대를 잇기 위해 어쩔
수 없이 범의 세자 책봉을 받아들였지만 그녀의 마음속에서 손자는
여전히 헌뿐이었다. 대비는 범의 생모인 희빈 박씨가 승은을 입었을
때부터 치가 떨리게 그녀를 싫어했고, 불결한 천것이라 불렀다. 그러
니 세자가 된 범이 아무리 잘한들 그녀의 눈에 들어올 리 없었다. 축
늘어진 헌의 손을 필사적으로 붙잡은 대비를 향해 단금은 무정하리
만큼 침착한 투로 대답했다.

"반드시 그렇진 않습니다."

"그게 무슨 말이냐?"

"지금의 대군 마마는 제 힘으로 사는 법을 잊어버린 어린 짐승과
도 같습니다. 생존 본능이 완전히 사라지지 않았다면, 외부의 위협과
자극에 반응할지도 모릅니다. 어쩌면…… 마지막 기회가 올지도 모
릅니다."

단금의 말이 끝나자마자 방 안에는 태산처럼 무거운 침묵이 내려

앉았다. 왕도, 홍씨도, 범도, 대비조차도 쉽사리 입을 열지 못했다. 그들은 선택의 기로에 서 있었다. 헌을 오랫동안 서서히 죽도록 내버려 둘지, 아니면 십중팔구 지겠지만 하나둘 정도는 이길지도 모를 모험을 할지.

"그 말대로 하는 게 좋겠소, 중전. 언제까지고 이대로 지낼 수는 없지 않소. 이번에도 실패한다면, 이만 보내주는 게 저 아이를 위한 길일지도 모르오."

왕이 홍씨의 어깨에 손을 얹으며 침통하게 말했다. 부성과 모성은 확실히 달랐다. 그는 적자인 헌을 눈에 넣어도 안 아플 만큼 귀여워했지만, 그렇다고 해서 아들을 위해 제 인생을 내던지진 않았다. 헌이 언젠가 죽으리라는 게 기정사실화된 순간부터, 착실하게 대비책을 세우며 아들에 대한 정을 끊으려 노력했다. 적어도 일주일에 한두 번은 꼬박꼬박 들르던 중궁전에도 발걸음이 뜸해졌다. 범이라는 완벽한 대안을 찾은 이상, 숨만 쉬는 시체나 다름없는 작은아들을 붙들고 있을 이유가 그에게는 없었다.

"전하."

홍씨 또한 왕의 마음을 모르지 않았다. 그래도 원망하진 않았다. 그리 되는 게 자연스러운 순리였으니까. 하지만 그가 놓아준다고 해서 그녀까지 놓아주어야 한다는 법은 없었다. 홍씨는 왕과 대비, 세자와 세자빈을 차례대로 둘러보며 낮지만 힘 있는 어조로 말했다.

"헌이는 일어날 것입니다. 전 제 아들을 잘 압니다. 이 세상 누구보다 활기가, 생명력이 넘치는 아이였습니다. 이대로 떠날 리 없습니다."

왕과 중전은 서로 다른 맥락에서 단금의 제안에 동의했다. 아들을 벼랑 끝으로 떠미는 것에 동의한 후 홍씨가 제일 먼저 한 일은 아들의 몸단장이었다. 그녀는 모두를 밖으로 내보낸 다음 허수아비처럼 흐느적거리는 아들의 몸을 이리저리 움직여가며 따뜻한 물로 닦아주고, 말끔한 새 옷으로 갈아입혔다.

"우리 아들, 참 잘생겼네. 외할아버지 닮았어."

잠든 채로 훌쩍 커버린 아들의 얼굴을 물끄러미 내려다보며 이렇게 중얼거리는 홍씨의 모습은 국모가 아니라 그냥 평범한 어머니에 불과했다.

그렇게 중전이 헌과의 마지막을 준비하는 동안 단금은 헌이 누울 새로운 자리를 마련했다. 병풍으로 겹겹이 가려진 침소 깊숙한 곳이 아니라 볕과 바람이 한가득 쏟아지는 중궁전 앞마당에 볏짚과 요를 깔아놓은 것이다. 병에 감염될 위험을 무릅쓰고서라도 죽은 듯 무력해진 헌의 신체를 두드려 깨워보자는 심산이었다.

"저도 어마마마와 같은 생각입니다. 대군은 꼭 회복될 것이라고요."

왕과 대비는 궁녀들이 내온 비단 방석에 앉았지만, 범은 홍씨와 함께 흙바닥에 무릎을 꿇고 앉았다. 저 갸륵한 정성에 하늘이 감동하지 않고 배기겠냐고 궁녀들이 탄복하는 소리가 들렸다. 하지만 범은 헌이 일어날 거라고 생각하지 않았다.

'의녀랍시고 설치고 다니는 그 계집의 말은 믿을 게 못 됩니다. 제 아비의 시체를 파먹은 정신병자라는 걸 아는 사람은 다 압니다. 대군마마는 곧 돌아가십니다. 두고 보십시오.'

범에게 충성을 다하는 어의는 이를 박박 갈며 그렇게 말했다. 범

156

이 은밀하게 전국 방방곡곡에서 불러들인, 용하기로 소문난 수십 명의 의원들도 비슷한 의견이었다. 그러니까 헌은 오늘 죽는다. 이건 그냥 범이 습관적으로 해오던 연극의 일부일 뿐이었다.

"뇌명실, 계혈, 천초, 익모초, 복령과 산삼을 달인 약입니다. 극도로 허약해진 신체에 무리가 갈 수 있어 그동안 사용을 자제했지만, 이젠 쓸 때가 된 것 같습니다."

흰 적삼을 정갈하게 입고 누운 헌의 머리맡에, 단금은 먹물처럼 까만 탕약을 내려놓았다. 그리고 헌의 콧구멍에 연결된 실처럼 가느다란 대롱을 통해 약을 한 방울, 한 방울씩 아주 천천히 주입하기 시작했다. 홍씨는 아슬아슬한 마음으로 그 장면을 지켜보았다.

"안색이 창백해 보이는데, 상태가 나빠진 것이 아니냐?"

"다 겪어야 할 일입니다."

"오늘은 바람이 좀 찬 것 같다. 일단 안으로 들이고 내일 다시 내보내면 안 되겠느냐?"

"더는 미룰 수 없습니다."

홍씨가 어떻게든 제동을 걸려고 할 때마다 단금은 가차 없이 쳐냈다. 바위와 같은 그 단단함이 믿음직스러워 십 년 가까이 곁에 둔 홍씨였지만 이런 상황에서는 단금이 야속해 보이기도 했다. 조금만 희망을 줘도 좋으련만 그릇 속 탕약을 마지막 한 방울까지 흘려 넣은 단금은 마치 석상처럼 꿈쩍도 하지 않았다. 모두가 초조하게 기다렸지만 아무 일도 일어나지 않았다.

"도대체 얼마나 기다려야 하는지 모르겠구나."

한 시진이 지나고, 두 시진이 지나고, 불편한 자세로 구부정하게 앉아 있던 대비가 허리를 어루만지며 불평을 늘어놓았다. 간간이 들려오는 신음소리를 무시할 수 없었던 홍씨가 왕을 향해 말했다.

"전하께선 마마를 모셔다 드리십시오. 여기는 제가 지키겠습니다."

"그래도 되겠소?"

왕은 달가운 기색을 굳이 숨기려 하지도 않았다. 꼭두새벽에 일어나 하루 종일 정무를 보다가 여기로 온 그였다. 아까부터 꾸벅꾸벅 졸고 있는 걸 다들 알면서도 모른 척하고 있었다.

"동궁도 이만 들어가 보세요."

"전 괜찮습니다. 빈궁만 들여보내겠습니다."

범의 말을 들은 연씨는 자기도 함께 있겠다고 말하려 했다. 그러나 가체 무게 때문에 끊어질 것 같은 뒷목과 이미 감각을 잃어버린 무릎이 입을 막아버렸다.

결국 왕과 대비, 연씨가 차례대로 퇴장하고 앞마당에는 범과 홍씨만 남았다. 해가 저물고 밤바람이 불어오기 시작하자 범은 자신의 곤룡포를 벗어 헌의 몸에 덮어주면서 홍씨에게 말했다.

"어떤 일이 일어나든, 제가 어마마마와 대군의 곁을 지킬 것입니다. 그러니 염려 마십시오."

"고맙습니다. 난…… 동궁을 내 친아들로 생각합니다. 진심이에요."

홍씨의 절절한 고백에도 범은 평소와 똑같이 미소 지었다. 어머니, 아들. 그런 단어는 그에게 아무런 의미도 갖지 못했다. 슬슬 지루해지기 시작한 이 연극이 빨리 끝나길 바랄 뿐.

그로부터 두 시진이 지나자 온종일 서 있는 것에 이골이 난 궁녀들조차 버거워하기 시작했다. 무릎을 후들후들 떨거나, 휘청대며 쓰러지는 궁녀도 있었다.

"마마."

중궁전 궁녀들을 대표하는 지밀상궁이 넌지시 불렀지만 홍씨는
완고하게 고개를 저었다.

"조금만 더 기다려보겠다."

"벌써 여섯 시진이 지났습니다."

"십 년 가까이 이 아이만을 바라보고 기다렸다. 고작 여섯 시진이
대수겠느냐."

그 말에 지밀상궁도 입을 다물었다.

그로부터 다시 한 시진이 지났다. 홍씨는 지밀상궁과 단금만 남게
하고 나머지 사람들을 전부 안으로 들여보냈다. 그리고 찬 공기를 맞
아 서늘하게 식은 아들의 몸을 멀거니 쳐다보며 혼잣말을 했다.

"나도 알고 있습니다. 세간에서 뭐라고 말하는지. 국모가 미쳐서
시체를 끌어안고 산다고들 하죠. 나라를 망조 들게 한다고요. 그게
맞을지도 모릅니다. 어리석을지 몰라요. 미련인지도 모릅니다. 하지
만 어쩌겠습니까. 자식인걸요. 살이 찢어지고 피가 쏟아지는 고통을
품으면서 낳은, 내 아기란 말입니다."

한때는 생기 넘치고 아름다웠던, 하지만 이제는 시들어버린 홍씨
의 주름진 얼굴. 그 얼굴이 형언할 수 없는 고통에 일그러졌다. 그녀
는 옆에 앉은 범의 옷자락을 매달리듯 붙잡았다.

"동궁은 어떻게 생각합니까? 내가…… 그만 포기해야 할까요?"

범이 보기에는 이 모든 게 그저 쓸데없고 멍청한 짓이었다. 그렇
다고 그걸 솔직하게 말할 수는 없었다. 범은 어머니의 마음이라는
게 뭔지 몰랐으므로, 언젠가 상궁들이 뒤에서 떠들던 말을 그대로
읊었다.

"아픈 걸 좋아하는 사람은 없습니다, 마마. 답답하게 누워 있어야만 하는 걸 좋아하는 사람도 없지요."

범의 말에 홍씨는 정곡을 찔린 것 같은 표정을 지었다. 자신의 말이 효과가 있다는 걸 알아차린 범은 담담하지만 진중한 어조로 덧붙였다.

"제가 기억하는 대군은 강아지처럼 뛰어노는 걸 좋아하는 활달한 아이였습니다. 그런 대군에게 지금의 상태가 행복하지는 않을 겁니다."

그 말이 홍씨에게는 결정타였다. 아들이 원치 않는다면 이게 다 무슨 소용이겠는가. 애꿎은 사람들을 괴롭히기만 할 뿐. 홍씨는 오랫동안 물도 마시지 못해 까슬까슬하게 말라붙은 헌의 입술을 보며 파르르 떨었다. 그리고 마침내 결심한 듯 단금에게 물었다.

"이 아이를, 편안하게 보내줄 방법이 있겠느냐? 아무런 고통 없이, 지체 없이."

"약이 있습니다. 대군 마마를 안락하게 해드릴 수 있는."

"……내오거라."

단금은 중전이 도중에 이런 명을 내릴 거라는 것도 예상한 듯, 놀라지도 만류하지도 않고 묵묵히 자리에서 일어났다. 동궁전에는 부뚜막이 없기에 탕약을 달이려면 소주방까지 가야 했다. 단금이 탕약을 최대한 늦게 준비해주길 바라면서 홍씨는 헌에게 더욱 가까이 다가앉았다.

"잘 가거라, 아가야. 넌 오랜 세월 나의 눈물이었지만, 그렇다고 행복이 아니었던 적은 단 한 번도 없었구나."

대답 없는 아들을 향해 홍씨는 애절한 눈물로 호소했다. 파리한 빰에 입을 맞추고 이마에 흐트러진 머리카락을 정돈해주고 차가워진 손등을 살살 문지르며 온기가 돌게 해주었다.

"네 몸은 떠나더라도 영혼과 기억은 내 가슴속에 영영 살아 있을 거란다."

마지막 인사를 건넨 홍씨가 헌의 손등에서 손가락을 떼어내는 찰나였다. 십 년간 미동도 하지 않았던 헌의 새끼손가락이 옆으로 살짝 움직인 것은. 자세히 보지 않으면 모를 수도 있을 미세한 움직임이었지만 모든 신경을 헌에게 집중하고 있던 홍씨는 그것을 놓치지 않았다.

"보, 보았느냐? 대군이 손가락을 움직였다!"

범이 어깨를 움찔하며 헌을 내려다보았다. 그 시선에 감응하기라도 하듯, 이번에는 헌의 검지가 위아래로 들렸다 다시 내려갔다. 아까보다 조금 더 크고 확실한 동작이었다. 홍씨는 당장이라도 실신할 것처럼 거친 숨을 몰아쉬었다. 두 눈을 부릅뜬 채 잠시 아들을 뚫어져라 쳐다보더니, 느닷없이 벌떡 일어나 미친 사람처럼 소리치기 시작했다.

"다들 뭣하고 있느냐! 어서 대비 마마를, 주상 전하를 모셔와라! 당장!!"

침소 문이 벌컥 열리고, 나인들이 일제히 쏟아져 나왔다. 사방에서 불이 밝혀지고 웅성대는 소리가 앞마당을 가득 메웠다. 모두가 얼떨떨한 상태로 우왕좌왕하는 가운데 범은 앉은 자세를 흐트러뜨리지 않았다. 이럴 수는 없는데, 이건 계획에 없었는데. 은밀한 충격과 배신감이 그의 눈동자를 까맣게 메우고 있었다.

18

어른아이

"정말 형님이십니까? 엄청 커지셨네요!"

범의 머리에 손을 얹어보려는 헌을, 단금이 가만히 잡아 제자리에 앉혔다. 헌은 베개에 기대어 앉아 있으면서도 사방팔방 뛰어다니고 싶어 안달 난 표정이었다. 덩치만 커졌지, 말이나 하는 짓은 여전히 열한 살짜리 어린애나 다름없었다. 문간에 서 있던 조내관이 정중하지만 엄격한 투로 일렀다.

"아무리 대군 마마라 하셔도, 세자 저하의 옥체에 함부로 손대시면 안 됩니다."

"이 할아범은 누군가? 형님이 데리고 다니던 내관과 비슷하게 생겼는데. 누가 대군이고 누가 세자라는 거지?"

헌은 범이 걸치고 있는 남색 곤룡포를 보면서 천진난만하게 물었다. 헌이 깊은 잠에서 깨어난 지 하루도 채 지나지 않았다. 안정이 중요하다는 단금의 말에, 다들 헌에게 현재 상황을 알리는 걸 미루던 중이었다. 하지만 이대로 계속 두면 더 무례한 언행을 할 것 같았다. 홍씨는 얕은 한숨을 내쉰 후 아들에게 그동안 있었던 일을 설명하기 시작했다. 처음엔 이게 뭔 소린가 얼떨떨한 표정으로 홍씨의 얘기를 듣던 헌의 얼굴은 충격으로, 혼란으로, 그리고 마지막엔 경이로 물들었다.

"내가, 십 년 동안 잠들어 있었다고? 우아, 대단한걸!"

모두의 염려와 달리 헌은 세자 자리를 빼앗겼다는 것에 좌절하거나 분노하지 않았다. 열한 살의 정신세계에서 세자가 되고 말고는 그리 중요하지 않았다. 공부할 게 많아서 귀찮기만 하지. 헌은 사슴처럼 맑고 둥근 눈동자를 반짝반짝 빛내며 홍씨를 쳐다보았다.

"어마마마가 저한테 항상 그러셨죠. 못 말리는 잠보라고. 저, 진짜 굉장하지 않습니까?"

어쨌든 본인이 즐겁다니 다행이었다. 헌이 깨어났다는 소식에 자다 말고 버선발로 달려 나왔던 왕은 아직도 이게 꿈인지 생신지 분간하기 어려운 모양이었다. 정말 괜찮은 건지 확인해보라고 어의까지 대동하고 왔다. 왕의 성화에 네 번이나 반복해서 맥을 짚어본 어의가 단언했다.

"기와 혈의 흐름, 음양의 조화, 온랭의 조화. 모두 양호합니다. 대군 마마는 건강하십니다."

기적이었다. 영락없이 죽을 줄 알았던 헌이 살아났을 뿐만 아니라 건강을 온전히 회복하기까지 하다니. 홍씨는 연신 눈물을 찍어냈고, 왕은 광대뼈가 올라가다 못해 승천하기 직전이었다.

"소문대로, 그 단금이라는 아이는 과연 화타 저리 가라 하는 명의로구나. 하나뿐인 내 아들의 목숨을 살려냈으니, 왕가의 전 재산을 포상으로 주어도 아깝지 않다."

왕이 만면에 희색을 띤 채 말하는 순간 화기애애하던 분위기가 미묘하게 흔들렸다. 홍씨는 반사적으로 범의 눈치를 보았지만 범은 아무렇지도 않은 얼굴을 하고 있었다. 조내관이 민망한 듯 고개를 돌렸는데도 왕은 자신의 말실수를 알아차리지 못했다.

"왜들 그러느냐?"

"아닙니다. 전하 말씀이 맞습니다. 세자가 하나뿐인 목숨을 보전했으니, 궐 안팎에 사는 모두의 경사이고 복이지요."

대비는 헌의 옆에 딱 달라붙어 연신 손발을 주무르며 말했다. 두 눈을 뜬 헌을 보고 밤새 소리를 지르고 울어댄 통에, 대비의 목에서는 쇠 긁는 소리가 났다.

"세자가 이렇게 눈을 떠서 멀쩡히 말하는 모습을 보니 할미는 죽어도 여한이 없습니다. 앞으로는 매일 보러 오겠습니다. 아니, 당분간 대비전에서 지내는 건 어떻겠습니까? 이 골방 같은 곳에서 지내다간 또 몸이 허해질지 모릅니다."

"아이고, 어마마마. 고정하시옵소서."

왕이 두 팔을 번쩍 들어올리며 너스레를 떨자 다들 일제히 웃음을 터뜨렸다. 단 한 사람, 범을 제외하고. 그는 여전히 속을 알 수 없는 가면 같은 미소를 띠고 있었다. 딱히 기쁘거나 화나거나 그런 건 아닌데, 아까부터 은근하게 속이 울렁거렸다. 불쾌했다. 눅눅하게 습기 찬 흙바닥에 곰팡이 냄새를 맡으며 앉아 있는 기분이랄까. 자신으로부터 등을 돌린 채 오직 헌에게만 집중하는 부왕의 뒷모습을 주시하는 동안 곰팡이 냄새는 머릿속까지 스며들어왔다.

"하지만 그 말씀에도 일리가 있군요. 깨어나기 전이라면 모를까, 성인이 된 대군을 언제까지 중궁전 뒷방에서 지내게 할 수는 없는 노릇이니."

자기보다 머리 하나는 더 큰 둘째 아들을 보면서 왕은 난감해했다. 그러자 아까의 그 미묘하게 팽팽한 공기가 다시 한번 좌중을 맴돌았다. 거처는 시작에 불과했다. 본래 세자였던 헌이 건강을 되찾은 이상, 앞으로 수많은 문제가 불거질 터였다.

'즈어어어언하! 천부당만부당한 말씀이시옵니다아아아아!'

헌의 호칭과 복장, 교육, 혼례, 그리고 가장 중요하고 예민한 왕위 계승 문제까지. 꼬장꼬장한 예조 영감들이 우르르 들고 일어나 아우성치는 장면이 벌써부터 눈에 선했다. 왕이 지끈거리는 관자놀이를 손으로 짚으며 한숨을 내쉬는데, 그의 등 뒤에서 범이 침착하게 말했다.

"대군의 처소는 제가 마련하겠습니다. 나라에서 제일 솜씨 좋은 일꾼들을 불러 모아 영명전을 고쳐보지요."

"영명전?"

왕이 눈을 휘둥그레 뜨면서 물었다. 영명전은 김씨, 그러니까 후사를 남기지 않고 죽은 첫 번째 중전이 지내던 곳이었다. 왕보다 훨씬 나이가 어린 홍씨는 두 번째 부인이었다. 김씨가 세상을 떠난 후 오랫동안 비워져 있긴 했지만 영명전은 왕의 처소 다음으로 크고 넓은 곳이었다. 지금 범이 지내고 있는 동궁전보다 한 수 위였다. 그것을 의식한 홍씨가 점잖게 사양했다.

"동궁에게 그런 수고를 하게 할 수는 없습니다. 제가 다른 곳을 알아보지요."

"아닙니다. 대군이 순조롭게 회복하려면 넓은 곳에서 부지런히 움직여야 하지 않겠습니까."

범은 아무 욕심도 계산도 없는 사람처럼 말했다. 사실 그는 전각의 크기 따위는 전혀 개의치 않았다. 제일 중요한 건 통제력과 영향력을 잃지 않는 것이었다. 내명부가 나서기 전에 자기가 먼저 앞장서서 대군의 거취를 결정해버리는 게 나았다.

"전각의 주인이 바뀌면 이름도 바꾸어야겠죠. 영명전(寧明殿) 대신 천수전(天壽殿)이 어떨까요?"

범은 내친김에 이름까지 정해버렸다. 천수, 하늘이 주신 명을 온전히 누리라는 뜻. 얼핏 보기엔 아우를 축복하는 것 같지만 사실은 아니었다. 범이 생각하기에 원래 헌의 수명은 딱 십 년, 그게 전부였으니까. 그걸 알 리 없는 왕과 중전은 범을 칭찬하기에 바빴다.

"역시, 세자. 아우를 생각하는 우애가 극진하구나. 이토록 훌륭한 아들이 있다니 든든하다."

"어디 우애뿐입니까. 효심도, 백성을 돌보는 마음도, 뭐 하나 갸륵하지 않은 것이 없지요. 우리 동궁은 참된 군자이십니다."

범이 선수 친 덕분에 중궁전의 분위기는 다시 환하게 밝아졌다. 헌이 한마디 할 때마다 박수까지 치며 웃어대는 사람들을 두고, 범은 시강(侍講)을 하러 간다며 자리에서 일어났다.

범이 조내관의 수행을 받으며 밖으로 나오자 저만치 앞장서 걸어가고 있는 어의의 모습이 보였다. 범은 낮은 목소리로 그를 불러 세웠다.

"여봐라."

"예, 저하."

"어찌 된 것이냐? 가망 없다 하지 않았느냐?"

"그게, 저도 영문을 모르겠습니다. 중전 마마의 지극한 정성에 하늘도 감복하신 거겠지요."

그걸 말이라고 하느냐, 하늘 따위가 어디 있다고. 범은 목구멍까지
튀어나온 말을 집어삼켰다. 이 어의는 꾸준히 정보를 물어다주긴 했
지만, 그렇다고 그의 사람인 것은 아니었다. 범이 세자라서, 아우를
걱정하는 형이라서 그러는 것이려니 하고 묻는 대로 대답하고 있을
뿐이니, 그 믿음을 깨지 않도록 주의할 필요가 있었다.

"아우가 갑작스레 많은 일을 겪게 된 것이 걱정이다. 특히 조심해
야 할 건 없겠느냐?"

"대군 마마는 아직 보통 사람에 비하면 맥이 약하신 편입니다. 심
신이 약한 고령자와 비슷하다고 보시면 됩니다. 심신에 충격을 받지
않고 안정을 취하도록 주의하셔야 합니다."

"음."

범은 가만히 고개를 끄덕이며 그 말을 뇌리에 새겨 넣었다. 그 어
떤 상황에도 상대방의 약점을 파악해두는 걸 게을리하지 말아야 했
다. 헌의 몸이 유리처럼 연약한 상태라는 건 무척 유용한 정보였다.
조금 마음이 놓인 범의 입가가 부드럽게 풀렸다. 그가 조내관을 향해
손짓하자 의도를 알아차린 조내관이 어의를 향해 묵직한 돈 꾸러미
를 내밀었다. 너무 좋아 입이 쫙 벌어진 어의에게 범이 치하의 말을
건넸다.

"오늘 진맥 오느라 수고 많았다. 앞으로도 대군을 잘 돌봐주거라.
의녀의 힘으로는 한계가 있지 않겠느냐."

"예, 저하. 물론입니다."

그렇지 않아도 의녀 단금에게 밀리는 것 같아 자격지심이 심하던
어의는 범이 한마디 해주자 어깨를 으쓱하며 의기양양해했다. 헤헤

거리며 좋아서 돌아서는 어의의 등짝을 보고 범은 생각했다. 천하에 쓸데없는 놈이라고. 어의가 완전히 멀어진 후 범은 조내관에게 지시했다.

"조내관, 천수전에서 일할 내관과 궁녀들은 동궁전에서 차출하도록 하라."

"예? 그러면 저하와 빈궁 마마께서 불편해지실 텐데요. 중궁전과 대비전에서 보충하거나 아니면 아예 새로 뽑아도……."

"전부 동궁전 사람으로 뽑아라. 그리고 소주방에서 일하는, 그 윤서린이라는 견습나인도 천수전으로 옮기도록 조치하라."

"예? 윤나인이오? 정식으로 배속을 받기엔 아직 경력이 너무 짧습니다만."

"상관없다. 묘하게 감이 좋은 아이니, 틀림없이 요긴하게 쓰일 데가 있을 것이다."

조내관은 범의 명령을 도무지 이해하지 못하겠다는 표정이었다. 그럴 만도 했다. 궁인을 선발하고 배치하는 건 전적으로 내명부의 소관이었으니까. 그에 관해 최우선 결정권을 갖고 있는 건 당연히 국모인 중전이고, 그나마 의견을 개진해볼 만한 사람은 세자빈 연씨였다. 세자가 직접 관여하는 일은 흔치 않았다.

'하지만 중전은 병간호에 바빠 내명부 일에서 손을 뗀 지 오래고, 대비는 노안으로 글씨도 잘 못 읽는다지. 빈궁은 내가 하는 일이라면 무조건 따르고. 내가 천수전 보수와 관리를 맡기로 한 이상, 내부의 인력 배치를 직접 하더라도 아무도 뭐라 하진 못할 것이다.'

범은 처음부터 그렇게 계산하고 있었다. 서린을 천수전으로 옮기려는 데는 이유가 있었다. 우선 누군가의 죽음에 대해 어떤 방식으로

든 알 수 있다는 그녀의 능력이 흥미롭긴 했지만 범에게는 위험 요소이기도 했다. 그렇다고 그냥 내쳐버리기엔 아까웠다. 그 능력에 대해 제대로 알 수만 있다면 자기에게 유리하도록 활용할 수 있을 테니까. 그래서 동궁전은 아니지만 자신이 장악할 수 있는 천수전에 두고 좀 더 지켜볼 작정이었다.

'덤으로 천수전과 대군의 동태에 대해 서린이 쓸 만한 정보를 물어다주면 더 좋고.'

헌의 주변에 중전과 단금만 남겨놓고 나머지는 전부 자기 사람으로 채울 작정이었다. 범은 손끝으로 턱을 슬슬 문지르며 조내관에게 말했다.

"대군은 몸만 클 뿐 실상 어린애와 다름없다. 동무가 되어줄 만한 어린 내관도 하나 있으면 좋겠구나. 추천할 만한 아이가 있느냐?"

"막 견습 딱지를 뗀 아이가 있습니다. 이름이 예성이고 올해 열두 살인데, 제법 성숙하고 야무집니다. 아직 천진한 구석도 있어, 대군 마마께 좋은 말동무가 되어드릴 것입니다."

"그래, 그 아이를 대군의 침소에 두고, 그곳에서 일어나는 일을 내게도 보고하도록 일러라."

혹시나 했지만 역시나였다. 범의 의도를 확신한 조내관의 눈동자에 파문이 일었다.

"첩자를 두시려는 겁니까?"

"물색 모르는 아우를 이용하려고 접근하는 자들이 분명 있을 듯하여 경계하는 것뿐이다."

범은 당치도 않은 소리를 한다는 듯 대꾸했다. 하지만 서늘하게 가라앉은 눈빛은 그 이상을 염두에 두고 있음을 시사했다. 조내관은 멈칫거리면서도 조심스럽게 물었다.

"만일…… 대군 마마가 저하의 지위를 위협한다면 어떻게 하실 겁니까?"

"이 자리가 원래 헌의 것이라면 그 아이에게 응당 돌려주는 게 이치에 맞지 않겠느냐?"

"역시 그렇지요. 저하께서는 보위를 두고 다투실 분이…….”

"하지만 말이다, 조내관. 세자 자리가 처음부터 헌의 것이었다고 말할 수 있을까?"

"예?"

"세자라고 이름표를 달고 태어나는 사람은 없다. 누가 세자가 되고, 누가 대군이 되고. 그런 걸 어떻게 정할 수 있느냔 말이다."

"저하…….”

기다랗게 늘어뜨린 조내관의 청록빛 소매가 희미하게 떨렸다. 그는 두려웠다. 앞으로 벌어질 전쟁보다, 그로 인해 자신의 위상도 확 달라질 거라는 사실보다, 그 위기로 인해 깨어나게 될 것이 두려웠다. 조내관은 알고 있었다. 범의 내면에는 희빈 박씨의 광기보다 훨씬 무서운 뭔가가 도사리고 있다는 걸. 마치 천년 묵은 구렁이처럼. 그리고 범은 그런 조내관의 속내를 다 들여다보고 있었다. 보일 듯 말 듯 입꼬리를 올리며, 범은 완벽한 세자답게 말했다.

"이 땅의 백성들을 위해 뭐가 가장 좋은지, 난 오직 그것만 생각하려 한다."

19
따뜻한 사람

"이건 차별이야. 일 잘하는 궁녀를 뽑아간다면 당연히 날 뽑아가야지!"

동궁전 나인 처소. 묵묵히 짐을 챙기는 서린의 뒤에서 채옥은 불만스럽게 쫑알대고 있었다. 서린은 몇 벌 되지도 않는 옷가지를 차곡차곡 개어 넣으며 채옥을 향해 빙그레 웃어 보였다.

"가게 돼서 나도 섭섭해, 채옥아."

"섭섭하긴 개뿔. 그래서 그런 거 아니거든?"

거칠게 말하지만, 채옥의 눈빛에는 온기가 담겨 있었다. 서린 자매가 막 입궁했을 무렵에는 철천지원수처럼 굴던 채옥이었지만 이젠 달랐다. 낮에는 아웅다웅하다가도 밤에는 꼭 등을 맞대고 자는 그들은 어엿한 친구 사이가 되어 있었다. 서린은 채옥의 손을 꼭 잡았다.

"그동안 고마웠어. 헤어지더라도 절대 잊지 않을게."

"헤어지긴 무슨. 천수전엔 부뚜막이 없다며. 그럼 하루에도 몇 번씩 소주방 들락거릴 거 아냐. 또 지겹게 보게 될 거라고!"

채옥은 서린의 손을 홱 뿌리치더니, 에이 씨 하면서 와락 끌어안았다. 서린과 마음이 통하는 벗이 되었다는 걸, 그녀도 인정할 수밖에 없었던 것이다.

채옥은 서린이 괜찮다는데도 굳이 천수전까지 데려다주었다.

"근데 채옥아, 대군 마마는 어떤 분일까?"

"대군 마마? 나도 잘 몰라. 실제로 뵌 적은 없고 소문만 들어서."

채옥은 잠에서 깨어난 지 열흘밖에 안 된, 아직 전설 속 인물이나 다름없는 대군을 떠올리며 아리송한 표정을 지었다.

"미남이시란 말은 들었어. 그래 봤자 우리 저하에 비하면 새 발의 피겠지만. 책읽기를 질색하는 천방지축이라 글 선생들 골탕깨나 먹었다던데. 그것도 우리 저하와 정반대지."

"그렇구나."

"형제간 우애는 엄청 좋았다던데. 대군 마마가 그렇게 되신 직후에 중전 마마와 우리 저하가 함께 대소변을 받아내면서 수발을 들었다는 얘기도 들었어."

채옥의 말은 대군으로 시작했지만 결국 세자로 끝났다. 어쩔 수 없는 일이었다. 동궁전 사람들, 아니 궐 안팎의 모든 이가 세자를 경애하고 있었으니까.

천수전 문 앞에 이르러 채옥과 헤어진 서린은 높은 기왓장을 올려다보며 조내관으로부터 받은 범의 전언을 떠올렸다.

'널 신뢰하기에 보내는 것이다. 내 아우를 잘 부탁한다.'

자꾸 들뜨는 마음을 억누르기 어려웠다. 누군가에게 인정받는, 필요한 사람이 되었다는 것. 서린에겐 그 의미가 남달랐다. 십여 년 동안 손을 꽁꽁 묶은 채 집 안에 숨어 살면서 자신이 밥만 축내는 거추장스러운 존재라고 느낀 게 한두 번이 아니었다.

위쪽에 시선을 고정한 채 나아가던 서린은 가슴에 뭐가 툭 와서 부딪히는 느낌에 얼른 뒤로 물러났다. 커다란 관모를 정수리에 어설프게 얹은 꼬마 내관이 비틀거리는 모습이 보였다.

"미안."

서린은 반사적으로 사과했다. 상대가 먼저 돌진하긴 했지만 앞을 보지 않은 자기 잘못도 있었으니까. 그러자 꼬마 내관은 동그랗게 말아 붙인 서린의 뒷머리를 힐끗 보더니 대뜸 호통부터 쳤다.

"궁인으로서 자세가 영 글러먹었구나. 눈을 어디에 두고 다니는 게냐?"

"그건 너도 마찬가지잖아."

"너? 너어?"

꼬마 내관은 서린이 대단한 하극상이라도 저지른 것처럼 질겁해서는 꾸짖었다.

"신예성 내관님이라 불러라. 난 견습나인 따위는 감히 쳐다보지도 못할 어르신이라고!"

두 손을 허리에 얹고 으스대는 예성을 보고 서린은 웃음이 나오려는 걸 겨우 참았다. 애어른처럼 굴기 전에 옷이나 좀 몸에 맞게 수선해 입지 싶었다.

"짜식, 귀엽네."

"짜, 짜식?"

"앞으로 잘 부탁해, 신내관님."

서린은 펑퍼짐한 옷자락 아래 숨겨진 예성의 동그스름한 엉덩이를 톡 치며 익살스럽게 말했다. 그렇지 않아도 귀엽다는 말에 충격을 받은 예성은 이번에는 기절초풍할 지경이 되었다.

"신내관님도 대군 마마 뵈러 가는 거지? 같이 가자."

서린은 예성의 어깨에 손을 얹으며 말했다. 내관님이라 부르라고 만 했지 존댓말을 쓰라곤 안 했으니까. 아린이 죽은 후 동생뻘과 어울리는 건 처음이라, 괜히 애틋한 마음에 친근하게 굴고 싶었다. 예성은 엉덩이를 빼앗긴 충격에서 벗어나지 못한 건지, 아니면 서린의 뻔뻔함에 질린 건지, 싫다고 하지 못했다. 크고 복잡한 전각들 사이에서도 거침없이 나아가는 예성을 보고 서린은 진심으로 감탄해 칭찬해주었다.

"와, 신내관님. 처음 와보는 곳인데 길을 잘 아네."

"흥, 궁 건물이라는 게 다 뻔하지."

예성은 퉁명스럽게 대꾸했지만 실룩대는 볼은 으쓱해진 마음을 고스란히 드러내고 있었다. 자신감을 되찾은 예성은 급격히 말수가 늘어났고, 서린과 간단한 자기소개도 주고받았다. '어르신'이란 말이 단순히 허풍은 아닌 게, 예성은 무려 입궁 십일 년 차인 정식 내관이었다.

"난 기억 안 나지만 두 살 때였대. 친척 어르신의 등에 업혀 대비전에 들어왔지."

서린도 얼핏 들은 적이 있었다. 자식이 없어서, 아니면 나이를 먹어서 외로워진 지체 높은 여인들이 핏덩어리나 다름없는 어린 내관이나 나인을 들여 곁에 둔다는 얘기를. 서린은 친부모 얼굴조차 기억 못 할 예성이 안쓰러웠지만, 정작 예성은 서린이 동궁전 견습나인이었다는 말을 듣고 의미심장하게 눈알을 굴리는 중이었다.

"그럼 네가 저하의……."

"저하의 뭐?"

"아니다, 아무것도."

서린이 대차게 쏘아보자 그 기세에 예성은 잽싸게 입을 다물었다. 그가 하려던 말을 서린도 모르지 않았다. 세자와 자신의 관계를 두고 쑥덕거리는 사람들이 있었으니까.

"너, 세자 저하의 총애를 얼마나 받는지는 모르겠지만 말이야. 대군 마마나 중전 마마 앞에서는 아무 내색 안 하는 게 좋을 거다."

예성은 눈을 가느스름하게 뜨며 나이에 맞지 않는 '총애' 같은 말을 썼다. 그런 게 아니라고, 서린이 그에게 설명해주려는 찰나였다.

"아하핫! 내가 이겼다! 김내관, 그대의 구슬을 몽땅 내놓거라!"

"아이고, 내관인 제게 구슬을 내놓으라니요."

반쯤 열린 문 안쪽에서 터져 나온 웃음소리가 서린과 예성의 대화를 끊어버렸다. 절간 같은 구중궁궐이 맞나 싶을 정도로 떠들썩했다. 예성은 고개를 갸웃하더니 조심스럽게 손을 뻗어 문을 밀었다.

"어떠냐? 다시 한 판 해보겠느냐?"

"아이고, 대군 마마. 이제 좀 앉으시오. 너무 많이 움직이셨습니다."

방 안에서는 상상 못 할 광경이 벌어지고 있었다. 침상과 서안(書案)˙을 저만치 밀어놓고, 널찍한 바닥에서 대군과 내관이 구슬치기하면서 놀고 있었다. 바깥에서 판을 벌이면 남들의 이목이 신경 쓰이니

˙   책상

아예 여기에 벌인 모양이었다. 헌이 펄쩍펄쩍 개구리처럼 기운차게 뛰어오를 때마다 궁녀들은 혹시 무슨 일이라도 생길까 봐 노심초사했다.

"내버려두어라. 십 년 동안 오죽 좀이 쑤셨으면 저러겠느냐."

그러나 홍씨는 아들의 활기찬 모습을 보는 것만으로도 꿈만 같은 듯 만면에 미소가 가득했다. 그녀의 눈꼬리에는 아직도 채 마르지 않은 눈물 흔적이 남아 있었다. 예성은 홍씨를 대면하자 정신이 번쩍 든 듯 재빨리 부복(俯伏)했다.

"두 분 마마께 내관 신예성 인사 올립니다."

"견습나인 윤서린이옵니다."

서린도 예성을 따라 격식을 갖춘 절을 올렸다. 그들을 발견한 헌은 가만히 앉아서 절을 받는 대신 벌떡 일어나 호들갑스럽게 맞이했다.

"너희가 앞으로 날 도와줄 아이들이로구나. 어서 오거라. 혹시 출출하지 않으냐?"

"그게 실은⋯⋯."

꼭두새벽에 일어나 수라 준비와 뒷정리를 돕고 나인 처소를 깨끗이 청소한 후 짐을 싸고. 쉴 틈 없이 일만 하느라 서린은 뱃가죽이 등 가죽에 달라붙을 지경이었다. 출출하다 못해 굶주렸다고 솔직하게 말하려는데, 낌새를 알아차린 예성이 재빨리 말을 가로챘다.

"괜찮습니다, 대군 마마. 저하와 마마의 은덕으로 저희 궁인들은 늘 배불리 먹고 있사옵니다."

예성은 모범 답안을 말하고는 슬쩍 곁눈질로 서린을 째려보았다. 아랫사람은 윗사람에게 자신의 고충을 털어놓지 않는 게 궁궐의 법도였다. 이곳에서 나가면 서린은 궁녀들의 처소를 돌면서 일일이 인사하고, 짐을 풀고, 한숨 돌릴 틈도 없이 곧바로 일에 투입될 터였다. 정신 차려 보면 어느덧 밤이 되어 있을 것이고 주린 배를 끌어안고 잠들게 될 것이다. 보나마나 뻔했다.

'에휴, 서러운 궁녀 신세.'

서린이 움푹 꺼진 배에 몰래 손을 갖다 대며 말없이 한탄할 때였다. 헌이 구석에 처박아두었던 교자상을 스윽 끌어오더니 그녀와 예성을 향해 손짓했다.

"그러지 말고, 거기 앉아 이것들 좀 먹어보거라."

교자상 위에는 각종 산해진미와 과자가 문자 그대로 산더미처럼 쌓여 있었다. 헌이 깨어났다는 소식을 듣고 조정의 대신들이 보내온 선물들이었다. 서린은 그 어마어마한 양에 깜짝 놀란 반면, 예성은 헌의 파격적인 대우에 그 무엇보다 충격을 받았다.

"미천한 저희가 어찌 감히 대군 마마의 것을!"

"너무 많아서 처치 곤란이다. 누군가 먹어주지 않으면 썩어서 버리게 될 것인데, 아깝잖아."

몸 둘 바 모르는 예성의 눈앞에, 헌은 아무렇지도 않게 큼직한 사기 접시를 들이밀었다. 비취색 접시 위에는 계절에 맞지 않게 귤이 놓여 있었다. 헌이 반지르르 윤기가 맴도는 샛노란 귤껍질을 슥슥 벗겨내자 새큼달큼한 향기가 순식간에 온 방 안으로 퍼져 나갔다.

"난 뭐든지 새로운 걸 참 좋아한다. 긴 잠을 자기 전에도 걸핏하면 이국의 동물이나 문물을 구경하러 다니곤 했지. 얼마나 재밌었는지 모른다."

헌은 예성과 서린의 맞은편에 철퍼덕 주저앉아서는 자기도 귤을 까먹으며 떠들기 시작했다. 하인이 아닌 친구에게 하는 것처럼 허물

없는 태도였다.

"내가 잠에서 깨어난 걸 축하하는 의미에서 형님께서 화승총 시연을 열어주신다고 했다. 화기도감이라는 곳이 새로 생겼다지? 총을 직접 만든다니, 정말 굉장하구나!"

헌은 눈을 반짝반짝 빛냈다. 범이 대군을 위한 행사를 준비한다는 소식은 서린도 동궁전에서 들었다. 동궁전 문간이 닳도록 여러 사람이 드나들더니, 화승총 시연을 하기로 한 모양이었다.

"금부도사 이의종이, 아니 지금은 부사가 되었다고 했지. 하여튼 그 이의종이 직접 총 솜씨를 선보인다고 하니 볼 만할 것이다. 너희들도 꼭 같이 보러 가자."

"예, 대군 마마."

예성과 서린은 혼란스러웠다. 대군의 침소에 이렇게 편한 자세로 앉아 귤을 먹고 있어도 되는 건가 싶어서. 그런데 아무도 제지하지 않는 걸 보면 천수전은 원래 이런 분위기인 것 같았다.

"탕약이 다 되었습니다, 대군 마마."

차분한 음성과 함께 나타난 사람은 궁녀 복장 위에 흰 앞치마를 두르고, 머리에는 검은 가리마를 쓴 젊은 여자였다. 새하얀 도자기 가면을 연상시키는 정갈한 얼굴. 새까만 구멍을 뚫은 듯 깊은 눈동자. 그 눈동자가 발하는 형형한 눈빛. 범상치 않은 인물임이 단번에 느껴졌다.

"오, 그래."

헌은 단금이 가져온 탕약을 보더니 살짝 눈살을 찡그렸다. 먹기 싫은 모양이었다. 그러나 그것도 잠시뿐, 헌은 그릇을 입가에 가져다 대고 머리를 뒤로 젖힌 채 꿀꺽꿀꺽 약을 들이켰다. 그리고 다 먹자마자 단금이 내미는 사당(砂糖)* 조각을 입속에 던져 넣었다.

"이 탕약은 형님이 보내주신 것이다. 이제 세자가 되셨으니 바쁘실 텐데도 이리 날 챙겨주시는구나. 형이 있다는 건 참 좋은 것이다."

헌은 한 방울도 남기지 않은 탕약 그릇을 뿌듯하게 바라보았다. 형을 얼마나 존경하고 좋아하는지 그 눈빛만 봐도 알 수 있었다. 헌은 사당을 우물거리며 예성과 서린에게 물었다.

"너희들도 형제가 있느냐?"

"저는 외동입니다, 마마."

"동생이…… 있었습니다."

예성이 말할 때는 그냥 고개를 끄덕이기만 했던 헌이 서린의 애매한 말에 고개를 갸웃거렸다.

"있었다니? 지금은 없다는 것이냐?"

"함께 입궁했는데, 두 달 전 사고로 세상을 떠났습니다."

방 안의 공기가 삽시간에 무겁게 가라앉았다. 홍씨가 경직된 얼굴로 이쪽을 바라보는 게 느껴졌다. 대역죄인의 딸인 서린과 아린이 먼 지방의 관노비로 팔려가는 대신 궁녀로 입궁하게 된 것도 어머니 채씨 부인과 친분이 있었던 홍씨의 주선 덕분이었다. 그러나 자매를 실제로 본 적 없는 홍씨였기에, 서린의 정체를 뒤늦게 알아차린 것이다. 서린은 애써 태연한 척했다. 그러나 헌은 망연자실한 표정으로 입을 벌리고 있었다.

"내가 멍청한 질문을 했구나."

•   사탕수수를 삶아서 만든 간식

"아닙니다, 대군 마마."

"내가 무지해서 그렇다. 형님이라면 이런 실수를 하지 않았을 텐데. 이 큰 전각의 주인이 되기에 난 너무 부족하구나."

헌이 느닷없이 손을 붙잡는 바람에, 서린은 정말이지 소스라치게 놀랐다. 혹시 중전이나 상궁으로부터 날벼락이 떨어지는 것은 아닐까. 불안스레 주위를 둘러봤지만 아무 일도 일어나지 않았다. 헌은 서린을 향해 깊이 고개를 숙이면서 정중하게 사과했다.

"미안하다. 앞으로는 말을 신중히 하도록 조심하겠다. 어리석은 날 용서해줄 수 있겠느냐?"

"물론입니다, 대군 마마."

서린은 처음 알았다. 왕의 아들, 대군. 그렇게 높은 사람도 이렇게 낮은 곳으로 서슴없이 내려올 수 있다는 것을. 그녀의 손등을 가볍게 덮은 헌의 손가락 틈에서 따스한 온기가 배어났다. 참 따뜻하고 인간적인 사람이었다. 서린은 대군 헌이 마음에 들었다.

20

순과 역

"오늘은 바람이 거센가 봅니다."

퉁 하고 둔탁한 소리를 내며 튕겨나가는 화살을 본 신료 하나가 조금 민망한 얼굴로 말했다. 범은 사흘에 한 번 활쏘기 연습을 하며 몸을 단련했다. 그때마다 문관과 무관을 가리지 않고 신료들이 몰려와 그 모습을 참관하고, 백발백중하는 세자의 솜씨를 입 모아 칭송하곤 했다. 그런데 오늘은 명사수인 세자의 화살이 번번이 마지막에 이르러 엉뚱한 방향으로 틀어져버렸다. 범은 저만치 떨어진 화살을 묵묵히 주우러 가는 조내관의 등에 대고 물었다.

"주상 전하는 어디 계시느냐?"

"천수전에 계신 듯합니다."

범은 빈 활대에 새 화살을 메기면서 가만히 고개를 끄덕였다. 그의 경연뿐만 아니라 무술 연습도 자주 구경하러 오던 부왕이 요즘엔 코빼기도 보이지 않았다. 전국 방방곡곡에서 보내온 귀한 약초와 음식을 들고 천수전 문간이 닳도록 드나든다고 했다. 당사자인 범은 가만히 있는데, 젊은 신료 하나가 앞장서 불만을 토로하기 시작했다.

"신도 자식을 둔 아비로서 그 마음을 헤아리지 못할 바는 아니나 아무래도 주상은 조금 너무하신 듯합니다."

"아니, 전하를 두고 그 무슨 망발이오?"

헌이 세자일 때부터 관직에 있었던, 나이 지긋한 신료가 발끈하고 나섰다. 곧이어 논쟁이 시작되기만을 기다렸다는 듯, 지위 고하를 막론하고 다들 한마디씩 거들고 나섰다.

"망발이 아니라 진언을 하는 것입니다. 이 나라의 세자는 엄연히 따로 있으신데, 대군을 이토록 애지중지하시면 분명 쓸데없는 말들이 나올 것입니다."

"저도 그게 걱정입니다. 중궁전을 주축으로 세자 복위를 꾀하는 역모꾼들이 생겨날지도."

"엄밀히 말하면 역모는 아니지요. 세자 승계는 원래 적장자가 하는 게 순리 아닙니까."

"적장자가 죽었다 살아났으면 사정이 다르지요!"

신료들은 어느 한쪽이 우세하다 할 수 없을 정도로 비등하게 갈라져 옥신각신했다. 누가 보위를 잇느냐. 이는 그들에게도 중차대한 문제였다. 둘 중 누구로부터 총애를 받는지에 따라 앞으로 정치 인생의 명운이 갈라질 터였다. 일국의 세자 앞이라는 것도 까맣게 잊은 채 얼굴을 붉히며 언성을 높이는 신료들을 향해 범은 차분한 어조로 말했다.

"습사무언(習射無言)*이라 하였소."

•   활을 쏠 때는 침묵을 지키는 법

짧지만 묵직한 한마디에, 옥신각신하던 신료들은 찬물이 끼얹어진 듯 일제히 가라앉았다. 어차피 지금 입이 아프게 떠들어봤자 아무 의미 없었다. 범이 세자 자리를 유지할 수 있을지는 향후 헌의 회복 경과에 따라, 그리고 왕의 의지에 따라 결정될 터였다. 아마도 선비들이 그토록 열광하는 '순리'에 따라서.

'순리라.'

범은 납작한 돌로 표시해놓은 지점에 발을 맞추어 서면서 속으로 중얼거렸다. 두 눈에 힘을 주고 잘 보이지도 않는 표적을 노려보면서 완벽한 자세로 활시위를 당겼다.

'무엇이 순(順)이고 역(逆)인지는 누가 정한단 말인가.'

범에게는 감정이 없었다. 그렇기에 대비에게 무시당하는 것도, 헌이 일어나기 무섭게 부왕의 관심을 모두 빼앗긴 것도 화나거나 슬프지 않았다. 하지만 범에게도 역린(逆鱗)이 있었다. 사사로운 감정의 노예로 살아가는 하등한 인간들이 자신보다 우월하다고 주장할 때, 나아가 자신의 위치를 위협하려 할 때 범은 피를 볼 때까지 잔혹하게 짓밟아주고 싶은 충동을 느꼈다.

'감히 날 굴러 들어온 돌 취급해? 너희같이 열등한 존재들이?'

그 순간, 둥근 원이 겹쳐진 표적의 한가운데에 헌의 얼굴이 떠올랐다. 범은 지체 없이 활시위를 놓았고 화살은 무서운 속도로 바람을 가르며 날아갔다.

"오!"

마치 자로 잰 것처럼 표적 한가운데를 관통한 화살을 보며 신료들이 일시에 탄성을 터뜨렸다.

"역시 저하는 조선 최고의 명궁이십니다!"

"걱정한 저희가 바보같이 느껴지는군요."

신료들은 아침에 목숨 건 사람들처럼 열렬하게 환호했다. 역시 우리 세자 저하다. 뭐 하나 빠지는 게 없다. 밀려날 리 없다. 지독한 이기심과 보신(保身)주의를 바탕으로 한 맹신이 그들의 번득이는 눈동자에서 고스란히 느껴졌다. 미천한 벌레들이 어떻게든 살겠다고 여기저기 기어 다니며 아우성치는 모습을 보는 것 같아, 범은 시시하면서도 짜증스러웠다.

"오늘은 여기까지만 하겠다."

범이 팔을 내리자 조내관이 민첩하게 다가와 활을 받아 활대에 걸었다. 범의 눈가 주름이 움직이는 모양만 봐도 그의 기분을 알아차리는 조내관은 그의 심기가 불편하단 것도 알았다.

"동궁전으로 돌아가시겠습니까? 아니면 서고로? 도중에 간단히 드실 음료를 준비할까요?"

"아니다. 잠시 조용히 걷고 싶구나."

범은 거추장스러운 수행 행렬을 물리치고 홀로 나섰다. 살아 있는 교과서처럼 행동하는 그가 유일하게 관례를 어기는 게 바로 이때였다. 내관과 궁녀들이 위험하다고 난리들이어도 무시했다. 그에게도 휴식 시간이 필요했다. 온종일 가짜 표정을 짓느라 얼굴 근육에 경련이 일어날 지경이었으니까. 아무런 표정도 말도 없이 혼자 걸으면 그제야 살 것 같은 기분이 들었다.

"저, 부사 나리!"

별다른 목적 없이 동궁전 뒤쪽 샛길을 따라 걷고 있는데, 낭랑한 여자의 음성이 들려와 범의 주의를 일깨웠다. 부사라고 했으니 자신을 부른 것은 아닐 터. 범이 신경 쓰지 않고 그대로 발걸음을 옮기려는 찰나였다.

"부디…… 받아주십시오. 승진을 축하드리고 싶어 손수 만든 것입니다."

"이게 무엇이냐?"

남자의 목소리를 알아들은 범이 문득 발걸음을 멈췄다. 범은 예리한 시선으로 대화의 출처를 찾았다. 샛길을 울창하게 둘러싼 대나무 수풀 건너편, 우물이 있는 곳에 의금부부사 이의종이 물병을 들고 서 있는 모습이 보였다. 그의 맞은편에는 범이 동궁전에서 가끔 본 적 있는 궁녀가 서 있었다. 이름이 그러니까, 채옥인가 그랬다.

"내 승진을 왜 네가 축하한단 말이냐?"

채옥이 내미는 선물을 내려다보는 의종의 표정이 떨떠름했다. 처음에는 정인 간의 비밀 대화인가 싶었는데, 의종의 반응을 보니 전혀 아닌 듯했다. 채옥이 며칠 밤을 지새우고 손가락을 무수히 찔려가며 정성스럽게 수놓은 고급 소가죽 요대(腰帶)를, 그는 선뜻 받아들지 않았다. 채옥은 고개를 숙인 채 요대를 의종의 눈높이까지 들어올리며 간곡하게 말했다.

"제가 삼 년 전 중궁전에서 일할 때 왕실의 패물이 없어져 치도곤을 당한 적이 있습니다. 반 죽을 때까지 맞고 출궁당할 뻔했는데, 나리께서 범인을 잡아주셔서 겨우 목숨을 건졌지요."

"아, 네가 그 나인이냐?"

"그때 쫓겨났다면 저뿐만 아니라 도성 밖에서 제 녹을 받아먹고 사는 일가붙이들도 전부 죽었을 것입니다. 나리의 그 은혜, 가슴 깊이 새기며 살아가고 있습니다."

'은혜'라고 표현했지만 사과처럼 발그레 물든 채옥의 두 뺨은 그보다 농밀한 뭔가를 말하고 있었다. 감정을 읽는 데 서툰 범조차 그게 연심(戀心)이란 걸 알 수 있었다. 그가 가장 좋아하는 감정 중 하나였다. 연정에 빠진 사람은 나약해져서 이용하기 쉽기 때문이다. 고지식한 이의종이 딱딱하고 매정하게 채옥의 손을 밀어내는 게 보였다.

"그게 왜 내 공이겠느냐. 면밀하게 살펴주신 주상 전하와 세자 저하 덕분이지. 내가 이걸 받을 이유는 없으니, 도로 가져가거라."

"나리……."

채옥의 안색이 불을 지른 것처럼 빨개지더니, 급기야 눈가에 이슬이 맺히기 시작했다. 몸가짐을 바르게 해야 할 여인네가, 그것도 궁녀가 외간 남자에게 어떤 방식으로든 호감을 표시한다는 건 상상을 초월하는 용기가 필요했다. 마음을 받아주는 일은 없을 거라고 각오했다지만, 아무리 그래도 이렇게 대놓고 박대를 당하니 무안하고 서글플 수밖에 없었다.

"그 정도는 받아주어도 되지 않소."

"저하!"

대나무 가지 사이에서 범이 홀연히 나타나자 채옥과 의종은 동시에 외치며 제자리에 털썩 무릎을 꿇었다. 의종은 무슨 역적 누명이라도 뒤집어쓴 사람처럼 쩌렁쩌렁 고함을 쳐댔다.

"오해는 말아주십시오, 저하! 이 궁녀와의 사이에 불미스러운 일은 추호도 없었습니다!"

"부사, 뭘 그리 두려워하시오? 동궁전 궁녀는 모두 내 것이라고 내가 화라도 낼 줄 알았소?"

범은 가볍게 미소 지었다. 그러고는 시선을 바닥에 박은 채 감히 자신을 올려다보지도 못하는 채옥을 향해 손 내미는 시늉을 했다.

"일어나거라. 네가 부사에게 품고 있던 마음이 어떤 것이든 그 마음은 네 것이다."

"저, 저하⋯⋯."

"너만 괜찮다면, 그 요대는 내가 부사에게 하사하는 것으로 하겠다. 그럼 누구도 뭐라 하지 못하겠지."

주춤주춤 몸을 일으킨 채옥은 범이 그녀의 손에서 요대를 가져가 의종에게 건네주자 기절할 것 같은 얼굴이 되었다. 파들파들 떨리는 입술은 할 말을 찾느라 바빴다.

"성은이 망극합니다, 저하. 소녀 죽어도 여한이 없사옵니다."

채옥은 범을 향해 넙죽 큰절을 올린 후 재빨리 뒷걸음질 쳐 사라졌다. 눈치 빠른 궁녀였다. 이 자리에서 꾸물거리고 있어봤자 좋을 게 없다고 판단한 것이다. 채옥의 그림자가 완전히 사라지자 얼떨떨한 표정으로 요대를 쥐고 있던 의종이 뒤늦게 입을 열었다.

"농이 지나치십니다, 저하."

"농이 아니오. 부사가 얼마 전 안사람 삼년상을 끝낸 것으로 아는데, 이제 재가를 알아봐야 하지 않겠소."

"그건⋯⋯."

"번듯한 양갓집 규수는 재취로 오지 않으려 할 것이고, 양민 출신의 궁녀라면 나쁘지 않은 선택일 것이오. 아이를 혼자 키우는 건 아무래도 힘들지 않겠소."

궁녀는 죽기 전엔 궐 밖을 나갈 수 없다지만, 반드시 그런 건 아니었다. 가령 궁녀와 진지하게 혼인하고 싶은 자가 있으면, 왕의 허락을 구하고 곤장 백 대를 맞으면 궁녀를 데리고 나갈 수 있었다. 물론

곤장 백 대를 진짜 맞으면 분명 죽을 테니, 시늉만 하면서 살살 치거나 도중에 그만두도록 왕이 사전에 명을 내렸다.

"저 아이가 맘에 들지 않는다면 다른 궁녀를 내줄 수도 있소. 고되게 일하고 집에 돌아갔을 때 부사를 반겨주고 돌봐줄 이가 있어야 하지 않겠소."

범은 흡사 중매쟁이라도 되는 것처럼 말했다. 왕실에는 본부인을 맞이하기 무섭게 첩을 들이느라 바쁜 호색가도 있지만 그는 달랐다. 동궁전 궁녀들 따위에는 털끝만큼도 관심이 없었다. 궁녀 하나를 내주고 원하는 다른 것을 얻을 수 있다면 얼마든지 그리 할 터였다. 지금 그가 얻으려는 것은 이의종의 충심이었다.

"저하, 한낱 무관인 소신의 사정을 그토록 생각해주실 줄이야……."

범이 의도한 대로였다. 황소처럼 우직한 무관 이의종은 벅찬 감동에 젖어들었다. 홀아비 생활을 하면서 외롭고 쓸쓸하고 고달팠던 기억들이 주마등처럼 스쳐가는 듯했다. 의종은 지금 허리에 두르고 있는, 낡고 해져서 끊어지기 직전인 요대를 만지작거리며 중얼거렸다.

"저하의 하해와 같은 은혜에 어찌 보답해야 할지, 소신 정말 모르겠습니다."

"그렇다면 내가 그 방법을 알려주면 어떻겠소?"

"예?"

우물 옆에 서 있는 의종을 봤을 때부터 떠오른 계획이 있었다. 범은 빙그레 웃으면서 서서히 본론으로 들어갔다.

"이번에 화기도감에서 준비하는 화승총 시연회 말이오. 부사가 직접 나설 것이라 들었소."

"예, 부족한 소인이 민망하게도 중책을 맡게 되었사옵니다."

"활쏘기와 검술을 익히는 것도 바빴을 텐데, 부사는 정말 대단하구려. 그동안 난 병기(兵器)에 너무 무심했던 듯싶소. 병력이 곧 국력인데, 일국의 세자로서 부끄러운 일이 아닐 수 없소."

범은 진심으로 자책하고 반성하는 듯한 표정을 지었다. 병력에 관한 얘기가 나오자 의종의 표정도 엄숙하게 변했다.

"맞습니다. 앞으로 몇 년 내에 조선군도 검 대신 총을 대대적으로 사용하게 될 것입니다."

"그래서 말인데, 부사가 내게 가르쳐줄 수 있겠소? 총의 원리와 작동법부터 사용법까지 말이오. 낮에는 경연과 정무로 바쁘니, 밤 시간대에 따로 만날 수 있으면 좋겠는데."

한마디로 비밀 독선생이 되어달란 얘기였다. 의종의 입이 스르르 벌어졌다. 세자의 스승은 영의정이나 대제학, 대장군 등 각자의 분야에서 조선 최고라 불리는 사람들만 맡는 자리였다. 그들과 같은 반열에 서게 되다니. 희열에 가득 찬 의종이 범의 앞에 엎드려 머리를 조아렸다.

"저하께 가르침을 드리는 건 소신과 가문의 무한한 영광일 것입니다!"

의종을 내려다보는 범의 입가에 냉연한 미소가 번졌다. 지금은 저렇게 입안의 혀처럼 굴어도 어차피 의종은 근본부터 친중전파였다. 헌이 깨어난 이상, 앞으로 계속 궁에서 활개 치고 다니도록 내버려둘 생각은 없었다. 아리따운 궁녀가 만들어준 요대는 머지않아 그의 수의 일부가 될 터였다.

21

두 번째 죽음

"대군 마마, 옷고름을 거꾸로 매셨습니다."

서린은 반대 방향으로 매여 있는 헌의 옷고름을 보며 넌지시 일러주었다. 원래 대군의 옷시중을 드는 건 침방 궁녀의 몫이었다. 그러나 중전 홍씨는 대군의 방에 이 사람 저 사람이 드나드는 것을 좋아하지 않았다. 그들이 이러쿵저러쿵 떠들어댈 것을 염려한 까닭이었다. 덕분에 서린은 대군의 식사뿐만 아니라 의상, 침구까지 챙기는 역할을 하게 됐다. 수다 떠는 걸 좋아하는 헌의 말동무 노릇을 해야 하는 건 덤이었다.

"어, 여기가 왼쪽이던가?"

"오른쪽이오, 밥 먹는 손."

"아, 그렇지. 미안하구나. 내가 다 잊어먹어서."

서린이 오른손을 들어 보이자 헌은 스스럼없이 사과하면서 웃었다. 처음에는 왕의 아들에게 '미안하다'는 말을 듣는 게 영 어색했지만 이젠 서린도 제법 익숙해졌다.

"마마께서는 아쉽지 않으십니까? 억울하지 않으십니까?"

"뭐가?"

"아무것도 모르고 잠들어 계신 사이에 십 년이란 세월이 지나가 버린 게요."

서린의 과감한 질문에 맞은편에 서 있던 예성이 흐억 하는 소리가 들렸다. 요즘은 천수전의 그 누구도 헌의 잃어버린 십 년을 언급하지 않았다. 헌이 급격한 감정 변화를 겪을까 봐 홍씨가 암묵적으로 금지한 탓이었다. 그러나 헌은 우려했던 것만큼 격심한 동요를 보이진 않았다.

"괜찮다. 다들 내 눈치만 보는데, 너처럼 대놓고 물어보니 차라리 편하구나."

헌은 사람 좋은 미소를 띠면서 바닥에 널린 옷가지들을 내려다보았다. 예전에 입었던 것과는 비교도 안 되는 크기에 저게 정말 내 옷이 맞나 어안이 벙벙할 지경이었다.

"솔직히 말하면, 아직 실감이 잘 안 난다. 나한테 무슨 일이 일어났던 건지. 그래서 괜찮은 모양이다."

"아……."

"난 빨리 어른이 되고 싶었다. 키가 작은 것도, 조랑말을 타고 다녀야 하는 것도, 검을 두 손으로 잡아야 하는 것도 참 싫었거든. 그래서 지금은 마냥 기쁘다."

헌은 대비가 오늘 행사를 위해 선물로 보낸, 화려하게 보석으로 장식된 장검을 한 손에 쥐면서 말했다. 좀 철없는 거 아닌가. 그렇게 생각하려던 서린은 이어지는 말에 멈칫했다.

"다들 똑같이 말하더구나. 난 영락없이 죽은 목숨이었다고. 어쨌든 죽지 않고 깨어나 이토록 즐겁게 놀 수 있게 됐으니, 하늘에 감사해야 하지 않겠느냐."

헌은 철없는 게 아니었다. 일찍 철들어버린 거였다. 눈을 감았다 떠보니 삽시간에 늙어버린 젊은 어머니를 보면서. 자신이 깨어난 것에 기뻐하면서도 자신을 어떻게 대해야 할지 몰라 혼란스러워하는 사람들을 보면서. 헌은 무조건 밝고 쾌활한 모습을 보여야겠다고 마음먹은 것이다. 어쩌면 보기보다 내면이 훨씬 강인한 사람인지도 모르겠다. 조용히 감탄하는 서린을 향해, 이번에는 헌이 말을 걸어왔다.

"나도 궁금한 게 있다."

"제게 말입니까?"

"항상 그러고 다니던데, 무슨 이유가 있느냐? 날이 더워지면 땀이 차고 답답해질 텐데."

헌이 턱짓으로 가리킨 건 장삼 조각으로 꽁꽁 싸맨 서린의 왼손이었다. 능력을 봉인하는 건 이제 포기했지만, 그렇다고 해서 시도 때도 없이 아무 물건이나 만지고 다닐 순 없으니 평상시엔 묶어놓고 다녔다.

"이건……."

"흉터를 가리려는 거라면 풀어도 괜찮다. 놀리거나 비웃는 자가 있다면 내가 혼쭐내주겠다."

"흉터는 아니지만……."

"창피해할 것 없다. 봐라, 난 훨씬 큰 게 있다."

헌은 무릎을 구부려 서린보다 키를 낮추더니 느닷없이 그녀의 눈앞에 자신의 정수리를 갖다 댔다. 고운 머리카락으로 덮인 아랫부분에 인두로 지진 것처럼 우툴두툴하게 부풀어 오른 검붉은 상처가 보였다. 말에서 낙하하면서 땅에 있는 크고 긴 바위에 머리가 찢긴 흔적이었다.

"자, 봐라. 만져보아라."

헌은 당황한 서린을 향해 자꾸만 제 머리를 들이밀었다. 서린은 그만 풋 웃음을 터뜨리고 말았다. 헌을 보면서 그녀도 배운 게 있었다. 과거의 상처를 다루는 법은 사람마다 다르다는 것. 때로는 티 없이 맑은 미소 뒤에 성숙한 아픔이 숨겨져 있다는 것도. 서린은 헌의 옷매무새를 꼼꼼히 다듬어준 후 시연회가 열리는 정전 앞으로 이동했다.

"대군 마마 드십니다."

예성이 또랑또랑한 목소리로 말하자 악단이 연주를 시작했다. 선명한 홍자색으로 물들인 공복을 걸치고 씩씩하게 걸음을 옮기는 헌의 흉배(胸背)에서는 상의원이 영혼을 쏟아 수놓은 황금색 기린이 번쩍번쩍 빛나고 있었다. 소문으로 듣던 것보다 훨씬 건강해 보이는 헌을 보면서 관료들과 궁인들은 찬사를 아끼지 않았다. 그러나 그것도 잠시뿐이었다.

"세자 저하 납시오."

낮게 울리는 조내관의 음성에는 범접할 수 없는 연륜에서 우러나오는 무게감이 있었다. 검은 익선관을 쓰고 흑색 곤룡포를 입은 범이 공터를 가로질러 나아가는 동안 악대는 그 기세에 압도된 것처럼 꼼짝하지 않았다. 자신이 등장할 때만 음악을 멈추게 한 세자의 지시는 사뭇 효과적이었다. 마치 시간이 멈춘 것처럼 고요한 가운데 한 마리 흑범처럼 위용을 뽐내며 나타난 세자의 존재감은 모두를 찍어 눌렀다. 흥겨운 음악과 함께 등장한 헌이 잊혀버릴 정도로.

"주상 전하 납시오."

마지막으로 왕이 중전과 함께 등장하자 공터에 모여 있던 모든 사람이 일제히 무릎을 꿇었다. 단 한 사람, 세자 범은 제자리에 선 채 깊이 허리 숙여 예를 표했다.

헌은 어리둥절한 눈으로 주위를 휘휘 둘러보았다. 대군으로서 어떻게 행동해야 하는지 아는 게 없어서였다. 당황한 헌은 엉거주춤 앉는 시늉을 하다가 다시 일어나 주변을 둘러보고 다시 앉으려다 그만 엉덩방아를 찧었다. 꽈당 하는 소리에 놀란 신하들이 일제히 이쪽을 주목했다. 아연실색한 분위기가 흐르고 주안상을 준비하던 어린 나인 몇몇이 숨죽여 웃는 모습이 보였다. 다들 어떻게 반응해야 할지 모르는 와중에 제일 먼저 행동에 나선 건 범이었다.

"헌아, 다친 덴 없느냐?"

민첩하게 다가간 범은 손을 뻗어 헌을 일으켜주면서 다정하게 물었다. 헌은 고개를 끄덕이며 천진하게 웃어 보였다. 형제간의 정겨운 모습을 본 신료들도 긴장을 풀었다. 범이 헌을 손수 부축해 자리에 앉히는 걸 본 왕은 흐뭇하게 미소 지으며 옆에 있던 대제학에게 말했다.

"대군에게 선생을 붙여주어야겠구나. 조선에서 제일 학식이 높고 인품도 뛰어난 사람으로."

"쉽지 않을 듯합니다, 전하. 누굴 데려와도 세자 저하에게 미치지 못할 것입니다."

"그래? 그럼 동궁이 대군을 가르치면 되겠구나."

"아뢰옵기 황송하오나 그건 관습에 어긋나는지라……."

"뭐 어떠냐, 정식 선생을 구할 때까지만 잠시 하는 거라면."

세자가 대군의 스승이 되다니. 전례에 없을 뿐만 아니라 그렇지 않아도 빠듯한 세자의 일정으로는 도저히 무리였다. 괜히 말을 꺼냈다 싶어 난처해하는 대제학을 발견한 범이 빙긋 웃었다.

"괜찮습니다, 스승님. 제게도 크나큰 즐거움이 될 것입니다."

물론 범은 저 작고 멍청한 머릿속에 한 글자라도 집어넣으려고 시간 낭비를 할 생각 따위는 없었다. 그런데도 선선히 승낙하고 나선 건 그런 일은 절대 없을 거라는 확신이 있어서였다. 오늘 자신의 계획이 실현된다면 헌은 체질에도 안 맞는 공부를 하느라 고생하지 않아도 될 것이다. 범이 그렇게 확신하는 동안 모두가 자리 잡고 앉았고, 이윽고 행사가 시작되었다.

"어쩌면 저리 아름답단 말이오."

"선녀들이 춤을 추는 것 같구려. 전하께서 선발하셨다는 소문을 들었는데."

붉고 푸른 옷자락을 나부끼며 검무를 추는 무희들의 자태에 모두가 찬탄을 쏟아냈다. 젊고 아름다운 무희들을 왕이 직접 뽑았다는데 질투할 법도 했지만 중전 홍씨는 못 들은 척 은은한 미소만 띠고 있었다.

둥둥둥―!

검무가 끝나자 우렁찬 북소리가 울리면서 본격적인 시작을 알렸다. 화기도감의 관원들이 일사불란하게 움직이며 시연 준비를 했다. 표적을 대신할 볏짚 허수아비가 저만치 떨어진 곳에 세워지자 헌은 엉덩이를 슬금슬금 움직이며 그쪽으로 자리를 옮기려고 했다. 범은 헌의 어깨를 지그시 누르며 점잖게 만류했다.

"헌아, 원래 자리에 있거라. 앞쪽은 위험하다."

"잘 안 보일까 봐 그럽니다."

"표적이 앞쪽에 있지 않으냐. 뒤로 가면 명중하는 모습이 더 잘 보일 것이다."

"아, 그렇군요!"

헌은 고개를 끄덕이며 방석에 도로 엉덩이를 붙였다. 뼛속까지 뒤흔드는 웅장한 북 장단에 맞춰, 전립(戰笠)을 쓰고 구군복(具軍服)을 차려입은 이의종이 위풍당당한 걸음으로 나타났다. 그의 손에는 화기도감이 자랑하는, 이 나라에 스무 자루밖에 없는 화승총이 쥐여져 있었다.

의종은 능숙한 솜씨로 총구 안에 발사용 화약과 탄환, 종이를 순서대로 넣은 후 기다란 꽂을대로 안쪽까지 밀어 넣고, 화문을 열어 점화용 화약을 넣었다. 생경한 장면을 모두가 호기심 어린 시선으로 지켜보았다. 복잡한 준비 절차를 더없이 신중한 자세로 끝낸 의종은 왕이 앉아 있는 앞으로 나아갔다. 전장의 예를 본떠, 장수가 무술 시연을 선보이기 전에는 왕이 하사하는 술잔을 받게 되어 있었다. 그런데 의종은 고개 숙여 왕에게 예를 갖춘 후 대뜸 간청했다.

"전하께서 윤허해주신다면 제가 가장 존경하는 분께 술을 받고 싶습니다."

"윤허한다."

왕은 엷은 미소를 띤 채 의종의 청을 들어주었다. 그가 충성을 표하려는 대상이 누구인지 짐작 가는 바가 있었기 때문이다. 왕의 짐작대로 의종은 두어 걸음 더 나아가 범의 앞에 한쪽 무릎을 꿇고 앉았다.

"저하."

"부사."

이 각도에서 보니 사냥개를 닮았다. 범은 오른손을 왼손으로 받쳐 든 채 술잔이 내려오기만을 기다리고 있는 의종을 보며 생각했다. 사나운 척 짖어대지만 시시할 정도로 쉽게 길들여진다. 그런 제 꼴이 얼마나 우스꽝스러운지도 모르고. 효용 가치가 없어졌으니, 이제 삶아 먹을 때였다. 범은 봉황 무늬가 아로새겨진 은빛 잔에 맑은 술을 가득 따라 의종에게 건네주었다.

"이 술이 식기 전에 돌아오시오."

"분부 받들겠습니다, 저하."

비록 더운 술은 아니지만 《삼국지》에 나오는 관운장의 일화를 빗댄 범의 말을 의종은 곧바로 알아들었다. 술을 마시는 대신 상 위에 조심스럽게 올려놓은 의종은 화승총이 있는 자리로 향했다. 그가 총자루를 어깨에 얹고 사격 자세를 취하자 좌중은 손에 땀을 쥐었다. 허수아비가 세워진 쪽, 그러니까 헌의 정반대로 향하려는 범을 보고 헌이 의아해했다.

"형님은 잘 보이는 쪽에 안 계십니까?"

"난 앞에서 포수를 독려할 것이다. 그게 세자로서 마땅히 해야 할 책무가 아니겠느냐."

"아, 그렇군요."

헌은 열성적으로 고개를 끄덕였다. 형님은 어쩌면 저리 속이 깊으실까. 빛나는 두 눈엔 그렇게 쓰여 있었다. 어린 사슴 같은 그 눈동자를 보면서 범은 의종에게 들었던 말을 떠올렸다.

'세총(洗銃), 그러니까 총을 닦고 손질할 때 가장 조심해야 할 점은 총열 안쪽에 이물질이 끼지 않도록 하는 것입니다.'

어젯밤 범은 화기도감의 총포 창고에 들어갔다. 그리고 의종이 반짝반짝 윤이 나게 닦아놓고 기름칠해놓은 총신 안쪽에 길고 두꺼운 쇠못을 끼워 넣었다. 공교롭게도 예전에 헌을 말에서 떨어뜨릴 때 썼던 것과 거의 똑같은 모양이었다.

'총알이 화문으로 나가야 하는데 장애물에 가로막히면 그대로 안에서 폭발하면서 뒤에 있는 사람이 크게 다칠 수 있습니다.'

의종은 그렇게 말했다. 즉 역발사된 총알은 뒤를 향해 일직선으로 터져나간다는 뜻일 터였다. 범은 고개를 돌려 헌을 바라보았다. 화약이 치지직 타들어가는 소리가 나기 시작하자 흥분한 헌이 슬쩍 몸을 일으켜 의종의 바로 뒤에서 기웃거리고 있었다.

"자리에 앉으세요, 대군. 위험합니다."

홍씨가 헌의 옷자락을 확 잡아당겨 앉히는 순간 의종의 손가락이 방아쇠를 당겼다. 다음 순간 고막을 찢는 폭발음과 함께 섬광이 허공을 갈랐다. 의종이 들고 있던 총은 통째로 거대한 불덩어리가 되어버렸고, 그의 입술 사이에서는 소름 끼치게 끔찍한 비명 소리가 흘러나왔다.

"으아아악!"

불똥이 여기저기 튀어 중전의 옷자락을 태우고 영의정의 술상에 옮겨 붙었다. 시연회장은 삽시간에 아수라장이 되었다. 상궁과 내관들은 각자 모시는 분을 향해 뛰어가느라 바빴다.

"주상 전하! 중전 마마! 괜찮으십니까?"

"대군 마마!"

"세자 저하를 보호해라!"

상궁들이 무더기로 달려들어 중전의 옷에 물을 끼얹었고 겁에 질린 신료들은 서로 껴안거나 밀쳐내면서 여기저기 엎드리고 기어 다녔다. 그 혼란의 한가운데 홀연히 선 채, 가느다란 목소리로 중얼거리는 궁녀 하나가 있었다. 채옥이었다.

"부사…… 나리?"

누구도 신경 쓰지 않는 이의종을, 채옥 혼자서 멀거니 바라보고 있었다. 그의 전립과 까만 머리카락과 뒷덜미가 한데 엉겨 붙어 시꺼먼 숯덩이로 변해버린 모습을. 가까이 가보지 않아도 이미 숨이 끊어졌음을 알 수 있었다. 한때는 머리였던 것의 파편들 사이에서 울컥울컥 솟아나온 검붉은 핏덩어리가 그의 시신을 따라 윤곽을 그리며 웅덩이를 만들어내고 있었다.

22
정전의 핏자국

"대군 마마는 괜찮으십니다. 너무 놀라 맥이 빨라졌을 뿐, 조금 쉬면 원래대로 돌아올 겁니다."

단금은 헌의 손목을 짚었던 손가락을 떼며 차분하게 말했다. 지켜보던 홍씨는 가슴을 쓸어내렸다. 그 손등에 엽전만 한 크기의 물집이 잡힌 것을 보고 단금은 눈을 가느스름하게 떴다.

"그보다는 마마의 화상이 걱정입니다. 잘 듣는 연고를 따로 만들어드릴까요?"

"됐다. 잘 보이지도 않는 상처로 요란 떨고 싶지 않구나."

홍씨는 시원한 얼음물로 적신 수건을 물집에 대면서 덤덤히 말했다. 그녀 역시 참혹하게 죽은 의금부부사의 시신을 본 충격에서 벗어나지 못한 상태였다.

"영영 돌아올 수 없게 된 사람도 있는데, 이깟 생채기가 대수겠느냐."

"대군 마마의 소생을 축하하는 자리에서 이런 사고가 생기다니, 전하께서도 노여우시겠군요."

"사고라……. 그러면 차라리 다행이겠지만."

홍씨는 뭔가 더 말하고 싶은 듯 말끝을 모호하게 흐렸다. 그녀의 시선이 대군의 옷을 개고 있던 서린을 스쳐갔다. 자신이 방해가 된다는 걸 알아챈 서린은 조용히 일어나 밖으로 나갔다. 문을 닫기 직전 홍씨의 나지막한 음성이 들려왔다.

"세자가 깨어난 걸 모두가 환영하진 않겠지. 분명 흉계를 꾸미는 무리가 나타날 것인데……."

중전의 말에서 이질감을 느낀 서린은 문고리를 잡은 채 멈칫했다. 처음 알았다. 중전과 의녀가 단둘이 있을 때는 범이 아닌 헌을 '세자'라 부른다는 것을. 옳지 않은 일이지만 그렇다고 이해가 안 가는 것도 아니었다. 서린이 착잡한 심정으로 댓돌을 밟고 내려서는데, 이쪽으로 부리나케 달려오는 누군가가 보였다.

"윤서린! 나랑 잠깐 얘기 좀 해!"

"채옥이?"

성큼성큼 다가온 채옥은 느닷없이 서린의 목덜미를 낚아챘다. 그러더니 막무가내로 끌고 갔다.

인적이 드문 뒷길에 이르자 채옥은 서린에게 추궁하듯 물었다.

"너 저번에 한 얘기 말이야. 그, 죽은 사람의 기운을 읽을 수 있다는 거. 그거 진짜야?"

"기운이 아니라 기억."

"운이든 억이든. 그게 중요한 게 아냐. 진짜냐고, 목숨 걸고 맹세할 수 있냐고?"

"응, 맹세할 수 있어."

채옥은 소주방 궁녀라면 누구나 그렇듯 아프도록 바짝 깎은 손톱 끝을 잘근잘근 씹었다. 입술 사이로 흘러나오는 그녀의 말은 정신없고 어수선했지만 그만큼 절실했다.

"난 부사 나리를 잘 알아. 지난 삼 년간 궁에 오실 때마다 몰래 쫓아다니면서 지켜봐왔다고. 그러니 나도 맹세할 수 있어. 그분은 절대 위험한 물건을 소홀히 다루실 분이 아니라고."

"······."

"수십 번, 아니 수백 번도 넘게 점검하셨을 거야. 난 알아. 삼 년 전 도둑을 잡으러 다닐 때 중궁전 댓돌 아래까지 뒤지셨던 것처럼, 그렇게 들여다보고 또 들여다보셨겠지."

채옥의 뇌리에는 아직도 그때의 기억이 선했다. 극형에 처해질 거란 두려움에 숨도 못 쉬고 있던 어린 나인. 그녀의 결백을 밝혀주기 위해 영웅처럼 나타났던 부사의 듬직한 모습이.

"그런데도 문제가 생겼다면 그건 나리가 아니라 다른 사람의 잘못인 거야. 누군가 실수했을 수도 있고 일부러 어깃장을 놨을 수도 있어. 나리의 승진에 질투하는 자들이 있었을 테니까."

"채옥아."

"사람들이 얘기하는 걸 들었어. 나리는 돌아가신 후에도 죄인으로 남을 거라고. 그리 되도록 내버려둘 수는 없어, 결코!"

왕족의 목숨이 위협당한 사건이었다. 일각에서는 이의종을 대역 죄인과 같이 의율해야 한다는 주장도 있었다. 관직은 물론이고 양반으로서의 신분과 전 재산을 사후에 박탈당하고, 그 시신은 벌거벗겨 저자에 전시해 사람들이 돌을 던지게 하자는 것이었다. 죽어서도 편히 눈을 감지 못할 의종을 생각하자 채옥의 눈가는 축축이 젖어들었다. 그걸 본 서린은 놀랐다.

"채옥이 너······."

"에이 씨, 나도 알아! 궁녀가 외간 남자를 맘에 품으면 안 되는 거. 평생 지켜만 보려고 했어, 그분의 행복을 빌면서. 근데 그것조차 못 하게 됐잖아. 그렇게 비참하게······."

채옥은 차마 말을 잇지 못했다. 휙 돌아선 채 고개를 숙이는 그녀의 어깨가 가늘게 들썩였다. 서린은 얕은 한숨을 내쉬었다. 동생의 죽음을 파헤치는 것 외의 목적으로 능력을 쓰는 건 생각도 해본 적이 없었다. 그렇다고 궁에서 사귄 유일한 친구의 아픔을 외면할 수도 없었다.

"알았어. 내가 도울게."

"정말?"

"그래. 하지만 그냥은 안 돼. 부사 나리의 손이 닿았던 물건이 필요해."

"그거라면 가능해. 지금 당장 정전으로 가보자!"

채옥은 아까 잡았던 서린의 목덜미를 다시 붙잡은 채 뛰다시피 빠르게 걷기 시작했다. 채옥은 확실히 생각보다 행동이 앞서는 유형이었다.

두 궁녀는 금세 정전 앞에 다다랐다.

"소용없을 거야. 벌써 네 시진이 지났는데, 뭐가 남아 있을 리가······."

회의적으로 말하던 서린의 입술이 문득 멈췄다. 시연회를 위해 쳐 두었던 천막과 휘장이 바람에 산들거리는 정경이 시야에 들어왔다.

이리저리 넘어지고 흩어진 주안상들과 음식들, 심지어 볏짚 허수아비까지 보였다. 채옥이 서린에게 설명했다.

"치우는 건 나중에 하고 일단 궁인들의 충격을 가라앉히라고 하셨대. 중전 마마께서. 특히 어린 나인들은 피를 보는 데 익숙하지 않으니까 말이야."

서린은 중전에게 어린 궁인들을 챙기는 것 말고 다른 의중이 있을 거라고 생각했다. 가령 이게 단순한 사고가 아니라 의심하고 증거를 찾으려 한다든가. 결과적으로 서린에겐 잘된 일이었다. 검은 잿가루와 핏자국이 얼룩진 바닥을 날카로운 시선으로 관찰하는데, 누군가 뒤에서 거친 손길로 서린을 밀쳤다.

"비켜!"

깜짝 놀란 서린의 양옆으로 한 무리의 내관들과 상궁들이 우르르 빠져나갔다. 균형을 잃고 비틀거리는 서린의 몸을 붙잡아주면서 채옥이 앙칼진 목소리로 그들에게 따져 물었다.

"지금 뭐 하시는 겁니까? 중전 마마께서 여긴 치우지 말라고 명하셨단 말입니다!"

"세자 저하의 명이다. 끔찍한 기억을 상기시킬 수 있으니, 흔적 없이 깨끗이 치우라고."

중년의 내관이 단호하게 대답했다. 세자와 중전 중 누구의 명령이 우선이냐. 채옥과 서린에겐 그걸 따질 권한이 없었다. 궁인들은 누구에게 쫓기기라도 하는 것처럼 조급하게 휘장을 걷어내고, 바닥에 떨어진 물건들을 큼직한 마대 자루에 쓸어 담았다. 아까의 그 중년 내관이 바닥에서 뭔가 주워 올리는 걸 보고 서린은 번득 안광을 발했다.

"그건 어디로 가져가실 겁니까?"

"이건 본래 동궁전에서 보관해오던 귀한 골동품이다. 당연히 동궁전에 갖다 둬야지."

"동궁전……."

서린은 내관의 손에 들린 물건을 뚫어지게 쳐다보았다. 손가락을 얹으면 쭉 미끄러져 내릴 듯 매끄러운 표면을 가진 은색 잔. 의종이 총을 쏘러 나가기 직전 세자가 내린 술잔이었다. 내관은 그 잔을 마대 자루에 담는 대신 제 소맷자락에 넣으려고 했다. 서린은 도움을 청할 사람을 찾는 것처럼 절박하게 주위를 둘러보았다. 휘장을 둘둘 말고 있는 서너 명의 상궁들 사이에 낯익은 얼굴이 보였다.

"상궁 마마! 잠시만요!"

"뭐냐, 윤나인?"

서린의 목소리를 알아들은 문상궁이 눈꼬리를 슬쩍 추어올리며 이쪽을 쳐다보았다. 서린은 한 손에 마대 자루를 든 채 정지해 있는 내관을 가리키며 문상궁에게 간청하듯 물었다.

"저 내관님이 가져가신 은잔, 제가 잠시 만져봐도 되겠습니까?"

"또 무슨 해괴망측한 짓을 하려고."

문상궁은 못마땅한 기색을 드러내며 혀를 쯧쯧 찼다. 문상궁도 서린에게 뭔가 남다른 구석이 있다는 건 부인할 수 없었다. 그렇다고 그녀가 맘껏 활개 치고 다니게 내버려둘 맘도 없었다. 휘장을 챙겨 그대로 자리를 떠나려는데, 쪼르르 달려온 채옥이 문상궁의 팔을 잡았다.

"만지게 해주세요, 상궁 마마! 그런다고 뭐 닳는 것도 아니잖아요!"

"채옥이 너까지!"

따끔하게 꾸짖으려던 문상궁은 채옥의 얼굴을 보는 순간 흠칫했다. 늘 뻔뻔하리만큼 당돌하던 채옥의 눈가가 퉁퉁 부어 있었던 것이다. 하루 종일 쉬지 않고 운 것처럼. 이유는 짐작이 갔다. 의금부부사가 입궐할 때마다 정전 근처를 하릴없이 서성이는 채옥을, 문상궁이 발견하고 혼낸 게 한두 번이 아니었으니까. 하지만 궁녀도 사람이다. 마음 가는 것을 어찌지 못한다. 채옥에게 측은함을 느낀 문상궁의 눈빛이 한결 누그러졌다. 문상궁은 서린에게 말했다.

"장내관님이 말씀하신 대로 저 잔은 동궁전 소유다. 그러니 저 물건에 손대고 싶다면 주인의 허락을 받아오거라."

그게 문상궁으로서는 최대한의 양보라는 걸 서린도 모르지 않았다. 채옥에게 청소하는 궁인들을 잘 지켜보라고 이른 후 서린은 곧장 동궁전으로 달려갔다.

어둠이 짙게 깔린 밤, 범의 처소에는 불이 꺼져 있었다. 가쁜 숨을 몰아쉬며 나타난 서린을 본 조내관이 눈을 크게 떴다.

"이 늦은 시각에 저하의 침전에는 웬일이냐?"

"저하를 뵙게 해주십시오."

"저하께선 쉬셔야 한다. 오늘 무슨 일이 있었는지 너도 알지 않느냐? 귀찮게 굴지 말고 썩 돌아가거라."

조내관은 완강했지만 여기서 포기할 수는 없었다. 내일 아침이 되면, 이 소동이 퍼지고 퍼져 제조상궁의 귀에까지 들어갈 것이다. 그러면 서린은 은잔을 만져보기는커녕 벌 받느라 바쁠 터였다. 입술을 지그시 깨물던 서린의 시야에 뭔가가 들어왔다. 바로 조내관의 옆에

서 있는 놋쇠 등잔이었다. 기름에 적신 종이 심지가 따뜻한 빛을 내
며 타오르고 있었다.

"내관님, 제가 저하께 꼭 드릴 말씀이……."

서린은 침전을 향해 몸을 기울이는 척하면서 슬쩍 손을 뻗어 자신
의 옷자락을 흔들었다. 문상궁과 채옥의 잔소리를 들으며 열심히 치
마에 풀을 먹여놓은 보람이 있었다. 빳빳한 치맛자락에 부딪힌 등잔
은 금방이라도 쓰러질 듯 위태롭게 흔들렸고, 조내관은 소스라치게
놀라 등잔 기둥을 붙잡았다.

"눈을 어디에 두고 다니는 게냐! 죽고 싶으냐!"

조내관은 두 눈을 부릅뜨고 불호령을 내렸다. 정확히 서린이 의도
한 대로였다. 조내관은 서둘러 제 입을 틀어막았지만 이미 소리는 새
어나간 후였다. 컴컴했던 침전에 불이 켜지고 굳게 닫혀 있던 문이
드르륵 소리를 내며 열렸다.

"무슨 소란이냐?"

"저하!"

범이 흰 속적삼 차림으로 나타나자 조내관은 송구스러워 몸 둘 바
를 몰라 했다. 서린은 이 기회를 놓치지 않고 범의 앞에 털썩 무릎을
꿇었다.

"저하, 간곡히 청합니다. 동궁전 소유의 술잔을 제가 살펴볼 수 있
게 허락을 내려주십시오!"

"술잔?"

"예, 문양이 새겨진 은잔 말입니다."

그야말로 자다가 봉창 두드리는 소리였다. 그러나 범은 자다 일어
난 와중에도 계속 깨어 있던 것처럼 침착했다.

"그건 왜 보려 하는 것이지?"

"……난리 통에 술상이 엎어져 술잔이 나뒹굴 때, 그 색이 변해 있는 것을 보았습니다!"

서린은 여기까지 달려오는 길에 떠올린 핑계를 둘러댔다. 천연덕스럽게 거짓말하는 재주는 없었지만, 최대한 자연스럽게 들리기를 바라면서. 서린이 술잔의 변색을 언급하는 순간, 조내관의 주름진 얼굴이 경련을 일으키듯 실룩거렸다. 범의 예리한 시선이 섬광처럼 서린을 찔렀다.

"그게 정말이냐?"

"뚜렷한 변화는 아니었습니다. 하지만 사람의 입술이 닿는 부분이…… 거무튀튀한 빛깔로…….'

은의 색깔이 변한다는 건 한 가지 의미뿐이었다. 독살. 왕과 세자 일가가 참석한 연회에서 누군가 이의종의 잔에 독을 탔다면, 그것만으로도 왕족 시해 시도로 간주할 수 있었다. 함부로 거짓을 고해선 안 될 중대한 사안이지만, 서린은 위험을 무릅써보기로 했다. 비단 채옥이 부탁했기 때문만은 아니었다. 아린이 그녀에게 하나뿐인 동생이었듯, 의금부부사 이의종도 누군가의 하나뿐인 아버지, 아들, 형제, 친우, 그리고 형제였기 때문이다. 제발 통하기를. 서린이 마음속으로 간절히 비는 동안, 범은 손가락으로 턱 끝을 쓰다듬으며 생각에 잠겨 있었다.

'무슨 수작이지?'

의종을 독살하고 싶어 할 사람은 없었다. 그만큼 중요한 인물도 아니었다. 사방에 시뻘건 핏물이 튀고 백여 명의 사람들이 미친 토끼 떼처럼 우왕좌왕하는 와중에, 유독 서린만 바닥에 떨어진 잔을 보고 있었다는 것도 믿기 어려웠다. 당치 않은 소리 말라고, 무섭게 호통 치며 서린을 내칠 수도 있었다. 그러나 범은 그렇게 하는 대신, 조내관을 향해 엄숙히 명령했다.

"문상궁에게 전해라, 용무늬가 새겨진 은잔을 내어주라고."

범이 한번 말한 이상 그 명령은 절대적이었다. 조내관은 왈가왈부하지 않고 깍듯이 고개를 숙이며 물러났다. 서린은 무릎을 꿇고 앉은 자세 그대로 범을 향해 고개를 조아렸다.

"저하의 은혜, 평생 잊지 않겠습니다."

"나도 의금부부사를 많이 아끼던 사람이다. 뭐든 찾아내거든 내게 제일 먼저 알려주거라."

"예, 저하."

범은 입꼬리가 스르르 올라가려는 것을 참았다. 사실 의종에게 내린 잔에는 용이 아니라 봉황이 새겨져 있었다. 두 개의 무늬가 워낙 비슷하게 생겼기에 가까이서 보지 않으면 충분히 착각할 만했다. 용이 새겨진 잔은 대비의 주안상에 놓였으니, 의종의 죽음과는 무관했다. 서린이 뭘 어떻게 하려는 것인지 범은 알지 못했다. 의종의 죽음에 숨겨진 비밀을 서린이 어디까지 짐작하고 있는지도.

'이 좁디좁은 궁 안에, 내가 알지 못하는 게 있다니.'

마주칠 때마다 예측할 수 없는 말을 뱉어대는 서린을 보며, 범은 제멋대로 날뛰는 사냥감을 보는 듯한 즐거움을 느꼈다. 그래서 당분간 지켜볼 작정이었다. 어차피 그녀의 뜻대로 되진 않을 테니. 필사적으로 도망가다 기력이 다한 짐승이 그 자리에 쓰러져 죽는 것처럼, 서린의 운명은 이미 정해져 있었다.

23
죽어서도 외로운

"이상하다, 왜 안 되지?"

서린은 술잔을 가만히 쥔 채 고개를 갸웃거렸다. 서늘하고 매끄러운 금속의 감촉이 손바닥을 간질였지만 그뿐이었다. 눈앞이 빙빙 돌지도, 주변의 모든 소음이 잦아들면서 온통 하얀 배경이 펼쳐지지도 않았다. 기억 읽기는 실패였다.

"잠도 푹 자고, 밥도 많이 먹고, 일부러 체력 비축했는데."

서린은 맥이 탁 풀렸다. 혹시 능력이 사라진 걸까. 그토록 소원하던 일이었지만, 막상 그럴지도 모른다고 생각하자 불안감이 엄습했다. 아직은 안 돼. 아린이의 억울함을 풀어줄 때까지는. 서린이 훤히 드러난 왼손에 꾹 힘을 주는 찰나, 등 뒤에서 바스락거리는 소리가 났다.

"누구세요?"

서린은 화들짝 놀랐다. 이곳은 망자의 기억을 읽는 장면을 남들에게 들키지 않으려고 예성에게 부탁해 알아낸 비밀 장소였다. 이제는 쓰지 않게 된 낡은 창고. 혹시 상궁 마마께 들킨 건가 바짝 긴장하는

데, 채옥이 벌컥 문을 열고 안으로 들어섰다.

"역시, 개뻥이었어."

"채옥아!"

헛간 밖에서 기다리다 지친 채옥이었다. 어젯밤 내내 또 울었다는 채옥의 얼굴은 엉망진창이었다. 그녀는 시커멓게 그늘진 눈으로 바닥에 굴러다니는 술잔을 내려다보며 중얼거렸다.

"그딴 게 가능할 리 없지. 내가 잠시 헷까닥 했었나 보다."

채옥은 분풀이하듯 술잔을 발로 홱 걷어찼다. 그러고는 서린을 쳐다보지도 않은 채 창고 문을 박차고 나갔다. 서린은 갑자기 쏟아져 들어오는 빛에 눈부셔하면서 채옥을 쫓아갔다.

"채옥아, 내 말 좀 들어봐! 잠깐 안 보이는 걸 거야!"

손바닥으로 차양을 만들어 눈을 가리고 있던 서린은 뭔가 큼직하고 단단한 것에 정면으로 부딪쳤다. 채옥의 몸은 아니었다. 한 걸음 물러나 천천히 눈을 깜박이자 가마꾼 복장을 한 무휘가 창고 앞에 서 있는 모습이 보였다.

"접니다, 아씨."

서린은 무휘에게 여기 온다는 얘길 못 했다는 걸 뒤늦게 떠올렸다. 어제 시연회에서 사고가 있을 때부터 한밤중에 술잔을 얻으러 돌아다닐 때까지, 모든 게 정신없이 진행된 탓이었다. 사고 소식을 듣고 놀라서 달려온 무휘는 천수전에서 서린을 찾지 못하자 여기저기 돌아다니다 채옥을 발견하고 여기까지 따라왔다고 했다.

"그런데 안 보이신다고요? 뭐가요?"

서린은 무휘에게 술잔을 보여주며 사정을 설명했다. 의종의 생전 기억을 읽지 못했다고. 무휘는 가만히 고개를 끄덕이며 경청하다가 그녀의 말이 끝나자 입술을 떼었다.

"그 능력에 대해선 제가 모르겠지만, 왜 아무것도 안 보이는 건지 짐작 가는 바는 있습니다."

"그래?"

"사람의 감정은 죽기 직전 가장 극대화되고, 그래야 사념도 강하게 깃든다고 했었죠. 그런데 엄밀히 따지면 저건 부사 나리가 마지막으로 만지신 물건이 아니다, 이거죠."

무휘는 등 뒤에 매고 있던 검을 꺼내면서 말했다. 아니, 다시 보니 검이 아니었다. 얇은 기름종이로 둘둘 만 숯덩이였다. 서린은 무휘가 기름종이를 벗겨내는 걸 보고, 그 숯덩이가 원래는 화승총이었다는 걸 깨달았다. 바로 의종을 죽게 만든 총이었다.

"이거 어디서 났어?"

"땅에서 주웠습니다. 제가 부사 나리의 시신을 수습했거든요."

서린은 차마 눈 뜨고 볼 수 없을 만큼 처참했던 시신을 떠올리며 희미하게 떨었다. 내관들이 하기 싫은 험한 일을 방자(房子)*나 가마꾼에게 떠넘기는 게 예삿일이라는 건 알았지만, 설마 시체 치우는 것까지 시킬 줄은 몰랐다.

"고생 많았어. 보기 힘들었을 텐데."

"괜찮습니다. 저한테는 그렇게 어려운 일이 아니니까요."

무휘는 덤덤하게 대답했다. 그는 윤대감의 집에 오기 전, 한 고장 사람들의 삼분의 일이 죽어 나가는 참극을 겪은 바 있었다. 한때는

• 잡일꾼

가족이고 친척이고 이웃이던 사람들이 병들어 피를 토하며 죽고, 병이 옮을까 봐 무서워하는 타인의 낫에 찔려 죽고, 굶어 죽고, 이렇게는 못 살겠다며 벼랑에서 뛰어내려 죽었다. 그때에 비하면 이 정도는 아무것도 아니었다.

"그보다 이걸 보세요, 아씨. 총 안에서 이상한 걸 발견했습니다."

기름종이를 바닥에 편 무휘는 금방이라도 부스러질 듯한 화승총을 그 위에 조심스레 올려놓았다. 조각조각 금이 간 총신을 덮은 재를 손끝으로 살살 쓸어내자 적나라하게 나타난 폭발 흔적 사이로 작은 꼬챙이 같은 것이 빗겨 걸려 있는 게 보였다.

"이게 뭐야?"

"위쪽이 잘려나가긴 했지만, 못 조각인 것 같습니다."

눈을 실처럼 가늘게 뜨고 관찰하던 무휘가 말했다. 서린은 비좁은 공간 가득 매캐한 불향을 퍼뜨리고 있는 잔해를 향해 서서히 손을 뻗었다. 그녀의 그런 몸짓이 무슨 의미인지 무휘는 곧장 알아차렸다.

"그 안에 남겨진 기억을 읽으실 겁니까?"

"그러라고 가져온 거 아니었어?"

"그건 아닙니다. 단지 아씨께 아무것도 숨기고 싶지 않았을 뿐."

무휘는 총신을 담고 있는 기름종이를 자기 쪽으로 스윽 끌어당기며 염려스러운 투로 말했다.

"능력을 쓰는 건 아씨 몸에 엄청난 부담입니다. 아기씨가 돌아가셨을 때는 어쩔 수 없는 상황이었지만, 부사 나리는 생판 모르는 남이잖습니까."

"......"

"네, 압니다. 아씨가 어떻게 생각하시는지. 부사 나리도 누군가의 아버지이고 아들이고 형제이고 벗이겠지요. 하지만 그런 거, 제겐 아무 의미 없습니다. 제게는 아씨의 안녕보다 중요한 건 아무것도 없으니까요."

무휘는 칼로 벤 것처럼 단호하게 말했다. 서린은 그런 그를 말없이 물끄러미 바라보고 있었다. 혹시 책망의 시선일까. 무휘는 긴 속눈썹이 드리워진 서린의 눈동자를 주시했다.

"인의(人義)를 모르는 놈이라고 욕하실 겁니까?"

"아니, 고맙다고 말할래. 얼마나 고마워. 아버지도 동생도 없는데, 누군가가 날 최우선으로 생각해준다는 게. 어쩌면 무휘 네가 내 인생 최고의 행운인지도 모르겠다."

무휘는 두 눈을 동그랗게 뜨고 서린을 바라보았다. 방금 한 말이 그에게 어떤 의미로 다가오는지 그녀는 알고 있을까. 무휘는 서린을 위해 기꺼이 죽을 수 있었다. 그녀가 알아주거나 고마워해주지 않아도. 그렇게 결심하며 살아가는데, 서린은 이따금 이렇게 거침없는 표현으로 그를 놀라게 했다. 무휘는 살짝 붉어진 얼굴로 서린을 쳐다보며 물었다.

"하지만 제 말은 안 들으실 거죠?"

서린이 엷은 미소를 띠며 고개를 끄덕이자 무휘는 못 말리겠다는 듯 한숨을 내쉬었다.

"이번 한 번만 넘어가겠습니다. 설마 또다시 궁에서 사람이 죽어나가진 않겠지요."

무휘의 체념 섞인 말에, 서린은 고개를 주억거리며 다소 장난스럽게 눈을 찡긋거렸다. 그런 서린을 믿지 않게 흘겨본 후 무휘는 몸을 일으켜 창고를 나갔다. 서린은 심호흡을 한 뒤 천천히 왼손을 들어올

214

렸다. 부디 능력이 사라진 게 아니길 빌면서. 총신의 까칠까칠한 표면에 손바닥이 닿는 순간 뭔가에 후욱 빨려 들어가는 느낌이 그녀를 사로잡았다. 가벼운 현기증에 속이 울렁거리긴 했지만, 이전과 같이 극심한 두통은 없었다.

'된다! 돼!'

마저 기뻐할 틈도 없이 머릿속이 텅 비면서 정신이 아득해졌다. 그와 동시에 고막을 파고들어 오는 정체불명의 소음. 마치 수백 마리의 벌레 떼가 쉿쉿거리며 몰려가는 것 같았다. 불길하기 짝이 없는 치지직 소리를 들으며 서린은 잠시 혼란에 빠졌다. 그리고 계속해서 그녀의 고막을 터뜨릴 듯 뒤흔드는 어마어마한 폭발음.

퍼엉―!

서린은 그제야 깨달았다. 아까 들었던 게, 화약이 타들어가는 소리라는 것을. 그녀는 이의종의 몸속에, 아니 그의 기억 속에 들어와 있었다. 그리고 방금 그의 귀 바로 옆에서 화승총이 폭발했다. 머리부터 발끝까지 모든 신경이 비명을 지르는 것 같은 어마어마한 통각의 폭발 속에서 뿌옇게 흐려진 시야가 서서히 옆으로 기울어지는 게 느껴졌다. 바닥으로 쓰러지는 것이다.

'괴롭다. 아파, 너무 아파.'

자신의 것인지, 의종의 것인지 알 수 없는 문장이 머릿속을 빽빽이 메웠다. 한 가지는 확실히 알 수 있었다. 폭발의 여파를 고스란히 받았음에도 불구하고 의종은 즉사하지 않았다는 것. 참으로 가혹하고 끔찍한 일이었다. 목 터지게 비명을 지르고 싶었지만 소리조차 낼 수 없는 무시무시한 통증 속에서 서린은 파리 소리처럼 앵앵대는 주변의 목소리들을 들었다.

'주상 전하! 중전 마마! 괜찮으십니까?'

'세자 저하를 보호해라!'

'외롭구나. 아무도 나한테는 관심이 없는가.'

서린의 말투와는 확연히 다른 그 문장은 분명 의종의 것이었다. 기억은 곧 감정이기도 했다. 육체적인 것보다 더욱 선연한 정신적 고통이 서린을 꽁꽁 휘감았다. 이 기억이 눈물이 된다면 천년의 피눈물이 될 것 같았다.

'난 이대로 죽겠구나. 이렇게 허망하게, 이토록…… 억울하게.'

아픔과 서글픔, 외로움과 고독함. 그에 못지않게 강렬하게 의종을 지배한 감정은 바로 노여움에 가까운 억울함이었다. 아버지가 역모죄로 끌려갔다는 소식을 들었을 때 서린도 느꼈던 바로 그 감정.

'이럴 리 없는데. 총이 역 발사될 이유가 없는데.'

인간이 견딜 수 없는 고통으로 인해 토막토막 분절되는 의식 속에서도 의종은 필사적으로 그렇게 생각했다. 그 생각은 죽음을 건너 서린에게 전해졌다. 그와 동시에 서린의 망막에 흐릿한 상이 맺혔다. 큼직하고 단단한 남자의 손이 흑갈색 총을 정성스레 손질하는 모습이었다. 죽어가는 사람이 직접 보고 들은 것뿐만 아니라 기억해냈던 것까지 읽을 수 있다는 걸, 서린은 처음 알았다. 순식간에 스쳐간 장면이었지만 능히 짐작할 수 있었다. 총신에 손때조차 안 묻게 꼼꼼히 닦는 사람이 이물질이 들어가게 내버려두진 않았으리란 것을.

'똘망아, 미안하다. 못난 애비를 용서…….'

총의 잔상이 사라지고 그다음에 떠오른 것은 솜털이 보송보송한 어린아이의 얼굴이었다. 아마도 아명이 똘망이인 의종의 자식일 터였다. 햇살처럼 환하게 웃는 그 얼굴을 마지막으로 의종의 의식은 끊어졌다. 거기서 끝나서 얼마나 다행인지 몰랐다. 서린은 더 견딜 자신이 없었다.

"아씨, 괜찮으십니까?"

영원히 계속될 것 같던 고통이 끝났다는 안도감에 잠겨 있던 서린에게 무휘의 걱정스러운 음성이 들려왔다. 기절하거나 최소한 기절 직전까지 갈 줄 알았는데, 의외로 서린의 정신은 온전했다. 그녀는 한동안 눈을 감은 채 날뛰는 감정과 호흡을 다스렸다. 그리고 어느 정도 숨이 고르게 돌아왔을 때 비로소 천천히 눈을 떴다. 바닥에 누운 그녀를 조바심 가득한 얼굴로 내려다보고 있는 무휘가 보였다.

"무휘야."

"아씨, 기절하지 않으셨네요?"

"응, 당장 기절할 것 같긴 하지만."

서린은 무휘의 부축을 받아 벽에 기대어 앉았다. 능력은 없어지지 않았고 전에 비해 쓰기가 한층 수월해진 것 같았다. 물론 망자의 고통과 감정을 고스란히 받아들였을 때의 충격은 별개지만.

"뭘 좀 알아내셨습니까?"

"부사 나리가 돌아가시는 순간 무척 원통해하셨다는 것, 적어도 나리 본인이 기억하는 한 준비 과정에서 실수는 없었다는 것 정도. 그게 다야."

서린은 옆으로 슬쩍 손을 뻗었다. 그녀의 손이 총신 가운데 꽂혀 있는 못을 거머쥐었다. 아무런 변화도 일어나지 않았다. 못 안에는 망자의 사념이 없다는 뜻이었다.

"비밀은 총이 아니라 이 못에 담겨 있어. 죽은 자가 아니라 산 자의 기억이 필요하다고."

"그게 가능할까요? 만에 하나, 가능하다 해도 인간으로서 감당 못할 일일 겁니다. 손 닿는 물건마다 수백, 수천 명의 기억이 밀려들어 올 텐데요. 금방 죽거나 미쳐버리겠지요."

"그렇지도 않아. 어릴 때 날 구해줬던 스님, 그분이 아버지의 기억을 읽었다고 했었어."

서린은 윤대감으로부터 들었던 일화를 떠올리며 말했다. 예전에는 잘 몰랐는데, 이렇게 능력을 직접 써보니 그 스님이 정말 대단했구나 싶었다. 산 사람의 기억을, 그것도 짧은 시간에 연달아 몇 번이나 읽고도 아무런 타격도 받지 않았다니. 서린은 그 비밀이 몹시 궁금했다.

"그 스님을 찾을 수는 없을까? 내 능력을 없앨 방법을 안다면 발전시킬 방법도 알지 몰라."

성도 이름도 나이도 사는 곳도 아무것도 모르는 신비한 인물. 그 종적을 어떻게 찾아야 할까. 서린은 제주도에 있는 윤대감에게 편지라도 써야 하나 고민에 빠졌다. 그런데 그런 그녀의 눈치를 살피던 무휘가 슬그머니 입을 열었다.

"아씨, 이건 대감마님한테도 말씀드린 적 없는 건데요."

무휘가 아버지께 말하지 않은 것도 있다니, 서린은 눈을 동그랗게 뜨며 무휘를 쳐다보았다. 무휘는 이 말까지는 하고 싶지 않았다는 듯 짧게 한숨을 쉬더니, 뜻밖의 비밀을 털어놓았다.

"실은 제가 그 스님 이름을 압니다."

24

엉터리 대사

"정말이야, 그냥 그렇게만 얘기했어. 조상의 위패를 모신 절에 동생도 함께 안치하고 싶다고."

서린은 가볍게 숨을 몰아쉬며 말했다. 그녀는 무휘 그리고 도야와 함께 가파른 산비탈을 오르고 있었다. 도야는 직위 높은 상궁도 아니고 고작 견습나인에 불과한 서린이 무려 사흘이나 휴가를 얻어낸 비결을 알고 싶어 했다. 동생을 잘 보내주고 오라며 헌이 준 노잣돈을 보여주자, 도야는 기가 막히다는 듯 고개를 절레절레 저었다.

"그 대군이라는 작자가 호구여라. 궁녀가 바깥에 나가서 뭔 짓을 할 줄 알고 그런다요."

"무슨 짓을 하는데?"

"긍께, 상판때기 반반한 사내허고 정분이 난다든가, 궁궐 기밀을 팔아넘긴다든가."

잘 돌아가지 않는 머리를 쥐어짜던 도야는 제가 듣기에도 제 말이 허무맹랑하게 들리는 듯 겸연쩍은 웃음을 지었다. 자꾸만 시야를 가리며 튀어나오는 나뭇가지들을 손으로 연신 제치면서 서린은 힘주어 말했다.

"대군 마마는 좋은 분이셔. 선량하고 따뜻하고."

"세자 저하처럼요?"

무휘의 목소리와 함께 서린의 뺨을 찌르려던 나뭇가지가 후드득 베어져 나갔다. 서린은 무휘를 향해 고마움을 담은 눈인사를 보낸 후 대화를 이어나갔다.

"저하하고는 또 달라."

"어떻게 다른데요?"

"음, 길을 가다 산적을 만나서 전 재산을 털리고 흠씬 두들겨 맞은 사람이 있다고 쳐봐. 만일 그런 사람을 본다면 세자 저하는 두둑한 돈주머니와 함께 의원을 보내주실 거야."

"그럼 대군 마마는요?"

"대군 마마는 다짜고짜 그 사람을 끌어안고 엉엉 우시겠지. 자기가 강도를 당한 것처럼 말이야."

서린은 헌의 천진난만한 얼굴을 떠올리며 말했다. 다른 궁인들처럼 예의와 격식에 얽매이지도, 매사 조심스럽고 은밀하지도 않은, 때 묻지 않아 순수한 대군. 그녀의 설명을 듣던 도야가 이해 못 하겠다는 듯 고개를 갸웃거렸다.

"엥? 개코도 도움 안 되는뎁쇼?"

서린은 혼자 빙그레 웃었다. 때로는 돈으로도 의술로도 치유되지 않는 상처가 있다. 그 상처에 그나마 가서 닿을 수 있는 건, 같은 상처를 가진 사람의 공감과 위로뿐이었다. 도야는 급경사를 오르기 위해 돌부리에 발을 딛으면서 투덜거렸다.

"뭔 놈의 길이 요래 험하다요. 스님이고 뭐시깽이고 낯짝 보기도

전에 뒤져부리겠소. 참말로요, 길을 따라가면 사람 사는 데가 나오긴 한당가요?”

서린에게 묻는 듯했지만 실은 그들을 이 길로 안내한 무휘 들으라고 하는 말이었다. 도야의 혼이 다 빠져나가고 서린의 하얀 이마가 땀으로 흠뻑 젖을 때쯤 마침내 무휘가 선언했다.

“다 온 것 같습니다.”

거대한 정으로 쫀 것처럼 모서리가 날카롭게 벼려진 암벽 아래 거짓말처럼 작고 아름다운 평지가 펼쳐져 있었다. 움푹하게 진 산그늘과 연초록색 녹음에 묻히다시피 한 허름한 건물. 다 무너져가는 허름한 암자에는 그럴듯한 현판이 걸려 있는 대신, 나무 판때기에 숯으로 끼적거려놓은 글자가 보였다. ‘지알(祇謁).’ 서린 일행이 산 어귀 마을에서 수소문한 바에 따르면 완전히 미쳐버린 노승이 칠 년 전부터 그곳에 암자를 짓고 홀로 산다고 했다. 도성에서 빠른 걸음으로 반나절 남짓. 생각보다 훨씬 가까운 곳에 은인이 있었다고 생각하니 그 인연이 참 묘하고 신기할 따름이었다.

‘송해암을 찾아간다고? 이유는 모르겠지만, 안 가는 게 좋을 텐데.’

‘괜히 지랄 대사가 아니야.’

마을 사람들은 몸서리치면서 서린 일행을 말렸다. 다들 왜 그러는지 몰랐는데, 서린 일행은 암자 입구에 들어서자마자 그 이유를 알게 되었다.

“이 빌어먹을 놈들!!”

우렁찬 욕설과 함께 정신이 번쩍 들 만큼 차가운 물이 날아왔다. 누구보다 빠르게 상황을 알아차린 무휘가 서린을 뒤로 밀어내며 그녀의 가림막이 되었다. 서린은 무휘가 물을 뒤집어쓰지 않게 하려고 제 손에 들고 있던 쓰개치마를 머리에 덮어주었다. 아무도 챙겨주지 않은 도야는 제자리에서 개구리처럼 펄쩍 뛰어오르면서 잽싸게 물벼락을 피했다.

"아따, 이거시 뭐다냐. 얼척 없기로!"

텅 소리에 서린 일행의 시선이 일제히 암자 마당 쪽을 향했다. 꼬장꼬장한 인상의 노승이 옆구리에 끼고 있던 대야를 바닥에 던져버리고, 대신 오른손에 죽봉을 주워드는 모습이 보였다. 왼쪽 소매는 아무것도 없는 듯 헐렁헐렁했다. 서린이 아버지에게 들은 대로였다. 노승 지알은 부리부리한 눈으로 서린 일행을 노려보며 호통 쳤다.

"썩 꺼져, 이 버러지 같은 놈들!"

"이보쇼, 스님. 버러지 버러지 하지 마쇼. 듣는 버러지 기분 나빠요."

가슴팍에 튄 물기를 탁탁 털어내면서 도야가 되바라지게 받아쳤다. 서린과 무휘는 일단 말을 아끼는 중이었다. 서린은 시커멓게 때가 묻은 지알의 꼬질꼬질한 장삼과 쥐 뜯어먹은 듯 듬성듬성 자라난 머리카락을 보며, 그가 스스로를 전혀 돌보지 않는 생활을 하고 있음을 짐작했다. 지알은 따박따박 말대답하는 도야를 향해 죽일 듯 살벌한 기세로 윽박질렀다.

"멀쩡한 남의 암자를 때려 부수려 드는 게 버러지지 그럼 인간이냐? 셋 셀 동안 꺼지지 않으면 똥물을 퍼오겠다! 하나, 둘……!"

똥물을 퍼붓겠다는 말이 단순한 협박만은 아닌 듯했다. 죽봉을 지팡이처럼 짚은 지알이 암자에 딸린 뒷간 쪽으로 몸을 돌리는 걸 보자마자 도야는 곧장 태세를 전환했다.

"알겠소. 안녕히 계시랑께."

뒤도 안 돌아보고 줄행랑치려는 도야의 목덜미를 무휘가 턱 낚아챘다. 무휘는 나 좀 놔달라고 발버둥치는 도야를 가뿐히 붙잡은 채 지알을 향해 정중히 고개 숙여 인사했다. 그리고 엷은 미소를 띠면서 차분하게 말을 건넸다.

"벌써 잊으셨습니까, 대사님? 도움이 필요하면 한 번은 들어주겠다고 하지 않으셨습니까?"

"뭣이?"

당장이라도 똥물을 퍼올 기세였던 지알은 뜻밖의 말에 멈칫했다. 그는 그제야 비로소 무휘의 얼굴을 유심히 살펴보기 시작했다. 덕분에 무휘도 지알의 얼굴을 관찰할 기회가 있었다. 구겨진 종이처럼 자글자글한 노인의 주름살이 지난 세월 겪어온 모진 풍상을 고스란히 드러내고 있었다. 그래도 가무잡잡한 살결과 개성 있게 생긴 이목구비, 무엇보다 묘한 이채(異彩)를 띤 호랑이 눈이 십 년 전과 달라진 것 없이 그대로였다.

"십 년 전 하셨던 약조를 지켜달라고, 그걸 청하러 온 겁니다. 전."

무휘는 지알대사가 윤대감의 집을 찾아왔던 날을 떠올렸다.

떠돌이 나그네처럼 꾀죄죄한 행색을 한 승려가 윤대감과 한참 얘기를 나눌 때부터 무휘는 문간을 얼쩡대며 신경을 곤두세우고 있었다. 대감마님을 뵙고 싶다기에 얼떨결에 안내해주긴 했는데, 생각해보니 이상했다.

'진짜 중인지 아닌지도 모르는데, 사기꾼일 수도 있는데.'

시름에 빠져 거의 제정신이 아니다시피 한 윤대감이 저 수상한 자의 꾀임에 넘어갈까 봐, 무휘는 마냥 우려스러웠다. 불길하리만큼 길

고 은밀하게 이어진 대화가 끝나고 승려가 문밖으로 나왔을 때 무휘
는 문틈으로 보고야 말았다. 절망이라는 단어로밖에 표현할 수 없는
윤대감의 표정을. 발끈한 무휘는 마당을 쓸던 빗자루를 던져버리고
부리나케 중의 뒤를 쫓아나갔다.

"대감마님께 무슨 얘길 한 거요? 허튼수작으로 아씨를 위험에 빠
뜨리면 내가 가만있지 않을 것이오!"

무슨 일인가 싶어 뒤를 돌아보았던 승려는 바득바득 소리치며 삿
대질하는 사람이 턱에 수염도 안 난 사내아이라는 걸 알고 어이없는
표정을 지었다. 상대해주기도 귀찮아 그대로 가던 길을 가려는 승려
를, 잔걸음으로 쪼르르 따라간 무휘가 결사적으로 가로막았다.

"내 경고를 가볍게 넘기지 마시오! 이 한목숨 걸고 대감마님과 아
씨를 지킬 것이니!"

지알이 보기에도 양팔을 활짝 벌린 채 버티고 선 소년의 기세가
심상치 않았던 모양이다. 목숨을 걸겠다는 말도 허투루 들리지 않을
정도로. 잠시 발걸음을 멈춘 지알이 무휘를 향해 성큼성큼 걸어오더
니 대뜸 이렇게 물었다.

"판서 대감과 그 아기씨가, 너에게 어떤 존재냐?"

무휘는 두 눈을 이글거리며 서 있을 뿐 대답하지 않았다. 지알은
더 캐묻는 대신, 가만히 무휘의 어깨에 손을 얹었다. 갑작스러운 행
동에 당황한 나머지 무휘는 그 손을 뿌리치지 못했다. 아마 승려가
그 행동의 의미를 말해주었다 하더라도 믿지 못했을 것이다. 사람의
몸을 만지는 것만으로도 그의 기억을 읽어내다니.

'내 어깨를 만졌던 그때, 저이는 무엇을 보았을까.'

윤대감으로부터 승려의 정체에 대해 들은 후부터 지금까지, 무휘

224

는 줄곧 그걸 궁금하게 여겨왔다. 서린이 죽어가고 있는 방 앞을 서성이면서 떠올린 기억들이 많았으니까. 지독한 굶주림에, 온몸 가득 버짐이 핀 상태로 서린과 처음 만나던 순간. 그때 그 아이의 별처럼 반짝이던 눈과 나비처럼 나풀거리는 댕기 끝에서 흘러나오던 꽃향기. 산짐승 같은 몰골의 무휘를 본 서린은 놀라고 무서워 가까이 다가오지 못했다.

하지만 그날 밤 모두가 자고 있을 때 그녀의 고사리 같은 손이 무휘가 자고 있던 골방 문을 두드렸다. 그리고 미지근하게 식은 약밥 한 덩어리를 건네주었다. 혹시 배고플까 봐 가져왔다고. 그녀는 그렇게 말했었다. 무휘는 그 약밥을 딱 한입만 베어 물고 나머지는 품에 꼭 안은 채 잠들었다. 그건 척박한 삶을 살아온 소년에게 처음으로 건네진, 무조건적이고 무한한 온정의 상징이었다. 오직 죽음만 남아 있다고 믿었던 무휘와 세상을 다시 연결해준 고리였다.

"그래, 알겠다. 네 마음이 갸륵하구나. 어린 시절 입은 은혜를 평생 잊지 못하는 사람은 흔치 않지."

무휘는 단 한마디도 하지 않았는데, 지알은 마치 오랜 대화를 나눈 것처럼 그렇게 말했었다. 난 다르다고, 죽을 때까지 대감과 아씨를 모실 거라고 받아치려던 무휘는 돌연 말문이 막혔었다. 아직 키가 작았던 그의 머리를 쓱쓱 쓰다듬는 지알의 눈빛이 부드럽게 누그러져 있었기 때문이다. 남의 곤궁한 처지를 이용해 돈을 뜯어내려는 사기꾼 같진 않았다.

"유감이지만, 앞으로 아씨의 삶이 순탄하진 않을 것이다. 절체절명의 위기라고 판단될 때 날 찾아오면 한 번은 도와주마. 널 봐서."

무휘가 윤대감에게도 서린에게도 말하지 않았던 지알과의 약속.

그게 바로 그때 이루어졌다. 무휘는 쳇 하고 볼멘소리를 하면서 지알을 곁눈질했다. 그리고 모기만 한 소리로 뭐라 뭐라 웅얼거렸다. 지알이 무휘의 얼굴 쪽으로 귀를 갖다 대며 물었다.

"뭐라 한 것이냐?"

"대사님이 누군지, 어디 사시는지 알아야 찾아가든 말든 할 거 아닙니까."

비록 출신은 미천하지만 윤대감의 엄격한 교육으로 기본적인 예의범절을 갖춘 무휘였다. 약조를 받는 주제에 버릇없이 굴면 안 된다는 건 알았다. 지알은 갑작스러운 극존대가 웃겼는지 미소를 머금더니, 잠시 간격을 두었다가 서서히 입술을 떼었다.

"날 찾고 싶으면……."

그때 무휘가 들었던 법명은 '지알'이 아니었다. 훨씬 그럴듯하고 품격 있는 법명이었고, 그가 거처라면서 알려준 곳도 송해암이 아니라 더 큰 사찰이었다. 서린이 몇 달 전 처음으로 능력의 봉인을 풀었을 때 무휘는 남몰래 그곳에 서찰을 보냈었다. 조언과 도움을 얻기 위해서. 그리고 그 사찰의 주지로부터 문제의 승려가 쫓겨나다시피 절을 떠나 다른 곳에 은신하고 있다는 답장을 받았던 것이다. 무휘와 같은 기억을 떠올린 지알이 희미하게 눈살을 찌푸렸다.

"누군가 했더니, 판서 대감 댁 여식과 그 문지기였구나."

"법명을 바꾸셔서 하마터면 못 찾을 뻔했습니다, 지알대사님."

"대사는 무슨 똥을 처바를. 그다지 위기에 처한 것 같지도 않구면. 뭐 맡겨놓은 사람처럼 굴지 말고 돌아들 가라."

지알은 그가 십 년 전 주었던 장삼 조각으로 묶어놓은 서린의 왼손과 그녀의 귀티 나는 얼굴을 무성의하게 훑어보더니 휘휘 내쫓는 손짓을 해 보였다. 옛일을 꺼내놨는데도 이런 차가운 반응이라니. 무휘와 서린은 난감한 기색이 되었다. 하지만 도야는 달랐다.

"이보쇼, 노친네. 내 눈은 못 속이지라. 그랑께 거시기가 필요하다 이거 아니요."

도야는 다 안다는 듯 능글맞게 씩 웃으면서 제 품속에 손을 집어넣었다. 그의 손가락에 걸려 딸려 나온 것은 꼬질꼬질한 엽전 꾸러미였다. 더러운 동전을 본 지알은 문득 손짓을 멈추더니 뒷간이 아니라 그 반대편으로 걸어갔다.

"그려, 거시기 앞에 장사 없당께."

이제야 환대를 받는 것이라 생각한 도야가 고개를 주억거리며 흐뭇한 낯빛을 띠는 순간이었다. 죽봉 대신 큼지막한 홍두깨를 오른손에 움켜쥔 지알이 두다다다 소리를 내며 이쪽을 향해 달려왔다. 허공에서 넓게 포물선을 그리는 홍두깨를 보고 기겁한 도야가 두 손으로 머리를 감싸며 주저앉았다.

"워메!"

"결례 많았습니다, 대사님!"

"꼭 다시 찾아뵐게요!"

서린은 도야의 목덜미를 잡고, 무휘는 서린의 손을 잡고, 세 사람은 누가 먼저랄 것도 없이 허둥지둥 도망치기 시작했다. 어버버하는 도야를 억지로 끌고 가면서 서린은 살짝 고개를 돌려 재빨리 일별(一瞥)했다. 홍두깨를 쥐고 공중에 휘두르는 지알의 손을. 서린의 착각이었을까. 그 형상이 마치 손가락이 몇 개 없는 것처럼 잔뜩 일그러져 보인 것은.

25

지알 스님

"포기혀. 또라이에는 약이 없응게."

도야는 탁 소리 나게 물잔을 내려놓으며 내뱉듯이 말했다. 산을 내려온 후 기진맥진한 세 사람은 마을 초입에 있는 주막에 자리 잡았다. 국밥을 한 그릇씩 시켜 허기를 달래고 나니 사방에 밤이 내려앉았다. 무휘가 그릇을 치우면서 말했다.

"일단 오늘 밤은 여기서 묵고, 내일 다시 찾아가 볼까요? 아씨는 방에서 혼자 주무십시오. 이놈과 저는 평상에서 자겠습니다."

서린이 헌에게서 받아온 돈은 그리 넉넉지 않았다. 서린이나 헌이나 물가를 모르는 건 마찬가지였으니. 미안한 마음을 안고 뒷방으로 들어온 서린은 우선 짐을 풀어놓은 다음 다시 밖으로 나왔다. 목욕은 할 수 없지만 세수라도 할 작정이었다.

뒷문 쪽으로 나가는데, 평상에 남자 셋이 술상을 놓고 앉은 게 보였다. 하나는 상투를 틀었고, 하나는 더벅머리를 하나로 묶었으며, 나머지 하나는 변발(辮髮)*을 하고 있었다.

"멍청한 땡중 같으니라고."

228

더벅머리의 입에서 튀어나온 말에 서린은 문득 걸음을 멈췄다. 그러자 상투와 변발이 질세라 한마디씩 거드는 게 들렸다.

"괜히 시간만 끌었네. 가뜩이나 염대감 그 양반 성질도 더러운데."

"이대로 있다간 우리도 같이 장지에 묻히는 거 아냐?"

서린은 벽 뒤에 숨어 오가는 대화를 엿들었다. 그들은 지알대사에 대해 말하고 있었다. 도성에 있는 세도가가 선묘(先墓) 이장을 위해 여기저기 수소문해본 결과, 어느 지관(地官)으로부터 흥미로운 얘기를 들었다고 했다. 송해암 자리는 화(火)기가 강해 일반적인 관점에선 결코 명당이 아니지만 대대손손 토(土)의 기운이 강한 세도가의 집안에 한해선 다시없을 천혜의 명당이라고 말한 모양이었다. 그러자 삼대째 과거 급제에 실패해온 세도가에선 암자를 부수고 그곳을 묏자리로 삼기로 마음먹은 것이다.

"그러게 왜 똥고집을 피우냐고. 주는 돈이나 순순히 받고 꺼질 것이지."

그들의 대화를 통해 지알이 땅을 사고자 하는 세도가의 제안을 매정하게 거절했음을 알 수 있었다. 아무리 큰돈을 제시해도 요지부동이자 화가 난 세도가가 근처 동네에서 건달들을 고용해 지알을 위협하게 한 것이었다. 그제야 서린은 그녀 일행을 보고 암자를 때려 부수려 한다면서 물을 퍼부은 지알의 행동을 이해할 수 있었다.

"진작 죽여버렸어야 했어. 그만 매듭을 짓자고."

술기운에 벌게진 눈으로 말하는 더벅머리를 보고 서린은 등골이

• 땋은 머리

서늘해졌다. 서린은 그들에게 들키지 않게 조용히 뒷걸음질 쳐 주막 앞쪽으로 돌아왔다.

평상에 무휘의 모습은 보이지 않고, 도야 혼자 다리를 쭉 뻗은 채 곯아떨어져 있었다. 서린은 황급히 도야를 흔들어 깨웠다.

"도야, 일어나봐!"

"워메, 지 맴도 아씨와 같지만 이라믄 안 되지라……."

도야는 입가에 침을 질질 흘리며 괴상한 잠꼬대를 해댔다. 안 되겠다 싶어진 서린이 도야의 몸뚱이를 억지로 일으켜 앉히려고 끙끙대는데, 평상 옆에서 무휘가 불쑥 나타났다. 냇가에서 씻고 오기라도 했는지 얼굴에 물이 묻어 있었다.

"아씨? 여기서 뭐 하십니까?"

"스님을 해치려는 사람들이 있어."

서린의 갑작스러운 말에, 두 남자의 눈이 동시에 동그래졌다. 당장이라도 언성을 높여 떠벌릴 것처럼 입을 벌리는 도야를 향해 서린은 잽싸게 손을 뻗었다.

"우리가 그들을 막아야 해."

같은 시각, 지알은 송해암 불당에 딸린 작은 골방에 누워 있었다. 좀처럼 잠이 오지 않았다. 그는 서린의 왼손에 칭칭 감겨 있던 갈색 천 조각을 떠올리고 있었다.

'낡고 해졌지만 깨끗해 보였다. 자주 빨아서 널었던 것처럼.'

손을 봉인하고 십 년만 기다리라 했었다. 축복을 가장한 저주를 감당하지 못해 망가져버릴 그 아이의 인생이 불쌍해 그리 일러주었다. 그 조언은 과연 효과가 있었을까. 지알은 자꾸만 달라붙는 잡념을 떨쳐내려고 고개를 가로저었다. 오지랖 떨다 망해버린 인생이 아니던가. 지알은 거적 속으로 집어넣었던 오른손을 주섬주섬 꺼냈다. 침침한 등잔 불빛 아래, 용광로에 담갔다 꺼낸 것처럼 끔찍하게 녹아버린 손등이 나타났다. 손가락을 맘대로 꼼지락거릴 수 없을 뿐만 아니라 뜨거워도 차가워도 부드러워도 거칠어도, 아무런 감각도 느낄 수 없게 되어버린 쓸모없는 손이었다.

"어지간히 거치적거리는군, 있지도 않은 게."

지알은 오른손을 더듬더듬 뻗어 왼쪽 옷소매를 걷어냈다. 의수 대신 성의 없이 꽂아놓은 기다란 나무 막대기가 드러났다. 막대기를 뽑아내자 옻이 오른 것처럼 근질거리던 느낌이 그나마 덜해졌다. 외팔이가 된 지 이십 년이 다 되어가는데, 저 지긋지긋한 환지통은 늙지도 않는 모양이었다. 지알은 이를 악문 채 억지로 잠을 청했다.

"여보쇼, 스님."

누군가 노승의 귀에 대고 그렇게 속삭이더니, 후 하고 뜨거운 숨을 불어넣었다. 끈적끈적하고 기분 나쁜 감촉에 번쩍 눈을 뜬 지알은 머리맡에 앉은 도야를 보고 심장이 멎을 뻔했다.

"네놈! 여긴 어떻게 들어왔어?"

"사정은 나중에 들으시고 싸게 나가쇼잉. 여그 있다간 뒤져불게 생겼응게."

컴컴한 산길을 넘어지고 깨지면서 뛰어올라 오느라 도야는 땀에 젖다 못해 아주 절여진 상태였다.

"어디서 굴러들어왔는지 모를 비렁뱅이의 말을 어찌 믿어?"

"뭐시여? 비렁뱅이? 이 땡중이 보자 보자 허니 나를 가마니로 보는 거시여?"

도야가 씩씩거릴 때마다 구리구리한 땀 냄새가 풍겨와 지알을 공격했다. 지알이 저도 모르게 코를 틀어쥐는데, 도야의 등 뒤에서 서린과 무휘가 연달아 나타났다.

"암자 부지를 사들이려는 사람이 있다는 걸 알고 있습니다. 그가 고용한 자들이 곧 대사님을 해치러 올 겁니다. 그들이 얘기하는 걸 제가 엿들었어요."

"숲을 통해 도망치면 쫓아오지 못할 겁니다. 저희와 함께 가시죠."

지알은 고려해볼 가치조차 없다는 듯 단칼에 거절했다.

"됐다. 남의 도움은 필요 없어."

"아따, 묵은 똥맨치로 꽉 막힌 양반이네. 겁나 씨게 생긴 놈들이 온다 안 허요."

도야는 무턱대고 지알의 목을 꽉 끌어안더니 우격다짐으로 방에서 끌어내기 시작했다. 다른 때 같았다면 만류했을 무휘와 서린도 도야에게 가세했다. 젊은 세 사람이 힘을 합치자 지알로서는 아무리 힘껏 발버둥 쳐도 벗어날 도리가 없었다.

"놔라, 이놈들! 염병할! 똥물에 튀겨 죽일 놈들!"

"잠깐, 이미 늦은 것 같다."

서린과 함께 지알의 다리를 든 채 댓돌을 밟고 내려가던 무휘가 돌연 멈춰 섰다. 암자 입구에 검은 그림자 세 개가 서 있는 게 보였다. 나름대로 빨리 온다고 왔는데 건달들에게 따라잡힌 것이다. 상투와 변발 그리고 더벅머리는 건들대는 걸음으로 마당을 가로질러 왔다. 지알 혼자 있는 줄 알았던 그들은 서린과 무휘, 도야를 보고 어리둥절한 낯빛이 되었다.

"이것들은 또 뭐야?"

"손자 손녀인가 보지. 이야, 땡중도 사내 노릇 할 줄 아나 보네."

자기들끼리 결론을 내리고 시시덕거리는 건달들. 그중 가장 나이 들어 보이는 상투가 엄지와 검지를 붙여 동전 모양을 만들어 지알의 눈앞에 들이밀며 물었다.

"스님, 마지막으로 한 번만 묻겠소. 닷 냥에 두 냥 더 얹어줘도 팔 생각 없소?"

"그 닷 냥으로 네놈 똥구녕이나 막아."

"됐어. 더 시간 낭비할 것 없으니 그만 정리하자고."

정리하자고 명령한 사람은 더벅머리였다. 셋 중 인상이 가장 더럽고, 분위기로 보나 말본새로 보나 우두머리 같았다. 전면전이 시작될 것임을 짐작한 무휘는 성큼 앞으로 나섰다.

"도야, 아씨와 대사님을 모시고 뒤로 물러나 있어."

도야는 양팔에 각각 서린과 지알의 팔짱을 낀 채 냉큼 툇마루로 올라갔다. 이럴 때는 참 말을 잘 들었다. 그들의 앞을 벽처럼 가로막고 선 무휘를 보고 상투가 아니꼬운 듯 물었다.

"넌 뭐야?"

"대사님 건드리지 마. 너희들은 내가 상대한다."

무휘가 등 뒤에서 검을 뽑자 상투의 눈이 휘둥그레졌다. 이런 산골 마을에선 검을 들고 다니는 사람도, 쓰는 사람도 없었던 것이다. 그러나 주춤한 것도 잠시, 더벅머리는 싸늘하게 코웃음 치며 몽둥이를 들어올렸다. 그것을 신호탄으로 세 건달은 일제히 무휘를 향해 달려들었다.

"때려눕혀!"

삼 대 일이지만, 무휘는 조금도 위축된 기색이 없었다. 그는 제대로 검을 배운 사람인 반면, 상대방의 어설픈 몸짓은 아무리 잘 봐줘도 패싸움 몇 번 해본 수준이었으니까. 무휘의 검은 날렵하게 허공을 가르며 진입로를 빈틈없이 차단했다. 그렇게 혼자서 방어진을 친 지 일 각(刻)*쯤 지났을까. 긴장해서 지켜보던 서린은 조금씩 염려스러워지기 시작했다.

'무휘, 힘들어 보이는데.'

무휘는 건달들을 죽이는 게 아니라 다가오지 못하게 위협할 의도로만 검을 쓰고 있었다. 반대로 건달들은 굳이 무휘를 공격하지 않아도 빈틈을 타서 지알대사에게 접근할 수만 있으면 됐다. 그러다 보니 무휘가 중구난방인 세 남자의 움직임을 계속 쫓아가는 데 한계가 있었다. 호흡은 빨라지고 검 놀림은 느려지기 시작한 무휘를 보며 서린은 안 되겠다고 생각했다.

"대사님은 내가 지킬게. 도야, 넌 무휘를 도와줘."

"얼레? 지는 칼싸움을 못하는뎁쇼."

도야는 질겁하며 숨는 시늉을 했다. 무휘에게 갚아야 할 빚이 많은 게 사실이고, 그래서 여기까지 따라오긴 했지만, 그렇다고 하나뿐인 목숨을 저당 잡힐 마음은 추호도 없었다.

"한심한 놈이구먼, 이거."

서린이 하고 싶었던 말을 지알이 대신 해주었다. 시퍼런 빛을 뿜어내는 장도와 맞으면 그대로 골로 갈 것 같은 몽둥이의 격전을 훔쳐보며, 도야는 궁색하게 웅얼거렸다.

---

* 약 십오 분

"한심한 게 아니라 신중한…… 워매, 아씨! 시방 뭐 하신다요?"

보다 못한 서린이 지알의 죽봉을 양손으로 쥔 채 달려 나갔다. 사실 그녀 또한 무술에 문외한은 아니었다. 윤대감은 여자도 뭐든지 배우는 게 좋다는 주의였기에, 서린이 심심할 때마다 무휘에게 달려가 호신술이며 검술을 배우는 것도 제지하지 않았다. 덕분에 서린은 제 한 몸 정도는 거뜬히 지킬 수 있는 능력이 있었다.

"무휘야, 이자는 내가 맡을게!"

"계집년이 겁대가리가 없구나?"

변발이 깔보는 투로 말하며 서린을 향해 몽둥이를 내리쳤다. 서린은 물줄기처럼 유연하게 몸을 놀려 거뜬하게 그 공격을 피해냈다. 계속해서 가볍지만 현란하게 죽봉을 휘두르며 변발의 혼을 쏙 빼놓았다. 결정적 한 방을 먹일 순 없었지만, 무휘를 위해 시간을 벌어주긴 충분했다.

"이게 죽고 싶어 환장했나."

좀처럼 잡히지 않는 서린 때문에 약이 오른 변발의 인상이 험악하게 일그러졌다. 그는 영리하진 않지만 그렇다고 완전히 멍청한 것도 아니었다. 서린의 속도는 빠르지만 그녀가 걸치고 있는 거추장스러운 옷은 그렇지 않다는 걸 간파할 만큼은 됐다.

찌익—!

흙발에 밟힌 서린의 진녹색 치마는 그대로 길게 찢어져나갔다. 당황한 서린은 황급히 치맛자락을 잡았고 변발은 그런 서린의 뒤통수를 향해 몽둥이를 치켜들었다. 위기에 처한 서린을 가만히 두고 볼 무휘가 아니었다.

"아씨!"

무휘는 비호처럼 몸을 날려 변발에게 부딪쳤고 둘은 한데 뒤엉켜 바닥을 뒹굴었다. 서린은 위기를 모면했지만 그다음이 더 문제였다. 변발의 옆에 서 있던 더벅머리가 무휘의 얼굴을 향해 모래를 한 움큼 뿌려댄 것이다.

"읏!"

무휘는 서둘러 두 눈을 가렸지만 이미 모래 알갱이가 눈꺼풀 안으로 들어간 후였다. 드디어 기회를 잡은 더벅머리와 상투가 일제히 무휘에게 달려들었다. 상투의 손에는 몽둥이가, 더벅머리의 손에는 땅에서 주워든 크고 날카로운 돌이 쥐어져 있었다.

"무휘야!"

서린의 목소리가 메아리치는 순간, 갑자기 지진이 난 것처럼 땅이 굉음을 내며 흔들렸다. 건달들은 진동의 출처를 찾아 본능적으로 고개를 돌렸다. 툇마루 옆 장독대에서 어른 키만 한 장독 예닐곱 개가 한꺼번에 굴러오고 있었다. 마치 거대한 대포알을 보는 듯했다.

"나가 칼싸움은 못혀도 짱구는 쪼께 굴린다 이 말이여!"

무서운 기세로 돌진해오는 장독들 뒤에서 도야가 새끼줄을 손목에 감은 채 의기양양하게 웃고 있었다. 서린과 무휘가 싸우는 동안 도야는 특유의 빠른 손재주로 장독 사이사이를 엮어 단번에 넘어뜨리는 데 성공한 것이다. 건달들은 너나없이 몽둥이를 내던지고 뿔뿔이 흩어져 도망치기 시작했다.

"땡중 손주 새끼들! 어디 가만두나 봐라!"

더벅머리의 격분한 음성이 까만 밤하늘을 두드리며 울려 퍼졌다. 지알대사와 서린 일행이 구사일생하는 순간이었다.

26
쭉정이가 장작이 되기까지

"그놈들은 또 올 겁니다. 패거리를 데리고요. 이번에는 우리가 운이 좋았지만, 다음번에도 그러리란 보장은 없습니다."

무휘는 그렇게 장담했다. 눈가를 꼼꼼히 씻어내고, 엉망진창이 된 암자 앞마당을 정리하고, 여기저기 굴러간 독을 도로 가져와 세워놓고 나니 어느새 동이 터오고 있었다. 지알은 구멍이 숭숭 뚫린 창호지 틈으로 새어 들어오는 푸르스름한 여명을 물끄러미 바라보며 말했다.

"너희들과는 상관없는 일이다. 내버려둬."

"그럼, 여기서 이대로 당하고 계시겠다는 겁니까?"

"어차피 죽을 나이 다 됐어. 속세에 미련 따위 없다."

"으미, 복장이 터져부러!"

도야는 주먹으로 제 가슴을 쾅쾅 두드리며 답답해했다. 당장이라도 귀신이 나올 것 같은 이 암자를 왜 포기하지 못하는지 그로서는 도저히 납득이 안 가서였다. 서린은 정중히 물었다.

"대사님, 이 암자를 떠나실 수 없는 이유를 여쭈어도 될까요?"

지알의 불퉁스러운 표정을 보니 그 질문도 무시해버리고 싶은 게 분명했다. 그러나 지알은 이제 목숨 빚을 진 처지였다. 그는 낮은 목소리로 혼자 뭐라 투덜거리더니, 돌연 자리에서 일어나 어디론가 가기 시작했다. 서린 일행은 영문도 모르고 일단 그 뒤를 따랐다.

지알이 그들을 이끌고 간 곳은 불당이었다. 말이 불당이지 불상도 없었다. 날것 그대로의 흙벽에 빛바랜 탱화가 두 점 걸려 있고, 앉은뱅이 상 위에 조촐한 제단이 차려진 게 전부였다. 그런데 그 제단이 조금 특이했다. 낡은 향로를 빙 에워싸듯 해서, 작은 나무 위패가 빽빽이 채워져 있었다. 서린은 투박해 보이는 위패들이 서툰 솜씨로 손수 만든 것임을 알아차렸다.

"이 위패들은……."

"망자들이다. 가족도 친지도 돈도 없어, 죽은 후에도 오갈 데 없는 사람들이지."

위패를 내려다보는 지알의 눈빛은 따스하고 인간적이었다. 저런 면도 있었구나 싶을 만큼. 지알은 송해암을 은신처로 삼은 첫날부터 손수 나무를 패서 깎은 위패들을 가만히 어루만졌다.

"난 이들이 죽음을 맞이하던 순간의 기억들을 나누어 받았다."

"……."

"이 세상 가장 가까운 사람과도 공유할 수 없는 걸 공유한 사이. 그래서 이들이 비루한 내 인생의 마지막 벗들이고, 난 이 외로운 쉼터를 지키는 파수꾼이다. 떠날 수 없어."

세상을 등진 노승의 유일한 친구는 그동안 그가 기억을 읽었던 사람들이었다. 서린은 가슴이 뭉클해졌다. 알 것 같았다. 그들의 넋을 위로하는 데 여생을 바치기로 한 지알의 심정을. 그녀가 여태껏 기억을 읽은 건 딱 네 명이고, 그중 한 명은 그녀의 동생이었다. 아린은 물론이고, 나머지 셋도 서린의 의식에 특별한 존재로 각인되어 있었다. 누군가의 기억을 읽는다는 건, 마치 서린이 그들 안으로 들어가 그들의 인생을 짧게나마 살아보는 것과 같았다. 서린은 입술을 일자로 다물고 진지하게 생각하다가 마침내 결론을 내렸다.

"알겠습니다. 그럼 저희도 함께 머물게 해주세요."

"뭣이?"

"저들이 대사님을 죽이고 나면, 여기 있는 위패들은 하룻밤 사이에 잿더미로 변할 것입니다. 그걸 원치는 않으시겠죠."

"……."

서린은 지알의 정곡을 찔렀다. 지알이 살아온 파란만장한 삶을 알진 못했다. 그렇지만 서린은 누구보다 그를 잘 이해한다고 감히 말할 수 있었다. 타인의 생과 사를 공유하는 그 경험은 직접 겪어보지 않고서는 상상조차 할 수 없었으니까. 서린은 또박또박 말을 이어나갔다.

"속세에 미련 없다는 말씀은 거짓입니다. 이미 떠난 자들의 옷자락을 놓아주지 못하고 일일이 부여잡고 계신 대사님이야말로, 어떻게 보면 이생을 가장 사랑하는 분이 아니신가요?"

서린은 지알이 애처로웠다. 너저분한 행색에 이불 대신 거적을 덮으며 한 마리 산짐승처럼 바깥과 단절되어 사는 생활. 그게 즐겁고 행복할 리 없다. 지알은 스스로를 벌하고 있는 사람 같았다. 그 이유는 아마도 그의 능력과 연관 있을 터였다. 자신도 그 능력을 가졌기 때문일까. 서린은 지알이 불행의 구렁텅이에서 나오길 바랐다. 어떻게든 그를 돕고 싶었다. 서린의 절실한 눈빛을 본 지알은 잠시 말을 잃더니, 느닷없이 이마를 손으로 치며 박장대소했다.

"허, 이거 참. 한 방 먹었네그려. 크하하하!"

뒤틀린 속내를 들켜버린 민망함을, 지알은 씁쓸함이 묻어나는 웃음으로 얼버무리려 했다. 그 의도가 무엇이었든, 웃음은 딱딱하게 경직되어 있던 분위기를 한순간에 녹여버렸다.

서린 일행의 이야기에 비로소 흥미가 생긴 지알은 불당 한복판에 자리 잡고 앉아 물었다.

"그래서, 뾰족한 수라도 있는 건가? 무지렁이 잡일꾼 둘에, 양손이 망가진 노인네 하나, 희멀건 계집애 하나. 쭉정이만 갖고 뭘 하겠다고?"

"아무리 쭉정이라도 여럿을 한데 모으면 활활 타오르는 장작이 되는 법이지요."

서린은 빙그레 웃으며 답했다. 그녀는 아까 청소하는 동안 무휘와 함께 세운 계획을 지알과 도야에게 설명했다. 도야가 제정신이냐고 물어볼 만큼 과감하다 못해 황당하기까지 한 작전이었다. 그래도 서린은 해볼 만하다고 생각했다. 세도가의 돈과 힘에 쭉정이들이 맞서 싸우려면 어차피 모험을 걸 수밖에 없었다.

"자, 알았으면 다들 눈부터 붙이자고요. 성공하려면 체력이 필요하니까."

서린은 암자 뒷방을 가리키며 단호하게 말했다. 그렇지 않아도 너구리처럼 퀭한 눈을 하고 있던 세 남자는 듣던 중 반가운 소리라는 듯 그쪽으로 비척비척 걸음을 옮겼다.

자는 동안 건달들이 또 오진 않을 것 같았다. 마을 사람들의 이목도 있고, 그들도 재정비할 시간이 필요할 테니까. 그들이 다시 온다면 해가 저문 후 저녁, 아니면 늦은 밤이 될 가능성이 컸다.

　고즈넉한 산사에선 시간이 빨리 흘렀다. 이슬에 젖었던 나뭇잎들이 따사로운 햇살에 마르고, 만개했던 꽃잎이 화사한 비처럼 내리고, 시냇물이 졸졸 노래 부르며 숲을 몇 바퀴 돌고 나자 어느새 해가 기울고 밤이 찾아왔다. 가냘픈 초승달이 하늘에 떠 있을 뿐 지상은 온통 먹물 같은 어둠이었다. 그 어둠 속을 헤치며, 열 명 남짓의 장정들이 산을 올라오고 있었다.

　"땡중 새끼, 벌써 도망친 건 아니겠지? 찌끄레기들 데리고."

　"아니, 동네 사람들한테 확인했어. 짐 싸서 내려오진 않았댔으니, 아직 있을 거야."

　"역시 멍청하군. 도망칠 기력도 달려서 그냥 죽겠다는 건가."

　선두에 서서 음산하게 킬킬대는 두 남자는 새로운 인물들이었다. 하나는 염소수염을 길렀고, 다른 하나는 벙거지를 썼다. 염소수염은 손에 큼직한 도끼를, 벙거지는 낫을 들고 있었다. 둘 다 인상이 어찌나 험악한지, 뒤따라오는 더벅머리와 상투, 변발은 그들에 비하면 온순한 양처럼 보일 지경이었다. 동네 건달들로 해결되지 않자, 이번에는 진짜 질 나쁜 깡패들이 출동한 것이다. 손에 남의 피 묻히는 것을 전혀 꺼려하지 않는 그런 부류. 믿을 거라곤 힘뿐인 만큼, 산을 올라온 속도도 빨랐다. 이제 대숲 하나만 건너가면 송해암이었다.

　"어찌 됐든 우리한테는 잘된…… 엇!"

　울창한 대나무숲을 헤치며 성큼성큼 발을 내딛던 염소수염이 일순간 동작을 멈췄다. 귀에 익은 철컥 소리와 함께 어딘가에 걸리는 느낌이 들었던 것이다. 발치를 내려다본 염소수염은 발목에 쇠고랑처럼 채워진 가느다란 철사를 보고 눈을 부릅떴다. 덫이었다. 그리고 그 덫에 걸린 사람은 염소수염 하나가 아니었다.

"뭐야!"

"산골짝에 왜 이딴 게 있어?"

대숲 여기저기 흩어져 있던 깡패들이 당황해서 고함쳤다. 그들은 발을 마구 흔들면서 덫에서 벗어나려 했지만, 교묘하게 만들어진 덫의 쥠쇠는 그럴수록 집요하게 발목을 파고들어 갔다.

'도야, 제법인데.'

대숲 한가운데 숨어 그 모습을 지켜보던 무휘는 내심 감탄했다. 궁에 들어오기 전엔 '소매치기계의 홍길동'으로 이름을 날렸다더니, 도야의 눈썰미와 손재주는 장난이 아니었다. 지알이 갖고 있던 목공 도구와 고물상에서 급하게 사온 쇳조각을 가지고 한동안 부스럭거리는가 싶더니, 저렇게 훌륭한 덫을 만들어낸 것이다.

'개똥을 주워다 약에 썼는데, 알고 보니 명약이었군.'

피식 웃으며 검을 뽑아든 무휘는 우왕좌왕하고 있는 깡패들을 향해 몸을 날렸다. 무휘의 목적은 깡패들을 쓰러뜨리는 게 아니었다. 그들의 주의를 최대한 흩트려놓는 것이었다.

"으악!"

"누구야? 누가 치고 갔어?"

무휘는 검 날이 아닌 검 등으로 깡패들의 가슴을, 배를, 등과 무릎을 퍽퍽 치면서 종횡무진했다. 악에 받친 깡패들이 범인을 찾으려 했지만, 무휘는 그들의 시야에 포착되지 않았다. 머리부터 발끝까지 검은 도포와 두건으로 감싸고, 도포 위에는 댓잎을 촘촘히 붙인 덕분이었다. 서린이 생각한 것처럼, 달빛이 약한 밤에는 이 정도의 위장만으로도 충분히 효과적이었다.

'양동작전은 잘 진행되고 있나?'

무휘는 빽빽한 덤불 속에서 은은히 빛나고 있는 반딧불을 힐긋 쳐다보았다. 그곳에는 무휘와 같은 복장을 한 도야가 있었다. 유리병에 넣은 반딧불을 호롱 삼아, 깡패들에게 몰래 접근해 그들의 무기를 하나씩 훔치면서. 손에서 미끄러진 몽둥이, 덫에 걸려버린 괭이, 땅에 떨어진 도끼, 엉뚱하게 대나무를 찍어버린 낫까지. 순식간에 예닐곱 개를 모은 도야는 무기를 한 아름 품에 안은 채 대숲을 빠져나왔다. 그리고 산봉우리 암벽 바로 앞까지 재빠르게 달려왔다.

"아씨! 어디 계시요잉? 아씨!"

"도야, 여기야!"

암벽 한가운데서 하얀 손이 뻗어 나와 도야를 향해 흔들었다. 밖에선 보이지 않는, 송해암에 사는 지알대사만 알고 있는 비밀 공간. 사람 두 명이 겨우 들어갈 만한 작은 굴이었다. 도야는 굴 입구를 가리고 있는 덩굴을 걷어내고 서린에게 가져온 무기를 건네주었다.

"여그 있구먼요, 아씨. 일단 닥치는 대로 가져왔당게요."

서린은 묵직한 쇳덩어리들을 하나씩 전달받아 토굴 바닥에 펼쳐 놓았다. 어떤 것은 새것처럼 깨끗했지만, 대부분 낡고 녹슬어 있었다. 개중에는 날이나 등에서 퀴퀴한 악취를 풍기는 것도 있었다. 단순한 쇠 냄새가 아니었다. 오래된 피비린내였다. 서린이 생각한 대로였다. 그 무기들 속에 '죽음'이 도사리고 있었다. 서린은 자신을 물끄러미 바라보는 지알의 시선을 감지했다.

"정말 할 거냐? 너한테도 그만큼의 업(業)이 지워질 텐데."

"달리 방법이 없으니까요."

간단명료하게 대답하고, 서린은 거무튀튀한 색을 띤 낫을 먼저 집어 들었다. 사람의 눈은 어둠 속에서도 일정 시간이 지나면 적응하니, 무휘가 놈들을 붙잡아놓는 데도 한계가 있을 터였다. 서린은 눈을 감은 채 낫에 손을 올렸다. 그리고 핏빛 기억이 흘러들어오길 기다렸다.

'아씨, 지금쯤 시작하셨을까? 무리하시면 안 되는데.'

한편 무휘는 슬슬 지쳐가고 있었다. 서린이 우려한 대로였다. 기습의 충격이 한바탕 지나가고 나자, 깡패들은 서서히 전력을 회복하기 시작했다. 아무리 덫에 묶여 있다지만, 세 명도 아닌 열 명을 무휘 혼자 막아내는 건 역부족이었다.

"덫을 풀려고 하지 마! 그냥 베거나 부숴버리면 된다!"

"오, 정말이네?"

"수풀이 흔들리는 쪽을 찾아! 잘 안 보이면 그냥 막 휘두르고! 그러면 다가오지 못해!"

염소수염은 제가 찾아낸 꼼수를 널리 퍼뜨렸고, 깡패들은 즉각 실천했다. 사방에서 덫이 부서져나갔고, 자유의 몸이 된 깡패들이 길길이 날뛰어대자 무휘도 더는 다가갈 수 없었다. 그때, 구름을 따라 흘러온 달이 무휘의 머리 위를 비추면서 그의 윤곽이 희끄무레하게 드러났다.

"저기다, 북서쪽!"

변발이 무휘를 가리키며 버럭 소리치자, 깡패들의 시선이 일제히 그쪽으로 쏠렸다. 격분한 깡패들이 엉덩이에 불붙은 황소 떼처럼 우르르 몰려오는 장면을, 무휘는 잠시 멀거니 지켜보고 있었다. 서린이 미리 작전을 다 세워놓지 않았다면 좀 무서울 뻔했다.

"잡을 수 있으면 잡아봐라, 못생긴 놈들아!"

무휘는 일부러 얄미운 말로 그들을 도발해놓고 대밭을 뛰쳐나갔다. 긴 다리를 쭉쭉 뻗어 암벽 쪽으로 달려가면서, 옷에 붙이고 있던 댓잎을 우수수 떨궈버렸다. 아까와는 반대로, 지금부터는 그들이 자신을 놓치지 않고 따라오게 유도해야 했다. 말 잘 듣는 깡패들은 이번에도 한 놈도 빠지지 않고 무휘를 따라왔다. 암벽 앞에 다다른 무휘는 길이 막혀버린 것처럼 우뚝 멈춰 섰다. 염소수염과 벙거지는 독 안에 쥐를 가둔 고양이처럼 흡족한 미소를 흘리며 걸어왔다.

"넌 이제 죽었다, 미꾸라지 같은 놈."

"계집애와 땡중은 어디 있지?"

포위망이 점점 좁혀져, 무휘는 저들의 역겨운 땀 냄새와 입 냄새까지 맡을 수 있었다. 저도 모르게 식은땀이 흘렀다. 이제 서린의 왼손에 모든 게 달려 있었다. 그의 목숨까지도. 손가락 관절을 우두둑 꺾으면서 다가오는 벙거지의 모습에, 무휘가 검을 힘주어 거머쥐는 순간이었다.

27
부처의 분노

"이 천벌을 받을 놈들!!"

어마어마한 사자후와 함께, 마치 벼락이 내린 것처럼 암벽이 송두리째 뒤흔들렸다. 고막을 찢고 심장을 터뜨릴 것 같은 무시무시한 목소리에 험하게 살아온 깡패들조차 기겁했다.

"히에엑!"

"귀, 귀신이냐!"

상투와 변발은 머리를 감싸 쥔 채 바닥에 엎드려 벌벌 떨었다. 정체불명의 포효는 계속되었다.

"감히 불자를 건드리다니! 오장육부가 갈기갈기 찢기고 뼈도 못 추리게 해주리라!"

한 점 빛도 없는 깜깜한 밤, 첩첩산중, 보기만 해도 찔릴 것처럼 날카로운 산꼭대기. 이 모든 게 한데 어우러져 내는 효과는 막강했다. 정신없이 주변을 둘러보던 깡패들은 아무리 찾아도 쥐새끼 한 마리 보이지 않자 안색이 창백해졌다. 오직 한 사람, 염소수염만이 이성을 유지한 채 신중하게 주변을 탐색하고 있었다.

"저거, 혹시 그 땡중이 내는 소리 아냐? 오장육부가 찢긴다느니, 부처가 그런 말을 하겠냐고. 땡중이 숨어서 말하는 거 같은데."

"그러고 보니 비슷한 것 같기도……."

염소수염의 말에 더벅머리가 고개를 끄덕이며 중얼거리자, 깡패들이 다시 한번 동요하기 시작했다. 이번에는 서린 일행에게 불리한 방향으로. 토굴 안에 숨은 서린은 옆에 있는 지알의 귀에 대고 뭐라고 속삭였다. 그러자 지알은 알았다는 듯 고개를 끄덕이고, 한층 위엄 있게 대사를 읊었다.

"불당 앞에 당장 엎드려 사죄하라! 부처님은 너희들의 극악무도한 죄를 낱낱이 알고 있나니!"

계속해서 지알은 깡패들의 죄상을 낱낱이 폭로하기 시작했다. 그들이 가져온 무기에서 서린이 읽어낸 기억들이었다. 그들 중 누가 살인자인지, 억울하게 희생당한 피해자들의 사념이 말해주었다. 개천에 빨래하러 왔다가 겁탈당하고 칼에 찔려 죽은 동네 처녀. 으슥한 골목길에서 가진 걸 전부 빼앗기고 몽둥이에 맞아 죽은 봇짐장수. 뱃삯을 내라고 했다는 이유로 그 자리에서 목 졸려 죽은 뱃사공도 있었다. 그에게 사용된 무기는 바로 단도에 묶여 있던 노끈이었다.

"그, 그걸 어떻게 알지? 시체는 강에 떠내려갔는데!"

"진짜 부처…… 아니, 부처님이신가?"

누구에게도 알리지 않은 살인 행각이 밝혀지자 깡패들은 눈에 띄게 동요했다. 다리에 힘이 풀려 주저앉는 놈, 바윗돌을 껴안고 어설프게 불경을 외우는 놈, 축축하게 바지를 적시는 놈까지 가관이었다. 그동안 저지른 잘못이 있기에, 내재된 죄책감과 징벌에 대한 공포를 자극했을 때 타격이 훨씬 컸다. 극심한 혼란에 빠진 졸개들을 본 염소수염은 분통을 터뜨렸다.

"속지 마, 이 새끼들아! 이 세상에 부처는 없어! 믿을 건 돈밖에 없다고!"

그 파렴치한 모습을 보면서 서린은 조용히 치를 떨었다. 서린이 읽어낸 기억들 속에서 가해자의 얼굴이 그리 선명진 않았다. 갑작스러운 상황에서 몸싸움이 벌어지면서 피해자의 시야도 흔들린 탓이었다. 하지만 저 염소수염에게 살해당한 사람은 달랐다. 그의 마지막 기억은 온통 가해자로 가득 차 있었다. 지난 몇십 년에 걸쳐 바로 옆에서 봐왔던 가해자의 모습으로.

"그래, 제 아비를 때려죽인 후레자식이 부처라고 해서 공경할 리는 없겠지. 논 두 마지기가 그리 탐나더냐? 빈 젖을 물려가며 키워준 아비를 낫으로 베어버릴 만큼?"

지알의 목소리도 떨리고 있었다. 진짜 부처도 아니고, 서린에게 들은 얘기를 바탕으로 연극을 하는 것뿐이지만, 비정한 존속살인은 그에게조차 걷잡을 수 없는 분노를 자아냈다. 지알은 서린이 둥글게 말아준 종이를 입에 댄 채 쩌렁쩌렁 울리는 목소리로 호통쳤다.

"말해보거라, 칠복아. 그날 찢어진 네 왼쪽 바짓가랑이는 누가 손봐주었느냐?!"

"으아아! 잘못했습니다! 부처님! 용서해주십시오!"

목의 절반이 떨어져나간 채로 쓰러져 제 바짓가랑이를 붙잡고 놔주지 않던 늙은 아버지. 그 원한에 가득 찬 시뻘건 눈은 평생 잊지 못할 악몽이었다. 염소수염은 백골이 된 아버지가 제 다리에 매달려 있기라도 한 듯 혼비백산해 암벽 반대편을 향해 달리기 시작했다. 마지막 희망이던 우두머리가 탈탈 털리는 걸 본 졸개들도 너나없이 걸음아 날 살려라 도망쳤다.

"그들도 똑같이 빌지 않았느냐! 노모가 집에서 떡을 해놓고 기다린다 하지 않았느냐! 무사히 보내주기만 하면 아무 말도 안 하겠다 빌지 않았느냐! 이제 와 뒤늦게 용서를 구하겠다고!"

도망치는 깡패들의 뒤통수에 대고, 지알은 그들의 희생자들이 마지막으로 남겼던 말들을 쏟아냈다. 제대로 쐐기를 박겠다는 거였다. 깡패들이 멀어질수록 지알의 목소리도 커져갔다.

"어디 한번 또 와보거라! 너희 죄인들을 지옥의 똥구덩이에 처박아주마! 으하하핫!"

이게 서린의 작전이었다. 싸워서 쫓아내봤자 저놈들은 더 많은 패거리를 데리고 돌아올 것이다. 그렇다면 아예 얼씬거릴 엄두도 못 내게 혼을 쏙 빼버려야 했다. 저들을 사주했다는 세도가도 부처님이 진노했다는 얘길 들으면 더 밀어붙이지 못할 것이다. 풍수지리에 목을 매는 유형의 사람이라면 그런 문제에 아주 민감할 테니까. 서린은 안도의 한숨을 내쉬며 손으로 이마를 짚었다. 1각 남짓한 시간에 무려 다섯 개의 기억을 읽어냈다. 말도 못 하게 무리한 속도였다. 한계에 이른 몸을 간신히 지탱해주고 있던 긴장이 일순간에 풀리면서, 급격히 밀려드는 현기증을 이기지 못한 서린은 돌벽에 쓰러지듯 등을 기대었다.

"너, 괜찮으냐?"

서린의 상태를 알아차린 지알이 그녀를 돌아보며 물었다. 그런데 그의 목소리가 이상하게 뭉개져서 들렸다. 서린은 두 발이 허공에 붕 뜨는 듯한 감각과 함께 시야가 흐릿해지는 것을 느꼈다. 아, 결국 이렇게 되는구나. 서린은 아득한 와중에도 간신히 눈을 돌려 암자 어귀를 쳐다보았다. 미친 사람처럼 돌진하던 염소수염이 언덕에서 헛발을 내딛고 굴러떨어지는 것, 그게 그녀가 기절하기 전 마지막으로 본 장면이었다.

"자, 이걸 마시거라."

시간이 얼마나 흘렀을까. 신선하면서도 이질적인 감각이 서린의 의식을 두드렸다. 뭔가 시원한 액체가 바짝 마른 입술을 축이고 있었다. 겨우 눈을 뜨자, 나뭇잎에 담은 수액을 그녀의 입에 넣어주고 있는 지알이 보였다.

"숨을 크게, 천천히 쉬어라. 아무 생각 하지 말고."

지알은 서린의 목을 높이 받쳐주면서 달래듯 말했다. 달착지근한 수액 덕분에 잠시 가라앉는가 싶었던 서린의 속은 토굴 구석에 쌓여 있는 무기들을 보자마자 다시 울렁거렸다.

"우욱!"

서린은 그만 헛구역질을 하고 말았다. 연달아 능력을 사용한 데서 온 신체적 부담뿐만 아니라, 그렇게 해서 읽어낸 기억들이 너무도 큰 정신적 충격을 안겨주었다. 아까는 깡패들을 물리쳐야 한다는 긴장감에 잠시 억눌렸지만, 그들이 사라지자 견딜 수 없을 지경이 되었다.

"정말이지 너무도 끔찍했습니다. 그런 건 태어나서 처음 봤어요. 인간이…… 인간이 같은 인간에게 어찌 그렇게까지 잔인할 수 있을까요."

"몰랐느냐, 인간은 원래 그런 존재다. 더러운 욕심과 욕정에 온통 눈이 멀어, 타인을 해치는 건 물론이고 죽이는 것도 서슴지 않지. 곁으론 사고나 재해로 보이는 것도, 알고 보면 배후에 전부 인간이 있다."

"대사님……."

"자식과 손주들에게 오순도순 둘러싸여 편안히 눈을 감는 건 백 명 중 한 명 있을까 말까. 나머지는 전부 끔찍한 고통과 공포, 회한과 원망 속에서 죽음을 맞이하지."

지알은 저 멀리 허공에 시선을 둔 채 씁쓸하게 말했다. 서린은 그가 불당에 잠들어 있는 영혼들을 생각하고 있음을 알 수 있었다. 노승이 그동안 헤쳐 온 지옥도 그 자체.

"그런 걸 자꾸 봐서 좋을 게 뭐 있겠느냐. 미치고 싶은 사람이 아니면. 네 능력은 재주가 아니라, 끔찍한 저주다. 더 키워선 안 돼."

"하지만 대사님은 그 능력으로 절 구해주시지 않았습니까. 저보다 훨씬 능숙하게 쓰셨고요."

서린이 항변하자 지알은 골치 아프다는 표정을 지었다. 바로 이것 때문에, 이런 상황에 맞닥뜨리는 게 싫어서 서린의 출현을 달가워하지 않았던 것이다. 지알이 양팔을 들어올리자 소매가 걷히면서 흉측하게 망가진 오른손과, 손이 송두리째 사라져버린 왼쪽 손목이 드러났다.

"너, 내 두 손이 어쩌다 이리 되었는지 아느냐?"

"모릅니다."

"분수에 안 맞게 설치고 다니다 이리 되었다. 부귀영화를 누려보겠다고, 남들을 구해보겠다고, 같잖은 욕심과 호승심을 부렸지. 그게 다른 이의 비틀린 욕망을 자극하는 것도 모르고."

지알은 누구에게도 말하지 않았던 과거사를 서린에게 들려주었다. 시작은 서린과 비슷했다. 열다섯 살 무렵, 조부상을 치르면서 우연히 알게 된 기이한 능력. 천지 무서운 줄 몰랐던 소년은 잘만 하면 돈방석에 앉을 수 있겠다며 기뻐했다. 가난하지만 정직하고 욕심 없이 살던 식구들을 버리고 홀로 상경했고, 처음 몇 년간은 쏠쏠한 수익을 올렸다. 좁은 도성에서 그의 소문은 금세 퍼졌고, 희귀한 물건을 수집해서 파는 상단의 귀에 들어가게 되었다.

"그놈들은 내게 함께 일하자고 했지. 재주는 곰이 넘고 돈은 장사꾼이 챙긴다고, 날 이용하고 싶었던 거야. 그 제안을 거절하면서 나 자신이 영리하다고 착각했다."

협력관계가 될 수 없는 경쟁자를 남겨두지 않는 것. 그게 그 상단의 운영 방식이었다. 아리따운 기녀가 건네주는 술을 마시고 잠들었던 지알이 눈을 떴을 땐, 어물전 뒷골목에 혼자 쓰러져 있었다. 왼손이 사라지고 그 부위에서 콸콸 피를 쏟아내면서. 어물전의 생선장수들이 그를 의원에게 데려다주지 않았다면 아마 그 자리에서 과다출혈로 죽었을 것이다.

"건강을 회복한 후 난 불가에 귀의했지. 탐욕을 부리다 벌 받은 거라 생각했다. 큰 절에서 주지스님의 가르침을 받으며 무욕, 무소유의 도를 깨우쳤지. 그대로 살았다면 행복했을 거다."

절에 제사를 지내러 온 어느 유가족으로부터 유품을 건네받은 순간, 지알은 깨닫고 말았다. 사라졌던 왼손의 능력이 오른손으로 돌아왔다는 것을. 그것도 전보다 더욱 강력한 형태로.

"난 그게 부처님이 주신 계시라고 생각했다. 내 능력으로 사람들을 도우라는. 그래서 승려 신분으로 세상을 돌아다니면서 여기저기 참견하고 다녔지. 널 만난 것도 그 무렵이었고."

지알은 숨겨진 진실을 밝힘으로써 사람들을 곤궁에서 구하고 싶었다. 그는 몰랐다. 때로는 진실이 모든 걸 파괴하기도 한다는 걸. 어느 지체 높은 대감 댁 자식이 친자가 아니라 마님과 머슴이 사통해 낳은 사생아라는 걸 밝혀냈을 때, 대감의 불같은 분노는 뜻밖에도 부인이나 자식이 아닌 지알을 향해 쏟아졌다. 간악한 거짓말로 사람들을 이간질하는 악마 같은 중이라고.

"너, 사마천(司馬遷)이라는 사람을 아느냐?"

"예? 사마천이라면《사기(史記)》를 쓴⋯⋯."

지알이 뜬금없이 한나라 사람 이야기를 꺼내는 이유를 몰라 서린은 어리둥절했다. 사마천이《사기》말고 또 뭘로 유명했더라. 역사서에서 읽은 내용을 더듬어보다가 흠칫했다.

"아, 혹시⋯⋯."

서린의 얼굴에 동요가 물결처럼 번져나가는 것을, 지알은 말없이 지켜보았다. 뜻밖의 무시무시한 일화를 알게 된 서린은 양손을 펼쳐 입에서 새어나오는 비명을 막았다. 지알은 거세당한 것이다. 진실을 폭로해 대감 댁의 위신을 실추시켰다는 이유로.

"아무도 말리지 않았다. 멍석에 말린 채 초주검이 된 날 거들떠보는 이도 없었지. 몇 년 동안 남을 도운 건 아무 소용이 없었다. 다들 양반 댁과 그 위세만을 두려워했으니."

두 번째로 맞았던 죽음의 위기. 그때를 떠올리는 지알의 눈빛은 참담했다. 신체 일부가 한 번도 아니고 두 번이나 잘려나가는 건 어떤 경험일까. 세상을 영영 등지고 싶어질 만도 했다.

"가까스로 살아난 후, 난 결심했다. 다신 이 능력을 쓰지 않기로. 그리고 오른손을 횃불에 지져버렸지."

"……."

"형언할 수 없는 고통이었지만, 그보다 두려움이 더 컸다. 이 빌어먹을 능력이 또 신체 어딘가로 옮겨가지 않을까 하는…… 거기서 끝나서 다행이었어."

지알은 이제 남과 똑같아진, 아니 그보다 못하게 된 한 개 반의 손을 내려다보았다. 처참한 기억을 되살리는 것만으로도 고통스러운지, 그는 발작적인 마른기침을 뱉어냈다. 그는 뭉개진 오른손으로 볼품없이 야윈 가슴을 꾹꾹 억누르며 회한을 토해냈다.

"나 외에는 그런 고통을 겪는 사람이 없길 바랐다. 그런데 넌 왜 봉인을 풀었느냐? 내가 고심 끝에 준 기회를, 머저리같이 왜 저버렸느냐 말이다!"

질책하는 듯한 지알의 말이 서린의 가슴을 찔렀다. 그녀라고 해서 왜 능력을 없애고 싶지 않았을까. 평범하게, 행복하게 살 수 있는 마지막 기회였을지도 모르는데. 지알의 도움을 받으려면, 먼저 그를 이해시켜야 했다. 이제 서린의 차례였다. 서린은 심호흡을 한 번 하고 천천히 입을 떼었다.

"어린 동생이 죽었어요. 누군가의 손에 떠밀려, 연못에 빠져 익사했습니다."

28

칠복의 삶

"그래, 궁에서 일어난 사건들을 네 어쭙잖은 능력으로 잡아보겠다, 이거냐?"

서린으로부터 그동안 있었던 일들을 전부 들은 후, 지알은 가소롭다는 듯 혀끝을 차며 말했다.

"너도 이쯤 되면 깨달았을 텐데. 죽은 자의 기억을 읽는다고 하면 대단한 일처럼 들려도, 막상 그걸로 할 수 있는 게 별로 없다. 항상 살인자를 지목할 수 있는 것도 아니고."

"알고 있습니다. 그래서 대사님의 도움이 필요해요. 대사님이 예전에 하셨던 것처럼 살아 있는 사람의 기억을 읽는 방법, 제게도 가르쳐주십시오."

"싫다."

"대사님!"

"그렇게 부르지 마라. 난 스님도 아냐. 눈앞에서 누가 나자빠져 죽어도 눈 하나 깜짝하지 않게 된, 무정하고 괴팍한 노인네일 뿐이지."

"……."

"하지만 결과가 어찌 될지 뻔히 알면서, 남을 사지(死地)로 몰아내는 짓은 하지 않을 거다. 더구나 그게 날 두 번이나 구해준 사람이라면."

서린을 보는 지알의 눈에선 감추려 해도 도저히 감출 수 없는 연민이 배어났다. 정 많은 사람이다. 서린은 그렇게 생각했다. 사람이 싫다면서 이런 산골짜기에 틀어박혀 은둔하고 있지만, 그에겐 아직도 사람에 대한 애정이 남아 있었다. 그렇기에 서린은 그가 자신의 마음을 이해할 거라고 믿었다.

"대사님도 아시잖아요. 살아 있다고 해서, 그것만으로 다 되는 건 아닙니다. 죽느니만 못한 삶이라는 것도, 세상엔 분명 존재하는 법이지요."

"죽느니만 못한…… 삶이라고?"

"대사님이 다녀가시고 십 년 가까운 세월 동안, 전 남의 시선을 피해 쥐 죽은 듯 살았습니다. 미치광이, 귀신 들린 아이, 아니면 문둥병 환자. 사람들은 절 두고 그리 수군거렸지요."

지알의 안색이 살짝 변했다. 호의에서 해준 충고가 서린의 삶을 어떻게 뒤흔들어놓을지, 그는 그것까진 깊이 생각해본 적이 없었던 것이다.

"평범한 삶은 사치스러운 꿈이었습니다. 어머니는 돌아가시고, 혼약은 번번이 파기되고, 집 안을 드나드는 하인들조차 절 꺼림칙하게 여겨 오래된 종복 한둘만 곁에 둘 수 있었습니다."

서린은 애정보다 미움을 받는 데 익숙했다. 그녀를 있는 그대로 받아들이고 사랑해준 건 가족과 무휘뿐이었다. 다른 사람들은 그녀와 손끝 하나 닿는 것도 싫어했다.

"하지만 그보다 더 괴로운 건…… 아무것도 한 게 없고, 아무것도 할 수 없고, 앞으로도 그럴 거라는 사실이었습니다. 숨만 쉬고 있을 뿐, 그냥 빈껍데기나 다를 바 없는 몸이었지요."

십 년간 무수한 고난을 겪은 것과 아무 일도 하지 못한 것. 둘 중 뭐가 더 괴로울까. 후자가 전자보다 무조건 나은 건 아닐 거라고, 서린은 그리 생각했다. 대군 헌에게 자꾸 마음이 쓰이는 이유도 그래서였다. 지난 십 년간 그녀도 눈 뜬 채 자고 있었으니까.

"집안의 몰락이, 동생의 죽음이, 연달아 닥친 시련이 자고 있던 절 깨웠습니다. 정신 차리라고요. 그대로 있다간 소중한 것들을 전부 잃게 될 거라고요."

"그래서, 손을 풀어버린 것이냐? 살인범을 잡으려고?"

"네, 공허했던 제 삶에 처음으로 생긴 목표입니다. 관습과 가문의 굴레에 갇혀 죄수처럼 살던 제가, 능력을 쓰다 병을 얻는 게 싫어 끊임없이 숨고 도망치던 제가 처음으로 가진 의지입니다."

서린은 불쑥 두 손을 뻗어 지알의 오른손을 붙잡았다. 기억은 전하지 못하더라도, 적어도 자신의 마음은 전해지도록. 그녀의 앳되고 낭랑한 목소리가 가늘게 떨려 나왔다.

"부디 도와주십시오. 어떤 결과를 맞더라도, 결코 후회하지 않을 것입니다. 아니, 후회하지 않는 결과를 반드시 만들어내겠습니다. 제 동료들과 함께요."

서린은 굴에 난 작은 구멍을 통해 무휘와 도야를 바라보며 말을 맺었다. 지알의 시선도 그녀의 시선을 따라갔다. 어쩌면 이들이라면 조금 다르지 않을까. 함께라면, 혼자보단 버티기 쉽지 않을까. 영원히 희망 따위는 품지 않겠다고 맹세한 주제에, 지알은 또다시 마음이 흔들렸다.

"날이 밝는 대로 난 멀리 떠날 거다. 너희들이 죽어도 못 찾을 곳으로."

"대사님."

"다신 귀찮게 굴지 마라. 그 대가로…… 생령의 기억을 읽는 법을 알려주겠다."

서린의 두 눈이 등잔처럼 커졌다. 지알이 허락해준 것이다. 드디어. 지알은 시간이 얼마 남지 않았다는 생각에 갑자기 조급해졌는지 서둘러 자리를 털고 일어났다.

"꽤 오래 걸릴 거다. 저놈들은 마을에 내려가 있으라고 해라. 방해가 될 테니까."

행여 지알이 마음을 바꿀까 봐 재빨리 토굴을 뛰쳐나온 서린은 무휘와 도야에게 사정을 설명했다. 하지만 무휘는 지알과 서린을 단둘이 남겨놓는 게 영 맘에 들지 않는 기색이었다.

"정말 괜찮으시겠습니까? 아씨 혼자."

"왜? 못 미더워? 내 작전 덕분에 깡패들도 무찔렀잖아. 도야와 주막에 가서 쉬어. 뭐라도 사먹고. 시장할 텐데."

"오마, 워째 알았디요? 그라찮아도 뱃가죽이 등가죽에 요로코롬 착 달라붙어 부렀당게요."

도야가 제 배를 움켜쥐며 앓는 소리를 했다. 하여간 더럽게 눈치 없는 놈이다. 살벌하게 노려보는 무휘의 눈빛에도 아랑곳하지 않고 도야는 천연덕스럽게 밥타령을 계속했다. 무휘는 체념 어린 한숨을 내쉬고 서린을 향해 가볍게 고개를 숙여 보였다.

"그럼 하루 있다가, 날 밝을 무렵 모시러 오겠습니다."

무휘와 도야가 마을 쪽으로 내려간 후, 지알은 서린을 데리고 그 반대편으로 향했다. 잡초가 무성한 산비탈을 지그재그 가로질러 내려가자, 이번에는 한 사람이 겨우 지나갈 만한 좁은 샛길이 나타났다. 넘어지지 않으려고 몸의 균형을 잡으며 한 걸음씩 나아가던 서린은 자신이 절벽 아래쪽을 빙 둘러 가고 있다는 사실을 깨달았다. 그렇게 도달한 곳은 토굴 반대편에서부터 시작하는 험준한 언덕의 끝자락, 바로 아까 굴러떨어진 염소수염이 쓰러져 있는 곳이었다.

　"역시 뒈졌구먼. 호래자식 같으니."

　지알은 기묘한 자세로 뒤틀려 있는 염소수염의 몸뚱이를 바로 뉘어주었다. 그러고는 텅 빈 오른손으로 묵주 돌리는 시늉을 하며 잠시 나무아미타불을 읊어주었다. 욕설과 불경의 조합이라니 정말 생경했다. 짤막한 의식을 마친 지알이 서린에게 말했다.

　"이 빌어먹을 능력을 키우는 데 사도(邪道)는 없다. 오직 연습뿐이지. 질리도록 쓰다 보면 물건 아닌 사람 몸에서도 기억을 읽게 되고, 산 사람의 기억도 읽게 되는 것이다."

　"네? 하지만 전 시간이……."

　"그 시간을 단축시킬 방법을, 저놈이 알려줄 거다."

　지알은 염소수염의 시신을 가리키며 불친절한 말투로 설명했다. 죽은 지 얼마 안 된 시신에는 그 어떤 물건보다 강한 사념이 어려 있다. 그런 시신과 오랫동안 시간을 보내면서 머리가 터지도록 기억을 읽고 나면 능력이 몰라보게 강해진다. 다만 얼마나 능력이 강해질 수 있을지는 장담하지 못한다. 서린의 의지와 재능에 달려 있다. 대충 그런 얘기였다.

　"대사님은 이걸 어떻게 아시는 건가요? 혹시 대사님도 시신을……."

"떠드는 걸 보니 별로 안 급한가 보구나. 왜, 저놈과 차라도 한잔하고 시작하지 그러냐?"

"그건 아닌데요……."

"난 짐 싸러 가야겠다. 뭔 일이 생겨도 날 부르진 말아라. 알아서 해결해."

지알은 퉁명스럽게 내뱉고는 쌩하니 가버렸다.

젊은이 뺨치게 민첩한 속도로 사라지는 그의 뒷모습을 보면서 얼빠진 얼굴을 하고 있던 서린은 뒤늦게 정신을 차렸다. 그리고 바닥에 널브러진 시신을 내려다보았다. 가족이 아닌 남의 시신을 이렇게 가까이서 보는 건 처음이었다. 자는 것과 비슷해 보이지만, 또 그것과는 확실히 달랐다. 도라지꽃을 연상시키는 연보랏빛 피부, 물먹은 것처럼 무겁게 늘어진 사지, 된장이 썩는 듯한 퀴퀴한 냄새까지. 무섭고 섬뜩했다.

"어쩌겠어, 해보는 수밖에."

서린은 두 눈을 질끈 감은 채 시신을 향해 서서히 손을 뻗었다. 피가 돌지 않아 뻣뻣한 고무 덩어리로 변해버린 팔의 질감이, 죽음의 감촉이 스멀스멀 손끝을 타고 올라왔다. 정말 이렇게 해서 될까. 의심이 피어오르려는 찰나, 마치 회오리바람이 불어오는 것처럼 거센 기억의 폭풍이 그녀를 휘감았다. 그 충격을 견디지 못한 서린은 시신의 가슴에 고개를 묻으며 앞으로 엎어졌다. 역한 냄새가 후각을 자극했지만 불쾌감조차 느끼지 못했다.

이제 막 죽은 시신이 보여주는 사념은 그동안 봤던 것과는 완전히 달랐다. 기억 가장 깊은 곳에 묻혀 있는 태어나던 순간의 기억부터 시작해, 그의 일생이 눈앞에 병풍처럼 펼쳐졌다.

'이름? 그냥 칠복이로 해. 칠현이 동생 칠복이.'

칠복은 찢어지게 가난한 농가의 삼남으로 태어났다. 서당 다니는 애들을 부러운 눈으로 쳐다봤다는 이유만으로 흠씬 두들겨 맞고, 사시사철 팔이 짧아진 무명옷 한 벌로 버티며 황소처럼 일만 하고 살았다. 친구라고는 옆집에 사는 계집아이 분이뿐이었다.

'너지? 네가 내 고무줄 끊고 도망갔지? 죽을래!'

분이는 예쁘진 않았지만, 둥근 얼굴이 달덩이처럼 복스러운 애였다. 원수처럼 아옹다옹하던 두 아이는 훌쩍 자라났고, 길에서 마주치면 낯을 붉히며 데면데면 피해 가는 사이가 되었다. 그 분이가 열여덟 살 되던 날, 남몰래 칠복을 찾아와 느닷없이 울음을 터뜨리며 말했다.

'난 첩살이하기 싫어. 그냥 네가 나 데려가주면 안 돼?'

혼담이 들어왔다고 했다. 백 리도 더 떨어진 곳에 사는, 애가 넷이나 딸린 늙은 홀아비의 재취(再娶) 자리. 제 품에 안겨 엉엉 우는 분이를 보고, 칠복은 뱃속이 찌르르 아파왔다. 어느새 분이를 여자로 보고 있었다는 걸 깨달았다. 분이의 남편이 되고 싶었지만, 현실적인 장애물이 그들을 가로막았다. 분이네 집에서 혼례의 대가로 홀아비에게서 받기로 한 논 두 마지기, 그걸 칠복에게 요구하고 나선 것이었다.

'허이고, 웃기고 자빠졌다. 널 팔아도 손바닥만 한 땅 하나 안 나와!'

평생 갚겠다고, 한 번만 도와달라고 눈물로 호소하는 칠복을 향해 아버지는 코웃음만 쳤다. 그놈의 돈이 원수였다. 칠복은 이를 갈면서 매일 몸이 부서져라 소를 몰고, 밭을 갈고, 밤에는 똥까지 푸러 다녔지만 논 두 마지기를 사기엔 어림도 없었다.

결국 분이는 펑펑 울면서 시집을 갔고, 그날 칠복은 만취해서 집에 돌아왔다. 술기운으로 시뻘게진 두 눈에 아버지의 모습이 잡혔을 때, 머릿속에서 뭔가 픽 소리를 내며 끊어졌다. 미친 듯이 고함을 지르고, 발을 구르고, 낫을 휘둘렀다. 평생 가슴에 응어리졌던 분노와 억울함이 화산 용암처럼 우르르 터져 나왔다. 정신을 차렸을 때, 그는 피 묻은 낫을 쥔 채 산길을 걷고 있었다. 흉하게 찢어진 바짓가랑이에도 피가 묻어 있었다. 그게 아버지의 피라는 걸 알았지만, 돌아가기엔 이미 늦어버렸다. 그의 인생은 거기서 끝난 거나 다름없었다.

서린은 현실로 돌아온 후에도 한참을 멍하니 앉아 있었다. 칠복의 기억은 거기서 끝났다. 아마도 그가 죽기 직전까지 떠올리고 있던 순간이 그때였던 모양이다. 사랑하는 여자가 떠난 날, 아버지를 제 손으로 죽인 날. 그 악행이 정당화되는 건 결코 아니었다.

'냉정하게 따지면, 이 사람은 분풀이로 자기 아버지를 죽인 거니까. 그것도 무참하게.'

하지만 칠복에게도 나름대로 절실한 사연이 있었다. 세상을 죽일 만큼 미워하게 된 일련의 과정이 있었다. 그 압도적인 감정이 파도처럼 온몸을 적셔와 서린은 꼼짝할 수가 없었다. 그동안 해가 뜨고, 지고, 다시 깊은 밤이 되었다는 것조차 몰랐다. 은은한 달빛이 언덕 위에 하얀 눈처럼 내려앉았을 때, 사락사락 그 사이를 헤치고 나타난 지알이 서린에게 말을 걸었다.

"내가 방금 뭘 하고 왔는지, 알아맞힐 수 있겠느냐?"

서린은 까맣게 채워진 눈을 들어 지알을 바라보았다. 그리고 살며시 왼손을 뻗어 그의 오른손을 만져보았다. 부웅 하고 뭔가 부드럽게 밀고 들어오는 것 같은 느낌과 함께 지알의 기억 한 자락이 눈앞에 펼쳐졌다. 지알이 불당에서 위패를 한데 끌어안고 나오는 모습, 그 위패들을 마당 한가운데에 쌓아놓는 모습, 불을 붙이고 다 탈 때까지 지켜보는 모습까지.

"화장을 치르고 오셨군요."

차분하게 말하는 서린의 목소리가 잠겨 있었다. 그녀는 예전과는 다른 사람이 된 기분이었다. 지알도 마찬가지였다. 생전 처음 제자를 삼게 된 것을 계기로, 그는 죽은 영혼들을 끌어안고 사는 게 그들에게도 자신에게도 아무 도움이 안 된다는 걸 깨달았다. 아니, 그전부터 이미 알고 있었지만 인정하고 싶지 않았던 건지도.

"난 이제 떠날 준비가 됐다. 너도 그런 것 같구나."

지알은 서린의 눈을 지그시 들여다보며 말했다. 서린은 원하던 능력을 가졌다. 그럼에도 불구하고, 손을 맞잡은 채 마주 보는 둘의 눈빛은 한없이 서글펐다. 그건 그들만의 슬픔이 아니었다. 그들이 지금까지 엿보았던, 그리고 앞으로 엿보게 될 모든 이들의 슬픔이고 한이었다.

29
무채색의 세상

"인자 동이 틀 것인디."

"그렇겠지."

"가보지 안 혀도 될랑가?"

"음."

송해암으로 통하는 길목 어귀, 도야와 무휘는 나무 등걸에 걸터앉아 이미 몇 번이나 되풀이한 대화를 나누고 있었다. 멀리서부터 동이 터오면서 산봉우리 사이에 고인 먹구름 같은 어둠을 서서히 걷어내는 풍광이 보였다.

"무휘야. 니헌티 묻고 싶은 것이 있는디."

"뭔데?"

"니 말여, 그랑께 거시기 서린 아씨를……"

그때, 수풀 저편에서 바스락거리는 소리가 나면서 도야의 말을 끊어놓았다. 인기척을 느끼자마자 벌떡 일어난 무휘는 어둠 속을 휘이휘이 걸어오는 서린을 보고는 다급하게 외쳤다.

"아씨!"

"이제 다 끝났어. 오래 기다리게 해서 미안."

고작 만 하루가 지났을 뿐인데, 두 남자 앞에 나타난 서린은 전보다 훨씬 성숙해진 느낌이었다. 고요하면서도 깊은 눈빛이. 서린이 말하지 않아도 무휘는 직감으로 알 수 있었다.

"성공하셨군요."

서린은 요란 떠는 대신 가만히 고개를 끄덕였다. 그녀는 오른손에 쥔 솔잎으로 연신 왼손을 닦고 있었다. 무휘와 도야는 내색하지 않았지만, 손에 밴 시체 냄새가 공기 중에 진동하는 것 같아서였다. 왠지 이 냄새가 낙인처럼 영영 지워지지 않을 듯한 기분이 들었다.

지알이 삿갓을 쓰고 떠난 후에도, 서린은 시신 옆에 남아 연습을 계속했다. 하염없이 기억을 읽고, 그러다 까무러치고, 간신히 정신 차리고 다시 읽다가, 또 까무러치기를 거듭했다. 한꺼번에 너무 많은 기억과 감정과 생각을 흡수한 서린은 이제 자신이 누군지 혼란스러울 지경이었다. 먼 허공에 시선을 두고 걷던 서린이 자갈을 밟고 미끄러지면서 비틀거렸다.

"아씨! 괜찮으십니까?"

"응, 난 괜찮아."

서린은 부축해주려는 무휘의 손을 슬쩍 피했다. 그리고 재빨리 왼손에 장삼 조각을 감았다. 이 정도 연습으로는 턱없이 부족하다. 지알은 작별 인사와 함께 그렇게 말했다. 지금의 서린으로서는 산 사람을 만졌을 때 기억을 읽을 수 있는 게 열 번 중 고작 서너 번에 불과할 거라고. 아무리 확률이 낮아도 조심해야 했다. 무휘의 기억을 함부로 침범하고 싶지 않았다.

"일단 출발하자. 제시간에 맞춰 돌아가지 못하면 우리 모두 곤경에 처하게 될 거야."

세 사람은 극도의 피로로 거의 제정신이 아닌 상태로 발걸음을 재촉했다. 다행히 통행금지를 알리는 스물여덟 번의 인정(人定)을 치기 직전, 세 사람은 무사히 성문 안쪽에 도착했다. 십 년 감수했다 싶어 가슴을 쓸어내리는 서린에게, 무휘가 조심스럽게 질문을 던졌다.

"아씨, 오늘 바로 하실 겁니까? 못 만져보는 일 말입니다."

"아직은 아냐. 더 연습해서."

서린이 시신과 함께 하룻밤을 보내면서 배운 게 있었다. 우선, 읽는 사람의 상태가 양호해야 기억이 끊어지지 않고 선명하게 보인다는 것. 또 한 가지는 제대로 봤든 보지 못했든 한 번 읽은 기억은 다신 보기 힘들어진다는 것이었다. 마치 그 사념이라는 것이 살아 있는 유기체 같아서, 자신의 모습을 보여주는 데 모든 기력을 쏟아버리는 듯한 느낌이었다. 서고에서 책 빌리듯 필요할 때마다 들여다볼 순 없으니, 중요한 기억을 읽을 땐 신중하게 시도해야 했다.

"윤나인, 그 손에 묶은 거 뭐야? 풀었다 묶었다 하네?"

"아, 별거 아닙니다. 가끔 손목이 시큰거려서요."

사흘 동안 서린은 틈날 때마다 봉인을 풀고 주변 사물을 만지며 연습했다. 김내관과 박상궁이 한밤중에 우물가에서 사통(私通)하는 사이라는 것, 인색하기로 소문난 오내관이 쓰다 남은 먹이나 기름 따위를 훔친다는 것, 젊은 나인들이 밤마다 판돈을 걸고 몰래 주사위 놀이를 한다는 것. 굳이 알고 싶지 않은 내명부의 사소한 비밀들을 줄줄이 꿰게 됐을 때쯤, 서린은 다시 도전해보기로 마음먹었다. 의금부부사가 죽은 지 엿새째 되던 날 오후였다.

"윤나인, 어딜 가는 게냐? 곧 다과 시간인데."

"뒷간에 좀 다녀오겠습니다."

아랫배를 움켜쥐는 시늉을 하면서 천수전을 빠져나온 서린은 비밀 장소로 향했다. 창고 안은 그녀와 무휘가 어질러놓고 간 그대로였다. 지체할 시간이 없었다. 왼손의 봉인을 순식간에 풀어낸 서린은 곧장 정좌하고서 나사못 파편을 집어 들었다. 파편이 손바닥에 닿자마자, 서늘한 바람이 불면서 그녀의 몸을 들어올리는 듯한 느낌이 들었다.

'이런 느낌은 처음이야.'

서린의 눈앞에 펼쳐진 건 한밤중의 궁궐 풍경이었다. 쥐 죽은 듯 조용한, 바람 한 점 빛 한 점 없는. 하지만 서린을 당황하게 한 건 그 고요함이 아니었다. 묘하게 색이 바랜 듯한 풍경의 색감이었다.

'이 기억의 주인은 대체 누구지? 왜 세상을 이런 눈으로 보는 거야?'

이 나사못을 마지막으로 만졌던 사람은 완전히 무감동하고 무감정한 시선으로 세상을 보고 있었다. 화원의 만발한 꽃도, 연못의 청수한 수련도, 눈이 시리도록 맑은 파란 하늘도, 그에게는 그저 칙칙하고 삭막한 사물의 일부일 뿐이었다. 이렇게 사느니 차라리 죽는 게 낫겠다, 서린은 파도처럼 밀려드는 공허함을 주체하지 못했다.

'아니지, 이러고 있을 때가 아니지.'

서린은 가능한 한 많은 정보를 수집하려 애썼다. 궁궐 담의 높이가 평소보다 낮게 느껴지는 걸 보니, 서린보다 최소한 머리 하나는 큰 사람이었다. 보폭도 꽤 넓었다. 아마도 남자겠지. 밤중에 아무 제지 없이 자유롭게 궁 안을 활보하는 걸 보면 궁에서도 지위가 낮은 사람은 아니었다. 연륜 있는 궁인이거나, 어쩌면 고관대작일지도.

그 의문은 금방 풀렸다. 남자의 발걸음이 넓고 반듯한 단층 건물 앞에 멈춰 선 것이다. 화기도감이었다. 문 앞에서 보초를 서던 늙은 관원이 남자의 출현에 소스라치게 놀라는 게 보였다.

'하이고, 이 누추한 곳까정……'

'쉿.'

남자가 손가락을 입술에 대자, 관원은 황급하게 입을 다물고 고개를 조아렸다. 아무리 말단이라지만 관원을 저렇게 꼼짝 못 하게 할 수 있다면, 궁인은 절대 아니었다. 최소한 당상관 이상, 아니면 왕족의 일원. 감히 눈도 못 마주치는 관원의 옆을 지나, 남자는 도감 문을 당당히 열고 들어갔다. 서린은 마치 그 몸에 들어간 것처럼 남자의 시점에서 그 모습을 숨죽여 지켜보았다.

'뭘 하려는 거지?'

남자의 손이 등잔 심지에 불을 붙이자, 어두컴컴했던 실내가 환하게 밝아졌다. 남자는 무기에 관한 서적이 빽빽이 꽂힌 서고를 지나, 각종 총기가 전시된 공간으로 걸음을 옮겼다. 주변을 두리번거리거나 헤매는 게 없었다. 화기도감에 대해 잘 알고 있는 인물이었다. 벽을 장식한 수십 정의 총을 외면하고, 남자는 서안을 향해 서슴없이 다가갔다. 그리고 용무늬가 아로새겨진 칠기 상자의 걸쇠를 거침없이 열어젖혔다.

'저건!'

서린은 상자 안에 있는 물건을 곧바로 알아보았다. 의종이 시연회 때 사용한 화승총이었다. 왜(倭)에서 유학한 기술자가 심혈을 기울여 제작한 귀한 물건. 상자에서 총을 꺼낸 남자는 능숙한 손길로 덮개를 열고, 총열 내부에 길쭉한 쇳조각을 끼워 넣었다. 부서지기 전의 형체를 보니, 녹슨 나사못이 틀림없었다. 남자의 신중한 손길이 다시 총을 조립하는데, 도감 바깥에서 인기척이 났다.

'마마?'

아까 만났던 관원의 목소리였다. 안에 있는 남자를 부르는 듯했다. 남자는 조금 전보다 훨씬 신속하게 총을 상자에 넣고 뚜껑을 닫은 후, 걸쇠를 채워 원래 자리에 두었다. 보통 사람 같았으면 당황해서 손이 떨렸을 법한데, 그 일련의 동작에 한 치의 흔들림도 없는 게 인상적이었다. 정돈을 마친 남자는 불을 끄기 위해 등잔을 높이 들어올렸다.

'잠깐, 저 손은……'

등잔을 쥔 손이 눈높이까지 올라오는 순간, 서린은 심장이 멎는 것 같았다. 상아처럼 희고 고운 손. 멀리서 봤을 땐 긴가민가했는데, 눈앞에서 보자 확실히 알 수 있었다. 아린을 밀어서 물에 빠뜨렸던 바로 그 손이었다. 서린은 더 자세히 들여다보고 싶었지만, 등잔불이 꺼지는 동시에 그녀의 시야도 어둠에 잠겼다. 기억 속에서 맘대로 움직이지 못하는 게 이렇게 답답한 것은 처음이었다.

'아린이를 죽인 사람이 부사 나리도 죽였다……. 이게 가능한 일일까?'

기억이 끝난 후에도, 서린은 제자리에 앉은 채 한동안 생각에 잠겨 있었다. 입궁한 지 한 달밖에 안 된 아기나인, 의금부 전체를 책임지는 중책을 맡은 의금부부사. 이 둘 사이에 대체 무슨 연관이 있단 말인가. 하지만 우연이라고 치부하기엔 그 손의 이미지가 너무도 강렬했다. 일단 조사해보는 수밖에 없었다. 창고를 나선 서린은 천수전으로 돌아가는 대신 소주방으로 향했다. 다과 준비가 한창인 소주방은 달콤하고 고소한 간식 냄새로 가득했다.

"윤서린! 너 뭐 하는 거야? 상궁 마마가 아시면!"

다과상 보자기를 슬그머니 걷어내고 그 안의 음식을 훔치는 서린을 발견한 채옥은 기겁했다. 서린은 채옥에게 언성을 낮추라고 손짓하며 은밀히 속삭였다.

"눈감아줘, 부사 나리를 위한 일이니까."

"뭐?"

"살인범 잡는 거, 아직 포기 안 했다고."

혼란으로 가득한 채옥의 눈이 서린에게 도대체 뭘 할 작정이냐고 물어왔다. 서린은 대답해줄 시간이 없었다. 그저 채옥이 자신을 믿어주길 바라는 수밖에. 서린을 뚫어져라 응시하던 채옥은 지그시 입술을 깨물더니 돌연 찬장 문을 열었다. 그리고 술 한 병을 꺼내 서린이 들고 있던 행낭에 빠르게 쑤셔 넣었다.

"이것도 가져가. 어디에 쓸진 모르겠지만 항상 쓸모 있거든."

들키면 경을 칠 일이지만 서린은 사양하지 않았다. 먹을거리로 두둑해진 행낭을 풍성한 치마폭 아래 숨기고, 다과상 내갈 준비를 하느라 바쁜 궁녀들 사이를 지나쳐 나왔다. 그녀의 목적지는 바로 화기도감이었다.

오늘은 운이 따라주는 날인가 보다. 서린이 방금 전 기억에서 봤던 나이 많은 관원이 문에 기대어 꾸벅꾸벅 졸고 있었다. 서린은 그의 어깨를 톡톡 쳤다.

"나리, 일어나보세요. 나리."

"아, 아니구면유! 잠든 게 아니구면유!"

양팔을 휘저으며 후다닥 일어난 관원은 서린을 보자 안도하면서
도 귀찮은 기색을 드러냈다.

"뭐여, 견습나인이구먼. 여서 얼쩡거리지 말어. 그 일이 있고서 여
적 분위기가 션찮으니께."

"그러게요. 나리도 힘드시겠어요. 이거라도 드시면서 하세요."

"얼레? 이게 다 뭐여? 나 먹으라고 주는겨?"

서린이 행낭 주둥이를 주섬주섬 풀고 안을 보여주자, 관원의 입이
헤 벌어졌다. 마개가 봉해진 채 들어 있는 새 술병을 발견했을 때는
침이 흘러내릴 지경이었다. 시연회 사고가 난 직후 화기도감을 폐쇄
하라는 어명이 떨어졌고, 지금까지 매일 보초를 서고 있을 테니 피곤
하고 배고픈 것도 무리가 아니었다. 서린은 허겁지겁 행낭으로 손을
뻗는 관원을 가로막았다.

"잠깐만요, 그냥 드릴 수는 없어요. 제가 하는 질문 한 가지에 대답
해주셔야 해요."

"뭘 물어본다는 겨. 됐구먼."

"아쉽네요. 등심을 구기자로 숙성시킨 이 육전은 입에 넣기만 하
면 부드럽게 살살 녹고, 생전복으로 담근 이 젓갈은 꼬들꼬들 탱글탱
글한 게 끝내주는데 말이죠."

서린은 물고기에게 미끼를 던지듯, 얇은 기름종이에 싼 고깃덩어
리를 관원의 눈앞에서 천천히 흔들어 보였다. 주린 배를 물로 채우고
있던 관원에게는 그야말로 고문이 따로 없었다.

"어디 그뿐인가요. 잣과 호두가 듬뿍 들어간 이 두텁떡은 쫀득한
게 둘이 먹다 하나 죽어도 모를 정도고, 이천 쌀을 옹기에서 숙성해

만든 이 탁주는······.”

“엔간치 혀! 알고 싶은 게 뭐여? 말해주면 될 거 아녀?”

결국 관원은 두 손을 들고 말았다. 서린은 씩 웃으면서 육전을 관원에게 건네주었다. 육전을 통째로 입에 넣고 우물우물 씹기 시작한 관원에게 서린은 은근한 투로 물었다.

“부사 나리 사고 나시기 전날 밤에요. 여길 다녀간 사람이 있죠?”

“모, 몰러.”

“나리가 모르시면 누가 알아요. 저한테만 알려주세요. ‘마마’라고 불리시는 그분이오.”

“흐미, 그걸 워치게 알었디야!”

관원이 호들갑스럽게 소리치는 바람에 그의 입에 들어 있던 육전이 튀어나올 뻔했다. 서린은 댓잎으로 둘둘 만 두텁떡 하나를 꺼내 관원에게 보여주면서 그다음 질문을 던졌다.

“그 ‘마마’가 누구죠? 남자 분이죠? 왕족인가요?”

관원은 서린의 손에서 두텁떡을 확 가로채가 그대로 꿀꺽 삼켰다. 그러고는 소리 낮춰 말했다.

“대군이시구면.”

“네?”

서린은 자기 귀를 의심했다. 잘못 들은 줄 알았다. 그러나 관원은 제 입을 손으로 가리는 시늉을 하며 다시 한번 그녀에게 말했다.

“이헌 대군 마마 말이여. 그분이 마지막으루 다녀가셨다 이 말이여.”

30

동심

"오늘은 다과 종류가 많네?"

화기도감 관원과 대화를 나눈 다음 날 오후, 서린은 소주방에서 다과상을 차리고 있었다. 평소보다 더욱 화려한 다과상을 보고 군침을 삼키는 채옥을 향해 서린은 담담하게 설명했다.

"대군 마마 친구 분이 오신대."

"대군 마마한테 친구가 있다고?"

"어린 시절 동무. 대군 마마가 깨어나셨단 소식을 듣고 멀리서 달려오셨대."

"진짜 이상하겠다. 십 년 만에 만나는 친구가 여전히 열한 살처럼 얘기하는 걸 보면."

의종의 죽음이 안겨준 충격에서 조금은 벗어난 것일까. 싱거운 농담을 하는 채옥을 보며 서린은 한결 마음이 놓였다. 서린은 나사못에서 엿본 장면과, 화기도감 관원에게 들은 얘기를 아직 채옥에게 전해주지 않았다. 서린 자신도 감당하기 어려워서였다. 그때, 녹빛 인영이 둘 사이를 불쑥 뚫고 나타났다.

"뚫린 입이라고 함부로 지껄이는구나."

"상궁 마마!"

"채옥이 넌 가서 상이나 나르거라. 윤나인은 나랑 잠깐 얘기 좀 해야겠다."

채옥은 작은 눈짓으로 미안하다 사과하고 문상궁 옆으로 빠져나갔다. 문상궁은 그전부터 못마땅했던 것들까지 한데 합쳐 서린을 호되게 꾸짖었다.

"여전히 그 능력 어쩌고 하는 괴담을 늘어놓으며 사람들을 현혹하고 다니는 것이냐?"

"괴담이 아닙니다."

"장난도 정도껏 치거라. 가족을 잃은 지 얼마 안 됐다고 봐주는데도 한계가……."

"상궁 마마! 저번에 제게 보여주셨던 향갑, 다시 한번 만져봐도 되겠습니까?"

서린이 느닷없이 얼굴을 들이미는 바람에 당황한 문상궁은 그만 하고 있던 말을 잊어버렸다.

"만져보게 해주세요. 잔소리는 그다음에 한 시진이고 두 시진이고 듣겠습니다."

처음 들어보는 솔직한 표현에 문상궁이 얼떨떨해 있는 사이, 서린은 과감하게 손을 뻗었다. 외간여자의 손이 자신의 가슴팍을 우격다짐으로 헤치고 들어오자 문상궁은 경악했다. 서린은 그녀의 품 안에서 향갑을 찾아냈다. 장삼으로 묶어놓은 왼손에서 유일하게 드러나 있는 새끼손가락이 재빨리 향갑 표면을 어루만졌다. 장삼을 묶고 푸는 시간을 단축하기 위해 서린이 생각해낸 새로운 방식이었다.

"마마, 제 능력을 시험하시는 건 좋으나 거짓말을 하시면 안 되지요. 이 향갑은 마마의 어머니께서 주신 게 아니잖습니까. 마마께서 궁에 찾아온 보따리 행상에게서 사신 물건이지요. 마마가 누빈 저고리를 입고 계신 걸 보니 한겨울이었군요."

"그건 어떻게……."

문상궁은 동굴처럼 벌어진 입을 다물지 못했다. 서린은 문제의 향갑을 문상궁에게 돌려주며 안됐다는 투로 말했다.

"이 향갑에 가장 강렬하게 남은 건, 모처럼의 횡재에 기뻐하는 상인의 희열입니다."

"상인이?"

"네, 서 푼도 아까울 물건을 한 냥이나 주고 사셨네요. 그 안에 든 건 사향(麝香)이 아니었습니다. 하룻밤 동안 사향과 함께 둔, 염소 똥을 말려 빻은 가루였을 뿐."

"내 그럴 줄 알았다! 시간이 지날수록 쿰쿰한 냄새가 나더라니!"

문상궁은 주먹을 쥐며 흥분했다. 산전수전 모둠전까지 다 겪어본 저 노상궁을 등쳐먹다니, 향갑을 팔아먹은 상인도 보통이 아니었다. 걸쭉한 욕설을 소리 없이 뇌까리던 문상궁이 뒤늦게 생각난 듯 말했다.

"아무에게도 말한 적이 없는데…… 너 정말, 뭔가 볼 수 있는 것이냐?"

향갑을 활짝 열고 코를 킁킁거리며 남은 냄새를 맡아본 문상궁은 반신반의하는 얼굴로 서린을 보았다.

"네게 신기가 있다는 건 알겠다. 하지만 난 이 사실을 몰랐을 때와 똑같이 널 대할 것이다. 그러니 너도 그리 하여라. 그 기운을 철저히

275

숨기고, 저하에게서도 떨어지란 말이다."

"빈궁 마마께서 싫어하시기 때문입니까?"

"빈궁 마마와는 상관없다. 아니란 걸 알지만, 설령 네가 저하의 눈에 들었다 한들 빈궁께서 뭐라 하실 일은 아니다."

칼 같은 말에 서린은 놀란 표정을 지었다. 평소와 같이 엄숙하고 냉철한 태도로 돌아간 문상궁이 훈계했다.

"사람에게는 누구나 해야 할 역할이 있다. 세자 저하의 아내로서 빈궁 마마의 역할은 남편에게 순종하고 복종하는 것이고. 부녀자의 쓸데없는 투기는 미덕이 아니라 악덕이다."

"허나 상궁 마마, 부부는 어느 한쪽이 자신을 낮추는 게 아니라, 서로 사랑하고 존경해야 마땅한 관계가 아닙니까?"

"속 편한 소리를 하는구나, 윤나인. 저속한 애정소설을 너무 많이 본 것 아니냐?"

부녀자들 사이에 유행하는 언문소설을 많이 구해다 읽긴 했다. 뜻하지 않은 데서 정곡을 찔린 서린이 흠칫하자, 문상궁이 다시 한번 일침을 놓았다.

"궁에 발을 들인 이상 너도 순진무구한 양갓집 규수로만 남아 있어선 안 된다. 세상 물정을 알아야지. 네게 남다른 능력이 있다는 게 알려지면, 사람들은 널 궁에서 벌어지는 암투에 어떻게든 이용하려 들 게다. 세자 저하 쪽이든 대군 마마 쪽이든. 그랬다간 목숨을 부지하지 못할 테니까."

"암투라고요? 세자 저하와 대군 마마는 우애가 지극한 형제지간이신데요."

"서로에 대한 감정은 상관없다. 그분들의 태생과 위치가 원하든 원치 않든 그분들을 몰고 갈 테니까. 한쪽이 완전한 파국을 맞기 전에는 결코 끝나지 않을 싸움으로."

문상궁은 소주방을 가운데 두고 양쪽으로 서 있는 천수전과 동궁전을 번갈아 보았다. 그리고 앞날을 예언하는 사람처럼 의미심장하게 읊조렸다.

"이미 분열의 징조는 나타났다. 너도 직접 보지 않았더냐. 부사 나리의 비참한 최후를."

"부사 나리가 왕실의 보위 다툼에 무슨 관계가 있습니까?"

문상궁은 정말 몰라서 묻느냐는 눈으로 서린을 쳐다보았다. 뭐든지 돌려 말하는 궁인들의 어법에 겨우 익숙해진 서린이지만, 역사서 뒤에 숨겨진 비밀들을 알 리 없었다.

"넌 모르는 게 당연할지도 모르겠구나. 워낙 오래전에 있었던 일이고, 다들 쉬쉬했으니까."

문상궁은 서린에게 말해줘야 할지 말지 잠시 망설였다. 순진한 어린 나인을 괜히 얽히게 만드는 게 아닌가 싶어서. 하지만 문상궁이 보기에 서린은 이미 폭풍의 한가운데 있었다. 몰아치는 강풍으로부터 살아남으려면 바람이 어느 방향에서 부는지는 알아야 할 게 아닌가.

"대군 마마를 떨어뜨린 그 한혈마가 바로 주상 전하의 지시로 부사 나리가 구해온 말이었다."

문상궁이 던진 그 한마디는 천수전으로 돌아온 지 한참이 지나도 서린의 머릿속을 떠나지 않았다. 그녀가 헌이 절대 살인범이 될 수 없다고 생각한 이유는 두 가지였다. 하나는 그가 깨어난 게 아린이 죽은 후라는 것, 다른 하나는 그에게 살인 동기가 없다는 것. 그런데 문상궁이 들려준 비화에 따르면, 적어도 이의종에 대해선 헌이 원한을 품을 만한 이유가 있었다.

"이야, 네가 정말 석현이냐? 짜식, 장대같이 커졌구나!"

"대군 마마께서도 훌륭히 장성하셨습니다."

"마마는 무슨, 불알 까고 같이 오줌도 누던 사이에! 그냥 헌이라고 불러라."

푸른 도포 차림의 선비와 마주 앉아 거리낌 없이 농지거리를 하는 대군을, 서린은 복잡한 심경으로 지켜보았다. 지금의 헌은 머리만 큰 어린애와 같다. 그리고 동심은 의외로 선하지 않다. 윤리와 규칙에 구애받지 않고 꾸밈도 가식도 없기에, 악의 또한 순수하고 강렬하게 표출한다. 아린이 처음 입궁했을 때, 가장 지독하게 그 애를 괴롭힌 것도 아기나인들이었다.

"혼인했다고? 너처럼 어린것과 혼인해주는 처자가 있단 말이냐?"

"저도 이제 꼬마가 아닙니다, 마마."

"내가 먼저 가기로 했는데! 약조를 어기다니, 네놈 목을 쳐버리겠다!"

십 년 만에 만난 친우의 목을 꺾는 시늉을 하는 헌. 서린은 그 몸짓을 보며 생각했다. 어린애니까, 동심이니까, 저런 말을 그대로 실천에 옮길 수도 있는 걸까. 강아지처럼 장난기와 활기가 넘치는 헌의 눈동자는 선악의 관념이 없는 듯 보였다. 매사에 남을 배려해서 신중하게 행동하는 범과는 정반대였다. 꿔다놓은 보릿자루처럼 멍하니 앉아 있는 서린을 발견한 천수전 상궁이 혀를 쯧쯧 찼다.

"윤나인, 무슨 생각을 그리 하느냐?"

"아, 아무것도 아닙니다."

"뒤뜰에나 가보거라. 의녀가 탕약을 달여 온다고 했으니 다 됐으면 받아와."

"예."

서린은 군말 없이 일어났다. 그렇지 않아도 머리가 아파서 신선한 공기를 쏘이고 싶던 참이었다.

소주방 쪽에서 의녀 단금이 탕기를 들고 오는 모습이 보였다. 서린도 몇 번 본 적 있는 장년의 남자 어의가 그 뒤를 졸졸 따르고 있었다. 기둥 뒤에 서 있던 서린은 본의 아니게 그들의 대화를 엿듣게 되었다.

"참으로 신기한 조제법일세. 내 의원 생활 삼십 년 동안 백복령, 반하, 맥문동을 이런 비율로 조합하는 것은 처음 봐. 이게 정말 효험이 있는 건가?"

"궁금하면 직접 만들어 드셔보시지요."

감탄과 의구심이 반반씩 섞인 어의의 말에 단금이 곧바로 맞받아쳤다. 듣고 있던 서린이 무안해질 정도로 냉담한 말투였다. 그러나 어의는 굴하지 않았다. 어느새 친우와 함께 앞마당으로 나와 축국(蹴鞠)*을 하는 대군을 건너다보며, 괜히 친근한 척 단금에게 쑥덕거렸다.

"대군 마마는 날이 갈수록 몰라보게 강성해지고 계시지. 참 희한하지 않은가? 십 년을 몸져누우면, 보통 팔다리가 가늘어지고 힘이

---

* 옛날 장정들이 공을 바닥에 떨어뜨리지 않고 차던 놀이

없어져 몇 달은 걷지도 못할 텐데 말이야."

"그걸 막으려고 부지런히 운동을 시켜드렸으니까요."

"아무리 그래도 이상하지 않은가. 저렇게 금방 활기를 되찾으시다니. 얼마 전까지 제힘으로 물도 못 넘기던 사람이라고 누가 생각하겠어."

어의가 떠들거나 말거나 단금은 눈썹 한 올 꿈틀하지 않았다. 아무 관심이 없는 것이었다. 하지만 서린은 달랐다. 어의가 하려는 말이 뭔지 정확히는 몰라도, 자신에게 굉장히 중요한 실마리를 줄 것이란 직감이 들었다. 서린은 기둥에 등을 바짝 붙이고 살그머니 고개를 내밀었다. 그와 동시에 어의는 단금을 향해 메기처럼 생긴 입을 갖다 대며 속삭였다.

"자네 그거 아는가? 궁인 중에는 말이야, 대군 마마가 진작에 깨어나셨던 게 아니냐고 수군거리는 사람들도 있다네."

"그게 무슨 말입니까?"

"재작년 겨울부터 중전 마마께서 중궁전의 외부인 출입을 금지하셨지. 사실 대군 마마가 그때 눈을 뜨신 게 아닌가 의심한단 말이야."

그 말에 서린은 뒤통수를 한 대 세게 맞은 기분이었다. 그런 일이 가능할 거라곤 생각도 못 했는데. 정말일까? 허투루 들을 순 없었다. 의녀 단금은 대군의 건강만을 책임지고 있지만, 저 어의는 국왕과 대비, 세자와 세자빈까지 돌보는 사람이었다. 서린이 잘 모르는 분야이긴 하지만 그의 의학적 지식이 단금에 못 미친다고 단정 짓기는 어려웠다. 대군이 다들 아는 것보다 일찍 깨어난 게 아니냐는 어의의 말을 도발로 받아들인 단금의 턱에 힘이 들어갔다.

"재작년 겨울부터 독한 고뿔이 유행해서, 대군 마마께 옮는 걸 막으려고 그랬을 뿐입니다. 중궁전에서 대군 마마께서 깨어난 시기를 숨겨야 할 이유가 대관절 무엇이란 말입니까?"

"난들 알겠나? 여러 이유가 있을 수 있겠지. 대군 마마께서 정신이 불안정했다거나, 남들 앞에 나설 수 없는 어떤 사정이 있었다거나."

"계속 그렇게 흰소리만 하실 거면 떠나주시지요. 방해가 됩니다."

단금은 더는 못 참겠다는 듯 어의의 어깨를 손으로 가볍게 밀쳐 버렸다. 그리고 탕기를 두 손으로 소중하게 받친 채 서린의 앞을 총 총걸음으로 지나갔다.

서린은 단금이 헌에게 다가가 탕약을 올리는 모습을 망연히 지켜 보았다.

'연극이었다고? 그 모든 게?'

같은 시각, 단금에게 박대당한 어의는 천수전 뒷길을 걸어 나가고 있었다. 대숲 뒤에 그림자처럼 으슥하게 서 있던 인영 하나가 스윽 앞으로 나왔다. 조내관이었다. 어의는 조내관을 보고도 놀라지 않은 채 어깨만 으쓱했다.

"이제 되었는가? 저하께서 지시하신 대로 말했네. 왜 이런 걸 시키 시는지 모르겠군. 조내관 자네는 아는가?"

"저하의 깊은 뜻을 저따위가 어찌 헤아리겠습니까."

조내관은 충실한 하인답게 말했다. 어차피 어의에게도 범의 의도 는 중요하지 않을 것이다. 그에게 중요한 건 오직 줄을 잘 서는 것, 그래서 머지않아 불어닥칠 파란에서 살아남는 것뿐이었으니까. 이 궁에 있는 모두가 그렇듯이.

31
운우지정

"우선 용안을 뵙고 확인해야겠다. 혹 편찮으신 게 아니냐?"

편전(便殿)에 있는 왕의 침소. 문으로부터 조금 떨어진 복도에서 범이 언성을 높이고 있었다. 오늘 아침 숙면을 이유로 범의 문안을 받지 않겠다고 한 왕이, 한 시진 후에도 여전히 일어나지 않고 있는 게 문제였다. 중간에 끼어 난처한 처지가 된 지밀상궁은 식은땀만 삘 삘 흘렸다.

"편찮으신 건 아닙니다. 오히려 너무 강건하셔서 문제……."

"그게 무슨 말이냐?"

범이 추궁했지만 대답은 돌아오지 않았다. 자기들끼리 은밀한 눈짓을 주고받는 상궁들의 작태에 답답해진 범은 발을 성큼 내딛어 문 바로 앞까지 다가갔다.

"아무래도 안 되겠다. 내가 직접 들어가 보겠다."

"저하, 안 됩니다."

다급히 손을 뻗으며 제지하려는 지밀상궁을, 범은 서늘하게 가라 앉은 눈초리로 쳐다보았다. 감정이 실려 있진 않았다. 하지만 그것만으로도 상궁은 불에 덴 것처럼 화들짝 놀라 뒤로 물러섰다. 그림자조차 감히 밟아선 안 될 존재. 그게 일국의 세자니까.

"아바마마, 소자 문안 인사 올리러 왔습니다."

범이 또렷한 목소리로 고하자, 문 너머에서 으흠으흠 하는 헛기침 소리가 들렸다. 안에 사람이 있다는 뜻이었다. 여기서 그냥 돌아갈 수도 있었지만, 범은 이 궁궐 안에서 자신이 모르는 어떤 일이 벌어지고 있다는 걸 용납할 수 없었다. 그대로 문을 열고 들어갔다. 최소 서너 명의 내관과 상궁들이 지키고 있어야 할 방은 휑했다.

"세자, 이른 아침부터 무슨 일이냐?"

병풍 아래 펼쳐진 원앙금침에서 몸을 일으킨 왕이 당혹스러운 기색으로 말했다. 속적삼만 대충 걸친 그의 등 뒤에는 머리채를 늘어뜨린 중전 홍씨가 숨어 있었다.

'이른 아침은 무슨, 해가 중천인데.'

왕이 홍씨와 운우지정(雲雨之情)*을 나누느라 문안 인사를 거절했다는 걸 깨달은 범은 실소가 나왔다. 본래 왕과 중전의 교합은 이런 식으로 이루어지지 않는다. 왕이 중궁전에서 밤을 보내기로 결정하면 오후쯤 미리 의사를 전달한다. 중궁전 상궁들은 반나절 동안 목욕하랴, 몸단장하랴, 주안상 차리랴 난리법석을 떤다. 왕이 나타나면 그때부터 또 절차가 번거로웠다. 교합이 이루어지는 동안 사방을 둘러친 병풍 밖에 상궁들이 지키고 서서, 왕이 지나치게 흥분하진 않는지 무리하진 않는지 호시탐탐 감시했다. 왕과 중전이 중궁전이 아닌

---

* 구름 또는 비와 나누는 정이라는 뜻으로 남녀의 정교를 이르는 말

편전에서 함께 잠들었다는 건, 중전이 왕을 보러 편전을 방문했다가 충동적으로 교합이 이루어졌다는 뜻이다. 자꾸 간섭해서 흥이 깨지는 것 같으니 상궁들도 전부 내보냈겠지.

왕도 중전도 뺨이 불그스레하게 상기된 게 행복감에 들떠 보였다. 그 꼴을 보는 범은 묘한 감각을 느꼈다. 다리가 여덟 개 달린 작은 벌레가 살갗을 슬금슬금 기어 다니는데 정확히 어디 있는지 몰라 잡을 수 없는 짜증스러운 느낌. 그것과 비슷했다. 부부 침상 앞에 장승처럼 선 불청객의 존재에 결국 홍씨가 먼저 일어났다.

"아무래도 제가 전하의 시간을 너무 많이 빼앗았나 봅니다."

"무슨 소리요. 이게 얼마 만의 해후인데."

왕은 범이 보는 가운데 홍씨의 손을 덥석 잡았다. 대군이 몸져누워 있는 동안 홍씨는 단 한 번도 왕의 침상에 들지 않았다. 아들이 생사의 기로를 오가는데 운우지정을 나누며 쾌락에 빠질 순 없었던 것이다. 그런데 헌이 쾌차하자, 이제 홍씨도 왕의 접근을 뿌리칠 이유가 없었다.

"중전의 몸이 많이 약해진 것 같아 걱정이오. 오랜 세월 홀로 세자의 병구완을 하느라 정작 자신을 돌보지 못했구려."

왕은 또다시 말실수를 했지만, 이 방 안에서 그걸 지적하는 사람은 없었다. 범은 불편해진 심기를 내색하는 대신, 침착하고 담담한 태도로 이렇게만 말했다.

"어마마마도, 대군도 몸보신이 필요하지요. 제가 방법을 마련해보겠습니다."

편전을 나온 범은 깊은 생각에 잠겼다. 왕의 마음이 변했다는 건 확실했다. 아니, 애초에 범에게 마음을 준 적 따위는 없는지도. 그에겐 그저 후계를 이어줄 건강한 세자가 필요했을 뿐이다. 그게 적자라면 더할 나위 없고.

아쉽거나 서글프지 않았다. 애초에 아버지라고 애정을 느낀 적은 없었으니까. 그저 이 관계를 얼마나 더 끌고 나가야 할지, 그럴 만한 가치가 있는지 계산이 필요할 뿐. 하지만 아무리 범이라도 왕과 그를 둘러싼 수백 명의 신하들, 나아가 바닷가 모래알처럼 많은 백성의 역학관계와 앞으로의 정국을 예측하긴 어려웠다. 자로 잰 듯 정확한 생활습관을 깨뜨리고 밤늦도록 고민하면서, 범은 처음으로 서린의 능력이 탐났다. 더 많은 정보를 알 수 있는 그 힘이.

"저하, 이 색은 어떠십니까?"

"……."

"저하!"

다음 날 오후, 백일몽에 빠진 범을 깨운 건 세자빈의 극성스러운 목소리였다. 계절이 바뀌었으니 새 옷을 지어야 한다며 상의원 어침장을 끌고 온 것이다. 연씨와 어침장은 범의 치수를 잰다며 겁 없이 몸 여기저기를 더듬더니, 이번엔 옷감을 골라야 한다고 난리였다.

"아, 나쁘지 않소."

범은 연씨가 품에 안고 있는 황록색 비단을 힐긋 보고는 성의 없이 말했다. 연씨와 어침장은 누각의 여덟 기둥에 줄을 연결해 진귀한 옷감 수십 개를 전시하듯 걸어놓았다. 간간이 바람이 불어올 때마다 형형색색의 옷감들이 춤추듯 나부끼는 모습이 모두의 감탄을 자아냈지만, 정작 옷의 주인이 될 범은 별다른 감흥이 없는 듯했다.

"이것도 나쁘지 않다, 저것도 나쁘지 않다고 하시면 어쩝니까. 차라리 저하께서 가장 마음에 드시는 걸 친히 골라주시지요."

연씨는 손에 들었던 옷감을 도로 걸어놓으며 보채듯 말했다. 시키지도 않은 일을 하고, 사람 귀찮게 하는 여자다. 범은 손 닿는 가장 가까운 곳에 걸린 옷감을 집어 들면서 말했다.

"이게 좋겠구려. 새 옷은 한 벌만 있으면 충분하니, 나머지는 어려운 백성들에게 나눠주시오."

범이 고른 건 아무 무늬도 없이 밋밋한 검은색 옷감이었다. 저 많은 옷감을 다 구빈(救貧)에 쓰라니. 수행 중이던 궁인들은 그 아량에 감복하며 찬탄하는 표정이 되었다.

"역시 우리 저하셔."

"어쩌면 저리 청빈하시고 아량이 넓으실까."

하지만 연씨는 달랐다. 자그마한 코끝을 실룩거리는 게 금방이라도 울음을 터뜨릴 것만 같았다. 자그마치 열흘을 어침장과 함께 고민해 고른 옷감들인데, 저토록 쉽게 남한테 주라고 하다니. 남편에 대한 애정과 정성이 땅에 떨어져 짓밟힌 것 같았다. 타인을 관찰하는 데 도사인 범은 그런 연씨의 기분을 알아차렸지만, 굳이 달래줄 마음은 없었다. 지금의 연씨는 범에게 별다른 효용이나 가치가 없기 때문이었다. 그때, 누각 맞은편에서 총총걸음으로 지나가는 사람의 모습이 범의 시야에 들어왔다.

"조내관, 저기 지나가는 게 윤나인 아니냐?"

"아, 네, 저하. 맞습니다."

범과 조내관의 대화를 들은 연씨의 귀가 쫑긋 섰다. 그렇지 않아도 범이 웬 견습나인을 불러 사담을 나누곤 한다는 소문을 들었던 차

였다. 아까의 서운함도 잊어버리고 이번에는 사냥개처럼 바짝 경계
하는 연씨에게 범은 더없이 상냥한 투로 권했다.

"빈궁, 볕이 따갑구려. 먼저 동궁전으로 돌아가 쉬고 계시겠소?"

"아닙니다. 따뜻하고 좋은걸요. 어의도 제게 신선한 햇볕을 자주
쬐라고 했습니다."

연씨는 무거운 가체 아래 고인 땀을 손등으로 재빨리 훔쳐내며 억
지로 웃었다. 나 몰래 어린 나인과 놀아날 생각이겠지만 어림없다.
내 그년 얼굴을 똑똑히 봐주마. 그런 심정이었다.

"그렇소? 그러면 여기서 더 볕을 쬐고 있도록 하시오."

주저 없이 말한 범은 그대로 연씨의 곁을 지나쳐 누각을 빠져나갔
다. 설마 그럴 줄 몰랐던 연씨는 닭 쫓던 개처럼 입을 헤 벌린 채 제
자리에 서 있었다. 범이 누각 계단을 내려가면서 조내관에게 지시하
는 게 들려왔다.

"동궁전으로 돌아가겠다. 윤나인을 그리 오라고 하라."

서린은 여태껏 세자의 부름을 달가워하지 않은 적이 없었다. 아니,
어떻게든 세자를 만나려고 발버둥 치는 처지였다. 하지만 오늘만큼
은 조내관을 따라 동궁전으로 향하는 발걸음이 천근만근 무거웠다.
지난 며칠 동안 알게 된 것들을 세자에게 알려야 할지, 알린다면 뭐
라고 말해야 할지 머릿속이 뒤엉킨 실타래처럼 복잡했다. 그 실타래
를 미처 풀어내지도 못한 채 서린은 세자의 방 안에서 그를 마주하
게 되었다.

"저하를 뵙습니다."

세자는 언제나 그렇듯, 허리를 반듯하게 펴고 그린 듯 단정한 자

태로 서안 앞에 앉아 있었다. 서린이 예를 갖추는 동안에도, 그는 책에 푹 빠진 사람처럼 책장에서 손을 떼지 못했다. 조바심 난 서린이 무슨 일로 부르셨는지 먼저 물으려는 찰나, 세자가 천천히 입술을 떼었다.

"윤나인, 그때 가져간 술잔에서 알아낸 게 있느냐?"

"그건……"

서린은 아차 싶었다. 화승총 파편과 화기도감 관원이 안겨준 충격에 묻혀 깜박 잊어버렸지만, 먼저 해명해야 할 건 은잔이었다. 그걸 손에 넣기 위해 변색된 걸 보았다고 거짓말했던 것.

"제가 잘못 보았던 것 같습니다. 죄송합니다."

"그래. 그렇구나."

범은 아무렇지 않은 듯 온화하게 대답했다. 날벼락이 떨어질 걸 각오하고 있던 서린은 저도 모르게 한숨을 내쉬었다. 하긴, 단순한 오해였던 것으로 정리되는 게 모두에게 좋을 테니. 이대로 넘어가는 거겠지 안심하려는 순간, 책장을 두세 장 더 넘기던 세자가 다시 입을 열었다.

"헌데…… 왜 그리 떨고 있느냐?"

세자는 눈치가 빨랐다. 서린이 쭈뼛거리며 방에 들어오는 순간, 빳빳하게 경직된 그 낯만 보고도 비밀이 있다는 걸 알아차렸다. 범에게는 표정뿐만 아니라, 주변 공기의 흐름까지 자유자재로 바꾸는 능력이 있었다. 그는 얼굴을 부드럽게 풀고 따뜻한 분위기를 자아내며, 놀란 어린아이 달래듯 나지막한 음성을 냈다.

"뭔가 하고 싶은 말이 있구나. 그게 무엇이냐?"

솔직히 서린은 흔들렸다. 혼자 감당하기엔 너무 버겁고 무서운 일이라서 의존하고 싶은 유혹이 들었다. 그녀보다 똑똑하고 침착하며, 권력과 능력뿐만 아니라 인품까지 갖춘 누군가에게.

"저하, 약속해주실 수 있겠습니까?"

"무엇을 말이냐?"

"지금부터 제가 드릴 말씀을…… 노하지 않고 끝까지 들어주시겠다고. 그리고 반드시 비밀에 부쳐주시겠다고 말입니다."

"내가 지금까지 네 기대에 못 미친 적이 있었더냐?"

범은 약속하는 대신 그렇게 말했다. 그랬다. 적어도 서린이 아는 한, 세자는 그녀를 실망시킨 적이 없었다. 늘 과분하다 싶을 정도로 도와주었다. 아린의 죽음을 파헤치기 시작할 때는 미처 예상치 못했던, 너무도 크고 무서운 비밀을 알아버린 지금, 서린은 몸서리치게 두려웠다. 그래서 흔들렸다. 손에 쥐여진 패 중 하나를 뒤집어 다른 이에게 보여주고 싶은 충동에.

"어떻게 알아냈는지는 묻지 말아주십시오. 부사 나리의 총에 못된 장난을 친 사람이 있습니다. 총이 폭발한 것은 그 때문이었습니다."

행여 누군가에게 가로막히기라도 할까 겁나는 것처럼, 서린은 빠른 속도로 말을 쏟아냈다. 두근대는 가슴에서 둥둥 북소리가 울려나와 말소리를 덮어버릴 것만 같았다.

"화기도감을 드나드는 사람들에게 물어보았습니다. 시연회가 열리기 전, 남몰래, 혼자, 도감에 출입한 사람이 있는지. 있다면 그 사람이 바로 용의자니까요. 그런데……."

"그런데?"

"대, 대군 마마께서…… 시연회 전날 밤 다녀가셨다고……."

결국, 입 밖에 내고 말았다. 바닥을 짚고 있던 서린의 양팔에서 힘이 풀리며 눈에 띄게 후들거렸다. 범은 그때까지도 속을 알 수 없는 무표정한 얼굴로 서린의 말을 듣고 있었다. 약속했던 대로. 서린의 얘기가 완전히 끝났다는 게 확실해지자, 그제야 비로소 고요한 침묵을 가르고 범의 음성이 들려왔다.

"윤나인, 내가 지금까지 널 많이 봐주었지. 하지만 이번에는 확실히 선을 넘었구나."

세자의 까만 눈동자가 무섭도록 싸늘하게 식어 있었다. 서린의 가슴이 철렁 내려앉았다. 바닥을 짚고 있던 서린의 손이 미세하게 떨렸다.

"저하, 통촉해주십시오."

그동안 범이 너무 잘해줘서 인식하지 못했던 현실이 냉엄하게 다가왔다. 그녀의 눈앞에 있는 사람은 세자였다. 이 나라의 두 번째 권력자.

"대군이 다치기 전까지 의종은 그의 가장 충실한 추종자였다. 새롭고 진기한 물건을 좋아하는 대군을 위해 외국에 다녀오기도 했지. 대군에게 의종을 해쳐야 할 이유가 어디 있단 말이냐?"

"전…… 그런 건 몰랐습니다."

"네 동생 일은 더욱 그렇다. 아기나인이 살아 있을 때 대군은 깊이 잠들어 있지 않았느냐? 의식도 없던 대군이 벌떡 일어나 아기나인을 해쳤을 리도 없고."

범이 차근차근 따질수록, 서린은 제 몸이 점점 줄어드는 기분이었다. 체감으로는 개미만큼 작아져 보이지도 않게 되었을 때쯤, 범은 간신히 화를 가라앉힌 사람처럼 숨을 들이마셨다.

"방금 얘기는 못 들은 걸로 하겠다. 연이어 큰일이 터져 너도 충격이 컸겠지. 이번만은 봐주겠지만, 다신 내 동생에 대해 안 좋은 말을 입에 담지 말거라."

"송구합니다, 저하."

서린은 고개를 푹 숙인 채 뒷걸음질로 물러났다. 비빌 언덕이라 믿었던 세자가 등을 돌리자 큰 충격에 빠진 기색이 역력했다.

서린이 올리는 절도 받지 않고 성난 기색을 드러내던 범은 그녀가 완전히 사라지자마자 느닷없이 큰 소리로 웃음을 터뜨렸다.

"하…… 하하…… 으하하하!"

"저하, 무슨 일이십니까?!"

동궁전에서 처음 듣는 큰 웃음소리에 화들짝 놀란 조내관이 예법도 잊은 채 뛰어 들어왔다. 범은 뱃속에 찬바람이 지나가는 듯한 희열을 느끼면서 끅끅거렸다.

"날 보거라, 조내관. 웃고 있다."

"예, 알고 있습니다. 뭐가 그리 재미나신지요?"

"사람들이 어떤 마음으로 웃는지 비로소 알겠구나. 어쩌면 이리도 우스울 수 있단 말이냐!"

서린이 화승총 얘기를 꺼냈을 때는 하마터면 보고 있던 책을 떨어뜨릴 뻔했다. 대관절 어떻게 알았단 말인가. 화기도감 관원들에게 미리 손을 써두지 않았다면 꼬리가 밟혔을지도 몰랐다. 다행히 서린은 범이 쳐놓았던 덫에 무사히 걸려들었다. 저 어린 견습나인은 모르는 게 분명했다. 한 발 한 발 내딛기가 살얼음 위를 걷는 듯한 이 궁궐 안에서, 어설프게 아는 건 모르느니만 못하다는 걸. 갈수록 재밌어졌다. 온통 비밀투성이인 이 줄다리기는.

32
하면 된다

"《소학(小學)》의 내용은 어디까지 기억하느냐?"

범과 헌의 첫 수업 시간. 범은 준비해온 책을 펼치며 아우에게 물었다. 관례에 따라, 그들이 자리 잡은 누각에는 십수 명의 문관들이 앉아 수업을 참관하고 있었다. 헌이 대번에 긴장한 낯빛을 띠자, 구경하던 문관들도 덩달아 마른침을 삼켰다.

"그게, 저기⋯⋯."

"그래, 그럼 일단 《동몽선습(童蒙先習)》부터 복습하도록 하자."

범은 가볍게 한숨을 쉬며 아까 것보다 훨씬 얇은 책을 집어 들었다. 헌의 눈빛을 봐서는 소학이 뭣에 쓰는 물건인지, 먹는 것인지 묻고 싶어 하는 것 같았으니까. 그럴 만도 했다. 헌의 정신은 십 년을 훌쩍 건너뛰었지만, 그의 육체는 그 세월을 빼먹지 않고 고스란히 살아왔다. 새로운 기억은 축적하지 못한 반면, 망각은 착실히 진행되었다. 헌이 《천자문》까지 깡그리 잊어먹지 않은 게 오히려 대견하다고 해야 할지도 몰랐다.

"천지 만물 중 사람이 가장 귀한 이유는 다섯 가지 인륜이 있기 때문이다. 이를 오륜이라 부르는데 맹자께서 말씀하신 것으로……."

범은 단정하고 듣기 좋은 목소리로 차근차근 삼강오륜의 개념을 설명해갔다. 헌은 두 손을 무릎 위에 얹은 채 형님 말씀을 경청하고 있었다. 도중에 자꾸만 눈동자 초점이 흐려지고 동공이 텅 비는 것이 아무래도 잘 알아듣는 것 같진 않았지만, 그래도 열심히는 했다. 범이 어떤 구절을 읽어보라고 시키면 식은땀을 쫙 빼면서도 더듬더듬 읽기도 했다. 한심하기보다는 기특하고, 자랑스럽기보다는 애처로운, 보는 이에게 연민을 자아내는 모습이었다. 세자의 스승이자, 그 자리에 모인 문관 중 학식이 제일 높은 대제학이 잠시 틈을 타 끼어들었다.

"대군 마마, 이런 얘기를 들어보신 적 없으십니까? 중국 삼국 시대, 오나라 왕이었던 손권에게는 여몽이라는 이름의 장수가 있었습니다."

"여몽이오?"

범은 그 이름만 듣고도 대제학이 무슨 얘기를 하려는 것인지 알아차렸지만, 헌은 짐작도 못 하는 눈치였다. 대제학은 주름진 입가에 자상한 미소를 띠며 천천히 말을 이었다.

"네. 무술 연마에만 힘을 쏟아 학식이 부족했던 여몽에게 손권은 대사를 도모하려면 학식을 쌓아야 한다고 당부했습니다."

"그래서요? 여몽이 열심히 공부했나요?"

"네, 여몽은 부단히 노력해 평소 그를 무시하던 문관들이 깜짝 놀랄 정도로 지적인 사람이 되었지요. 이 일화를 사자성어로 뭐라고 하는지 아십니까?"

헌은 당황한 기색으로 주위를 두리번거렸다. 사자성어가 뭔지 잊어버린 것이다. 그 모습을 딱하게 여긴 젊은 문관 하나가 손가락 네 개를 펴 보이며 헌을 향해 작게 속삭였다.

"사자성어요, 대군 마마. 네 글자."

"아, 네 글자."

헌은 그제야 기억났다는 듯 기쁘게 웃었다. 그와 동시에 문관들은 안도의 한숨을 내쉬었다. 여기 모인 문관 중에는 친중전파도 있고, 친세자파도 있으며, 중립파도 있었다. 하지만 시간이 지날수록 어느새 그런 구분은 희미해지고, 한데 응원하는 마음으로 저 어린 대군을 지켜보게 되었다. 문관들은 헌이 정답을 무사히 말하기만을 간절하게 기다렸다. 그런데…….

"……하면 된다?"

헌은 고개를 갸웃거리면서 자신에게 그나마 친숙한 네 글자를 말했다. 범과 헌의 눈치를 살피는 문관들의 안면 근육이 심상치 않게 꿈틀대고 있었다. 그리고 다음 순간, 모두 공기가 뒤흔들릴 정도로 요란하게 박장대소했다.

"으하하하핫!"

"맞네, 그 말도 맞아!"

"대제학, 이것도 정답으로 인정해주셔야 하지 않겠습니까? 네 글 잡니다!"

그토록 체통 따지는 걸 좋아하는 선비들이, 평생 큰 소리 한 번 안 내고 살아온 양반들이 배를 움켜잡고 제자리에서 데굴데굴 구르며 웃어댔다. 헌은 머쓱한 듯 뒷머리만 벅벅 긁었고, 범은 무표정을 유지하고 있었다. 일부러 많은 사람 앞에서 수업을 하면서 헌이 망신당할 기회를 만들려 했던 범이었다. 그런데 이상했다. 사람들은 배꼽이 빠지도록 웃고 있지만 그렇다고 헌을 깔보거나 멸시하는 것 같지는 않았다. 아니, 오히려 호감에 가까운 반응을 보였다.

"이렇게 시원하게 웃어본 게 얼마 만인지 모르겠네그려."

범은 깨달았다. 어느덧 사람들이 오로지 헌에게만 집중하고 있다는 걸. 솔직하고 인간적인 저 청년에게 그들은 매혹당하고 있었다. 범의 본능적인 경계심이 발동했다. 그는 빼앗긴 주의를 다시 빼앗아오기 위해, 몇백 번이고 연습한 완벽한 미소를 지으며 너그러운 투로 말했다.

"헌아, 스승님께서 저 이야기를 꺼내신 이유는 네게 교훈을 주기 위함이다. 시작이 늦었다 해서 좌절하지 않고 부지런히 학문을 연마한다면, 다들 널 괄목상대(刮目相對)하게 될 것이다."

"예, 형님!"

헌은 기가 죽기는커녕 돌연 범의 품을 파고들면서 쏙 안겨들었다. 이제는 서로 덩치가 엇비슷해져 우스꽝스러운 형상이 되고 말았지만. 느닷없는 신체 접촉에 당혹스러워진 범을 향해 헌은 씩씩하고 다부지게 외쳤다.

"염려 마십시오! 형님이 써주신 마음 헛되지 않게, 눈알이 빠질 때까지 열심히 공부하겠습니다! 재미없고 짜증나고 머리 아파도 꾹 참아보겠습니다!"

문관들 사이에서 다시 한번 폭소가 터졌다. 하긴 공부가 좋아서하는 사람이 어디 있겠는가. 그들도 다 입신양명을 위해 졸음과 권태를 참으며 억지로 책을 펴던 시절이 있었다.

"그대들에게도 부탁하겠소. 그대들 모두를 내 스승으로 여길 테니, 날 대군 아닌 제자로 생각하고 틈나는 대로 가르침을 주시오. 내 성실히 따르리다!"

헌은 누각을 빙 둘러싸고 앉은 문관들을 한 바퀴 둘러보면서 싹싹하고 애교 있게 말했다. 그 청을 웃으면서 승낙하지 않을 이는 없었다. 다들 헌을 좋아했다. 사람들은 범을 존경했지만 좋아하진 않았다. 그에게서 매력을 느끼진 않았다. 범에게는 너무도 어려웠던, 아니 불가능했던 일이 헌에게는 손가락을 까닥하는 것보다 쉬웠다. 범은 지난 십 년간 잊고 지냈던 해묵은 감정의 잔상이 드리우는 것을 느꼈다. 그건 바로 열등감이었다.

"형님, 오늘 정말 수고 많으셨습니다. 제가 맛있는 걸 대접하고 싶습니다."

수업이 끝나기가 무섭게 헌은 범과 함께 천수전으로 갔다. 범은 못 이기는 척 끌려갔다. '형님'이 아니라 '저하'라고 불러야 한다든가, '수고 많았다'는 아랫사람에게 하는 말이라든가 하는 세세한 가르침은 주지 않았다. 범은 헌이 백치 상태로 남아 있기를 내심 바랐으니까.

"희귀한 물건을 좋아하는 건 여전하구나."

천수전에 있는 헌의 침소 겸 서재. 범은 헌이 어떻게 지내는지 살펴보는 척하면서 내부를 면밀히 탐색했다. 대비가 직접 장인을 고용해 선물해준, 벼락 맞은 대추나무 서안은 책이 산더미같이 쌓인 채 구석에 처박혀 있었다. 서안을 밀어버리고 생긴 가운데 큰 공간에는 헌이 어릴 때부터 열광했던 각종 신문물이 모여 있었다. 커다란 괘종시계, 유리가 달린 거울, 망원경 같은, 범은 이름만 겨우 아는 희한한 물건들이었다. 저토록 귀한 물건을 갖다 바칠 만큼 헌의 환심을 사고 싶어 하는 사람이 많다는 증거였다. 범은 입맛이 썼지만 내색하지 않았다.

"대군, 차는 그렇게 한 번에 마시는 게 아니라 했지요. 가슴 높이까지 잔을 받쳐 들고, 향과 색과 맛을 음미하며, 최소한 세 번에 걸쳐 천천히 음미하는 것이라 설명했는데."

차를 마시는 헌을 지켜보던 중전 홍씨가 사근사근하지만 엄격한 투로 일렀다. 아들을 중궁전에서 내보내긴 했지만 마음에선 내보내지 못한 그녀는 사실상 천수전에 살다시피 하고 있었다. 갈증을 참지 못하고 벌컥벌컥 차를 들이마셨던 헌은 시무룩한 표정이 되었다.

"잘못했습니다."

"너그러이 봐주시지요, 어마마마. 대군이 벌써 다례까지 익히긴 이르지 않습니까."

그렇게 말하는 범의 자세는 우아함 그 자체였다. 오른손 엄지로 잔의 앞쪽을, 빈틈없이 붙인 나머지 네 손가락으로 뒤쪽을 살며시 감싸고, 왼손은 그 아래를 지그시 받치고 있었다. 허리는 일자로 곧게 펴고 잔을 든 손은 정확히 가슴 앞에 위치했다. 예법 교재에서 방금 걸어 나온 것처럼 완벽한 양아들과 어설픈 친아들을 비교하면서 홍씨는 속이 상했다.

"이르다니, 뭐가 이르단 겁니까? 여염집 무지렁이 총각이 아니라 이 나라의 대군인데!"

발끈한 홍씨는 방석을 박차고 일어나 그대로 나가버렸다. 한없이 자애로운 줄로만 알았던 어머니의 노한 모습에 헌은 충격을 받았다. 입을 헤 벌린 채 홍씨가 떠난 자리를 쳐다보던 헌은 꼭 쥐고 있던 찻잔을 상에 내려놓으며 힘없이 중얼거렸다.

"제가 부족하여 어마마마께 불효만 하고 있습니다."

"그런 게 아니다."

"덩치가 커지면 뭘 합니까. 전 늘 다른 사람의 도움만 받고 있습니다. 형님만 해도, 시강에 주강에 조회까지 참석하느라 바쁘실 텐데 번번이 제게 시간을 뺏기시고."

철없이 마냥 해맑은 '어른애'인 줄 알았는데, 헌은 의외로 눈치가 있었다. 웃고 장난치면서도 자신에 대한 타인의 반응을 민감하게 포착하고 있었다. 살갑고 붙임성 있게 구는 건, 어쩌면 미움 받지 않으려는 그만의 필사적인 노력인지도 몰랐다. 십 년 전에 어땠든지, 지금 그의 처지는 어쩔 수 없는 '굴러들어온 돌'이니까.

"믿어주십시오, 형님. 다른 사람들이 뭐라 하건, 전 세자 자리를 빼앗긴 게 조금도 화나거나 억울하지 않습니다. 저보다 나이도 많고, 학식도 풍부하신 형님이 훨씬 세자에 어울리시니까요."

"……."

"깨어난 후로 단 한순간도, 형님의 자리를 욕심낸 적 없습니다. 앞으로도 그럴 거고요. 맹세할 수 있습니다. 그러니 부디, 부디……."

바닥을 슬금슬금 지나온 헌의 손가락이 범의 도포 자락을 와락 움켜쥐었다. 범의 시선이 반사적으로 도포를 향해 내려가자, 헌은 그렁그렁한 눈으로 형을 향해 애원했다.

"절 미워하지 말아주세요. 전 형님이 정말 좋습니다. 친형제가 아니라도 좋습니다. 평생 진짜 가족으로 살고 싶습니다."

그러니까 헌도 알고 있는 것이다. 아무리 친밀한 척해봤자 그들은 가족이 아니라는 사실을. 같은 아버지의 피가 흐른다는 것 따윈 의미 없었다. 같은 외자 이름을 가진 이복형제 사이에는 적자와 서자라는 영영 극복할 수 없는 간극이 있었다. 이슬처럼 뚝뚝 떨어져 바다에 고인 헌의 눈물을 보았지만 범은 털끝만큼의 감동도 일지 않았다.

"고개를 들거라."

"……."

"아우야, 나도 마찬가지다. 네가 가족이 아니라고 생각한 적은 단한 번도 없다."

이 정도 말은 얼마든지 해줄 수 있었다. 어차피 가족이란 단어는 범에게 아무 의미도 없으니까. 죄인으로 죽은 친모도, 필요에 따라 애정을 적선하듯 나눠주는 부왕도, 가식 덩어리인 양어머니도, 차디찬 북풍을 몰고 다니는 대비도. 범에게는 폐만 끼치는 존재들이었다. 싹 다 죽어버리면 좋겠다. 그런 범의 마음을 모르는 헌은 울먹이며 범을 올려다보았다.

"형니임……."

"자, 이걸 받아라."

"이게 뭡니까?"

곤룡포 소매 안쪽에서 꺼낸 물건을 본 헌은 눈이 휘둥그레졌다. 범의 손끝에서 쨍강쨍강 맑은 소리를 내며 울리는 그것은 길고 투명한 보석처럼 보였다.

"세자빈의 가문에서 내게 결혼 선물로 준 유리옥패다. 악(惡)과 흉(凶)을 물리쳐 주는 영험한 물건이라는구나. 우애의 징표로 네게 주마. 늘 몸에 지니고 다니거라."

"네? 그렇게 귀한 물건을 제게 주셔도 되는 겁니까?"

"왜, 받기 싫으냐?"

그럴 리가 없었다. 헌은 범이 준 옥패를 받아들고 기쁨을 주체하지 못했다. 범이 자신을 진심으로 아낀다는 생각에 가슴이 벅찼다.

"다른 사람에게는 절대 말하지 말거라. 네 형수가 알면 질투할 테니까."

범은 일부러 목소리를 낮추며 당부하는 척했다. 크든 작든 뭔가 비밀을 공유하면, 사람들은 서로 가까워졌다고 착각하기 마련이니까. 그의 예상대로 헌은 자신감을 되찾고 의기양양해졌다. 어깨가 쫙 펴진 헌은 자기도 뭔가 주고 싶어 주위를 두리번거리다가, 범이 몇 개 집어먹은 다식 그릇을 보고 표정이 환해졌다.

"형님! 이 다식 더 드시겠습니까? 잠시만 기다리십시오!"

나인을 불러 가져오라고 하면 될 것을, 헌은 그사이를 참지 못하고 부리나케 뛰쳐나갔다. 그렇지 않아도 밖으로 내보낼 핑계가 필요했는데, 범으로서는 잘된 일이었다. 버선 바람으로 나온 대군을 보고 상궁들이 기겁하는 사이, 범은 품속에서 꺼낸 물건을 서안 아래에 숨겼다.

'참으로 무지하구나, 대군. 나에 대한 네 마음이 어떠하든, 그런 건 하나도 중요하지 않다.'

헌을 이용해 범을 끌어내리려는 이들이 있다는 것, 그게 중요했다. 오만 가지 물건으로 가득 차 주인조차 정확히 뭐가 있는지 모를 것 같은 방 안에 의심의 씨앗을 뿌리면서, 범은 수확을 기대하는 농부의 마음으로 조용히 미소 지었다.

'그 무지가, 널 파멸로 몰고 갈 것이다.'

33

검은 닭

"어떻게 됐어? 나리를 죽인 사람이 누군지 알아냈어?"

지겹도록 보게 될 거라던 채옥의 말처럼, 서린은 오늘도 그녀와 함께 소주방에서 일하고 있었다. 채옥이 건네준 반죽에 고물을 고르게 묻히면서, 서린은 그녀의 질문에 대답했다.

"아직 확실한 건 아무것도 없어. 의심 가는 사람이 하나 있긴 하지만."

"뭐? 그게 누군데? 어느 개호로잡놈의 새낀데!"

채옥은 당장 달려가 멱살을 틀어잡을 기세였다. 그 새끼가 아무래도 대군 마마인 것 같다고 하면 채옥은 어떤 표정을 지을까. 서린은 상상이 안 됐다. 조가비처럼 입을 꾹 다물어버린 서린을 채옥이 깨 볶듯 달달 볶아대는데, 이번에도 문상궁이 나타나 대화의 맥을 끊어 놓았다.

"윤나인, 날 따라와라. 윗전에서 부르신다."

윗전이라면 동궁전이겠지. 세자가 부른 것으로 생각하고 군말 없이 따라간 서린은 문상궁이 멈춰 선 곳을 보고 흠칫했다. 범의 취향과는 어울리지 않는 아기자기한 색깔로 단청을 칠한 중간 크기의 건물. 서린은 이곳 앞을 자주 지나다니긴 했지만 안으로 들어가 본 적은 없었다.

"상궁 마마, 이곳은……."

"빈궁 마마께서 네게 시킬 일이 있다고 하신다."

그러니까 내가 조심하라 하지 않았느냐. 경고와 염려가 섞인 문상궁의 눈빛은 그런 말을 덧붙이고 있었다. 세자빈이 미리 이른 듯, 문상궁은 문간에서 대기하고 서린만 안으로 들여보냈다.

설마 세자에게 꼬리 쳤다고 치도곤을 당하는 건 아니겠지. 서린은 언문소설에서 봤던 장면을 떠올리며 불안한 마음으로 발을 떼었다. 화사한 선홍색 저고리에 푸른 비단 치마를 차려입고, 커다란 가체를 얹은 세자빈 연씨가 방 안에 앉아 있었다.

"네가 반역자 윤승현의 여식, 관노 윤서린이냐?"

"예, 마마."

서린이 관노라는 건 다들 아는 사실인데, 굳이 큰 소리로 짚어준 건 초장부터 기를 꺾으려는 의도였다. 예를 갖춰 절을 올리는 서린을 연씨는 머리부터 발끝까지 집요하게 훑어보았다.

'옷차림과 머리 모양이야, 뭐 견습나인이니 따질 것 없고.'

여자치고는 큰 키에 몸매는 날씬했지만 딱히 남정네의 시선을 확 잡아끌 구석은 없어 보였다. 하얗고 투명한 살결은 제법 고와 보였지만 바깥일을 하면서 살짝 가무스름해졌고, 곧게 날 선 콧등에도 옅은 주근깨가 내려앉았다. 입술도 피곤한 듯 까칠하게 튼 상태였다. 그럭저럭 봐줄 만한 거라고는 크고 선명한 눈 정도였다.

'어느 모로 보나 내가 훨씬 낫군.'

그렇게 혼자 결론 내린 연씨는 조금 기분이 좋아졌다. 그러나 그것도 잠시, 고작 이까짓 여자가 남편의 관심을 앗아갔다는 생각에 부아가 치밀었다. 그렇다고 해서 머리채를 휘어잡거나 얼굴을 할퀴어 버리기엔, 그녀의 지체가 너무 높았다.

"소문을 들었다. 윤서린, 견습나인인데도 불구하고 손재주가 좋고 음식을 잘한다지?"

"예? 어디서 그런 헛소문이……."

"그래서 내 친히 너에게 중요한 일을 맡겨보려 한다. 따라오거라."

연씨는 말만 그렇게 할 뿐 자리에서 일어나지 않았다. 대신 옆에서 대기 중이던 상궁이 일어나 서린을 안내했다. 지금까지 소주방에서 만든 음식보다 태워먹은 음식이 더 많은 서린은 떨떠름하게 그 뒤를 따랐다. 가장 늦게 일어난 연씨는 점잔을 빼면서 맨 마지막에 섰다.

아까 서린이 들어왔던 문이 아닌 다른 문으로 나가자, 자그마한 뒷마당이 나타났다. 그곳에는 타다 남은 숯덩이처럼 진한 잿빛을 띤 닭들이 종종거리며 돌아다니고 있었다.

"저하께서 중전 마마와 대군 마마를 위해 진찬(進饌)을 여시기로 했다. 주상 전하와 대비 마마는 물론이고, 고관대작도 열 명 넘게 참석하는 아주 중요한 자리가 될 거다."

"그렇군요."

서린은 고개를 주억거리면서도, 연씨가 왜 자신에게 이런 얘기를 하는지 짐작이 안 갔다.

"저것들은 저하께서 보신에 좋은 음식을 내야 한다 하셔서, 내가 특별히 구한 오골계 스무 마리다. 한 마리에 백 냥이나 준 귀하디귀한 물건이지."

연씨는 마당에 돌아다니는 게 닭이 아니라 금덩어리라도 되는 것처럼 거드름을 떨었다.

"듣자 하니 오골계는 조리법이 까다롭다더구나. 조금만 실수해도 고기가 질겨지고 누린내가 심하다고. 게다가 맛이 담백한 편이라 먹는 사람 식성에 맞추기도 어렵다는데."

"……."

"윤나인은 솜씨도 좋은 데다 동궁전과 천수전 두 군데서 모두 일해봤으니, 세자 저하와 대군 마마의 취향을 잘 맞출 수 있겠지?"

서린은 저도 모르게 눈을 번쩍 들어 연씨를 쳐다보았다. 홍화빛 연지를 정성스럽게 칠한 연씨의 입술이 보일 듯 말 듯 희미하게 떨리고 있었다. 웃음을 참는 것이다. 서린은 이게 함정이라는 걸 알았다. 알면서도 거부할 수 없었다. 세자빈은 중전 다음가는 내명부의 작은 주인이고, 서린은 천하디천한 관노일 뿐이었으니까.

"음식을 하려면 닭 잡는 것부터 시작해야겠지. 이곳은 안 되니 소주방 뒤뜰을 쓰거라."

연씨는 대단한 선심이라도 베풀어주는 듯 말하고는 처소로 들어가 버렸다. 서린은 어처구니가 없었다. 자길 골탕 먹이고 싶은 건 알겠는데, 정말 이 어처구니없는 계획을 관철하려는 셈인가 싶었다. 연회에서 음식이 엉망진창으로 나오면 결국 세자의 이름에 먹칠하게 될 텐데. 한숨을 폭 내쉰 서린은 옆에 장승처럼 뻣뻣하게 서 있는 상궁을 향해 조심스럽게 물었다.

"저, 닭을 소주방으로 옮기는 건 내관님들이 도와주시나요? 아니면 방자들이?"

"도와줄 사람은 없다."

상궁은 쌀쌀한 한마디만 남겨놓고, 연씨의 뒤를 따라 처소로 들어가 버렸다. 망연자실해진 서린의 얼굴에 대고 문은 매정하게 닫혔다. 저 많은 닭을 동궁전에서 소주방으로 옮기는 것도 알아서 하라는 뜻이었다. 서린은 얕은 한숨을 쉬었다. 염치없지만 어쩌겠는가. 제일 가까이 있는 사람에게 도움을 청할 수밖에. 서린은 소주방으로 돌아가 우선 채옥을 불러왔다.

"이 닭대가리들아! 거기 안 서! 진짜 죽어볼래?!"

여물 대로 여문 소주방 나인의 손끝도 날짐승 앞에서는 맥을 못 췄다. 서린과 함께 닭 스무 마리를 쫓아 정신없이 이리 뛰고 저리 뛰던 채옥은 반 시진 만에 항복을 선언했다.

"야, 윤서린. 아무래도 안 되겠다. 우리 힘으로는 역부족이야. 구원군을 불러오자."

"구원군?"

서린은 다른 소주방 나인들을 말하는 줄 알았다. 그런데 잠시 기다려보라며 바람처럼 사라졌다가 바람처럼 나타난 채옥은 서린이 전혀 예상치 못했던 인물을 대동하고 있었다.

"더럽고 촌스러워 싫다면서, 아쉬우니 나가 또 생각나부렀어야?"

"시끄러워. 잘난 척할 시간 있으면 이거나 어떻게 좀 해봐."

능글맞게 웃는 도야를 향해 쏘아붙이는 채옥의 태도는 흡사 가시 돋친 장미 같았다. 그러면서도 도야가 도와주지 않을까 봐 걱정됐는지, 마지못해 한마디 덧붙이는 걸 잊지 않았다.

"네놈이 그래도 행동 하나는 잽싸지 않으냐."

미인의 칭찬만큼 남자의 마음을 확실하게 흔들어놓는 건 없었다. 그게 진심이든 아니든. 도야는 앵두 같은 입술을 새초롬하게 삐죽이는 채옥을 보고 흐뭇해서 광대를 실룩거렸다.

"그려, 알았어야. 우리 채옥이 부탁이라면 나가 또 거절할 수 없제."

언제 '우리' 채옥이가 된 건지, 서린은 기가 찼다. 어깨에 힘이 들어간 도야는 어디선가 가져온 새끼줄을 슥슥 엮더니, 순식간에 스무 개의 고리가 하나로 연결된 모양을 만들어냈다.

"이 달구 새끼들아, 일루 텨 오랑께! 나가 싸그리 잡아줄텅게!"

우렁차게 고함치며 우다다다 달려오는 도야의 기세에, 닭들은 공중으로 펄쩍 뛰어오르며 혼비백산했다. 스무 마리가 사방으로 뿔뿔이 흩어져 달아났지만 그렇다고 놓칠 도야가 아니었다. 귀신처럼 빠른 손놀림으로 닭의 목이며 다리를 낚아채 고리에 끼워 넣었다. 스무 마리가 굴비처럼 줄줄이 새끼줄에 엮이는 데는 오랜 시간이 걸리지 않았다.

"하여간 저 속도와 손재주만큼은 알아줘야 한다니까."

서린은 비록 죄를 지었다지만 도야가 가마를 메면서 사는 게 아까웠다. 꼭 도둑이 아니더라도 어딘가 좋은 일에 저 능력을 쓸 수 있을 텐데. 딱히 가마꾼 노릇을 잘하는 것도 아니고. 서린이 그런 생각을 하는 사이, 포로가 된 오골계 스무 마리는 소주방 뒤뜰에 새 터전을 잡았다. 그래봤자 오래지 않아 황천길을 떠나게 될 운명이긴 했지만.

채옥은 새끼줄에서 벗어나려고 연신 푸드덕거리고 꼬꼬댁거리는 닭들을 보며 근심 어린 표정을 지었다.

"이제 저걸 다 잡아야 하는 건가. 큰일이네."

"채옥이 너, 못 해?"

"얘, 미쳤어? 내가 어떻게 해? 이런 험한 일은 방자들이나 하는 거지."

'방자'라는 단어를 입에 담는 동시에 채옥의 시선이 도야를 향했다. 서린도 자연스럽게 도야를 쳐다보았다. 좀 미안하긴 하지만, 셋 중에 방자 역할이 어울리는 건 도야뿐이었으니까.

"뭐여, 나 보지 말어들. 이래봬도 섬세한 사내랑께."

도야는 두 팔을 제 가슴 앞에서 교차시키며 뒤로 물러나는 시늉을 했다. 도야가 외양과 다르게 험한 일에 익숙지 않다는 건 이미 여러 차례 입증된 바 있었다. 서린은 체념조로 말했다.

"알았어. 그럼 내가 할게."

"윤서린 네가?"

"참말이라요?"

"누군가는 해야 할 거 아냐. 닭들이 알아서 솥 안으로 들어가주진 않을 테니까."

"어휴, 지독한 냄새가 날 텐데. 진드기나 벌레가 있을지도 모르고."

"괜찮아. 동물의 기억은 읽어본 적 없는데 연습한다 치지, 뭐."

서린은 긴장한 티를 숨기려고 일부러 허세를 부렸다. 닭을 잡아보기는커녕 잡는 걸 직접 본 적도 없었다. 어떻게 죽여야 하는 걸까. 말 못 하는 짐승이라도 고통을 겪게 하고 싶진 않았다. 먼저 기절시켜야 하나. 뒤통수를 때리면 어떨까. 근데 닭한테 뒤통수가 따로 있나. 서린은 고민에 고민을 거듭하면서 닭들을 향해 한 걸음 한 걸음 나아갔다. 입술을 꽉 깨물면서 양쪽 소매를 걷어붙이는데, 등 뒤에서 익숙한 기척이 났다.

"아씨는 저리 비키십시오."

무휘였다. 이번에는 쪽지를 보내지도 않았는데, 서린이 곤경에 처한 걸 귀신같이 알고 달려왔다. 좌불안석이던 채옥과 도야도 무휘가 등장하자 마음을 놓았다. 무휘는 신속하면서도 무자비한 솜씨로 닭을 잡기 시작했다. 왼발로 몸통을 밟은 채 오른손으로 한 번에 목을 비틀어 꺾어버리는 무휘는 그야말로 닭에게 최적화된 저승사자였다.

"워매, 잔인한 거."

"당분간 닭고기는 다 먹었네."

도야와 채옥은 누가 먼저랄 것도 없이 눈 가리는 시늉을 하며 호들갑을 떨었다. 하지만 서린은 번번이 무휘에게 일거리를 떠맡기는 게 미안할 뿐이었다. 고통을 느낄 틈도 없이 눈 깜짝할 새에 스무 마리를 다 잡은 무휘는 계속해서 깃털을 뽑기 시작했다. 그런데 세 마리째 접어들었을 때, 무휘가 문득 동작을 멈췄다. 서린은 우두커니 선 무휘에게 걱정스럽게 물었다.

"왜 그래? 혹시 손 다쳤어?"

"그건 아닙니다만. 아씨, 잠시 가까이 와보시겠습니까?"

서린은 망설이지 않고 무휘 옆으로 바짝 다가갔다. 그의 손아귀에는 목뼈가 부러져 축 늘어진 닭이 쥐어져 있었다. 깃털은 반쯤 뽑힌 상태였다. 무휘는 닭을 잠시 바닥에 내려놓고 손바닥을 활짝 펼쳐 서린에게 보여주었다. 그의 손바닥이 새까맣게 물들어 있었다.

"워매, 이게 뭐시여? 워째 달구 모가지에서 깜장 물이 묻어난당가?"

"어머, 정말이네!"

무슨 일인가 호기심이 생겨 가까이 와봤던 도야와 채옥이 경악에 찬 소리를 냈다. 무휘는 쯧 하고 혀 차는 소리를 내더니 허리에 차고 있던 물병을 풀었다. 그리고 닭의 몸통 위에 물을 붓기 시작했다. 그러자 놀라운 일이 생겼다. 근사한 흑단 빛을 자랑하던 오골계가 물에 씻기면서 불그스름한 색을 띠기 시작한 것이다. 무휘는 눈썹을 일그러뜨리며 단언했다.

"이건 오골계가 아닙니다. 먹으로 검게 물들인 노계(老鷄)일 뿐이지요."

"이런 미친!"

"사기 아녀?"

도야와 채옥이 침을 튀기며 흥분하는 사이, 서린은 가만히 몸을 숙여 깃털을 집어 들었다.

'닭이 본래의 색이 아닌 다른 색을 갖게 됐다면, 분명 물들인 사람이 있을 터.'

서린은 닭을 마지막으로 만졌던 사람의 기억을 읽기 위해 집중했다. 살아 있는 사람의 사념을 읽는 게 쉽지 않다지만, 지금처럼 의욕이 충만한 상태에선 충분히 가능할 것 같았다. 서린이 기억 읽는 장면을 직접 보는 건 처음인 도야와 채옥이 뭐라고 수군대는 소리가 들렸다. 하지만 그 말을 알아듣기엔, 서린의 의식은 이미 다른 곳으로 떠나버린 후였다.

34

닭대가리의 역습

"어떻게 할까요, 아씨? 내일 하루 도성 안의 모든 장을 돌아볼 순 있지만, 품질 좋은 진짜 오골계를 구해오려면 그 정도로는 어림도 없을 겁니다."

"품질이 떨어져도 좋으니 스무 마리만 구할 수 없을까?"

"무립니다. 한두 마리라면 몰라도. 오골계는 인기가 많아요. 허약 체질에 좋은 보양식이라고 소문이 자자해서요."

붉은빛이 지평선에 넘실거리는 해거름 녘, 무휘와 서린은 댓돌에 걸터앉아 의논 중이었다. 새끼줄을 부리로 끊는 방법을 터득한 닭들이 그들 주변을 꼬꼬댁거리며 활개 치고 다녔다. 도야와 채옥은 각자 맡겨진 일을 하러 돌아갔고, 서린과 무휘는 해결책 근처에도 못 가고 있었다.

'금방 들통 나도 상관없다. 어디 한번 열심히 떠들고 다녀보라지. 일개 견습나인과 세자빈 중, 사람들이 누구 말을 더 믿겠느냐? 그 아이가 그냥 닭이라고 다시 가져오면, 그때는 귀한 오골계를 빼돌렸다고 혼쭐을 내주면 된다. 간단한 일이지.'

서린이 기억 속에서 본 세자빈 연씨는 그렇게 말하고 있었다. 날개를 퍼덕이며 몸부림치는 닭을 껴안고 억지로 검댕을 칠하는 나인들에게 더 빨리, 더 꼼꼼히 하라고 성화를 부리면서. 의기양양한 말투와 다르게 입가에 번지는 쓰디쓴 미소가 인상적이었다. 아마도 '일개 견습나인'을 상대로 이런 치사한 술수를 부리는 자신이 얼마나 비참한지 충분히 자각하고 있는 듯했다.

'불쌍한 사람이야, 빈궁 마마도.'

잉꼬부부라는 평판과 달리, 서린이 만난 세자빈 연씨는 그리 행복해 보이지 않았다. 뭔가에 굶주린 듯 분노에 가득 차 있었다. 그런데도 고작 한다는 게 닭에 색칠하는 거라니. 서린은 반역자의 딸이었다. 그 정도 지위에 있는 이가 맘먹으면 내치고 죽이는 건 식은 죽 먹기일 터였다. 이 정도 골탕 먹이는 데서 그치겠다는 게 고마울 지경이었다.

'빈궁 마마에게, 그리고 물론 내게도 피해가 가지 않는 방식으로 처리해야 해.'

서린은 열심히 머리를 굴렸지만, 딱히 마음에 드는 비책이 떠오르지 않았다. 손님들이 닭의 색깔을 구분할 수 없게 아예 전부 다져서 만두로 만들어버리면 어떨까. 절박해진 서린이 그런 황당무계한 생각까지 떠올릴 무렵, 소주방으로 이어지는 통로 쪽에서 누군가 불쑥 나타났다.

"뭐냐? 이 흉측한 닭들은!"

"상궁 마마!"

다급하게 일어난 서린은 장 그릇을 들고 서 있는 문상궁을 발견하고 당황했다. 저녁 수라 시간이었다. 다른 나인들이 상을 차리고 내

가느라 눈코 뜰 새 없이 바쁜 사이 농땡이 치고 있다고 오해 사기 좋은 상황이었다. 그러나 눈치가 귀신처럼 빠른 문상궁은 못된 장난을 당한 것처럼 얼룩덜룩해진 채 돌아다니는 닭들을 보자마자 어떻게 된 것인지 간파해냈다.

"어쩐지, 빈궁 마마께서 네게 연회 음식을 맡기신단 말을 들었을 때부터 이상했다. 하필이면 소주방에서 제대로 된 음식 한 번 해보지 못한 아이를 고르셨나 했더니, 다 이유가 있었어."

"제가 어찌하면 좋습니까? 마마께서 도와주신다면……."

아플 때는 단금을, 배고플 때는 문상궁을. 궁인들이 농담처럼 하는 말을 서린도 들은 적이 있었다. 이름난 숙수의 외동딸로 태어나 자기 이름보다 조리 도구 이름을 먼저 배웠다는 문상궁은 다루지 못하는 식재료가 없고 모르는 조리법이 없다고 했다. 문상궁의 도움을 받는다면 이 사태를 해결할 수 있을지도 모른다는 생각에 서린의 얼굴은 순간적으로 밝아졌다. 그러나 돌아온 건 야박한 거절이었다.

"난 도울 수 없다. 있는 재료를 요리하는 정도는 거들어줄 수 있지만 그 이상 관여할 순 없어. 빈궁 마마께서 아시게 된다면 더 큰 후환이 닥칠 게다."

얼핏 듣기엔 몸을 사리는 것처럼 들렸지만, 실은 서린을 염려해주는 거였다. 뼛속까지 궁인인 문상궁은 잘 알았다. 궁에서 살아남으려면 절대 건드려선 안 될 것이 몇 가지 있는데, 그중 하나가 왕족의 자존심이라는 걸. 연씨의 계획을 어설프게 어그러뜨려 그녀의 진노를 사는 것보단, 호되게 곤장 몇 대 맞고 마는 게 서린에겐 차라리 나았다.

"내 경고하지 않았더냐. 고작 이 정도도 감당하지 못하는 주제에,

윗전 눈에 띄어서 좋을 것이 하나 없을 터인데."

"……."

"정말 승은을 입기라도 한 거라면 억울하지나 않겠구나. 못난 것. 이 일을 계기로 좀 배우거라."

결국 닭죽이 되건 닭찜이 되건 알아서 해보라는 얘기였다. 한바탕 잔소리를 마친 문상궁은 서린의 뒤에 그림자처럼 서 있는 무휘를 뒤늦게 발견했다.

"넌 가마꾼 아니냐? 이 늦은 시각에 예서 뭣 하고 있는 게냐?"

"마마, 이 아이는……."

서린은 무휘가 봉변을 당하지 않게 잘 둘러대 주려고 했다. 그런데 무휘가 그녀를 살며시 밀어내고 앞으로 나서더니, 문상궁을 향해 깍듯하게 고개 숙이며 말했다.

"소인은 윤승현 대감마님과 아씨께 목숨 빚을 진 몸입니다. 대감마님께서 누명을 벗으시고 아씨가 가문의 이름을 되찾으실 때까지, 미력하게나마 도와드리면서 보필할 것입니다."

"허."

문상궁은 못마땅한 듯 혀 차는 소리를 냈다. 서린의 과거가 어땠든 지금은 그저 관노일 뿐인데. 심복을 자처하며 주변을 어슬렁거리는 사람, 그것도 남자가 있다는 건 전혀 달갑지 않은 일이었다. 자칫하면 큰 화근이 될 수도 있었다.

"그 충심이 갸륵하지만, 현명하진 않구나. 네 주인 윤서린은 이제 죽은 거나 다름없다. 궁녀 윤서린이 있을 뿐. 궁에 멋대로 드나드는 건 자제하거라, 분란을 일으키고 싶지 않으면."

냉엄하게 훈계한 문상궁은 그대로 발길을 돌리려고 했다. 그런데 뭔가가 그녀를 붙잡았다. 동생의 유품을 달라고 매달리는 서린을 꾸짖었던 기억이었을까. 거짓말로 사람들을 농락하고 다닌다고 몰아세운 기억이었을까. 아니면 그냥 가족을 잃고 넓은 궁에 덩그러니 남겨진 소녀에 대한 연민이었을까. 잠시 걸음을 멈춘 문상궁은 서린과 무휘를 지그시 바라보며 덧붙였다.

"비싼 재료를 쓴다고 음식이 무조건 맛있어지는 게 아니듯, 양반으로 산다고 모두 행복한 건 아니다. 궁녀는 궁녀의 삶에, 가마꾼은 가마꾼의 삶에 충실하고 만족하면서 살아가면 되는 거다."

그러니까 문상궁의 인생철학에 따르면 서린은 남은 평생을 소주방 아궁이 앞에 웅크려 앉아 보내야 한다는 거였다. 무휘는 서린이 상처 받았을까 봐 조심스럽게 그녀를 쳐다보았다. 서린은 문상궁의 뒷모습을 뚫어져라 응시하며 혼자 고개를 끄덕거리고 있었다. 그러더니 대뜸 무휘에게 부탁했다.

"무휘야! 내일 날 밝는 대로 의녀님을 모시러 가줄래?"

"의녀님이오?"

너무 고민하다 병이라도 난 건가. 무휘는 서린의 안색을 살펴보며 걱정스럽게 되물었다. 하지만 서린은 기운이 없어지기는커녕 그 어느 때보다 초롱초롱하게 두 눈을 빛내고 있었다.

"단금 의녀님 말이야. 산에서 약초를 캐온다고 이틀 전 잠시 궁을 떠나셨어. 행방을 찾아봐 줘. 어떻게든 연회가 시작되기 전까지 그분을 모셔와 주면 좋겠어."

"모셔오기만 하면 됩니까? 그다음은요?"

"그건 내가 다 알아서 할게."

길게 설명할 시간이 없었다. 무휘는 불안했지만, 서린을 믿었다.

합리적인 계획이 있기에 저렇게 말하는 거라고. 짙은 자줏빛으로 물든 하늘을 힐긋 본 무휘는 단호하게 말했다.

"날 밝을 때까지 기다리다간 늦습니다. 지금 당장 출발하겠습니다."

이틀이 흘러 연회 날이 되었다. 연회 장소로 정해진 누각 주변은 앞치마를 두르고 종종거리며 일하는 나인들로 발 디딜 틈 없이 붐볐다. 참석자 중 가장 먼저 나타난 사람은 연씨였다. 금실로 수놓은 미색 저고리에 분홍색 치마를 곱게 차려입은 연씨는 늘 데리고 다니는 늙은 상궁과 함께 나타났다. 연씨가 눈짓하자, 상궁은 나인들 쪽으로 다가가 서린에게 말을 걸었다.

"윤나인, 음식은 다 되었는가?"

"예, 빈궁 마마께서 귀한 재료를 주신 덕분에 순조롭게 준비를 마칠 수 있었습니다. 하해와 같은 배려에 감읍할 따름입니다."

서린은 더없이 공손한 자세로 대답했다. 상궁이 돌아가서 뭐라고 귓속말하자, 연씨의 얼굴이 살짝 일그러졌다. 뒤통수에 화살처럼 와서 꽂히는 시선을 느끼지 못한 척, 서린은 천연덕스럽게 준비에 열중했다. 아무것도 모른 채 별미를 맛보러 온 신료들은 신이 나서 몰려들었다.

"소문 들었나? 동궁전에서 오늘 연회를 위해 오골계를 스무 마리나 잡았다던데."

"그게 정말인가? 세자 저하 덕분에 배에 기름칠 잔뜩 하겠구먼."

정무를 마치고 온 왕이 가장 상석에 앉았고, 대비가 그 대각선에 앉았다. 중전은 왕의 옆이 아닌 맞은편에 대군을 대동해 자리 잡았다. 마지막으로 세자 범이 열렬한 박수갈채를 받으며 입장했다. 범의 자리에는 얼핏 보기에도 두툼한 방석이 놓여 있었다. 범은 헌이 깔고 앉은 게 그보다 조금 얇은 방석임을 확인하더니, 한 치의 망설임도 없이 자기 것을 헌에게 내주었다.

"여기 앉아라. 아직 몸이 회복되지 않았으니 조심해야 한다."

왕실에서는 하나부터 열까지 신분과 지위에 따른 세밀한 격차가 있었다. 왕족 사이에도 그랬다. 금사로 청룡을 수놓은 비단 방석은 오로지 왕과 세자에게만 허락되었다. 대군이 그걸 차지하는 게 세자 입장에선 기분 상할 수도 있는데, 범은 오히려 제가 먼저 양보한 것이다.

"다들 보았느냐? 내 아들들에게는 왕자의 난이나 골육상쟁(骨肉相爭)이 너무도 거리가 먼 얘기로구나!"

왕은 무릎을 치면서 호탕한 웃음을 터뜨렸다. 덕분에 연회장은 더할 나위 없이 화기애애해졌다. 시작은 참 좋았다. 이 분위기가 계속 유지되려면 무휘가 제때 도착해주어야 하는데. 서린은 누각에서 가장 가까운 궐의 동문으로 통하는 길을 바라보았다. 아직까진 무휘가 나타날 기미가 보이지 않았다.

"음식을 내오라 해라."

연씨가 상궁에게 말하자, 상궁은 서린을 향해 고개를 끄덕여 보였다. 서린의 뒤쪽에는 상을 든 나인들이 줄줄이 서서 대기 중이었다. 그중 맨 앞에 서 있던 채옥이 서린을 쳐다보았다. 어떻게 하냐고 묻는 듯한 눈빛이었다. 서린은 입술을 지그시 깨물며 채옥을 향해 앞으로 나가라는 손짓을 보냈다. 다른 방법이 없었다. 이판사판으로 부딪혀보는 수밖에. 제일 먼저 상을 받은 건 왕이었고, 대비와 중전은 그

다음이었다. 상 한가운데는 나무 뚜껑이 덮인 큼직한 돌솥 뚝배기가 있었고, 그 주변을 작은 그릇들과 종지들이 둘러싸고 있었다.

"오호."

후각을 맹렬히 자극하는 고소한 냄새에 감탄하면서, 왕이 뚝배기 뚜껑을 열어보려는 순간이었다.

"잠시만요!"

낮지만 날카로운 목소리가 허공을 날아와 왕을 붙잡았다. 세자 부부가 주최한 연회에서 겁도 없이 언성을 높이는 자가 있다니. 단죄하려고 소리 나는 쪽을 쳐다본 왕이 멈칫했다. 대군의 주치의이자 생명의 은인인 의녀 단금이 외출복 차림으로 누각 앞에 서 있었다. 그녀 곁에는 약초 짐이 가득 실린 지게를 진 무휘가 있었다. 단금은 흙 묻은 발로 단숨에 누각을 뛰어 올라가 헌이 들고 있던 숟가락을 빼앗다시피 가져갔다.

"대군 마마는 이 탕을 드시면 아니 됩니다."

"그게 무슨 말이냐?"

홍씨의 눈이 매섭게 번득였다. 그녀에게 제일 먼저 떠오른 단어는 '독살'이었다. 왕이나 세자에게는 밥상 옆에 그림자처럼 앉아 콩알 하나까지 미리 확인해주는 기미상궁이 있지만, 대군에게는 아니었으니까. 천우신조(天佑神助)로 살아난 아들을 감히 누가 해치려는 건지 부르르 떠는 홍씨에게 단금은 뜻밖의 이야기를 꺼냈다.

"아무리 명약이라 해도 누구에게나 맞는 건 아닙니다. 열이 잘 오르고 감염에 약한 대군 마마께, 오골계로 끓인 백숙은 절대 드셔선 안 될 음식입니다. 약이 아니라 독에 가깝습니다."

"뭣이? 빈궁은 그것도 모르고 상을 차리게 한 것이냐?"

이번에는 연씨에게 불똥이 튀었다. 몰랐다고 하면 무식하다는 비난이 날아올 것이다. 반대로 알았다고 하면 대역죄가 된다. 연씨가 바짝 얼어버린 채 아무 변명도 못 하는데, 대군의 상 옆에 무릎을 꿇고 있던 서린이 조심스럽게 끼어들었다.

"아뢰옵기 황송하오나, 소인이 한 말씀 올리겠습니다."

윗사람이 하문하지도 않았는데 나인이 먼저 입을 열다니. 궁궐 법도에선 상상조차 할 수 없는 일이었다. 울음을 터뜨리기 일보 직전인 연씨가 핏발 선 눈으로 서린을 노려보았다.

"네가 뭔데……!"

"말해보아라, 윤나인."

이 혼란스러운 와중에도 한결같이 침착한 태도로 명령한 사람은 바로 범이었다. 세자가 그렇게 말하자 중전도 대비도 달리 말하지 못했다. 서린은 입가에 보일 듯 말 듯한 미소를 머금은 채, 자신만만한 태도로 그들에게 선언했다.

"염려하실 것 없습니다. 오늘 준비한 음식은 오골계 백숙이 아니니까요."

그 순간 입을 떡 벌리며 가쁜 숨을 뱉어내는 연씨의 모습은 꽁지를 밟힌 닭 그 자체였다.

35

한 수 위

"오골계가 아니라고?"

깜짝 놀란 연씨가 저도 모르게 소리쳤다. 연회 준비는 나인들에게 맡겨놓고 나 몰라라 하고 있었으니, 뚝배기 안에 뭐가 들었는지 알리 없었다. 서린은 뚝배기와 접시를 덮어놓은 뚜껑을 하나씩 차례대로 열어젖히며 설명했다.

"한우와 채소를 가득 넣고 끓인 소고기 전골, 돼지고기와 땅콩으로 만든 너비아니, 메밀과 팥을 넣어 빚은 떡, 갓 딴 찻잎으로 우려낸 녹차. 대군 마마의 체질에 딱 맞는 음식들입니다."

무휘를 대신해 도야가 재료를 공수해주었고, 채옥과 문상궁이 조리를 도와주었다. 세자빈에게 받아온 닭을 쓰지 않는다는 말에 문상궁은 내키지 않아 했지만, '있는 재료를 요리하는 건 거들어주겠다'고 약속했으니 어쩔 도리가 없었다. 서린은 천연덕스럽게 말을 이어나갔다.

"이미 소문나버린 것 같지만, 본래 저희 소주방에서는 오골계 백숙을 준비하려 했습니다. 그런데 바로 오늘 아침, 빈궁 마마께서 주재료를 바꾸라는 지시를 내리셨습니다."

"내가?"

연씨는 어안이 벙벙해져 되물었다. 서린은 진지하게 고개를 끄덕이며 그녀를 칭송했다.

"미천하고 배운 것 없는 소인들은 비싼 식재료면 다 좋을 것으로 여겼지만, 사려 깊으신 빈궁 마마께서는 대군 마마의 병력과 상태를 면밀하게 살펴 최상의 식단을 찾아내신 것입니다."

사실 서린도 처음부터 확신이 있었던 건 아니었다. 비싼 재료를 쓴다고 다가 아니라는 문상궁의 말을 들었을 때, 아주 오래전에 들었던 글귀가 떠올랐을 뿐. 그건 바로 '약식동원(藥食同源)'이었다. 서린의 어머니가 아린을 낳고 피를 너무 많이 흘려 생사를 오갈 때, 아버지 윤대감은 전국의 내로라하는 명의들을 다 불러 모았다. 그들은 탕약을 끓이고 침을 놓는 것뿐만 아니라 환자의 미음에 넣는 재료까지 까다롭게 간섭했다. 환자의 체질에 따라 어느 음식은 약이 되고 어느 음식은 독이 되기 때문이라 했다.

'대군 마마의 병환에도 맞는 음식과 안 맞는 음식이 있을지 몰라.'

서린이 알기에 그걸 가장 정확하게 판단해줄 수 있는 사람은 헌의 주치의인 의녀 단금이었다. 그렇다고 해서 무휘를 보내놓고 서린이 마냥 기다리기만 한 건 아니었다. 소주방에서 훔쳐낸 음식으로 서고 문지기를 유혹해 몰래 안으로 들어가는 데 성공했고, 그곳에서《본초강목(本草綱目)》이라는 명나라 시절의 책을 찾아냈다.

'뭐 이렇게 어렵게 써놨어? 무슨 말인지 하나도 모르겠네.'

온통 어려운 말뿐이라 눈이 팽팽 돌 지경이었지만, 그래도 한 가지 중요한 정보를 얻을 수 있었다. 중병을 앓은 지 얼마 안 된 사람에게 기름진 닭고기는 위험하다는 것. 사실 서린은 어떤 음식이든 맛있게만 먹으면 된다는 주의였고 오골계 백숙을 먹는다고 해서 헌에게 큰일이 날 것 같진 않았지만, 중요한 건 그녀의 생각이 아니었다. 왕족과 신료들이 어떻게 생각하느냐, 그게 중요할 뿐.

"과연 빈궁 마마!"
"오골계 타령만 하면서 속도 없이 좋아했던 신들이 부끄럽습니다."
"정성으로 따지면 오늘 차려진 음식이 오골계 백숙보다 열 배 백배 귀한 것 아니겠습니까?"
세자빈의 떨떠름한 표정을 보면 연회 준비 과정에서 뭔가 문제가 있었던 건 분명한데, 눈치 빠른 신료들은 열띤 박수와 찬사로 얼른 얼버무렸다. 오골계가 없다는 말에 은근히 섭섭해하던 이들도 문상궁의 예술혼이 담긴 음식을 한입 맛보고는 표정이 싹 바뀌었다.
"어찌 이리 깊은 맛이 난단 말인가!"
분위기를 띄우기에 맛있는 음식보다 제격인 것은 없었다. 연회장엔 세자빈에 대한 찬사와 대군에 대한 덕담, 그리고 유쾌한 웃음소리가 넘쳐났다. 푸짐한 고기와 신선한 채소로 든든하게 속을 채운 왕은 기분 좋게 배를 두드리다가 문득 생각난 듯 말했다.
"그런데 동궁전에서 준비했다는 닭들은 어찌 되었느냐? 아직 잡기 전이라면, 여기 모인 신료들에게 한두 마리씩 나눠주어도 좋을 것 같은데."
가뜩이나 가시방석에 앉은 것처럼 불편한 마음으로 간신히 음식을 넘기던 연씨는 그 말을 듣고 마시던 물에 그만 사레들리고 말았다. 세자빈이 닭을 색칠해 가짜 오골계를 만든 게 소문이라도 나면 그야말로 희대의 개망신이었다. 캑캑거리며 제 가슴을 치는 세자빈 대신, 이번에도 기다렸다는 듯 서린이 나섰다.

"주상 전하, 오골계 스무 마리는 빈궁 마마의 명을 받들어 진제소(賑濟所)에 보냈습니다. 무더운 여름을 나기 힘든 병자와 노인들에게 반 마리씩 나누어주라고요."

진제소는 도성에 설치된 구휼기관으로, 제 능력으로 식사를 해결할 수 없는 빈민과 약자들에게 밥을 지어 먹이는 곳이었다. 물론 왕실에서도 그곳에 주기적으로 돈과 쌀을 보내고 있지만, 오골계처럼 귀한 식재료를 대량으로 보내는 일은 매우 드물었다.

"그렇구나. 이 늙은 시아비의 생각이 우리 며느리의 혜안에 미치지 못했던 모양이다. 정말 훌륭하고 현숙하구나."

입이 닳도록 칭찬하는 왕의 말을 겸연쩍게 웃는 낯으로 들으며, 연씨는 곁눈질로 서린을 흘겨보았다. 이걸로 연씨는 서린을 골탕 먹이는 데 실패했을 뿐만 아니라 빚까지 지게 된 것이다. 서린은 그런 연씨를 향해 조용히 고개를 숙여 보였다. 어차피 세자빈의 환심을 사고 싶은 마음은 없었다. 시간이 지나면 세자와 서린의 관계에 대한 오해도 자연스레 풀릴 테니까.

연회가 성공리에 끝난 후, 대대적인 뒷정리 작업이 시작되었다. 소주방 나인들이 산더미 같은 설거지거리를 챙겨 떠난 뒤 서린은 잠시 누각에 남았다. 떨어진 음식물 없이 깨끗하게 청소했는지 확인하기 위해서였다. 새것처럼 반들반들 빛나는 누대를 보자 괜히 뿌듯해졌다. 세자빈이 억지로 떠맡긴 일이긴 했지만 어쨌든 견습나인인 그녀에게 궁중연회 준비라는 막중한 책무가 내려졌고, 난관을 무사히 극복해 연회를 성공시켰다. 아마도 이 일을 계기로 궁궐 안에서 서린의 입지도 제법 달라질 터였다.

'모두가 도와준 덕분이야. 꼭 보답해야지.'

무휘와 도야, 채옥과 문상궁의 얼굴을 떠올리며 서린은 다짐했다. 그리고 누각을 내려와 소주방을 향해 걷기 시작했다. 지금쯤 소주방 에서는 궁녀들이 설거지하기 전 막간을 틈타 끼니를 해결하고 있을 것이다. 평소 같으면 문지방에 쪼그리고 앉아 윗전들이 먹다 남긴 밥 이며, 한입 베어 물고 버린 채소 반찬 따위로 대충 때우겠지만 오늘 은 달랐다. 닭 스무 마리를 천일염에 묻어서 구운 통 소금구이가 그 들을 기다리고 있었으니까. 이 또한 문상궁의 솜씨였다.

'두 마리는 따로 빼서 무휘, 도야에게 갖다줘야지.'

아씨를 도울 수 있었으니 그걸로 충분하다고 말할 무휘, 닭고기를 보자마자 사흘 굶은 사람처럼 눈이 뒤집혀 달려들 도야. 두 남자의 상반된 반응을 상상하느라 미소를 지으면서 서린은 발걸음을 옮겼 다. 오골계 스무 마리를 진제소에 보냈다는 게 거짓으로 밝혀질까 봐 세자빈은 전전긍긍하겠지만, 그건 알아서 해결할 문제였다. 어떻게 든 구해서 보내주면 되겠지. 나름의 복수에 성공한 서린이 작은 통쾌 함을 맛보고 있을 때였다.

"안사람 때문에 어지간히 곤란했겠구나."

"저하!"

서린은 길 끝에서 나타난 범을 발견하고 재빨리 고개를 조아렸다. 그 짧은 찰나에도 그녀의 머릿속은 바쁘게 돌아갔다. 범이 얘기하는 걸 들으니 세자빈과 서린 사이에 무슨 일이 벌어졌는지 대충 짐작하 는 듯했다.

323

"내가 대신 사과하마. 미안하구나. 그래도 연회를 무사히 마쳐주어 고맙구나. 수고가 많았다."

"아닙니다."

서린은 잠시 안도했지만 이내 다시 긴장했다. 세자를 마지막으로 알현했을 때 좋게 끝나지 않았던 것이 기억난 까닭이었다. 그러나 범의 말투는 일관되게 평화로웠다.

"걱정 마라. 앞으로는 이런 일이 없도록 내 안사람을 단단히 다스리마."

"외람되오나 저하, 빈궁 마마는 저하의 소유물이 아니십니다. 저하의 하나뿐인 반려이시니, 다스리는 게 아니라 위로하고 설득하심이 맞습니다."

"맹랑한 조언이로구나."

"……."

"하지만 틀린 말은 아니지. 이래서 네가 맘에 든다, 윤나인."

뜻밖의 말에 서린은 스륵 고개를 들었다. 범의 얼굴은 여전히 은은하게 미소 띤 그대로였다. 지저분한 장삼 조각을 떼라며 문상궁에게 닦달을 당하던, 동생을 잃고 그 억울함을 호소할 데가 없어 울던 서린을 구해줬을 때와 똑같은 모습이었다. 서린은 용기가 생겼다.

"저하, 저번에 제가 아뢰었던 것은……."

"그때는 화냈지만, 지금은 이해한다. 일개 나인으로서는 감히 건드릴 수 없는 상대. 의지가 될 거라고 믿고 내게 하소연했을 텐데, 그렇게밖에 대응하지 못해 내게 실망했겠구나."

"당치 않습니다. 실망이라니요."

서린은 안도하는 동시에 조금 놀랐다. 세자의 태도가 너무 급격하게 바뀐 게 아닌가 싶었다. 대군 마마를 의심하고 있다고 서린이 고백했을 때 그가 보여준 건 격앙된 분노였다. 겨우 며칠 지났다고, 서린이 연회 한번 잘 치러냈다고 해서 말끔히 가실 감정은 아니었는데, 무엇이 그를 바뀌게 만든 것일까. 의구심을 품는 서린을 향해 범은 천천히 입을 떼었다.

"윤나인, 천수전에서 지내는 건 괜찮으냐? 혹 다시 동궁전으로 옮겨주길 원하느냐?"

"아닙니다, 저하. 잘 지내고 있습니다."

서린은 즉각 대답해놓고 세자를 물끄러미 올려다보았다. 왜 저런 질문을 하는 건지 알 수 없어서였다. 짐작 가는 건 한 가지뿐이었다. 혹시 범도 동생에게서 뭔가 의심쩍은 구석을 발견한 건 아닐까. 그래서 서린을 마구 몰아붙이며 호통쳤던 게 미안해진 건 아닐까.

"만에 하나 제 생각처럼 대군 마마가 위험한 인물이라면, 그걸 아는 사람이 옆에서 지켜보고 있어야겠지요. 그게 아니라면, 살인을 좋아하는 누군가가 대군 마마까지 해치지 않게 마찬가지로 지켜보아야 할 것이고요."

문상궁이나 조내관이 들었다면 뒷목 잡고 쓰러지고도 남을 만한 말이었다. 서린이 이토록 과감하게 나가는 데는 이유가 있었다. 바로 범의 진의를 확인하기 위함이었다. 범이 여전히 헌을 신뢰하고 있다면, 서린의 이런 불경한 언행은 식었던 분노에 불을 지필 것이다. 그러나 범은 서린에게 화내는 대신 먼 처마 끝을 바라보며 착잡한 표정을 지었다.

"실은 지난번 네가 돌아간 이후, 나도 문득 떠오른 게 있었다. 그 유리옥패 말인데……."

"뭔가 알고 계신 겁니까?"

"그게…… 아니다. 별로 중요한 얘기는 아니다."

범은 뭔가 말하려는 듯하다가 황급히 도로 주워 삼켰다. 그 모습을 본 서린은 애간장이 바짝바짝 타들어가 죽을 지경이 되었다.

"저하, 제게는 아주 사소한 것이라도 절실합니다!"

"아무래도 내가 뭘 잘못 생각했던 것 같다. 잊어버리거라."

"저하!"

예법도 까맣게 잊어버린 채 벌떡 일어난 서린은 범의 면전에 대고 소리쳤다. 그러나 범은 요지부동이었다. 말하지 않겠다고 작정한 것이다. 낙담해서 울고 싶어진 서린을 두고 범은 한동안 침묵을 지키며 빙빙 제자리걸음을 돌았다. 그러다 불쑥 뜬금없는 질문을 던졌다.

"윤나인, 내가 열세 살에 친어머니를 잃었다는 걸 알고 있느냐?"

"예, 알고 있습니다."

범이 갑자기 과거 얘기를 꺼내는 연유를 몰랐지만, 서린은 일단 대답했다. 이 나라 세자와 대군의 자리가 서로 뒤바뀐 일화는 궁 안 팎에서 모두가 질리지 않고 떠드는 단골 소재였다.

"더러운 핏줄이라며 대비 마마는 날 미워하셨고, 아바마마는 생면 부지의 남보다 더 무심하셨지. 그런 내게 처음으로 따뜻한 정을 준 사람이 지금의 어머니, 중전 마마와 동생 헌이었다."

범은 손바닥으로 이마를 짚으며 괴로운 시늉을 했다. 사실 그는 마음이 아프다는 게 뭔지 몰랐고, 그럴 때 사람들이 어떤 표정을 짓는지 아직도 온전히 터득하지 못했다. 기쁨의 표현과 달리 슬픔과 아픔의 표현은 사람마다 각양각색이었다. 이럴 때는 그냥 얼굴을 가려 버리면 주변에서 눈치껏 받아들였다. 지금 서린이 연민에 찬 눈으로 범을 응시하는 것처럼.

"어떤 일이 생겨도 난 그들에게서 등을 돌릴 수 없다. 차라리 내게 제기된 의혹이라면 털끝만큼의 사정도 두지 말고 철저히 조사하라 명할 것이다. 하지만 대군은, 그 애는 안 된다."

"……무슨 말씀인지 알겠습니다, 저하."

서린은 더 고집부리지 않기로 했다. 동생을 아끼는 형의 마음이 어떤 건지는 그녀도 잘 알고 있으니까. 지금까지 범이 그녀를 도와준 것만 해도 대단한 거였다. 살인범을 잡아야 할 책임을 더 이상 떠넘 겨선 안 됐다. 범은 정말 미안해하는 말투와 표정으로 덧붙였다.

"앞으로 천수전 생활에 뭔가 불편함이 있거든, 언제든 내게 오거 라."

범은 알고 있었다. 대답은 고분고분했는지 몰라도 서린이 여기서 물러나지 않으리란 걸. 바라는 바였다. 그가 틈나는 대로 뿌려둔 의 심의 씨앗을 수확해줄 사람이 필요했다. 범이 찍은 수확자는 바로 서 린이었다. 그의 적이 또 다른 적을 제거해줄 것이다.

36

진수식

"태어나서 이런 건 처음 봅니다! 정말 장관이군요!"

한양에서 육십 리가량 떨어진 제물포. 포구에는 한 무리의 선단이 늠름히 정박해 있었다. 색색으로 아름답게 단청한 세 척의 기선(騎船)*과 복선(卜船)**의 선체 위로 구름처럼 하얗고 깨끗한 깃발이 나부끼고 있었다. 헌은 이틀 내내 쉬지도 못하고 여기까지 온 피로도 잊은 채 어린애처럼 펄쩍펄쩍 뛰었다.

"윤나인, 이쪽으로."

태어나 처음 보는 바다 풍경에 입을 다물지 못하던 서린은 예성의 부름을 받고서야 정신 차렸다. 통신선과 무역선의 역할을 겸하게 될 새 선박들의 진수식. 왕을 비롯해 세자와 대군, 십여 명의 신료들이 조선의 명망을 드높이고자 참석했다. 그들의 수발을 들어줄 궁인들도.

---

*   사절이 타는 배
**   화물을 싣는 배

"……."

서린은 옆얼굴이 따끔거리는 느낌에 고개를 돌렸다. 세자빈 연씨가 쓰개치마 아래로 이쪽을 가만히 쏘아보고 있었다. 서린과 눈이 마주친 연씨는 움찔하면서 얼른 시선을 내렸다. 서린은 저도 모르게 피식 웃음이 나왔다. 역시 연씨는 누군가에게 위협이 될 만한 인물은 아니었다.

"세자, 축사를 하거라."

왕은 으레 그렇듯 범에게 축사를 맡겼다. 감빛 도포를 떨치며 앞으로 나서는 범의 위용은 그 자리에 모인 백여 명의 시선을 단번에 사로잡기에 충분했다.

"우리 조선은 예부터 사대교린(事大交隣), 즉 큰 나라 중화를 섬기고 작은 나라 왜와 여진은 대등하게 사귀는 것을 원칙으로 해왔소. 아무리 무본억말(務本抑末)이라 하지만, 스스로 고립되길 자처해서는 더는 살아남을 수 없는 시대가 왔소."

범은 갑판에 도열한 선원들을 내려다보며 한 자 한 자 힘주어 말했다. 그들은 이 조선에서 두 번째로 존귀한 사람, 일국의 세자로부터 직접 격려받는 것에 한껏 고무되어 있었다.

"그대들은 이 나라를 대표하는 사절로서 무한한 자긍심을 갖고, 매사 명예롭게 사명을 다하여주길 바라오. 척박한 뱃길을 다니는 것이 두렵고 고단하겠으나, 조정에서도 물심양면으로 그대들을 아낌없이 지원하겠소."

범이 연설을 마치기 무섭게 갈채가 쏟아졌다. 칭송받는 데 익숙한 범은 허리를 반듯하게 세운 채 박수가 끝나길 기다렸다. 그런데 선원 중 몇몇이, 아니 대다수가 자신의 옆쪽을 힐끔거리는 게 느껴졌다.

그들은 헌을 보고 있었다. 저게 죽다 살아났다는 그분인가. 왜 한 말씀도 안 하시나. 호기심 어린 그들의 눈이 그렇게 말하고 있었다. 그걸 알아챈 건 범뿐이 아니었다.

"대군도 한마디 하거라."

"예? 제가 말입니까?"

부왕의 제안에 범은 눈이 동그래졌다. 배를 구경할 수 있다는 말에 신나서 따라왔을 뿐인데.

"병풍 노릇만 하다 갈 순 없지 않으냐. 자유롭게 얘기해보거라."

"어, 저기, 그러니까……."

어물거리는 헌의 태도가 범에게는 자못 가증스럽게 보였다. 저렇게 멍청한 척하다 또 허를 찌르겠지. 헌은 조금 쑥스러운 듯 뒤통수를 긁적이며 조심스럽게 앞으로 나섰다.

"다들 알다시피 전 오랫동안 자다 일어났습니다. 듣자 하니, 제가 그대로 죽을 수도 있었다고 하더군요. 죽는다는 게 뭔지 알 수는 없지만, 아마 컴컴한 어둠 속에 영영 혼자 남겨지는 그런 것이겠지요. 외롭고 또 무서운 일일 겁니다."

헌의 연설은 전형적인 축사와는 거리가 멀었다. 듣고 있던 선원들의 얼굴에 놀라움이 번져나갔다. 저렇게 높은 사람이 제 속내를 고스란히 드러내는 걸, 그들은 상상도 못 했던 것이다.

"죽음의 문턱에서 살아 돌아온 제겐, 하루하루 새로운 것들을 보고 배우는 일이 가장 큰 기쁨입니다. 세상이 이렇게 재밌고 아름다운 곳이라는 걸, 모두가 알았으면 좋겠습니다."

어느새 다들 헌의 이야기에 빠져들고 있었다. 그건 진실한 말이 가진 힘이었다. 헌에게는 모든 게 행복이었다. 숨 쉬는 한순간 한순간이 경이로웠다. 그건 깨어난 자의 특권이었다.

"저 근사한 배를 타고, 아무도 해보지 못한 탐험을 떠날 여러분이 진심으로 부럽습니다. 그 용기가 존경스럽습니다. 부디 무사히 돌아와 주세요. 그리고 저 바깥세상 이야기를 많이 들려주세요. 부탁합니다."

헌은 신분에 맞지 않는 말을 하면서 깊이 고개를 숙였다. 그 말투와 몸짓에 놀란 선원들은 잠시 멈칫했다가, 이내 환호성과 함께 박수를 쏟아내기 시작했다. 아까보다 훨씬 열렬한 반응이었다. 헌이 그들을 감동시킨 것이다.

'또 이렇게 되는가.'

범은 지그시 입술을 깨물었다. 그는 항상 상황에 맞는 말을 했다. 그러나 사람들이 좋아하는 건 헌이었다. 철저하게 계산해서 말하고 행동하는 범은 본능에 가까운 매력을 발산하는 헌을 따라잡을 수가 없었다. 그게 무척 심기에 거슬렸다. 짜증스러웠다. 밟아버리고 싶었다.

"이 배가 가는 길에, 언제나 쾌청한 바람이 함께하길 빌겠소."

범은 일그러진 속마음과 달리 완벽하게 온화한 표정을 유지하면서, 제상에 놓인 향나무 궤를 집어 들었다. 배서낭은 진수식에서 가장 중요한 의식이었다. 귀중한 물건을 궤짝에 넣어 벽에 걸어두면, 거기에 깃든 신이 항해 중에 닥칠 위험을 미리 알려준다는 게 뱃사람들의 오랜 믿음이었다. 부왕을 대신해 제주 역할을 맡은 범은 품에서 비단부채를 꺼냈다. 부채를 궤 안에 넣고 닫으려는 순간, 이번에도 어김없이 왕이 끼어들었다.

"잠깐, 대군도 함께하도록 하라."

"하지만 주상 전하, 배서낭 의식은 동궁마마께서 하시기로……."

"전하께서 대군 마마를 아끼시는 마음은 백분 이해합니다. 하지만 대군 마마를 제주로 내세우는 건 오해의 여지가 있사옵니다."

범을 따르는 관료들이 일제히 들고일어났다. 백성들이 지켜보는 가운데 범과 헌이 동등한 위치에 서는 건 그들에게 오해를 불러일으킬 여지가 있었다. 그러나 왕은 단호했다.

"그대들을 혼란스럽게 하려는 게 아니다. 이것이 내 뜻이다."

"예? 그 말씀인즉슨……."

"다들 알다시피 내 큰아들 범은 지난 십 년간 세자 역할을 훌륭히 수행해왔다. 하지만 적장자인 헌이 병을 고쳐 잠에서 깨어났고, 본디 세자였음에도 불구하고 대군으로 불리게 되었다."

왕의 어투가 바뀌었다. 눈앞에 있는 신료들 들으라고 하는 말이 아니었다. 뱃전에 무릎 꿇고 앉아 왕의 일거수일투족을 기록하고 있는 사관(史官)에게 불러주는 말이었다. 왕은 이 자리를 빌려 중대한 선언을 하려는 것이었다. 범은 멀미하는 것처럼 속이 울렁거리는 걸 느꼈다.

"왕실 웃어른이신 대비 마마와 의논한 끝에, 이대로 범에게 보위를 물려줄 순 없다고 결론 내렸다. 그렇다고 궁의 질서를 하루아침에 뒤엎을 수도 없는 터. 당분간 범을 세자에, 헌을 대군 자리에 두되 둘을 동등하게 대우하면서 장차 계승 문제를 어떻게 할지 고민해보려 한다."

"아바마마, 그럴 순 없습니다! 왕위는 형님이 이으셔야 합니다!"

헌은 주먹을 쥐고 다급하게 외쳤다. 그래, 잘한 거라고는 태어난 것밖에 없는 놈이 모든 걸 차지하는 건 당치도 않지. 범은 그렇게 생각했지만, 겉으로는 정반대의 말을 했다.

"괜찮다. 아바마마의 명은 곧 하늘의 뜻, 거역하지 마라."

범은 침착하게 헌을 타일렀다. 어차피 보위를 잇지도 못할 놈이 요란 떠는구나 싶었다. 경쟁이란 것도 수준이 맞아야 하지. 헌과 경쟁하라고 하는 건 범에게 차라리 모독이었다. 그래서 범은 그 모독을 가장 우아하게 받아들이는 길을 택했다. 향나무 궤를 헌에게 내미는 것으로.

"바다에서 닥칠 위험을 미리 알려주는 서낭신에게 바칠 제물이다. 네 마음을 담아라."

머뭇거리는 헌을 향해 범은 자상하게 고개를 끄덕여 보였다. 헌은 그제야 안심한 듯 경직됐던 입가를 풀었다. 미리 준비하지 못한 그에게는 지닌 물건이 없었다. 헌이 쓰고 있던 갓을 벗어 궤에 넣자, 범은 그 궤를 제상에 올렸다. 나란히 절을 올리는 형제의 모습은 보기 좋았다.

"세자 저하와 대군 마마께서 축복해주셨으니, 풍랑도 폭우도 이 배를 피해 갈 것입니다!!"

"만세! 만세! 만세!"

정치적 계산에 얽매이지 않는 선원들은 마냥 기뻐할 따름이었다. 상쾌한 바닷바람을 타고 울려 퍼지는 만세 삼창은 너무도 경쾌했고, 마음의 무게를 한결 가벼워지게 만들었다.

"자, 다들 죽상 그만합시다. 한 번쯤은 겪을 것으로 각오했던 일 아니오."

"맞소. 주상 전하께서도 당장 뭘 어떻게 하시겠다는 게 아니니, 성급하게 굴지들 맙시다."

갑작스러운 선언의 충격에서 가장 빠르게 회복한 건 신료들이었다. 자기들에게 유리하도록 상황을 해석하는 데는 도가 튼 부류가 아니던가. 대군을 세자처럼, 세자를 대군처럼 대한다 함은 친대군파에겐 당연히 희소식이었다. 또한 둘의 자리를 당장 바꾸지 않고 동등한 기회를 준다는 점에선 친세자파에게도 나쁘지 않았다. 그들은 범의 우수함을 믿고 있었으니까.

"이제 출항하겠습니다!!"

진수식의 마무리는 시항(試航)이었다. 긴 항해는 할 수 없지만, 기선을 타고 앞바다를 한 바퀴 도는 것으로 기분을 내는 것이다. 닻줄이 풀리고 배가 물살을 타기 시작하자, 궁인들은 미리 약속한 것처럼 둘로 나뉘었다. 우르르 뱃머리로 몰려가 부서지는 파도를 구경하는 데 여념 없는 무리와, 바닥이 붕 떠서 흔들리는 느낌에 주저앉아 헛구역질을 해대는 무리로.

"세상에, 저리 많은 물이 한군데 모여 있다니요!"

"우웩! 우웨에에엑!!"

서린은 구경꾼 무리에, 예성은 구역질 무리에 속했다. 서린은 오장육부를 뒤집어 털어내고 있는 예성의 등을 두들겨주면서, 눈으로는 연신 파도의 움직임을 좇았다. 가슴 시리도록 푸르게 일렁이는 물결을 볼 때마다 등골에 좌르르 소름이 돋았다. 세상에 저런 게 있다니. 대감 집 규수로 정해진 삶을 살아갔더라면 상상도 못 해봤을 풍광이었다.

한편, 범과 헌은 어느 쪽에도 끼지 않은 채 그들을 위해 마련된 자리에 앉아 있었다. 그걸 멀미의 징조로 잘못 해석한 선장이 쪼르르 달려와 그들 앞에 무릎을 꿇었다. 그리고 잿빛 도자기 병을 황송해하며 바쳤다.

"해방풍*을 갈아 빚은 술입니다. 뱃멀미를 가시게 해주지요."

범은 마다하지 않았다. 다른 음식도 그렇듯 술을 딱히 즐기진 않았지만, 무료함을 그나마 덜어줄 것 같았다. 계속 똑같은 방향으로 굽이치는 바다도, 그걸 와글와글 보고 있는 사람들도, 옆에 있는 헌도, 그저 지루할 뿐이었다. 범은 술병을 따고 한 잔을 따라 마셨다.

"형님, 그건 무슨 맛입니까?"

"음, 글쎄다."

그냥 썩은 약초에 물 섞은 맛이다. 그게 솔직한 대답이겠지. 그러나 범은 일부러 술병을 기울여 그 독특한 향기가 공기 중에 퍼져나가게 하면서, 시를 읊듯 운율을 붙여 말했다.

"첫맛은 쌉쌀하지만 끝 맛은 달고, 목구멍으로 바람이 지나가는 것처럼 시원한 느낌이다."

"와! 저도 마셔보면 안 될까요?"

헌은 두 손을 가슴에 모은 채 두 눈을 빛냈다. 빈 술잔을 손에 쥔 범은 대답하기 전에 잠시 간격을 두었다. 헌의 애를 바짝 태우려는 의도였다. 허락해줄 듯 말 듯 애매한 표정을 짓던 범은 결국 빙그레 웃으며 고개를 내저었다.

"너에게는 자극이 너무 강할 것 같구나. 나중에 완전히 회복되면 그때 마셔보도록 해라."

•   바다 모래땅에 자라는 약초

범은 그렇게 말하고 한 잔을 더 따라 마셨다. 그는 술이 셌다. 두세 잔 정도로는 아무렇지도 않았다. 헌은 군침을 꿀꺽 삼키며 그 모습을 뚫어지게 쳐다보았다. 범이 이대로 술병을 혼자 비워버릴까 조마조마한 것이다. 범은 한 잔을 더 마신 후, 두 손으로 뒤쪽 바닥을 짚으며 고개 젖히는 시늉을 했다. 술기운이 올라오는 척, 어지러운 척.

헌이 이때다 싶어 술병을 슬쩍 가져가는 걸, 범은 알면서도 모르는 척했다. 하지 말라면 더 하고 싶어지는 게 사람의 본성이다. 헌에게 술을 권하지 않으면서도 먹일 수 있는 가장 효과적인 방법은 몰래 마실 기회를 주는 것이었다.

"으아, 써!"

허겁지겁 한 모금 들이켠 헌은 들릴락 말락 하게 중얼거리며 오만 상을 찌푸렸다. 그러면서도 술병을 곧바로 손에서 놓진 않았다. 이토록 쓴 걸 어른들은 뭐 그리 좋다고 마셔대는지, 오히려 더욱 궁금해진 것이다. 조금만 마셔서 그런가. 더 마시면 달아지나. 목구멍에 바람은 언제 지나가나. 입맛을 쩝쩝 다시며 안달복달하는 헌에게, 범은 다시 한번 기회를 주기로 했다.

"난 잠시 쉬었다 마셔야겠구나. 한 바퀴 돌고 올 테니, 절대 술병에 손을 대서는 안 된다. 알겠느냐?"

"예, 형님!"

범이 도포 자락을 펄럭이며 일어나는 사이 헌은 잽싸게 술병을 제자리에 내려놓았다. 어쩌면 그리도 눈에 뻔히 보이는 행동만 하는지. 범은 웃음이 나오는 걸 참으면서 갑판으로 발을 내딛었다. 등 뒤에서 헌이 독한 술을 벌컥벌컥 마셔대는 소리가 귀에 선히 들리는 듯했다.

37
물에 빠진 사람 구했더니

"이곳의 바다는 어떤가?"

타(舵)* 위에 한 손을 얹은 채 꾸벅꾸벅 졸고 있던 기패관(旗牌官)**
은 귓전에서 울리는 듣기 좋은 목소리에 눈을 떴다. 무심코 뒤를 돌아
보았던 그는 용보(龍補)가 수놓인 감색 도포를 발견하고 귀신에 홀린
표정이 되었다.

"세, 세자 저하!"

"그리 저어하지 말게. 배 위에서는 나도 그대의 손에 운명을 맡긴
한 사람일 뿐이니."

"황, 황송한 말씀이십니다."

"바다란 것은 매우 변덕스러워 잔잔하다가도 마구 휘몰아친다던
데. 여긴 괜찮은가?"

자신의 전문 분야가 화제가 되자, 기패관은 어깨에 힘이 들어갔다.

----

*   배를 조종하는 키
**   조선 시대 군영에 속해 있던 무관

그는 파도를 보는 범을 향해 자신만만하게 설명했다.

"그래도 여기 바다는 꽤 잔잔한 편입니다. 저기 저쪽에 좁고 빠른 물살 보이십니까? 저쪽은 무시무시합니다. 저길 지나갈 때만 조심하면 나머진 걱정 없습니다."

범은 기패관이 가리키는 방향을 유심히 관찰했다. 모르는 사람은 보고도 그냥 지나칠 법한 특징이 어렴풋이 보였다. 짙푸른 바닷물 위에 하얗고 가느다란 회오리가 날카롭게 빙빙 돌면서 부딪치고 있는 광경이.

"이 작은 타 하나로 집채만 한 배가 움직이다니, 정말 신묘하구나. 그게 어떻게 가능한지 알려줄 수 있겠느냐?"

"물론입니다! 가문의 영광입지요!"

기패관은 열성적으로 소리쳤다. 그는 타에서 아예 손을 놓아버리고 선박 여기저기를 가리키며 떠들어대기 시작했다. 돛이 어쩌고, 닻이 어쩌고, 고물과 멍에가 어쩌고. 기패관이 강연에 열중하는 사이 범은 귀 기울이는 척하며 슬며시 난간으로 다가갔다. 그리고 난간에 꽂혀 있던 수십 개의 깃발 중 하나를 뽑아 조용히 바다에 던져보았다.

"그뿐이 아닙니다. 타를 보조하기 위해 배 양쪽에 노가 여섯 개씩, 합쳐서 열두 개나 달려 있고, 바람이 어느 방향으로 부는지 알 수 있도록 돛대에는 꿩 털을……."

기패관이 장광설을 늘어놓는 사이 해류를 타고 흘러간 깃발은 급류에 휘말렸다. 순식간이었다. 유유하게 흘러가던 깃발이 만취한 사람처럼 빙글빙글 돌더니 소용돌이 한복판으로 푹 꺼져 사라지는 장면을 범은 예리한 눈으로 지켜보았다. 이 모든 걸 어떻게 활용하면 좋을지, 머릿속에 신속하게 계획이 섰다.

한편 헌은 범의 의도대로 거나하게 취해 있었다. 어느 정도였냐면, 상갑판을 밟으며 여기저기 뛰어다니다 급기야 돛 지지대를 엉금엉금 타고 오르기 시작했다.

"예성아, 저길 보거라! 갈매기다!"

"대군 마마, 위험합니다. 어서 내려오십시오!"

예성은 지지대 아래 서서 발을 동동 구르고 있었다. 제 허벅지보다 얇은 기둥을 기어오르고 있는 헌은 정말로 위태로워 보였다. 벽자색 도포가 둘둘 말려 올라가 아래 받쳐 입은 흰 바지와 버선까지 다 보일 지경이었다.

"괜찮을 것이다. 너도 아까 듣지 않았느냐? 앞바다는 궁 안의 연못만큼이나 안전하다고."

"하지만……."

"저것 좀 보아라. 저 툭 튀어나온 부리며 샛노란 눈이며, 정말 희한하게 생기지 않았느냐?"

"마마……."

갈매기고 뭐고 예성은 거의 울기 직전이었다. 이러다 헌이 갑판으로 떨어져 다리가 부러지기라도 하면, 예성은 아마 목이 날아갈 터였다. 보다 못한 서린이 끼어들었다.

"마마께선 이제 가벼운 어린애가 아니십니다. 그 기둥은 마마의 무게를 감당할 수 없습니다. 새로 지은 배의 기둥이 부러지기라도 하면 어쩌실 겁니까?"

"……."

예성과 달리 논리적으로 따지고 드는 서린에겐 할 말이 없었는지, 헌은 그만 합죽이가 되어버렸다. 움직임을 멈춘 채 허공에 불쑥 치솟아 있는 하얀 엉덩이가 자못 우스꽝스러워 보였다. 서린은 그 엉덩이에 대고 단호하게 못을 박았다.

"기둥이 부러져 닻이 떨어지면, 이 배는 제대로 움직일 수 없게 됩니다. 이 배에 타고 있는 모두의 안전을 위해 어서 내려오십시오."

"……알았다, 윤나인."

헌은 큰누나에게 꾸중 들은 막냇동생처럼 시무룩해졌다. 그런 헌을 보며 서린은 다시 한번 혼란스러워졌다. 저 천진난만함이 정말 가장이고 연극일까. 사람이 자신의 실체를 그렇게까지 속인다는 게 가능할까. 아까와는 반대 방향으로 스르륵 내려오는 헌의 엉덩이를 올려다보는 서린의 심경은 복잡했다. 그런데 헌이 기둥 중간까지 왔을 때, 덜컹 하는 굉음과 함께 배가 통째로 흔들렸다.

"으엇! 배가 흔들린다!"

생전 처음 해보는 항해에 그렇지 않아도 긴장하고 있던 궁인들은 한바탕 난리가 났다. 지진이라도 난 것처럼 연달아 흔들리는 배의 기세가 무서웠다. 아까보다 파도가 높아지거나 바람이 강해진 것도 아니었는데, 도대체 어떻게 된 영문인지 서린은 알 수가 없었다.

"급류 가까이 온 겁니다! 방향을 조금만 틀면 괜찮습니다!!"

선장이 동시에 배 뒤쪽으로 달려가는 게 보였다. 그곳에서는 기패관이 나사 풀린 것처럼 획획 돌아가는 타를 붙잡은 채 당혹스러워하고 있었다.

"어, 이게 왜 이러지?"

적당한 무게감이 실려야 할 손목이 가볍기만 하자 기패관은 동공

지진을 일으켰다. 타가 마구 돌아가는데도 뱃머리는 움직일 생각을
하지 않았다.

"어떻게 된 거야!"

쩔쩔매는 기패관을 본 선장이 버럭 고함쳤다. 조금 전 기패관이
딴짓하는 사이 범이 타의 뒤쪽에 붙은 부품을 발로 걷어차 부숴버렸
다는 것을, 그들로서는 알 리 없었다.

두 뱃사람이 배꼬리에서 우왕좌왕하고 있을 때, 갑판에서는 한층
긴박한 사태가 벌어지고 있었다.

"조심해라, 대군!"

"아바마마!"

내관들의 부름을 받고 달려온 왕은 기둥 아래서, 헌은 기둥 한가
운데 대롱대롱 매달린 채 서로를 절박하게 부르고 있었다. 헌은 소금
기 머금은 찬바람이 뺨을 후려치자 정신이 번쩍 들었다. 내가 뭘 하
고 있는 거지. 어쩌자고 여기까지 올라왔지. 후회가 밀려들었을 땐
이미 늦었다. 거대한 손이 선체를 잡아 흔드는 것처럼 배가 거칠게
요동쳤고, 기둥을 붙잡고 있던 두 손이 주르륵 미끄러지면서 헌은 그
대로 물에 풍덩 빠져버렸다.

"대군! 헌아!"

"대군 마마!"

왕의 비명을 신호탄 삼아 궁인들이 일제히 난간으로 몰려갔다. 그
러나 그들 중에 선뜻 헌을 따라 뛰어드는 사람은 없었다. 저만치서
웡웡 위협적인 소리를 내며 휘몰아치고 있는 급류가 보인 까닭이었
다. 충성은 후천적인 학습의 결과지만, 생존은 본능이었다. 내관들과

궁녀들은 배에서 떨어지지 않으려고 난간을 필사적으로 붙잡은 채 찢어지는 소리만 냈다.

"누가, 누가 대군을 구해라! 어서!"

그렇게 외치는 왕 또한 기둥을 와락 부둥켜안고 있었다. 만일 중전 홍씨나 대비였다면 한 치의 망설임도 없이 헌을 따라 뛰어내렸을 것이다. 그러나 그들은 이곳에 없었다. 이곳에는 헌을 위해 목숨을 버릴 만큼 그를 사랑하는 사람이 없었다. 그 사실을 아는 범은 입가에 떠오르는 미소를 숨긴 채 한구석에 서 있었다.

"물살이…… 셉니다…… 어푸!"

헌이 입속으로 들어간 물을 뱉어내며 소리치는 게 들렸다. 다행히 그는 급류로 떨어지진 않았다. 하지만 바람의 방향을 따라 이대로 휩쓸려가다간 조만간 흔적도 없이 빨려 들어갈 게 분명해 보였다. 서린은 크게 호를 그리며 발버둥치는 헌의 두 팔과, 입을 쫙 벌린 채 그를 기다리고 있는 소용돌이를 번갈아 보며 얼어붙었다.

'언니! 언니!'

참으로 이상했다. 아린의 기억을 엿보았을 때는 자기 이름이 불리는 걸 듣지 못했는데, 비슷한 상황에 처한 것만으로도, 헌 아닌 아린이 바다를 떠다니며 자신을 애타게 찾는 것 같았다. 아린의 기억 속에서 생생하게 느꼈던 익사의 고통이 떠올랐다. 자신은 물론이고 그 누구에게도 겪게 하고 싶지 않은 끔찍한 감각이었다. 하지만 아린에게 그런 고통을 안겨준 장본인은? 서린은 순간적으로 이대로 외면하고 싶다는 충동을 느꼈다.

'아니, 진짜 살인범이라 해도 이런 식으로 죽게 해선 안 돼!'

아린과 의종을 왜 죽였는지, 어떻게 죽였는지, 만천하에 드러나야 했다. 그 수치와 치욕을 온몸으로 고스란히 받아낸 후 참형당해야 마땅했다. 반대로 헌이 진짜 살인범이 아니라면, 그에게 누명을 씌운 사람이 누군지 알아내야 했다. 결론을 내리자마자 서린은 난간으로 뛰어올라갔다. 그리고 거추장스러운 치맛자락을 한쪽으로 몰아 쥔 후, 주저 없이 바다를 향해 뛰어들었다.

"윤나인!"

경악에 찬 예성의 목소리가 귀를 때렸다. 서린은 바다에서 헤엄쳐 본 적이 없었다. 단오날 창포물에 세욕한다는 핑계로 계곡에서 자맥질해본 게 전부였다.

'계곡이나 바다나 뜨는 법은 같겠지.'

지금 서린에게 가장 위협적인 건 급류가 아니라, 그녀를 칭칭 휘감고 있는 무거운 옷가지들이었다. 서린은 물에 뜬 채 민첩하게 저고리와 치마를 벗었다. 짧고 얇은 속적삼 차림으로, 방금 벗은 치마를 커다란 공 모양으로 둘둘 말았다. 그러자 옷감과 옷감 사이가 부풀어 오르면서 일종의 공기 주머니가 만들어졌다. 서린은 그 주머니를 겨드랑이에 끼운 채 헌에게 접근했다.

"윤나인! 어푸! 날 좀 살려……."

아까까지만 해도 비교적 침착했던 헌은 서린을 보자마자 정신없이 몸부림치기 시작했다. 서린만이 유일한 살길이라는 생각이 그의 이성을 마비시킨 것이다. 끊임없는 운동으로 제법 다부진 헌의 팔이 서린의 어깨를 붙잡았다. 그와 동시에 대군의 몸뚱이, 그리고 물을 잔뜩 먹은 도포의 무게가 한꺼번에 서린에게로 실려 왔다. 둘은 같이 가라앉기 일보 직전이었다.

"대군 마마! 일단 놓으시고 제가 시키는 대로 하세요!"

"어푸! 숨을 못 쉬겠……."

벌써 일곱 번이나 물을 먹은 헌에게 서린의 말은 들리지 않는 듯했다.

대군의 몸에 함부로 손댔다간 죽을 확률이 높지만 이대로 있다간 틀림없이 둘 다 죽는다. 그렇게 판단한 서린은 얼른 주위를 둘러보았다. 온통 물뿐인 이곳에, 그녀에게 필요한 물건이 있을 리 없었다.

"대군 마마, 무례를 용서하세요!"

무기를 찾지 못한 서린은 맨머리로 헌의 이마를 냅다 들이받았다. 헌은 두 눈을 허옇게 뒤집으며 의식을 잃고 기절해버렸고, 서린의 어깨를 움켜잡았던 손가락은 슥 풀어졌다.

"밧줄을! 밧줄을 던져주십시오!"

서린은 왼팔로 공기 주머니를, 오른팔로 헌의 머리를 껴안고 급류 반대편으로 헤엄쳐가면서 외쳤다.

아직도 넋을 놓고 있는 궁인들보다, 이런 상황에 익숙한 뱃사람들이 먼저 대응했다. 돛대를 둘둘 말고 있는 두꺼운 밧줄을 풀어낸 기패관은 둥그런 고리를 만들더니, 바다에 떠 있는 서린에게 던져주었다.

"이걸 붙잡으십시오!"

기패관의 조준이 얼마나 정확했는지, 서린의 머리와 몸이 고리 속으로 쏙 들어갔다. 일단 구출로를 확보하고 나자 그다음은 일사천리였다. 수십 명의 사람들이 밧줄을 잡고 서린과 대군의 몸을 끌어당겼다. 그동안에도 뱃전에서는 열두 명의 사공들이 결사적으로 노를 저어 배의 방향을 틀고 있었다.

마침내 배가 급류의 영향 범위를 벗어났을 때, 서린과 헌의 흠뻑 젖은 몸뚱이도 갑판으로 올라올 수 있었다.

"대군! 눈을 떠보거라, 대군!"

왕이 애타게 소리치는 가운데, 서린은 헌의 도포를 풀어헤쳤다. 여기엔 의녀 단금도 어의도 없다. 서린은 오골계 때문에 열심히 뒤졌던 의서의 내용을 급히 떠올렸다. 그 책 어딘가에 물에 빠진 사람에게 하는 처치법도 실려 있었다.

"대군 마마를 옆으로 돌아 눕혀주세요!"

서린은 헌을 모로 눕게 하고, 등을 두드려 입에 머금은 물을 토해내게 했다. 그러고는 다시 똑바로 눕혀놓고, 이번에는 도포와 적삼을 모두 풀어헤쳤다. 가지런히 포갠 서린의 두 손이 헌의 가슴을 규칙적으로 압박하는 동안, 그 누구도 감히 방해하려 들지 않았다.

"쿨럭!"

체력이 바닥난 서린의 숨이 급격히 짧아질 때쯤, 헌은 목구멍 너머에 머금고 있던 물을 왈칵 토해내는 동시에 눈을 떴다. 여기가 어딘지, 자신이 어떻게 된 건지 혼란스러운 표정이었다.

"대군 마마가 살아나셨다!"

"윤나인이 대군 마마를 구했어!"

체격 건장한 내관도, 평생을 왕실에 바친 궁녀도, 바다를 제 앞마당처럼 알고 자란 뱃사람도 아닌, 한낱 견습나인 따위가 대군의 목숨을 구했다는 데 다들 놀라워했다. 서린은 초연한 태도를 유지하면서 마구 풀어헤쳤던 헌의 옷매무새를 다듬어주려 했다. 그런데 그때 그녀의 손끝에 뭔가가 들어왔다.

대군의 도포 아래서 영롱하게 빛나는 길쭉한 돌을 발견한 서린의 눈이 가늘어졌다. 단 한 번도 실제로 본 적은 없지만 알 수 있었다. 아린을 죽인 사람이 차고 있던 유리옥패. 지금 그녀는 그 물건을 보고 있었다.

38

짙어지는 의혹

저를 찾지 말아주십시오.

진수식이 끝난 사흘 후, 이번에는 편지 한 장이 천수전을 발칵 뒤집어놓았다. 조선 궁중 역사상 최초로 십 년간 자다가 일어나고, 최초로 돛대에서 바다에 떨어졌던 대군 이헌이 이번에는 최초로 가출을 감행한 것이다. 대군에 대한 감정이 어떤지와 상관없이 서린은 그를 찾으러 다녀야 했다. 이번에도 어김없이 예성과 함께였다.

"걱정 마. 이 궁은 내 손바닥 위에 있으니까. 대군 마마는 독 안에 든 쥐 신세라고."

"신내관님 너, 이 상황을 은근히 즐기는 것 같다?"

"그, 그게 무슨 말이냐? 난 천수전 담당 내관으로서 대군 마마의 안위를 걱정할 뿐이라고!"

갑자기 더듬는 걸 보니 정곡을 찔린 모양이었다. 그래도 예성이 궁에 관해 모르는 게 없다는 말은 진짜였다. 구불구불한 담장에 교묘하게 뚫린 크고 작은 개구멍들을 들여다보면서, 서린은 사람이 아니라 강아지를 찾아다니는 듯한 기분이 들었다.

"진짜 겁쟁이시라니까. 학교에 가는 게 무섭다고 도망가다니."

예성이 흙 묻은 손을 탁탁 털면서 투덜거렸다. 오늘은 헌의 성균관 입학례가 있는 날이었다. 본래 대군은 종친을 위한 학교인 종학에 다녀야 했다. 종친은 벼슬길에 오를 수 없기에, 관료 양성을 목적으로 하는 성균관에선 배울 게 없었다. 다만 왕세자의 경우 장차 나라를 이끌어갈 사람으로서 상징적인 입학 절차를 거쳤는데, 왕과 중전은 대군 헌에게도 똑같이 시키려고 한 것이었다. 헌이 두려워하는 건 성균관 학자들과 유생들이 아니라 그들에게 세자의 경쟁자로 각인되는 것이겠지. 서린은 그렇게 추측했다. 예성은 그녀의 침묵을 제멋대로 해석했다.

"그렇지? 너도 그렇게 생각하지? 오죽하면 바다에 빠져서 헤엄도 못 치고 한낱 견습나인의 손에 목숨을 건지겠냐고."

그 '한낱 견습나인'으로 있을 날도 얼마 안 남았다는 걸 서린은 굳이 밝히지 않았다. 대비와 중전이 서른 냥씩 포상해주고 사흘의 특별휴가를 준 걸로도 모자라, 내명부에서는 서린을 정식 나인으로 승격시키자는 논의가 오가고 있었다. 궁 안의 유명인사가 된 건 물론이었다.

"윤나인, 어떻게 거기서 물에 뛰어들 생각을 다 했어?"

예성은 서린의 출세를 부러워하면서, 또 그녀의 용기에 경탄했다. 그러나 서린은 별다른 반응을 보이지 않았다. 헌의 도포 안쪽에서 보았던 유리옥패 때문에, 그녀는 며칠째 밤잠을 못 이루며 고민하는 중이었다. 흔치 않은 물건이라 했다. 하지만 그렇다고 해서 유일한 물건인 건 아니었다. 살인범이 화기도감에 침입한 날에 '우연히' 대군이 그곳에 들어가고, 또 살인범의 것과 비슷한 유리옥패를 '우연히' 갖고 있을 확률은 얼마나 될까. 서린은 혼란스러웠다.

"혹시 출궁하신 건 아니겠지."

창고에 버려진 낡은 가마 안을 들여다보던 서린이 중얼거렸다. 헌이 범인이라는 확실한 증거를 찾을 때까진 밀착 감시해야 하는데. 먼지를 한가득 들이마시면서 창고를 뒤졌는데도 헌을 찾지 못하자 서린의 표정은 어두워졌다. 반면 예성은 천하태평이었다.

"그런 표정 짓지 마. 대군 마마가 숨어 계실 만한 가장 유력한 장소는 아직 안 찾아봤으니까."

"그걸 왜 이제 말해? 가장 유력한 장소라면 제일 먼저 찾아봐야 하는 거 아냐?"

"그랬다가 거기에도 안 계시면 정말 큰일 나잖아."

예성은 말이 안 되는 소리를 하며 서린을 창고 밖으로 이끌었다.

그들이 마지막으로 찾아간 곳은 궁의 외곽에 자리 잡은 종각이었다. 인적 없는 곳에 외롭게 동그마니 서 있는 네 개의 기둥 사이로 사람 몇 명은 들어가고도 남을 법한 청동 종이 걸려 있었다.

"여긴 아무도 없…….."

종각을 한 바퀴 빙 둘러보던 서린이 문득 말을 멈췄다. 텅 비어 있어야 할 종 아래에 동그란 엉덩이가 삐죽 튀어나온 게 보였다. 얼룩한 점 없이 깨끗한 흰 바지가 사뭇 눈에 익었다.

"신내관님, 어떻게 알았어?"

"아기내관들이 숨바꼭질할 때 애용하는 곳이거든. 원래 저렇게 생긴 종을 보면, 어린애들은 꼭 들어가 보고 싶어 하는 법이지."

예성은 젠체하면서 대답했다. 꼭 자신은 애가 아닌 것처럼. 종 앞으로 다가간 서린은 쪼그려 앉은 자세로 종 안의 엉덩이에게 말을 걸었다.

"대군 마마, 거기서 뭐 하시는 겁니까?"

"윤나인? 윤나인이냐?"

헌의 당황한 목소리가 종 표면에 부딪혔다 돌아오면서 우스꽝스러운 메아리를 자아냈다.

"주상 전하와 중전 마마께서 많이 걱정하고 계십니다. 어서 나오시지요."

"싫다. 성균관에 가라는 명을 거두실 때까지, 여기서 절대 나가지 않을 것이다."

서린은 얕은 한숨을 내쉬었다. 그녀의 눈에는 예성과 아린과 헌이 모두 어린애로 보였는데, 그중 정신연령이 가장 낮은 사람을 꼽으라면 단연 헌이었다. 남의 입장도 고려 안 하고 떼만 쓰는 게. 범과 비교하자면 천지 차이라고, 서린은 그렇게 생각했다.

"그러면 거기 그냥 계십시오. 조금 있으면 묘시(卯時)*가 될 겁니다. 종지기가 시각을 알리는 종을 치러 오겠지요. 그 안에 버티고 계시다간 종소리에 귀가 멀어버릴 겁니다. 그래도 상관없으십니까?"

"……."

헌의 침묵에선 겁먹은 기색이 느껴졌다. 헌을 다루는 법도 어린애를 다루는 법과 같았다. 서린은 아린에게 무서운 이야기를 들려줄 때

---

* 십이시의 넷째 시. 오전 다섯 시에서 일곱 시까지

으레 그랬듯 음산한 목소리를 냈다.

"귀만 멀면 다행이게요. 종을 한두 번 칠 때는 귓속에 있는 것들이 모두 망가지고 터져나가면서 피가 줄줄 흐를 것입니다. 서너 번 칠 때는 고통에 몸부림치며 기절할 것이고…….."

"으아, 알았다! 나가면 되지 않느냐?"

헌은 진저리를 치더니 슬금슬금 밖으로 나왔다. 서린은 그 철딱서니 없는 엉덩이를 뻥 걷어차고 싶은 충동을 꾹 참으며 가만히 서 있었다. 종 밖으로 나온 헌은 종각 계단을 내려오는 대신 몸을 구부린 채 끙끙 신음을 냈다.

"왜 그러십니까?"

"윤나인, 날 좀 도와다오."

여전히 몸을 구부린 채 고개만 슬쩍 들어 서린을 쳐다보는 헌의 얼굴은 울상이 되어 있었다.

"오랫동안 몸을 구부리고 있었더니 허리가 펴지지 않는구나. 너무 아프다. 진짜로……."

키가 훤칠한 대군을 꼬맹이 내관과 함께 부축해 가는 건 상당히 힘겨운 일이었다. 한데 뒤엉켜 넘어질까 한 걸음 한 걸음 조심스레 내딛던 서린의 귀에 짤랑 하는 맑은 소리가 들렸다. 유리와 유리가 부딪혀 내는 영롱한 마찰음. 서린은 떨리는 가슴을 억누르고 침착하게 물었다.

"대군 마마, 지금 차고 계신 게 유리옥패인가요?"

"음? 아마 그럴 거다."

"그럴 거라고요? 마마도 잘 모르시는 겁니까?"

서린의 말투는 날카로운 추궁조로 변했다. 그걸 들은 예성은 바늘에 찔린 것처럼 움찔했다.

"윤나인, 대군 마마께 무슨 말버릇인가!"

그러나 서린은 예성의 반발을 무시했다. 헌이 주도면밀한 연극을 하는 거라면, 이쪽에서도 기습적으로 치고 나가는 게 효과적일 터였다.

"대군 마마, 중요한 문제이니 대답해주십시오. 전에는 이 옥패를 차고 다니지 않으셨죠? 언제, 어떻게 손에 넣으신 물건인가요?"

"미안하다, 윤나인. 그건 말해줄 수 없구나."

헌은 난감해하면서도 옥패의 출처를 밝히지 않았다.

"말해주실 수 없는 이유는 무엇입니까? 좋지 않은 방법으로 손에 넣으신 겁니까? 아니면, 그 물건에 숨겨야 할 사연이 있습니까?"

서린의 언사가 거칠어질수록, 예성의 얼굴에선 핏기가 사라졌다.

"으아, 난 몰라. 지금 이 대화가 상궁 마마 귀에 들어가면 넌 죽은 목숨이야."

예성은 더 들을 엄두가 안 났는지 급기야 두 손으로 귀를 막아버렸다. 그러거나 말거나 서린은 부축했던 팔도 풀어버린 채 헌을 똑바로 올려다보며 거듭 캐물었다.

"제겐 중요한 문젭니다. 말씀해주십시오, 대군 마마."

"훔치거나 빼앗은 것도 아니고, 이게 부정한 물건인 것도 아니다. 하지만 그 이상은 말해줄 수 없다. 그러니 더는 내게 묻지 마라."

헌은 요지부동이었다. 여태 한 번도 이런 적이 없었는데. 서린의 눈빛은 돌덩이처럼 딱딱해졌다.

천수전 침소에 헌을 눕혀놓고 뒷걸음질로 물러나는 서린의 태도는 지극히 형식적이었다. 그대로 문을 닫으려는데, 흑 하고 울음 터지는 소리가 들렸다. 헌이었다.

"신내관, 윤나인. 수고롭게 만들어 미안하다. 하지만 난 정말 왕위가 욕심나지 않는다. 경쟁하고 싶지 않아. 형님에게 미움받고 싶지 않다."

누구에게도 털어놓지 못했던 진심. 헌은 그걸 하필이면 서린에게 털어놓고 있었다. 그를 살인범으로 의심하는 사람에게.

"내 어머니가 중전이 되셨기에 형님의 어머니가 쫓겨나셨고, 내가 태어났기에 형님이 원자로 책봉되지 못하셨지. 우여곡절 끝에 세자가 되어 십 년을 열심히 공부하고 준비했는데, 느닷없이 내가 깨어나 모든 걸 망쳐놓았으니 얼마나 기막히시겠느냐. 얼마나 미우시겠냔 말이다."

헌은 어깨를 들먹이며 흐느꼈다. 모른 척 살갑게 굴었지만, 실은 그도 마음 깊은 곳에서 알고 있었다. 범이 자신을 진심으로 좋아하지 않는다는 걸. 헌을 보는 범의 눈빛은 헌을 보는 중전의 눈빛과 어딘가 달랐다. 우애의 정표를 틈날 때마다 어루만져도 그 사실은 변하지 않았다.

"남들이 수군대는 걸 나도 다 안다. 형님에게 내가 결코 달갑잖은 존재라는 걸."

애처롭게 한탄하며 우는 헌을 보고, 서린의 심사는 더욱 복잡해졌다. 저렇게 연약하고 섬세한 사람이 두 번이나 살인을 했다니, 믿기 어려웠다. 역시 전부 우연이었을까. 어쩌면 살인범이 아린을 죽인 후 헌에게 옥패를 선물로 줬는지도 몰랐다. 모든 게 불분명한 이 시점에, 서린은 한 가지는 알 수 있었다. 지금의 헌에게는 따끔한 소리를 해줄 사람이 필요하다는 것.

"대군 마마가 지금 이러시는 게, 세자 저하께 더욱 무례이고 민폐라는 생각은 왜 못 하십니까. 마마께서 이리 떼쓰신다 해서 주상 전하께서 내리신 결정을 번복하시진 않을 겁니다. 만에 하나 번복하신다 해도, 그게 세자 저하께 좋을 게 뭐 있겠습니까. 철모르는 동생을 꼬드겨 왕위를 넘겨받았다 길이길이 흉으로 남겠지요."

서린의 지적을 들은 헌은 얼떨떨한 표정이 되었다. 자신이 포기하면 범이 좋아할 줄 알았는데. 궁 안팎에서 일어나고 있는 분열도 끝날 줄 알았는데. 양보가 오히려 독이 될 수도 있다니.

"그게…… 그렇게 되는 것이냐?"

"예, 그러니 정신 차리시고 성균관에 가십시오. 공부도 좀 하시고요. 대군도 왕위를 계승하기 위해 열심히 노력했다, 그러나 세자가 워낙 훌륭했기에 부왕도 그에게 보위를 물려줄 수밖에 없었다. 세간에는 이렇게 보이는 게 가장 좋을 것입니다."

"난…… 그런 것까진 미처 생각지 못하였다. 네 말이 전부 맞구나."

헌은 잠시 입을 일자로 다문 채 깊은 생각에 잠겼다. 서린과의 대화에 열중하는 동안 그의 뺨을 타고 흐르던 눈물이 마르고 있었다. 헌은 불현듯 몸을 일으키더니 서린에게 부탁했다.

"윤나인, 거기 서안 아래 내가 숨겨둔 물건들이 있다. 성균관에서 쓰는 교재와 입학례에서 입을 예복인데, 꺼내줄 수 있겠느냐."

"잘 생각하셨습니다."

헌이 교재와 예복을 꺼내달라는 건, 입학례를 치르겠다는 의미였다. 서린은 힘주어 고개를 끄덕였다. 배움의 기회를 간절히 얻고 싶어도 못 얻는 사람이 이 나라에 얼마나 많은데. 혜택 받은 사람은 최선을 다해야 마땅했다. 서린은 벽에 바짝 붙게 밀어놓은 서안을 향해 손을 뻗었다. 글자 연습을 하라고 갖다 놓았을 문방사우(文房四友)*와 각종 서책, 풀어보지도 않은 선물 꾸러미까지 더해져 서안은 제 효용을 잃고 잡동사니 산이 되어 있었다.

"어휴⋯⋯."

눈으로 샅샅이 뒤지던 서린은 수색 범위를 넓히기 위해 서안 앞에 무릎을 꿇었다. 서안과 바닥 사이 빈 공간에, 뭔가 손바닥만 한 물건이 굴러다니고 있었다. 분홍빛과 연둣빛이 어우러진 그 물건이 뭔지 알아차린 순간, 서린의 등줄기가 쫙 얼어붙었다. 온몸을 부들부들 떨면서 입을 벌렸지만 말이 나오지 않았다. 어렴풋이나마 이상한 기미를 알아챈 헌이 물었다.

"윤나인, 왜 그러느냐?"

"아무것도 아닙니다, 대군 마마."

마른 나뭇가지처럼 갈라지는 자신의 목소리가 서린의 귀에는 설게 들렸다. 손으로는 옷가지와 책을 집어 들면서도, 시선은 아까 그 물건에서 떼지 못했다. 설화당 연못에 가라앉은 줄로만 알았던, 아린의 꽃신 한 짝에서.

39

궁녀의 혼례

"궁녀가 된다는 것은 속인의 삶을 버리고 왕실의 번영을 위해 평생을 바친다는 뜻이니."

제조상궁은 성장(盛裝)한 서린의 모습을 머리부터 발끝까지 꼼꼼히 뜯어보며 점검했다. 깃이 달린 옥색 저고리, 두 마리 봉황을 수놓은 녹색 당의, 삼작노리개가 달린 원삼, 머리에 쓴 화관까지 흠잡을 데 없었다. 화사한 새 신부의 모습이었다.

"궁녀 윤서린은 매사에 입조심, 눈조심, 몸조심할 것이며 법도를 존중하고 준수하여 조선 왕실의 이름에 흠이 가는 일이 없도록 해야 할 것이다."

오늘은 서린이 정식 나인으로 승격되는 관례(冠禮) 날이었다. 보통 양반가 규수들은 혼례 직전에 관례를 치르지만, 번번이 혼사가 무산되는 수모를 겪었던 서린은 아직 머리를 올려보지 못했다. 스무 살을 조금 넘긴 오늘에야 비로소 성인으로 인정받게 되었다. 궁녀에겐 관례가 곧 결혼이지만, 신랑의 모습은 보이지 않았다. 그저 궁의 이곳저곳을 돌아다니며 윗전과 동료 궁녀들에게 인사를 올리는 게 전부였다.

"본래 견습나인이 관례를 치를 때는 본가에서 보내준 음식과 패물, 옷감을 모두에게 나눠주어야 한다. 하지만 넌 아무것도 없으니, 돌아다니며 인사라도 성의 있게 하도록 해라."

"예, 상궁 마마."

서린은 공손히 절한 후 상궁 처소에서 물러났다.

제조상궁의 말대로였다. 다른 견습나인들이 관례를 치를 때마다 화전과 잔치 음식이 가득 담긴 바구니가 겹겹이 쌓여 있던 툇마루가 썰렁하게 비어 있었다. 끈 떨어진 뒤웅박 같은 자신의 처지가 새삼 실감 났다. 돌아가신 어머니가 이 모습을 본다면 어떻게 생각하실까. 딸이 궁녀가 될 거라고는 상상도 못 하셨겠지. 상념에 빠진 서린은 문상궁이 코앞까지 다가와 부르는 것도 듣지 못했다.

"인…… 윤나인!"

"아, 네. 상궁 마마!"

서린은 화들짝 놀라 고개를 들었다. 문상궁이 옆구리에 큼직한 대바구니를 낀 채 서 있었다. 소주방에서 쓸 식재료인가 했는데, 뜻밖에도 문상궁은 그 바구니를 서린에게 척 안겨주었다.

"맨손으로 인사하러 가는 건 예의가 아니다. 이 떡이라도 돌리도록 해라."

"이건……."

"해묵어 못 쓰는 쌀로 대충 빚었다. 시간이 남아서."

살짝 벌어진 대바구니 뚜껑 아래로, 솔방울처럼 생긴 떡이 빼곡하게 담겨 있었다. 치자물, 오미자물, 쑥물에 반죽을 넣고 빚어 노란색,

붉은색, 진한 녹색으로 곱게 물든 떡은 참 소담스러워 보였다. 반들반들 윤이 나게 표면에 참기름까지 발라놓은 게, 누가 봐도 '대충 빚은' 모양새는 아니었다. 문상궁이 새벽부터 밤까지 정신없이 일한다는 걸 아는 서린은 가슴이 찡했다.

"감사합니다, 상궁 마마."

문상궁이 친정어머니의 마음으로 빚어준 이백여 개의 떡은 하루 종일 인사를 돌고 나니 고작 대여섯 개만 남았다. 서린은 그걸 챙겨 방으로 돌아왔다. 정식 나인이 된 그녀에게 처음으로 주어진 독방이었다. 전에 쓰던 골방보다 훨씬 넓고 깨끗한 공간에서, 일과를 마치고 온 채옥이 서린을 기다리고 있었다. 두 나인은 남은 떡을 나누어 먹으며 도란도란 수다를 떨었다.

"문상궁님은 우릴 정말 아껴주시지. 제조상궁까지 올라가시면 참 좋겠지만, 아마 힘들 거야."

"왜 힘든데?"

"동궁전 침방 상궁으로 계신 염상궁님 때문에. 두 분 입궐 시기가 비슷한데, 염상궁님은 설화당 시절에도 저하를 모셨거든. 조내관님처럼. 그 공(功)으로 제조상궁이 되실 거라고 봐."

채옥은 입가에 묻은 참기름을 손수건으로 닦아내며 진지하게 분석했다. 궁궐의 밤은 길다. 상궁들의 출세 경쟁을 지켜보고 예측하는 건 나인들의 쏠쏠한 소일거리였다.

"아! 근데 저하 아닌 대군 마마가 보위에 오르실 수도 있으니까, 그럼 어떻게 될지 모르겠다."

"정말, 동궁전 주인이 다시 한번 바뀔 가능성이 있어?"

"그러더라도 놀랄 일은 아니지. 왕가에서는 적자인지 아닌지를 엄청나게 따지거든. 거기다 저하의 생모이신 희빈 마마는 완전히 미친 여자였다고 소문이 자자하니까."

채옥은 고개를 설레설레 저었다. 그녀가 어린 소녀였을 땐, 상궁들이 비 오는 밤마다 귀신 얘기 대신 희빈 박씨의 일화를 들려주곤 했다. 세자의 생모는 그만큼 악명 높았다. 죽은 희빈의 혼령이 어슬렁거릴까 무서운 듯 문살을 힐끔거리는 채옥에게 서린은 망설이면서 말했다.

"채옥아, 사실 내가 의심하고 있는 사람이⋯⋯."

누군가에게는 털어놓아야 했다. 마음이 너무 무거워서 견딜 수 없었으니까. 서린의 이야기를 들은 채옥의 입술이 놀라움에 스르르 벌어졌다. 수다쟁이인 채옥이 중간에 끼어들지 않는 건 드문 일이었다. 서린의 말이 다 끝나고 나서야, 채옥은 고개를 주억이며 결론을 내렸다.

"믿기 힘들지만, 불가능한 일은 아니야."

"그렇게 생각해?"

"내가 본가에 살 때, 우리 마을에도 그런 사람이 있었거든. 낙석 사고로 앉은뱅이가 된 늙은 농부였는데, 몇 년이 지나 다리가 다 나았는데도 여전히 못 쓰는 척했어. 그러고는 밤마다 얼굴을 가리고 과부와 처녀들을 덮치고 다녔지. 개자식."

채옥은 지금 생각해도 분통이 터진다는 듯 불끈 주먹을 쥐었다. 채옥은 서린과 동갑내기였지만, 세상 경험은 훨씬 풍부했다. 인간의 본성이 얼마나 추악한지도 신물 나게 잘 알았다.

"대군 마마는 머리를 심하게 다쳤었잖아. 어쩌면 그때 정신이 좀 이상해졌는지도 몰라. 그래서 깨어난 후에 남몰래 나쁜 짓들을 하고 다닌 거고. 중전 마마께서 그걸 다 아시면서, 대군 마마를 보호하기 위해 여전히 못 깨어난 척 위장하신 걸 수도."

"그러면 대군 마마 상태가 갑자기 나빠져서 죽을 뻔했던 일은? 그건 뭐야?"

"당연히 연극이지. 의녀 단금도, 중궁전 궁녀들도 전부 한패인 거야. 미친 대군 마마를 잘 단속해서 남 앞에서는 멀쩡한 척하게 가르쳐놓은 다음, 뒤늦게 깨어난 것처럼 꾸민 거지."

채옥은 그렇지, 그렇지 하고 작은 소리로 중얼거리며 자신만의 이론을 펼쳐나갔다. 의종의 죽음은 그녀의 가슴에 지울 수 없는 상처를 남겼다. 그녀에겐 원망할 대상이 절실히 필요했다.

"부사 나리와 한혈마 얘기는 나도 들은 적 있어. 난폭한 말을 진상한 죄로 나리가 파면당하실 뻔했는데, 우리 저하께서 애먼 사람에게 화풀이하지 말라고 막아주셨다고. 그땐 그렇게 넘어갔지만, 중전 마마와 대군 마마는 십 년 전의 원한을 잊지 않고 있었던 거야."

"그럼 내 동생은? 아린이는 왜?"

"뻔하지. 중궁전 골방에 누워 있어야 할 대군 마마가 두 발로 멀쩡히 걸어 다니는 모습을 우연히 본 거야. 대군 마마는 들키지 않으려고 그 앨 해친 거고."

"……."

"왜? 내가 억지 부리는 것 같아?"

"아니, 그건 아닌데. 그냥 마음이 개운치가 않아."

서린은 아린의 기억 속에서 보았던 손을 떠올렸다. 여자 손보다 골격이 크고 굵지만, 평범한 남자 손보다는 훨씬 희고 고왔던 그 손.

서린은 헌의 손을 틈날 때마다 열심히 훔쳐봤다. 군살 하나 없이 미끈한 건 똑같았지만, 두께가 조금 다른 것 같았다. 기억 속의 손은 굳이 따지자면 범의 손과 더 비슷했다. 물론 그림을 그려놓은 것도 아니어서 확신할 수는 없었지만.

"일단 대군 마마의 해명을 들어야겠어. 그러기 위해선 내게 힘을 실어줄 사람이 필요해."

서린은 유리옥패에 관해 묻자 입을 꾹 다물어버렸던 헌을 떠올렸다. 헌이 서린을 허물없이 대해준다 해도 그는 엄연히 왕가의 일원이고 서린은 그를 모시는 궁녀였다. 둘 사이에는 극복할 수 없는 벽이 존재했다. 서린에게는 그를 심문할 힘도 권한도 없었다. 채옥도 그걸 알았다. 두 나인이 머리를 맞대고 고민하던 중, 채옥이 무릎을 탁 치며 소리쳤다.

"아! 생각났다! 부사 나리의 아버지, 이원익 장군님! 비록 지방 무관이긴 하지만, 변방 전투에서 수훈을 많이 세워 평판도 좋고 영향력도 강해. 주상 전하도 이장군님 말을 무시하지 못하신다고 들었어."

"지금 어디 계신데?"

"올라오시는 중이라 들었어. 나리 사십구재를 치러야 하니까."

채옥은 그 얘기를 하면서 조금 침울해졌다. 의종이 죽은 지 벌써 한 달이 훌쩍 지났다는 걸 상기한 탓이었다. 억울함에 눈을 감지 못하고 구천을 떠돌고 있을 부사의 혼을 생각하며 서린과 채옥은 잠시 침묵했다. 그동안 서린의 머릿속에서는 새로운 계획이 생겨났다.

"그분이 입궐하기 전에 뵈어야겠어."

"입궐 전에? 어떻게?"

채옥이 의문을 제기하는 순간, 창호지에 기다란 그림자가 드리웠

다. 가뜩이나 긴장하고 있던 두 여자는 소스라치게 놀라 뒤로 넘어질
뻔했다. 귀신이라기엔 지나치게 건장한 체격과 반듯한 자세를 뒤늦
게 알아본 채옥이 딱 소리 나게 손가락을 튕겼다.

"아, 깜박 잊었다. 너한텐 만능 심부름꾼이 있었지."

"……."

"뭐 해, 얼른 나가보지 않고."

서린은 채옥의 재촉에 떠밀려 문지방을 넘었다.

뒷마당이라 부르기도 초라한 협소한 공간에 무휘가 장승처럼 우
두커니 서 있었다. 두 뺨에 연지를 찍고 풍성한 남색 치마를 펄럭이
며 나타난 서린을 보고, 그의 눈동자에 파문이 일었다. 서린은 변명
하듯 어색한 투로 말했다.

"관례 때문에."

"네, 알고 있습니다."

정식 나인이 되기 위해 겪어야 할 절차일 뿐인데, 왜 이렇게 무휘
에게 미안한 마음이 드는 걸까. 서린은 어쩐지 그의 눈을 똑바로 쳐
다볼 수가 없었다. 무휘도 그건 마찬가지인 듯, 시선을 내린 채 웅얼
거리듯 말을 꺼냈다.

"누각에 남겨두신 쪽지를 봤습니다. 대군의 옷 안에서 옥패를, 방
안에서 아기씨의 신을 발견하셨다고요. 이제 어떻게 하실 겁니까?"

매번 부탁만 하는 게 미안했지만, 서린에겐 달리 기댈 이가 없었
다. 이원익 장군의 소재를 알아봐달라는 요청에 무휘는 묵묵히 고개
를 끄덕였다. 그가 몸담은 가마꾼 조직은 도성 안팎뿐만 아니라 전국
적으로 연결되어 있어서, 사람 찾는 건 손쉽게 할 수 있었다. 그러나

무휘는 평소처럼 지령을 받고 신속하게 떠나는 대신, 서린에게 뜬금없는 질문을 던졌다.

"아씨, 한 가지만 여쭙겠습니다. 아기씨를 해친 범인을 잡고 나면, 그 후에는 어떻게 되는 겁니까? 계속 이대로 동궁전 궁녀로 살아가실 겁니까?"

"그럴 수밖에 없잖아. 난 관노니까."

"대감마님께서 대역죄인이 맞다면, 아씨도 관노겠지요. 대감마님이 결백하지 않다고 생각하시는 겁니까?"

"그건 아니야, 하지만……."

"그럴 수밖에 없다는 건 핑곕니다. 포기하지 않으면 할 수 있는 일은 언제나 있는 법입니다. 전 대감마님께 그리 배웠습니다."

무휘는 전에 없이 강경한 어조로 말했다. 그에게 있어 삶은 크고 작은 역경의 연속선 같은 것이었다. 땡전 한 푼 없는 고아에 무지렁이였던 그를 거둬들여 글을 가르치고, 검을 쥐어주고, 어디에서든 살아갈 수 있는 강인한 청년으로 길러준 건 바로 서린의 아버지였다. 윤대감은 무휘의 세계를 만들어준 장본인이었고, 그 세계 안에서 서린은 전부나 다름없는 존재였다.

"궁녀는 승은을 입지 못하면 황소처럼 혹독하게 일만 하다 죽는다고 들었습니다. 혼인할 수도 없고, 자신의 아이를 품에 안아볼 수도 없다고요. 아씨가 그렇게 외롭게 사는 건……."

아씨를 감히 탐낸 적은 없다. 하지만 이런 곳에서 외롭게 늙어 죽는 꼴은 못 보겠다. 무휘가 정말 하고 싶었던 건 그 말이었다. 서린이라고 해서 그 심정을 모르는 게 아니었다. 그렇게까지 눈치 없진 않았다. 충심이라 표현하는 그 마음에 연심이 섞여 있다는 걸, 오래전부터 자연스럽게 눈치채고 있었다. 그리고 서린이 안다는 걸 무휘도 알았다.

밤톨만 한 꼬맹이 시절부터 누구보다 많은 시간을 함께했던 그들은 서로의 속을 거울처럼 들여다보면서도 입 밖으로 내진 못했다. 궁녀와 가마꾼. 관노와 양민. 주인과 종. 눈에 보이진 않지만 철사처럼 예리한 선들이 그들 사이를 복잡하게 얽매고 있었기 때문이다. 무휘는 아스라한 아픔이 어린 눈으로 서린을 쳐다보았다. 그리고 나지막한 목소리로 간청하듯 말했다.

"아씨께서 시키시는 일이라면 뭐든 하겠습니다. 제 목을 내어놓으라시면 기쁘게 잘라드리겠습니다. 대신 약속해주십시오. 포기하지 않으시겠다고. 기회가 주어지는 즉시, 이곳을 떠나 자유를 찾으시겠다고요."

"……약속할게."

어찌 다른 대답을 할 수 있을까. 서린은 두 손을 모은 채 가만히 고개를 끄덕였다. 궁녀 주제에 자유라니, 그런 꿈같은 일이 정말 일어날 수 있을까. 오늘의 이 약속이 허공으로 헛되이 사라지지 않기를, 서린도 무휘도 조용히 바랄 수밖에 없었다.

40

장군과 아들

"기한 내에 만들어드리는 건 가능합니다. 하지만 비용이 들지요."

"돈은 얼마가 들어도 상관없네. 물건만 좋으면. 이번이 네 번째 식년시(式年試)*란 말일세."

도성 시전 한복판에 위치한 대장간. 거대한 망치를 어깨에 짊어진 대장장이가 갓을 쓴 중년 남자와 흥정을 벌이고 있었다. 돈은 문제가 아니라고 허세를 부리던 양반은 막상 대장장이가 귓속말로 금액을 알려주자 두 눈이 왕방울만 해졌다.

"청룡언월도도 아니고, 무슨 편곤 따위가 서른 냥이나 한단 말이오? 고작 쇳덩어린데!"

쇠를 도리깨 모양으로 주조한 편곤은 무과 시험에서 필수적으로 다루어야 하는 무기였다. 시험장에 세워진 여섯 개의 허수아비를 순서대로 때리게 해서 그 힘과 민첩함, 정확도를 가늠하는 시험이었는

---

* 삼 년에 한 번씩 치러지는 정기 과거시험

데, 당연히 편곤이 강력할수록 유리했다. 원칙적으로는 훈련원에서 마련해준 편곤을 사용해야 하지만, 관원에게 슬쩍 뇌물을 찔러주면 자기 무기를 반입할 수 있다는 걸 아는 사람은 다 알았다. 식년시 사수생인 양반이 대장간을 찾아온 것도 그래서였다.

"아, 이 양반 뭘 잘 모르시네. 그 쇳덩어리가 아무나 만질 수 있는 건 줄 아쇼?"

험악한 인상의 대장장이가 쇳녹이 든 손톱을 들이밀며 윽박지르자, 양반은 확 움츠러들었다. 대장장이는 모루 저편에 줄줄이 세워놓은, 다른 무과 응시생들이 주문한 병기들을 보란 듯이 가리키며 말을 이었다.

"네 번째 식년시면, 무과 시험 보러 오는 사람들 실력이 다 고만고만한 건 알 거 아뇨. 결국 장비에서 승패가 갈린다 이 말씀이오."

"……."

"이 몸은 보통 대장장이가 아니오. 궁에서 쓰는 무기들도 이 손을 거쳐 갔단 말이지. 들어는 봤소? 화기도감이라고. 이 용식이가 조선 대장장이 중 유일하게 그곳에 화승총을……."

대장장이의 자기자랑은 우당탕 문을 박차고 들어오는 소리에 뚝 끊기고 말았다. 반사적으로 고개를 돌린 대장장이는 반으로 동강 난 채 바닥을 구르고 있는 문짝을 보고 말문이 막혀버렸다. 조금 전까지 문이 있던 자리에, 집채만 한 호랑이가 우뚝 서 있었다. 아니, 다시 보니 그건 호랑이처럼 덩치 큰 사람이었다. 반백의 머리를 하나로 묶고, 묵직한 장검을 차고, 거북이 등딱지처럼 단단한 갑옷을 두른 그는 쇠징이 박힌 반장화를 신고 있었다. 그걸로 대장장이의 문짝을 부숴버린 것이다. 무시무시한 기세에 놀란 양반은 황급히 대장장이의 등 뒤로 숨었다. 장군은 쳐다보는 것만으로도 사람을 죽일 듯 형형한 눈으로 그쪽을 노려보았다.

"네가 철쟁이* 용식이냐?"

"어, 잘못 아신 것 같습니다. 제가 용식인 맞는데 나리가 찾으시는 그 용식인 아닌 듯……."

용식의 이마에 한 줄기 식은땀이 흐르는 순간, 장군은 대장간 한복판에 있는 풀무를 발로 걷어차 엎어버렸다. 콰앙 소리가 나면서 시뻘겋게 달궈진 쇳조각과 숯덩이들이 흩어져 나뒹굴었다. 장군은 그것으로도 부족한지 허리에 차고 있던 검을 빼들었다. 스릉 소리가 살벌했다.

"네가 만든 엉터리 총 때문에 하나뿐인 내 아들이 죽었다. 그 죄는 목숨으로 갚아라."

"흐어억!"

기겁해서 달아나려는 용식을 향해 검이 비수처럼 날아갔다. 망치를 내던지고 제자리에 엎드리지 않았다면, 아마 용식의 몸뚱이는 그 자리에서 반 토막이 났을 터였다. 용식이 몸을 뒤로 젖히고, 앞으로 숙이고, 옆으로 구르며 필사적으로 피할 때마다 벽과 바닥 여기저기에 검이 내리찍혔다. 장군의 손힘이 얼마나 센지 돌벽이 움푹 파일 정도였다.

"으아아……."

연륜 있는 대장장이인 용식은 힐끗 보는 것만으로도 알 수 있었

---

*   대장장이를 낮잡아 이르는 말

다. 아무리 닦아도 지워지지 않는 피비린내를 풍기는 저 낡은 검은 최소한 수백 명의 목을 베었으리라는 것을. 엉금엉금 기어서 문간에 도착하는 데 성공했지만, 장군의 심복으로 보이는 건장한 사내 둘이 그곳을 지키고 서 있었다. 그들에게 포위당하는 꼴이 된 용식은 납작 엎드려 싹싹 빌기 시작했다.

"용서해주십시오, 나리. 제가 납품한 총엔 아무 문제 없었습니다! 정말입니다! 수십 번도 넘게 쏴봤단 말입니다!"

"그럼 수천 번을 쏴봤어야지."

하나뿐인 아들을 잃은 아버지에겐 그 어떤 해명도 통하지 않았다. 장군은 용식을 향해 성큼성큼 다가오면서 검을 높이 쳐들었다. 검을 잡은 팔뚝은 이십 대 청년 못지않게 우람한 근육으로 부풀어 있었다. 저걸 내리치면 제대로 작살나겠구나. 최후를 직감한 용식은 새파래진 얼굴로 두 눈을 질끈 감았다. 그런데 예상과 달리 그의 목은 달아나지 않았다. 대신 카앙 하고 쇳덩이와 쇳덩이가 부딪치는 날카로운 파열음이 났다. 용식은 사시나무처럼 떨면서 눈을 떴다.

"네놈은 뭐냐? 죽고 싶으냐?"

왕으로부터 하사받은 보검이 웬 연습용 싸구려 칼에 가로막힌 것을 보고 장군은 어처구니없는 표정이 되었다. 곧이어 문제의 검을 한 손에 쥐고 자신의 힘을 거뜬히 감당해내는 초라한 가마꾼을 발견했을 때는 말할 것도 없었다. 저놈을 베어버려야 할지 아니면 훈련원으로 데려가야 할지 몰라 갈팡질팡하는데, 세 남자 사이에 하늘빛 쓰개치마가 홀연히 나타났다.

"이원익 장군님, 고정하십시오. 아무리 경상우병마절도사라 해도 양민을 임의로 단죄해 처형할 권한은 없으십니다."

"소저는 누구요?"

이의종의 아버지 이원익 장군은 쓰개치마 속 여자에게 존대어로 물었다. 상대방의 말씨와 태도를 보고 대갓집 규수라고 생각한 것이다. 그러나 여자라고 봐주는 것도 잠깐뿐이었다.

"누군지 굳이 알 거 없지. 일단 저놈의 오장육부를 뽑아 망건을 만들고 나서 얘기합시다."

장군은 그의 진로를 방해하고 서 있는 여자를 밀쳤다. 힘을 조절한다고 했지만, 밀려난 충격으로 쓰개치마가 훌렁 벗겨지면서 서린의 얼굴과 어깨, 그리고 양손이 드러났다. 장삼을 묶지 않은 서린의 왼손에 장군의 검집이 들어오면서 한 편의 백일몽 같은 기억이 펼쳐졌다.

'섣부른 행동 마십시오, 대감! 이런다고 우리 희동이가 돌아오지 않습니다!'

서린은 검을 끌어안고 울고 있었다. 아니, 그건 서린이 아니라 기억의 주인이었다. 거친 삼베로 만든 수의를 입고 있는 걸 보니 최근 가족을 잃은 사람이었다. 입술 사이에서 흘러나오는 나이 든 여자의 음성에, 서린은 의종의 어머니의 기억 속으로 들어왔음을 깨달았다.

'그 사고에 관련된 사람은 하나도 남김없이 죽이고, 나도 그 애를 따라가겠소.'

눈물로 뿌옇게 흐려진 시야에 마찬가지로 수의를 입은 남자의 넓은 등이 보였다. 이원익 장군이었다. 무관이라면 목숨보다 소중히 해야 할 검을 팽개쳐두고, 그는 단정히 무릎 꿇고 앉아 붓을 움직이고 있었다. 외모만큼이나 호방한 필체가 하얀 화선지를 메워나갔다. 그건 가문의 불명예를 조상들에게 사죄하는 그의 통렬한 유서였다. 임종도 보지 못한 자식에 대한 애끓는 그리움을 가슴 저리게 느끼면서 서린은 저도 모르게 감았던 눈을 떴다.

"희동이라, 참 좋은 아명이군요."

서린이 지나가듯 한 혼잣말이 거짓말처럼 장군을 붙잡아 세웠다. 마치 그 이름이 강력한 도술을 부린 것 같았다.

"자라서 의금부부사가 된 그 희동이도, 아버님이 이런 행동 하시는 걸 원치 않았을 겁니다."

"어떻게 알았지? 그 아명을 아는 건 나와 안사람뿐인데."

"그렇군요."

서린은 담담하게 대답했다.

아닌 게 아니라 희동(喜童)이라는 아명은 숨만 쉬고 있어도 남자다움이 뿜어져 나오던 의금부부사 이의종의 외모와는 사뭇 어울리지 않았다. 적지 않은 양반들이 그렇듯, 아마 의종도 글자를 읽고 쓸 수 있게 됐을 때부터 제 아명을 버렸을 것이다. 사랑과 기쁨을 가득 담은 그 이름이 이따금 몰래 불러보는 부모의 추억으로만 남아 있도록.

"따라 나와라."

일단 주의를 끄는 데는 성공했다. 그 덕분에 장군의 주의가 용식에게서 서린에게로 옮겨가버렸지만.

서린은 쌩하니 바람을 일으키며 밖으로 나가는 장군의 뒤를 따랐고, 무휘도 당연하다는 듯 그들을 쫓았다. 덕분에 목숨을 건진 대장장이 용식은 두 다리에 힘이 풀려 털썩 주저앉아 버렸다. 힘을 꽉 주고 있던 오금에서 오줌이 몇 방울 새어 나온 것 같았다.

"내 정적(政敵)이 보낸 첩자인가? 우리 집을 염탐하고 있었어? 또 뭘 알고 있느냐?"

대장간 앞마당으로 나온 장군은 다짜고짜 검을 겨누었다. 그걸 본 무휘가 제 검을 뽑으려 했지만 서린이 얼른 제지했다. 그녀는 장군이 두렵지 않았다. 기억 속에서 본 그는 잔인무도한 사람이 아니었다. 그저 아주 깊은 슬픔에 잠긴 사람일 뿐이었다.

"전 어느 집 소저도 아니고 첩자도 아닙니다. 동궁전에서 일하는 나인입니다. 아드님이신 이의종 나리의 죽음에 대해, 장군님께 드릴 말씀이 있습니다."

"궁녀라고?"

의아해하는 장군에게 서린은 그동안 있었던 일을 털어놓았다. 주상의 신뢰를 받는 신하라 해도, 바로 그 주상이 총애하는 대군에 관한 직언을 하려면 상당한 용기와 각오가 필요했다. 장군에게 그걸 요구하려면, 서린이 먼저 위험을 무릅써야 했다. 다만 서린은 자신의 능력이 구체적으로 어떻게 작용하는지는 설명하지 않았다. 그보다는 대군의 혐의에 초점을 맞췄다.

"그러니까, 뭐 무당 같은 건가? 궁녀인데 신기가 있다고?"

"그와 비슷합니다."

서린이 제일 우려했던 것과 달리, 장군은 미친 소리 말라며 코웃음 치진 않았다. 대신 곰곰이 생각하는 얼굴이 되었다. 그런 반응은 그가 변방에서 왔다는 것과 상관이 있었다. 이 세상에서 가장 신비스러운 존재인 바다와 맞닿아 있는, 괴상한 외양의 왜인들이 걸핏하면 쳐들어오고 공자, 맹자보다는 서낭당과 미신을 숭상하는 지역. 그곳에서 온갖 기이한 일을 다 겪어본 장군이었기에 서린의 주장을 곧바로 배척하지 않았던 것이다.

"그 신기는 어떻게 작용하는 거지? 쌀점을 치나? 아니면 예지몽으로?"

"아니요, 제가 쓰는 방식은 그보다 더 정확합니다."

장군은 벌겋게 충혈된 눈으로 서린을 주시했다. 그녀의 말이 진실인지 가늠해보려는 듯했다. 그러나 그에겐 초자연적인 능력이 없었다. 한참 동안 서린과 눈싸움을 벌이던 장군은, 부질없는 짓임을 깨달았는지 눈에 줬던 힘을 스르르 풀었다. 그러더니 돌연 뜬금없는 말을 꺼냈다.

"내가 여기 오는 길에, 어떤 기녀가 지나가는 걸 봤다. 한양 물을 먹어서 그런지, 낭창낭창한 허리는 버드나무 같고, 새하얀 살결은 달 같더구나. 그 기녀가 무슨 색깔 치마를 입고 있었는지, 네 그 재주로 맞혀보겠느냐?"

시험을 해보려 할 줄은 알았지만, 이런 걸 물어볼 줄이야. 서린은 당혹감을 감추지 못했다. 장군과 기녀 사이에 뭔가 특별한 일이 있었다면 그 기억을 읽어낼 수는 있겠지만, 그저 지나가며 본 게 전부라니. 그런 기억까지 남아 있을까? 만일 남아 있다 하더라도, 그걸 읽으려면 장군의 몸이나 물건을 만져야 했다. 하지만 적진에 홀로 나선 것처럼 온몸을 팽팽히 긴장시키고 있는 지금의 장군에게는, 섣불리 다가가기는커녕 눈빛조차 마주치기 조심스러웠다.

"저, 그런 것까지는……."

어물거리며 시선을 내리던 서린이 문득 입술을 멈췄다. 그녀의 시선은 장군의 손에 쥐어진 거대한 검에 고성되어 있었다. 칼집을 벗어난 푸르스름한 검신은, 이제 보니 상태가 그리 좋지 않았다. 날은 상당히 무뎌지고, 빠진 이 사이에 피딱지가 얼룩덜룩하게 끼어 있었다.

'무인에게 있어선 목숨 같은 검인데, 저렇게 내버려두다니.'

손수 끓인 피마자 기름과 깨끗한 면포, 작은 연마석으로 정성스레 검을 손질하는 무휘의 모습이 떠올랐다. 온종일 가마를 지고 돌아다닌 날에도, 무휘는 결코 그 성스러운 의식을 거르지 않았다. '칼이 곧 그 사람의 정신'이라고 하면서. 그렇다면 지금 장군의 정신은 어떤 상태일까. 서린은 흙먼지가 뽀얗게 앉은 장군의 목화(木靴)와, 며칠간 씻지 않은 사람처럼 개기름이 번들거리는 목덜미를 신중히 관찰했다. 그리고 결론 내렸다. 이건 함정이라고.

"장군님은…… 기녀를 보신 적 없으십니다. 생떼 같은 자식이 주검으로 돌아왔는데, 어우동이 살아온들 눈에 들어오실까요."

서글픔이 묻어나는 서린의 음성에, 장군의 태산 같은 체구가 흠칫하는 게 보였다. 서린은 그 틈을 놓치지 않고, 그를 향해 한 걸음 다가가며 자연스럽게 손을 뻗었다. 그와 동시에 서린의 손가락 끝이 갑옷의 비늘 끄트머리를 슬쩍 스치고 지나갔다. 장군이 거의 느끼지도 못할 정도로 순간적인 접촉이었지만, 서린에게 기회를 주기에는 충분했다. 서린은 잠시 눈을 감고, 혹독한 갈증에 시달리던 사람이 물을 맛보는 것처럼 제 의식으로 흘러들어온 기억을 음미했다.

'장군, 서두르셔야 합니다!'

'해 지기 전에 당도하셔야 합니다!'

봇짐을 진 심복들이 장군을 향해 외치고 있었다. 그 말을 들은 장군은 부지런히 길을 걷는 대신, 얼빠진 사람처럼 맨바닥에 우두커니 주저앉아 있었다. 곧이어 장군의 것이자 서린의 것이기도 한 시야에 뭔가가 들어왔다. 밧줄처럼 굵은 나무뿌리 사이에 가지런히 펼쳐진 삼베포, 그리고 그 위에 담긴 누르스름한 떡이었다. 궁녀로 일하면서 음식에 대해 많이 알게 된 서린은, 길쭉한 누에고치 모양의 그것이 산삼떡임을 알아보았다. 궁이나 양반댁에서 매우 귀한 손님을 대접할 때 만드는 값비싼 음식이었다. 장군이 그 떡으로 뭘 하는지 더 보여주지도 않고, 짧은 기억은 끝나버렸다.

조용히 눈을 뜬 서린은 장군을 향해 고개를 끄덕여 보였다.

"무신도(巫神圖) 속 산신은 한 손에 산삼을 들고 있다지요? 산신님은 산삼을 좋아하시나 봅니다."

"……."

"장군님과 마님의 정성을, 산신께서는 반드시 알아주실 것입니다."

그간 밥도 제대로 챙겨 먹지 않은 듯 핼쑥한 안색의 장군은, 왜 나무뿌리에 귀한 산삼떡을 두고 온 것일까. 숲의 오래된 나무에는 산신이 깃들어 있다고, 사람들은 그리 말하곤 했다. 머리가 부서져 두 눈을 잃은 아들이 혹여 황천길 가는 게 힘들까 봐, 부디 돌봐주십사, 부모의 간절하고 애달픈 염원을 담아 장군은 그곳에 산삼떡을 두고 왔으리라. 서린은 그렇게 생각했다.

장군은 통째로 씹어 먹을 것 같은 눈으로 서린을 보았다. 그러자 무휘가 슬그머니 서린의 곁으로 붙어서며 제 검에 손을 가져다댔다. 여차하면 한 몸 바쳐 장군과 싸우려는 것이었다. 그러나 숨이 멎을 것 같은 긴장감이 절정에 달했을 때, 장군은 짤막하게 말을 던졌다.

"합격."

거문고 줄처럼 팽팽하게 당겨졌던 공기가 한순간에 풀어졌다. 무휘는 말없이 손을 거두었다. 서린을 보는 장군의 눈에는 아까와 달리 호의가 담겨 있었다. 어쩌면 서린이 보여준 능력보다는 서슬 퍼런 장군의 압박에도 굴하지 않고 할 말 다 하는 담력이 맘에 들었는지도 몰랐다.

"너, 정말 뭔가 있구나."

제 몸에 들어갔다 나온 것도 아닌데 산삼떡에 대해선 어떻게 아는 건지, 장군은 꼬치꼬치 따지고 들진 않았다. 사실 그는 서린을 믿고 싶은 심정이었다. 아들의 갑작스럽고 처참한 죽음이 불러온 어마어마한 절망과 증오를 어딘가에 집중적으로 쏟아낼 필요가 있었다. 안 그러면 실성하거나 자살하고 말 테니까.

"나인 윤서린, 내가 널 돕겠다. 대군이든 세자든 주상이든 상관없다. 내 아들의 죽음에 관여한 자라면, 그 누구든 뼈도 추리지 못할 것이다."

서린은 장군의 비장한 얼굴을 보며 고개를 끄덕였다. 왕의 아들에게 살인범 혐의를 씌우는 건 그야말로 미친 짓이다. 하지만 그녀 눈앞의 백전노장은 그 정도 미친 짓은 능히 감당할 수 있는 사람으로 보였다.

41

사라진 증거

매일 열리는 어전회의. 왕은 평소처럼 세자와 함께 정전으로 들어왔다. 그런데 그들의 뒤에는 동행이 한 명 더 있었다. 대군 헌이었다.

"세자는 삼 년 전부터 정무에 참여해왔다. 대군과 세자를 동등하게 대우하기로 했으니, 대군도 이제부터 똑같이 해야 하지 않겠느냐."

그러자 중전 홍씨가 미리 포섭해놓은 중견의 문관들이 하나둘 나서 맞장구치기 시작했다.

"지당하신 말씀이십니다."

"대군 마마께서도 나랏일을 배우시는 게 마땅합니다."

친세자파 신료들은 이 상황이 탐탁지 않았지만, 이 자리에서 대군을 내보내라 간언할 만큼 무모하진 않았다. 요란한 지지와 조용한 방관 속에서 헌은 내관들이 날라 온 의자에 앉았다.

"전하, 형조에서 결백한 사람을 처형했다는 상소가 올라왔습니다. 형이 집행된 후 진짜 범인이 자백했다고 합니다. 다시는 이런 일이 없도록 조치할 필요가 있습니다."

"음, 세자는 어떻게 생각하느냐?"

"불과 석 달 전에도 이와 같은 일이 있었지요. 앞으로 형조에서 사형을 선고한 사건은 형을 집행하기 전 조정에 미리 보고해 윤허를 받게 함이 옳을 듯합니다."

왕은 어려운 문제에 부딪힐 때마다 범의 의견을 물었고, 범은 미리 준비한 것처럼 척척 해답을 내놓았다. 헌은 두 눈을 동그랗게 뜬 채 그 장면을 신기하다는 듯 구경했다.

"전하, 경상우병마절도사 이원익 장군이 알현을 청하옵니다."

"들라 하라."

왕은 장군의 등장에 놀라지 않았다. 그렇지 않아도 올 때가 됐다고 생각하고 있었다. 문무백관(文武百官)이 나란히 도열한 가운데 장군은 당당하게 걸어 들어와 예를 갖췄다.

"신 이원익, 주상 전하와 세자 저하를 뵙습니다."

"먼 길 오느라 고생 많았소, 장군. 나라를 지키느라 아들의 장례에도 참석하지 못했구려."

"최대한 빨리 오려 했으나 일을 맡겨놓을 사람을 구하기가 어려웠습니다. 못난 아비지만, 사십구재는 반드시 신의 손으로 지내줄 것입니다."

장군의 다짐을 듣는 왕의 얼굴에 연민이 가득했다. 왕의 양옆에는 장성한 두 아들이 든든하게 버티고 서 있지만, 장군의 외동아들은 비참하게 죽어 차디찬 땅속에 묻혀 있었으니까. 그러나 장군은 얄팍한 동정이나 받으려고 여기 온 게 아니었다.

"하온데 전하, 제 아들이 총을 제대로 다루지 못한 죄로 사후 파직당하고 그동안 받은 녹봉을 몰수당할 거라는 소문을 들었는데, 사실입니까?"

장군의 굵직한 목소리가 울려 퍼지는 순간, 정전의 공기는 얼음물을 끼얹은 것처럼 냉랭해졌다. 대장군 이원익이 한성깔 한다는 걸 다들 잘 알았다. 죽은 제 아들을 한 번 더 죽이겠다고 하면, 왕이고 뭐고 물불 안 가리고 길길이 날뛰며 칼부림하고도 남을 위인이라는 것도. 심지어 왕조차 슬몃슬몃 장군의 눈치를 살폈다.

"헛소문이오. 의금부부사 이의종은 순직했으니 그 공을 기리고 치하하는 것이 마땅하오. 장례와 제사 비용 일체를 대주는 것뿐만 아니라, 정삼품 절충장군(折衝將軍)직을 수여하고 그에 맞는 녹을 내릴 것이오. 장군도 원한다면……."

"아닙니다, 전하. 전 이미 물러나기로 결심했습니다."

"물러난다고?"

갑작스러운 통고에 왕을 비롯한 모두가 놀랐다. 예복 대신 갑옷을, 관 대신 투구를 쓰고 나타난 장군은 당장이라도 전장으로 돌아가고 싶어 안달난 사람 같았기 때문이다.

"열일곱에 무과 급제한 후 지금까지, 총 마흔여덟 번의 전투를 겪었습니다. 이 손으로 거둔 목숨 셀 수 없이 많고, 또 그만큼 동료와 부하들을 떠나보냈습니다. 죄 많은, 파란만장한 삶이었습니다. 아들의 명복을 빌며 조용히 여생을 보내고 싶습니다."

지나온 삶을 담담히 회고하는 장군의 시선은 용상이 아닌, 그보다 더 먼 어떤 곳을 바라보는 듯했다. 충동적으로 내린 결정은 절대 아니다. 몇십 년에 걸쳐 화석처럼 쌓이고 응축된 고뇌와 회한이 이번 일을 계기로 폭발한 것일 터였다. 그 결심을 꺾을 힘이 왕에게는 없었다.

"그 맘은 알겠소. 하지만 과인의 섭섭함도 어쩔 수 없구려. 장군이 있어 그동안 우리 조선 백성들이 왜구의 침략을 받지 않고 안전하게 살 수 있었던 것인데……."

왕은 진심으로 아쉬워했다. 이원익은 젊은 시절 세운 한두 가지 공적을 평생 우려먹으며 그 지역의 왕처럼 군림하려 드는 흔한 무관들과는 달랐다. 해적과의 전투 도중 어깨뼈가 부러졌는데도 붕대만 감고 다시 싸우러 나갔다는 일화는 유명했다. 아마도 그처럼 순수한 충심으로 일할 수 있는 사람은 드물 터였다.

"장군, 정말 원하는 게 아무것도 없소?"

"정 그러시다면 전하, 신의 간절한 부탁을 하나만 들어주십시오."

"무엇이든 말해보시오."

"궁에서 일어난 모종의 범죄에 이헌 대군 마마께서 연루되어 계시다는 첩보를 입수했습니다. 대군 마마의 방에 증거가 남아 있다고 하니, 당장 확인하게 윤허해주십시오."

정전에서 폭탄이 터졌다 해도 이 정도 충격은 아니었을 것이다. 왕은 자신의 귀를 의심하는 듯 눈을 끔벅였고, 신하들은 입을 벌린 채 석상처럼 굳어졌다. 잠시 후, 엄청난 반발이 한 번에 터져 나왔다.

"장군! 제정신이오?"

"전하, 조정을 능멸한 저자를 당장 하옥하십시오!"

신하들은 광분해서 아우성쳤다. 흥분한 건 그들만이 아니었다. 내관들은 얼굴이 붉으락푸르락해졌고, 상궁들은 이 소식을 전하기 위해 버선 발로 중궁전과 대비전으로 달려갔다. 장군의 한마디가 일으킨 엄청난 소동 가운데서, 용상 아래 무릎 꿇고 있던 사관은 붓을 든 채 벌떡 일어서 있었다. 모두가 우왕좌왕하는 가운데, 오직 세자만이 침착했다. 범은 마치 보호하려는 것처럼 팔을 뻗어 헌의 어깨에 두른 채, 장군을 향해 또박또박 말했다.

"모종의 범죄라니, 그게 무슨 말이오?"

"석 달 전, 입궁한 지 얼마 안 된 아기나인 하나가 설화당 연못에 빠져 죽었다 들었습니다. 다들 사고사로 치부하고 넘어갔지만, 타살 의혹이 있습니다. 용의자는 대군 마마십니다."

"허나 그때 대군은 잠들어 있었소."

"항간에는 대군 마마가 알려진 것보다 일찍 깨어나셨다는 얘기가 있습니다. 자는 척함으로써 자신의 죄상을 덮었다고요."

장군은 서린과 미리 의논한 대로, 시연회 사고에 대해서는 일부러 언급하지 않았다. 정확한 물증이 있는 사건을 우선 수사하게 하고, 그 과정에서 의종의 죽음도 함께 밝혀지도록 한다는 작전이었다. 물에 오랫동안 잠겨 있어 색 번진 자국이 그대로 남은 자그마한 꽃신. 우선 그 증거를 모두의 눈앞에 들이미는 게 중요했다.

"허! 나인이 뭐 어쩌고 저째?"

"전하, 미친 자입니다. 당장 대전에서 내치십시오."

신하들은 말리지 않으면 일제히 장군에게 달려들 기세였다. 누가 불러왔는지 밧줄을 든 금부도사가 문 앞에서 서성이는 장면도 보였다. 어명만 떨어지면 당장 들어와 장군을 포박하려는 것이었다. 과거의 영웅이 체포당하는 신세가 되기 직전, 범이 제동을 걸고 나섰다.

"잠깐."

군중을 사로잡기 위해 몇 년간 고민하면서 다듬고 만들어낸 세자의 목소리는 이번에도 어김없이 효과를 발휘했다. 길 잃은 염소 떼처럼 웅성대던 사람들이 일순간 잠잠해진 것이다.

"아바마마도 아시다시피 이원익은 순국(殉國) 정신이 투철한 작금의 충신입니다."

범은 일부러 '전하' 대신 '아바마마'라는 호칭을 썼다. 장군과 왕이 같은 아버지의 입장임을 모두에게 상기해주려는 의도였다. 범의 말을 들은 왕의 시선이 문득 장군의 옆얼굴을 향했다. 왜구가 쏜 화살이 스친 커다란 상처가 뺨을 흉하게 뒤덮고 있었다. 그 상처가 상징하는 바를 생각하자, 왕의 분노도 잠시나마 주춤해졌다. 범은 그 틈을 타서 말을 이었다.

"그런 장군이 왜 허무맹랑한 주장을 하는지 저도 모릅니다. 하지만 의혹이 제기된 이상 대군의 결백을 명백히 밝힐 필요가 있습니다. 그러지 않으면 분명 좋지 않은 소문이 나돌게 될 것입니다."

"음."

범의 말에는 일리가 있었다. 대군을 해치기 위해서가 아니라, 지키기 위해서 하는 말처럼 들렸다. 범은 여전히 아우의 어깨를 감싼 채 그 해맑간 얼굴을 지그시 들여다보며 말했다.

"헌아, 내가 한 치라도 널 의심한다면 기필코 수색을 막으려 했을 것이다. 허나 난 막을 생각이 없다. 널 전적으로 믿기 때문이다. 어떻게 생각하느냐?"

"예, 형님."

헌은 신뢰에 찬 눈으로 범을 올려다보며 힘주어 고개를 끄덕였다. 그는 잘못한 게 없으니 두려워할 것도 없었다. 바로 조금 전에 보고 들었으면서도, 그는 결백한 사람이 짓지 않은 죄를 뒤집어쓰고 파국을 맞이하기도 한다는 걸 떠올리지 못했다.

"전 상관없습니다. 방이 좀 어질러져 있는 게 부끄럽긴 하지만요."

당사자인 헌이 그렇게 나오자 신하들도 차츰차츰 수그러들기 시작했다. 범을 제외한 모두가, 이 사건이 그저 작은 소동으로 끝나길 바랐다. 그러기 위해 가장 좋은 방법은 나이 든 장군이 우스꽝스러운 오해를 했다고 자인하고 사죄하는 것이었다. 범은 헌과 신료들을 정전에 남겨두고 자신과 왕, 장군, 이렇게 셋만 천수전에 가보자고 제안했다. 왕은 고심 끝에 승낙했다. 하지만 정전 밖의 사람들까지 그와 뜻을 같이하는 건 아니었다.

"전하, 이러시면 안 됩니다! 터무니없는 비방을 듣고 대군의 방을 뒤지려 하시다니요! 부끄러운 줄 아십시오!"

천수전 앞에 다다른 일행은 양팔을 활짝 벌리고 그들을 가로막는 중전 홍씨와 맞닥뜨렸다. 대군이 깨어난 후로 행복과 평화만 가득했던 그녀의 얼굴이 무섭도록 일그러져 있었다.

"미안하오. 이게 다 대군을 위해 하는 일이오. 소문이라는 게, 모함이라는 게 얼마나 무서운 건지 중전도 잘 알지 않소."

왕이 점잖게 타이르면서 눈짓을 보내자, 노상궁 두 명이 양쪽에서 홍씨의 팔을 붙잡았다. 홍씨는 이거 놓으라며 몸부림쳤지만, 두 상궁의 힘이 어찌나 센지 꼼짝도 할 수 없었다.

"어마마마, 걱정 마십시오. 대군의 결백은 곧 밝혀질 겁니다."

범이 부드럽게 달랬지만, 홍씨는 그를 쳐다보지도 않았다. 그럼 그렇지. 진짜 아들로 생각한다는 말은 역시 거짓이었다. 친아들이 위기에 처하자, 홍씨는 범은 안중에도 없었다. 이성 잃은 홍씨를 일별하고 걸음을 옮기려던 범의 시선이 문득 그 옆쪽에 가서 멎었다. 서린이 두 손을 가지런히 모으고 선 채 이 모든 걸 지켜보고 있었다. 그 눈빛이 고요하면서도 서늘했다.

'앞으로 무슨 일이 벌어질지 알고 있다고 생각하겠지. 하지만 넌 상상도 못 할 것이다.'

주인 없는 천수전은 텅 비어 있었다. 사전에 지시를 받은 내관과 궁녀들이 전부 밖으로 나가 있는 까닭이었다. 왕은 경직된 표정으로 아무 말도 하지 않았고, 대신 범이 장군에게 말했다.

"이제 말해보시오. 그 증거라는 게 무엇이고, 어디 있다는 건지."

"죽은 아기나인이 신던 신입니다. 대군 마마의 서안 아래 숨겨져 있다는 제보를 받았습니다."

범이 말없이 손짓하자, 그의 바로 뒤에 붙어 서 있던 조내관이 앞으로 나섰다. 황소처럼 우직하고 거북처럼 과묵한 그 늙은 내관이라면 왕도 믿을 수 있었다. 조내관이 여기저기 흩어진 놀잇감을 헤치고 서안으로 다가가는 사이 약속한 것처럼 누구도 입을 열지 않았다. 조내관은 마른침을 삼키며 서안 아래에 손을 넣었다. 그리고 주도면밀한 손길로 구석구석을 더듬었다.

"……아무것도 없사옵니다."

조내관은 떨리는 목소리로 선언했다. 그 말에 장군은 두 눈을 부릅떴고, 문밖에 우르르 몰려 서 있던 상궁들은 주먹을 불끈 쥐며 기뻐했다.

"그럼 그렇지! 자식 잃은 충격에 실성한 모양이오."

"가짜 마비 환자라니, 뭔 싸구려 괴담도 아니고."

범은 그럴 줄 알았다는 듯 고개를 끄덕였다. 대군이 숨었던 날 무슨 일이 있었는지 예성으로부터 자세히 전해 들은 그는 서린이 서안 아래서 꽃신을 발견했으리라 짐작했다. 그리고 다음 날 공부를 격려해준다는 구실로 헌의 방에 들러 꽃신을 가져와 없애버렸다. 지금까지 범은 서린에게 헌을 살인범으로 몰아갈 가짜 증거들을 보여주었다. 그건 서린을 이용해 헌을 제거하려는 게 아니었다. 그러기에 서린은 너무 하찮고 힘없는 존재였으니까. 그가 원했던 건 헌에 관한 추문을 내서 왕위 다툼에서 조금이라도 유리한 입지를 차지하는 것, 그리고 슬슬 위험해지기 시작한 존재인 서린을 완벽히 제거하는 것이었다. 안도의 한숨을 내쉬며 가슴을 쓸어내리는 왕을 대신해, 범은 위엄에 찬 목소리로 금부도사를 불렀다.

"장군 이원익을 당장 천수전에서 끌어내라."

"옛!"

기다렸다는 듯 부리나케 달려오는 금부도사를 보는 장군의 표정은 묘했다. 이런 사태가 벌어질지 모른다고 각오했다고, 그러면서도 이럴 수밖에 없었다고 말하는 듯했다.

"그대가 방금 저지른 짓은 왕족에 대한 모독이자, 장차 보위에 오를지도 모르는 대군에 대한 모함이오. 최근 아들을 떠나보낸 처지인 것을 감안해 벌하진 않겠소. 그 대신."

범은 댓돌 아래에 강제로 무릎 꿇려진 노장(老將)을 내려다보며 서릿발 같은 태도로 명령했다.

"대군에게 입에 담기도 힘든 끔찍한 누명을 씌운 자, 지금 이 자리에서 그 이름을 밝히시오."

42

엇갈리는 증거들

"야무지게 생겼구나. 네 어머니처럼."

서린은 중궁전에서 처음으로 중전 홍씨를 독대하고 있었다. 어머니가 살아 있다면 이런 느낌이었을까. 중년의 국모는 온화하고 기품 있으면서도 만만치 않아 보였다.

"참 재밌었지. 규방에서 수놓고, 언문소설도 읽고, 몰래 술도 마셨지. 그때 쌓인 정을 못 잊어 너희 자매를 거뒀다."

홍씨는 감상에 젖은 눈으로 말했다. 서린은 어머니에 대한 기억이 많지 않았다. 그녀가 어릴 때도 늘 방 안에만 머물러 있던 어머니였다. 시름시름 앓기 시작한 건 혼인한 이듬해부터였다고 들었다. 처녀 시절 건강했던 어머니의 이야기를 할 수만 있다면 밤새 듣고 싶었지만, 그렇게 편안한 상황이 결코 아니었다.

"신료들은 물론이고 내 친정아버지, 주상 전하, 대비 마마까지 반대하셨는데, 그래도 내가 밀어붙였다. 아비가 죄인이라 해서 그 어린 것들도 죄인은 아니지 않느냐고. 그게 내 실수였구나."

서린을 보는 홍씨의 눈은 싸늘하게 식어 있었다. 천수전 수색이 끝난 후, 어전회의는 장군 이원익의 처분을 논의하는 자리로 바뀌었다. 그가 대장군 칭호를 세 번이나 거절했을 만큼 많은 무훈을 세웠다는 점과 아들을 잃고 제정신이 아니란 점을 감안해 파직만 하기로 했다. 관대한 처분이었지만, 조건이 따랐다. 대군을 모함하는 허위 제보를 한 자가 누군지 밝히는 것. 그 결과로 서린은 지금 내명부의 주인인 중전 앞에 끌려와 있었다.

"송구합니다만 중전 마마, 제가 대군 마마의 방에서 동생의 꽃신을 본 것은 분명 사실입니다."

"너 따위가 대군의 서안 아래를 들여다볼 일이 뭐가 있단 말이냐?"

"대군 마마께서 책을 찾아달라고 하셔서⋯⋯."

"설령 거기 뭐가 있었다 한들, 내 아들이 네 동생을 해쳤을 리는 만무하다. 의식 없는 척 꾸몄다니, 대체 왜 그런 괴이한 말이 나왔는지 모르겠으나, 맹세코 그런 일은 없었다."

홍씨는 말하다 제풀에 흥분했는지 바닥을 손으로 내리쳤다. 어찌나 세게 쳤는지 손바닥이 금세 벌겋게 달아오르고 붓기 시작했다. 그렇게라도 분을 풀어낸 것이 도움이 됐을까. 조금이나마 평정을 되찾은 홍씨는 손끝으로 이마를 짚으며 한숨을 내쉬었다.

"내가 너한테 변명해야 할 이유는 없다. 하고 싶지도 않고. 그렇지만 이 세상에 단 하나라도 내 아들을 오해하는 사람이 있는 게 싫구나. 내 배로 낳은, 내가 속속들이 아는 내 아들 헌이는 사람은커녕 개미 한 마리 죽이지 못할 아이다."

어머니의 눈에는 그렇게 보이겠지. 서린은 회의적이었다. 대군의 서안 아래 있던 아린의 마지막 유품은 어디로 갔을까. 혹, 범행이 발각당할 위기에 처했음을 눈치챈 대군이 몰래 갖다버린 것은 아닐까.

이제 서린에겐 믿을 사람이 몇 명 없었다. 가족보다 더 가족 같은 무휘, 미운 소리 잘하는 친구 채옥, 도둑답지 않게 의리 있는 도야, 엄격하지만 정 많은 문상궁, 그리고 늘 공명정대한 모습을 보여주는 세자 밖에는. 연륜 있는 홍씨는 서린의 속내를 금방 읽어냈다.

"내 말을 믿지 않는 게로구나."

추상같은 불호령이 떨어질 거라고, 서린은 그렇게 예상했다. 치도곤을 당하거나, 옥으로 끌려가 목에 칼을 쓰고 발목에 족쇄가 채워지는 신세가 될 거라고. 그러나 홍씨는 의금부 시위들을 불러들이는 대신, 서장(書欌)*을 열어 두툼한 두루마리를 꺼냈다.

"이건 중궁전 안의 모든 소비와 지출을 적는 장부다. 시녀상궁이 기록하고 부제조상궁이 검수한 것이니 오류는 없을 것이다. 석 달 전 기록을 확인해보아라."

대군에게 유리한 증거를 제시하겠다는 것이다. 서린은 동생이 죽은 날짜를 똑똑히 기억하고 있었다. 두루마리를 빠르게 넘겨 그날의 기록을 찾았다. 그리고 조금 놀랐다. 고작 하루 동안 내명부에서 이렇게 많은 물자가 들고 나는지 몰랐던 것이다. 사람 키만 한 두루마리 한 폭을 빽빽이 메운 깨알 같은 글씨들을 보며, 서린은 함정에 빠진 기분이 들었다.

"제가 무엇을 봐야 합니까?"

"이것이다."

홍씨는 오른쪽 끄트머리에 적힌 한 줄을 짚었다. '자운고(紫雲膏),

---

* 책과 서류를 보관하는 장

열 냥'이라고 적혀 있었다.

"이건 단금이 헌에게 주기적으로 처방해줬던 연고다. 계속 누워 있기만 하고 뒤집질 못하면 온몸에 욕창이 생길 수 있으니 하루 두 번씩 발라주라 했지."

"······."

"약초는 단금이 직접 캐오지만, 백랍(白蠟)*을 구하기 어려워 도성을 드나드는 행상에게 연고를 사야 했다. 대군이 한 번이라도 몸을 일으켰다면, 내가 저 비싼 연고를 사느라 중궁전 돈을 탕진했겠느냐?"

장부를 위조하는 건 간단한 일이다. 그것이 내명부의 주인인 중전의 뜻이라면 더욱. 하지만 서린은 그 말을 굳이 입 밖으로 내진 않았다. 그게 지금 자신의 처지를 나아지게 하기는커녕 악화시킬 뿐이라는 걸 잘 알아서였다. 수긍하는 기색이 없는 서린을 보고 홍씨는 탄식했다.

"무서운 죄를 숨기려고 아픈 척했다고? 헌이 정말 그만큼 영악하다면, 내 이리 속 썩일 일도 없었을 것이다. 실상은 제 한 몸 지킬 줄 모르는 어설픈 아이라는 것이다. 그러니 흔들리는 배 갑판에 서슴없이 올라가고, 불 뿜는 화승총 뒤에 앉아 있으려 하는 것 아니겠느냐."

스스로를 자꾸 위험에 빠뜨리는 헌의 경솔한 행동. 그게 무고하다는 증거인지, 아니면 반대로 정신이 불안정하다는 걸 보여주는 건지. 그건 지금 이 순간에도 서린을 괴롭히는 수수께끼였다. 더 파고들고

---

* 밀랍

싶었지만, 이제 자신에게 시간이 주어지지 않을 거라는 게 문제였다.

"내가 하고 싶은 말은 다 하였다. 이제 네 처분을 결정하는 일만 남았구나. 마지막으로 할 말이 있느냐?"

홍씨가 기대하는 건 구구절절한 사죄일 것이다. 동생이 죽은 게 억울하고 원통해 그랬다고 울면서 빌면 자비를 베풀어줄지도 몰랐다. 그러나 서린은 그럴 수 없었다. 그러고 싶지 않았다.

"외람뇌오나, 소녀는 대군 마마를 모함하지 않았습니다."

"뭣이?"

"의혹이 있으니 조사해달라고 청하는 것은 모함과 다릅니다. 이 나라 백성이라면 누구에게나 진상 규명을 요구할 권리가 있고 그 대상은 왕족이라도, 나라님이라도 예외가 될 수 없습니다."

"이런 당돌한……."

"거짓을 고하지 않았습니다. 대군 마마의 서안 아래 있던 꽃신이 어디로 사라졌는지 모르나, 제가 봤을 땐 분명 그 자리에 있었습니다. 만일 누군가 그걸 숨겼다면, 아무리 시간이 걸리더라도 제가 반드시 밝혀낼 것입니다. 그걸 꼭 말씀드리고 싶었습니다."

서린의 단호한 말에 홍씨는 잠시 할 말을 잃어버렸다. 세상을 떠난 친구의 딸, 중전의 아들을 살인범이라 지목하는 이 오만방자한 나인을 어찌해야 좋단 말인가. 관자놀이를 꾹꾹 누르면서 한참 고민하던 홍씨는 한참 후에야 다시 입을 뗐다.

"친우와의 정을 발휘해, 네 목숨만은 살려주려고 한다."

"황공합니다."

"허나 널 이대로 궁에 둘 수는 없다. 본래 관노의 신분이니, 그에 어울리는 장소로 보내도록 주상 전하께 간언할 것이다. 이만 물러가

거라."

　서린은 이의를 제기하지 않았다. 목숨을 건진 것만으로도 감사해야 했다. 대역죄를 저지르지 않은 이상 궁인의 처분은 내명부의 소관이었기에, 이것이 최종 결정이라고 봐도 무방했다.

　'어디로 가게 될까? 어떻게든 조사를 계속할 수 있는 곳이면 좋겠는데.'

　서린은 관노들이 일하는 수십 종류의 관청들을 떠올리며 처소로 돌아왔다. 천수전에 들어서는 길목에서부터 옆얼굴이 따끔거렸다. 천천히 고개를 들자, 한 무리의 상궁들과 내관들이 자신을 쏘아보고 있었다. 노골적인 적의가 담긴 시선. 모든 게 대군을 중심으로 이루어지는 이 천수전에서, 그를 모함한 서린이 발붙일 곳은 이제 없었다. 그걸 다시 한번 강조하려는 듯, 처소 앞에서 문상궁이 그녀를 기다리고 있었다. 엄숙하면서도 침통한 낯빛으로.

　"윤서린, 넌 이제 궁녀가 아니다. 관노 신분으로 돌아가, 내일 아침 날이 밝는 대로 동래(東萊)로 떠나도록 해라."

　"동래요? 거기가 어딥니까?"

　"가보면 알게 될 것이다. 당장 짐을 싸도록 해라. 채옥이가 도와줄 것이다."

　용건만 툭 던지고 돌아서는 문상궁에게선 냉기가 풀풀 풍겼다. 하지만 그녀는 자신이 길러낸 궁녀에 대한 애착을 완전히 떨쳐버리진 못했다.

　"그러게 입단속을 했어야지."

　서린에게 들릴락 말락 한 소리로 중얼거리면서 손으로 눈가를 훔쳐내는 문상궁의 몸짓은 슬쩍 비어져 나온 눈물을 감추려는 듯도 했다. 그걸 본 서린은 가슴이 울컥하면서 한편으론 덜컥 겁이 났다. 동래란 곳이 어디기에, 문상궁은 다신 못 볼 사람처럼 자신을 대하는 걸까. 그 대답은 방에서 서린을 기다리던 채옥으로부터 들을 수 있었다.

"동래? 염전에 보내겠다는 거야? 그냥 죽으라는 거나 다름없잖아?"

서린의 옷가지를 곱게 개켜 보자기에 싸고 있던 채옥은 그 소식을 듣자마자 분통을 터뜨렸다. 흥분한 채옥은 여과 없이 말을 쏟아냈다. 동래 염전은 본래 부역꾼들이 가는 곳인데, 일이 워낙 험하고 고되다 보니 죽어나는 사람이 수두룩하다고 했다. 그래서 흉악한 죄를 지어 신분을 박탈당했거나, 도주를 시도한 적이 있거나, 성정이 거칠어 다루기 힘든 관노들을 인력으로 충원한다는 것이다. 죽어도 상관없다는 의도로. 채옥이 싸다 만 짐을 서린이 다 쌌을 때쯤 나타난 도야는 아예 눈물 콧물을 주룩주룩 흘리고 있었다.

"아씨, 이를 우짜면 좋소. 요로코롬 여리여리한 팔로 소금밭에서 무신 일을 한다요."

"도야, 그동안 고마웠어. 정말이야."

서린은 도야의 말을 반박하느라 넉넉지 않은 시간을 낭비하지 않았다. 대신 그동안 제대로 못 했던 감사 인사를 전했다. 무휘가 쓸모 있는 녀석이라며 데려온 도야를 처음 만났을 때가 떠올라 슬며시 웃음이 나왔다. 누가 알았겠는가. 서린과 무휘가 위기에 처할 때마다 흙 파다 온 두더지처럼 생긴 저 청년이 번번이 도와주고 구해주게 되리라는 걸.

"네 재주는 참으로 신묘하니, 남을 도와주는 방향으로 개발할 수 있을 거야. 꼭 시도해봐."

"하이고, 그란 말 하지 마소. 영영 못 볼 사람처럼 와 그란다요!"

도야는 맨 손등에 콧물을 팽 풀면서 울먹였다. 그걸 본 채옥은 더럽다고 타박하려고 입을 벌렸지만, 문득 목이 메어와 끝내 목소리를 내지 못했다. 서린은 이 또한 처음에는 몰랐다. 그녀와 아련을 시기하고 괴롭혔던 채옥이, 얄밉고 비열한 사람인 줄로만 알았던 채옥이 알고 보면 무척 좋은 사람이라는 것. 슬쩍 돌아서 눈물을 참는 채옥을 제치며 앞으로 나선 건 무휘였다.

"아직 늦지 않았습니다, 아씨. 날이 밝기 전에 도망치시죠. 제가 다 준비해놓겠습니다."

무휘는 비교적 침착했다. 그건 서린에 대한 염려가 부족해서가 아니라, 순전히 의지 덕분이었다. 자신이 두 눈을 뜨고 있는 한 서린이 염전에 끌려가는 일은 없을 거라는 굳은 의지. 아마도 서린이 이원익의 제보자로 지목됐다는 얘기를 듣자마자, 무휘는 신속하게 그녀를 빼낼 준비를 해놓았을 것이다. 다행히 서린은 체포나 감금된 상태가 아니었고, 그녀를 감시하는 경비 인력도 없었다. 무휘는 가마꾼인 데다 아는 사람도 많으니 도주로를 마련하는 건 어렵지 않았겠지. 서린은 망설였다. 흔들리지 않는다면 거짓말이었다. 하지만 꺾일 수는 없었다.

"아니, 도망가진 않을 거야. 그럼 평생 도망자로 살아야 하잖아. 살인범을 잡을 기회가 영영 날아가 버릴 거라고."

"아씨 목숨이 위험해진다면 살인범 잡는 건 아무 의미도 없습니다!"

무휘가 느닷없이 쩌렁쩌렁 고함치는 바람에 질겁한 도야와 채옥이 제자리에서 펄쩍 뛰어올랐다. 말수 적고 어른스러운 무휘가 이토록 강하게 감정을 드러내는 걸 처음 보았던 것이다. 그러나 서린은 무휘의 이런 면도 다 알고 있었다. 그녀는 가만히 손을 뻗어 그의 뺨을 양손으로 살며시 감쌌다. 그리고 그 검고 충직한 눈을 들여다보며 나지막이 말했다.

　"기억해? 나한테 그랬지. 여길 떠날 수 있는 기회가 생기면 반드시 잡으라고. 어쩌면 이게 그 기회일 수도 있어. 바깥에선 더 많은 걸 보고 들을 수 있어. 어쩌면 내 능력을 더 발전시키거나, 도움이 되어줄 사람을 찾게 될지도 모르지. 일단 해보지 않고는 모르는 거야."

　서린이 자포자기해서 염전으로 가는 게 아니란 걸 깨달은 무휘는 한결 수그러들었다. 그렇다고 해서 곧바로 수긍한 건 아니었지만.

　"하지만, 아씨……."

　"네가 뭘 걱정하는지 잘 알아. 다치지 않도록 조심할게. 어떻게든 살아남도록 노력할게. 날 믿어줘. 어떻게든 반드시 여기로 돌아올 테니까."

　서린은 굳은 결의를 담아 말했다. 그 마음이 무휘에게 전해지도록. 무휘는 선명한 안광(眼光)을 발하는 그녀의 두 눈을 물끄러미 응시하다가, 이윽고 스르르 고개를 끄덕였다. 논쟁이 끝난 후에도, 둘은 한동안 그 자리에 못 박힌 듯 서 있었다. 서로의 눈빛이 스친 곳에 잔잔한 바람이 불었고, 살결이 맞닿은 곳에는 하얀 별이 고였다. 두려우면서도 애틋한 밤이었다.

43

추격자

"빠릿빠릿하게 쫓아오는 게 좋을 거다. 꾸물대면 채찍이 날아올 테니까."

구레나룻을 덥수룩하게 기른 감독관은 번들거리는 눈으로 서린을 훑어보며 말했다. 이른 새벽에 일어나 채옥과 문상궁에게 작별을 고하고 성문 앞으로 나온 서린은 굵고 거친 새끼줄로 줄줄 엮인 관노들을 보며 충격에 빠졌다. 도야가 잡았던 닭들을 연상시키는 모습이었다. 염전으로 가는 관노들은 사실상 죽은 목숨이니, 거리낌 없이 다뤄도 뭐라 할 사람이 없는 것이다.

"저기, 줄 끝에 가서 서라."

다행히 서린은 새끼줄에 묶이진 않았다. 노인이나 아이, 환자와 같이 혼자서는 걷기 힘든 이들을 한데 묶어 끌고 다니는 듯했다.

성문에서 출발한 행렬은 샛길을 통해 산기슭으로 접어들었다.

"헉…… 헉……."

감독관은 시간을 아끼기 위해 지름길을 택한 듯했지만, 그게 오히려 역효과를 낳았다. 가파른 산길을 끊임없이 올라가는 건 힘에 부쳤고, 사람들의 입에선 연신 가쁜 숨이 흘러나왔다. 점점 더워지는 날씨도 고달픔을 부추겼다. 살짝 부른 배를 안고 서린의 앞에서 걸어가던 여자는 비틀비틀 걷다가 돌부리에 채이기까지 했다. 서린이 얼른 붙잡아주지 않았다면 앞으로 고꾸라졌을 것이다. 감독관이 노려보자, 여자는 두 손 모아 비는 시늉을 했다.

"부, 부탁이에요. 조금만 천천히 가면 안 될까요? 몸이 무거워 이 속도로는 도저히……."

"굼뜨게 굴면 어떻게 되는지 분명 말했을 텐데."

"안 돼요, 채찍만은! 아이가 위험해지면……."

감독관이 말가죽으로 만든 채찍을 치켜드는 걸 보고, 여자는 황급히 그의 허리를 잡고 매달렸다. 감독관은 채찍을 거두지도, 그렇다고 휘두르지도 않으면서 입가에 야비한 미소를 머금고 있었다. 이 상황을 즐기고 있는 것이다. 주변 사람들은 그 장면을 초조하게 보면서도 차마 말리진 못했다. 감독관의 해코지 대상이 될까 봐 두려운 것이었다. 보다 못한 서린이 나섰다.

"그만두시오."

"뭐야, 넌?"

감독관의 험악한 눈빛과 말투에도 서린은 기죽지 않았다. 저렇게 유세를 부려봤자 감독관도 결국 관노였다. 그의 목덜미에 남아 있는 빗살무늬 흉터는 채찍에 맞아 생긴 게 분명했다. 과거에 누군가한테 그렇게 당했으면서, 그 설움을 자기보다 약한 자에게 푸는 것이다. 서린은 그 비겁함과 치졸함이 역겨웠다.

"그쪽의 임무는 우릴 염전까지 무사히 인도하는 것이지, 다치거나 죽게 하는 게 아닐 텐데. 어쭙잖은 권력을 휘두르느라 일손을 함부로 다뤘다는 걸 알면 관아에서 퍽 좋아하겠소."

"네, 네년이 뭔데 이래라저래라 해!"

감독관은 흥분해서 말까지 더듬었다. 어쭙잖은 권력이란 말에 자존심이 제대로 상한 것이다. 서린은 한 걸음 앞으로 나아가 감독관의 눈을 똑바로 쳐다보며 당당하게 말했다.

"전(前) 우의정 윤승현 대감의 장녀 윤서린이오. 아버지가 대역죄를 뒤집어쓰고 귀양 가신 후 나 또한 관노의 몸이 되었으나, 아직 연줄 정도는 있소. 관아에 알리는 것쯤 일도 아니지."

그러자 감독관의 안색이 변했다. 이번 행렬에 한때 양반이었던 전직 궁녀가 섞여 있다는 말을 스치듯 듣긴 했다. 우의정 대감의 딸이라는 것까지는 몰랐지만. 그게 사실이라면 정말 연줄이 남아 있을지도 몰랐다. 관노들을 학대한다는 얘기가 관아에 들어가기라도 하면 곤란해질 터. 감독관은 잠시 생각해보더니 슬쩍 태도를 누그러뜨렸다.

"시간도 없는데 굳이 분란 일으킬 건 없지. 천천히 갈 테니, 다들 조용히 가도록 해라."

속도를 늦추니 그나마 좀 나아졌다. 감독관은 느려터졌다고 툴툴대면서도 이따금 뒤처진 사람들, 특히 여자와 아이들의 상태를 확인하곤 했다. 아주 막돼먹은 인간은 아닌 모양이었다. 엄밀히 따지면 이런 행렬에 어린애들이 포함되어 있다는 것 자체가 말이 안 되긴 했지만.

정오가 한참 지났을 무렵, 일행은 산 중턱에 야트막하게 펼쳐진 작은 평지와 맞닥뜨렸다.

"여기서 쉬었다 간다. 배를 든든히 채워둬. 새참은 주지 않을 거니까."

대단히 재밌는 농담이라도 한 듯 감독관은 혼자 낄낄거렸다. 그가 자루에서 꺼내 나눠준 음식은 대추알만 한 크기의 주먹밥이었다. 배를 든든히 채우라는 말이 무색해지는 순간이었다.

"앗!"

주먹밥을 한입 베어 물던 서린은 저도 모르게 신음을 내뱉었다. 딱딱하게 굳은 밥덩이는 자칫 이가 부러질 지경이었고, 상하지 않게 소금을 잔뜩 넣어서인지 소태처럼 짰다.

"우웩!"

서린의 등 뒤에서 헛구역질하는 소리가 들렸다. 좀 전의 그 임신부였다. 알아볼 수 있을 만큼 배가 나온 상태이니 입덧은 아닐 터였다. 그저 이 음식이 구토를 일으킬 만큼 끔찍한 맛일 뿐. 서린은 감독관을 쳐다보았다. 그는 평지에 유일하게 있는 널찍한 그루터기를 혼자 차지하고 앉아 제 얼굴보다 조금 작은 연잎밥을 게걸스레 먹어치우고 있었다. 그가 이쪽에 관심 없다는 걸 확인한 서린은 조심스레 임신부에게 다가가, 품에서 꺼낸 꾸러미를 내밀었다.

"자, 이거라도 드세요."

서린이 가져온 옷 꾸러미는 감독관이 득달같이 빼앗아갔지만, 채옥이 저고리 앞섶에 몰래 넣어준 것들까진 가져가지 못했다. 질 좋은 소고기를 꼬들꼬들하게 말린 육포, 고명을 잔뜩 넣어 빚은 떡, 설탕을 듬뿍 뿌린 과자까지. 부피는 작지만 속을 든든하게 채우기 좋은 음식들이었다. 임신부의 두 눈이 휘둥그레졌다.

"이걸 저한테 주신다고요? 왜요?"

살면서 단 한 번도 이유 없는 호의를 받아본 적 없는 사람의, 사뭇 가슴 아픈 질문이었다. 서린은 그녀에게 제일 두꺼운 육포를 쥐어주면서 따뜻한 미소를 지어 보였다. 임신부는 이 세상 음식이 아닌 것처럼 육포를 빤히 쳐다보다가, 허겁지겁 입에 넣고 씹기 시작했다. 그 모습을 흐뭇하게 지켜보던 서린은 옆얼굴에 와 들어붙는 시선을 느꼈다. 허리에 밧줄을 나란히 동여맨 어린 오누이가 이쪽을 간절히 바라보면서 군침을 흘리고 있었다.

"너희들도 좀 먹을래?"

서린이 떡과 과자를 내밀자, 아이들은 사양하지 않고 덥석 집어먹었다. 앞뒤 가릴 처지가 아님을 잘 아는 것이다. 같은 밧줄에 묶여 있던 백발노인도, 한쪽 다리를 저는 아주머니도 음식을 받아갔다. 음식은 금세 동났다. 사실 서린도 무척 배가 고팠지만, 입가에 떡고물을 묻힌 채 행복해하는 아이들을 보고 있으니 다 괜찮아지는 것 같았다.

"크흠!"

감독관의 헛기침 소리에 서린은 가슴이 쿵 떨어지는 듯했다. 평소와 다른 기척을 느꼈는지 감독관이 이쪽으로 몸을 돌리는데, 산처럼 커다란 덩치가 그의 앞을 벽처럼 가로막았다.

"어이구, 감독관님. 사레들리셨나 봅니다."

능청스럽게 말하며 감독관에게 물병을 내미는 남자를, 서린은 뒤늦게 알아보았다. 넘어지는 사람이 생길 때마다 일으켜주고 끌어주면서 맨 앞에서 행렬을 이끌어왔던 중년 남자였다.

"한 번에 쭉 들이켜야 해요. 끝까지."

"그래요, 물에 체하면 약도 없다잖아요."

다른 사람들도 앞다퉈 한마디씩 거들었다. 감독관이 얼떨결에 꿀 꺽꿀꺽 물을 마시는 동안, 서린과 임신부는 재빨리 음식 먹은 흔적을 치우고 시치미를 뗄 수 있었다. 음식을 나눠 받지 못한 사람들이 화 내고 고자질하는 대신, 자신보다 더 약한 이들을 기꺼이 도와준 것이 었다.

'선한 사람들이다.'

모두 잘 먹고 잘 입으며 사는 궁에선 서로 하나라도 더 빼앗지 못 해 안달인데, 정작 아무것도 없는 이들은 양보의 미덕을 보이다니. 서린은 그게 묘하고 신기했다. 그리고 안타까웠다.

'염전에 가면, 이들 중 많은 이들이 버텨내지 못하겠지.'

짧은 식사 시간이 끝나고 다시 걷기 시작하면서, 서린은 앞으로 어떻게 해야 할지 내내 고민했다. 그녀가 가진 건 왼손의 능력뿐이었 다. 그걸로 염전에서 살아남을 수 있을까? 사람들을 도울 수 있을까? 궁으로 돌아올 기회를 잡을 수 있을까?

'곤궁과 비탄으로 얼룩진 이들의 과거를 읽어서 뭣에 쓴단 말인 가.'

망망대해를 표류하는 배처럼 한 치 나아갈 길이 보이지 않았다.

서린이 고민하는 동안 해는 저물고 행렬은 산 깊숙한 곳까지 다 다랐다. 발밑조차 살필 수 없을 정도로 사방이 캄캄해지자, 감독관은 그제야 쉬어도 좋다고 했다. 다리가 저려서, 목이 말라서, 현기증이 나서, 사람들은 너나 할 것 없이 바닥에 쓰러졌다. 저녁 식사랍시고 나눠준 찐 감자는 걸으면서 먹었기에, 이제 그들에게 허락되는 건 개 울에 흐르는 물뿐이었다. 배에서 찰랑거리는 소리가 날 때까지 찬물을 들이켜 겨우 허기를 가라앉히자, 이번에는 갑작스러운 요의가 서린을 괴롭혔다.

"너, 어디 가?"

"잠시 볼일을 보고 오겠소. 왜, 그것도 안 되오?"

서린이 톡 쏘아붙이자 감독관은 주춤했다. 이렇게까지 주제넘게 구는 관노를 처음 봐서 어떻게 반응해야 할지 헷갈리는 모양이었다. 그는 손에 쥔 채찍을 흔들면서 으름장을 놓았다.

"도망치려는 수작은 아니겠지?"

"절벽으로 둘러싸인 야산에서 어디로 도망간다는 거요?"

서린이 앙칼지게 되묻자, 감독관은 말문이 막혀버렸다.

서린은 지푸라기처럼 널브러져 잠든 사람들 사이를 지나 으슥한 숲으로 걸어 들어갔다. 감독관이 뭐라 지껄이든, 그녀는 최대한 멀리 떨어진 곳으로 가고 싶었다. 밖에서 볼일을 해결해본 적이 없었기에 은근히 수치심이 들었던 것이다. 무성한 잡초와 덤불 사이를 지나고 또 지나서 치맛자락이 풀물로 축축해졌을 무렵에야 그녀는 움직임을 멈췄다. 그리고 잽싸게 치마를 올리고 쪼그려 앉았다. 소피를 보고 일어나는 찰나, 뒤쪽에서 나뭇가지가 사각거리는 기척이 났다.

서린은 반사적으로 고개를 돌리며 몸을 앞쪽으로 기울였다. 어둠으로 까맣게 물든 나뭇잎을 헤치면서 튀어나온 건 시퍼렇게 번쩍이는 칼날이었다. 서린이 자세를 바꾼 덕분에 칼날은 그녀의 어깨 바로 옆을 내리쳤다. 서린은 용수철처럼 튀어 올랐다.

"무슨 짓이냐!"

칼을 휘두른 건 머리부터 발끝까지 검은 천으로 두른 괴한이었다.

서린은 몽둥이로 쓸 만한 나무토막이라도 찾으려고 황급히 주변을 두리번거렸지만 마땅한 게 없었다. 서린의 낯에 짙은 낭패감이 서렸다. 바닥에 꽂혔던 칼을 뽑아낸 괴한이 그녀를 향해 일격을 날리는 순간, 번개처럼 나타난 또 하나의 칼이 그걸 세게 쳐냈다. 그 충격으로 괴한의 칼은 윗부분이 부서져버렸지만, 괴한은 포기하지 않고 토막 난 칼로 새로운 적에게 덤벼들었다.

쨍강쨍강!

어슷한 어둠 속에서 철과 철이 부딪치는 소리가 요란하게 울려 퍼졌다. 저 치열한 칼싸움에 끼어들 여지가 없단 걸 깨달은 서린은 방해되지 않도록 멀찍이 물러나 있었다. 걱정은 들지 않았다. 적어도 그녀가 아는 한, 무휘는 여태껏 대등한 조건에서 벌이는 일대일 대결에서 패배한 적이 없었으니까. 구름이 지나가면서 달이 드러나자, 희미한 달빛이 무휘의 옆얼굴을 비췄다. 얇은 입술을 일자로 다문 채 상대방의 허점을 노리는 무휘의 표정은 차분하면서도 자신감이 넘쳤다. 싸움은 오래 걸리지 않았다. 무휘의 칼끝이 괴한의 가슴을 파고들었고, 괴한의 손에서 칼이 떨어졌다. 무휘는 옆으로 쓰러진 채 부들부들 경련하는 괴한을 향해 다시 한번 칼을 겨누며 물었다.

"누가 보냈느냐?"

"……."

"순순히 자백한다면 고통 없이……."

고통 없이 보내줄 테니 배후를 밝히라고 요구해야 하는데, 무휘가 말을 채 끝맺기도 전에 괴한은 숨이 꼴깍 넘어가버렸다. 한 뼘만 옆으로 찌를 걸 그랬나. 무휘는 숨을 쉬지 않는 괴한의 몸뚱이를 내려다보며 혀를 쯧 찼다. 어쩌면 중궁전의 소행인지도. 서린의 목숨을 살려주면서 관용을 베풀어주는 척하고, 이런 식으로 앙갚음하려는 건지도 몰랐다. 무휘는 쯧 소리를 내면서 괴한의 복면을 벗겨냈다. 역시 모르는 얼굴이었다. 궁에 드나든 적 없는 외부인인가. 짧은 상념에 잠긴 무휘를 일깨운 건 서린의 음성이었다.

"어떻게 온 거야?"

"도망치지 않는 게 아씨의 의지라면, 아씨를 따라가는 것도 제 의집니다."

무휘는 넓적한 나뭇잎으로 검에 묻은 핏자국을 닦아내며 덤덤하게 답했다. 관노 행렬을 놓치지 않고 여기까지 왔다는 건 아침부터 지금까지 쭉 따라왔다는 건데, 감독관의 눈에도 서린의 눈에도 그 누구의 눈에도 띄지 않았다니 대단했다. 무휘는 서린에게 간청했다.

"아씨, 저와 함께 가셔야 합니다. 관노 행렬은 눈에 잘 띄는 목표물입니다. 이대로 있다간 목숨을 부지하기 어려우실 겁니다. 궁으로 돌아가실 거라면서요. 살아 있어야 돌아가든 말든 할 것 아닙니까."

서린은 수풀 사이에 누운 자객의 시체를 보며 고민했다. 이걸로 끝이 아니다. 서린을 죽이는 데 성공할 때까지, 저런 부류의 인간은 오고 또 올 것이다. 서린이 행렬에서 떨어져 있는 기회를 잡지 못한다면, 아예 감독관까지 싸잡아 관노들을 다 죽일지도 몰랐다. 관노의 목숨 따위 그들에겐 한없이 가볍고 하찮을 테니까. 한 개 남은 과자를 서로 떠밀던 오누이의 해맑은 얼굴을 떠올리며 서린은 마침내 마음을 정했다.

"그래, 가자."

44
피의 맹세

"죄송합니다. 아무래도 사람을 잘못 고른 것 같습니다."

검은 복면의 사나이는 길게 드리워진 주렴을 향해 고개 숙여 사죄했다. 턱 끝까지 덮었던 복면이 그 동작에 슬쩍 올라가면서 목덜미에 멍처럼 남은 몽고반점을 드러냈다. 감기 걸린 것처럼 탁한 목소리를 가진 그 사내의 이름을 아는 이는 없었다. 다들 그냥 '염행수'라고만 불렀다. 한강 포구를 중심으로 활동하는 염행수의 상단은 말만 상단이지 용병 집단에 가까웠다. 돈만 많이 준다면 시키는 일은 뭐든지 다 했다. 손은 빠르고 입은 무겁다는 정평이 나 있어, 고관대작뿐만 아니라 종친이나 왕족도 더러운 일을 시키기 위해 염행수를 찾는 경우가 드물지 않았다. 약삭빠른 염행수는 정체를 드러내는 걸 꺼리는 손님들을 위해 상단 안에 따로 방을 마련해놓았다. 골목으로 바로 통하는 뒷문으로 들어와, 주렴이 겹겹이 쳐진 너머로 비밀스럽게 대화할 수 있었다.

"다음엔 제대로 고르는 게 좋을 것이다. 다시 한번 말하지만, 조정에선 이 일을 철저히 기밀에 부치고자 한다. 한 번에 끝내란 얘기다."

주렴에 가려진 의뢰인은 겨울바람처럼 냉랭한 투로 말했다. 염행수는 의뢰인이 화를 내지 않는 것에 일단 안심했다. 의뢰인이 맡긴 임무는 암살이었다. 목표물은 관노인 데다가 계집애라 해치우는 건 간단해 보였다. 그래서 염행수는 상단에 들어온 지 얼마 안 된 신참에게 시험 삼아 일을 맡겼다. 그런데 목표물의 인상착의가 적힌 종이와 선금을 받고 떠난 신참은 그대로 소식이 끊겨버렸다.

"혹시 일을 방해하는 자가 있다면 죽여도 좋다. 목격자 하나, 증거 하나 남겨두지 말아야 할 것이다."

의뢰인은 그렇게 말하면서 주렴 아래로 뭔가를 슥 내밀었다. 묵직한 금붙이였다. 염행수는 본능에 가까운 날랜 동작으로 금붙이를 낚아채면서 속으로는 의아해했다. 임무에 실패했는데도 아무런 동요를 보이지 않는 의뢰인의 태도 때문이었다. 의뢰인이 상단을 찾은 건 이번이 처음은 아니었다. 그전에도 정보를 수집하거나 희귀한 물건을 구할 목적으로 몇 번이나 염행수와 거래했었다. 그런데 돌이켜보면, 염행수는 그동안 그가 기뻐하거나 노하는 모습을 한 번도 본 적이 없었다. 음정의 높낮이도 감정의 기복도 느껴지지 않는 목소리는 마치 죽은 사람이 말하는 것 같았다. 험한 일만 골라서 하는 염행수에게도 저 의뢰인은 왠지 소름 끼쳤다.

"다음엔 실패하지 않겠습니다. 걱정 마십시오."

약속을 받은 의뢰인은 인사도 없이 자리에서 일어나 방을 나갔다.

의뢰인이 뒷문을 통과하자, 양옆으로 높은 담장을 쌓아 올려 행인들의 시선을 차단한 골목이 나왔다. 삿갓으로 얼굴을 가린 백발의 선비가 골목 끝에 뒷짐을 지고 서 있었다. 조내관이었다.

"용건은 끝나셨습니까, 저하."

조내관은 범이 나타나자마자 뒷짐을 풀고 공손한 자세를 취했다. 범은 고개를 가볍게 끄덕여 보였다. 왜 이곳에 왔는지, 무얼 하려는 것인지, 조내관은 시시콜콜 캐묻지 않았다. 공기처럼 꼭 필요하면서도 눈에 띄지 않는 존재가 되는 게 내관의 본분이라면, 조내관은 가장 훌륭하고 이상적인 내관이었다.

"돌아가자."

범은 조내관과 함께 말을 타고 궁으로 돌아갔다. 이미 몇 차례나 왕복해본 길이라 시간은 오래 걸리지 않았다. 민심을 살피기 위해 왕이나 세자가 도성 시찰을 나가는 건 종종 있는 일이었기에, 범이 도포 차림으로 말을 타고 들어오는 걸 보고도 궁인들은 놀라지 않았다. 동궁전에 다다른 범은 댓돌에 놓여 있는 궁혜(宮鞋)*와 태사혜(太史鞋)**를 보고 조용히 눈썹을 추어올렸다. 그의 허락 없이 동궁전에 들어가 앉아 있을 수 있는 사람은 몇 없었다. 부왕이나 대비 아니면 중전밖에는.

"이 어미는 솔직히 조금 서운했습니다, 동궁."

범의 얼굴을 본 홍씨는 대뜸 그렇게 말했다. 예전 같으면 쓸데없는 안부 인사를 길게 하면서 이것저것 걱정하는 척했을 텐데. 홍씨는 점점 변하고 있었다. 그녀가 지켜야 할 아들의 존재가 그렇게 만들고 있었다.

---

*   궁중 여인이 신는 신
**   사대부 남자가 신는 굽 낮은 신

"하나밖에 없는 동생 아닙니까. 대군이 추악한 누명을 쓰게 되면, 당연히 동궁이 막아줄 줄 알았습니다. 그런데 오히려 방을 뒤져보라고 부추기다니요."

홍씨는 가시 돋친 말을 하는데, 그녀 옆에 앉은 헌은 안절부절못하며 범의 눈치를 살피고 있었다. 형과 대립각을 형성하는 게 두렵고 싫은 것이다. 그러나 범은 헌의 방에 증거물을 숨길 때부터 이런 일이 생길 걸 염두에 두고 있었다.

"무조건 감싸주는 것만이 형제의 도리는 아니지요. 잘못이 있다면 고쳐주고 바른길로 이끌어주는 것이야말로 진정한 우애가 아니겠습니까."

"그 말은 대군이 뭔가 잘못을 저질렀단 겁니까?"

"이번에는 아닙니다. 하지만 앞으로 살면서 그럴 수도 있겠지요. 대군도 사람이니까요. 그럴 때 제가 무책임하게 방관하진 않을 거라고 말씀드리는 겁니다."

범은 부처가 현현(顯現)한다면 저럴까 싶을 정도로 자애롭고 따스한 눈길로 헌을 바라보았다.

"어마마마 말씀대로, 제 하나뿐인 아우고 혈육이니까요."

"형님……."

헌은 감동해서 눈물이라도 흘릴 기세였지만, 홍씨는 그렇게 쉽게 넘어가지 않았다. 대군을 지지하는 신하들로부터 어전회의에서 있었던 일을 상세히 전해 들은 그녀는 왕이 천수전까지 직접 오도록 만든 사람이 범이라는 사실을 알고 있었다.

"동궁, 그럼 이 자리에서 맹세할 수 있습니까?"

"맹세요?"

"대군을 친동생처럼 아껴주고, 무슨 일이 생기더라도 외면하지 않겠다고. 혈맹(血盟)을 해줄 수 있겠냐는 겁니다."

서로의 피를 섞어 마심으로써 영원한 동맹을 맹세하는 의식. 범에게는 아까운 피를 낭비하는 우스꽝스러운 짓거리였다. 고작 그런 흉내로 중년 여자의 노파심을 달래줄 수 있다면, 그것도 손해 볼 것 없긴 했다. 범은 벽에 걸린 곤룡포로 손을 뻗었다. 보다 정확히는 곤룡포 요대(腰帶)에 매달아놓은 은장도로.

"형님!"

헌이 다급히 소리쳤지만 범은 그보다 훨씬 빨랐다. 칼집을 벗겨낸 그는 예리한 날 끝에 제 검지를 갖다 대었다. 새빨간 선혈이 방울방울 맺혔다. 그걸 보면서 범은 조금 이상한 기분이 들었다. 자기한테도 남들과 똑같은 색의 피가 흐른다는 게.

"헌아, 손을 이리 다오."

범의 부드러운 목소리에 헌은 홀린 듯 손을 내밀었다. 범이 헌의 새끼손가락 끝에 손톱보다 얇은 상처를 내는 장면을, 홍씨는 두 눈을 부릅뜨고 지켜보고 있었다. 제 혈육을 지키려는 한 마리 맹수처럼. 그러나 헌의 손가락은 어찌나 얕게 베였는지, 피가 제대로 나오지도 않아 범이 슬쩍 눌러주어야 할 정도였다.

"아."

헌은 따끔거리는지 고운 미간을 살짝 찡그렸다. 압력을 받은 상처 사이에서는 둥글고 선명한 핏방울이 흘러나왔다. 새하얀 손등에 붉은 물감처럼 주룩 흘러내리는 피. 그 이질감에 매혹된 범은 헌의 손등에서 시선을 떼지 못했다. 더 많은 피를 보고 싶다. 들끓는 아우성이 내면을 잠식하려고 할 때, 그를 부르는 소리가 들렸다.

"저하, 여기."

범의 바로 옆에 조내관이 서 있었다. 그의 손에는 맑은 물을 담은 흰색 사발이 들려 있었다. 시키지도 않았는데, 상황의 흐름을 기민하게 파악해 알아서 준비해온 것이다. 이 얼마나 유용한 인간인가. 조내관으로부터 사발을 받아든 범은 물 위에 자신의 피 한 방울을, 그리고 헌의 피 한 방울을 연이어 떨어뜨렸다. 그 물을 한 모금 마시자, 희미하게 비릿한 맛이 목구멍을 타고 내려갔다.

"대군 이헌, 받아라. 이걸로 너와 나는 한 몸이 되는 것이다."

범이 내민 사발을, 헌은 잠시 망설이다가 용기 내어 받아들었다. 두 사람이 영혼의 형제로 맺어지는 광경을 보며 마음이 풀린 듯 홍씨의 이마에 잡혔던 주름도 펴졌다.

"맹세도 했으니 동궁에게 부탁하고 싶은 게 있습니다. 대군이 조속히 혼례를 치를 수 있도록 주상 전하께 간언해줄 수 있겠는지요?"

이미 대비와 중전을 등에 업은 대군이 혼례를 치른다면, 처가라는 또 하나의 세력이 생겨나는 것이다. 범에겐 결코 유리한 일이 아니었다. 범은 홍씨가 유심히 관찰 중이라는 걸 알았다.

"물론입니다. 이제 그럴 때가 되었지요. 제가 추진해보겠습니다."

헌의 나이 스물하나. 일반적인 경우라면 이미 혼례를 하고도 남는 나이였다. 어차피 해야 할 거라면 시간이 더 지나기 전에 해버리는 게 나았다. 이 왕실에서 헌의 위치가 애매할 때, 장래가 불투명할 때. 대군이자 제2 왕위 계승자로서의 지위가 공고해져서 정말 위세 좋은 가문이 붙게 되면 곤란했다. 범은 빙그레 웃으며 헌에게 물었다.

"그래, 넌 어떤 여인을 대군 비로 삼고 싶으냐?"

예상되는 대답은 뻔했다. 예쁜 여자. 여색을 밝히는 부왕의 핏줄이 어딜 가겠는가. 물론 홍씨는 미색보다는 든든한 가문과 배경을 가진 며느리를 원하겠지만.

"전…… 평생 벗이 되어줄 그런 여인이면 좋겠습니다."

홍씨의 놀란 표정을 보니 대군에게 이런 얘길 듣는 게 그녀도 처음인 듯했다. 이렇게 어른스러운 아이였나, 홍씨는 감동한 기색이 역력했지만, 범은 어처구니가 없었다.

평생의 벗이라. 범의 아버지는 그의 생모를 보고 첫눈에 반해 조강지처를 배신하고 후궁으로 삼았지만, 십 년도 안 되어 그녀를 헌신짝처럼 버렸다. 범이 보기에, 인간이 만들어낸 각종 제도와 관습 중 가장 어리석은 게 혼인이었다. 애정이라는 허구를 바탕으로 잘 알지도 못하는 사람과 영속적인 관계를 맺다니. 파국을 맞지 않는다면 그게 이상한 거였다.

"형님과 형수님께서 함께 산책하시는 모습을 봤습니다. 어깨를 나란히 하고 걸으며 도란도란 얘기를 나누는 모습이 어찌나 부러웠는지 모릅니다. 저도 그런 반려를 얻고 싶습니다."

"그렇구나. 네 형수는 현숙한 여인이지."

범에게 감정이 있다면 이 시점에서 배를 잡고 웃었을 것이지만, 범은 그저 온화하게 웃는 연기를 할 뿐이었다. 홍씨는 걱정했던 것보다 훨씬 우호적인 범의 태도에 안심한 모양이었다.

"그럼 부탁합니다, 동궁. 대군도 하루빨리 어엿한 어른으로 인정받아야 하지 않겠습니까."

어른으로 인정받는다, 이 말은 장차 삶의 기반이 될 경제력과 권력을 확고하게 보장받는다는 뜻이기도 했다. 범이 그 이면의 뜻을 알아듣지 못할 리가 없었다. 홍씨는 묵직한 뼈가 든 말을 남기고 헌과 함께 자리에서 일어섰다.

그들이 떠난 후에도 가만히 앉아 있던 범은 벽장을 쳐다보았다. 세자빈이 만들어준 새 옷이 걸려 있었다. 한 번 걸쳐보지도 않아 저고리 안에 끼워진 얇은 한지가 그대로 있는 상태였다. 범은 문득 궁금해졌다. 나란히 걷다가 세자빈이 느닷없이 고꾸라져 죽어도 범이 눈 하나 깜짝하지 않을 거란 걸 헌이 알게 된다면, 어떤 기분일까. 자신이 존경하고 경애하던 형의 모습이 허상이란 걸 깨닫게 된다면 얼마나 상처 받을까. 그 모습을 지켜보는 건 얼마나 재밌고 유쾌할까.

'이왕 하는 연극, 제대로 해주어야지.'

범은 몸을 일으켜 벽장을 향해 다가갔다. 그리고 저고리와 바지를 내려 제 팔에 걸쳐보았다. 영의정이자 현재 조정에서 권력 1순위로 손꼽히는 장인, 부원군 연대감이 떠올랐다. 요즘 들어 서린으로 인해 조금 소원해진 연씨와의 관계를 다시 다져놓을 필요가 있었다.

"저하, 도와드리겠습니다."

범이 옷을 내리는 모습을 포착하자마자 쏜살같이 달려온 조내관이 옷가지를 가져가며 말했다.

"조내관, 오늘 밤 빈궁에게 가겠다고 전해라."

"아, 네! 당장 기별하겠습니다, 저하!"

좀처럼 호들갑 떠는 법이 없는 조내관이 활짝 웃으며 큰 소리로 말했다. 그러고는 범의 마음이 바뀔까 두려운 듯 허겁지겁 세자빈 처소 쪽으로 뛰어갔다. 중매에 성공한 매파처럼 방정맞은 뒷모습이었다.

45

가짜 며느리

"음……."

서린은 등이 뻐근하게 배기는 느낌에 눈을 떴다. 평평한 바위에 겉옷을 깔아놓고 눕긴 했지만, 생전 처음 해보는 야외 취침이 편할 리가 없었다. 그래도 그녀는 나은 편이었다. 서린은 적삼 차림으로 나뭇등걸에 기대앉은 채 깨어 있는 무휘를 발견하고 걱정하지 않을 수 없었다.

"무휘야, 괜찮아? 눈이 빨개."

관노 행렬에서 도망쳐 나온 지 어느덧 이틀째였다. 최대한 멀리 가려고 첫날 밤은 쉬지 않고 걸었고, 다음 날 밤에는 딱 두 시진만 자기로 했다. 서린은 몸을 눕히기 무섭게 곤히 잠들었는데, 무휘는 밤새 망을 본 모양이었다. 무휘는 가는 실핏줄이 잔뜩 선 눈으로 중얼거렸다.

"전 괜찮습니다."

"전혀 안 괜찮아 보이는데. 나 여기서 꼼짝 안 할 테니까, 안심하고 눈 좀 붙여."

서린은 무휘의 어깨를 붙잡아 바위로 끌고 왔다. 평소 같으면 어림없겠지만, 지금의 무휘는 반쯤 넋 나간 상태이기에 가능했다. 서린은 무휘의 어깨를 꾹 눌러 억지로 눕도록 만들었다.

"아뇨, 정말 괜찮……."

입으로는 그렇게 중얼거렸지만 무휘의 눈은 스르르 감기고 있었다. 정신력만으로 버틸 수 없는 한계에 이른 것이다. 무휘가 금세 코까지 골면서 곯아떨어지는 걸 본 서린은 슬그머니 그 자리를 떴다. 그들에겐 필요한 게 많았다. 물과 음식, 가능하다면 옷과 신발도. 서린이고 무휘고 옷은 땀에 절어 썩은 내가 났고, 신발은 닳고 해져 금방이라도 뒤축이 떨어져나갈 것 같았다. 서린은 울창하게 우거진 수풀 사이로 내려다보이는 민가를 보며 고민에 잠겼다.

'잠깐 내려갔다 오는 건 괜찮지 않을까?'

출궁할 때 옷가지까지 빼앗긴 서린은 물론이고, 무휘도 이제 빈털터리였다. 가마꾼 조직은 의식주를 해결해주고 꾸준히 일감을 제공해주는 대신, 들어갈 때도 나올 때도 돈을 내야 했다. 게다가 무휘는 그동안 서린이 부탁한 일들을 해주느라 제법 많은 돈을 쓴 모양이었다. 무휘가 힘들게 번 돈을 본의 아니게 날려버린 서린은 그에게 더 빌붙고 싶지 않았다. 적어도 오늘만큼은, 자기 힘으로 먹을 것도 입을 것도 구하고 싶었다.

'정 안 되면 머리카락이라도 팔아보지, 뭐.'

사대부 집안에서부터 기생집까지 치장에 좀 신경 쓴다는 여자들은 누구나 쓰는 가체. 경쟁하듯 갈수록 크고 무거워지는 그 가체를 만드는 데는 어마어마한 양의 머리카락이 들어갔다. 하지만 공자의 가르침에 따르면 신체 일부는 부모의 유산이므로, 아무리 가난하더라도 머리카락을 잘라 파는 건 금기시되는 일이었다. 수요는 많지만 공급이 적었으므로, 머리카락은 상당히 값이 나갔다. 특히 가늘면서도 윤기 나고 탄력 있는 젊은 여자의 머리카락이라면 더더욱.

"저기, 이 동네에 혹시 가체장(加髢匠)이 있습니까?"

"간짜장? 그게 뭐요?"

그러나 서린은 예상 밖의 난관에 부딪혔다. 힘겹게 산을 내려가 들른 마을에선 가체장은커녕 그게 뭔지 아는 사람도 찾기 어려웠던 것이다. 마을이 외진 곳에 있고 규모가 작은 탓이었다.

"혹시 잡화점은 없습니까? 아니면 지나가는 보따리상이라도."

"보따리상이라……."

안다는 건지 모른다는 건지 모호하게 말끝을 흐리는 농부를 보며 서린이 답답해할 때였다. 농부의 어깨 너머로 눈에 익은 검은 색깔이 보였다. 흰 저고리 위에 걸친 기다란 전복(戰服)*. 포졸 셋이 마을 어귀에 서 있었다. 반사적으로 고개를 돌리기 직전, 서린은 그중 한 명과 눈이 마주치고 말았다. 뒤통수에 날카로운 침이 내리꽂히는 기분이었다.

포졸들은 서로 눈짓을 주고받더니 이쪽으로 성큼성큼 다가오기 시작했다. 서린의 불길한 예감이 맞았다. 그들은 도망친 관노를 찾으러 일대를 수색하다 여기까지 온 것이다. 서린은 달아나고 싶은 충동을 간신히 억눌렀다. 그래 봤자 의심을 부추길 뿐이고, 얼마 가지도

---

* 무관이 입는 긴 옷

못해 붙잡힐 게 뻔했다.

'침착해.'

서린은 속으로 되뇌면서 느리고 규칙적으로 걸음을 옮겼다. 표정은 아무렇지도 않게, 시선은 멀리 둔 것처럼 보이려고 했다. 그녀의 목적지는 바로 옆에 있는 민가였다. 여러 채의 집 중 그녀의 시야에 쏙 뛰어 들어온 집이 한 채 있었다. 길고양이와 들개들이 먹을 수 있도록 쌀겨와 생선 찌꺼기 따위를 작은 그릇에 담아 문 앞에 둔 초가집이었다.

'인정 있는 사람들이란 뜻이지.'

그 집 문 앞까지 다가간 서린은 태연한 척 문손잡이에 왼손을 얹었다. 바로 뒤까지 바짝 쫓아온 포졸들이 그녀의 등짝을 노려보고 있는 게 생생히 느껴졌다.

'제발, 제발 되어라!'

상갓집이 아닌 이상, 죽은 사람이 최근 이 문손잡이를 잡았을 일은 없을 거라고 봐야 했다. 서린은 변덕스럽게 작용하는 능력이 이번에는 제대로 발휘되길 빌며 두 눈을 질끈 감았다. 그와 동시에 손끝에 미세한 전류 같은 것이 흐르면서 산 자의 기억이 파도처럼 밀려 들어 왔다.

'영감, 정말 이런 식으로 며느리를 구해와도 되는 거유? 얼굴도 모르는 처자를.'

'뭐, 초상화라도 보내달라고 할까? 우리가 무슨 왕가라도 되는 줄 알아?'

서린은, 아니 기억의 주인은 퉁명스럽게 대꾸하면서 툇마루 앞에서 있는 늙은 여자를 쳐다보고 있었다. 대화 내용에 비추어 볼 때 기억의 주인은 이 집 주인이고, 여자는 아내인 듯했다. 선량하고 투실투실한 얼굴의 아내는 팔짱을 끼면서 땅이 꺼질 듯 한숨을 내쉬었다.

'꼭 얼굴 때문에 그러는 게 아니잖수. 혼례식도 안 치르고 몸뚱이만 덜렁 데려온다는 게 남부끄러워서, 원. 무슨 보쌈도 아니고……'

'아, 그럼 어떡해! 다 큰 아들놈, 집구석에서 혼자 늙어 죽게 내버려둬?'

신경질적인 외침과 함께, 주인의 시선이 집 안으로 이동했다. 반쯤 열린 문 사이로, 더벅머리 청년 하나가 바닥에 앉아 이쪽을 멀뚱멀뚱 쳐다보고 있었다. 서린보다 대여섯 살 많아 보였는데, 얼굴에 어딘가 이상한 부분이 있었다. 서린이 좀더 자세히 보려고 주의를 기울이는 순간, 시야가 뿌옇게 흐려졌다. 마치 물기 서린 것처럼. 어쩌면 그건 말은 거칠게 하면서도 속으로는 아들을 극진히 걱정하는 아버지의 눈물인지도 몰랐다.

찰나의 어둠을 지나 원래의 세상으로 돌아온 서린의 눈앞에, 그녀를 빙 둘러싸고 포위하며 다가오는 포졸들의 모습이 보였다. 그들의 손에는 어느새 꺼내든 밧줄과 족쇄가 걸려 있었다. 사나운 야생동물 잡듯 그녀를 사로잡으려는 것이었다. 더는 망설일 틈이 없었다. 서린은 초가집 문을 힘차게 밀면서 안으로 구르듯 뛰어 들어갔다.

"어머님!"

살면서 사용하게 될 줄 몰랐던 낯선 호칭. 서린은 자신의 말투가 눈에 띄게 어색하진 않았을지 걱정이었다. 절구를 찧던 나이 든 여자가 서린의 부름을 듣고 돌아보았다. 문손잡이에서 읽어냈던 기억 속

안주인이었다. 서린은 어안이 벙벙해진 안주인을 향해 다시 한번 외쳤다.

"어머님, 접니다! 어머님 며느리요! 아버님은 잠시 장에 들렀다 오신다 하셔서요. 집이 어딘지 알려주셔서 제가 먼저 왔어요. 괜찮으시죠?"

서린은 최대한 살갑게 들리게 하려고 애썼다. 안주인은 그런 서린을 뚫어지게 쳐다보며 믿을 수 없다는 표정을 지었다. 이렇게 어리고 예쁘고 귀티 나는 아가씨가 내 아들놈과 결혼하러 왔다고? 옷은 왜 거지꼴이야? 그런 의문을 갖는 기색이 역력했다. 다행히 그녀는 굴러들어온 복을 걷어차는 유형은 아니었다.

"오…… 오냐, 괜찮고말고. 새아가."

더듬거렸지만 그래도 제법 시어머니 같은 투로 말하면서 어서 오라는 듯 두 팔을 벌려 보이는 안주인. 서린은 냉큼 앞마당으로 들어갔다. 그녀 뒤에 서 있던 포졸들이 주춤주춤하면서 물러가는 기척이 느껴졌다. 아마도 닭 쫓던 개처럼 얼빠진 낯을 하고 있으리라.

"일단 안으로 들어오너라. 먼 길 오느라 힘들었지?"

안주인은 서린을 안방으로 데리고 들어갔다. 허름하지만 구석구석 반들거리게 깨끗이 닦은 방 안에, 한 청년이 종이와 벼루를 놓고 그림을 그리고 있었다. 서린이 기억 속에서 본 바로 그 더벅머리였다. 그의 얼굴이 어딘가 이상했다고 생각한 건 그녀의 착각이 아니었다. 가까이서 보자, 이마와 두 뺨, 심지어 턱까지 보기 흉하게 얽어 있었다. 그러나 청년의 얼굴보다 서린을 더 놀라게 한 건 그가 그리던 그림이었다. 이런 초가집과는 어울리지 않는 고풍스러운 산수화였는데, 털이 다 빠진 붓으로 기암절벽을 어찌나 실감 나게 그려놓았는지 당장이라도 구름 떼가 몰려올 듯했다. 서린과 맞닥뜨린 청년은 붓을 쥔 채로 눈이 휘둥그레졌다.

"색시?"

청년이 대뜸 손을 잡으려고 하는 바람에, 서린은 화들짝 놀라 뒤로 물러났다. 안주인은 그런 제 아들의 등을 퍽 소리 나게 때렸다.

"어휴, 이놈아. 다짜고짜 만지지 말어. 놀라잖어!"

"그렇지만……."

"곰보한테 시집와 주겠다는 처자 구하기가 쉬운 줄 알어? 조심해야지!"

계속해서 안주인이 쏟아내는 타박을 듣고, 서린은 대충 상황을 파악했다. 곰보인 아들과 아무도 결혼하려 하지 않자, 이 집 부부는 상의 끝에 먼 인척 관계에 있는 천애 고아를 데려다 며느리로 삼으려한 것이다. 얼굴 때문에 집에만 갇혀 살았기 때문일까. 제 어머니의 말을 들으며 우울하게 고개를 끄덕이는 청년은 조금 어눌하고 덜떨어져 보였다. 그런 사람들을 속이려고 했다는 게 미안해진 서린은 일단 진실을 밝히기로 했다.

"죄송해요, 어르신. 사실 전 이 집 며느리 될 사람이 아니에요. 아까는 거짓말을 했습니다."

"뭐라고?"

"그럼 나랑 같이 안 살아?"

청년이 울상을 지으며 실망하는 사이 안주인은 어떻게 된 상황인지 파악하려고 애썼다.

"며느리가 아니면, 우리 집 사정은 어떻게 알았대? 아무한테도 얘기 안 했는데."

"사실 전 사람들이 말해주지 않는 것들을 알 수 있는 재주가 있습니다. 이 집 사연도 그렇게 알게 됐고, 그걸 빌미로 들어온 겁니다. 잠시 물 한 잔 얻어 마시며 쉴 곳이 필요해서요."

이게 뭔 개 짖는 소리인가 하는 표정이 된 안주인을 두고, 서린은 왼손으로 주변에 있는 사물들을 슬며시 만지기 시작했다. 반짇고리, 앉은뱅이 상, 기름등잔, 홑이불 따위를. 모든 것에서 사념을 읽어내진 못했지만, 안주인이 자기 말을 믿게 할 정도로는 알아낼 수 있었다.

"시상에, 우리 집에 선녀님이 오셨구먼!"

서린이 대충 늘어놓은 집안 내력을 들은 안주인은 기절초풍해 뒤로 넘어갈 뻔했다. 그러더니 덥석 서린의 두 손을 잡고 앞뒤로 크게 흔들었다. 어째 며느리가 왔을 때보다 더 반가워하는 것 같았다. 안주인은 서린에게 잠시만 기다리라고 하더니, 서둘러 부엌으로 달려가 감주(甘酒)와 보리떡으로 차려진 간소한 상을 내왔다.

"복채 드릴 돈은 없고, 이거라도 드시오! 내가 궁금한 게 한두 가지가 아닌데. 저놈 얼굴은 언제쯤 다 낫겠소? 이번에 들어올 며느리랑 궁합은 어떻고? 자식은 몇이나 낳을 것 같소?"

점쟁이라고 말한 적은 없는데. 질문 세례에 서린은 난처해졌다. 그래도 의서를 읽어본 적이 있기에 한 가지는 알았다. 천연두로 생긴 자국은 세월이 흘러도 지워지지 않는다는 것.

"죄송하지만, 아드님 얼굴이 예전으로 돌아오긴 어렵습니다. 하지만 하늘이 주신 재주를 타고났으니, 본인이 노력한다면 분명 대성할 수 있을 겁니다. 도화원 시험을 한 번 보게 하세요."

"도화원…… 도화원……."

안주인은 서린이 대단한 무녀라고 진심으로 믿는지, 그 단어를 경전처럼 달달 외웠다.

"그리고 조만간 올 며느님을 친딸처럼 귀히 여기고 아껴주세요. 이 집안에 큰 복을 가져다줄 사람입니다."

피붙이 하나 없이 외롭게 살다가 결국 머나먼 타향으로 팔려오다시피 시집오는 여자. 서린은 외롭고 쓸쓸할 그녀의 심정을 그려보면서 당부하듯 말했다. 남몰래 하는 혼사라 궁합도 못 보고 전전긍긍해하던 안주인은 복이 들어온다는 말에 얼굴이 확 밝아졌다.

"아이고, 용한 선녀님이네! 아주 족집게가 따로 없어!"

서린이 들어갈 때는 침입자였는데, 나올 때는 귀빈이 되어 있었다. 서린이 감주와 보리떡을 조금 얻어갈 수 있는지 묻자, 안주인은 남은 걸 몽땅 싸주었다. 거기에 뭔가 더 성의 표시를 하고 싶다고 고집을 부려, 서린은 버리려고 놔둔 헌 옷가지를 얻어가게 되었다.

"잘 가시오, 선녀님!"

"안녕, 색시!"

"색시 아니래도, 이 녀석아!"

서린은 모자의 따뜻한 배웅을 받으며 초가집을 나섰다. 제 어머니에게 꿀밤을 맞고 뒷머리를 벅벅 긁는 청년은 정말 선하고 순수해 보이는 눈빛을 갖고 있었다. 그가 한결같이 그런 눈빛으로 아내를 대한다면, 그 부부 사이에도 진실한 애정이란 게 천천히 싹트게 되지 않을까? 머리에 얹힌 보따리의 묵직한 무게를 느끼면서, 서린은 흐뭇하게 미소 지었다.

46

간택

"주상 전하, 세자 저하, 중전 마마, 대비 마마께 절을 올리시오."

중궁전 앞 누각. 간택에 선발된 여덟 명의 처녀들이 들어와 차례대로 절을 올렸다. 본래 대군 비, 그러니까 부부인은 간택을 아주 간소하게 하거나 아예 생략하는 경우가 많았다. 하지만 헌의 경우 현재 신분은 대군이나 세자로 태어났으므로, 간택례를 치러야 한다는 의견이 우세했다. 결국 조정 관료들의 추천과 지원을 받아 서른 명의 처녀 중 여덟 명을 선발해 선보이기로 했다. 헌의 반려를 찾는 자리에 정작 당사자는 참석하지 않는다는 게 모순이긴 했다.

"역시, 예상했던 대로군요."

두 줄로 앉아 있는 처녀들을 예리한 눈으로 살피던 중전 홍씨가 제일 먼저 중얼거렸다. 사실 여덟 명 중 여섯 명은 병풍에 불과했다. 두 명의 처녀가 단연 눈에 띄었기 때문이다.

"좌의정 김동윤의 장녀."

좌의정은 조정에서 세자의 장인이자 부원군인 영의정 다음으로 손꼽히는 세도가였다. 다홍색 삼회장을 달고 흠잡을 데 없이 반듯한 자세로 앉아 있는 김씨 처녀는 현모양처의 본보기였다. 탐내는 듯한 홍씨의 시선이 김씨에게서 떨어지지 못하다가, 마지못해 그 옆으로 옮겨갔다.

"겸사복(兼司僕) 강승택의 차녀."

겸사복은 왕족을 호위하는 정예병이다. 실력을 인정받아야 들어갈 수 있으므로 영광스러운 직위이긴 하지만, 감히 왕실혼(王室婚)을 넘볼 만큼 높은 품계는 결코 아니었다. 하지만 강씨 처녀의 화려한 미모는 그런 걸 다 상관없게 만들었다. 자주색 삼회장저고리 아래로 풍성하게 부풀어 오른 가슴과 살짝 졸라맨 가느다란 허리가 아찔했다. 하얗고 갸름한 얼굴은 수정처럼 고왔고, 복숭아 씨앗처럼 미끈하게 꼬리가 빠진 커다란 눈은 보는 사람을 대번에 홀릴 듯했다. 심지어 왕조차 체통을 지키지 못하고 연신 그녀를 훔쳐볼 정도였다.

"그 외 눈여겨볼 만한 처녀는 양천 현령 서명준의 장녀, 제릉 참봉 오길호의 삼녀 정도인가."

홍씨는 뒷줄에 앉은 두 처녀를 건너다보며 혼잣말했다. 청백리 명판관으로 이름난 아버지를 둔 서씨는 딱히 흠잡을 데는 없었지만 그렇다고 눈길을 잡아끄는 매력도 없었다. 반면 오씨는 이 자리에 있는 그 누구보다 값비싼 장신구들로 온몸을 치장하고 있었다. 순금 비녀, 진주 귀고리, 옥 떨잠, 무려 여섯 개의 호박 반지까지. 돈으로 신분을 살 만큼 막대한 자금력을 자랑하는 상인의 딸다웠다.

'지나친 미색(美色)은 해가 된다. 역시 김씨 처녀가 좋겠어.'

대비와 홍씨는 그런 의미가 담긴 눈빛을 주고받으며 은밀히 고개를 끄덕였다. 사실 그들의 마음은 이 자리에 오기 전부터 이미 정해져 있었다. 그런 그들의 바람을 읽었던 것일까. 모두가 정물(靜物)처럼 조용히 앉아 있는 가운데 김씨 처녀가 용감하게 입을 열고 나섰다.

"아뢰옵기 황공하오나, 소녀는 이 방석을 사용할 수 없사옵니다. 자식 된 도리로서 부친의 존함을 어찌 깔고 앉을 수 있단 말입니까?"

김씨는 사근사근 말하면서 제가 깔고 앉았던 방석을 앞으로 밀어 놓았다. 방석 끄트머리에는 처녀의 부친을 비롯한 4대조의 이름이 푸른 실로 새겨져 있었다. 이름을 외우지 않아도 처녀를 알아볼 수 있게 하기 위함이었다. 뻔히 들여다보이는 김씨의 속내가 아니꼬웠는지, 옆에 앉은 강씨가 코웃음을 쳤다.

"소녀는 상관없습니다. 제 부친은 귀한 딸이 차디찬 바닥에 앉는 걸 원치 않으실 테니까요. 장차 대군 마마의 후손을 생산할 몸일지도 모르는데, 소중히 다뤄야 하지 않겠습니까."

오만에 가까운 당돌함에 범을 제외한 모두의 입이 쩍 벌어지는데, 강씨는 그 반응이 오히려 자랑스럽다는 듯 뻔뻔하게 턱을 쳐들고 있었다. 그 모습을 본 왕이 풋 하고 웃음을 머금는 게 범의 시야에 포착되었다. 왕은 원래 저렇게 톡 쏘는 여인을 좋아했다. 그의 생모인 희빈 박씨도 그런 매력으로 왕의 마음을 사로잡았으니까. 왕의 주의가 강씨에게 집중된 것이 못마땅했던 홍씨는 분위기를 바꾸기 위해 다른 처녀에게 질문을 던졌다.

"서명준의 여식은 어떻게 생각하느냐?"

"방석은 그저 방석일 뿐, 이름을 적어놓는다 하여 그 사람으로 변하는 것이 아닙니다. 가령, 지나가는 고양이에게 선조의 이름을 붙여도 아무 일도 일어나지 않는 것처럼 말입니다."

얼핏 듣기엔 그냥 예를 든 것 같았지만, 범은 서씨 처녀가 유교의 기휘(忌諱)* 문화를 꼬집고 있다는 걸 알아차렸다. 요즘은 비슷한 글자마저 피해야 한다는 규칙이 암묵적으로 생겨나, 백성들은 글자도 맘대로 못 쓴다며 불평하곤 했다. 서씨는 그 사실을 알고 있는 것이었다.

"사물은 무릇 제 효용을 다할 때 가장 쓸모 있는 법이지요. 소녀는 방석에 앉아 있겠습니다."

논리정연하게 대답을 마친 서씨는 언제 그랬냐는 듯 입을 다물고 존재감 없는 모습으로 돌아갔다. 글깨나 읽었겠다고 범은 짐작했지만, 어차피 학식은 간택에서 가점 요소가 아니었다. 잘라놓은 나무토막 같은 서씨는 절대 부부인이 될 수 없을 것이다.

"차를 내오게."

홍씨가 명하자, 대기하고 있던 상궁들이 줄줄이 쟁반을 가지고 들어왔다. 다과도 엄연히 시험의 일부였다. 처녀들이 차를 마시고 다식을 먹는 모습을 보면서 중전과 대비는 물론이고 고위 상궁들도 점수를 매겼다. 잔을 잡는 손가락의 모양이 어떠한가. 차를 목 뒤로 넘기면서 소리를 내는가. 다식 부스러기가 옷에 떨어지진 않는가. 하나하나가 평가 대상이었다.

지체 높은 대감 댁에서 엄격한 예법 교육을 받고 자란 김씨는 당연히 압도적인 우위를 기록했다. 서씨는 딱히 잘하지도 못하지도 않는 평균치였고, 오씨는 이 모든 게 신기한 듯 자꾸 주위를 두리번거리다 몇 번이나 감점을 당했다. 담력 하나만큼은 알아주어야 할 강씨는 궁 안이 아니라 제 방에 앉아 있는 듯 기분을 고스란히 드러내 보

• 높은 사람의 이름에 쓰인 한자를 일반 백성들이 사용하지 못하게 하는 것

였다. 씁쓸한 맛의 다식을 먹을 때는 대놓고 인상을 찌푸렸고, 달콤한 맛의 다식을 먹을 때는 기쁜 표정을 지으며 더 먹으려고 탐냈다.

"강승택의 여식은 먹는 모습이 좀 경박스럽지 않습니까?"

"내 눈엔 복스러워 보이는구려. 중전이 너무 엄격한 것 같소."

홍씨가 은근히 이르는 말을, 왕은 대수롭지 않게 넘겨버렸다. 이러다간 왕이 강씨를 부부인감으로 지목할지도 몰랐다. 군이 자기가 직접 취하지 않더라도, 꽃처럼 아름다운 여인을 가까이 두고 눈을 호강시키는 건 남자로서 거부하기 힘든 일이니까. 홍씨의 얼굴에 불안한 기색이 떠올랐다가 이내 사라졌다. 이럴 경우를 대비해 그녀가 미리 세워놓은 계획이 있었다.

"찻잔을 거두어 가거라."

긴장했던 처녀들이 다리를 슬쩍 펴거나 발을 꼼지락거리면서 저린 기운을 풀고 있을 때였다. 어디선가 귀를 찢는 날카로운 소리가 들려왔다.

"키에에!"

더럽고 냄새나는 길고양이 떼가 한꺼번에 울면서 누각을 뛰어 올라온 것이다. 잔뜩 굶주린 그들의 목표는 미처 치우지 못한 다식 쟁반들이었다. 혼비백산한 상궁들의 손에서 쟁반이 쨍강쨍강 소리를 내며 떨어져 나뒹굴었고, 고양이들은 그 사이를 종횡무진했다.

"으아악!"

제일 먼저 비명을 지른 것은 오씨였다. 그녀는 방석을 박차고 후다닥 일어나더니 누각 난간을 넘어 달아나버렸다. 강씨는 제 치마 밑으로 기어들려는 고양이를 발로 세게 걷어차고는 큰 소리로 욕을 내뱉었다.

"육시랄!"

육시(戮屍)는 이미 죽은 사람을 관에서 꺼내 목을 베는 극형이었고, '육시를 할 놈'이라는 뜻의 욕설은 그만큼 험하고 독한 욕설이었다. 고양이 떼를 피해 앉았다 일어났다 정신없는 와중에도 중전과 대비, 심지어 왕까지 미간을 일그러뜨렸다. 강씨는 치명적인 실수를 했음을 깨달았지만 이미 늦어버렸다.

"뭣 하느냐? 어서 저것들을 잡아들이지 않고!"

어명이 떨어지자 사태는 신속하게 정리되었다. 망태와 그물을 들고 온 내관들이 고양이들을 잡아넣었고, 상궁들은 어질러진 누각 위를 노련한 솜씨로 정돈했다. 자리를 이탈했던 처녀들도 창백해진 낯으로 돌아와 앉았다. 이 기상천외한 소동이 벌어지는 와중에도 처음부터 끝까지 움직이지 않고 자리를 지켰던 건 오직 한 사람, 김씨뿐이었다. 이런 일이 벌어지리라는 걸 제 아버지를 통해 중전 홍씨로부터 미리 귀띔을 받았기에 가능한 일이었다.

"얼굴은 장미처럼 아름다운데, 입은 수세미처럼 더럽구나."

대비는 좌중에 다 들리도록 신랄하게 중얼거리며 강씨의 이름에 굵은 먹줄을 그어버렸다. 산에 돌아다니는 고양이들을 잡아놓으라는 지시를 받았을 때 지밀상궁의 표정을 떠올리며 홍씨는 슬그머니 나오는 웃음을 삼켰다. 김씨가 부부인이 된다면 헌에게는 든든한 처가가 생길 터였다. 그러나 홍씨는 몰랐다. 간택 절차에 함정을 파둔 게 그녀뿐만이 아니라는 것을.

간택의 마지막은 역술가의 궁합 풀이였다. 이미 처녀들의 사주단자가 철저한 검토를 거친 후였으므로, 형식에 불과한 순서였다. 좋은

425

얘기만 있고 나쁜 얘기는 하나도 없었다. 물론 좋은 얘기에도 정도의 차이는 있었다. 김씨의 사주단자를 본 역술가는 입이 닳도록 칭찬을 퍼부었다.

"이토록 좋은 궁합은 제 평생 처음 봤습니다. 부부 화목하고 자손 만당하며 이 세상 모든 복록과 부귀영화가 무궁하리니, 근심과 재앙이 감히 얼씬도 하지 못할 것입니다. 어쩌면 이리도 좋은 날과 좋은 시각을 골라 태어나셨단 말입니까? 두 분은 그야말로 천생연분입니다."

왕과 중전이 합방하는 날짜와 시각조차 역술가가 잡아줄 정도로, 이 조선에서 사주팔자의 영향력은 막강했다. 김씨를 며느리로 맞이할 이유를 또 하나 찾은 홍씨가 적극적으로 거들었다.

"장녀가 태어날 때 산모의 고통이 극심해 좌의정이 상투를 내주었다 들었다. 그대의 아비가 지대한 공을 세웠구나."

"황공합니다, 마마. 소녀가 태어난 후 머리숱이 없어졌다 슬퍼하는 부친께 크나큰 위로가 될 것이옵니다."

미리 짠 것처럼 김씨가 재치 있게 받아치자 사방에서 웃음이 터졌다. 팽팽했던 공기가 풀어지면서 화기애애한 분위기가 되었다. 그때, 범이 처음으로 입을 뗐다.

"잠깐."

조금 전까지 대비 앞에 놓여 있던 김씨의 사주단자가 어느새 범의 앞에 가 있었다. 그는 깎은 듯이 준수한 얼굴을 살짝 기울이며 김씨에게 물었다.

"기미년(己未年) 4월 27일 생이라고. 확실한가?"

"예, 저하. 그게 소녀의 탄일이옵니다."

세자를 대하느라 긴장해서일까. 김씨는 한층 작아진 목소리로 우물거렸다. 범이 날렵한 턱 끝을 손가락으로 가볍게 쓰다듬으며 흐음 소리를 내자, 부왕은 심상치 않은 기색을 알아차렸다.

"왜 그러느냐, 동궁?"

"아바마마도 아시겠지만, 소자는 시간 날 때마다 《승정원일기(承政院日記)》를 읽으며 그동안 아바마마가 어떻게 선정(善政)을 베풀어 오셨는지 공부하고 있지 않습니까."

"그렇지."

"제 기억이 맞다면 기미년 4월에 전례 없는 극심한 가뭄이 들어, 아바마마께선 좌상, 우상 대감을 이끌고 종묘사직에 기우제를 지내셨습니다. 그 기우제 날이 바로 27일이었지요."

상궁들 사이에 낮은 웅성거림이 일었다. 왕도 그때의 일이 희미하게 기억나는 듯 고개를 끄덕였다. 사관을 불러오라는 어명이 떨어지자, 김씨의 낯빛이 물들인 것처럼 파랗게 변했다. 홍씨는 그런 김씨를 어떻게든 감싸주려고 했다.

"아마 사주단자가 잘못 전해졌을 겁니다. 아니면 기억이 틀렸을 수도."

"근본을 모르는 천인(賤人)도 아닌데, 어찌 탄일을 잘못 기억하겠습니까?"

범은 홍씨의 헛된 시도를 손쉽게 차단해버렸다. 그리고 물처럼 서늘하게 가라앉은 눈동자로 김씨를 응시했다. 이미 양심의 가책을 받고 있는 사람에게는 매섭게 추궁하는 것보다 이 편이 훨씬 효과적이라는 걸 그는 경험으로 알고 있었다.

"바른 대로 고하라. 네 탄일이 정말 4월 27일이냐?"

김씨의 눈에 눈물이 고이기 시작했다. 범은 사시나무처럼 오들오들 떨고 있는 김씨에게 슬쩍 미끼를 던졌다.

"간택에 가짜 사주단자를 올리는 것은 국법으로 처벌받는 일이다. 허나 아직 간택 절차가 끝나지 않았으니 정정할 기회는 있다. 네 입으로 말해보거라. 진짜 생시가 언제냐?"

"……4, 4월 28일이옵니다. 술시생입니다."

부지런히 사주책을 넘기는 역술가를 홍씨는 조마조마하게 지켜보았다. 고작 하루 차이인데 궁합도 비슷하지 않을까 하는 기대를 걸면서. 그러나 역술가는 못 볼 걸 봤다는 듯 책을 덮어버렸다.

"뭔가? 왜 그러는가?"

"사람의 인연이라는 것이 참으로 신묘하여, 고작 하루로 귀인(貴人)과 흉인(凶人)이 갈라지는 게 안타까워서 그렇습니다."

"그 말인즉, 궁합이 좋지 않다는 겐가?"

"육체는 병들고 정신은 부서지며, 불화와 사고가 끊이지 않고 자손은 깃들지 않으니, 삼생의 악업이 쌓여야 만나는 악연입니다. 만일 이 혼인을 강행한다면 대군 마마는……."

"대군은?"

"……비명횡사하실 수도 있습니다."

역술가는 황송하다는 듯 고개를 조아리며 무시무시한 말로 쐐기를 박았다. 홍씨와 대비의 입이 절로 벌어졌다. 이걸로 결론은 내려진 셈이었다. 내정자를 잃은 간택의 결과는 오리무중이 되어버렸고, 모두의 시선이 최종 결정권자인 왕에게 쏠렸다. 왕은 한참을 고심하다가 마침내 결심한 듯 입을 열었다.

"대군 헌의 비가 될 여인은……."

47

머슴 대길이

"저리 가, 내가 먹을 거야!"

"너나 저리 가!"

바람 불면 무너져 내릴 것 같은 단칸 초가집. 꾀죄죄한 행색의 아이들 대여섯 명이 비좁은 방에서 치열하게 다투고 있었다. 방구석에서 주운, 언제부터 거기 있었는지도 알 수 없는 감 말랭이 조각 하나를 서로 먹겠다고 아귀다툼이 벌어진 것이다.

"이 돼지 같은 게!"

큰애가 작은애의 머리를 쥐어박자, 작은애는 와락 울음을 터뜨렸다. 그러자 그 주변에 옹기종기 앉아 있던 더 어린 동생들이 따라서 울기 시작했다. 방 안이 순식간에 울음바다가 되자, 볏짚을 쌓아놓고 새끼줄을 꼬던 중년 남자가 땅이 꺼지게 한숨을 쉬었다.

"그만들 해라, 엄마 주무시잖아."

말은 그렇게 했지만, 아내는 자고 있지 않았다. 시체가 아닌가 싶을 만큼 핏기 한 점 없는 얼굴로 멀거니 허공을 바라보며 누워 있을 뿐이었다. 이따금 새어 나오는 가래 끓는 소리가 상태가 심상치 않다는 걸 알려주었다. 아이들의 다 늘어진 옷깃 아래로 훤히 드러난 갈비뼈 윤곽을 차마 볼 수 없던 남자는 열린 문 쪽으로 슬쩍 시선을 돌렸다가, 네 뼘도 안 되는 마당에 가득 드리워진 그림자를 발견했다. 남자의 고개가 스르르 올라갔다.

"아니, 넌……!"

"오랜만입니다, 대길이 삼촌."

무휘는 연민과 반가움이 뒤섞인 얼굴로 웃어 보였다. 남자는 오년 전까지 윤대감 집에서 머슴을 살았던 대길이었다. 채씨 부인의 몸종과 결혼해 아이들을 낳고 살던 대길이네 살림이 점점 불어나자, 윤대감은 그동안 고생한 보답이라며 그들을 한꺼번에 면천해주었다. 그전까지 대길과 무휘는 진짜 삼촌과 조카처럼 돈독한 사이였다.

"대감마님 댁 소문은 들었다. 넌 어떻게 됐는지 줄곧 걱정했는데."

대길은 벌떡 일어나 무휘에게 다가갔다. 그러다 무휘 옆에 서 있는 예쁘장한 청년을 발견했다. 청년이라고 생각한 건, 상투 머리에 장돌뱅이 비슷한 복장을 하고 있어서였다. 청년은 가만히 대길에게 눈인사를 보냈다. 어디선가 본 듯한 인상이라 대길은 멈칫했지만, 이내 무시하고 무휘에게만 계속 말을 걸었다.

"큰아씨, 작은아씨는 어떻게 되신 거냐?"

"작은아씨는…… 멀리 떠나셨습니다. 큰아씨는 예전처럼 제가 모시고 있고요."

"응? 그게 무슨…….."

어리둥절하던 대길의 시선이 문득 그 미청년에게로 향했다. 죽은 채씨 부인의 눈과 윤대감의 코를 그대로 빼닮은 청년이 대길을 향해 씩 웃으며 낭랑한 목소리로 인사했다.

"오랜만일세, 임서방."

　잠시 후 서린과 무휘는 방 안에 들어와 있었다. 어린애들이 바글 거리고 환자까지 있는 집에 신세를 지려니 여간 눈치 보이는 게 아니 었다. 대길의 처는 한때 서린을 업어 키웠던 사람이지만, 알아보지도 못하는지 말없이 누워 있기만 했다. 누추한 집 안 꼴에 민망해하는 대길에게 무휘는 대강의 상황 설명을 했다.
　"비루한 집이라 대접할 게 없습니다, 아씨. 잠시만 기다리시면 장 에서 뭘 좀 사오겠습니다."
　"아니, 난 괜찮은데……."
　"나 배고파!"
　"아부지, 인절미 사다 줘! 호박엿도!"
　서린의 사양하는 말은 아이들의 아우성에 묻혀버렸다. 대길은 그 소리가 듣기 싫었는지 신속하게 나가버렸고, 서린과 무휘는 애들과 함께 방에 남았다. 윤대감 집에 살 때만 해도 아장아장 걸어 다니던 만이가, 이제 제법 소년티가 나는 얼굴로 서린을 쳐다보았다.
　"누나 정말 궁녀야? 우리 집엔 왜 왔어?"
　조금 전 대길과 무휘가 나누는 대화를 엿들었던 모양이다. 도망자 의 신분임을 자각한 무휘는 아이를 막으려 했지만, 서린은 개의치 않 고 상냥하게 대답해주었다.
　"나쁜 사람들이 날 염전으로 끌고 가려고 해서 도망 나온 거야."
　"염전이 왜? 염전에서 일하면 좋은 거잖아. 일해야 먹을 게 생기니 까. 굶어 죽지 않아도 되니까."
　아이의 천진한 말에 서린은 충격을 받았다. 관노들은 염전에 '끌려

간다'고 표현하며 어떻게든 가지 않으려 발버둥 치는데, 그걸 부러워 하다니. 그녀가 바닥이라고 생각했던 곳은 결코 바닥이 아니었다. 이 나라에는 상상조차 못 하게 가난한 사람들이 존재했다.

"저기 엄마 뱃속에 막냇동생이 있어. 근데 사람들은 막내가 태어나지 못할 거래. 엄마가 배 밖으로 밀어낼 기운이 없어서."

"……."

"누나가 염전 가기 싫으면 내가 대신 가도 돼? 그럼 집에 쌀 보낼 수 있을 텐데."

여태 살아오면서, 심지어 집안이 몰락한 후에도 튼튼한 지붕 아래서 남이 주는 밥을 먹으며 살아왔던 서린은 몰랐었다. 이런 날것의 빈곤을, 당장 굶어 죽거나 병들어 죽을지 모른다는 원초적이고 생생한 공포. 서린은 아이의 말을 듣고도 전혀 동요하지 않는 무휘를 곁눈질했다.

'식구들은 전부 역병으로 죽고, 무휘도 길에서 죽을 뻔했다고 했지.'

세상에는 얼마나 많은 대길과 무휘들이 있을까. 그 고통과 눈물을, 이 나라를 다스리는 사람들은 알까. 뼈에 붙은 고기가 하나도 떼어지지 않은 채 고스란히 돌아오던 수라상을 떠올리면서 서린은 지그시 입술을 깨물었다.

그때, 먹을 걸 사러 나갔던 대길이 돌아왔다.

"와! 개떡이다!"

기름종이에 싼 밀개떡을 본 아이들은 먹잇감을 본 맹수처럼 달려들었다. 대길은 떡을 높이 들어올리면서 매섭게 호통쳤다.

"더러운 손 치워, 이놈들아! 이건 아씨 드릴 거니까!"

"괜찮네, 임서방. 난 배고프지 않으니 아이들에게 나눠주게."

"아씨."

"자네 마음만은 참으로 고맙게 받겠네."

서린은 대길의 손에 제 손을 포개어 얹었다. 의도가 있는 몸짓은 아니었는데, 그 순간 대길의 기억이 그녀에게로 물처럼 흘러들어왔다. 초가집 흙벽이 사라지고 기와를 올린 번듯한 건물이 눈앞에 펼쳐졌다. 서린은 그게 관아라는 걸 알아보았다.

'도망친 노비가 저희 집에 있습니다. 어서 와서 잡아가십시오.'

문 앞에 선 아전에게 대길이 고하고 있었다. 그 말을 들은 아전은 흠칫 놀라면서 관아 벽에 나붙은 종이를 쳐다보았다. 종이에 그려진 초상은 그리 잘 그린 편은 아니었지만 서린이라는 걸 알아볼 정도는 되었다. 대길의 시선이 그 초상에 한참 머물렀다. 그러더니 메마른 나뭇가지처럼 끝이 갈라지는 목소리가 그 위를 덮었다.

'그런데, 포상금은 얼마나 받을 수 있습니까?'

그녀가 감았던 눈을 떴을 때 대길은 조금 이상하게 생각하는 것 같았지만 캐묻진 않았다. 하지만 무휘는 달랐다. 서린이 대길의 기억을 읽고 왔다는 걸 대번에 눈치챘다. 하지만 서린은 태연한 척 밀개떡을 먹었다. 천천히, 서두르지 않고, 꼭꼭 씹어가면서. 하나를 다 먹은 후 물까지 마시고 자리에서 일어났다.

"맛있는 떡 고마웠네, 임서방. 우린 이만 가보겠네."

"벌써 가신다고요? 왜요? 하룻밤 주무시고 가시지."

"환자 있는 집에 객식구로 머물 만큼 염치없진 않네."

서린은 대길에게 자신을 신고했느냐고 추궁하지 않았다. 적어도 그의 아내와 자식들이 지켜보는 앞에선 그러고 싶지 않았다. 소맷자락을 붙잡는 대길의 손을 부드럽지만 단호하게 뿌리치는 서린을 보고, 무휘는 잠자코 따라 나왔다.

서린은 집을 나서자마자 발걸음을 재촉했다.

"서둘러. 이 마을을 벗어나자."

"저자가, 우리를 밀고하고 온 겁니까?"

"우리가 왔던 것과는 반대 방향으로 가야 해. 저 샛길을 통해 산으로 올라가자."

무휘는 어떻게 그럴 수 있느냐며 분통을 터뜨리진 않았다. 무휘도 서린도, 대길이 그래야만 했던 이유를 이해했다. 윤대감은 인심 좋은 주인이었지만, 대길과는 다른 세상 사람이었다. 십 년 넘게 함께 살았음에도 불구하고 그들 사이엔 극복할 수 없는 벽이 존재했고, 대길과 그 처자식이 비참하게 굶주릴 때 윤대감은 아무것도 해주지 못했다. 옛 주인어른에 대한 충성심은 막연한 과거였지만, 뱃속 아이와 함께 아사하기 일보 직전인 아내는 눈앞의 현실이었다. 서린과 무휘가 마을을 벗어나 산길을 오르기 시작했을 때, 그들이 가던 반대 방향에서 한 무리의 포졸들이 나타났다. 서린을 쫓던 바로 그들이었다.

"뛰어!"

서린은 무휘의 손을 잡고 필사적으로 달리기 시작했다. 그러자 긴가민가하면서 상황을 살피던 포졸들도 덩달아 달음박질쳤다.

"잡아라!"

"관노는 나라 재산이야. 생포하자고!"

그야말로 목숨을 걸고 뛰었지만, 두 사람은 이미 너무도 지친 상태였다. 속도에 한계가 있을 수밖에 없었다. 관군과의 거리는 점차 줄어들었다. 추적을 조금이라도 어렵게 하려고, 무휘는 길을 벗어나 잡목이 우거진 숲으로 뛰어들었다. 거친 덤불을 지나는 동안 서린의 하얀 얼굴엔 상처가 생기고 무휘의 옷은 찢어졌지만, 따돌린 보람도 없이 관군은 끈질기게 쫓아왔다. 간신히 숲을 빠져나와 골짜기에 다다랐을 땐, 이를 박박 가는 그들의 표정이 보일 정도였다. 서린은 벼랑 끝에서 우뚝 멈춰 섰다. 저쪽으로 건너가는 길은 뚝 끊어지고, 대신 허술하기 짝이 없는 외나무다리가 허공을 가로지르고 있었다. 서린은 저도 모르게 주춤주춤 뒤로 물러났다.

"저건⋯⋯."

"시간 없습니다. 아씨! 저길 건너가야 합니다!"

무휘가 서린의 어깨를 붙잡으며 절박하게 외쳤다. 앞은 낭떠러지, 뒤는 관군. 진퇴양난이었다.

"먼저 가십시오! 제가 붙어서 따라가겠습니다!"

혹시 관군이 뒤에서 손을 뻗으면, 잡히는 건 서린이 아니라 자신이 되어야 한다. 무휘는 그렇게 판단했다. 도망친 관노에게 자비란 없었다. 다리를 건너다 죽든 관군에게 붙잡혀 죽든 마찬가지.

'그렇다면 조금이라도 희망 있는 쪽에 걸어보자.'

서린은 떨리는 첫걸음을 내딛었다. 다리 밑으로 몇 길이나 되는지 모를 까마득한 허공이 펼쳐져 있고, 그 사방을 뾰족뾰족 튀어나온 기암절벽이 둘러치고 있었다. 서린은 차마 더 내려다볼 수 없어 얼른 다시 고개를 들었다. 가벼운 현기증이 이는 걸 느끼면서 두 걸음 세 걸음 나아갔다. 뒤를 돌아볼 순 없었지만, 웅성웅성하던 포졸들의 목소리가 더 가까워지지 않는 걸 보니 그들은 다리 앞에서 멈춰버린 모양이었다.

"아씨, 다리가 튼튼하진 않은 것 같습니다. 조심하십시오!"

무휘가 말하지 않아도 서린도 알 수 있었다. 그녀가 발끝에 체중을 실을 때마다 다리가 통째로 흔들리는 게 감지됐으니까. 사람이 다니지 않는 산속, 그 끝에 있는 벼랑. 누가 마지막으로 이 다리에 오른 건 언제였을까. 어쩌면 속부터 썩었을지도 모른다. 서린은 다리가 얼마나 남았는지 눈대중하면서 신중하고 조심스럽게 움직였다.

'제발, 제발……'

천만다행으로, 다리는 그녀가 벼랑 저편으로 건너갈 때까지 버텨주었다. 서린은 안도의 한숨을 내쉬며 탄탄한 바닥으로 착지했다. 짚신 밑창으로 느껴지는 흙의 감촉이 이렇게 반갑게 느껴지기는 생전 처음이었다. 그런데 안심한 것도 잠시, 뒤에서 우지끈하는 불길한 소리가 났다. 동시에 서린의 심장도 저 바닥까지 뚝 떨어져 내렸다.

"무휘야!"

서린이 돌아보는 순간, 무휘는 부러진 다리와 함께 허공에 둥실 떠 있었다. 아니, 그런 것처럼 보였다. 그의 어깨 너머로 포졸들의 놀라는 얼굴이 흐릿하게 어렸다. 서린은 무휘를 향해 정신없이 왼손을 뻗었고, 무휘는 그 손을 잡으려 했다. 무휘의 손가락이 서린의 손가락에 스치듯 닿았지만, 서로 얽히기 전에 떨어져나가고 말았다. 팔다리를 허우적거리며 추락하는 무휘의 의식에 이상한 것들이 흘러들어왔다.

'너, 거지야?'

'거지한테 내 옆방 주는 건 싫어! 냄새나면 어떡해!'

'이거 먹어. 행랑어멈이 준 거야.'

'아까 거지라고 해서 미안해. 배고픈 건 아주 힘든 거야. 난 그걸 잘 몰랐어.'

무휘는 그게 서린을 처음 만났을 때 자신의 기억인 줄 알았다. 죽기 직전 일생이 눈앞에 펼쳐진다고 하지 않던가. 하지만 그게 아니었다. 기억 속에서 보이는 건 어린 서린의 모습이 아니라, 더러운 한 마리 짐승 새끼 같던 자신의 모습이었으니까. 그러나 그게 뭔지 더 깊이 생각해볼 시간이 주어지지 않았다.

"무휘야!!"

서린은 저 아래로 작은 점이 되어 사라지는 무휘를 절망적으로 내려다보았다. 이게 정말 현실인지 믿기지 않았다. 무휘를 죽게 하고 혼자 살아남는 게 의미가 있을까. 그런다고 해서 자유롭고 행복해질 수 있을까. 답은 금방 나왔다. 서린은 눈을 질끈 감고 무휘가 떨어진 그 지점을 향해 몸을 날렸다. 살더라도 같이 살고, 죽더라도 같이 죽는 것. 그게 그녀의 선택이었다.

48
십이 년 전

"아버지? 아버지예요?"

대청에 앉아 있던 서린은 담장 너머에서 기척이 들리자마자 펄쩍 뛰어올랐다. 그러나 기척은 지나가는 엿장수 수레가 낸 것이었고, 서린은 실망한 기색으로 털썩 주저앉았다. 곡침(穀枕)*에 기대어 앉아 햇볕을 쬐던 어머니 채씨 부인은 그 모습을 보고 조용히 웃었다.

"그만하거라, 때가 되면 어련히 오시려고."

"늦게 오시니까 걱정되어서……."

"선물이 받고 싶은 건 아니고?"

정곡을 찔린 서린은 말문이 막혀버렸다. 대사헌(大司憲)**인 서린의 아버지 윤대감은 일 년에 석 달은 집을 비우고 방방곡곡을 돌아다녔다. 각 지역의 실정을 확인하고 지방관의 비리를 감찰하기 위해서였다. 아버지를 자주 못 보는 건 서운했지만, 그가 돌아올 때마다 양

---

*   긴 주머니에 쌀겨를 넣어 만든 베개
**   감찰기관인 사헌부의 수장

손에 가득 들고 오는 선물은 반가웠다. 서린과 어머니를 위한 예쁜 옷, 수놓은 댕기, 비단으로 만든 공 같은 것들. 가장 반가운 건 그사이에 가끔 한두 권씩 섞여 있는 소설책이었다. 한글로 쓰여 읽기 쉽고 《내훈(內訓)》 따위보다 수백 배는 더 재밌는 그 책을, 서린은 어머니 몰래 훔쳐보며 즐거워하곤 했다.

"대길이, 대길이 어딨나?"

서린이 잠시 딴생각을 하고 있을 때, 대문이 삐걱 열리면서 진짜 윤대감이 나타났다. 단출한 여행복 차림의 윤대감은 두 발로 문간에 들어서면서 다짜고짜 집안 머슴부터 찾았다.

"부르셨습니까, 대감마님!"

"가서 의원을 불러오게! 여기 환자가 있다고!"

윤대감이 손짓하자, 젊은 사헌부 관원이 포대 자루 같은 걸 업고 들어왔다. 다시 보니 그건 낡은 천으로 꽁꽁 싸매놓은 어린애의 몸뚱이였다. 그걸 본 채씨 부인은 깜짝 놀라 대청에서 내려왔다. 윤대감은 팔다리를 축 늘어뜨린 아이를 아내에게 보여주며 말했다.

"이틀 동안 물밖에 먹인 게 없소. 뭘 먹여도 토해버려서."

"그럼 미음을 곱게 쑤어오라 할까요?"

"그게 좋겠구려."

서린은 몇 번이나 아버지를 부르려고 했지만, 윤대감은 그녀에게 아무 관심을 보이지 않았다. 미음에 간을 해야 할지, 고깃가루를 섞어야 할지, 물은 데우는 게 좋을지 아내와 상의하느라 바빴다. 앵돌아진 서린은 관원이 일단 마당 한구석에 내려놓은 포대 자루로 다가가 얼쩡거렸다. 몸을 웅크리고 고개를 숙이고 있어서 몰랐는데, 가까이서 보니 서린보다 나이가 많아 보였다. 아이라는 말보단 소년이란 말이 어울렸다. 땀과 때에 전 머리카락이 눈썹 아래까지 끈끈하게 엉겨 붙어 있어 두 눈을 감았는지 떴는지조차 알 수가 없었다.

"너, 거지야?"

들으라고 한 말은 아니었는데. 소년이 두 눈을 부릅뜨고 올려다보는 바람에 서린은 소스라치게 놀랐다. 기력은 없는지 몰라도, 소년의 눈빛만큼은 무척 매서웠다. 슬몃슬몃 뒤로 물러나던 서린의 뒤통수에 이번에는 윤대감의 불호령이 내리꽂혔다.

"서린이 너 그게 무슨 말버릇이냐!"

윤대감이 서린에게 이렇게 정색하고 화내는 건 처음이었다. 잔뜩 풀이 죽은 서린은 마당 장독 뒤에 숨듯이 쪼그려 앉았다. 그러는 사이 대길이 침구(鍼灸)를 든 의원과 함께 나타났다. 윤대감으로부터 자초지종을 들은 의원은 대번에 안색이 납빛으로 변했다.

"남쪽 지방에 다녀오셨다고요? 거긴 지금 대두창(大痘瘡)이 유행하지 않습니까?"

고열로 온몸이 끓으면서 수포가 올라오고, 머리가 깨질 듯한 두통과 오한, 구토를 일으키다 열 중 서넛은 죽음에 이르게 만드는 무서운 역병. 겨우 살아남는다 해도 얼굴과 온몸에 곪은 흔적을 평생 갖고 살아야 했기에, 병에 걸리면 자식도 내다버린다는 말이 있을 정도로 백성들의 공포가 극심했다. 의원이 전염을 걱정하는 걸 알아차린 윤대감이 재빨리 말했다.

"이 아이는 증상이 없네."

"그건 모르는 겁니다, 대감마님. 잠복기라는 게 있으니 말입니다."

"전염되었다 하더라도 이 아이를 돌보는 게 자네의 임무 아닌가?"

그러나 의원은 요지부동이었다. 필요한 도구가 없다느니, 훨씬 위중한 다른 환자가 있다느니 이런저런 핑계를 댔다. 결국 의원이 진맥 한번 안 해보고 내빼자, 윤대감은 난감해하면서도 소년을 집에 들일 준비를 하기 시작했다.

"일단 이 아이를 눕혀야겠다. 별채 작은 방이 비어 있으니 거기에 눕히고, 미음을 주어라."

별채에는 방이 두 개 있었는데 그중 하나는 서린이 쓰고 있었다. 어디서 굴러들어왔는지도 모를 더러운 아이와 벽 하나를 사이에 두고 잠든다는 생각에 서린은 그만 소름이 쫙 끼쳤다.

"거지한테 내 옆방 주는 건 싫어! 냄새나면 어떡해!"

"그 입 다물지 못하겠느냐!"

온 마당을 쩌렁쩌렁 울리는 윤대감의 고함에, 서린은 물론이고 채씨 부인과 대길까지 혼비백산했다. 윤대감은 사과처럼 붉게 물든 서린의 얼굴을 지그시 노려보더니, 미음을 내오던 행랑어멈을 향해 엄격하게 명령했다.

"서린이에게는 오늘 저녁을 주지 말거라."

"대감마님, 그건 너무…….'

"밥 한 숟갈이라도 주다가 걸리면 경을 칠 것이야!"

이 집에서 윤대감의 말은 곧 법이었다. 결국 서린은 제 방에 틀어박힌 채 밥상 그림자도 구경 못 하고 시간을 흘려보냈다. 처음엔 까짓것 치사해서 안 먹는다 했지만, 갈수록 허기가 오기를 이기기 시작했다. 요란하게 꼬르륵대는 배를 부질없이 문지르며 서린은 아드득 이를 갈았다.

"이게 다 그 거지 녀석 때문이야."

적의 서린 말투로 내뱉었던 서린은 스스로 놀랐다. 날카롭게 모가 난 말이 제가 한 말 같지 않아서였다. 혹시 다 듣고서 아버지한테 일러바치는 건 아니겠지. 서린이 벽 쪽을 쳐다보면서 초조해하는데, 밖에서 누군가 가만히 문을 두드렸다.

"아씨?"

"어멈?"

행랑어멈의 음성을 알아들은 서린이 반갑게 되물었다. 행랑어멈은 윤대감이 있는 사랑채에 행여 들릴세라 목소리를 한껏 낮춰 소곤거렸다.

"부뚜막에 약밥을 숨겨놨습니다. 조용히 나와서 드셔요."

그럼 그렇지. 누군가는 챙겨주러 올 줄 알았다. 서린은 달짝지근하고 고소한 맛에 쫄깃한 식감의 약밥을 떠올리며 군침을 삼켰다.

행랑어멈이 행랑채로 들어간 후, 서린은 밤도둑처럼 몰래 나와 부엌으로 향했다. 아직 온기가 남은 아궁이 속에, 상보로 덮어놓은 약밥 한 접시가 있었다. 서린은 두 손으로 약밥을 꽉 잡은 채 며칠 굶은 사람처럼 게걸스레 먹어치웠다. 둘이 먹다 하나가 죽어도 모를 맛이었다. 순식간에 세 개를 먹어치우고 네 개째 집어 드는데, 등 뒤에서 윤대감의 목소리가 들려왔다.

"뭘 훔쳐 먹으러 왔느냐?"

"그, 그런 거 아니에요!"

서린은 반사적으로 외치면서 접시를 아궁이에 밀어 넣었다. 허겁지겁 몸을 돌리자 뒷짐 지고 선 윤대감이 보였다. 그는 어색하게 허둥지둥하는 딸을 지그시 응시하더니 툭 던지듯 말했다.

"그럼 네 이가 원래 자주색이었나 보구나."

그 말이 무슨 뜻인지 한참이나 생각하던 서린은 뒤늦게 알아차렸다. 앞니 사이에 커다란 대추 껍질이 껴 있다는 걸. 억울하고 창피해서 눈이 그렁그렁해진 딸을 바라보던 윤대감의 눈매가 누그러지기 시작했다. 그의 말투도 한결 부드러워졌다.

"서린아, 난 널 괴롭히려는 것이 아니다. 다만 그 아이도 너와 똑같은 사람이라는 걸 깨우쳐주고 싶었을 뿐이다. 누구나 밥을 못 먹으면 배가 고프고, 남에게 외면당하면 서러운 것이다."

"하지만 아버지, 어떻게 같아요? 전 양반이고, 저 애는……."

"저 애도 부모의 소중한 자식이다. 다만 그들을 불운하게 잃었을 뿐이다. 사람에겐 누구나 불행이 닥치는 법. 너도 마찬가지다. 하룻밤에 이 집이 불타버릴 수도 있고, 도적이 들 수도 있고, 그래서 나와 네 어미가 모두 네 곁을 떠나게 될 수도 있다."

"무슨 그런 끔찍한 말씀을 하세요!"

"두렵겠지만 사실이란다. 부모가 영원히 자식을 지켜줄 수는 없어. 언젠간 혼자 남게 된다. 저 아이에게는 그 시기가 남들보다 조금 빨리 찾아온 것뿐이란다."

윤대감은 소년이 잠들어 있을 별채 쪽을 지그시 일별했다. 윤대감이 처음 발견했을 때, 소년은 뭔가를 꼭 끌어안고 진흙탕 옆에 누워 있었다. 소년은 입을 열지 않았지만 윤대감은 눈치챘다. 딱딱하게 굳어진 채 지독한 냄새를 피우고 있는 그것이, 한때는 소년의 어린 누이였다는 걸. 그 시신의 키와 체격이 서린과 비슷했다. 그게 윤대감의 가슴을 너무나도 아프게 했다.

"아버지는 네가 어려운 사람에게 손 내밀 줄 아는 사람이 되길 바란다. 그래야 나중에 네가 어려운 처지가 되었을 때, 다른 사람들도 기꺼이 널 도와주지 않겠니?"

서린은 고개를 끄덕였다. 애초에 그녀는 심술궂거나 인색한 성격은 아니었다. 그저 오랜만에 보는 아버지의 애정을 엉뚱한 누군가에게 빼앗긴 것 같아 잠시 심통 부린 것뿐이었다. 윤대감은 서린의 정수리에 손바닥을 얹으며 계속해서 일렀다.

"물론 그것보다 더 좋은 건, 그런 마음이 계산 없이 우러나오는 것이란다. 사람에겐 인지상정이란 게 있어. 남의 아픔과 고통을 자신의 것처럼 느끼는 능력이지. 그게 없다면, 아무리 살아 숨 쉬고 있어도 인간이라 할 수 없는 거란다."

윤대감은 서린을 남겨두고 홀연히 부엌을 떠났다. 이제 어떻게 말하고 행동할지, 그건 알아서 판단하란 뜻이었다. 고민하던 서린은 아궁이에 쑤셔 넣었던 약밥 접시를 도로 꺼냈다. 그리고 후후 불어 먼지를 털어낸 후 별채 작은 방으로 가지고 갔다.

다행히 방문은 잠겨 있지 않았다.

"이거 먹어. 행랑어멈이 준 거야."

벽을 보고 누워 있는 소년의 발치에 약밥 접시를 놓고 서린은 그대로 나가려고 했다. 그런데 이것으로는 부족하다는 생각이 들었다. 서툴게나마 자신의 진심을 표현해보기로 했다.

"아까 거지라고 해서 미안해. 배고픈 건 아주 힘든 거야. 난 그걸 잘 몰랐어."

"……괜찮습니다."

자는 줄 알았던 소년에게서 나지막한 목소리가 흘러나왔다. 서린이 놀라서 입을 벌리는데, 소년이 주섬주섬 자리에서 일어나 앉았다. 목욕하고 새 옷을 얻어 입었는지 몰라보게 말쑥해져 있었다. 선이 굵고 또렷한 이목구비가 제법 잘생겼다는 생각마저 들었다. 소년은 서린이 가져온 약밥을 사양하지 않고 집어 들었다. 아직 배가 안 찬 서린도 그와 마주앉아 약밥을 먹었다.

"아씨한테는 미안합니다. 몸 괜찮아지면 바로 나가겠습니다."

"아냐, 그럴 필요 없어. 우리 집은 넓으니까, 있고 싶은 만큼 있어도 돼. 아예 살아도 되고."

서린은 이 집이 제 것인 양 호기롭게 말했다. 병이나 냄새가 옮을지도 모른다는 두려움이 가시고 나자 소년에 대한 호기심이 생겼다. 예법을 배우지 못한 듯 존댓말을 하긴 하는데 군데군데 틀리는 것도 재밌었다. 외동딸로 살아온 지 팔 년, 서린에게는 또래 말동무가 절실히 필요했다. 소년은 믿기지 않는다는 듯 눈을 크게 떴다.

"정말 그래도 되겠습니까?"

"그렇다니까."

"대감마님께 은혜를 갚고 싶습니다. 지금은 돈이 없으니 일할 건데, 오래 걸릴지도 몰라요."

갈 데가 없어서가 아니라 보답하기 위해서 이 집에 머물겠다는 거였다. 인심 좋은 윤대감의 소문을 듣고 이런저런 도움을 청하러 오는 사람들은 수두룩했지만, 이렇게 구체적인 변제 계획을 갖고 있는 이는 거의 없었다. 꽤 괜찮은 녀석이다 싶었다.

"너, 이름이 뭐야?"

소년이 웅얼거리듯 이름을 말하자 서린은 질겁했다. 소년은 도저

히 사람에게 붙일 수 없는 저속한 글자들을 이름에 넣어 쓰고 있었
다.

"세상에, 무슨 이름이 그래?"

이름이 천할수록 오래 산다고 일부러 지저분한 아명을 붙여주는
민간의 관습을 서린은 몰랐다. 이름은 그 사람의 가장 소중한 재산이
라고, 윤대감은 그리 말했었다. 슬기로울 서(惰)에 맑을 린(潾). 아버
지가 고심해서 지은 이름이니 평생 갈고닦으며 빛내라 당부했었다.
서린은 소년에게도 아끼고 자랑스러워할 만한 이름이 필요하다고
생각했다.

"그래, 잘됐어. 어차피 여기서 살게 된 거, 이참에 멋진 이름을 하
나 짓자. 내가 아버지한테 부탁해서 호적도 바꿔달라고 할게."

"어떤 게 멋진 이름인데요?"

소년의 질문에 당황한 서린은 뭔가 실마리가 될 만한 것을 찾아
주변을 휘휘 둘러보았다. 빈방의 유일한 집기인 책장에 아버지가 사
헌부에서 쓰는 서류들이 잔뜩 꽂혀 있는 게 보였다. 미처 정리되지
못하고 밖으로 삐져나온 종이 끄트머리에 적힌 문구가 서린의 시야
로 뛰어 들어왔다. 실진무휘(實陣無諱)*. 무슨 뜻인지는 잘 몰라도 어
감이 마음에 들었다.

"무휘, 어때? 용감할 무(武)에 빛날 휘(輝)."

서린이 손가락을 튕기면서 제안하자, 소년은 엉겁결에 고개를 끄
덕였다. 이름이란 게 이렇게 얼렁뚱땅 지어도 되는 건가 싶은 얼굴이

었다.

과거를 잃은 소년은 바로 그 순간부터 무휘가 되었다.

49

의외의 강적

"간택받은 여인이 가례를 거부하다니, 이건 전례 없는 일이오."

굳게 닫힌 중궁전 별채 문 앞에서 신료들이 수군대고 있었다. 그중 하나가 혀를 쯧쯧 찼다.

"하긴 요즘 전례에 없는 일이 한둘인가. 죽은 줄 알았던 사람이 살아나고, 세자가 둘이 되고, 나인이 대군을 모함하고, 간택 중에 고양이 떼가 나타나질 않나."

"쉿! 전하가 오시네."

왕과 세자, 그리고 대비가 줄줄이 나타나더니 중궁전 안채로 들어갔다. 그곳에는 중전 홍씨가 관복 차림의 문신과 마주 앉아 있었다. 바로 양천 현령 서명준, 대군비로 최종 간택된 서씨 처녀의 아버지였다. 부름을 받고 어젯밤 급히 입궐한 현령은 딸의 의중을 파악하기 위해 오늘 오전 내내 그녀가 머무는 중궁전 별채에서 시간을 보냈다.

"말해보게, 대체 자네 여식은 왜 저러는 겐가?"

대비가 짜증스럽게 물었다. 맘에 쏙 들었던 김씨 처자를 간택하지 못해 안 그래도 속이 쓰린데, 황송함에 몸 둘 바 몰라야 마땅할 현령 딸 따위가 당치 않은 유세를 떨다니. 조용히 목례를 보낸 세자 외엔 누구도 현령에게 인사조차 하지 않았지만, 현령은 그 싸늘한 분위기에도 주눅 들지 않았다. 대신 자기 딸과 똑같은 조곤조곤한 어조로 답했다.

"아뢰옵기 황공하오나, 제 여식이 가례를 거부하는 이유는 단 하나입니다. 책빈례 없이 곧바로 치러지는 혼인을 받아들일 수 없다는 것입니다."

모두가 한 대 맞은 표정이 되었다. 왕손은 일반인과 혼인할 수 없기에, 중전이나 세자빈으로 간택된 여인은 혼례를 치르기 전에 왕으로부터 직접 품계를 하사받는 영광을 누렸다. 반면 대군의 아내는 책빈례를 따로 치르지 않는데, 서씨가 여기에 제동을 걸고 나선 것이다.

"제 여식의 부족한 식견으로, 이헌 마마의 직위가 비록 대군에 불과하나 보위를 계승하실 가능성이 있는 것으로 이해하였다 했습니다."

"그건 맞네."

"그렇다면 대군 마마께도 세자 저하에 준하는 대우를 해드려야 할 것인데, 인륜지대사(人倫之大事)인 혼인을 이렇게 대충 치러버리는 연유가 무엇인지 오히려 묻고 싶다 하였습니다. 장차 지아비 되실 대군 마마께서 이 점을 따지시지 않는다면, 그분의 충실한 반려이자 벗이 될 사람으로서 대신 따지겠다 하였습니다."

왕은 허, 소리를 내뱉었고, 대비와 중전은 꿀 먹은 벙어리가 되었다. 범조차 지금 이 순간에 뭐라고 해야 할지 생각나지 않았다. 반박할 논리가 없어서가 아니라, 너무도 뜻밖이어서였다.

"전하, 열아홉 해를 키워온 아비로서 감히 말씀드리건대, 제 여식은 허영심에 들떠 호화로운 책빈례를 바라는 것이 결코 아닙니다. 지아비인 대군 마마의 위신을 세우기 위해, 왕실의 종묘사직에 새로운 사람이 들어왔음을 선포하고 인정하는 의식을 치러달란 것입니다."

현령은 대비가 아닌 왕을 똑바로 올려다보며 고했다. 공손하지만 담대한 태도였다. 비록 내명부의 주인이 따로 있는지 몰라도, 그 내명부를 포함한 만물이 왕의 것이라는 걸 상기시키는 듯했다. 그동안 어머니와 아내의 말에 정신없이 휘둘려왔던 왕은 모처럼 혼자 생각에 잠겼다.

"일리 있는 말이구나."

범은 자기도 모르게 고개를 돌려 왕을 쳐다보았다. 깍듯한 예법과 구구절절한 아첨이 가장 중요한 생존수단인 궁에서 저런 직설화법이 통하다니. 만일 같은 말을 세자빈 연씨가 했다면 당장 대비의 손바닥에서 따귀가 날아갔을 것이다. 무엇이 예외를 만드는 걸까. 대군에 대한 왕의 총애가 미래의 부부인에게까지 이어지는 건 아닌지, 범은 그것이 염려스러웠다.

"서씨를 들라 하라."

문밖에 서 있던 상선은 어명이 떨어지기만을 기다렸다는 듯 별채로 달려갔다. 잠시 후 친정에서 데려온 몸종을 나인 대신 거느린 서씨가 나타났다. 간택된 여인에게는 왕족은 물론이고 문무백관과 그 부인들의 선물이 쏟아지므로, 대개 가례를 기다리는 동안에는 귀한 비단옷과 장신구로 치장하고 그 미모를 뽐내곤 했다. 그런데 서씨는 무슨 생각인지 간택에서 입었던 옷 그대로였다. 귀고리 하나, 비녀 장식 하나도 더하지 않았다. 그녀는 무명 옷감처럼 수수한 모습으로 제일 먼저 왕을 향해 절을 올렸다. 긴장한 기색이었지만 겁에 질려 있진 않았다.

"현령으로부터 너의 요구사항에 대해 들었다. 내가 미처 생각지 못한 점까지 짚어주었구나. 가례를 올리기 전 널 종일품 부부인에 봉하는 책봉례를 올려주려 한다."

"……"

"이제 가례를 치르겠느냐?"

"성은이 망극하오나 전하, 두 가지 따로 간청할 것이 있사옵니다."

도대체가 만족을 모르는구나. 왕은 현령을 쳐다보며 비난의 눈길을 보냈다. 하지만 미래의 사돈 될 사람은 자기도 어쩔 수 없다는 듯 고개를 수그릴 뿐이었다. 서씨는 용안을 정면으로 보면 안 된다는 지침대로 눈을 반쯤 내리깐 채 논리정연하게 말하기 시작했다.

"대군비 간택에서 탈락한 여인들은 사대부와 혼인하기 어렵다고 들었습니다. 저와 함께 간택을 치렀던 오씨 처녀는 용모 단정하고 천성이 소박할 뿐만 아니라 대군 마마와의 궁합도 나쁘지 않으니, 작은 부인으로 들여 함께 대군을 모시게 해주십시오. 그게 제 첫 번째 청입니다."

본부인이 봉해지기도 전에 작은 부인을 들여달라고 하다니, 그것도 본부인 쪽에서 먼저. 상식적으로는 말이 안 됐다. 하지만 오직 대군의 이익을 기준으로 생각한다면 얘기가 달라졌다. 헌에게 가장 도움 될 사람은 김씨 처녀지만, 그녀는 결코 첩으로 들어오지 않을 것이고 그 가문을 서씨가 통제하는 것도 불가능할 것이다. 하지만 오씨라면 대군의 후사를 볼 가능성만으로도 충분히 만족할 것이고, 헌은 그녀를 통해 막대한 재력과 중인 계층에 대한 영향력을 얻게 된다. 서씨의 계산을 읽어낸 중전 홍씨의 입가에 은밀한 미소가 번졌다.

'간택 때도 눈치채긴 했지만, 머리가 썩 잘 돌아가는구나.'

어쩌면 이 아이를 며느리로 들이는 게 그리 나쁘지 않은 선택이 될지도. 이것도 다 아들의 복인가 싶어 희색이 만면해진 중전의 면전에, 이번에는 그녀를 노린 화살이 날아들었다.

"둘째, 앞으로 천수전 살림은 부부인인 제가 전적으로 도맡겠습니다. 중전 마마도 세자빈 마마도 간섭하셔서는 아니 됩니다. 지금은 천수전에 소주방이 따로 없어 동궁전에서 음식을 받아오고 있다 들었는데, 천수전에도 소주방을 따로 지어주시면 좋겠습니다."

조금 전과는 반대로 붉으락푸르락해지는 중전의 얼굴이 볼 만했다. 그녀에게 헌은 평생 품 안의 자식이었다. 그동안 제 인생을 버리고 헌을 위해서만 살았기에 집착도 심했다. 입맛에 맞는 며느리를 들이려고 한 것도, 앞으로 계속 대군 부부의 일거수일투족에 관여하려는 의도였다. 중전의 입에서 뭔가 좋지 않은 소리가 튀어나가려는 찰나, 왕이 점잖은 말로 선수를 쳤다.

"그건 무리다. 천수전 개축에 들어간 돈이 너무 많아 예산이 넉넉지 않다. 궁에서 쓰는 돈은 전부 백성의 고혈(膏血)인데, 함부로 낭비해서 쓰겠느냐."

"돈을 달라 말씀드린 것이 아닙니다."

"허면?"

"부부인은 정일품이니, 제게도 그에 걸맞은 녹봉이 나오겠지요. 그중 일부로 소주방을 만들겠습니다. 남은 돈은 혜민서로 돌려주십시오. 이번뿐만 아니라 앞으로도 계속."

서씨는 다시 한번 모두를 놀라게 했다. 중전이나 세자빈과 달리, 부부인은 각종 왕실 행사에서 제외될 뿐만 아니라 때가 되면 궐 밖으로 나가 살아야 했다. 부부인으로서 얻는 실질적인 혜택은 녹봉뿐인데, 그걸 자발적으로 포기하겠다니. 천수전에 얼마나 살게 될지도 모르면서.

　"네 뜻은 갸륵하나, 그건 현실적으로 어려운 얘기다. 부부인에게는 생활비뿐만 아니라 의복과 장신구, 각종 선물 구입비며, 궁녀들에게 개인적으로 포상할 때 쓸 돈도 필요하다. 이를 어찌 충당하려는 것이냐?"

　"일찍이 어머니를 여의고 집안 살림을 도맡아 하면서, 소녀는 유용한 것들을 많이 배웠습니다. 텃밭을 일구어 농작물을 수확할 줄도 알고, 각종 꽃과 열매를 가지고 화장품을 만들어 팔 줄도 압니다. 넉넉한 시간만 주어진다면, 제 한 몸 먹고 쓸 정도는 충분히 벌 수 있습니다."

　부부인이 흙을 만지며 농사를 짓는다는 것도 기함할 노릇인데 거기에 상인 노릇까지 하겠다고 한다. 중전도 대비도 왕도 이 특이한 며느리를 어떻게 다루어야 할지 몰라 혼란에 빠졌다.

　"어, 그러니까 네가 방금 말한 것들을 과인이 들어줄 수 없다면 어찌 되는 것이냐?"

　"그럼 전 간택령을 따르지 않고 가례를 거부할 것입니다."

　주저 없이 대답하는 서씨의 태도는 단호했다. 찔러도 칼끝 하나 안 들어갈 것 같았다. 간택 당시에는 서씨가 절대적인 을이었지만 이제 판도가 바뀌었다. 한낱 하급 지방관의 딸이 간택령을 따르지 않았다는 소문이 퍼지면 왕실이 만인의 웃음거리가 될 게 뻔했으니까. 당혹스러워하던 왕은 난관에 부딪히면 으레 그렇듯 범의 의견을 구했다.

"세자는 어떻게 생각하느냐?"

범은 바로 대답하지 않고 잠시 뜸을 들였다. 왕과 중전, 심지어 대비마저 해답을 바라는 눈길로 그를 바라보고 있었다. 비록 예전만큼은 아니지만, 아직도 범의 위치는 공고하고 그 영향력은 막강했다. 그걸 확인한 범은 흡족한 심정으로 미소 지었다.

"아우가 자애롭고 현숙한 처를 만나게 된 것 같아, 소자는 그저 기쁠 따름입니다. 원하는 대로 하게 해주시지요. 부부인의 측은지심을 본받아, 저도 제 녹봉의 절반을 헌납하겠습니다."

쌀만 축내며 골골대는 혜민서 환자들 따위는 그냥 다 죽어버리는 편이 낫다는 게 범의 솔직한 마음이었지만, 그래도 모든 공이 부부인에게 돌아가도록 내버려둘 수는 없으니 그리 말했다. 세자가 그렇게까지 편을 들어줬는데도, 서씨는 감사하는 기색이 없었다. 그저 덤덤하게 정면을 응시하고 있을 뿐. 범은 그런 그녀에게 지그시 눈길을 던지며 한마디 덧붙였다.

"다만 지아비와 웃어른을 공경하고 순종하는 태도를 조금 더 배웠으면 하는 바람이 있군요."

누가 들어도 은근히 질책하는 말이었다. 보통의 여인네라면 부끄럽고 수치스러워 어쩔 줄 모를 텐데, 서씨의 얼굴에는 여전히 동요가 없었다. 범은 그토록 속내를 드러내지 않는 사람을 자기 외에 딱 한 명 알고 있었다. 바로 헌의 의녀인 단금이었다. 하지만 서씨는 범 자신이나 단금과 비슷한 부류는 아닌 듯했다. 감정을 느끼지 못하는 게 아니었다. 굳이 표현하자면, 이 상황에 감정을 소모할 가치가 없다고 보는 것 같았다. 담대한 건지, 뻔뻔한 건지. 서씨의 드높은 긍지와 자존감에 기막혀하면서도, 범은 만만치 않은 상대가 나타났음을 직감했다.

'여기서 싹을 밟아버릴까?'

순간 그런 생각이 들었지만, 금세 접었다. 왕과 중전의 의심을 살 위험을 무릅쓰면서 굳이 지금 공격해야 할 만큼 위협적인 존재는 아니었다. 궁녀 윤서리에게 그랬던 것처럼, 적당히 갖고 놀다 기회가 왔을 때 내몰아도 늦지 않았다. 범이 눈으로 먹잇감의 무게를 달아보는 동안, 아무것도 모르는 왕은 그저 그의 찬성표를 얻은 것에 기뻐했다.

"그럼 그리 하도록 하지. 대군비가 혜민서에 온정을 베풀어 많은 백성을 구원했다고 널리 알리도록 하겠다."

"아닙니다, 그러지 마십시오. 제 이름은 철저히 숨겨져야 합니다. 다만 백성들이 진심으로 우러나와 감사를 표하고 싶어 한다면, 제가 아닌 대군 마마가 칭송받게 해주십시오."

서씨의 겸허한 말에 왕의 입가에도 미소가 떠올랐다. 그의 눈에는 서씨가 비록 당돌하긴 하나, 그래도 제 지아비는 하늘처럼 받드는 갸륵한 여인으로 비쳤을 것이다. 이로써 길고 힘겨운 면담이 끝났다. 왕이 가장 먼저 자리를 뜨고, 범이 그 뒤를 이었다. 내명부 안주인들로서 부부인에게 잔소리할 게 많은 대비와 중전은 서씨와 함께 남았다.

"역시, 세자 저하가 중재하시니까 다 해결되는구먼."

"저하께서도 녹봉의 반을 헌납하신다 했다지? 그야말로 성군의 표본이 아니신가."

중궁전을 나와 동궁전으로 돌아가는 길, 범의 등 뒤에서 신료들이 두런대는 게 들렸다. 대놓고 떠드는 걸 보니 자신들의 충심을 알아주길 간절히 바라는 마음이겠지만, 범은 그들에게 미소 지어줄 마음이 없었다. 그는 항상 두 걸음 뒤에 그림자처럼 붙어 있는 이를 불렀다.

"조내관."

"예, 저하."

"겸사복 강승택과 그 차녀를 동궁전으로 불러와라. 아무도 알지 못하게, 조용히."

"강승택이오?"

조내관은 그게 누구 이름인지 몰라 한참 기억을 더듬다가, 마침내 떠오른 듯 눈을 크게 떴다.

"부부인 간택에서 탈락했던 강씨 처녀와 그 아비를 말씀하시는 겁니까?"

범은 가만히 고개를 끄덕였다. 제 분수를 모르고 까부는 하룻강아지가 궁에 들어왔으니, 그 목을 죄어놓을 뭔가가 필요했다. 범은 강씨를 손에 넣을 작정이었다.

50
얼음 나라

서린은 천천히 눈을 떴다. 얼마나 오랫동안 눈을 감고 있었는지, 속눈썹이 끈끈하게 달라붙어 앞이 잘 보이지 않았다. 몇 번이나 눈을 깜박거린 후에야, 자신이 처음 보는 방에 와 있다는 걸 알았다. 머리 맡에는 서린 또래의 댕기머리 처녀가 앉아 대야에 든 찬물에 수건을 적시고 있었다. 서린이 댕기머리 처녀를 빤히 쳐다보는데도, 그녀는 마주 보기는커녕 서린이 깨어난 것조차 모르는 듯했다. 한참이 지난 후에야 서린은 그녀가 앞을 못 본다는 걸 깨달았다.

"저기요."

"어머!"

서린이 부르는 소리를 들은 처녀는 흠칫 놀라 수건을 내려놓았다. 그러더니 불쑥 손을 뻗어 서린의 어깨며 팔, 허리를 더듬거렸다. 갑작스러운 신체 접촉에 당황한 서린의 몸이 경직되었다. 눈먼 처녀가 그런 식으로 자신의 자세를 확인하고 있다는 걸 서린으로서는 알 리 없었다.

"진짜 일어났네. 잠시만요. 사람들을 불러올게요."

처녀는 짧게 말하더니 다급히 밖으로 나가버렸다. 여기가 어딘지 설명이나 해주고 가지. 혼자 남겨진 서린은 주변을 꼼꼼히 둘러보았지만, 족자 하나 걸려 있지 않은 방에선 아무런 정보도 얻을 수 없었다. 그 대신 밖에서 사람들이 웅성대는 소리가 들려왔다.

"이제 어쩌지?"

"어쩌긴 뭘 어째, 별좌(別坐) 어르신 모셔와야지."

"사람 목숨보다 중요한 게 어딨겠어요."

"암만."

남자와 여자, 표준어와 사투리가 뒤죽박죽 섞여 와글거렸다.

잠시 후 방문이 열리고 한 떼의 사람들이 우르르 들어왔다. 나이대도 생김새도 다른 그들을 한데 묶어주는 건 난민처럼 꾀죄죄한 옷차림뿐이었다. 거기에도 예외는 있었다. 바로 가장 나중에 들어온 중년 남자. 진한 눈썹과 눈매가 남자다운 인상을 주는 그는 활동하기 편하게 짧게 재단한 잿빛 철릭에 검게 물들인 초립을 쓰고 있었다. 양반이라고도, 양민이라고도 보기 어려운 애매모호한 복장이었다.

"뭣 하느냐, 별좌 어르신께 인사 올리지 않고!"

별좌 옆을 똘마니처럼 지키고 있던 남자가 호기롭게 서린을 꾸짖었다. 보기 흉한 주걱턱을 가진 남자는 남들보다 훨씬 멀쩡한 바지저고리 차림이었다. 아마 아전 정도 역할이겠지. 서린은 별좌뿐만 아니라 그녀를 주시하는 모든 사람을 향해 고개 숙여 인사하려고 했다. 하지만 그 작은 동작만으로도 뒷골이 확 당기면서 목에서부터 허리까지 저릿하게 아팠다. 서린이 나직한 신음을 내뱉자, 별좌는 송충이 같은 눈썹을 추어올렸다.

"무리하지 않는 게 좋겠다. 뼈가 부러지진 않았지만, 힘줄이 늘어난 것 같으니까. 완전히 나으려면 시일이 좀 걸릴 거다."

"……."

"그래도 그 정도에 그쳤으니 다행이지. 발을 헛디딘 것이냐? 그 벼랑에서 떨어져 목숨을 건지는 사람은 별로 없다."

'벼랑'이라는 단어를 듣자마자, 서린의 의식을 뿌옇게 덮고 있던 안개가 일시에 사라지면서 가장 최근의 기억들이 일제히 돌아왔다. 염전으로 향하는 행렬, 그녀를 죽이려 한 자객, 불가피했던 탈주, 머슴 대길의 밀고, 관군의 추격, 그리고 허망하게 부서져버린 외나무다리까지.

"무휘는? 저와 함께 있던 남자는 어딜 갔습니까?"

"내가 강기슭 빨래터에서 발견했을 땐 그쪽 혼자였어요."

서린의 물음에 답한 건 별좌가 아닌 장님 처녀였다. 날 '발견'했다고? 장님 처녀는 서린의 의아한 표정을 마치 보기라도 한 것처럼 이어서 설명했다.

"평소와 물살 흐름이 달랐거든요. 소리를 들으면 알 수 있어요. 손 뻗어서 만져보니까, 나뭇가지에 그쪽이 걸려 있었어요. 처음에는 남자인 줄 알았어요. 바지 입고 상투 틀고 있어서."

처녀의 말이 끝나기 무섭게 다른 사람들도 질세라 한두 마디씩 보탰다. 두서없이 쏟아지는 말들을 통해 서린은 몇 가지 더 파악할 수 있었다. 서린을 구한 처녀의 이름이 '은조'라는 것, 서린이 꼬박 나흘 동안 정신을 잃고 있었다는 것, 크게 다친 데는 없었다는 것도. 기적 같은 일이지만 서린은 기뻐할 여력이 없었다. 온통 무휘 걱정뿐이었다. 어디로 간 걸까. 혹시 물살에 휩쓸려 멀리까지 떠내려간 건 아닐까. 서린이 그런 것처럼 살아 있을 가능성은 조금도 없을까. 눈물이

글썽해진 서린을 유심히 지켜보던 별좌가 낮은 목소리로 말했다.

"네 사정은 대충 짐작 간다. 염전으로 압송되던 관노 중 한 명이 탈출했단 소식을 들었다."

감추고 싶었던 걸 들킨 서린은 반사적으로 이불자락을 움켜쥐었다. 손끝에 바짝 힘을 주며 눈으로는 빠져나갈 구멍을 찾았다. 몸이 따라줄지 모르겠지만, 여차하면 일어나 도망칠 작정이었다. 그런데 별좌는 그녀를 잡으라고 지시하는 대신 너그럽게 말했다.

"행렬은 이틀 전 떠났고, 그 몸으로 쫓아갈 순 없겠지. 그냥 여기서 일하거라. 항상 일손이 부족한 곳이니."

"네? 그래도 됩니까?"

"왜? 내게 관노 한 명 끌어올 힘도 없을 것 같으냐?"

별좌는 서린이 기겁하는 게 재미있다는 듯 피식 웃었다. 서린은 별좌가 얼마나 높은 직책인지, 정확히 무슨 일을 하는지 떠올려보려 했다. 궁에서도 본 적이 있었다. 식재료를 비롯한 각종 물자를 공급하는 내수사의 책임자가 바로 정오품 별좌였다. 소주방에서 귀한 밀가루를 낭비한다며 잔소리를 늘어놓는 별좌를 보고 채옥이 '가짜 벼슬아치'라고 속닥이기도 했다. 과거시험을 보지 않고 채용되는 별좌는 이른바 '무록관'이라 하여 무시당했다. 내수사뿐만 아니라 교서관(校書館)*, 상의원, 예빈시(禮賓寺)**에도 있다고 들었는데, 또 어디에 있다고 했는지가 생각나지 않았다.

"여기가 어딘지 궁금하겠지? 나가보면 안다. 그래도 염전보단 나

---

* 경서 발행을 주관하는 기관
** 빈객 및 연회를 담당하는 기관

을 거다. 적어도 여름에는."

별좌는 의미심장한 말을 남기고 나갔다. 비좁은 방을 가득 메웠던 구경꾼들도 덩달아 흩어졌다. 그제야 서린은 은조의 부축을 받으며 겉옷을 챙겨 입었다. 그리고 나흘 만에 문지방을 넘었다.

문을 활짝 열어젖히자 시원한 바람이 쏴아아 밀려들었다.
"이건…… 이런 건 처음 봐."

서린은 시야를 가득 메운 이국적인 풍경에 중얼거렸다. 집이라기보다는 토방에 가까운 자그마한 초가가 다닥다닥 붙어 있는 자그마한 마을. 그 마을을 기준으로 왼쪽에는 드넓은 강이, 오른쪽에는 완만한 구릉이 펼쳐져 있었다. 거기서 끝이 아니었다. 잔디가 빽빽이 깔린 언덕에는 네모반듯한 은회색 화강암이 규칙적인 간격을 두고 마치 덮개처럼 땅을 덮고 있었다. 언덕이 끝나는 지점에서는 문처럼 만들어놓은 입구를 통해 지게를 진 사람들이 드나들었다. 서린은 그 지게 위에 실린 하얗고 투명한 물건이 뭔지 알아보았다. 금보다 귀한 보물, 얼음이었다.

"여긴 대체 어디예요?"

"한강 앞에 자리 잡은 빙고예요. 겨우내 채취해서 저장해뒀던 얼음을 여름마다 꺼내 전국으로 공급하는 역할을 하죠."

은조는 은근한 자부심이 느껴지는 투로 말했다. 소금을 피해 도망쳤는데 이번에는 얼음이구나. 서린은 어이없는 나머지 웃음이 나왔다. 그렇게 서린은 빙고에서 일하는 잡역부, 빙부가 되었다.

서린이 첫날 보았던 화강암 덮개, 그 아래마다 궁궐 정전만 한 크기의 아치형 지하창고가 숨어 있었다. 진흙과 석회로 만든 삼중 벽의 사이사이마다 왕겨, 밀짚, 톱밥을 꽉꽉 채워 외부의 열기를 차단하고, 무거운 덮개돌로 햇볕을 가렸다. 그 안에서는 한여름에도 얼음이 녹지 않았고, 빙부들은 겨우내 강에서 실어와 보관하던 거대한 얼음들을 여름 내내 창고에서 꺼내왔다. 적당한 크기로 자른 얼음들은 말을 탄 관원이 와서 가져가기도 하고, 배에 실려 전국 각지로 보내지기도 했다.

"아이고, 이러다 죽겠네."

서린은 엄살떠는 성격은 아니었다. 하지만 빙고에서 일한 지 열흘째 되던 날, 저도 모르게 입에서 죽는 소리가 흘러나왔다. 제 몸무게보다 무거운 얼음을 지고 나르고 자르고, 녹지 않고 최대한 오래 버티도록 포장하고. 건장한 남자에게도 힘든 일인지라 서린은 매일 다치거나 완전히 녹초가 되어버렸다. 서린과 함께 얼음에 왕겨를 깔고 있던 은조가 덤덤하게 말했다.

"그래도 지금은 여름이라 살 만한 거예요. 겨울엔 하루 걸러 한 명씩 죽어 나가요."

서린도 눈치 못 챈 건 아니었다. 빙부들 중에는 손가락 한두 개가 없거나, 코끝과 귀 끝이 뭉툭하게 잘려나간 사람들이 적잖게 있었다. 혹독한 겨울이 올 때마다 그들을 괴롭혔던 동상의 흔적이었다. 불구가 되어도 일거리는 줄어들지 않는다. 죽어야만 벗어날 수 있는 빙하지옥이었다. 앞도 안 보이는 소녀가 어쩌다 이런 곳에 갇히게 됐을까. 은조는 자신을 물끄러미 바라보는 서린의 시선을 느꼈는지 재차 입을 열었다.

"난 태어나자마자 빙고전(氷庫典)* 앞에 버려졌어요. 출생은 모르지만 관노가 됐고, 심부름할 수 있는 나이가 됐을 때 여기로 보내졌죠. 그게 궁금했던 거죠?"

"어떻게……그렇게 다 알아요?"

"장님으로 태어났으니까요. 다른 사람의 기척, 냄새, 촉감, 온기, 그리고 기분까지. 남들보다 백 배 더 기민하게 알아차려야 살아남을 수 있어요, 난."

말은 쉽게 하지만, 얼음을 포장하는 은조의 손은 크고 작은 흉터로 뒤덮여 있었다. 그동안 이루 말할 수 없는 고초들을 겪었으리라. 은조는 부드럽지만 강인한 한 마리 사슴 같았다.

"그쪽도 마찬가지예요. 나와 같은 또래고, 여자고, 일가붙이 하나 없이 혼자잖아요. 사람들이 그쪽을 산 채로 잡아먹으려 들 거예요. 두 눈 똑똑히 뜨고 있어요. 무슨 일이 날지 모르니까."

"……."

"올해 겨울만 무사히 넘기면, 이곳에 그럭저럭 적응할 수 있을 거예요. 최대한 꺾이지 않는 모습을 보여주는 게 중요해요. 별좌님은 쉽게 포기하는 사람을 경멸하시거든요."

서린은 가장 큰 창고 입구에서 얼음 운반을 지휘하고 있는 별좌를 힐끗 쳐다보았다. 그의 이름은 몰랐다. 빙부들이 뒤에서 별좌나 장별좌라고 부르는 걸 듣고 장씨인가 보다 짐작할 뿐.

"별좌님이 여기서 제일 높은 분이신 거죠?"

---

* 　빙고를 관리하는 관아

"빙고전에서 파견한 대사(大舍)님이 따로 계시긴 한데, 이곳엔 안 오세요. 추위를 많이 타시거든요. 그분은 그냥 별좌님이 시키는 대로 하고 녹봉만 타가는 허수아비라고 할 수 있죠."

서린은 고개를 끄덕이며 하나하나 자세히 기억하려 애썼다. 그녀는 살인범을 잡겠다는 목표를 아직 포기하지 않았다. 그걸 위해선 어떻게든 이곳을 벗어나 궁궐로 돌아가야 했는데, 안타깝게도 자신에겐 그럴 힘이 없었다. 누군가의 조력을 받아야 가능한 일이었다.

"별좌님은 태생이 서얼이라 종오품까지밖에 못 올라가셨지만, 제대로 과거시험을 보셨다면 아마 대단한 관리가 되셨을 거예요. 문무를 고루 갖춘, 실리에 밝은 수완가시거든요."

은조는 장별좌가 제 오라버니라도 되는 듯 자랑스러운 투로 말했다. 그러나 서린은 선뜻 납득이 가지 않았다. 첫날 만났던 장별좌는 제법 여유롭고 명석한 느낌이었지만, 그건 첫인상에 불과했다. 일터에 나와서 본 장별좌는 어딘가 얼빠진 느낌이었다. 사람들 사이에 장승처럼 서서 이것저것 시키고 참견하긴 하는데 별 도움이 되지 않았다. 탄탄하게 근육이 붙은 체격과 그을린 피부는 상당히 믿음직해 보이나 정작 하는 짓은 허수아비 같았다.

"별좌님!"

어느 빙부가 놀라 외치는 소리와 함께 얼음 조각을 밟고 미끄러져 꽈당 넘어지는 장별좌의 모습이 보였다. 서린은 깜짝 놀랐지만, 은조를 비롯한 나머지 빙부들은 별 반응이 없었다. 은조가 조용히 혀를 찼다.

"요즘은 머리도 운동신경도 좀 굳어지시긴 했죠. 큰일이 생겼거든요."

"어떤 일이오?"

"별좌님 어머님이신 양노파께서 감쪽같이 자취를 감추셨어요. 거동도 어려우신 분이라 가출하셨을 리도 없고, 그렇다고 누가 감히 해코지했을 리도 없는데. 별좌님이 빙부들을 동원해 이 근방을 샅샅이 뒤졌지만 머리카락 한 올 찾지 못한 지 벌써 반년이 되어가네요."

은조는 눈앞이 보이는 것처럼 서린의 얼굴이 있는 쪽으로 슬쩍 고개를 숙이면서 속닥거렸다.

"양노파는 별좌님의 유일한 가족이었어요. 지병으로 걷기 힘들어지신 양노파를, 별좌님이 등에 업고 산책을 시켜드리곤 했지요. 그토록 아끼고 존경하던 어머님이 사라지셨으니 별좌님 심정이 어떻겠어요. 아무것도 손에 잡히지 않는 거죠."

"아……."

서린은 그 말에 가슴이 아려왔다.

"별좌님은 아마 양노파님을 찾아주는 사람이 있다면, 그동안 모아온 전 재산이라도 내주실 거에요. 어머님만 찾을 수 있다면, 재산이 다 무슨 소용있겠어요."

은조는 장별좌에게 깊은 연민을 느끼는 듯했다. 그 얘기를 들은 서린도 장별좌가 달리 보였다. 하루아침에 가족을 잃고 이 세상에 혼자 남겨진 느낌을, 그녀도 잘 알고 있었으니까.

'죽음은, 이별은 어딜 가나 있구나.'

서린은 시리다 못해 감각이 무뎌진 왼손을 문지르며 생각했다. 양친의 얼굴, 아린의 얼굴, 그리고 무휘의 얼굴이 차례대로 눈앞을 스쳐가 눈시울이 뜨거워졌다. 이 여름은 그녀에겐 너무도 춥고 가혹한 겨울이었다.

51

미인계

"겸사복 강승택의 차녀, 강화영이 세자 저하를 뵙습니다."

서씨가 책봉례를 올린 다음 날, 범은 동궁전에서 강씨 부녀와 마주 앉아 있었다. 꽃 화(花)에 봉오리 영(英)인가. 과연 잘 어울리는 이름이었다. 수줍은 미소와 색기 어린 눈길을 꽃가루처럼 현란하게 흩뿌리는 강씨는 벌을 유혹하려 태어난 존재 같았다. 물론 그렇다고 범이 그 수작에 넘어간 건 아니었지만.

"널 후궁으로 삼고 싶어 불렀다 생각하면 오산이다. 교태는 그만 부려도 된다."

냉연한 말투. 강씨는 자존심에 상처를 입은 듯 어깨를 움찔했다. 그러나 그것도 잠시뿐, 흐트러지지도 않은 머리카락 넘기는 시늉을 하며 아름답게 미소 지었다. 세자의 말투가 전에 들었던 것과는 사뭇 다른데도 그녀는 당혹스러워하거나 겁먹지 않았다.

"그럼 무슨 용건으로 소녀를 찾으신 걸까요?"

"간택에서 떨어진 후, 살길이 막막해지지 않았느냐?"

범은 대뜸 그렇게 물었다. 간택에 떨어진 처자를 사대부에서 반드시 꺼리는 건 아니었지만, 강씨의 경우 왕가 일원이 지켜보는 가운데 욕설을 내뱉은 게 소문나 평판이 좋지 않았다. 그걸 인정하고 싶지 않은 듯, 강씨는 입꼬리를 애교스럽게 올리며 대답했다.

"저를 아내로 맞이하고 싶은 이들은 아직도 줄 서 있습니다."

"양은 많을지 몰라도 그 질은 예전에 비하면 확 떨어졌겠지. 노총각, 배불뚝이 장사치, 애 줄줄이 딸린 홀아비…… 한때 대군비를 노렸던 네가 그런 혼처에 만족할 수 있겠느냐?"

그제야 초승달 같은 얼굴에서 미소가 사라졌다. 꽃잎처럼 붉은 입술을 지그시 깨물며 속을 삭이는 강씨를 대신해, 그녀의 아버지가 범에게 간청했다.

"혼담은 줄어들고 저년은 콧대만 높아, 웬만한 혼처는 쳐다보지도 않고. 아주 그냥 죽겠습니다. 저하께서 부디 성정을 베풀어주십쇼. 간택에서 떨어진 게 저희 잘못은 아니지 않습니까?"

사실 강씨가 간택에서 탈락한 건 제 아비와 똑같이 천박한 말버릇 때문이지만, 범은 군이 지적하지 않았다. 자태는 꽃 같고 입은 걸레 같은 저 여인이 그에게 필요했기에.

"본래 최종 간택까지 남았던 여인은 궁에서 거둬주는 것이 관례지. 내 그대의 딸을 후궁으로 들이고자 하는데, 어떠한가?"

"예? 저하께선 후궁을 안 들이신다고…… 대군께서 후처를 들이실 것도 아니고…… 설마?"

"그래, 주상 전하의 후궁으로 들어가게 해주겠다."

범은 그 정도는 아무것도 아니라는 투로 말했지만, 이번에야말로 강씨도 그 아버지도 소스라치게 놀랐다. 여자 좋아하기로 소문난 주상이지만, 새 후궁을 들이지 않은 지 십 년이 넘었다. 대군이 회복되려면 지성 감천으로 기도드려야 하고 그 과정에서 부정 타면 안 된다는 중전의 압박 때문이라는 소문이 돌았다. 강씨의 아버지도 그 얘길 들은 바 있었다.

"중전 마마께서 가만히 있지 않으실 터인데 어찌……."

"그건 너희가 걱정할 문제가 아니다."

범이 잘라 말하자, 제 아비보다 눈치 빠른 강씨가 그의 의도를 알아차리고 넌지시 물었다.

"그럼 저희는 뭘 걱정해야 합니까?"

"내 아버지이신 주상 전하를 어떻게 정성껏 보필할지, 궁 안에서 벌어지는 복잡하고 골치 아픈 일들을 어떻게 잊게 해드릴지, 오직 그것만 생각하면 된다."

범은 언제나처럼 완벽한 모범 답안을 말했다. 그토록 격식 갖춘 어법에 익숙지 않은 겸사복은 멍청하게 입을 헤 벌렸지만, 강씨는 풍성한 속눈썹이 드리워진 눈을 느릿하게 깜박였다. 본능에 따라 행동하는 그녀지만 그렇다고 멍청한 건 아니었다. 강렬한 육체적 매력을 지닌 사람들이 대개 그렇듯, 그녀는 생존에 관한 문제에 있어서만큼은 동물에 가까운 감각과 눈치를 발휘했다. 몸에 밴 유혹적인 분위기로 범을 바라보는 그녀의 눈빛은, 자신이 후궁이 되어야 하는 이유를 다 안다고 말하고 있었다. 범은 그녀와 그 아비를 향해 차분하게 말했다.

"내일 전하와 난 혜민서에 다녀올 것이다. 부부인과 내 몫의 기부 물자를 전달하고, 혜민서 사정도 살피고 올 예정이다. 너희들은 그 길목에서 기다리고 있거라."

"그냥 기다리기만 하면 됩니까?"

그럴 리가 있나. 어여쁜 딸이 아니었다면 범은 이런 멍청한 작자와는 상종할 일이 없었을 것이다. 급이 낮은 인간들을 가까이할 때마다 올라오는 역겨움을 참으며, 범은 강씨 아버지의 귓가에 대고 지시를 내리기 시작했다. 저만치 서 있는 조내관에게도 들리지 않을 작은 소리로.

손 한 번 씻는 것조차 정해진 시각에 해야 하는 왕족의 일상. 거기에 좋은 점이 있다면 예측하기 쉽다는 것이다.

강씨 부녀와 독대한 다음 날 비슷한 시각, 범은 부왕과 함께 혜민서에 있었다. 구빈 활동을 끝내고 나오는 길이었다. 그들의 시선에 들어오는 곳마다 수십 명의 관원과 그보다 더 많은 수의 백성들이 무릎 꿇고 고개를 조아리며 경의를 표했다. 하지만 범의 입안에서는 떫은 기운이 가시질 않았다.

'이헌 대군 마마 만세! 만세!'

어마어마한 양의 쌀과 옷감, 약재가 혜민서로 들어오는 걸 감격스럽게 지켜보며 눈물을 줄줄 흘리던 백성들. 그들이 열띠게 연호한 건 범이 아닌 헌의 이름이었다. 범이 녹봉의 절반을 기부하기로 했다는 소식은, 헌이 가장 먼저 앞장서서 거금을 내놓았다는 소식에 묻혀버린 탓이었다. 대중은 감동적인 이야기를 좋아했다. 십 년간의 잠에서 극적으로 깨어난 헌은 그들의 영웅이었다. 자애로운 국모라고 평가받는 홍씨의 아들이었고, 진정한 왕손이었다.

'주상 전하, 다음에는 대군 마마의 존안도 뵙게 해주십시오!'

관에 한 발 담근 것 같은 노인이 골골대며 외치던 말을 떠올리자, 범의 단아한 미간에 미세한 주름이 잡혔다. 헌이 깨어나기 전까진 범이 그들의 총아였는데. 역시 백성들의 마음만큼 변덕스러운 게 없었다.

"저하, 이쪽입니다."

부왕이 먼저 가마에 오른 후, 범은 조내관의 안내를 받아 그 뒤에 놓인 가마에 올랐다. 가마꾼 중 땅딸막하고 못생긴 녀석이 있는 걸 보고, 범은 그렇지 않아도 불편했던 심기가 뒤틀렸다. 외모 때문이 아니라, 일을 더럽게 못해서였다. 그놈이 메는 가마에 타면 등산하는 기분이 들었다. 그놈과 자주 붙어 다니는 키 크고 멀끔한 녀석이 일 하나는 참 잘하는데, 어딜 갔는지 얼마 전부터 코빼기도 보이지 않았다.

"이렇게 단둘이 나오는 것도 오랜만이구나."

두 가마가 나란히 서게 됐을 때, 부왕이 창에 달린 천을 걷어내며 범에게 말을 걸어왔다. 방해 없이 단둘이 얘기할 기회를 찾고 있던 것일까. 왕은 미안해하는 기색이 역력했다.

"대군이 깨어난 후 동궁에게 신경을 못 써줬구나. 중요한 문제를 상의 없이 정하기도 했고."

"아닙니다. 부모로서 아픈 자식에게 더 마음이 쓰이는 건 당연하지 않겠습니까."

범은 다 이해한다는 듯 상냥하게 웃으며 말했다. 어른스러운 큰아들의 태도에 왕은 감탄했다.

"어쩌면 그리도 속이 깊으냐? 넌 투기도 할 줄 모르느냐?"

"저라고 왜 모르겠습니까."

투기라는 감정은 모른다. 하지만 불합리는 안다고, 범은 그렇게 말하고 싶었다. 몸속에 흐르는 피가 다르다는 이유로 자기보다 어리고, 무지하고, 잘난 게 아무것도 없는 헌이 보위를 잇는 것. 범이 판단하기에 그보다 더 부당하고 불합리한 일은 없었다. 이제 대화가 끝난 듯 왕의 가마가 다시 앞서가려는 찰나, 가마 뒤쪽에서 가느다란 비명이 들렸다.

"아버지! 제발 이러지 마세요!"

이어지는 여인의 서러운 울음소리. 우는 소리가 그토록 아련하게 들릴 수 있다는 걸 범은 처음 알았다. 사람을 제대로 봤다. 강씨는 타고난 연기자였다. 원하는 걸 얻기 위해 얼마든지 자신을 가장할 수 있는 그 여자는 범과 비슷한 동족의 냄새를 풍겼다.

"이게 무슨 소리냐?"

왕이 가마꾼들에게 물었지만 다들 어리둥절한 표정만 지었다. 왕은 정지하라는 손짓을 했다. 왕이 가마에서 내리자 범도 가마를 멈추고 따라 내렸다. 소리가 들려온 혜민서 뒷골목 쪽으로 가보자, 그곳에선 놀라운 광경이 벌어지고 있었다. 진보랏빛 쓰개치마를 쓴 여인이 중년 남자의 발치에 납작 엎드려 있었다. 남자는 여인을 향해 똘똘 뭉친 보따리를 내팽개치듯 집어던지며 험악하게 고함쳤다.

"네년 때문에 동네 창피해 살 수가 없다! 너 같은 딸 없는 셈 칠 테니, 도성을 떠나 다신 돌아오지 마라! 눈에 띄면 죽여버리겠다!"

"아니 될 말씀이세요, 아버지. 소녀가 집을 떠나 어디로 간단 말인가요? 어머니와 오라버니는 어떡하고요. 소녀, 그분들을 떠나 단 하루도 살 수 없습니다."

통곡하는 여인의 쓰개치마가 자연스럽게 흘러내리며 강씨의 얼굴이 드러났다. 흑진주처럼 새까만 눈을 더욱 반짝이게 하면서 뚝뚝 떨어져 내리는 눈물이 얼마나 처연하고 아름다운지 소름이 돋을 지경이었다. 한 번 보면 절대 잊을 수 없는 그 미모를 알아본 왕이 흠칫 놀랐다.

"아니, 대군의 간택에 올라왔던 처자가 아니냐?"

학대당하는 여인은 간택에서 탈락한 강씨 처녀였다. 도포 차림의 왕을 발견한 강씨 처녀의 아버지 겸사복은 과장되게 놀라는 시늉을 하며 땅바닥에 코를 처박았다.

"아이고, 주상 전하! 고귀하신 용안을 여기서 뵙게 될 줄이야!"

"자네가 겸사복 강승택인가? 딸에게 무슨 짓을 하는 건가?"

겸사복은 일개 사병이지만 그래도 엄연한 무관이다. 게다가 운이 좋았다면 왕과 사돈지간이 되었을 수도 있었다. 그걸 감안한 왕은 그를 아주 하대하진 않았다. 이마에 핏대를 세운 겸사복은 흥분을 다 주체하지 못하고 씩씩거렸다.

"전하, 저희 가문이 비록 보잘것없으나, 대대로 부끄러운 짓을 하는 사람은 없었습니다. 그런데 제 여식이 수치로 남게 되었으니, 쫓아낼 수 없다면 차라리 제 손으로 죽이겠습니다."

범이 미리 일러주긴 했지만, 겸사복의 심경을 그대로 반영한 말이었다. 가냘픈 몸집의 딸을 잡아먹을 듯 노려보던 겸사복은 진짜 때려 죽이기라도 할 것처럼 주먹을 번쩍 쳐들었다. 그걸 본 강씨는 외마디 비명을 지르며 검은 반장화를 신은 왕의 발목에 매달렸다.

"전하! 살려주십시오! 소녀는 아무 잘못이 없습니다!"

그 어떤 냉혈한이라도 그런 식으로 매달리는 여인을 뿌리치진 못할 터. 왕은 얼떨결에 강씨를 붙잡아 일으켜주었다. 강씨는 비에 젖은 새처럼 바들바들 떨면서 왕의 품에 안기다시피 파고들었다. 왕은 그런 강씨를 뿌리치지 않았다. 팔을 넓게 벌려 가여운 여인이 기댈 공간을 만들어주면서, 겸사복에게 따지듯 물었다.

"이 아이의 말처럼, 아무 잘못이 없는데 왜 쫓겨나야 한단 말인가?"

"아무도 제 여식과 선뜻 혼인하려 하지 않습니다. 갑자기 달려든 고양이들 때문에 놀라 조금 험한 말을 했다는 이유로 말입니다. 과년한 딸년을 언제까지 거두며 살 수도 없고, 소인도 어쩔 도리가 없습니다."

겸사복은 어젯밤 외우고 또 외운 말을 빼먹지 않으려 애썼다. 강씨의 실수를 교묘하게 축소하면서 그녀의 오갈 데 없는 처지를 강조하기 위해, 범이 머리를 써 신중하게 고른 말들이었다. 더듬더듬 읊은 대사의 효과는 겸사복이 아드득 이를 갈면서 허리에 찬 장도에 손을 갖다 댔을 때 더욱 극대화되었다.

"아니면 차라리 다 같이 죽어버리는 것도……."

"알았네, 알았어! 과인이 어떻게든 방도를 마련해줄 테니 그만하게!"

왕은 윤허되지 않은 무기를 보고 일제히 달려들려는 호위들을 손짓으로 제지하는 동시에 겸사복을 타일렀다. 범의 예상대로였다. 부왕은 분쟁을 싫어하는 성격으로, 조금 무리가 되더라도 당장 눈앞에 벌어진 상황을 해결하는 데 급급하곤 했다. 그러다 번번이 나중에 난처한 처지에 놓이지만, 혼을 쏙 빼놓을 만큼의 절세 미녀가 허리를 끌어안고 있는데 거기까지 생각이 미칠 리는 만무했다.

"전하, 도와주십시오. 소녀 이미 궁에 발을 들였으니, 죽든 살든 궁인이 되어야 할 운명입니다. 이제 궁 밖에서는 살 수 없습니다. 사람들의 손가락질과 비난이 너무도 두렵습니다."

강씨는 간절하게 애원하다가 급기야 왕의 어깨에 얼굴을 파묻으며 흐느꼈다. 왕의 마음이 갈대처럼 흔들리는 게 범의 눈에 선히 보이는 듯했다. 왕은 무례할 만큼 몸을 붙여오는 강씨를 밀어내는 대신 그녀의 등에 슬쩍 손을 얹었다. 그리고 사뭇 다정한 어조로 위로해주었다.

"걱정하지 마라. 내 너에게 살 곳을 마련해주겠다."

"정말이십니까?"

"그래, 과인은 이 나라의 왕, 지키지 못할 약속은 하지 않는다."

"전하는 정말 믿음직스러운 분이십니다. 소녀는 오로지 전하만을 믿고 따르겠나이다."

강씨는 매혹적인 눈꼬리에 애잔하게 눈물을 매단 채 왕을 올려다보았다. 그 작은 몸짓의 각도, 순수하면서도 유혹하는 듯한 표정, 그 순간 그녀에게서 배어 나오는 향기, 모든 게 절묘한 일체를 이루면서 왕을 깊은 수렁으로 끌어들였다. 강씨는 도톰한 입술로 달콤하게 속삭였다.

"지금 이 순간부터 소녀는 전하의 것이옵니다."

범은 골목 어귀에 선 채 이 모든 광경을 말없이 지켜보고 있었다. 그의 작전은 한 치의 오차도 없이 전부 들어맞았다. 강씨가 왕의 어깨 너머로 범을 향해 은밀한 미소를 보내고 있었다.

52
얼음 속 시체

"그 얼음은 내가 가져가마."

거대한 얼음 덩어리를 한 팔에 들기 좋게 볏짚으로 꼼꼼히 포장하는 작업을 마쳤을 때였다. 서린과 은조의 눈앞에 느닷없이 나타난 도포 차림의 양반이 거드름을 있는 대로 떨면서 그렇게 선언했다. 서린은 그가 뭘 몰라 그러는 줄 알았다.

"이건 이 동네 어르신들께 나눠줄 얼음입니다."

"이 귀한 걸 언제 죽을지 모르는 노인네들한테 나눠준다고? 그건 낭비가 아니냐. 그러지 말고 나한테 팔아라. 웃돈을 넉넉히 얹어주마."

양반은 선심 쓰듯 말하며 서린의 손바닥에 엽전 세 개를 올려놓았다. 서린은 어안이 벙벙해져서 그걸 쳐다보고 있었다. 빙고에서 일한 지 열닷새째, 이런 일은 처음이었다. 그러나 옆에 있던 은조는 별 반응이 없었다. 이 주변에 사는 양반들뿐만 아니라, 얼음을 사겠다고 멀리서부터 찾아오는 양반들도 수두룩했다. 좋은 게 좋은 거라고, 그들에게서 몰래 돈을 받고 얼음을 일부러 작게 잘라 빈틈을 메우는 빙부들도 흔했다. 문제는 서린이 흔한 빙부가 아니라는 데 있었다. 어처구니가 없어 손바닥 위의 땡전을 빤히 쳐다보는 서린의 표정을, 양반은 다른 의미로 해석한 모양이었다.

"왜? 성에 안 차느냐? 그럼 나중에 더 갖다 줄 테니 일단 지금은 얼음을 내주거라. 화채를 만들려고 수박을 잘라놨……."

양반은 말을 채 끝맺지 못했다. 얼음 자르는 칼을 허공 높이 쳐든 서린이 그걸 그대로 양반의 발치에 내리꽂은 것이다. 그동안 육체노동을 해온 게 무색하지 않은, 기막히게 대찬 동작이었다. 은조는 정체를 알 수 없는 낯선 소음에 흠칫했고, 양반은 뒤로 넘어질 듯 기함했다.

"이런 미친년을 보았나!"

"얼음은 무한정 만들어낼 수 있는 것이 아닙니다. 양반에게나 상민에게나 똑같이 귀한 물건이지요. 정해진 배급량을 이미 채우셨다면, 내년까지 기다리십시오."

이번에는 양반이 기막혀할 차례였다. 코딱지만 한 고을에서 떵떵거리며 사는 하급 양반들이 대개 그렇듯, 그도 누군가로부터 또박또박 말대답 듣는 것에 익숙지 않았다. 그 대상이 같은 사람으로도 취급 안 하는 노비라면 더욱 그랬다.

"네년이 뭔데 감히 이래라저래라 하는 게냐!"

격분한 양반이 서린의 뺨을 후려칠 듯 오른손을 들어올리는 찰나였다. 솥뚜껑처럼 크고 단단한 손이 불쑥 나타나 양반의 손목을 턱하니 붙잡았다.

"최진사 어르신 아니십니까? 저번 주에 얼음 받아 가신 걸로 아는데 여기까지 웬일이십니까?"

사근사근 비위를 맞춰주는 말투. 서얼의 신분이기에 결국 장별좌도 사대부 앞에선 저자세가 되는가 보다. 한 번도 본 적 없는 은근한 미소를 머금은 장별좌의 입가를 보며, 서린은 자신이 곤경에 처하게 될 것임을 직감했다. 양반은 장별좌와 서린을 향해 마구 삿대질을 해댔다.

"이봐, 장별좌! 도대체 노비 교육을 어떻게 시키는 겐가?"

최진사는 제가 당한 일을 미주알고주알 일러바치기 시작했다. 살까지 듬뿍 붙여서. 서린이 침을 뱉었다느니, 천박한 쌍욕을 하며 을러댔다느니. 지은 죄가 있으니 잠자코 있으려던 서린은 얼음 칼을 목에 들이댔다는 대목에 이르자 참지 못하고 발끈했다.

"저건 거짓말입니다, 별좌님! 칼을 들긴 했지만 사람에게는⋯⋯."

장별좌는 그 말을 끝까지 들어주지도 않고 입 다물라는 손짓을 보냈다. 빙고의 규칙을 지키려 한 서린을 비호해줄 줄 알았는데. 그녀에게 돌아온 건 추상같은 호통이었다.

"정신 차려! 여긴 궁이 아니고 넌 이제 궁녀가 아니다. 일개 관노 주제에 어디 양반에게 기어오르려 하느냐!"

기어오르다니. 관노를 무슨 벌레처럼 낮잡아 보는 말에 서린은 발가벗겨진 기분이었다. 두 뺨이 붉게 상기된 채 입술을 지그시 깨물며 모욕감을 참았다. 그런 서린을 본 최진사는 어깨에 힘이 바짝 들어가면서 더욱 기세등등해졌다.

"역시, 장별좌라면 이렇게 나올 줄 알았어. 사람이 요령 있게 살아야지 말이야!"

"물론입니다, 어르신. 얼음이 필요하신 거죠? 얼마나 드리면 되겠습니까? 두 덩어리? 세 덩어리?"

"허허허, 한 덩어리면 충분하네. 내 값은 잘 쳐줌세."

"감사합니다."

뭐 고마운 일이라고 인사까지 한담. 서린은 깍듯이 고개 숙이는 장별좌를 곁눈질로 흘겨보았다. 은조가 하도 칭찬을 늘어놓아 괜찮은 사람일지도 모르겠다고 생각했는데, 전혀 아니었다. 서린이 무언의 비난을 퍼붓고 있는데, 최진사가 그녀의 손에서 가로채간 엽전을 별좌에게 슥 쥐여주었다. 아무 거리낌 없이 엽전을 받아든 장별좌는 그 개수를 확인하자마자 안색이 싹 바뀌었다.

"송구하오나 어르신, 얼음 값을 잘못 주신 것 같습니다만."

"음? 그걸로 부족한가? 얼마나 더 주면 되지?"

"서른 냥입니다."

"뭐, 뭣이!"

최진사가 장별좌에게 준 석 냥이면 쌀을 서 말 사고도 남으니, 결코 적은 돈은 아니었다. 그런데 장별좌는 무려 그 열 배를 요구하고 나선 것이다. 서른 냥이면 기름지고 비옥한 밭을 예닐곱 마지기 살 수 있으니, 벼슬도 녹봉도 없는 향반(鄕班)에게는 함부로 쓸 돈이 결코 아니었다. 장별좌는 종잇장처럼 창백해졌다가, 사과처럼 붉어졌다가, 다시 도라지꽃처럼 보랏빛으로 물드는 최진사의 변화무쌍한 얼굴을 유유히 응시하다가 설명했다.

"아까 저 관노가 말한 것처럼, 얼음은 그 수량이 정해져 있으나 필요로 하는 사람은 수없이 많은 귀한 물건입니다. 수요와 공급을 따지면 그 정도 값은 받아야 마땅합니다."

"누가 그 돈 주고 화채를 해 먹는단 말인가! 됐네, 차라리 안 사고 말겠네그려!"

최진사는 흥 하고 코 푸는 소리를 내면서 내뱉듯 말했다. 그런데 안 산다는 말을 듣는 순간, 장별좌의 표정이 싸늘하게 식었다. 그는 최진사를 산 채로 얼려버릴 듯 차가운 냉기를 내뿜으며 낮은 목소리로 몰아붙이듯 말했다.

"그건 또 무슨 말씀이십니까? 진사 어르신 드리려고 포장해놓은 저 얼음 안 보이십니까? 저걸 자르고 포장하느라 저희 빙부들이 비 오듯 흘린 땀은? 눈물은?"

"아니, 별좌 나리 저희는 괜찮습니다만……."

이게 무슨 소동인지 구경하러 왔다가 졸지에 장별좌의 지목을 받은 빙부들은 손을 휘휘 내저으며 민망한 기색을 내비쳤다. 하지만 장별좌는 엄숙한 일장연설을 그치지 않았다.

"이 빙고의 얼음도, 빙부의 노동력도 따지고 보면 모두 나라님 소유. 그런 것을 제멋대로 갖다 쓰고 돈을 내지 않는 자가 있다면 절도나 강도죄로 관아에 고발하는 수밖에!"

고발이라는 말을 들은 최진사는 부르르 몸을 떨었다. 그가 기고만장하게 내밀었던 엽전 세 개는 어느새 바닥에 떨어져 초라하게 나뒹굴고 있었다. 장별좌는 처음부터 최진사에게 편의를 제공할 마음 따윈 없었다. 다만 그렇게 딱 잘라 말하면 양반을 무시한다느니 하극상이라느니 어쩌니 하면서 더 귀찮게 굴 게 뻔했기에, 부탁을 들어주는 척 뒤통수를 친 것뿐이었다. 그것도 아주 세게. 그걸 알아차린 서린의 입가에 보일 듯 말 듯 미소가 번졌다. 최진사는 손 뻗으면 들어올 거리에 있는 얼음 덩어리를 노려보며 시간을 끌었지만, 오래지 않아 최진사는 항복을 선언했다.

"미, 미안하네. 장별좌. 내 다신 편법으로 얼음을 사려고 하지 않겠네. 그러면 되겠나?"

"안 됩니다. 얼음을 자르고 포장하는 데 들어간 비용으로 석 냥 내놓고 가십시오."

이건 뭐 칼만 안 들었지 날강도가 따로 없었다. 서린은 빙부들이 쓰는 이끼와 왕겨, 볏짚을 시전(市廛)이나 민가에서 공짜로 얻어온다는 사실을 떠올리며 속으로 혀를 내둘렀다. 결국 최진사는 울며 겨자 먹기로 엽전 세 개를 고스란히 내놓고 돌아갔다. 장별좌는 그렇게 열성적으로 뜯어낸 돈을 은조에게 건네주었다.

"서리(書吏)*에게 갖다주고, 겨울을 대비해 빙부들의 손 토시를 만드는 데 보태 쓰라 해라."

"그러면 이미 잘라놓은 얼음은 어떻게 할까요?"

"몰라서 묻느냐? 원래 배정한 대로 노인들에게 나눠주도록."

"예, 별좌님."

은조는 그럴 줄 알았다는 듯 씩 웃으며 대답했다. 그걸 본 서린은 다시금 생각을 바꿨다. 장별좌는 제법 괜찮은 사람이었다. 사리사욕보다는 공익을 중시하고, 신분의 벽 앞에서 주눅 들거나 굴복하지 않는 사람. 어쩌면 말이 잘 통할지도 모른다. 만일 서린의 사정을 알게 된다면, 도와줄 수도 있지 않을까. 서린의 가슴속에 한 가닥 희망이 자라나기 시작했다.

'그런데 뭐라고 말을 꺼내지?'

다짜고짜 물건을 만지고 기억 읽는 걸 보여주는 방식이 장별좌에

---

* 사무를 맡아 보는 하급 관원

겐 먹히지 않을 것 같았다. 어떻게 하면 자연스레 장별좌의 관심을 끌 수 있을까, 서린이 머리를 굴리고 있을 때였다.

"흐어어어억!"

사람의 것 같지 않은 무시무시한 비명이 허공을 갈랐다. 서린과 장별좌, 은조는 동시에 고개를 번쩍 들었다. 비명이 들려온 건 총 열두 개의 빙고 중 가장 크고 넓은 제1빙고 쪽이었다.

"무슨 일이야?"

"낙빙(落氷) 사고인가?"

여기저기 흩어져 일하던 빙부들이 불안한 낯으로 웅성거렸다. 창고 깊숙이 쌓아둔 얼음벽을 꺼내는 과정에서 얼음이 무너져 내리거나 떨어져서 빙부를 다치게 하는 사고는 종종 있는 일이었다. 그런데 이번엔 뭔가 달랐다. 그보다 훨씬 끔찍한 뭔가가 나타난 것 같은 불길한 예감이 모두를 스멀스멀 덮쳤다. 제1빙고에서 구르다시피 달려나온 빙부 대여섯 명이 사색이 된 채 외쳤다.

"별좌님! 별좌님!"

"웬 소란이냐?"

장별좌는 숱이 많은 눈썹을 추어올리며 물었다. 그러나 빙부들은 재깍 대답하지 못하고 어물거렸다. 서로 어깨를 쿡쿡 찌르면서 눈치만 주고받다가, 마지막으로 어깨를 찔린 빙부가 마지못해 입을 떼었다.

"어, 얼음 속에서…… 시, 시체가 발견됐습니다!"

"뭣이? 누구의 시신이냐?"

"그, 그것이…….'

장별좌로서는 당연한 질문을 했을 뿐인데, 빙부는 울음이라도 터뜨릴 것 같은 표정이 되었다. 그걸 본 장별좌는 직감적으로 알아차렸다. 자신의 어머니와 관련된 일이라는 걸. 장별좌는 앞을 가로막고 서 있던 빙부의 어깨를 확 밀어제치고 허겁지겁 빙고를 향해 달려갔다. 그 바람에 머리에 쓰고 있던 흑립이 떨어져 흙바닥에 나뒹굴었지만 의식도 못 하는 듯했다. 미친 사람처럼 뛰어가는 장별좌를 빙부들이 따라갔고, 서린 또한 은조의 손을 잡고 빠른 걸음으로 그 뒤를 쫓았다.

그들이 제1빙고에 다다랐을 때, 입구는 몰려온 사람들로 꽉 들어차 움직일 수 없을 정도였다.

"비켜라! 비켜!"

장별좌가 미친 사람처럼 고래고래 소리치자 사람들의 물결이 일제히 반으로 갈라졌다. 장별좌와 서린, 은조는 그 사이를 헤치면서 꾸역꾸역 앞으로 나아갔다. 제1빙고 내부는 세 개의 커다란 방으로 나뉘어 있었다. 얼음을 꺼낼 때는 자연스럽게 가장 바깥쪽에 있는 방부터 시작하기 마련이었기에, 가장 안쪽 방은 며칠 전에야 비로소 그 문을 연 상태였다. 음산한 웅성거림이 흘러나오고 있는 곳은 바로 그 가장 안쪽 방이었다.

"세상에나……."

"끔찍하기도 하지. 얼마나 아프셨을꼬."

안타깝게 혀를 차던 여자 빙부 하나가 불쑥 고개를 내미는 장별좌를 보고 소스라치게 놀라며 옆으로 비켜섰다. 그녀의 시선이 못 박혀 있던 곳에, 이제 장별좌의 시선도 박혀 있었다. 사람 키의 두 배 정도 되는 거대한 얼음벽이 겹겹이 서 있는 방 안. 얼음이 녹아 흐른 물이 빠질 수 있게 마련된 배수구 앞쪽에 옆으로 쓰러진 길쭉한 얼음 덩어리가 있었다. 그리고 그 안에, 마치 어제 죽은 것처럼 고스란히 보존된 노파의 시신이 들어 있었다. 사인을 짐작하긴 어렵지 않았다. 한가운데 깊은 상처가 난 노파의 목은 살갗이 벌어지고 살점이 너덜거릴 정도였으니까. 그럼에도 두 눈을 살짝 감은 채 마치 미소 짓듯 입꼬리를 끌어올린 노파의 표정이 묘하게 평온해 보여서 오히려 기괴했다.

"어, 어머니……."

장별좌는 눈으로 보고도 믿을 수 없는 듯 비틀비틀 시신을 향해 나아갔다. 벌게진 눈에서 금방이라도 피눈물이 쏟아져 나올 듯했다. 두 손으로 얼음 덩어리를 어루만지며 그 안에 화석처럼 갇혀 있는 게 자신을 낳아준 여자임을 다시금 확인했을 때, 장별좌는 더 견디지 못하고 무너져 내렸다.

"어머니이이이이!!"

장별좌는 차디찬 얼음 덩어리를 두 팔 벌려 감싸 안은 채 몸부림쳤다. 폐부를 찢으며 터져 나온 그의 절규가 높다란 빙고 벽에 메아리치듯 울렸다가 산산이 부서졌다. 서린은 두 눈을 부릅뜬 채 그 장면을 지켜보고 있었다. 공포와 충격에 압도당해 꼼짝할 수가 없었다.

_ 2권에 계속

왕세자의 살인법 1

초판 1쇄 발행 2021년 9월 15일

지은이 서아람

발행인 이진수
펴낸이 황현수
기획 이수현 황예인
출판신고 2010년 8월 16일 제2015-000037호

펴낸곳 ㈜타인의취향
기획실장 최지연
마케팅 이유리 홍윤정 김현지
교정 윤정숙
디자인 수오
표지일러스트 맥시멈
제작 어진
주소 서울시 마포구 큰우물로75 성지빌딩 1406호
전화 02-6949-6014 **팩스** 02-6919-9058
▶ youtube.com/c/타인의취향

ⓒ 서아람, 2021

ISBN 979-11-385-0106-4 04810
       979-11-385-0105-7 (세트)